绘制小手套

绘制艺术背景

替换橙子颜色

添加人物装饰

为美女添加翅膀

为图像添加背景

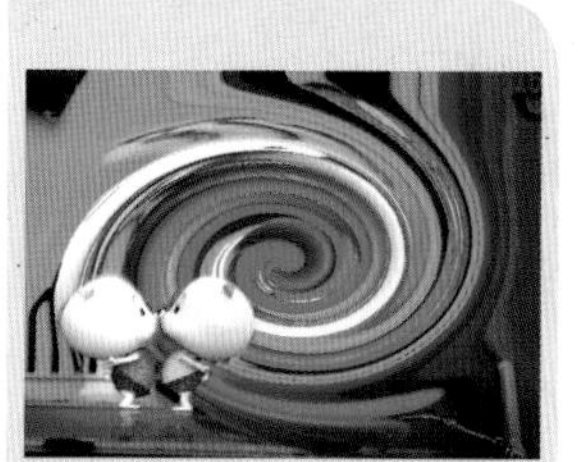
为图像添加时尚元素

制作多元素潮流画面

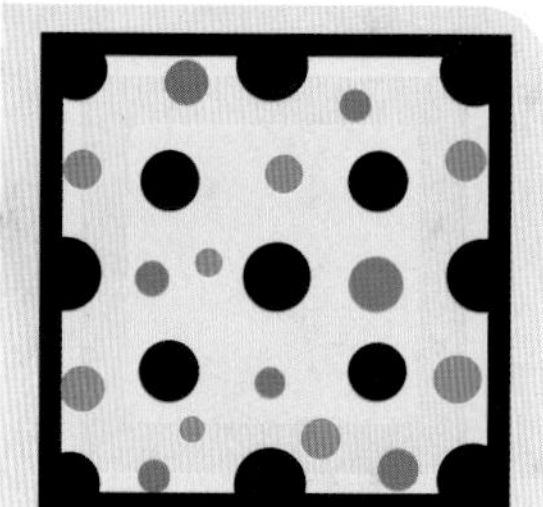
制作几何背景

制作时尚矢量封面

制作特殊图效

更改咖啡颜色

更换图像背景

光滑人物皮肤

金发美女

漂亮服装润饰效果

去除人物背景

去除照片中多余的人物

人物面部特写

为蓝天添加白云效果

为图像去色

修补断裂的编制花篮

修复红眼照片

修复人物面部雀斑

制作个人画册封面

制作诡异背景

制作嫩绿新叶

制作绚丽星光场景

调整逆光造成图像的暗部

调整照片曝光不足

更改图像色调

替换杯子颜色

制作“黑白世界”图像

制作非主流图像

制作个性图片

制作灰度图像效果

制作胶片效果

制作冷色调书房效果

制作梦幻霓虹效果

制作偏色图像

制作人物简单校色

制作时尚图片

制作时尚图像元素

制作矢量风格插画

制作唯美桌面.

制作喜庆图像

制作云海效果

输入段落文字

为图像添加渐变文字

为图像添加曲线文字

为图像添加直排文字

制作个性签名

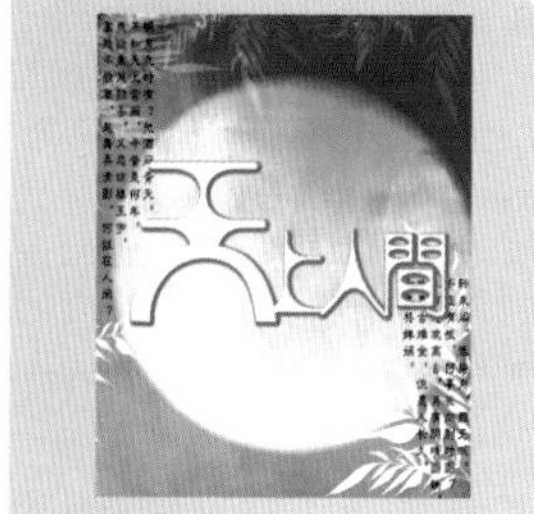
制作个性文字

制作路径文字

制作盘旋文字

制作限定文本

制作信纸文字效果

制作游乐场宣传广告

改变图像色调

改变图像颜色

为图像添加简单形状

为图像添加雪花图案

制作播放器按钮

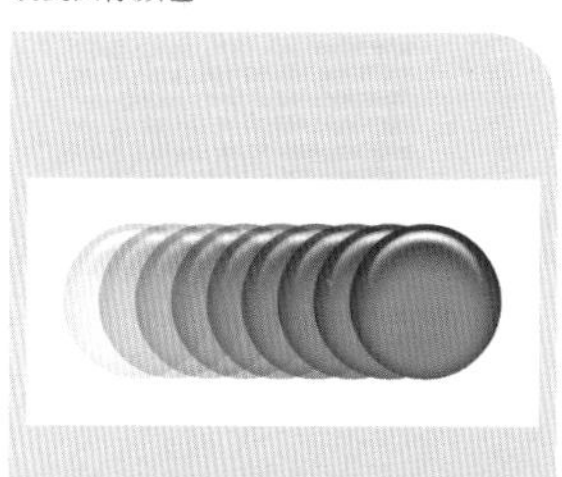
制作渐隐图像

制作描边文字

制作木刻文字

制作霓虹灯文字

制作漂亮文字图像

制作人物投影

制作色调鲜明图像

制作时尚图像

制作绚彩图像

制作动态图像

制作干画笔效果

制作个性图像

制作个性图像效果

制作铬黄图像

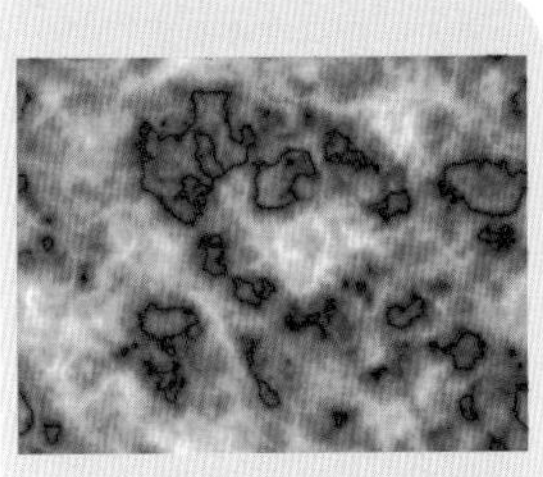
制作火焰效果

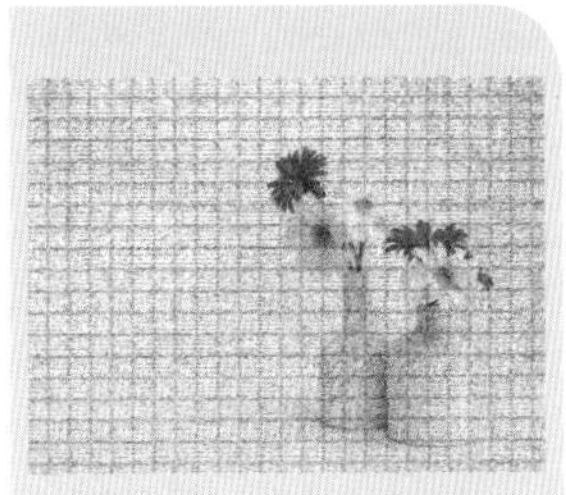
制作马赛克图像

制作磨砂效果

制作木刻效果

制作手绘图像

制作水彩画效果

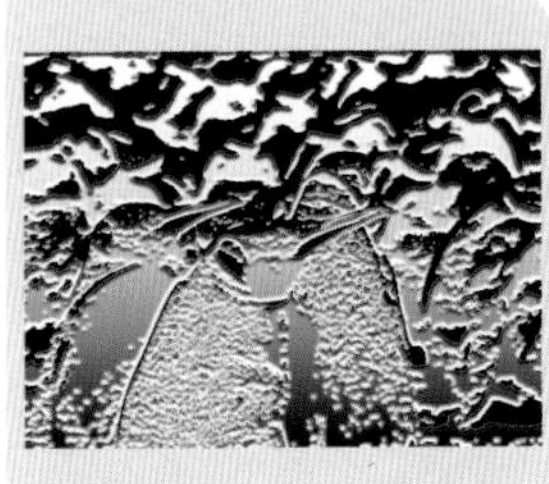
制作细腻浮雕效果

制作夏日午后的街道

制作艺术效果

制作雨中图像

制作杂色拼贴效果

杂志封面

珠宝宣传DM单

滑雪俱乐部POP海报

展示图

威士忌包装

宝宝成长日记

人物抠图

To be continued

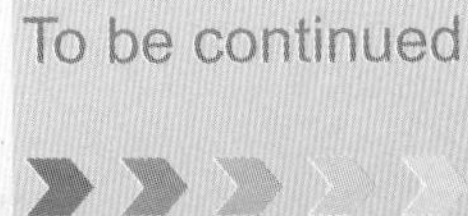

卓文华讯 何晓媛 章 静 杨 辉 编著
飞思数字创意出版中心 监制

中文版 Photoshop CS4 新手到高手之路

電子工業出版社
Publishing House of Electronics Industry
北京·BEIJING

内容简介

本书全面系统地介绍了有关Photoshop CS4的相关知识，包括熟悉Photoshop CS4的相关概念、设置内部工作环境、选择图像与颜色填充、图像绘制功能的应用、对图像进行修饰、在图像中添加及编辑文字、图层和蒙版的应用，以及滤镜的特殊效果，同时还介绍了Photoshop在书籍装帧设计、广告设计、包装设计和网页设计等行业的案例制作。

本书版式新颖，内容浅显易懂，以“知识讲解+实例演练+自我提高”的学习模式进行讲解，实用性强。在正文讲解中穿插大量与实际应用相结合的应用案例，以及内容丰富的小栏目，每章最后将通过“自我提高”的形式来帮助读者巩固所学的知识。本书附带一张精心开发的多媒体教学光盘，采用全程语音讲解和情景式教学，读者可对照光盘学习本书内容。

Photoshop CS4广泛应用于平面广告、多媒体制作、摄影等众多领域，深受广大设计用户的青睐，因此本书的读者群体也相当广泛，包括将要踏出校门的学生、职场人士、图形图像设计爱好者等。

图书在版编目（CIP）数据

中文版Photoshop CS4新手到高手之路 /卓文华讯，何晓媛，章静，杨辉编著.
北京 : 电子工业出版社，2010.6
ISBN 978-7-121-10563-0

Ⅰ.①中… Ⅱ.①卓… ②何… ③章… ④杨… Ⅲ.①图形软件，Photoshop CS4 Ⅳ.①TP391.41

中国版本图书馆CIP数据核字(2010)第048387号

责任编辑：何郑燕　赵树刚
印　　刷：北京智力达印刷有限公司
装　　订：三河市鹏成印业有限公司
出版发行：电子工业出版社
　　　　　北京市海淀区万寿路173信箱　邮编：100036
开　　本：787×1092　1/16　　印张：35.5　字数：947.2千字　彩插：2
印　　次：2010年6月第1次印刷
印　　数：4 000 册　　定价：75.00 元（含光盘1张）

凡所购买电子工业出版社图书有缺损问题，请向购买书店调换。若书店售缺，请与本社发行部联系，联系及邮购电话：（010）88254888。

质量投诉请发邮件至zlts@phei.com.cn，盗版侵权举报请发邮件至dbqq@phei.com.cn。

服务热线：（010）88258888。

从新手开始

不积跬步，无以致千里；不积小流，无以成江海。

——荀子

我相信当你拿起这本书时，你一定会有一个疑问：这么厚的一本书，能让我得到我想要的吗？答案是肯定的。“千里之行，始于足下”。“新手到高手”系列书将带领您从基础开始，起程的每一步都是最稳健、最正确的步伐，让您不知不觉展翅飞翔。

丛书特色介绍

本系列书每章以“知识讲解+实例演练+自我提高”的学习模式进行讲解，写作上具有以下几个特点。

- 通过案例剖析知识：本书在“边学边做”篇中将以“案例延伸”的形式介绍软件中常用的工具及技巧。书中先介绍案例的制作目标及所要应用的知识点，然后通过操作步骤进行详细讲解，并采用灵活的箭头和文字进行标注，清晰明了。
- 实例专业，实用性强：本书最后一篇为综合应用实例篇，选用的实例都来源于实际工作中，非常实用，以培养读者对作品设计能力的把握。
- 知识延伸，举一反三：在知识讲解或实例介绍中，会通过小栏目的方式介绍补充知识、操作中的各种技巧，以及行业中的一些方法与技巧；部分实例结束后，还会以“案例延伸”的模式对该案例进行延伸，或举例与介绍的实例演练进行对比，引导读者进行换位思考，在掌握知识的同时能够拓展知识；每一章最后的“自我提高”模块将以例子的形式来对本章的知识进行总结，举一反三，并且在目录中也有体现。
- 版式美观，步骤详细：本书采用单栏排方式进行排版，图文对应，使读者易于模仿书中的实例效果和制作方法。
- 配套实例演示光盘：本书配套一张实例演示光盘，光盘中收集了书中所有实例的素材和效果文件，并对实例进行操作演示，读者可以根据光盘中的演示来学习实例的制作方法。

本书读者对象

Photoshop CS4广泛应用于平面、广告、多媒体制作、摄影等众多领域，深受广大设计用户的青睐，因此本系列书的读者群体也相当广泛。本丛书的主要读者群体如下。

- 将要踏出校门的学生或在校学生：计算机专业和美术专业类的在校大学生，对软件本身的知识比较熟悉，但急于了解行业中的一些基本理论知识，以及对专业作品的制作构思与方法。
- 职场人士：正在使用相关软件的在职人员，譬如平面设计师、三维设计师等，已经掌握了图形图像软件的大部分使用方法，但需要了解大部分理论知识。
- 图形图像设计爱好者：这类读者一般是出于自己对图形图像设计的爱好，才学习相关软件的，往往希望从书本中学到比较全面的图形图像的处理方法与各种技巧。

如何使用本书？

学习任何一样东西，都有一定的技巧，那么我们该如何使用本书呢？

首先，我们需要了解本书的知识体系，以帮助自己梳理学习顺序。本书知识体系可以用下图进行分析，每一个图块都是一个知识点，在知识点下还列出了其对应的章节。

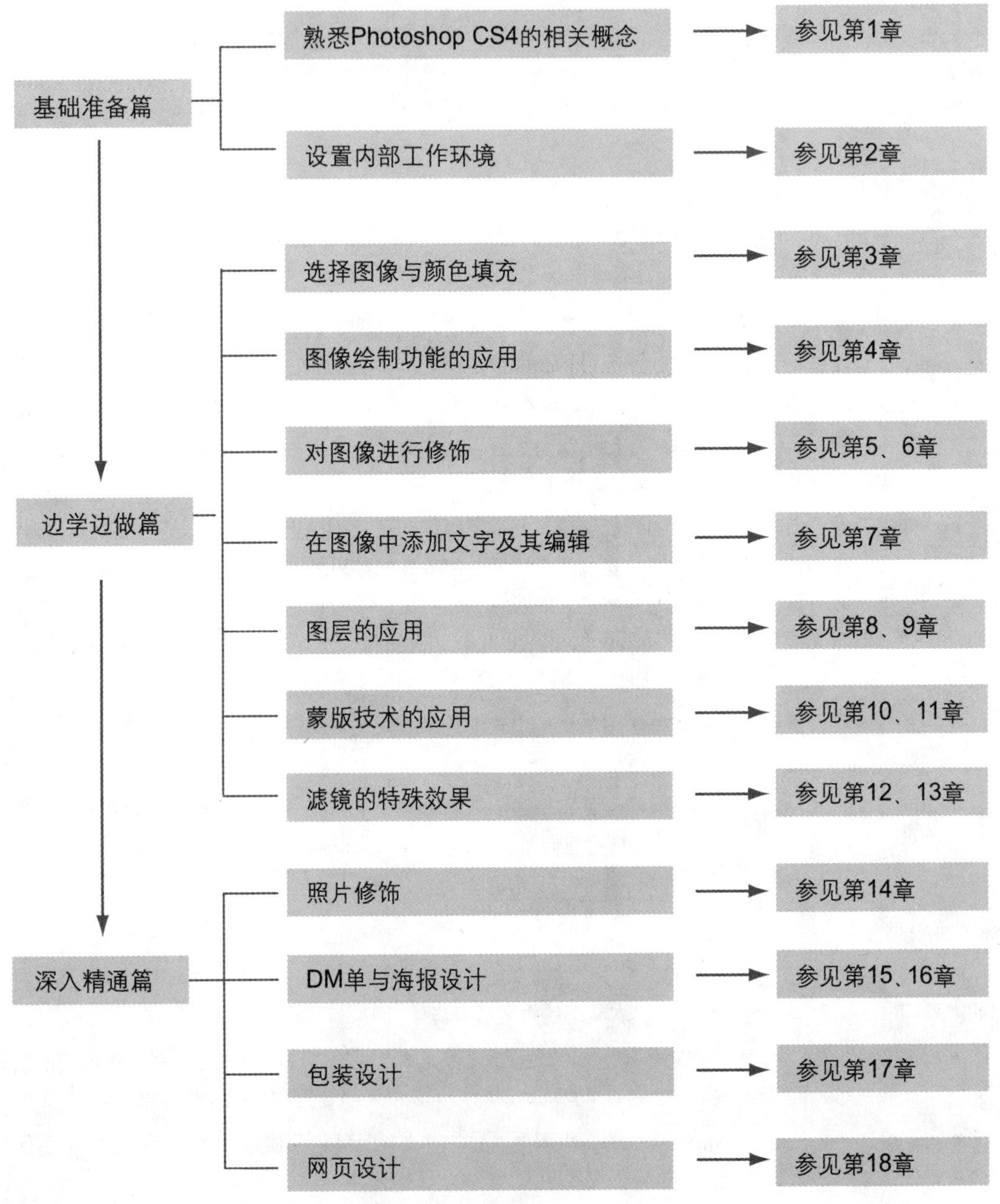

其次，在了解了本书的知识体系后，我们还需要分难点、重点来掌握知识，这样可以快速掌握整个软件。

- 使用工具修饰图像绘制：在Photoshop CS4中，在对图像进行处理时，运用工具箱中的各种工具修饰图像是最基本的操作之一，想要成为一名专业的设计师，首先要从熟悉各种工具开始，也是设计的基础。

- 图层的应用：在对图像进行处理时，图层也是其中一个至关重要的组成部分，利用图层的混合模式、图层样式等能做出一些自己所需要的效果。
- 蒙版技术：蒙版在Photoshop CS4中属于比较高级的应用，可以运用蒙版来保护图像中的部分区域不会被修改，或者使用蒙版来遮蔽图像中的区域。
- 滤镜的使用： Photoshop CS4滤镜是一种特殊的图像效果处理技术，目的是为了丰富图像的效果，即对图像中像素的颜色、亮度、饱和度、对比度、色调、分布、排列等属性进行计算和变换处理，使图像产生特殊的效果。在滤镜的使用中，需要设计者有丰富的想象力，从而制作出变幻莫测的图像效果。

再次，通过本书附赠的多媒体光盘的情景教学，可以使读者在轻松的环境下全方位学习该软件，还可以快速掌握书稿中所介绍的各个实例的操作方法。同时，光盘中附赠的超值素材，可以让读者发挥自己的思维，自行制作一些具有创造性的作品。

最后，读者可以根据本书每一章最后的“自我提高”中提供的提示性操作步骤，结合本章的知识来制作作品，以考查自己的学习效果。

参与本书编写的人员有：章静、杨辉、何晓媛、陈洪彬、刘华、李勇、李林、罗珍妮、荣菁、向超、胡芳。

编 著 者

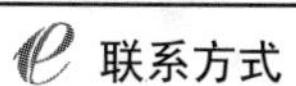

咨询电话：（010）88254160 88254161-67

电子邮件：support@fecit.com.cn

服务网址：http://www.fecit.com.cn http://www.fecit.net

本书光盘内容包括实例素材源文件，以及章节实例部分的视频讲解等内容。

双击“autorun.exe”文件，进入光盘首个界面，其中包含视频教程、光盘说明、安装光盘、帮助、退出、案例延伸、丛书简介、素材与源文件链接。

单击“素材与源文件”链接，进入素材与源文件二级界面，其中包括素材与效果两个文件夹，读者可根据需要随意调取。如双击“素材”文件夹，可进入素材的三级界面，或双击“效果”文件夹可进入源文件的三级界面。

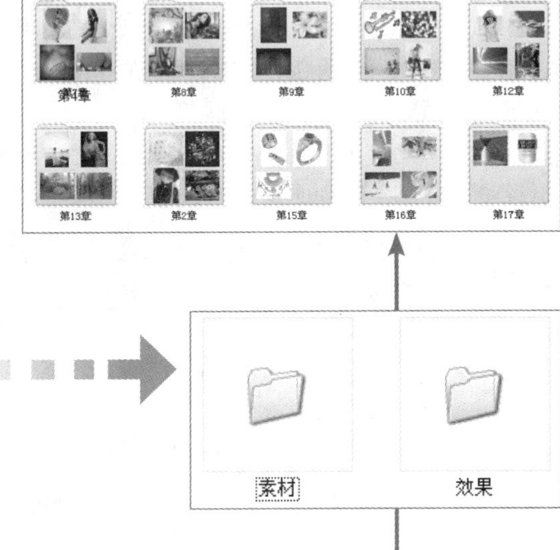

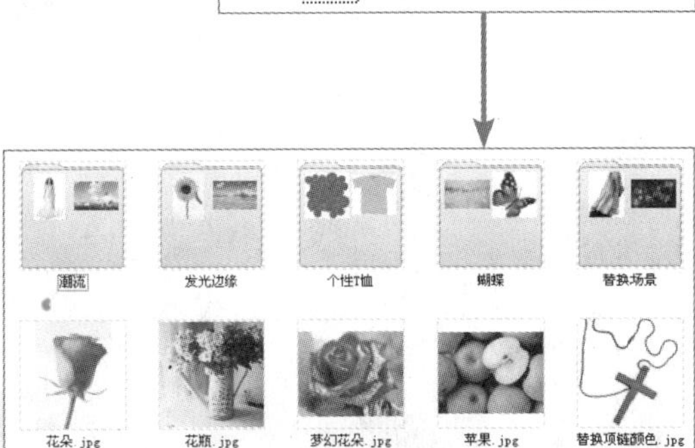

单击“视频教程”链接，进入视频教程二级界面，从中可随意调取本书任何一个视频讲解内容，单击其中任何一个视频讲解内容，可进入视频教程三级播放界面，您便可以开始参看视频进行学习了。

目 录

Love

Contents

装
01
2009
XIAMEN
LEADER GIRL
PHOTOGRAPHER
Leo Zhu
MAKE-UP
Levin Sun
CHINA
DESIGNERS DIGITAL
Sports

Chapter07 文字的输入与编辑 173

Contents

Contents

Contents

Chapter10 蒙版应用技术................283

Chapter11 蒙版的高级应用.............293

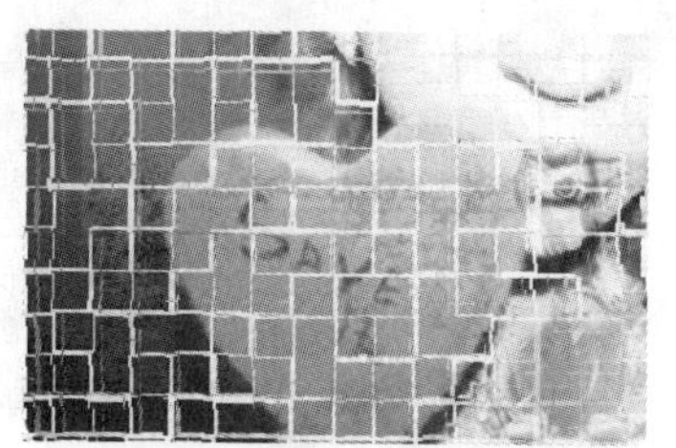

Chapter12 滤镜的特殊效果（一）... 325

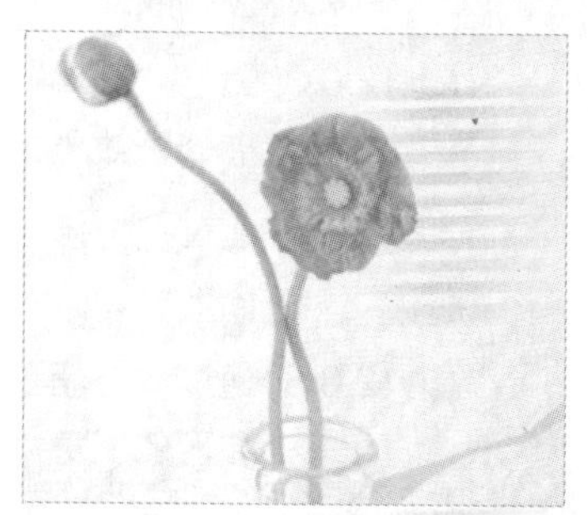

VIEW
OUR BIGGEST ISSUE EVER!
300+
PAGES OF SHOW-STOPPING SPRING STYLE
RACHEL BILSON:
CALIFORNIA SWEETHEART
STREETWISE BEAUTY
GRAFFITI-INSPIRED MAKEUP
ALWAYS IN SEASON
STARS AND STRIPES FOREVER!
ONE STEP AHEAD
ULTRA-MODERN ACCESSORIES
March 2009
MGMT
THE RAVEONETTES
VAMPIRE WEEKEND
AND GUS VAN SANT

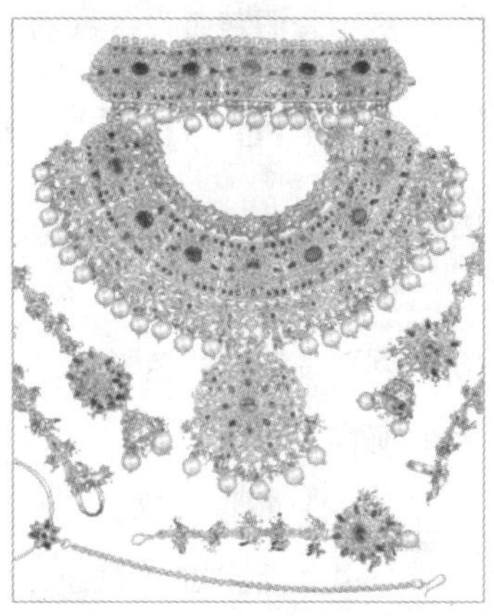

IMMORTAL
MOUNTAIN
神山 滑雪俱乐部
SKEE CLUB
12月1日盛大开业

Contents

WILLIAM
LAWSON'S

基础准备篇

本篇主要讲解Photoshop CS4的基础知识，为读者介绍Photoshop CS4的基本概念、安装环境及操作方法、工作界面、内部工作环境的介绍、文件的操作方法、图像的查看与导航控制，辅助工具的使用等、从而使读者快速了解Photoshop CS4软件的基本功能。

①②③第1章　走进Photoshop CS4殿堂
④⑤⑥第2章　初识Photoshop CS4

Chapter 1

第1章 走进Photoshop CS4的殿堂

Adobe Photoshop是图形图像处理软件中最专业、最流行、最实用，同时也是功能最强大的一种图片处理软件。目前新出的Photoshop CS4在保留原有传统功能的基础上，提供了更多的创作方式，它充分利用无与伦比的编辑与合成功能、更直观的用户体验及大幅度提高的工作效率，大大调动用户的热情。

1.1 Photoshop的来历

Adobe Photoshop是Adobe公司在1990年推出的一款功能强大的图像处理软件，自推出后，它广泛应用在平面设计和彩色印刷等行业。随着Adobe公司的不断发展，Photoshop的功能也不断完善，在图像处理及平面设计领域里一直占据领先地位。

作为世界上最受欢迎的图像处理软件，Photoshop每一次升级更新，总是会给人们带来惊喜。2008年9月23日，Adobe正式发布了最新版Photoshop CS4，广大的用户热情又被重新点燃。

Adobe Photoshop CS4是摄影师、图形设计师和Web设计人员的最佳选择，它使用全新、顺畅的缩放和遥摄可以定位到图像的任何区域。借助全新的像素网格保持实现缩放到个别像素时的清晰度，并以最高的放大率实现轻松编辑。通过创新的旋转视图工具随意转动画布，按任意角度实现无扭曲查看。

Photoshop CS4中拥有大量可以自行设置的创新工具，提供了一组丰富的图形工具，在面板和界面上有了更贴心的设计，可用于数字摄影、印刷品制作、Web设计和视频制作等各种领域。用户可以根据个人的需求设置符合个人所需的工具，大幅度提高工作效率，制作出适用于打印、Web和其他用途的最佳品质的专业图像。

1.2 Photoshop CS4的应用领域

在了解了Photoshop CS4的来历后，要学习Photoshop CS4，我们首先要了解Photoshop CS4的应用领域，Photoshop的应用领域很广泛，在图像、图形、文字、视频和出版各方面都有所涉猎。

1.2.1 平面设计

平面设计是将不同的基本图形，按照一定的规则在平面上组合成图案，它主要在二度空间范围之内以轮廓线划分图与形之间的界限，描绘形象。而它所表现的立体空间感，并非实在的三度空间，而仅仅是图形对人的视觉引导作用形成的幻觉空间。

随着计算机技术的发展及印刷技术的进步，平面设计在视觉感观领域的表现也越来越丰富，这对今天的平面设计都提出了空前的挑战，也为平面设计者提供了更为广阔的发展。从技术上讲，平面设计者不仅要把握传统的设计工具，如画笔、绘图笔和相应的度量工具等，更要把握电脑和绘图软件等现代化的设计工具及相关的印刷技术工艺知识，因为这种非常高效、高质量、便利的工具将被广泛地应用。

平面设计是Photoshop应用最为广泛的领域，无论是我们正在阅读的图书封面，还是大街上看到的招帖、海报，这些具有丰富图像的平面印刷品，基本上都需要Photoshop软件对图像进行处理，如下图所示。

1.2.2 修复照片

Photoshop具有强大的图像修饰功能，利用这些功能，可以快速修复一张破损的老照片，也可以修复人脸上的斑点等缺陷，在照片修复方面，Photoshop的强大功能让人叹为观止，如下图所示。

知识链接

照片修复的方法有很多种，不同的图像需要运用不同的方法来快速完成图像修复。最常使用的修复照片工具是仿制图章工具、修复工具、涂抹工具、锐化滤镜等。

1.2.3 广告摄影

广告摄影是以商品为主要拍摄对象的一种摄影，通过反映商品的形状、结构、性能、色彩和用途等特点，从而引起顾客的购买欲望。广告摄影是传播商品信息、促进商品流通的重要手段。随着商品经济的不断发展，广告已经不是单纯的商业行为，它已经成为现实生活的一面镜子，成为广告传播的一种重要手段和媒介。

广告摄影作为一种对视觉要求非常严格的工作，其最终成品往往要经过Photoshop的修改才能得到满意的效果。完美的图像实物拍摄，加上超强的Photoshop图像处理润饰技巧，配合各种素材、色彩及文字，一张简单的摄影作品往往能达到意想不到的图像效果。

广告摄影比一般的艺术摄影更加需要丰富的技术和技巧，这种技术和技巧是建立在如实地表现商品美感的基础上，因为商品的美感直接来自于商品本身的功能，如实地反映出商品的美，在某种程度上也就同时体现了商品的品质和功能。广告摄影要求技术和技巧的运用是尽善尽美的，因为画面上的任何微小的疏忽和失误都可能使顾客联想到商品的质量，使顾客对商品产生不信任感，从而影响商品的销售。

广告摄影的特性如下。

- 广告摄影的艺术性：摄影是以传达信息为主要功能的，所以，广告摄影是属于实用艺术的范畴。广告摄影必须以追求实际的传达效果为目的，具有十分明确的市场目标和宣传目的，要求针对目标市场和目标用户来拍摄制作，注重实效性。广告摄影必须清晰、准确地传达信息，其评价标准虽然也重视思想性和艺术性，但还更多层面上还要考虑其商业性因素。
- 广告摄影的实用功利性：广告摄影的力量在于更多地吸引人们的注意力，引起人们对商品的购买欲望，其实用性相当明确，评价广告摄影的标准是根据整个广告推广活动终结时的结果来检查的，经济效果和社会效果是检验广告摄影的广告效果的标准。也就是说，对于广告作品的评价和预测，是根据广告在商品推销中所起的作用，始终是以市场为基础的，以消费者为中心，不能以个人感受为基础。具体地说，一张广告摄影作品，不管艺术上是多么精湛，只要它缺乏“推销”的力量，在进入消费者的视觉领域后，即便能够引起足够的审美效果，但是如果无法刺激消费者的具体消费欲望或者激发消费者明确的参与激情，就不能算是一个好的广告照片。而且，优秀作品所刺激的购买目的性是非常明确的，也就是具体到商家所指定的某类商品。
- 具有较大约束性的广告摄影：从摄影者的角度来看，广告摄影的构思创意要受到被宣传商品的广告策略制约，具有较大的局限性，特别是广告摄影构思和创作讲究定位定向设计，在内容的表现方面，围绕广告的目的常常有很大的规定性。但是作为艺术摄影的构思和创意，则没有这方面的约束。艺术摄影可以追求别出心裁，有较大的表现自由空间。因此，广告摄影必须努力讲究商品的个性和风格，常常将个人的风格隐藏在后面，力求以服从商品的需要为主，不然会很难达到预定的目标。 从受众的角度出发，广告摄影要考虑到商品的不同的消费层次，或者是针对性地对不同层次的消费者进行创作，如下图所示。

知识链接

摄影是以传达信息为主要功能，因此广告摄影是属于实用艺术的范畴。从现代传播功能的角度来看，广告摄影也可称为信息传递艺术。

1.2.4 影像创意

影像创意是Photoshop的特长，通过Photoshop的处理可以将原本风马牛不相及的对象组合在一起，也可以使用“狸猫换太子”的手段使图像发生巨大变化。

而影像创意中，创意即指有新意的创作，它是一种贯彻作品始终，符合一定的规律，同时又是反规律，是在原规律基础上融合非规律的一种创作理念，是一种新风格、新流派产生的特点。创意在艺术创作中至关重要，它在艺术各门类创作过程中都是首选考虑与必须解决和突破的问题，如下图所示。

知识链接

影像创意是科学与美学、技术与艺术在现代文明背景下的高度融合。摄影这门年轻的艺术形式也经历着与其他视觉艺术形式相融合的变迁。而数字影像的出现和发展更大大加速了这种融合。

1.2.5 艺术文字

当文字遇到Photoshop处理，就已经注定不再普通。利用Photoshop可以使文字发生各种各样的变化，并利用这些艺术化处理后的文字为图像增加效果。无论是宣传海报、平面广告还是各种设计制作，艺术文字的应用都是不可或缺的。漂亮的文字特效使图像效果更加引人入胜，如下图所示。

1.2.6 网页制作

网络的普及是促使更多人需要掌握Photoshop的一个重要原因。因为在制作网页时，Photoshop是必不可少的网页图像处理软件。

1.2.7 建筑效果图后期

在制作包括许多三维场景的建筑效果图时，人物与配景，包括场景的颜色常常需要在Photoshop中增加并调整，如下图所示。

1.2.8 绘画

由于Photoshop具有良好的绘画与调色功能，许多插画设计制作者往往使用铅笔绘制草稿，然后扫描，再用Photoshop填色的方法来绘制插画。

随着科技的发展，现如今在电脑中直接绘画也越来越方便，相较于传统手绘，电脑绘画更方便快捷，并且易于修改、保存。由于在Photoshop中数位板的广泛应用，令Photoshop的绘画功能更加强大起来，而且使用Photoshop绘制的图画，不似传统手绘，因时间久远而褪色，破坏原有画面。因此，Photoshop的绘画功能将随着时间的推进越来越强大，如下图所示。

1.2.9 绘制或处理三维贴图

在三维软件中，如果能够制作出精良的模型，而无法为模型应用逼真的贴图，也无法得到较好的渲染效果。实际上在制作材质时，除了要依靠软件本身具有材质功能外，利用Photoshop可以制作在三维软件中无法得到的合适的材质也非常重要。

1.2.10 婚纱照片设计

当前越来越多的婚纱影楼开始使用数码相机，婚纱照片设计的处理便成为了一个新兴的行业。Photoshop对于婚纱照片中人物的修饰，场景风格的梦幻设计及一些漂亮色调的处理方便快捷，完美的图效使得越来越多的婚纱影楼及设计师青睐于这款具有强大设计处理功能的软件，如下图所示。

1.2.11 视觉创意

视觉创意与设计是设计艺术的一个分支，此类设计通常没有非常明显的商业目的，但由于它为广大设计爱好者提供了广阔的设计空间，因此越来越多的设计爱好者开始了学习Photoshop，并进行具有个人特色与风格的视觉创意。视觉创意采用艺术的思维（发散和逻辑）、最佳视觉程序把原来的可视体形象转换为一种新的视觉想象，把信息准确地传达出去，并获得最佳的视觉效果。

视觉创意设计思维要具备丰富的想象与联想。丰富的想象与联想给设计开拓了思维的新空间，也给设计的表现带来了无限的可能。

视觉创意需要睁开我们的眼睛，去观察一幅场景，一个物体，一只动物，然后运用想象力来改造它们。视觉创意的表现技法有以下几种。

- 形似：从一个物体中看到另外一种并不存在的物体，在二者之间的形上找到相似的联系。
- 空间角度：采用某个全新视觉来观察某物体，某个事物，调整空间与角度，创造全新景象。
- 把玩物体：把身体和物体自由地改变形状，创造新视像。
- 变换角色：采用各个方向去变换事物的角色。
- 比例与维度：事物在变换尺寸后，通常会呈现出意想不到的形象。
- 扭曲意象：将物体进行卷曲、扩展、散开、放倒来扩展视角。
- 想象干扰：采用肌理效果或Photoshop CS4的滤镜功能去干扰改变真实的意象。
- 多重意义：近距离观看物理或场景的时候努力将其改变成组合物体，把物体表示成可能代表的意义。
- 意义的转换：去看别人看不到的东西，从一个不同的角度去得到令人称奇的意义。
- 意象的组成：每个物体都有单个细微的部分，用拼凑而来的新视觉，去观察更多的原材料，想一想哪些物体可以结合构成有意义的意象，怎样将它结合起来构成更有意义的意象。
- 媒介空间：通过平衡各个视觉空间或夸张某个部分视觉或空间层次来开启崭新视角。
- 虚实层次创造：利用不同的层次感产生幽默，将视觉层次结合起来组合一幕诙谐的场景。
- 形式同构：把两个以上的类型表现综合起来，利用含义相似和形式相似的对象双重同构。

- 透叠：将两个以上的视觉图形利用穿透叠合形成，而产生出新的视觉图形的方式。
- 形体变换：将人物和动物、植物的形体进行改变或结合其他的要素或结合其他的生物或去掉某些部位添加某些部位赋予其全身的功能。
- 隐现物体：将人或物体变得透明，让我们可以看到那些我们从未看到的景象，如下图所示。

1.2.12 图示制作

虽然使用Photoshop制作图标在感觉上有些大材小用，但使用此软件制作的图标的确非常精美，如下图所示。

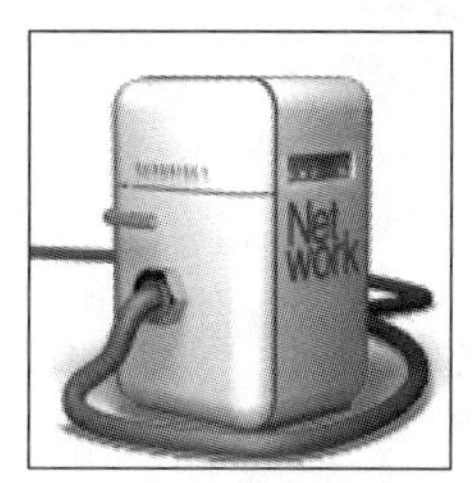

1.2.13 界面设计

界面设计是一个新兴的领域，已经受到越来越多的软件企业及开发者的重视，虽然暂时还未成为一种全新的职业，但相信不久一定会出现专业的界面设计师职业。在当前还没有用于做界面设计的专业软件，因此绝大多数设计者使用的都是Photoshop。

上述列出了Photoshop应用的13大领域，但实际上其应用不止上述这些。例如，目前的影视后期制作及二维动画制作，Photoshop也有所应用，如下图所示。

1.3 Photoshop CS4学习需要具备的能力

Photoshop CS4是科学与艺术的结合，但最终看的是艺术效果。美术功底扎实与否是影响你将来平面作品水平高低的重要因素，而Photoshop CS4只是一个得力的工具。因此，学好Photoshop CS4必须具备以下4个要素：

- 要有一定的计算机基础知识，会操作机器，会管理文件，会排除简单的故障。
- 要精通软件操作，拿到一个任务，或者面对客户提出的要求，马上知道使用哪些操作命令、技能方法能够实现创意。
- 要有一定的美术基础，只会操作软件而不懂得起码的色彩、构图、造型等知识是无法独立承担任务的。
- 要有一点灵感，这得益于知识和经验的积累，文学、绘画、摄影，印刷、广告、网络等，都需要有所涉猎。

1.4 Photoshop CS4的安装与卸载

在了解了Photoshop CS4的来历后，要使用Photoshop CS4，我们首先要将其安装到电脑上，下面我们就来介绍如何安装与卸载Photoshop CS4。

1.4.1 安装Photoshop CS4的系统需求

在安装Photoshop CS4前，我们首先要了解我们的电脑是否适合安装Photoshop CS4，安装需要些什么样的系统需求。

- 电脑处理器：500兆赫（MHz）或更快的处理器。
- 内存：256MB内存或更大的内存空间。
- 硬盘：2千兆字节（GB）；如果在安装后从硬盘上删除原始下载软件包，将释放部分磁盘空间。
- 驱动器：CD-ROM或DVD驱动器。
- 显示器：1024x768像素或更高分辨率的监视器。
- 操作系统：Microsoft Windows（R）、XP Service Pack （SP）、Windows Server（R）2003 SP1或更高版本的操作系统。
- 其他：某些功能需要运行Microsoft Windows XP Tablet PC Edition 或更高版本。语音识别功能需要近距离麦克风和音频输出设备。

1.4.2 如何安装Photoshop CS4

确定当前计算机环境达到Photoshop CS4的运行要求后，就可以进行软件的安装了。首先需要购买Photoshop CS4安装光盘或者在官方网站下载Photoshop CS4安装文件，然后双击自动安装图标开始Photoshop CS4软件的安装操作。

案例名称：安装Photoshop CS4
素材路径：\素材\第1章\无
效果路径：\效果\第1章\无

1 Step 双击自动安装图标，系统自动打开“Adobe Photoshop CS4 安装”窗口，窗口中显示安装系统正在检查系统配置文件，此时需要等待片刻，如下图所示。

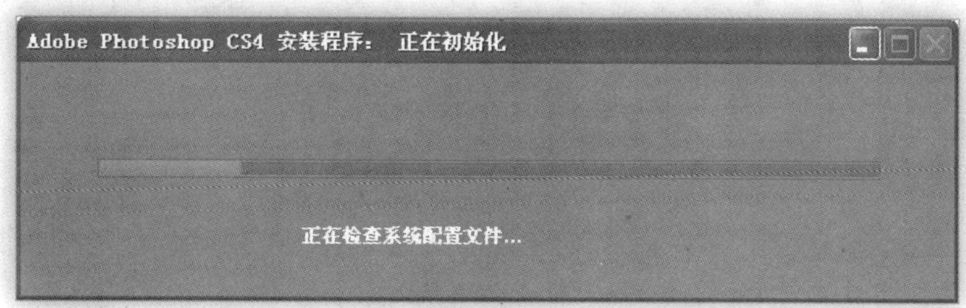

2 Step 在打开的安装窗口中，序列号栏为空白，在购买的安装盘盒背面找到序列号，依次输入 Photoshop CS4 的安装序列号，完成后单击 下一步 按钮，如下图所示。

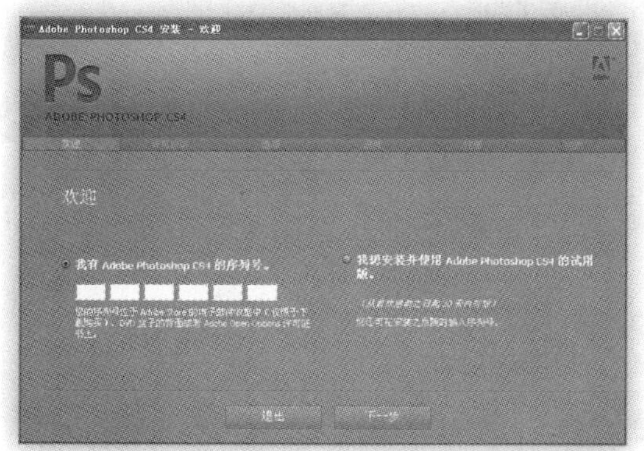

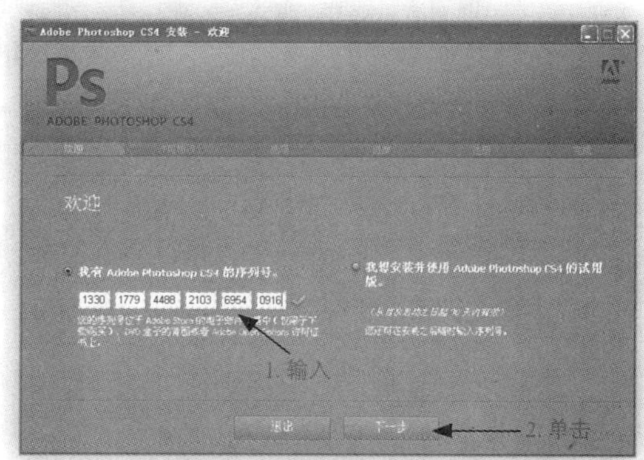

3 Step 在打开的对话框中默认安装语言为“简体中文”，单击 接受 按钮，打开新的安装窗口，单击 安装 按钮进行安装，如下图所示。

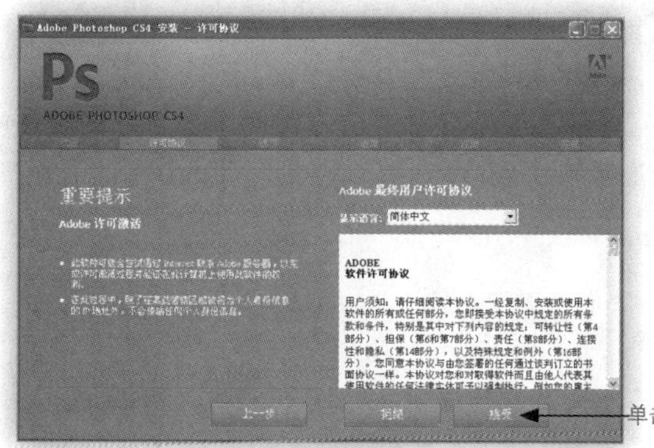

知识链接

安装时如果需要变更安装位置，单击 更改... 按钮，并在打开的窗口中选择安装的文件路径，单击 确定 按钮即可。

第1章 走进Photoshop CS4的殿堂

4 Step 完成后界面显示“正在安装”，稍等片刻，然后在打开的窗口中提示安装成功，单击 退出 按钮，完成安装，如下图所示。

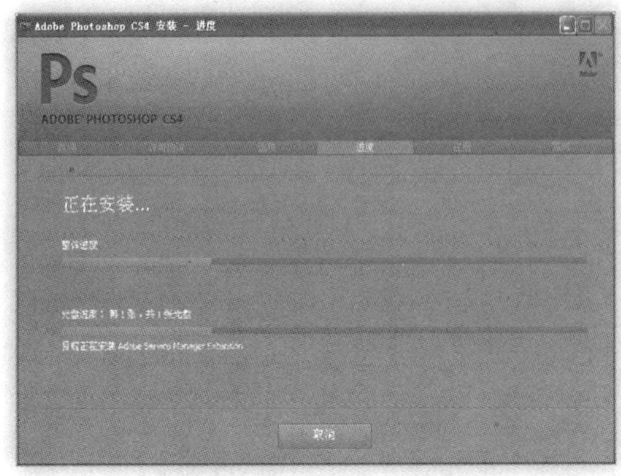

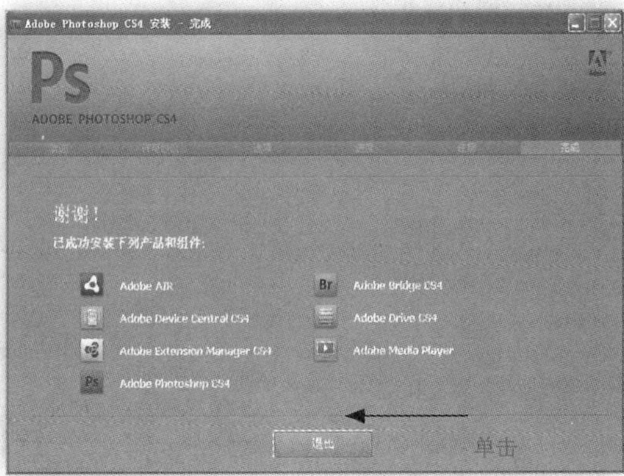

1.4.3 如何卸载Photoshop CS4

学会了如何安装Photoshop CS4以后，接下来我们学习Photoshop CS4的卸载。正确的卸载方法，也是Photoshop CS4软件操作的重要组成部分。

案例名称：卸载Photoshop CS4
素材路径：\素材\第1章\无
效果路径：\效果\第1章\无

1 Step 单击电脑桌面左下角的 开始 按钮，在弹出的菜单中选择“控制面板”命令，然后在打开的“控制面板”中双击“添加/删除程序”选项，如下图所示。

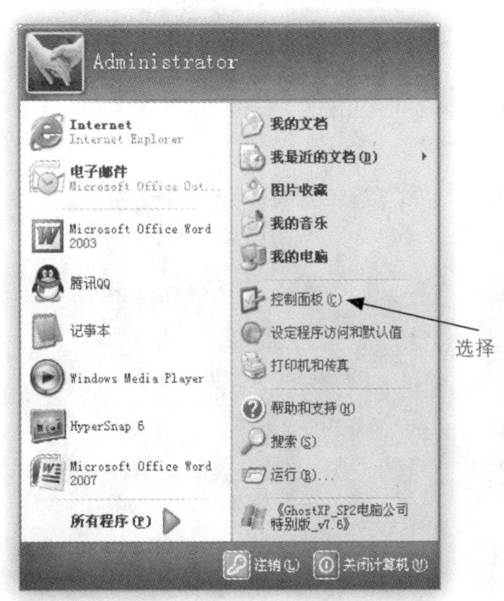

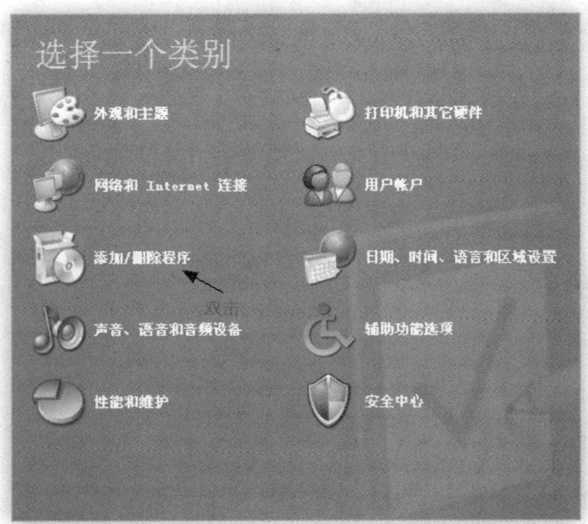

2 Step 在打开的“添加或删除程序”窗口中选择“Adobe Photoshop CS4”选项，单击 更改/删除 按钮，如下图所示。

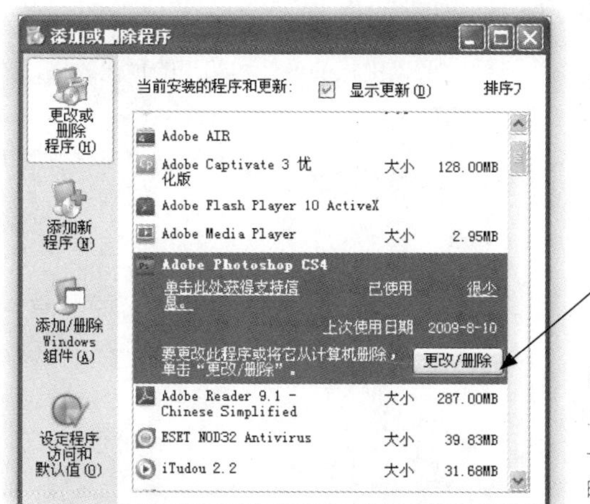

单击

知识链接

上下拖动滑动条，可以在窗口视图中选择任意所需删除的程序。

3 Step 在打开的“卸载选项”窗口中勾选“Adobe Photoshop CS4”复选框，系统将默认勾选其他选项，单击按钮，系统将显示正在卸载Photoshop CS4，稍等片刻即可完成卸载，如下图所示。

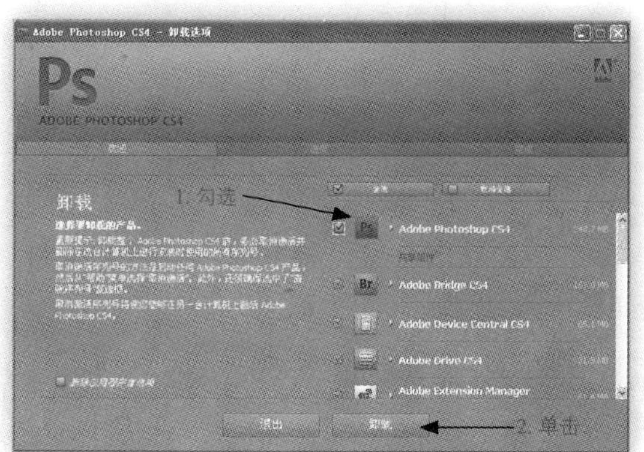

知识链接

Photoshop CS4安装前关闭系统中正在运行的所有应用程序，包括其他Adobe应用程序、Microsoft Office应用程序和浏览器窗口。此外，还建议在安装过程中临时关闭病毒防护程序。

1.5 Photoshop CS4的新增功能

和旧版本相比，新版Photoshop CS4最大的变化，就是加入了GPU支持。原本相当耗费资源的大图片处理，在GPU的辅助下，已经变得异常迅速。而更加专业的3D图像处理，则是新版本的另一个亮点。除此之外，新版Photoshop CS4还会给我们带来哪些体验呢？下面，一起去感受一下吧。

 1.5.1 创新的3D绘图与合成

新版Photoshop CS4借助全新的光线描摹渲染引擎，现在可以直接在3D模型上绘图、用2D图像绕排3D形状、将渐变图转换为3D对象、为层和文本添加深度、实现打印质量的输出并导出到支持的常见3D格式。

 1.5.2 调整面板

此前，当我们想对某一选区进行调整时，一般都是通过顶端操作区加以完成。但每次操作，都要进入菜单选择，还是显得过于麻烦。而在新版Photoshop CS4中，一项全新的“调整面板”取代了这些

菜单，创新性地将所有调整功能集中在了一起。在它的帮助下，我们只要事先完成选区设定，"调整面板"便会自行弹出。虽然这里的每一项功能都和菜单命令一致，但集中化的设计和实用的预设效果，还是会给我们带来很多方便。

通过轻松使用所需的各个工具简化图像调整，实现无损调整并增强图像的颜色和色调，而且新的实时和动态调整面板中还包括图像控件和各种预设，如下图所示。

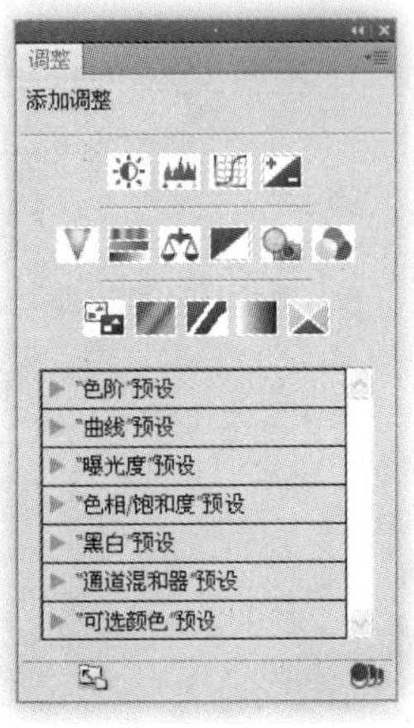

知识链接

调整面板具有应用常规图像校正的一系列调整预设，预设可用于色阶、曲线、曝光度、色相/饱和度、黑白、通道混合器及可选颜色。单击"预设"，使用调整图层将其应用于图像。

1.5.3 蒙版面板

从新的蒙版面板快速创建和编辑蒙版。该面板提供你所需要的所有工具，它们可用于创建基于像素和矢量的可编辑蒙版、调整蒙版密度和羽化、轻松选择非相邻对象等，如下图所示。

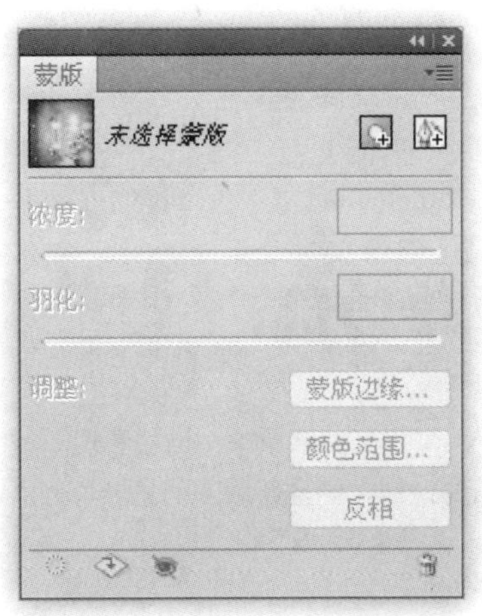

知识链接

Photoshop CS4 新增的蒙版面板右上角有"添加像素蒙版"和"添加矢量蒙版"两个按钮，可以在这里进行新建蒙版操作，对于老用户来讲，图层面板保留了"添加图层蒙版"按钮以适应以往的操作习惯。

1.5.4 流转画布旋转

与之前的画布旋转完全不同，这项功能仅仅作用于当前视图。用鼠标右键单击旋转视图工具按钮，就可以用鼠标，任意地调整视图角度。使用旋转视图工具可以在不破坏图像的情况下旋转画布，它不会使图像变形。

旋转画布在很多情况下都很有用，它能使绘画或绘制更加省事（需要OpenGL）。现在只需单击即可随意旋转画布，且按任意角度实现无扭曲的查看，绘图和绘制过程中无须再转动脑袋。Photoshop会选择"编辑→首选项→性能"命令，在弹出的面板中勾选"启用OpenGL绘图"复选框。如果打开Photoshop时该选项未启用，请检查显卡和驱动程序是否在Photoshop CS4支持的显卡列表中。如果显卡在支持的显卡列表中，接着查看制造商网站，确认驱动程序是否是最新的。如果Photoshop与用于协同访问GPU的显示组件之间不兼容，则会出现问题。你可能会遇到观感不自然、错误、崩溃或Photoshop没有出现错误就关闭等问题，如下图所示。

技巧提示

Photoshop CS4 中其他图层的文字或图像也将随着旋转图像一起进行旋转。单击菜单栏上的 复位视图 按钮，图像将复位到原有的状态。

1.5.5 图像自动混合

熟悉摄影的朋友都知道，由于微距拍摄景深太浅，当我们在面对一些小尺寸物体时，常常无法得到一张前后清晰的照片。而在新版Photoshop CS4中，一项全新的“自动混合图层”功能，就能轻而易举地解决这个难题。在它的帮助下，我们只要将所有的浅景深照片，以图层的形式，导入到同一文件之内，然后同时选择它们，并选择“编辑”菜单项中的“自动混合图层”命令。这时，只要经过一段短暂的等待，一幅完美的深景深照片，就出现在了我们面前。使用增强的自动混合层命令，可以根据焦点不同的一系列照片轻松创建一个图像，该命令可以顺畅混合颜色和底纹，现在又延伸了景深，可自动校正晕影和镜头扭曲。

“自动混合图层”将根据需要对每个图层应用图层蒙版，以遮盖过度曝光或曝光不足的区域或内容差异。“自动混合图层”仅适用于RGB或灰度图像，不适用于智能对象、视频图层、3D图层或背景图层，如下图所示。

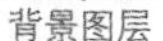

背景图层

图层1

图像自动混合效果

1.5.6 内容感知缩放

传统的缩放功能，往往会在照片缩减的同时，令主体失真。而全新的内容感知缩放，却很好地解决了这个难题。在这项功能工作时，软件将首先对图像进行分析，然后智能保留下前景物体的当前比例（由软件自动分析）。接下来，才会对背景开始缩放，最终经过这样的处理之后，照片中的主要对象，便不会出现太大的失真，而整幅图片却已成功地按比例缩放到了目标位置。

创新的全新内容感知型缩放功能可以在调整图像大小时自动重排图像，在图像调整为新的尺寸时智能保留重要区域，一步到位制作出完美图像，无须高强度裁剪与润饰，如下图所示。

1.5.7 层自动对齐

"自动对齐图层"命令可以根据不同图层中的相似内容（如角和边）自动对齐图层。用户可以指定一个图层作为参考图层，也可以让Photoshop自动选择参考图层，而其他图层将与参考图层对齐，以便匹配的内容能够自行叠加。使用增强的"自动对齐图层"命令可以创建出精确的合成内容，当移动、旋转或变形图层时，就会更精确地进行对齐。另外，也可以使用球体对齐创建出令人惊叹的全景。

通过使用"自动对齐图层"命令，可以用下面几种方式组合图像：

- 替换或删除具有相同背景的图像部分。对齐图像之后，使用蒙版或混合效果将每个图像的部分内容组合到一个图像中。
- 将共享重叠内容的图像缝合在一起。
- 对于针对静态背景拍摄的视频帧，可以将帧转换为图层，然后添加或删除跨越多个帧的内容。

1.5.8 更远的景深

使用增强的"自动混合层"命令，可以根据焦点不同的一系列照片轻松创建一个图像。该命令可以轻松地混合颜色和底纹，现在又延伸了景深，可自动校正晕影和镜头扭曲，同时也可以将曝光度、颜色和焦点各不相同的图像（可选择保留色调和颜色）合并为一个经过颜色校正的图像。

1.5.9 与其他Adobe软件集成

借助Photoshop Extended与其他Adobe应用程序之间增强的集成来提高工作效率,这些应用程序包括Adobe After Effects、Adobe Premiere Pro和Adobe Flash Professional软件。

1.5.10 业界领先的颜色校正

体验大幅增强的颜色校正功能，在Photoshop CS4中，经过重新设计的减淡、加深和海绵工具，可以智能保留颜色和色调详细信息，使图像处理得更完美。

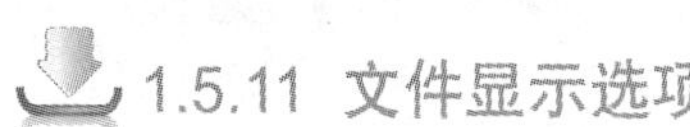

1.5.11 文件显示选项

使用选项卡式文档显示或 n-up 视图可以轻松使用多个打开的文件。选项卡式文档可以在最大化工作区的同时保持所有内容触手可及。

1.6 图形与图像的基本概念

在学习图形、图像设计之前，大家有必要先熟悉了解一些图形、图像设计的一些最基本的概念。下面我们就对常遇见的像素、位图和矢量图、图像分辨率、图形文件格式、颜色模式等进行介绍。

1.6.1 像素

“像素”（Pixel）是由Picture（图像）和Element（元素）这两个单词所组成的，是最小的图像单元，这种最小的图形的单元能在屏幕上显示通常是单个的染色点，用来表示一幅图像的像素越多，结果更接近原始的图像。每个像素的大小是由图像的分辨率决定的，图像分辨率越高，单位长度上的像素点就越多，每个像素点就越小。每个像素点的位置、色彩、亮度不同，组合在一起形成规则的点阵结构，就组成了图案。在单位面积里面，像素的多少其实就是分辨率，比如某DC的分辨率为1200×600 Pixel，就是说单位面积里面（通常为1平方英尺）的像素数量，数量越大，像素就越小，显示的也就越清楚，反之图象也就越不清楚。因此，这就解释了像素越大的DC拍出来的效果越好，所以像素是用来表示DC分辨率的最好衡量手段，分辨率有多大就表明单位面积内有多少个像素。

1.6.2 图像分辨率

图像分辨率（resolution）就是屏幕图像的精密度，是指显示器所能显示的像素的多少。由于屏幕上的点、线和面都是由像素组成的，显示器可显示的像素越多，画面就越精细，同样的屏幕区域内能显示的信息也越多，因此分辨率是个非常重要的性能指标之一。图像分辨率不仅与显示尺寸有关，还受显像管点距、视频带宽等因素的影响，它是和图像相关的一个重要概念，是衡量图像细节表现力的技术参数。一些用户往往把分辨率和点距混为一谈，其实，这是两个截然不同的概念。点距是指像素点与点之间的距离，像素数越多，其分辨率就越高，因此，分辨率通常是以像素数来计量的。

1.6.3 关于位图和矢量图

在图像中，位图与矢量图的区别在于位图的质量取决于分辨率。一幅位图放大几倍后，就会明显地出现“马赛克”现象，并且它的编辑也会受到限制。位图是点（像素）的排列，局部移动或者改变就会影响到其他部分的点。而矢量图与分辨率无关，不管矢量图放多大，都不影响它的质量和效果。矢量图的放大，只是参数的改变，电脑就会根据现有的分辨率重新计算出新的图像。矢量图可以十分灵活地进行编辑，矢量图的基本元素是对象，每个对象都是自成一体的实体，某个对象的改变不会影响到没有关联的对象。而到底是用矢量图还是点位图，应该根据应用的需要而定，两者结合起来可以制作出非凡的效果。下面我们分别看看位图与矢量图的概念。

- 位图：又称光栅图，一般用于照片品质的图像处理，是由许多像小方块一样的像素组成的图形，由其位置与颜色值表示，能表现出颜色阴影的变化。位图亦称为点阵图像或绘制图像，是由称做像素（图片元素）的单个点组成的。这些点可以进行不同的排列和染色以构成图样。当放大位图时，可以看见赖以构成整个图像的无数单个方块。扩大位图尺寸的效果是增多单个像素，从而使线条和形状显得参差不齐。然而，如果从稍远的位置观看它，位图图像的颜色和形状又显得是连续的。由于每一个像素都是单独染色的，用户可以通过以每次一个像素的频率操作选择区域而产生近似相片的逼真效果，诸如加深阴影和加重颜色。另外，缩小位图尺寸也会使原图变形，因为此举是通过减少像素来使整个图像变小的。

- 矢量图：也称为面向对象的图像或绘图图像，在数学上定义为一系列由线连接的点。矢量文件中的图形元素称为对象，每个对象都是一个自成一体的实体，它具有颜色、形状、轮廓、大小和屏幕位置等属性。既然每个对象都是一个自成一体的实体，那么就可以在维持它原有清晰度和弯曲度的同时，多次移动和改变它的属性，而不会影响图例中的其他对象。这些特征使基于矢量的程序特别适用于图例和三维建模，因为它们通常要求能创建和操作单个对象。由于矢量图同分辨率无关，因此它们可以按最高分辨率显示到输出设备上。

1.6.4 图形文件格式

各种文件格式通常是为特定的应用程序创建的，不同的文件格式可以用不同的扩展名来区分，如PSD、BMP、TIF、JPG、CDR和EPS等，这些扩展名将在文件以相应格式存储时自动添加到文件名中。目前流行的电脑图形和图像处理软件有许多种，这些软件对各自产生的图形和图像文件的存储方式有着不同的规定，因此就有了众多的文件格式。这些格式大致可以分为两大类：一类是属于位图图像的文件格式，一类是属于矢量图像的文件格式。

- 位图常用的文件格式通常有以下几种：PSD格式、BMP格式、JPG格式、GIF格式、PCX格式、TIFF格式、EPS格式、RAW格式、MacPaint格式、SCT格式和Targa格式。
- 矢量图常用的文件格式通常有这几种：CDR格式、DWG格式、DXB格式、DXF格式、EPS格式。

1.6.5 常见的颜色模式

在PhotoShop中，颜色模式是一个非常重要的概念。只有了解了不同颜色模式才能精确地描述、修改和处理色调。PhotoShop提供了一组描述自然界中光和它的色调的模式，通过它们我们可以将颜色以一种特定的方式表示出来，而这种色彩又可以用一定的颜色模式存储。每一种颜色模式都针对特定的目的，如为了方便打印，我们采用CMYK模式；为了给黑白相片上色，我们可以先将扫描成的灰度图像转换到彩色模式等。下面，我们就来看看PhotoShop为我们提供的9种颜色模式。

- RGB模式：它是PhotoShop默认的图像模式，它将自然界的光线视为由红（Red）、绿（Green）、蓝（Blue）3种基本颜色组合而成，因此它是24（8×3）像素的3通道图像模式。在颜色功能面板中，我们可以看到R、G、B 3个颜色条下都有一个三角形的滑块，即每一种都有从0～255的亮度值。通过对这3种颜色的亮度值进行调节，我们可以组合出16777216种颜色（即我们通常所说的16兆色）。在这种模式下我们可以使用色板来精确地设置颜色，方法是单击色板功能面板中欲获取的颜色的样品色块，颜色功能面板中即显示出该色块的精确配色值（R、G、B的亮度值），你可以对其进行进一步微调。RGB颜色能准确地表述屏幕上颜色的组成部分，但它却无法让我们在修描、绘图和编辑时快速、直观地指定一个颜色阴影或光泽的颜色成分。
- HSB模式：它是基于人类感觉颜色的方式建立起来的，对于人的眼睛来说，能分辨出来的是颜色种类、饱和度和强度，而不是RGB模式中各基色所占的比例。HSB颜色就是根据人类对颜色分辨的直观观察，它将自然界的颜色看做由色相（Hue）、饱和度（Saturation）、明亮度（Brightness）组成。色相指的是由不同波长给出的不同颜色区别特征，如红色和绿色具有不同的色相值；饱和度指颜色的深浅，即单个色素的相对纯度，如红色可以分为深红、洋红、浅红等；明亮度用来表示颜色的强度，它描述的是物体反射光线的数量与吸收光线数量的比值。单击颜色面板右上方的下拉按钮，可以在打开的菜单中选择HSB滑块。需要注意的是，HSB模式中的色相不是通过百分比，而是以0-360°的角度来表示的，它类似一个颜色轮，颜色沿着圆周进行规律性的变化。

- CMYK模式：它是一种基于印刷处理的颜色模式，由于印刷机采用青（Cyan）、洋红（Magenta）、黄（Yellow）、黑（Black）4种油墨来组合出一幅彩色图像，因此CMYK模式就由这4种用于打印分色的颜色组成。它也是32（8x4）位像素的4通道图像模式。
- Lab模式：它是一种独立于设备存在的颜色模式，不受任何硬件性能的影响。由于其能表现的颜色范围最大，因此在PhotoShop中，Lab模式是从一种颜色模式转变到另一种颜色模式的中间形式。它由亮度（Lightness）和a、b两个颜色轴组成，是24（8×3）位像素的3通道图像模式。
- 多通道模式：多通道图像为8位像素，用于特殊打印用途，如转换双色调用于以Scitex CT格式打印。多通道模式在每个通道中使用256灰度级，用户可以将一个以上通道合成的任何图像转换为多通道图像，原来的通道被转换为专色通道。在将彩色图像转换为多通道时，新的灰度信息基于每个通道中像素的颜色值，如将CMYK图像转换为多通道，可创建青、洋红、黄和黑4个专色通道。但是，多通道模式中的彩色复合图像是不可打印的，大多数输出文件格式不支持多通道模式图像，不过我们可以用PhotoShop DCS 2.0格式输出这种文件。
- 位图模式：它是一种单色模式，在位图中，每个像素只拥有一位信息0或1，因此它所占用的磁盘空间最少。
- 灰度模式：灰度图像由8位像素的信息组成，并使用256级的灰色来模拟颜色的层次。在灰度模式中，每一个像素都是介于黑色和白色间的256种灰度值的一种。当我们要制作黑白图像时，必须从单色模式转换为灰度模式，而当我们从彩色模式转换为单色模式时，也需要首先转换成灰度模式，然后再从灰度模式转换到单色模式。
- 双色调模式：它也是一种为打印而制定的色彩模式，主要用于输出适合专业印刷的图像，是8位/像素的灰度、单通道图像。在PhotoShop中，我们可以创建单色调、双色调、三色调和四色调图像。单色调是用一种单一的、非黑色油墨打印的灰度图像。双色调、三色调和四色调是用2种、3种和4种油墨打印的灰度图像。在这些类型的图像中，彩色油墨用于重现淡色的灰度而不是重现不同的颜色。
- 索引颜色模式：它采用一个颜色表存放并索引图像中的颜色。如果原图像中的一种颜色没有出现在查找表中，程序会选取已有颜色中最相近的颜色或使用已有颜色模拟该种颜色。它只支持单通道图像（8位/像素），因此我们通过限制调色板、索引颜色减小文件大小，同时保持视觉上的品质不变——如用于多媒体动画的应用或网页。

1.7 Photoshop与其他绘图软件的区别

Photoshop是目前公认的最好的通用平面美术设计软件，它的功能完善、性能稳定、使用方便，专门用来进行图像处理的软件，因此在几乎所有的广告、出版、软件公司，Photoshop都是首选的平面工具。通过它可以对图像进行修饰、编辑，以及对图像的色彩进行处理，它几乎能处理除矢量图以外的所有格式。

PhotoShop可以使图像产生特技效果，如果和其他工具软件配合使用，还可以进行高质量的广告设计、美术创意和三维动画制作。由于PhotoShop功能强大，目前正在被越来越多的图像编排领域、广告和形象设计领域及婚纱影楼等领域广泛使用，是一个非常受欢迎的应用软件。Photoshop支持几乎所有的图像格式和色彩模式，能够同时进行多图层的处理，它的绘画功能和选择功能让编辑图像变得十分方便，并且其中的图层样式功能和滤镜功能给图像带来了无穷无尽的奇特效果。

而PhotoShop与其他软件也有明显的区别，以CorelDraw为例，CorelDraw是和Photoshop齐名的矢量图处理软件，它对图像的处理方式是“线、面”的方式，不适用于照片、风景等真彩色照片的处理，主要用在包装设计，如包装盒之类的，也用于标志、企业视觉识别系统（VI）的设计上；而PhotoShop是位图软件，主要做一些图片处理，它可以做出非常漂亮的、颜色丰富的图像，例如，包装盒、大型的户外广告、海报、书的封面、标签等。

1.8 自我提高

学习完本章后，读者需要清楚Photoshop CS4的应用领域及学习它所需具备的能力，同时掌握Photoshop CS4的安装与卸载方法，了解Photoshop CS4的新增功能、图形图像的一些基本概念及强大的图像处理功能等。下面通过实例操作来巩固本章所介绍的知识，并对知识进行延伸扩展。

提高一 内容感知缩放图像（\效果\第1章\风景.psd）

① 打开“风景.psd”素材文件（\素材\第1章\风景.psd），选择图层1。

② 选择“编辑→内容识别比例”命令，显示内容识别比例变换框，对图像进行居中变换处理。

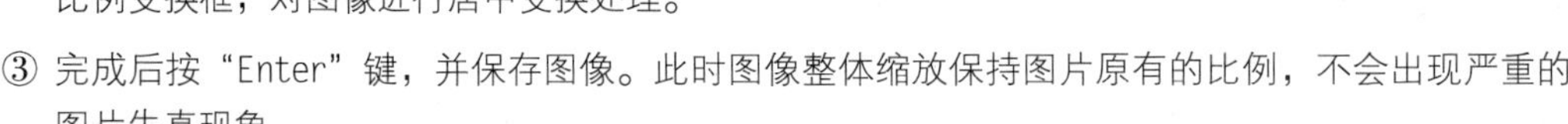

③ 完成后按“Enter”键，并保存图像。此时图像整体缩放保持图片原有的比例，不会出现严重的图片失真现象。

提高二 添加雪花特效（\效果\第1章\娃娃.psd）

① 打开“娃娃.psd”素材文件（\素材\第1章\娃娃.psd），选择图层1。

② 选择“窗口→蒙版”命令，在打开的“蒙版”面板中单击“添加像素蒙版”按钮，将自动给图层1添加蒙版。

③ 单击画笔工具，选择画笔为“尖角19像素”，保持前景色默认颜色。

④ 在画面中绘制圆点，然后重复操作，设置不同大小的圆点图案进行绘制。

Chapter 2

第2章 初识Photoshop CS4

Photoshop是目前最流行的图像设计制作软件，具有直观的操作界面、强大的编辑与合成功能、高质量的输出性能，使用它可以创作出富于特殊效果的影像，制作出满足输出需求的图片。Photoshop应用极其广泛，学会操作该软件能为我们的生活和工作带来很多便利。

2.1 Photoshop CS4的启动与退出

前面一章我们学会了Photoshop CS4的安装与卸载，接下来，我们需要学习的是Photoshop CS4的启动与退出。Photoshop CS4作为世界上最受欢迎的图像处理软件，拥有强大的图像处理功能，而Photoshop CS4的入门，首先要学会的将是最基本的启动与退出。

2.1.1 启动Photoshop CS4的3种方法

软件的正确启动方法是学习软件应用的必要条件，Photoshop CS4的启动方法有很多种，下面我们分3种方法来讲解Photoshop CS4的启动。

- 双击桌面上的Photoshop CS4图标，将自动进行Photoshop CS4的启动，如下左图所示。
- 用鼠标右键单击桌面上的Photoshop CS4图标，在弹出的快捷菜单中选择"打开"命令，完成Photoshop CS4的启动，如下右图所示。

- 单击电脑左下角的开始按钮，在弹出的面板中选择Photoshop CS4程序，完成Photoshop CS4的启动，如下图所示。

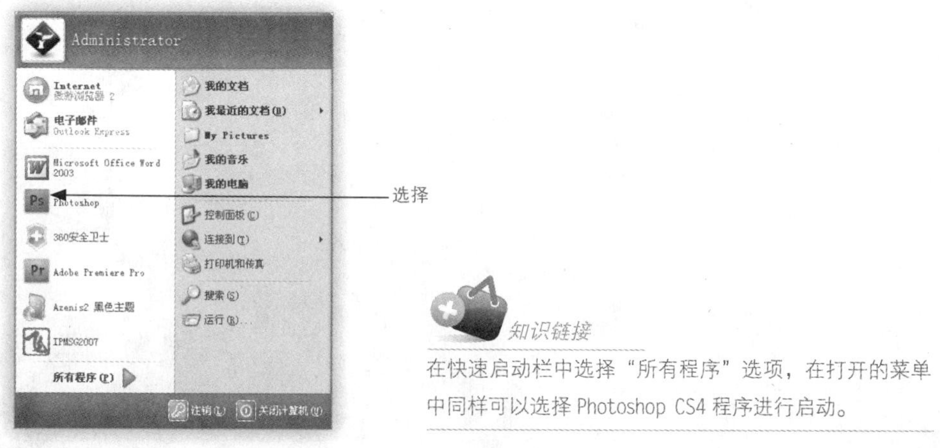

知识链接

在快速启动栏中选择"所有程序"选项，在打开的菜单中同样可以选择 Photoshop CS4 程序进行启动。

2.1.2 退出Photoshop CS4的3种方法

上面学习了Photoshop CS4的启动，接下来，我们学习如何正确退出Photoshop CS4。Photoshop CS4

的退出方法也有很多种，下面我们同样分3种常用的方法来讲解Photoshop CS4的退出。

- 单击Photoshop CS4界面右上角的关闭按钮[×]，直接退出Photoshop CS4程序。
- 按“Ctrl+Q”组合键，快速退出Photoshop CS4程序。
- 选择“文件→退出”命令，直接退出Photoshop CS4程序。

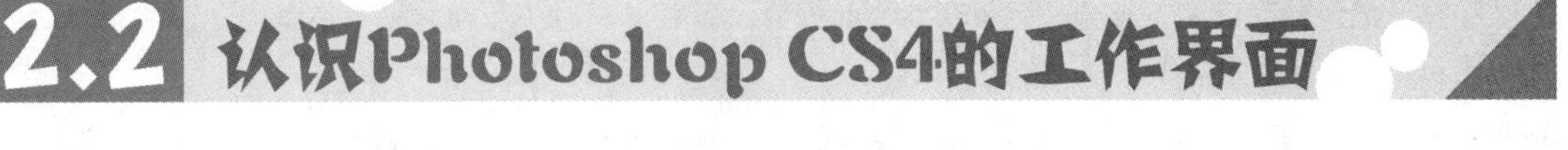

2.2 认识Photoshop CS4的工作界面

新版界面也在老版本的基础上，进行了明显改进，和原本华丽的Photoshop CS3相比，Photoshop CS4依旧采用了人性化十足的点击式界面，只不过风格看上去更加明快。Photoshop CS4的工作界面按其功能可分为标题栏、菜单栏、工具选项栏、工具箱、状态栏、面板、工作区和图像窗口等几部分，正确认识了解各个工作界面的组成部分，是学习Photoshop CS4的基础，如下图所示。

2.2.1 标题栏

相比以往，Photoshop CS4的标题栏发生了很大的变化，标题栏上不但有软件信息，还有“Bridge启动”按钮、“查看额外内容”、“抓手工具”按钮、“缩放工具”按钮、“旋转视图工具”按钮、“排列文档”按钮、“屏幕模式”按钮，其右侧有3个窗口控制按钮，用于控制界面的显示大小和关闭文件，如下图所示。

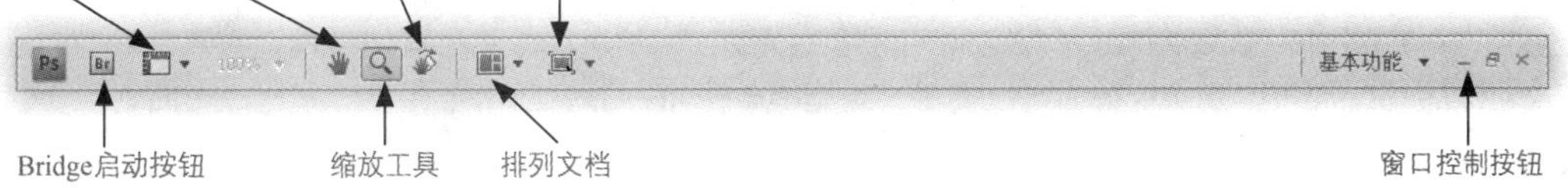

2.2.2 菜单栏

在界面方面，Photoshop又重新设计了新的界面样式，去掉了Windows本身的“蓝条”，直接以菜单栏代替。菜单栏共有文件、编辑、图像、图层、选择、滤镜、分析、3D、视图、窗口和帮助11个菜单项，每一个菜单项下又有若干个子菜单，选择任意子菜单中的命令可以执行相应的命令。

菜单栏中的命令除了可以用鼠标来选择外，还可以使用快捷键来选择。细心的读者可以发现，在菜单栏中有些命令的后面有英文字母组合，如“文件→新建”命令的后面有“Ctrl+N”，表示可以直接按“Ctrl+N”组合键来执行“新建”命令；在菜单栏中有些命令的后面有省略号，表示选择此命令可以打开相应的对话框；有些命令的后面有向右的三角形，表示此命令还有下一级菜单。另外，菜单栏中的命令除了显示黑色外，还有一部分显示为灰色，此部分命令表示暂时不可用，只有在满足一定的条件之后方可使用，如下图所示。

2.2.3 工具箱

工具箱默认位置是在Photoshop操作界面的左侧，它的每个工具都可以通过相应的字母键进行切换，例如，当需要切换到钢笔工具时，只需按“P”键，就可以选择钢笔工具。如果记不住所有工具的快捷键，你只需将鼠标移动到工具上，稍停几秒钟，右下角就会弹出提示框，显示当前工具的名称和切换键。

工具箱中有些工具右下角带有黑色小三角形符号，此符号表示该工具还隐藏有其他同类工具。若要选择隐藏的工具，只需将光标移动到此工具上同时按住鼠标左键不放，隐藏的工具即会自动显示出来。

Photoshop CS4的工具栏上最大的变化就是加入了3D操作工具，以此来支持软件中新加入的超强的3D功能。

2.2.4 工具选项栏

工具选项栏将在工作区顶部的菜单栏下方出现。选择“窗口→选项”命令，可以将工具选项栏进行显示或隐藏。工具选项栏与工具箱紧密相关，它会随所选工具的不同而改变。工具选项栏中的某些设置（如绘画模式和不透明度）是几种工具共有的，而某些设置是某一种工具特有的。另外用户可以通过使用手柄栏在工作区中移动工具选项栏，如下图所示。

2.2.5 面板

在Photoshop中有很多浮动的面板，通过这些面板可以方便地进行图像的各种编辑操作。这些面板均在Window菜单下，软件本身给不同的面板进行了分组，但用户也可以根据自己的工作习惯进行重新编排。除了“选项”面板、“信息”面板和“颜色”面板之外，其他面板都可以改变其大小。若想同时关闭所有的面板，可按“Tab”键，若想保留工具箱，则在按住“Shift”键的同时按“Tab”键。

根据默认情况，Photoshop重新启动后会记忆上次退出时所有面板的位置，如果你希望所有的面板在每次启动时都能恢复到默认状态，可以选择“编辑→首选项→界面”命令，在打开的“首选项”对话框中取消勾选“记住面板位置”复选框，如下图所示。

Photoshop CS4在整体的面板布局中，除了以往版本中的“选项”面板、“颜色”面板、“样式”面板、“信息”面板、“色板”面板、“通道”面板、“路径”面板、“历史记录”面板、“动作”面板、“图层”面板、“图层复合”面板、“直方图”面板、“导航器”面板、“字符”面板、“画笔”面板、“仿制源”面板、“工具预设”面板之外，还新增了“蒙版”面板及“调整”面板，令Photoshop CS4的图形图像操作更加直观、便捷。

2.2.6 图像窗口

打开一个图像后，Photoshop CS4的界面中自动显示该图像的图像窗口，对图像窗口进行操作和编辑是Photoshop CS4使用的一个重要部分。

- 移动图像窗口：在图像窗口的标题栏上按左键并拖住不放，可随意对图片进行拖曳，双击独立出来的图像窗口的标题栏，该窗口将显示最大化。在Photoshop CS4中，多个图像的移动将更加灵活化，如下图所示。

- 调整图像窗口大小：调整图像窗口大小是为了更方便于图像操作。具体方法如下：先将图像窗口从工作区里独立出来，然后将鼠标移到图像窗口边缘或4个角上，光标变成双箭头后按住鼠标左键不放，拖曳鼠标，对窗口大小进行调整。双击图像窗口标题栏，或单击图像窗口右上角的“最大化”按钮，可最大化图片窗口，而单击“最小化”按钮可将图像窗口最小化到操作界面的左下角。

2.2.7 状态栏

状态栏往往最容易被大家忽略，但是它的功能却是很强大的。一个优秀的设计师，合理地使用状态栏将会事半功倍。Photoshop CS4的状态栏位于图像窗口的底端，提供一些当前操作的帮助信息。当Photoshop界面中出现图像窗口时，状态栏显示3个部分的内容：

- 左侧部分显示当前图像缩放的百分比，修改它的数值，按“Enter”键确定可以直接调整预览大小。
- 中间部分为图像文件信息，按住状态栏上的图像文件信息处，将弹出一个蓝色框，在其中显示出图像文件的信息。按住“Ctrl”键或“Alt”键单击左侧状态栏，会显示出更多有用的信息，如下左图所示。
- 单击状态栏中的黑色三角形，在弹出的下拉列表中可以看到更多的文档相关信息。根据自己的需要，可以适当进行选择，如下右图所示。

宽度:600 像素(21.17 厘米)
高度:800 像素(28.22 厘米)
通道:3(RGB 颜色，8bpc)
分辨率:72 像素/英寸

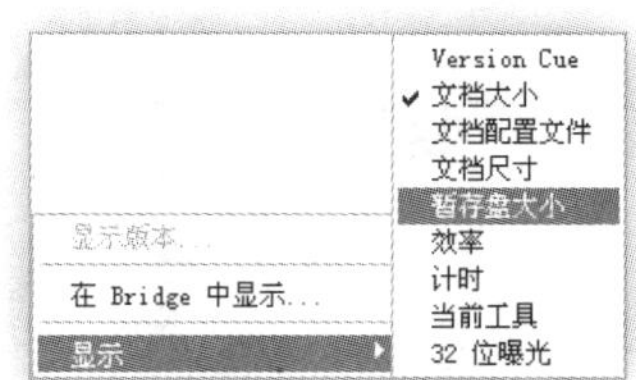

2.3 设置Photoshop的内部工作环境

为了更高效地在Photoshop中工作，熟悉它的工作环境是必要的。当你根据自己的喜好定制完各种设定后，Photoshop在每次启动时，都会记忆上次退出时的各种设定，包括面板的位置及工具的设置等。但是随着使用时间的延长，所做的各种工具的设定会越来越乱，可能有一些设定并不是你想一直保留下来的。因此，设置自己熟悉的工作环境，是图片制作事半功倍的有效方法。

2.3.1 定制和优化Photoshop工作环境

定制和优化Photoshop软件的工作环境与性能，可以大大提高我们的工作效率，尤其对于电脑配置比较低的朋友，对软件进行优化尤显重要，这样可以让我们得以在比较低的电脑配置下使用Photoshop软件。对于电脑配置比较高的人来讲，优化软件也是必不可少的，因为在制作比较大的图像文件时，软件会占用大量的系统资源。决定Photoshop性能的因素有以下几种。

- 硬件：photoshop性能的好坏很大程度取决于电脑硬件配置，尤其是内存的大小。
- 软件：操作系统、虚拟内存、暂存盘大小及其性能、软件版本、当前处理文件的大小及其复杂程度、操作软件的方法等都是影响Photoshop性能的重要因素。对软件运行环境合理设置，会大大提高软件性能与工作效率。同样的硬件配置，优化的设置至少可以获得50%甚至更高的性能提升，这种对比尤其表现在处理较大的图像时。为了更高效地运行Photoshop软件，我们需要了解最基本的软件概念。
- 虚拟内存：虚拟内存将硬盘空间作为内存使用，它的设定根据操作系统的不同而不同。虚拟内存是在物理内存数量不足时用来存放数据的磁盘空间，它通过将图像数据交换到硬盘驱动器上来打开和操作更大的图像。该空间不是Windows交换文件，而仅在Photoshop中使用。复制数据到暂存盘或从暂存盘复制数据到软件中，比在内存中处理数据需要更多的时间。内存就如同是工人随身带着的工具包，工具包（内存）越大，随身携带的工具就越多，工作效率就越快，如果工人每用一个工具都要到远处（暂存盘）去取，这样工作效率怎么能高呢？但是，为虚拟内存指定合适的磁盘空间和位置可以提高暂存盘运作的效率，从而也直接对Photoshop性能造成影响。

- 暂存盘：暂存盘和虚拟内存相似，区别在于暂存盘完全受Photoshop而不受操作系统的控制。暂存盘至少要和可用的内存一样大。对暂存盘可分配的大小没有任何限制，唯一所受的限制是可用的硬盘空间。Photoshop可设置4个暂存盘。存放暂存盘的磁盘上可用的空间数量必须大于或等于分配给Photoshop的内存数量。为保证较好性能，Photoshop会将整个内存内容写入闲置时的暂存盘。如果暂存盘的可用空间不足，Photoshop会退出占用的附加内存，而不管已分配给程序多少。也就是说，如果你已给Photoshop分配60MB内存，而在暂存盘上只有10MB的可用空间，则Photoshop只能使用10MB的内存。提高Photoshop图像处理速度的关键是尽可能让Photoshop只用内存存储图像数据，避免使用低速度的硬盘虚拟内存，要达到这一点，实现的方法有两种：一是调整系统设置，提高Photoshop可用的内存量；二是运用合理的操作方法，降低Photoshop运行时对内存的需求量。
- 图像高速缓存：Photoshop使用缓存的图像来加快屏幕刷新的速度。缓存的图像是原图像低分辨率的复制版，它存储在RAM中，高速缓存的级别为1～8。当设定为8时，为最大缓存，提供最快的刷新时间。默认的数值为4，因为缓存的图像存在于RAM中，所以如果运行软件的内存较少，最好设定较小的缓存级别。
- 软插件：根据默认的情况，Photoshop有大量的软插件，它们在滤镜菜单下可以产生不同的特殊效果，也增加了Photoshop一些有价值的功能，例如读写不同的文件格式、输入和输出文件，甚至扫描。
- 内存：只有windows平台才有有关内存的预置。Adobe建议内存至少是正在处理图像的3～5倍，另外，最好还有5～10MB的可用内存。

2.3.2 Photoshop CS4的显示模式和编辑模式

在Photoshop CS4的图像处理过程中，适当的显示模式将使图像操作更加方便快捷。Photoshop CS4提供了3种屏幕显示模式，这3种方式分别为标准屏幕模式、带有菜单栏的全屏模式、全屏模式。在标准屏幕模式下，单击标题栏中的“屏幕模式”按钮，在弹出的下拉菜单可以选择要切换到的屏幕显示模式，除此之外，我们也可以通过“F”键进行循环切换。

在两种全屏模式下只显示一幅图像，即当前进行操作的图像，而且图像将出现在屏幕的中央位置，如果需要改变图像的显示位置，可以使用工具箱中的抓手工具改变图像显示的位置，也可按住空格键不放拖曳鼠标。在无菜单栏全屏模式下如果需要使用菜单，按“Tab”键显示，如下图所示。

带有菜单栏的全屏模式

全屏模式

2.3.3 更改图像大小

在Photoshop CS4中，图像大小取决于分辨率，分辨率高的图像，可以表现更丰富的细节变化和色彩变化，但相对地，图像文件会更大，占用的磁盘空间也会更大，因此在编辑和打印时的速度相对较慢。

在图像设计的实际操作应用中，常常需要更改图像大小，使图像达到预期的尺寸及清晰度，保证图像质量。而且在网页中大图影响浏览速度，很多时候需要将上传的图像大小限制在指定大小之内。更改图像的像素大小不仅会影响图像在屏幕上的大小，还会影响图像的质量及其打印特性，即图像的打印尺寸或分辨率。要保持当前的像素宽度和高度比例，可选择“图像→图像大小”命令，在打开的“图像大小”对话框中勾选“约束比例”复选框，宽度和高度将按照一定的长宽比例自动设置，而取消勾选后，宽度与高度的设置将随心所欲，没有比例限制。设定后，图像的新文件大小会出现在“图像大小”对话框的顶部，而旧文件大小将在括号内显示。

案例名称：更改图像大小
素材路径：\素材\第2章\洋娃娃.jpg
效果路径：\效果\第2章\更改图像大小.jpg

1 Step 选择“文件→打开”命令，打开“洋娃娃 .jpg”素材文件，如下左图所示。

2 Step 选择“图像→图像大小”命令，在打开的“图像大小”对话框中显示出当前图片的相关信息，如下右图所示。

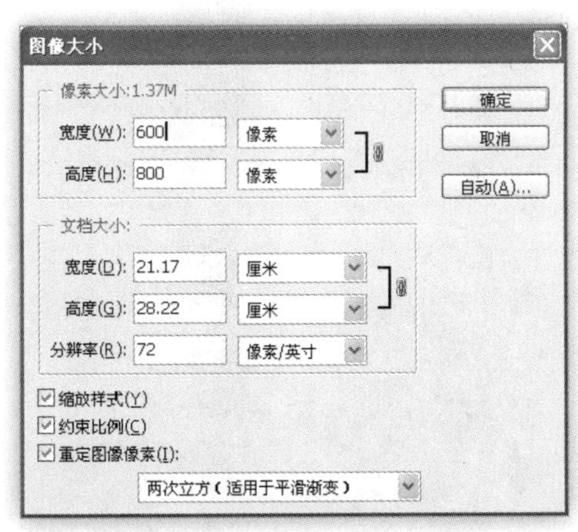

3 Step 保持默认勾选“缩放样式”、“约束比例”和“重定图像像素”复选框，在“像素大小”栏中设置“宽度”值为15厘米，“高度”将自动更改为20厘米，完成设置后，单击 确定 按钮完成图像大小的更改。

2.3.4 调整画布大小

选择“图像→画布大小”命令，将打开“画布大小”对话框，如下左图所示。“画布大小”是指图像的可编辑区域，增大画布的大小将会在现有图像周围添加空间，减小图像的画布大小将会对图像进行裁剪，如果增大带有透明背景的图像的画布大小，则添加的画布是透明的，如果图像没有透明背景，则添加的画布的颜色将由“画布扩展颜色”选项决定，如下右图所示。

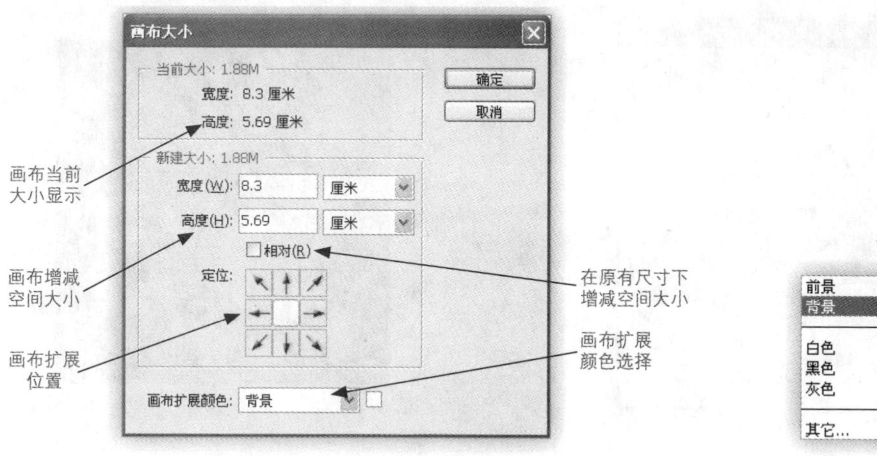

前景
背景
白色
黑色
灰色
其它...

在“画布扩展颜色”下拉列表框中有如下几个选项。

- 前景：用当前的前景颜色填充新画布。
- 背景：用当前的背景颜色填充新画布。
- 白色、黑色或灰色：用这种颜色填充新画布。
- 其它：使用拾色器选择新画布颜色。
- 拾色器：单击“画布扩展颜色”菜单右侧的方形色块来打开拾色器选择所需颜色。

案例名称：调整画布尺寸
素材路径：\素材\第2章\烟花.jpg
效果路径：\效果\第2章\调整画布尺寸.jpg

Step 1 选择“文件→打开”命令，打开“烟花.jpg”素材文件，在图像窗口中显示出来，如下左图所示。

Step 2 选择“图像→画布大小”命令，打开的“画布大小”对话框中显示当前图片信息，如下右图所示。

Step 3 在“画布大小”对话框中勾选“相对”复选框，然后在“新建大小”栏中分别设置“宽度”和“高度”值为2厘米，在“宽度”和“高度”下拉列表框中选择测量单位为“厘米”，最后在“画布扩展颜色”下拉列表框中选择“白色”选项，单击 确定 按钮完成图像画布大小的更改，如下左图所示，其效果如下右图所示。

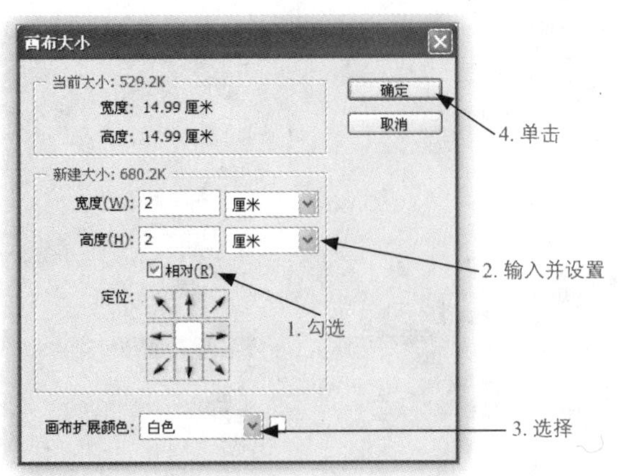

2.3.5 调整打印尺寸与分辨率的关系

创建用于打印的图像时，根据打印尺寸和图像分辨率指定图像大小非常有用。这两个度量单位称为文档大小，它们决定图像中的像素总量，从而也就决定了图像的文件大小，文档大小还决定图像置于其他应用程序内时的基本大小。

选择“文件→打印”命令可以进一步操作打印图像的扩大或缩小，但该命令所做的更改只会影响打印后的图像，而不会影响图像文件的文档大小。为了获得最高的打印品质，最好先更改尺寸和分辨率。在“份数”文本框中输入打印份数，并设置好页面参数进行打印。

案例名称：调整打印尺寸与分辨率的关系
素材路径：\素材\第2章\彩色.jpg
效果路径：\效果\第2章\调整打印尺寸与分辨率的关系.jpg

1 Step 选择“文件→打开”命令，打开“彩色 .jpg”素材文件，在窗口中显示出来，如下左图所示。选择“图像→图像大小”命令，打开的“图像大小”对话框中显示当前图片信息，如下右图所示。

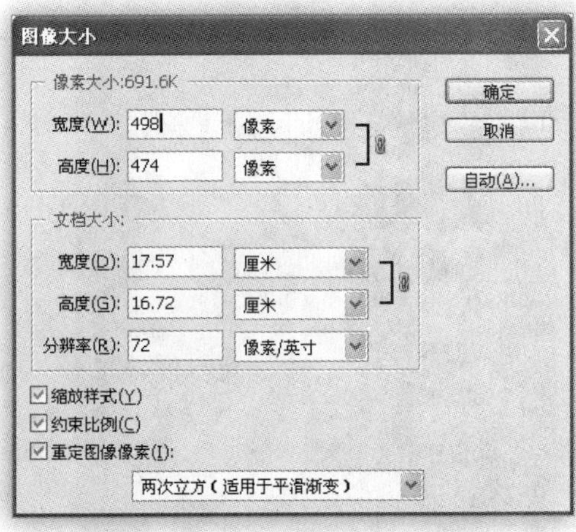

2 Step 保持默认勾选“重定图像像素”及“约束比例”复选框，在“文档大小”栏中输入宽度值，高度值将按比例自动显示。在“分辨率”文本框中设置适当的分辨率大小，并在其右侧的下拉列表框中选择“像素 / 英寸”选项，单击 确定 按钮完成调整打印尺寸与分辨率的操作，如下图所示。

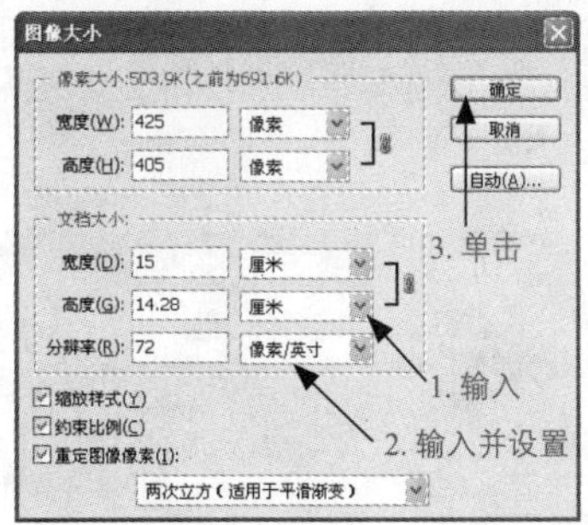

在“图像大小”对话框中单击 自动(A)... 按钮,打开“自动分辨率”对话框，将显示挂网默认数值。挂网是后期工作，它可以使印刷品呈现出更好的效果。

 2.3.6 使用Bridge浏览与管理图像

自从在Photoshop 7.0版本里引进图片浏览、命名和搜索功能后，Photoshop就从单一的图像处理软件变成了图像处理和管理软件。Photoshop内带Bridge，可以单独运行而且和Adobe Creative Suite等软件兼容，它可以当做这些应用软件的图片浏览和管理工具的相对独立的软件。在Photoshop忙于进行动作或批处理时，操作者仍可以使用Bridge进行浏览和管理图片。用两台显示器组合的显示情况下，可以一个显示Photoshop窗口，另一个显示Bridge窗口，互不干涉。另外，用户还可以同时打开多个Bridge窗口，浏览几个文件夹内的图片。

Bridge的最大缺点是极耗内存，但是在慢慢熟悉了Bridge的功能后，你会发现它确实是不可或缺的图片管理工具。Bridge是一个独立软件，它可以在Photoshop里通过下述几个途径开启：

- 在操作系统下选择“开始→所有程序→Adobe Bridge”命令打开。
- 在Photoshop CS4中选择“文件→在Bridge中浏览”命令，打开Bridge。
- 在Photoshop CS4的顶端标题栏中单击图标打开。
- 按“Shift+Ctrl+O”组合键打开。
- 如果已经打开图像文件，可以单击图片右下角状态栏上的三角按钮，在打开的对话框中选择“在Bridge中显示”选项。

Bridge的界面默认情况下的设置是文本区里有文件夹、预览和元数据3个小区，但根据需要，我们可以像Photoshop里的面板重叠组合一样随意拖动各个文件夹标签将其重新组合在一起。Bridge的界面除了左上方的菜单和右上方的逆时针旋转90°工具、顺时针旋转90°工具、打开最近使用的文件工具、创建新文件夹工具、删除项目工具等外，主要分左、中、右3个区域，左边一般来说是用来显示文件夹及图像拍摄数据等文本信息的文本区，中间显示所选择的具体的内容区，而右边是用来显示图像本身的图像区，两边的大小可以通过拉动中间的分界线来进行改变。拖动文件夹标签可重新组合各个版块，如下图所示。

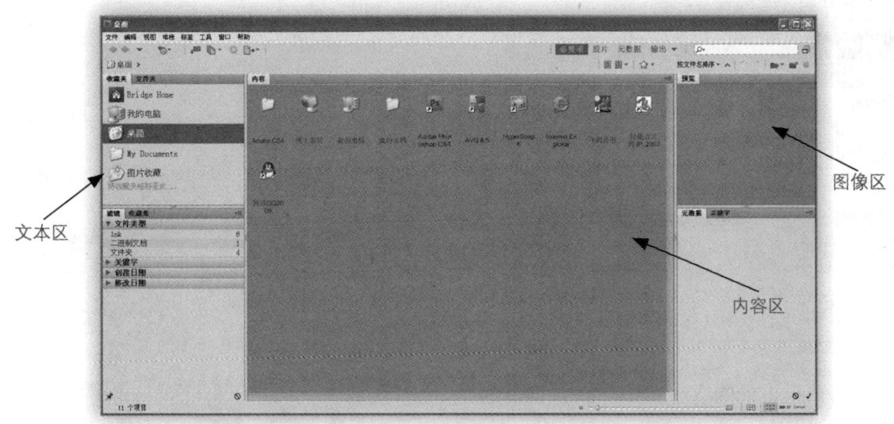

在预览的图像区，单击窗口右下方不同的视图方式按钮就可以改变预览图片的方式，分别使用缩览图视图、胶片视图、详细信息视图及版本和备用文件视图等4种方式观看图片，另外，通过调节缩览图大小滑杆还可以控制缩览图的大小，如下图所示。

胶片视图

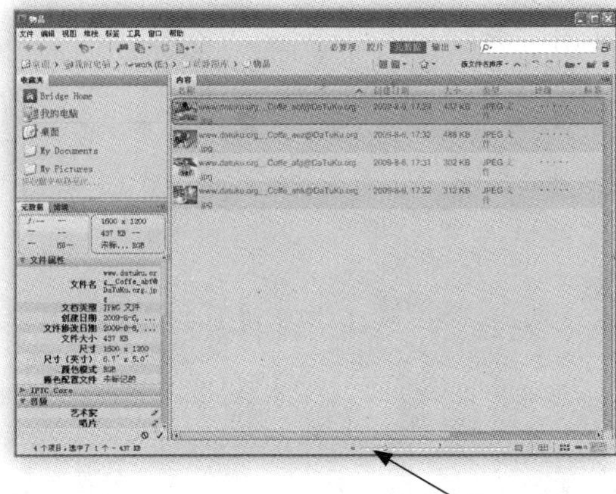

详细信息视图

2.4 Photoshop CS4文件的基本操作

文件的基本操作，是初学者快速入门的必修课之一，通过学习本节知识，读者可以快速掌握Photoshop CS4文件的新建、打开、保存等基础知识。

2.4.1 新建文件

文件的新建是Photoshop CS4图像制作的最基本环节，新建文件的方法有很多种，具体方法如下：

- 用鼠标右键单击桌面，在弹出的快捷菜单中选择“新建→新建Adobe Photoshop CS4”命令，即可新建文件。
- 在Photoshop CS4操作界面中选择“文件→新建”命令来直接新建文件。
- 在Photoshop CS4启动状态下，按“Ctrl+N”组合键。
- 用鼠标右键单击图片窗口标题栏空白处，在弹出的快捷菜单中选择“新建文档”命令。

在通过以上方法进行操作后，将打开一个“新建”对话框，在“新建”对话框中可以对新建的文件进行各种设定，做好图像制作的准备工作，如下图所示。

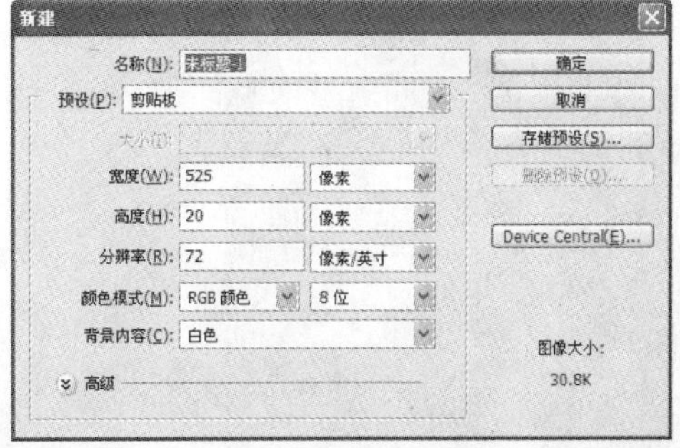

知识链接

新建文件的设定根据图像的不同需要适当设置，通常用于印刷的图片其颜色模式设置为CMYK模式。

“新建”对话框中的内容介绍如下。

- “名称”文本框：在其中可以输入所需的文件名。
- “预设”下拉列表框：在该下拉列表框中可以选择Photoshop已经预设好的各种大小或者剪贴板中复制的文件大小，分别有剪贴板、默认Photoshop大小、美国标准纸张、国际标准纸张、照片、Web、移动设备、胶片和视频、自定。
- “宽度”、“高度”和“分辨率”文本框：在“宽度”和“高度”文本框中输入自定的文件尺寸大小，宽度和高度值最大可输入6位数字，数值范围为1～300000。“宽度”、“高度”和“分辨率”文本框后面的下拉列表框用于设置文档的单位，“宽度”和“高度”文本框后的计量单位分别是像素、英寸、厘米、毫米、点、派卡、列，而图像分辨率是以PPI为单位的。选择不同模式具有不同的位数限制。
- “颜色模式”下拉列表框：颜色模式包含了位图、灰度、RGB颜色、CMYK颜色和Lab颜色5种模式。颜色模式还分了8位、16位和32位3种通道模式，其中8位通道中包含256个色阶，如果增到16位，每个通道的色阶数量为65536个，这样能得到更多的色彩细节。Photoshop可以识别和输入16位通道的图像，但对于这种图像限制很多，所有的滤镜都不能使用。另外16位通道模式的图像不能被印刷。由于16或32位需要的空间非常的大，目前的系统还不很普遍适应，8位最合适而已。目前Photoshop部分功能针对8位以上的图像是关闭的。

2.4.2 打开文件的4种方法

在图像处理中，素材文件的打开是必不可少的环节，而打开文件的方法有很多种，下面我们讲解打开文件的4种方法。

- 以命令形式打开：选择“文件→打开”命令，在打开的对话框中选择所需图片，单击打开(O)按钮，如下图所示。

知识链接

单击“查找范围”右侧的下拉按钮，选择文件存放的位置，选择需要打开的文件即可。

- 拖动打开：打开素材图片所在的文件夹，将素材图片拖至Photoshop CS4的界面中，可以快速打开图片。
- 以规定格式打开图像文件：图像文件若是PSD格式，可直接双击该文件，进行打开操作。若是其他文件格式可用鼠标右键单击该文件，在弹出的快捷菜单中选择“打开方式→Adobe Photoshop CS4”命令。
- 打开最近使用的图像文件：选择“文件→最近打开文件”命令，在弹出的子菜单中选择所需文件名即可打开文件。

2.4.3 保存文件

图像制作和处理文件过程中，我们要养成经常保存文件的习惯，以防电脑临时出现各种问题，导致文件丢失。文件的保存有多种方法，下面讲解常用的3种保存方法。

- 直接保存：选择“文件→存储”命令，或按“Ctrl+S”组合键，对于已有文件则直接执行存储操作；而对于新建的文件，将打开“存储为”对话框，在其中的“保存在”下拉列表框中选择图像存储路径，在“文件名”下拉列表框中输入文件名称，然后在“格式”下拉列表框中选择保存格式，默认为PSD格式，设置完成后单击保存(S)按钮保存文件。
- 另存图像文件：对于新建的文件，执行“存储”命令和“存储为”命令效果是一样的，但对于已保存文件，“存储”命令是直接覆盖原文件，而“存储为”命令则是将文件存储为新的文件名或是存储在其他位置。当存储为JPG格式的时候，需要设置文件品质和大小，其中品质选择“最佳”的时候文件信息越多，文件也就越大，选择“小”的时候图片质量最差，同时文件也是最小。

2.5 图像的查看与导航控制

在Photoshop CS4中，图像的查看方式有多种，掌握各种图像查看方式是图像制作和处理效率化的重要环节，下面我们来学习4种不同的查看方式。

2.5.1 使用导航器查看

利用“导航器”面板可以自由地查看图像，并调整图像的显示比例，也可以平移图像。“导航器”面板在图像处理时有非常重要的作用，它可以提供图像基本信息，以及对图像的便利操作。

如果在“导航器”面板的左下方直接输入数值，或者拖动其右下方的滑块都可以改变当前图像的显示比例。在导航器红色矩形框内的图像区域，是最终显示在图像窗口中的图像内容，如果用鼠标拖曳图像区域的红色矩形框，则可以平移图像，如下图所示。

大家用Photoshop CS4用得久了，就会觉得很多时候用键盘来控制导航器比用鼠标更快捷，下面列出一些常用的导航器快捷键。

- “Home”键：到画布的左上角。
- “End”键：到画布的右下角。
- “PageUp”键：把画布向上滚动一页。
- “PageDown”键：把画布向下滚动一页。
- “Ctrl+PageUp”组合键：把画布向左滚动一页。
- “Ctrl+PageDown”组合键：把画布向右滚动一页。
- “Shift+PageUp”组合键：把画布向上滚动10个像素。
- “Shift+PageDown”组合键：把画布向下滚动10个像素。
- “Ctrl+Shift+PageUp”组合键：把画布向左滚动10个像素。
- “Ctrl+Shift+PageDown”组合键：把画布向右滚动10个像素。
- “F12”键：把当前文档恢复到上次保存时的状态。

2.5.2 使用“缩放工具”查看

缩放工具是图像查看中的常用方式，它的操作方便、快捷，而且配合快捷键的运用，可以令图像查看更直观、随意。

缩放工具的介绍如下。

- 改变图像窗口的大小：选择“文件→打开”命令（或者按“Ctrl+O”组合键），自动打开“打开”对话框，选择素材文件进行打开，然后拖曳图像窗口至屏幕前，将鼠标移动到该图像窗口的上下左右或4个对角的边界位置，鼠标的指针变成一个双向箭头，此时按住鼠标左键并拖曳鼠标，则可以随意改变当前图像窗口的大小。
- 缩放图像的显示比例：单击工具箱中的缩放工具（或者按“Z”键），在图像窗口内单击鼠标左键，则可以放大该图像；在图像窗口内按住鼠标左键并拖曳鼠标，则可以局部放大图像；按住“Alt”键的同时再单击鼠标左键，则可以缩小该图像。在工具选项栏上单击“缩小”按钮，按“Alt”键，“缩小”按钮将自动切换为“放大”按钮。放大时的鼠标指针为，缩小时的鼠标指针为。双击缩放工具，则是以实际像素显示（100%显示）。另外也可以直接按“Ctrl+‘+’”组合键放大图像，按“Ctrl+‘-’”组合键缩小图像。

技巧提示

利用以上的方法无论怎样缩放图像，该图像的实际大小都不会改变，因为缩放图像仅仅是改变该图像的显示比例。在图像窗口的最底部可以直接输入新的显示比例值，并且按“Enter”键，用来改变当前图像的显示比例大小。

2.5.3 使用抓手工具查看

单击工具箱中的抓手工具（或者按“H”键），在打开的文件中放大图像，然后使用抓手工具拖动图像进行查看。另外，在抓手工具的工具选项栏上勾选“滚动所有窗口”复选框，然后在一幅图像中拖动可以滚动查看所有可见的图像。

2.5.4 窗口排列

在Photoshop CS4的操作界面中，用户可以打开多个窗口来显示不同的图像。如果要排列窗口，选择“窗口→排列”命令，然后在弹出的下拉列表中选择以下选项。

- 层叠：从屏幕的左上角到右下角以堆叠和层叠方式显示未停放窗口，如下左图所示。

- 平铺：以边靠边的方式显示窗口，当关闭图像时，打开的窗口将调整大小以填充可用空间，如下右图所示。

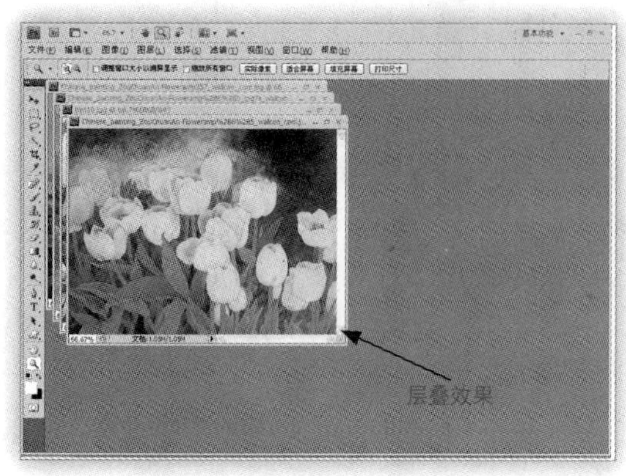

- 在界面中浮动：允许图像自由浮动。
- 使所有内容在界面中浮动：使所有图像在界面中浮动，如下左图所示。
- 将所有内容合并到选项卡中：绘图区只显示一个图像，并将其他图像最小化到选项卡中，如下右图所示。

2.6 辅助工具的使用

标尺、网格与参考线都是用于辅助图像处理操作的，如对齐操作、对称操作等，它们的运用将大大提高工作效率。

2.6.1 标尺的使用

标尺的作用就是可以让参考线定位准确，也可以用来度量图片的大小。标尺的坐标原点可以设置在画布的任何地方，只要从标尺的左上角开始拖动即可应用新的坐标原点，而双击左上角就可以还原坐标原点到默认点。

- 标尺的显示与隐藏：选择“视图→标尺”命令，可以在屏幕上显示及隐藏标尺。

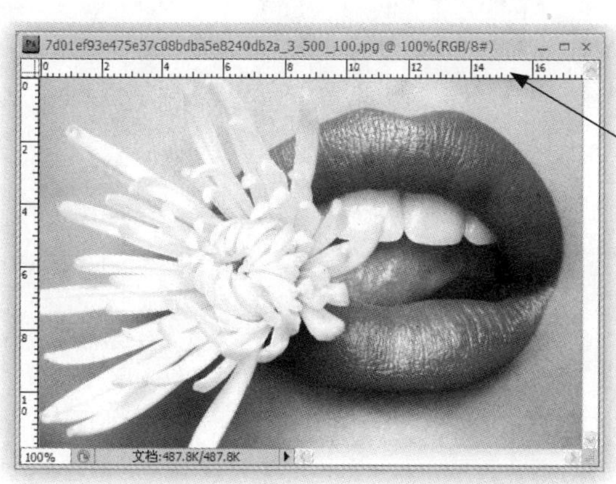

知识链接

在标尺上右击，在弹出的下拉菜单中可以选择适合的尺寸单位。

- 改变标尺的原点（0，0）：将光标置于标尺的原点，拖曳鼠标到所需位置，松开鼠标，光标处就会变为原点（0，0）位置，用鼠标双击左上角标尺相交的方块，可以重新将标尺的原点（0，0）设置为默认方式。

 2.6.2 网格的使用

网格主要是用于辅助定位的，就像在坐标图纸上绘画，在图像上显示出坐标的格子效果。网格还可以用来平均分配空间，适当设置间距，方便度量和排列很多的图片，在需要平均分配较多小图片的间距和图片对齐时，网格给我们带来很大的方便。

网格是系统提供的绘图辅助线，它的间距是可以设定的。选择“编辑→首选项→参考线、网格和切片”命令，打开“首选项”对话框，在其中可以根据自己需要来设置选项。

选择铅笔工具，根据需要线条的粗细设定笔触大小，在选定的网格线起点单击鼠标，然后按住“Shift”键在该线的终端处再单击，就可以沿这条网格线绘出一条直线（若手上稍有偏差，系统也会自动按照网格线对齐）。照此操作，就能很快、很轻松地绘制出需要的图形，如下图所示。

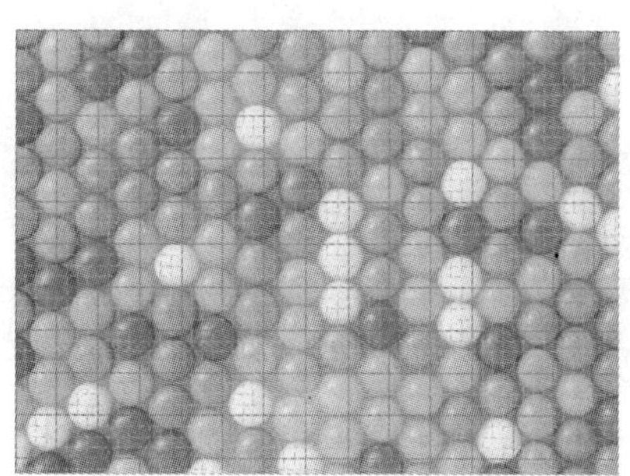

2.6.3 参考线的使用

参考线可以拉出来标记位置，拖动参考线时按住“Alt”键便可以在水平参考线和垂直参考线之间切换。按住“Alt”键单击一条垂直辅助线可以把它转为水平辅助线，反之亦然。选择“视图→显示→参考线”命令可以打开或隐藏参考线。

参考线不仅会吸附在当前层或选区的边缘，也会水平或垂直中心对齐。选区和图像会吸附到已经存在的辅助线上，而辅助线不会吸附到背景图层上。需要注意的是，要实现上述功能先要打开“贴紧辅助

线”选项。参考线是通过从标尺中拖出而建立的，所以要确保标尺是打开的，如下图所示。

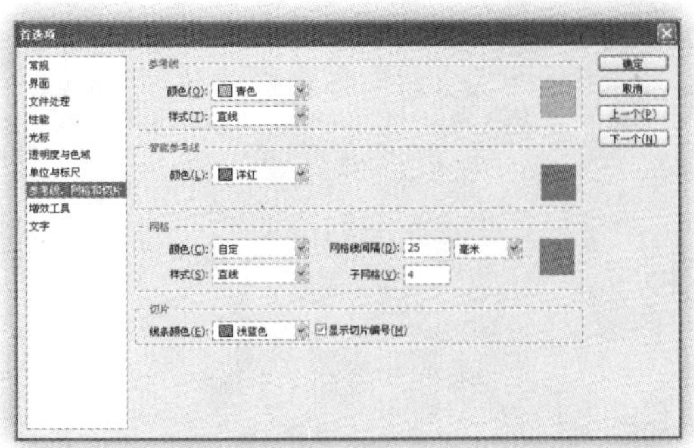

拖动参考线时按住“Shift”键将强制其对齐到标尺上的刻度；双击参考线可以打开“参考线、网络和切片”对话框。

2.7 自定义快捷键

我们都知道，Photoshop CS4为很多常用的菜单命令或调整工具设置了大量的快捷键，这大大提高了图像处理的效率。使用Photoshop CS4软件处理图像时，常常需要用鼠标在界面内单击及选择各种工具按钮、菜单命令，操作起来既烦琐也非常费神。而采用快捷键一是可以减少执行命令时的操作次数；二是能迅速方便地在各个工具和菜单命令之间切换；三是可以减少视觉疲劳。

由于Photoshop的菜单命令和工具非常多，各个工具的属性设置更多，因此，Photoshop开发人员并未将所有的命令及工具都设置有相应的快捷键。但是，Photoshop CS4给我们提供了一个新功能，那就是设置快捷键对话框。通过设置快捷键对话框，我们可以将一些常用的或没有默认快捷键的菜单命令、工具选项，按照自己的习惯进行设置。

其设置方式如下。

（1）在Photoshop 软件界面中选择“编辑→键盘快捷键”命令，打开“键盘快捷键”对话框。“键盘快捷键”对话框分为Photoshop软件中全部可执行程序的分类浏览下拉菜单、可执行程序的选取界面、快捷键的编辑按钮区，以及简单使用说明。

（2）以“亮度/对比度”菜单命令为例，图像文件若是给工具或应用菜单程序添加快捷键，先在“快捷键用于”选项栏中选中“应用程序菜单”，然后双击“图像”选项，在弹出的下拉菜单中拖动小滑杆，此时“亮度/对比度”菜单命令出现在选项中。

（3）选择“亮度/对比度”命令，将在右侧出现文本框，同时按“Ctrl+V”组合键。则“亮度/对比度”选项中便出现了“Ctrl+V”组合键。如果还需要添加其他快捷键，可以继续在应用或工具命令中查找，并用同样的方法添加快捷键，但不能重复选前面已选过的字母。

知识链接

“Ctrl+V”组合键中“+”后面字母可根据习惯或需要任选，但不能与PS 软件中默认的快捷键相同。当自定义的快捷键字母不够用时，也可用键盘上的其他符号，或者直接用键盘快捷键对话框的删除功能将默认的快捷键中很少用到的删除，然后再将已删除快捷键的字母用于你需要自定义的快捷键。同时，如果你定义了新的快捷键，则一定要尽快记住快捷键的字母．便于在今后图像处理中熟练地运用。

- 需取消已定义的快捷键时，可以单击 还原 按钮，也可单击 删除快捷键(E) 按钮，设置完成后单击 确定 按钮，完成快捷键的自定义。

- Photoshop 软件中的“键盘快捷键”对话框还有一个重要功能，就是当我们忘记了某一常用快捷键时，可以打开“键盘快捷键”对话框查找。例如，我们想查找画笔快捷键时，只要打开“键盘快捷键”对话框，在工具类快捷键中查找到画笔工具，画笔的快捷键便显示出来了。

2.8 使用Photoshop CS4的帮助功能

Photoshop CS4之所以在拥有强大功能的同时依然保持了良好的使用性，是因为它拥有整齐精练的界面和简单易用的可自定义性。事实上，Photoshop中拥有大量令人惊异的“隐藏”功能。无论你用Photoshop多少年，都会不断发掘出越来越多的东西。因此，我们在学习中要学会深入探索，运用各种方法主动掌握学习Photoshop CS4的各种技巧。在这里，Photoshop的帮助功能显得尤为重要。在这之前Photoshop的帮助功能总是受到人们批评，而现在，Adobe重新设计了帮助中心，像Office的帮助一样，动态显示你要查找的信息提示。

在Photoshop CS4的学习过程中，读者遇到问题，可以自助使用Photoshop CS4的帮助功能，了解和掌握各种工具的功能及使用方法，使Photoshop CS4的操作技巧日趋成熟。

Photoshop CS4的帮助很容易操作，在菜单栏上单击帮助(H)菜单项，然后在弹出的菜单中选择“Photoshop 帮助”命令，系统将以网页形式自动打开Photoshop CS4的帮助系统。另外，按“F1”键，也可以自动打开Photoshop CS4的帮助网页。拖动网页右侧的小滑杆，可以浏览帮助文件里的内容。需要查询某方面的知识技巧时，直接在网页右上角的搜索文本框中输入所需查询的知识点，按“Enter”键搜索，或者单击搜索框右侧的“搜索”按钮，将自动显示相关内容的版块。Photoshop CS4的帮助功能，是学习者通往成功的一道桥梁，是不可缺少的重要组成部分，如下图所示。

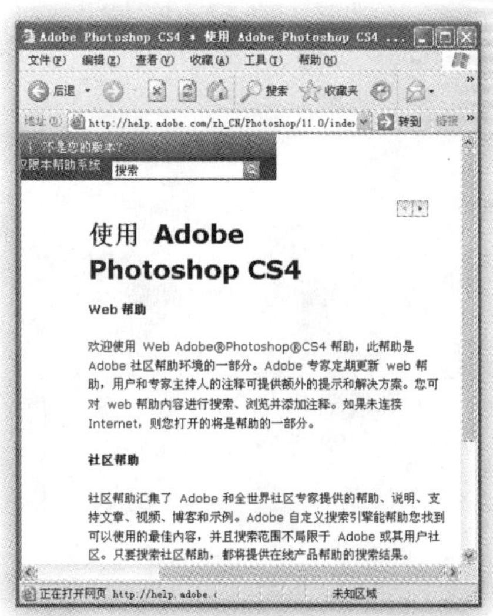

2.9 自我提高

学习完本章后，读者需要掌握Photoshop CS4启动与退出的方法，同时了解它的工作界面、内部工作环境及文件的一些基本操作，熟练运用图像查看技巧、辅助工具及帮助功能，加强自学的能力。下面通过实例操作来巩固本章所介绍的知识，并对知识进行延伸扩展。

提高一　漂亮娃娃（\效果\第2章\调整图像尺寸.jpg）

① 打开“漂亮娃娃.jpg”素材文件（\素材\第2章\漂亮娃娃.jpg）。

② 选择“图像→图像大小”命令，打开“图像大小”窗口。

③ 在“图像大小”窗口中，直接对宽度进行编辑，更改宽度为10厘米，因默认勾选了“约束比例”，长度将自动按比例生成13.32厘米。

④ 单击确定按钮，完成设置，制作完成后，保存文件。

提高二　使用工具查看图像（\效果\第2章\使用工具查看图像.jpg）

① 打开“牵牛花.jpg”素材文件（\素材\第2章\牵牛花.jpg）。

② 单击缩放工具，在打开的素材图像中按住鼠标左键，拉出一个矩形选区，松开左键，图像自动放大。

③ 按“Alt”键在素材图像中连续单击，画面自动缩小。

④ 在菜单栏上单击适合屏幕按钮，画面将自动调整至屏幕适合大小。

边学边做篇

本篇在第一篇的基础上，为读者介绍Photoshop CS4的各种选区工具的应用、绘制功能的应用、图像的修饰、文字的输入与编辑、图层的应用、蒙版的应用、滤镜的使用及高级应用等知识，从而使读者深入地了解Photoshop CS4软件的各种应用。

①第3章　选择部分图像与颜色填充
②第4章　图像绘制功能应用
③第5章　使用工具修饰图像
④第6章　图像修饰与润色的高级应用
⑤第7章　文字的输入与编辑
⑥第8章　图层的应用
⑦第9章　图层的高级应用
⑧第10章　蒙版应用技术
⑨第11章　蒙版的高级应用
⑩第12章　滤镜的特殊效果（一）
⑪第13章　滤镜的特殊效果（二）

Chapter 3

第3章 选择部分图像与颜色填充

Photoshop CS4中选区的应用是一个很基本也是很重要的部分，它是编辑修饰图像的一个基本工具。使用选区可以对图片进行局部的选择和修改，而不影响到选区外的图像。在本章中将重点学习如何选择部分图像及其颜色填充的有关知识。

3.1 通过3个案例掌握规则选区的创建方法

工具箱中提供的选区工具是图像处理过程中使用最为频繁的工具，建立选区可以选择出自己想要的部分图像进行编辑，通过熟练掌握选区的运用可以大大提高图像处理的效率，是平面设计中不可缺少的工具。

3.1.1 使用矩形选框工具编辑桌面壁纸

学习目标

本节主要学习使用矩形选框工具的相关知识，矩形选框工具参数设置的相关知识，并通过编辑桌面壁纸介绍其使用方法。在学习绘制桌面壁纸的案例时，读者可以结合光盘中的视频轻松、直观地进行学习。

准备知识

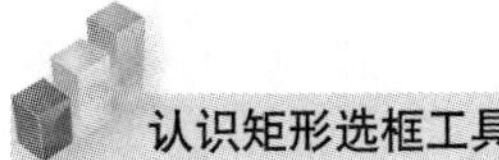

认识矩形选框工具

在Photoshop CS4中提供了4种类型的选区工具：矩形选框工具组、套索工具组、魔棒工具和快速选择工具。这里我们先介绍矩形选框工具的使用，使用矩形选框工具，可以在图像中绘制一个矩形选区，单击工具箱中的矩形选框工具后，我们可以在其工具选项栏中设置其属性，如下图所示。

矩形选框工具的工具选项栏中各选项的含义如下。

- “新选区”按钮：单击该按钮，在图片上按住鼠标左键进行拖动，选择你所需要的区域，即可出现矩形选区，被框选的部分即是被编辑的部分，如下左图所示。
- “添加到选区”按钮：单击该按钮，建立一个新的选区与现有选区进行并集，如下右图所示。

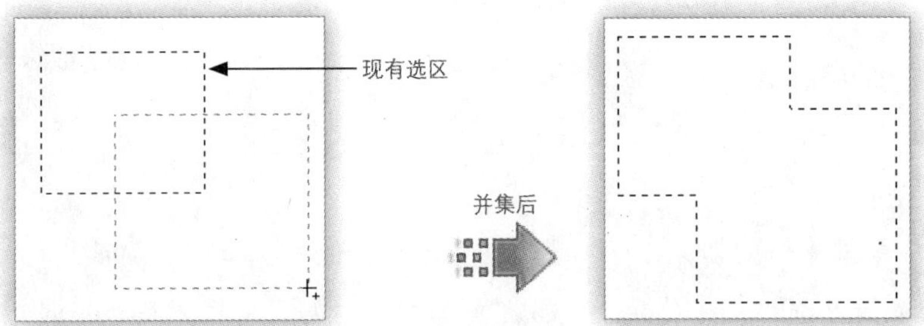

- “从选区减去”按钮：单击该按钮，建立一个新的选区与现有选区进行差集，如下图所示。

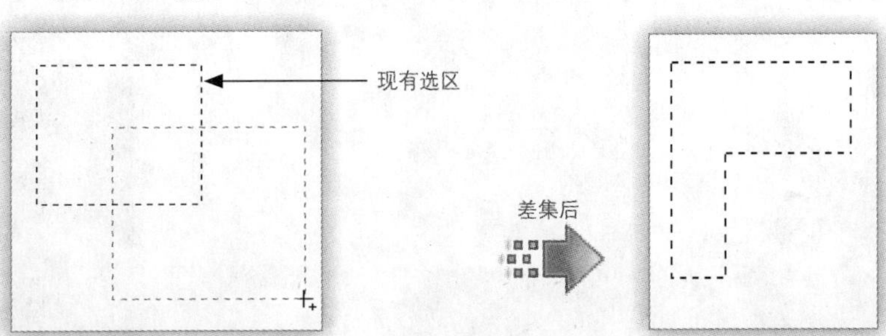

- “与选区交叉”按钮▣：单击该按钮，建立一个新的选区与现有选区的交集，如下图所示。

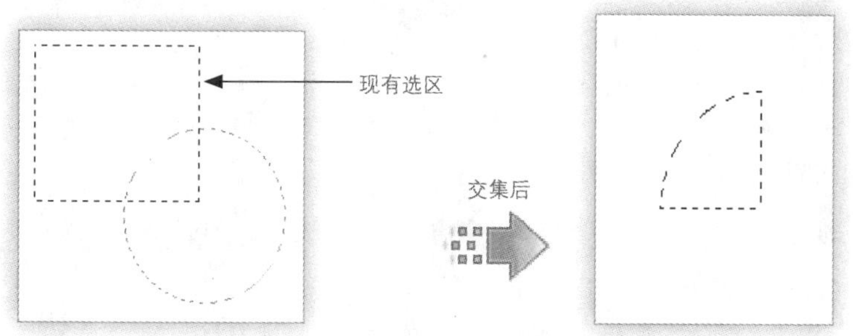

- “羽化”文本框：羽化是通过建立选区和选区周围像素之间的转换来模糊边缘，我们可以通过输入羽化值来控制选区羽化效果，如下图所示。
- “消除锯齿”复选框：消除锯齿通过软化边缘像素与背景像素之间的颜色转换，使选区的锯齿状边缘平滑，只更改边缘像素，所以不会丢失细节，如下图所示。

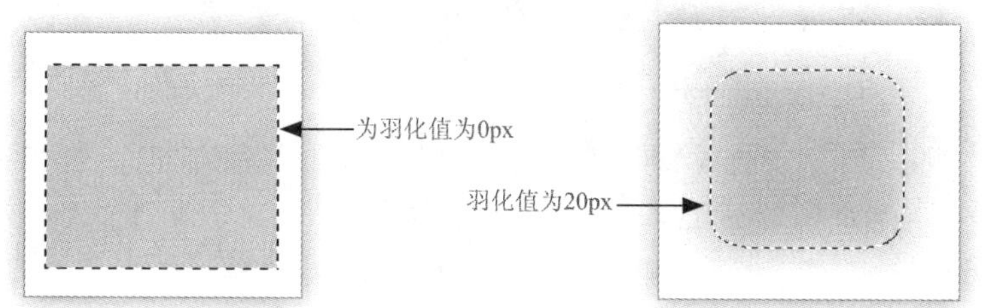

技巧提示

在进行选区的绘制时，也可使用“Shift”键和“Alt”键快速地进行加选和减选，这样操作起来更为方便、简捷。另外，在所有选区工具中，包括后面的椭圆选框工具，单行、单列选框工具，选项栏中的各个按钮用法一致，后面就不再一一介绍。

前景色和背景色的设置方法

在Photoshop CS4中，使用前景色来绘画、填充和描边选区，使用背景色来生成渐变填充和在图像已抹除的区域中填充。颜色填充可以使用吸管工具、“颜色”面板、“色板”面板或 Adobe 拾色器指定新的前景色或背景色。默认前景色是黑色，默认背景色是白色，要填充一个空白的图层，在工具箱中选择颜色，如下图所示。

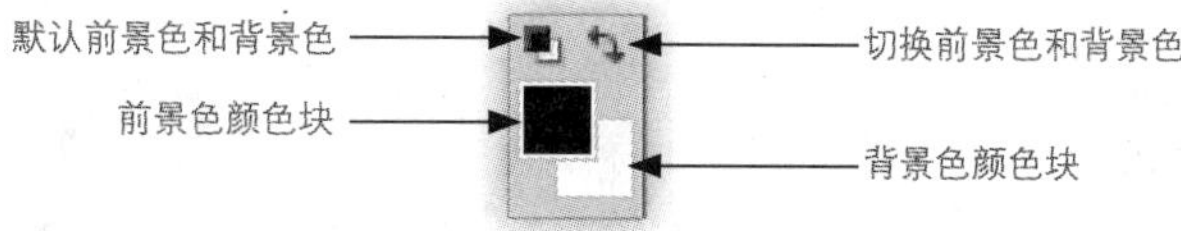

- “默认前景色和背景色”按钮■：默认的颜色是前景色为黑色，背景色为白色，单击该按钮，可以快速恢复到默认的前景色和背景色。
- “切换前景色和背景色”按钮↰：单击这个按钮，可快速地切换前景色和背景色，使创作更方便快捷。
- 前景色或背景色颜色块：单击前景或背景颜色块，可以打开“拾色器”对话框，在其中我们可以自定义需要的颜色。

认识拾色器

双击Photoshop中任意的颜色块，都可以打开拾色器。拾色器用于选择需要的颜色，我们可以在其中的颜色区域手动选择颜色，当鼠标在颜色区域选择所需的颜色，旁边新的颜色块就是当前所选的颜色。另外，通过旁边的颜色滑块条也可以选择任意的颜色，如下图所示。

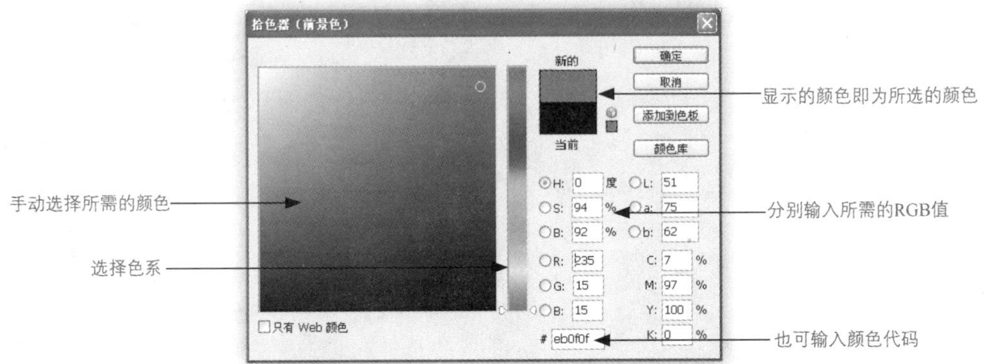

除了手动调节颜色，还可以采用输入颜色值或颜色代码值来得到一个精确的颜色，有如下几种输入方式。

- RGB颜色模式：Photoshop RGB 颜色模式使用 RGB 模型，并为每个像素分配一个强度值。在 8 位/通道的图像中，彩色图像中的每个 RGB（红色、绿色、蓝色）分量的强度值为 0（黑色）~255（白色）。
- CMYK颜色模式：在 CMYK 模式下，可以为每个像素的每种印刷油墨指定一个百分比值。
- Lab颜色模式：此颜色模式是基于人对颜色的感觉。Lab 中的数值描述正常视力的人能够看到的所有颜色，因为 Lab 描述的是颜色的显示方式，而不是设备（如显示器、桌面打印机或数码相机）生成颜色所需的特定色料的数量，所以 Lab 被视为与设备无关的颜色模型。
- 灰度模式：是指在图像中使用不同的灰度级。在 8 位图像中，最多有 256 级灰度。灰度图像中的每个像素都有一个 0（黑色）~255（白色）之间的亮度值。

颜色的填充方法

Photoshop使用前景色来绘画、填充和描边选区，使用背景色来生成渐变填充和在图像已抹除的区域中填充。颜色填充可以使用吸管工具、“颜色”面板、“色板”面板或 Adobe拾色器指定新的前景色或背景色。默认前景色是黑色，默认背景色是白色。在设置好颜色后，我们就可以进行颜色的填充了，这里介绍两种填充方法。

- 通过工具填充：在工具箱中选择油漆桶工具，将鼠标移至工作区，当鼠标指针变成油漆桶图标时，单击鼠标左键，图像就会被填充为当前选择的颜色。
- 通过快捷键填充：按住“Alt+Delete”组合键，可以快速填充前景色；按“Ctrl+Delete”组合键，可以快速填充背景色。

案例名称：绘制桌面壁纸
素材路径：\素材\第3章\无
效果路径：\效果\第3章\桌面壁纸.psd

1 Step 新建一个空白的图形文件，选择矩形选框工具[]，在工具选项栏中单击“新选区”按钮，然后将鼠标指针移动到图像窗口的左上角，按住鼠标左键不放并进行拖动，绘制出一个和文档窗口一样大小的矩形选区，最后释放鼠标完成绘制，如下左图所示。

2 Step 双击前景色颜色块，打开拾色器，设置前景色为蓝色（R:78,G:240,B:242），按“Alt+Detete”组合键填充背景颜色，如下右图所示，然后按“Ctrl+D”组合键取消选区。

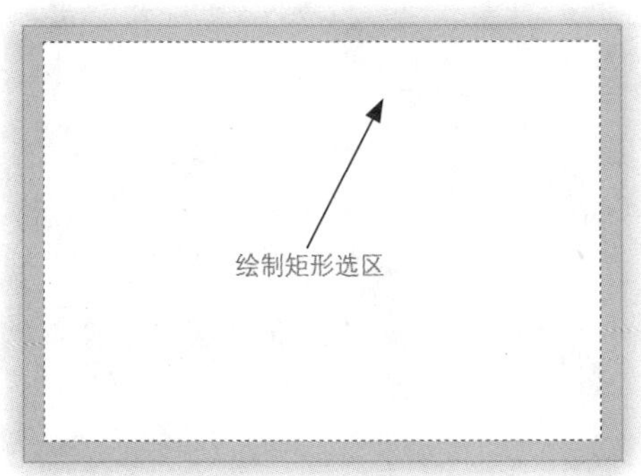

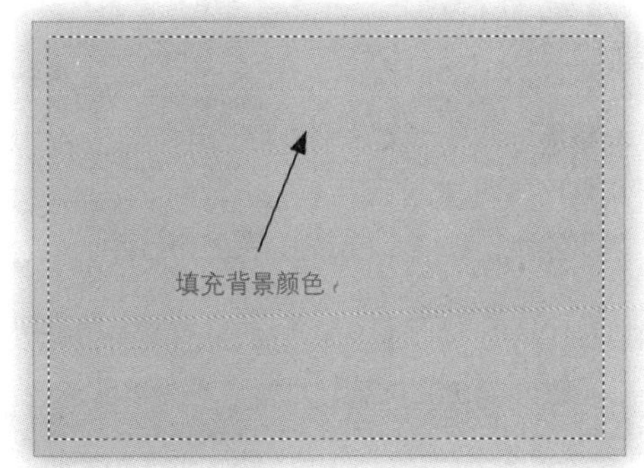

3 Step 使用矩形选框工具[]在图像窗口左边绘制矩形选区，并为其填充“黄色”（R:237,G:242,B:78）。

4 Step 采用同样的方法，再绘制出多条矩形选区，并依次填充为“橙色”（R:253,G:181,B:95）、“草绿”（R:122,G:229,B:97）、“紫色”（R:109,G:136,B:251），“红色”（R:251,G:109,B:109），使图片色彩看起来更丰富美观，如下图所示，保存该图片，完成本案例的制作。

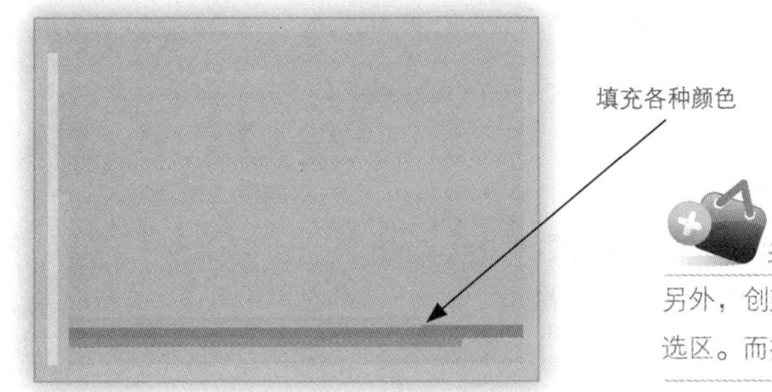

技巧提示

另外，创建选区时按住“shift”键，可以创建正方形的选区。而按“Ctrl+D”组合键则可以取消已选选区。

3.1.2 通过使用椭圆选框工具绘制卡通图像

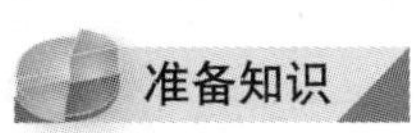

学习目标

本节主要学习使用椭圆选框工具○的相关知识，通过绘制卡通图像介绍椭圆选框工具○参数设置的相关方法。在学习绘制卡通图像时，读者可以结合光盘中的视频轻松、直观地进行学习。

准备知识

认识椭圆选框工具

在Photoshop CS4中，椭圆选框工具○也是一个十分重要的选区工具，用鼠标右键单击矩形选框工具[]，在弹出的列表中选择“椭圆选框工具”选项，这时工具箱中即显示椭圆选框工具○，如下图所示。

在选择椭圆选框工具○后，同样也有像矩形选框工具[]一样的工具选项栏，其中也有“新选区”按钮、“添加到选区”按钮、“从选区减去”按钮、“与选区交叉”按钮，它们的用法都与矩形选框工具⬚一样，这里就不再一一进行介绍。

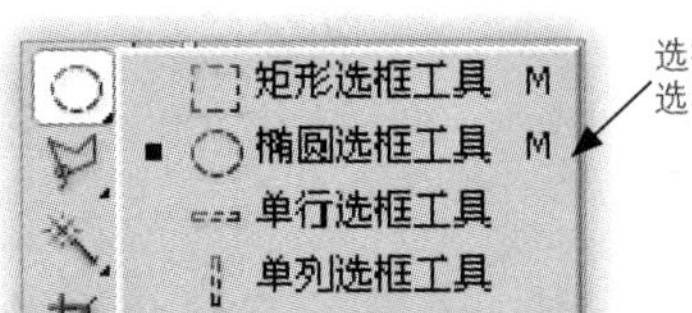

技巧提示

在绘制椭圆选区的时候，可按住“shift”键，绘制正圆选区。

案例名称：绘制卡通图像

素材路径：\素材\第3章\无

效果路径：\效果\第3章\卡通图像.psd

1 Step 新建一个600×463像素，其他参数默认的图形文件，然后为背景填充上”粉红色”（R:254,B:223,C:220），如下左图所示。

2 Step 接下来开始绘制卡通小熊的头像，选择椭圆选框工具◯，单击工具选项栏中的“新选区”按钮▣，绘制一个椭圆选区，如下右图所示。

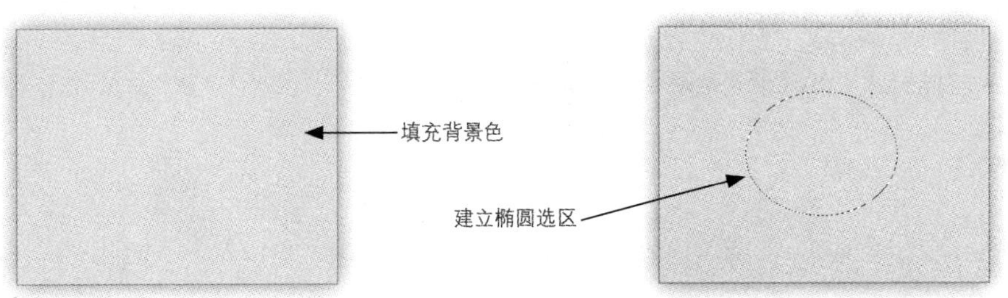

3 Step 在工具选项栏中单击“添加到选区”按钮▣，按住“Shift”键，在现有选区左上方建立一个新的选区与之进行并集，绘制出熊的一只耳朵，然后采用同样的方法在右上方绘制另一个耳朵，如下左图所示。设置前景色为“棕黄色”（R:240,G:196,B:131），按“Alt+Detete”组合键填充颜色，如下右图所示，最后按“Ctrl+D”组合键取消选择选区。

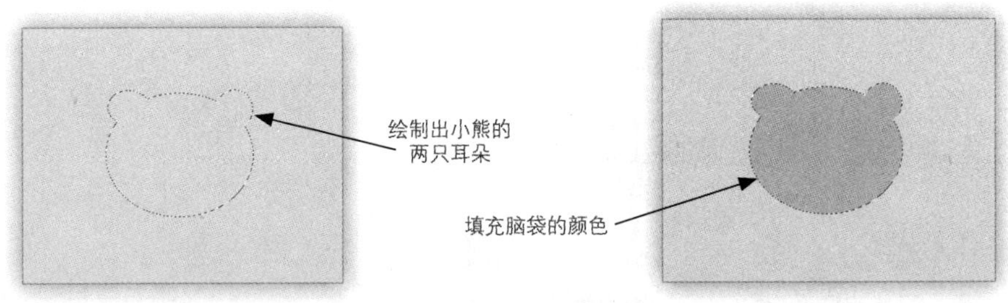

4 Step 单击工具选项栏中的“新选区”按钮▣，在左耳中间再绘制一个小椭圆选区，大小可自己进行适度的掌握，并为其填充上“粉红”（R:242,G:169,B:137），按照此方法继续绘制出小熊的右耳，如下图所示。

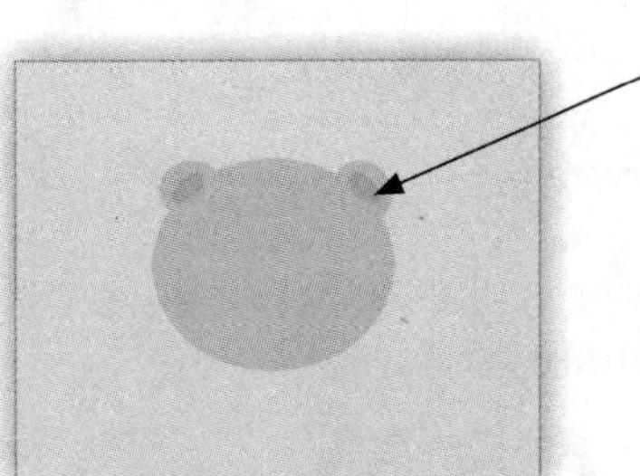

技巧提示

在进行耳朵方向及大小的调整时，按住“Shift+T”组合键，可对其移动、缩放、旋转，可得到想要的效果。

5 Step 绘制一个椭圆选区作为熊的嘴部，并填充上“黑色”（R:249,G:238,B:208），然后在嘴的上方绘制一个小椭圆选区，作为小熊的鼻子，颜色设置为“黑色”，在黑色的鼻子中间再绘制一个小椭圆选区，并填充为“白色”，作为鼻子上的高光，如下图所示。

技巧提示

要复制绘制好的图像，可以按住“Ctrl+J”组合键进行复制，具体关于复制的内容将会在第 8 章详细介绍。

6 Step 选择椭圆选框工具，在小熊嘴部下方绘制一个椭圆选区，继续选择椭圆选框工具，并按住“Alt”键进行减选，绘制出小熊的嘴巴，设置前景色为黑色，按“Alt+Detete”组合键填充颜色，如下左图所示。

7 Step 接下来制作小熊的眼睛，选择椭圆选框工具，先绘制出一个小椭圆选区，然后按住“Alt”键，在现有选区左上方建立一个新的选区与之进行差集，填充颜色为“黑色”。继续使用此方法制作小熊的另一个眼睛，如下右图所示。

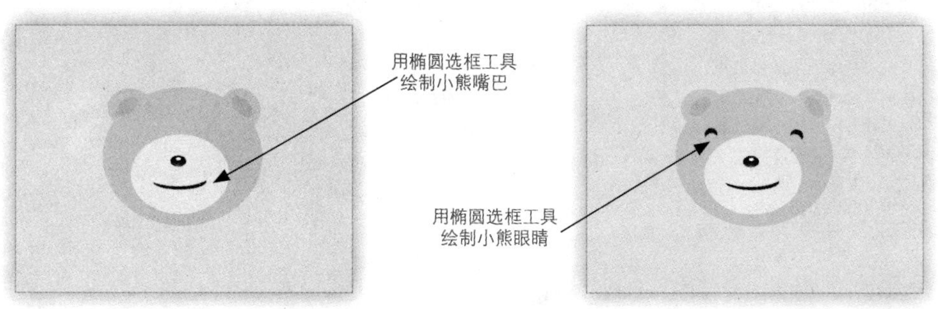

8 Step 单击工具选项栏中的“新选区”按钮，在小熊左脸创建一个新的椭圆选区，并用鼠标右键单击该选区，在弹出的快捷菜单中选择“羽化”命令，然后在打开的“羽化选区”对话框的“羽化半径”文本框中输入“10”，单击 确定 按钮，绘制出脸上的红晕，如下左图所示。

9 Step 设置“粉红”（R:247,G:177,B:134），并填充这个选区，然后在此图形上使用同样的方法填充一个颜色为“白色”的小椭圆选区，最后继续绘制出小熊右边脸颊的红晕，如下右图所示，并保存该图片，完成该卡通小熊图像的绘制。

知识链接

在进行选区与选区的并集或差集时，需按住“Shift”键。另外，移动选区或图形时，可以使用移动工具，或者按“↑”、“↓”、“←”、“→”键进行精确的调整。

3.1.3 通过使用单行和单列选框工具制作图像抽丝效果画

学习目标

本节主要学习使用单行选框工具和单列选框工具的一些相关知识，并通过制作图像抽丝效果介绍单行选框工具和单列选框工具的基本操作。在学习制作图像抽丝效果画时，读者可以结合光盘中的视频轻松、直观地进行学习。

准备知识

设置点样式

单行选框工具和单列选框工具是指将边框定义为宽度为1个像素的行或列。用鼠标右键单击矩形选框工具，在弹出的快捷菜单中选择“单行选框工具”选项或“单列选框工具”选项，这时工具箱中即显示单行选框工具或单列选框工具，如下图所示。

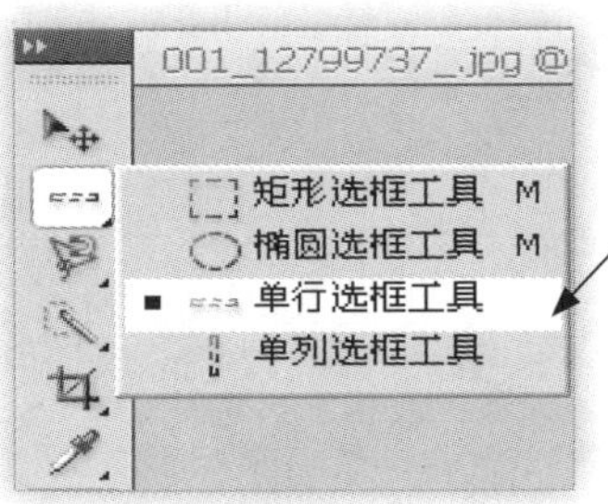

技巧提示

同理将鼠标指针移至单列选框工具即可。单行选框工具也与矩形选框工具有着同样的选项栏。

案例名称：制作图像抽丝效果
素材路径：\素材\第3章\苹果.jpg
效果路径：\效果\第3章\苹果.psd

1 Step 打开“苹果.jpg”图像文件，新建一个空白图层，选择单行选框工具，在空白图层的最上方单击，此时创建出一个高为“1像素”，宽度与画布相同的选区，然后将选区填充为“黑色”，如下图所示。

2 Step 在工具栏中选择移动工具，一边按住“Alt”键，一边按住“↓”方向键不放进行复制，直到覆盖整个图像，如下左图所示。

3 Step 在“图层”面板上将这一层的不透明度降低为“40%”，苹果图像的抽丝效果案例完成，保存该图片，效果如下右图所示。

技巧提示

关于图层的新建方法，会在第 8 章中进行详解。在进行重复复制选框时，系统运算时会有些卡，所以需读者耐心等待。

3.2 通过6个案例掌握创建不规则选区的方法

在Photoshop CS4中，选择图像的方法除了前面介绍的几种创建选区工具外，还有另外几种重要的创建选区工具，即套索工具、多边形套索工具、磁性套索工具、魔棒工具和快速选择工具，每一种工具都有它独到的功能，学习掌握好这些工具，能大大提高处理图像的效率。

3.2.1 使用套索工具替换静物的背景图像

学习目标

本节主要学习有关套索工具的相关知识，并通过替换静物的背景图像，学习如何使用套索工具选择图像，以及关于它的一些具体操作方法。在学习用套索工具替换静物背景图像时，读者可以结合光盘中的视频轻松、直观地进行学习。

准备知识

认识套索工具

在选区工具中，通过套索工具可以随心所欲选择所需要的区域，单击工具箱中的套索工具选择该工具，然后将鼠标指针移动至图像中，按住鼠标左键不放并拖曳鼠标，到最后选择好图像时，松开鼠标左键，即可创建出选区，如下图所示。

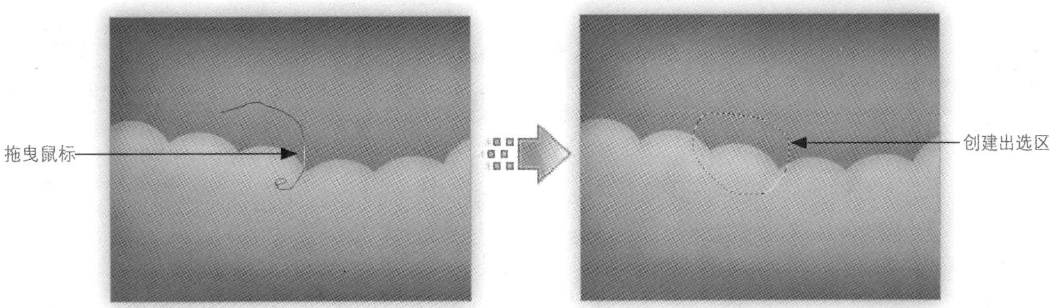

认识“复制图像”命令

将一个图像复制到另一个图像中，可以有如下两种方法：

- 在图像中按住“Ctrl+C”组合键将其复制，再在另一个图像中，按“Ctrl+V”组合键进行粘贴图像。
- 在工具箱中的移动工具可以移动选区、图层和参考线。复制图像时，在工具箱中选择移动工具，将鼠标放在图像的任意位置上，按住鼠标左键不动，拖动图像至另一图像中。

认识“自由变换”命令

“自由变换”命令可用于在一个连续的操作中应用变换（旋转、缩放、斜切、扭曲和透视），也可以应用变形变换。可以使用“Ctrl+T”组合键进行自由变换。

- 如果要通过拖动进行缩放，请拖动手柄。拖动角手柄时按住“Shift”键可按比例缩放，如下图所示。
- 要通过拖动进行旋转，请将指针移到定界框之外（指针变为弯曲的双向箭头），然后拖动。按“Shift”键可将旋转限制为按 15° 增量进行，如下图所示。
- 要自由扭曲，请按住“Ctrl”键并拖动手柄，如下图所示。
- 要斜切，请按住“Ctrl+Shift”组合键并拖动边手柄。当定位到边手柄上时，指针变为带一个小双向箭头的白色箭头，如下图所示。
- 要应用透视，请按住“Ctrl+Alt+Shift”组合键并拖动角手柄。当放置在角手柄上方时，指针变为灰色箭头，如下图所示。
- 要变形，请单击选项栏中的“在自由变换和变形模式之间切换”按钮。拖动控制点以变换项目的形状，如下图所示。

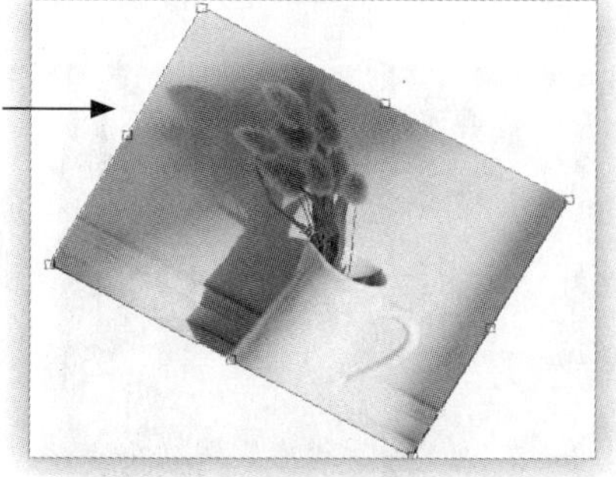

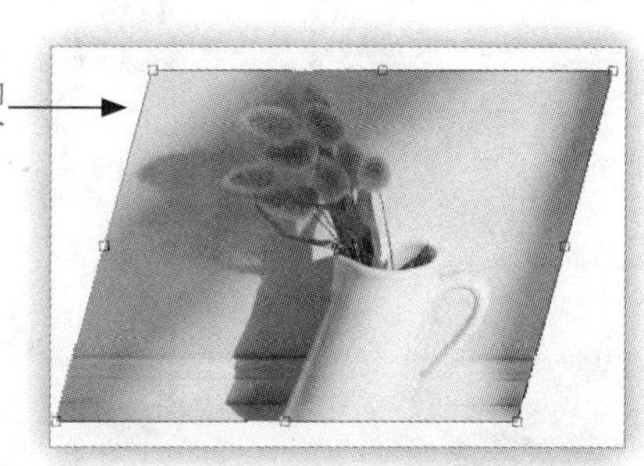

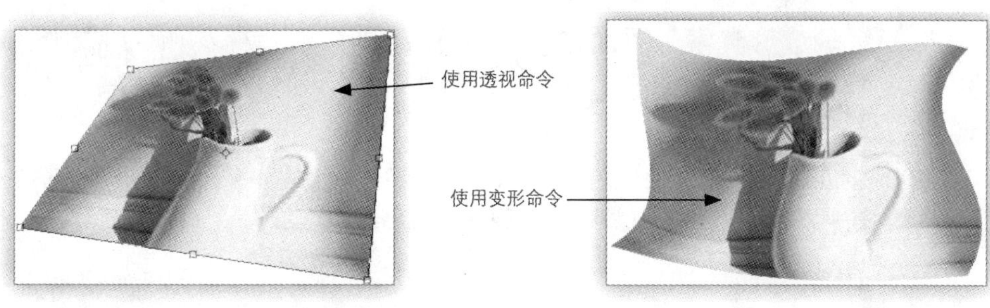

案例名称：替换图像的背景景象
素材路径：\素材\第3章\蝴蝶\
效果路径：\效果\第3章\蝴蝶.psd

1 Step 打开"蝴蝶.jpg"和"花丛.jpg"图像文件，切换到"蝴蝶.jpg"图像文件所在的图像窗口，将鼠标移至图层上的小锁图标上，鼠标双击该图标，单击按钮，解锁背景图层。择套索工具，在"蝴蝶"图像上单击鼠标，沿着蝴蝶的边缘线绘制出一个选区，将整个蝴蝶选出来，如下图所示。

技巧提示

在选择蝴蝶的时候，一定要耐心和仔细，并且选择的时候可以按住"Shift"或"Alt"键进行选区的添加或删减。

2 Step 在选择好蝴蝶图像后，将选择好的"蝴蝶"复制到"花丛.jpg"图像文件中，如下图所示。

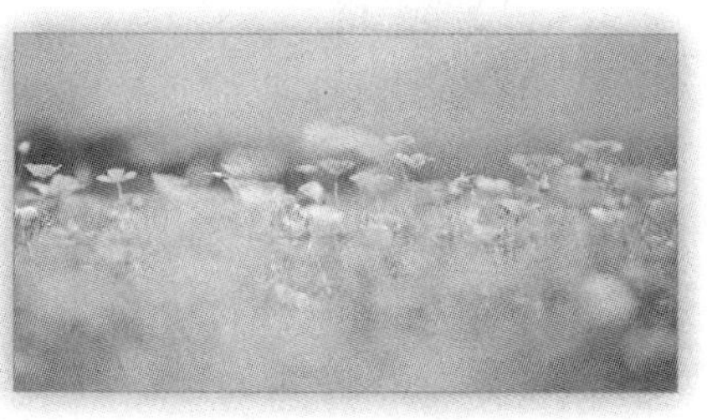

3 Step 按"Ctrl+T"组合键对蝴蝶进行大小的缩放和方向的旋转，并且使用移动工具移动到合适的位置，如下图所示。完成该案例的制作。

知识链接

在将蝴蝶移动到背景图像上除了直接拖动蝴蝶外，也可以使用"Ctrl+C"组合键和"Ctrl+V"组合键复制蝴蝶。

3.2.2 使用多边形套索工具绘制飞逝的星星

学习目标

本节主要学习多边形套索工具的相关知识，同时通过绘制飞逝的星星来介绍它们的使用方法。在学习绘制星星时，读者可以结合光盘中视频轻松、直观地进行学习。

准备知识

认识多边形套索工具

多边形套索工具对于绘制选区边框的直边线段十分有用，用它可以绘制多边形的选区。在用多边形套索工具进行选区的绘制时，如果要撤销上一步的绘制，可按“Backspace”键，然后重新进行绘制。

认识渐变叠加

将鼠标移至背景图层上，解锁图层后，双击该图层的空白区域，打开“图层样式”对话框，在其中右侧列表框中勾选“渐变叠加”复选框，然后在其右侧显示的“渐变叠加”区域中单击“渐变”栏中的颜色条，打开“渐变编辑器”窗口，可在颜色条上进行渐变颜色设置，如下图所示。

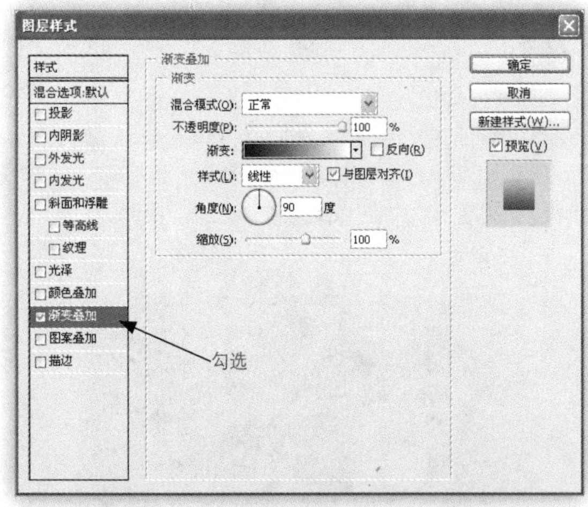

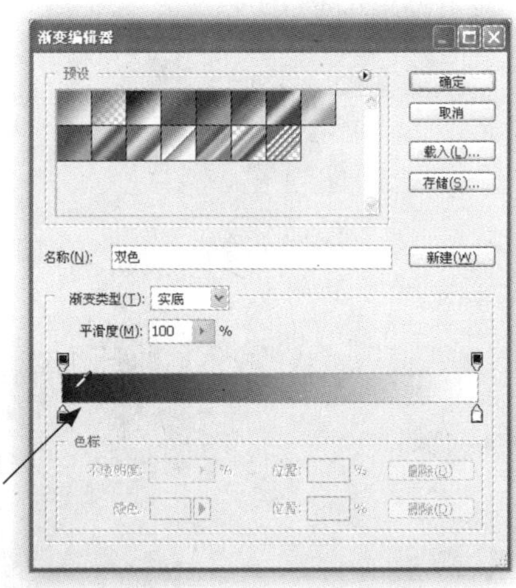

案例名称：绘制飞逝的星星
素材路径：\素材\第3章\无
效果路径：\效果\第3章\飞逝的星星.psd

1 Step 新建一个600×463像素，其他参数默认的图形文件。在背景图层上，选择图层混合样式中，勾选“渐变叠加”复选框，在复选框中的渐变颜色条上设置渐变颜色分别为“深蓝色”(R:5,G:23,B:69)、“浅蓝色”(R:59,G:97,B:176)，将渐变角度修改为“50”，单击 确定 按钮，制作出星星的背景，如下图所示。

2 Step 新建一个图层，在工具箱中选择多边形套索工具，开始绘制星星的选区，按住左键不放，固定一个基本点，绘制星星的一条边，松开鼠标左键，继续绘制另一条边，直到形成一个星星的封闭选区，如下左图所示。

3 Step 同制作背景那样，修改星星的图层混合样式，设置好渐变叠加的颜色分别为“金黄色”（R:251,G:232,B:108）、“浅黄色”（R:254,G:250,B:227）。继续选择图层混合样式中的外发光效果 外发光，修改外发光颜色为白色，并设置发光范围的大小为 27 像素，单击 确定 按钮，效果如下右图所示。

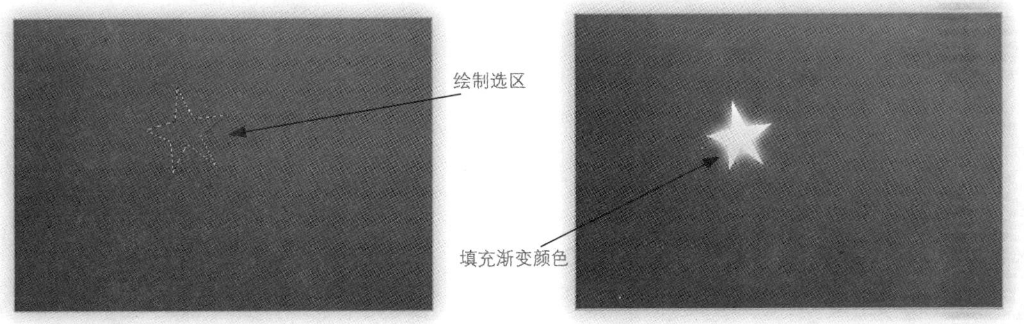

4 Step 按“Ctrl+J”组合键复制一层当前图层，选择移动工具将复制出来的星星移动到合适的位置，并可以按住“Ctrl+T”组合键变换大小，旋转角度。重复复制多个星星，直到形成下左图的效果。

5 Step 为了美化画面效果，我们用画笔工具来制作一些小星光。选择画笔工具，在画笔选项栏中选择柔角画笔，并将画笔的直径改为 4px，在星星的周围画出一些星光，数量可自己掌握，直到看上去美观即可，如下右图所示。

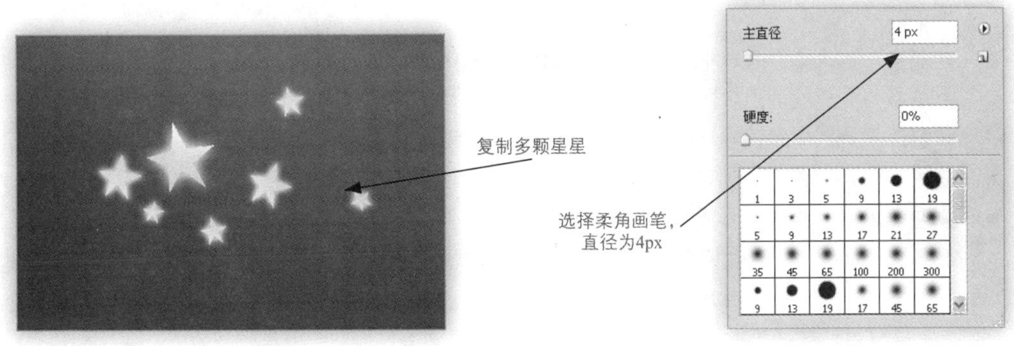

6 Step 完成上述步骤之后，用多边形套索工具绘制星星的案例操作完成，如下图所示。保存该图片。

技巧提示

在用多边形套索工具绘制选区的时候，如有错误，可按"Backspace"键返回上一步操作。

3.2.3 使用多边形套索工具绘制飞逝的星星

学习目标

本节主要学习磁性套索工具的使用方法，并讲解工具选项栏中各选项的作用及用法。在学习替换花朵的背景时，读者可以结合光盘中的视频轻松、直观地进行学习。

准备知识

认识磁性套索工具

使用磁性套索工具时，边界会对齐图像中定义区域的边缘。磁性套索工具不可用于32位/通道的图像，特别适用于快速选择与背景对比强烈且边缘复杂的对象。磁性套索工具的工具选项栏有别于多边形套索工具，它的工具选项栏中还多了一些选项，如下图所示。

磁性套索工具选项栏中与众不同的选项的含义如下：

- "宽度"文本框：要指定检测宽度，请为宽度中输入像素值，磁性套索工具只检测从指针开始指定距离以内的边缘。
- "对比度"文本框：要指定套索对图像边缘的灵敏度，请在对比度中输入一个介于1%~100%之间的值。
- "频率"文本框：若要指定套索以什么频度设置紧固点，请为频率输入0~100之间的数值。较高的数值会更快地固定选区边框。在边缘精确定义的图像上，你可以试用更大的宽度和更高的边对比度，然后大致地跟踪边缘．在边缘较柔和的图像上，尝试使用较小的宽度和较低的边对比度，然后更精确地跟踪边框。
- 调整边缘：调整边缘选项可以提高选区边缘的品质并允许你对照不同的背景查看选区以便轻松编辑。创建选区，执行调整边缘命令。其中的各选项如下。
  - 半径：决定选区边界周围的区域大小，将在此区域中进行边缘调整。增加半径可以在包含柔化过渡或细节的区域中创建更加精确的选区边界，如短的毛发中的边界，或模糊边界。
  - 对比度：锐化选区边缘并去除模糊的不自然感。增加对比度可以移去由于"半径"设置过高而导致在选区边缘附近产生的过多杂色。

➢ 平滑：减少选区边界中的不规则区域（“山峰和低谷”）以创建更加平滑的轮廓。输入一个值或将滑块在0~100之间移动。

➢ 羽化：在选区及其周围像素之间创建柔化边缘过渡。输入一个值或移动滑块以定义羽化边缘的宽度（从0~250像素）。

➢ 收缩/扩展：收缩或扩展选区边界。输入一个值或移动滑块以设置一个介于 0~100%之间的数以进行扩展，或设置一个介于0~—100%之间的数以进行收缩。这对柔化边缘选区进行微调很有用。收缩选区有助于从选区边缘移去不需要的背景色。

案例名称：替换花朵的背景
素材路径：\素材\第3章\花朵.jpg
效果路径：\效果\第3章\替换花朵背景.psd

1 Step 打开“花朵 .jpg”图像文件，选择磁性套索工具，在图像的上部分边缘中间位置单击鼠标，然后沿着图像左侧的边缘移动指针，如下左图所示。

2 Step 到图像下部分时，沿着白色区域的边缘移动指针，然后用相同的方法移动鼠标指针，将图像中的花朵外的背景图像选择出来，如下右图所示。

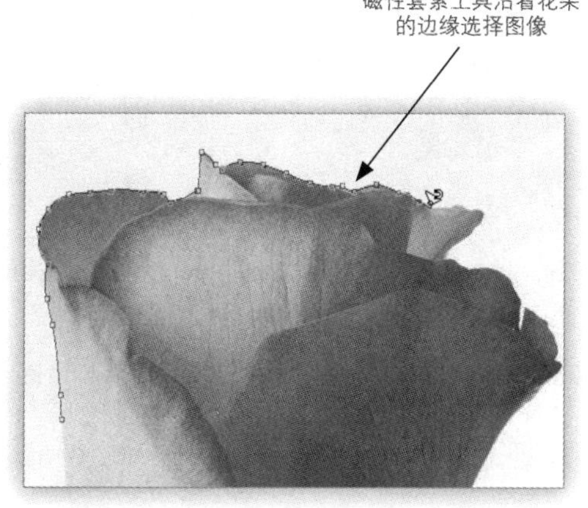

3 Step 设置前景色为“淡蓝色”（R:173,G:236,B:234），按“Alt+Detete”组合键填充颜色，并取消选区，如下图所示。完成案例的制作。

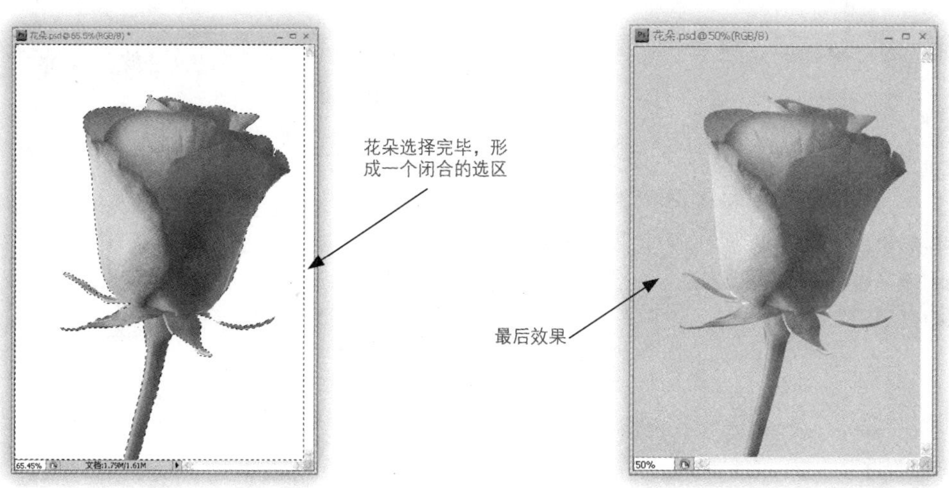

3.2.4 使用魔棒工具复制生成同胞小狗

学习目标

本节主要学习魔棒工具的相关知识，同时通过复制生成同胞小狗的案例来介绍它的使用方法。在学习复制生成同胞小狗时，读者可以结合光盘中的视频轻松、直观地进行学习。

准备知识

认识历史记录画笔工具

使用魔棒工具可以选择颜色一致的区域（例如，一朵红花），而不必跟踪其轮廓。在使用魔棒工具时，我们可以基于与单击的像素的相似度，为魔棒工具的选区指定色彩范围或容差，如下图所示。

魔棒工具的工具选项栏中与众不同的选项的含义如下。

- “容差”文本框：确定选定像素的相似点差异。以像素为单位输入一个值，范围介于 0 ~ 255 之间。如果值较低，则会选择与所单击像素非常相似的少数几种颜色；如果值较高，则会选择范围更广的颜色。
- “消除锯齿”复选框：创建较平滑边缘选区。
- “连续”复选框：只选择使用相同颜色的邻近区域。否则，将会选择整个图像中使用相同颜色的所有像素。
- “对所有图层取样”复选框：使用所有可见图层中的数据选择颜色。否则，魔棒工具将只从现用图层中选择颜色。

案例名称：复制生成同胞小狗
素材路径：\素材\第3章\小狗.jpg
效果路径：\效果\第3章\复制生成同胞小狗.psd

1 Step 打开“小狗.jpg”图像文件，选择魔棒工具，调整容差的数值为“50”，勾选“消除锯齿”和“连续”复选框，在小狗图像上单击鼠标，先选择出小狗大的色块。细节部分可以将“容差值”改小一点，继续选择余下的小狗图像，如下图所示。

技巧提示

使用魔棒工具选择图像时，可以同时按住 Shift 键和 Alt 键进行加选或减选选区。另外要注意，选择图像的边缘时一定要仔细。

2 Step 按“Ctrl+C”组合键，复制已选好的小狗，直接按“Ctrl+V”组合键，粘贴刚刚复制的小狗图像，如下图所示。

3 Step 选择移动工具，将刚刚粘贴好的小狗放于合适的位置。完成上述步骤之后，用魔棒工具复制生成同胞小狗案例操作完成，如下图所示。保存该图片。

技巧提示

在复制粘贴小狗时，程序会自动新建名称为“图层 1”的图层。

3.2.5 使用快速选择工具为模特替换场景

学习目标

本节主要学习快速选择工具的相关知识，并通过为模特替换场景来介绍它的使用方法。在学习为模特替换场景效果时，读者可以结合光盘中的视频轻松、直观地进行学习。

准备知识

认识快速选择工具

快速选择工具是利用可调整的圆形画笔笔尖快速绘制选区。创建选区时，选区会向外扩展并自动查找和跟随图像中定义的边缘，选择图像时快速、方便且操作简单。在工具箱中选择快速选择工具，其工具选项栏中包括一些不同于其他创建选区工具的选项，如下图所示。

- “新选区”按钮：选择快速选择工具后，该按钮是在未选择任何选区的情况下的默认选项。
- “添加到选区”按钮：在图像中创建初始选区后，程序将自动切换到“添加到选区”按钮。
- “从选区减去”按钮：当多选择了某个区域时，可单击该按钮，然后选择不需要的区域，将其从选区中减去，也可以直接按“Alt”键减去。
- “画笔”选项区：单击该选项区中的下拉按钮，在弹出的面板中可设置画笔笔尖的直径。在设置直径时，我们既可以在其文本框中输入像素大小，又可以通过拖动下方的滑块来进行设置。除了设置直径，我们还可以设置画笔的硬度，其数值越大，笔尖越硬；数值越小，笔尖越柔和。而通过“大小”下拉列表框，可以使画笔笔尖大小随钢笔压力或光笔轮而变化，如下图所示。

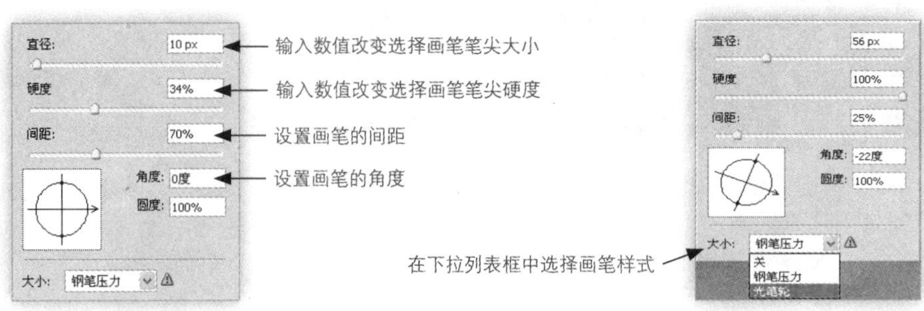

- “对所有图层取样”复选框：勾选该复选框可以基于所有图层（而不是仅基于当前选定图层）创建一个选区。
- “自动增强”复选框：勾选该复选框可以减少选区边界的粗糙度和块效应，用户也可以通过在“调整边缘”对话框中使用“平滑”、“对比度”和“半径”选项手动应用这些边缘调整。

案例名称：为模特替换场景
素材路径：\素材\第3章\替换场景\
效果路径：\效果\第3章\为模特替换场景.psd

1 Step 打开“模特.jpg”图像文件，在工具箱中选择快速选择工具，在工具选项栏中设置相关参数，调整好“画笔大小”为42px、“硬度”为21%、“间距”24%、“角度”为0°。单击鼠标左键选择图像上的模特，选择好以后，按“Ctrl+C”组合键复制选好的模特图像，如下左图所示。

2 Step 打开“场景.jpg”图像文件，按“Ctrl+V”组合键粘贴复制模特图像，按“Ctrl+T”组合键进行自由变换，将模特图像放置到合适的位置，并进行缩放，按“Enter”键确定，如下右图所示。

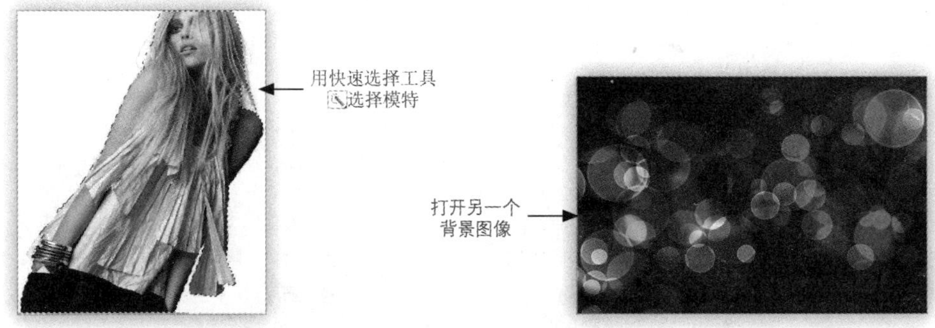

3 Step 完成上述步骤之后，用快速选择工具为模特替换场景案例操作完成，如下图所示。保存该图片。

技巧提示

进行图像的自由变换时，按住“Shift”键的同时拖动鼠标，可以将图像进行等比例缩放。

3.2.6 使用“色彩范围”命令替换项链颜色

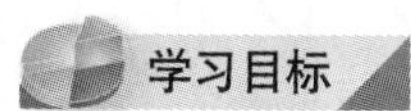

学习目标

本节主要学习色彩命令的相关知识，同时通过替换项链颜色的案例来介绍它的使用方法。在学习替换项链颜色时，读者可以结合光盘中的视频轻松、直观地进行学习。

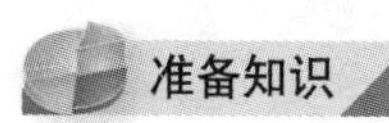

准备知识

认识“色彩范围”命令

通过选择“选择→色彩范围”命令可以打开 “色彩范围”对话框，在其中可以选择现有选区或整个图像内指定的颜色或色彩范围。如若要选择青色选区内的绿色区域，可在 “色彩范围”对话框的“选择”下拉列表框中选择“青色”选项，单击 确定 按钮，选择青色颜色范围内的图像，然后再次打开“色彩范围”对话框，在“选择”下拉列表框中选择“绿色”选项，单击 确定 按钮，如下图所示。

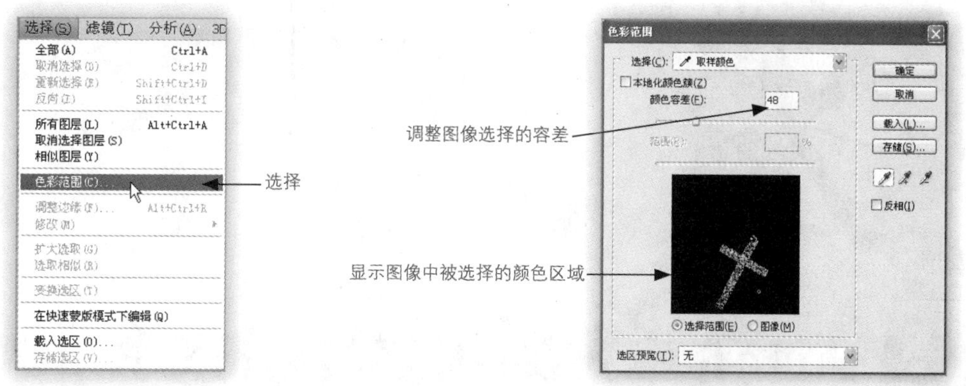

“色彩范围”对话框中的内容如下。

- “选择”下拉列表框：在其中可以选择要进行取样的颜色，也可以从“选择”菜单中选择颜色或色调范围。
- “颜色容差”栏：用于设置控制选择范围内色彩范围的广度，并增加或减少部分选定像素的数量（选区预览中的灰色区域）。拖动该栏中的滑块或在文本框中输入数值可以调整选定颜色的范围。当设置较低的颜色容差值时，可以限制色彩范围；设置较高的颜色容差值时，可以增大色彩范围。
- “选区预览”下拉列表框：要在图像窗口中预览选区，请为选区预览选取一个选项。其中包括“无”、“灰度”、“黑色杂边”、“白色杂边”、“快速蒙版”，一般情况下选择“无”选项。

案例名称：替换项链颜色

素材路径：\素材\第3章\替换项链颜色.jpg

效果路径：\效果\第3章\替换项链颜色psd

1 Step 打开“项链.jpg”图像文件，执行“选择→色彩范围”命令，将鼠标指针移至图像上，鼠标指针变为✐形状，将鼠标指针移动到项链的红色十字架上，单击鼠标，项链的颜色就被选择出来，并且在对话框的预览区域中显示出来，显示的白色部分即为被选择的图像，如下图所示。

技巧提示

当用吸管工具为项链选择色彩时，可以按住“Shift”键进行加选，直到选择出整个项链。

2 Step 设置前景色“蓝色”（R:10,G:136,B:223），然后填充选择的图像区域，如下图所示。完成上述步骤之后，用“色彩范围”命令为项链替换颜色案例操作完成，保存该图片。

3.3 通过4个案例掌握选区的编辑方法

在上两节中，我们详细地介绍了各种选区工具的含义及它们的使用方法，在这一节中，我们主要讲解选区的一些编辑方法，例如选区的变形、缩放、羽化、移动，选区的存储与载入等，这些方法在选区的应用中是必不可少的技能，在上一节中我们曾简要地提到这些方法的使用，在这一节中我们将进行细致全面的讲解。

3.3.1 通过羽化选区制作望远镜中观看到的图像

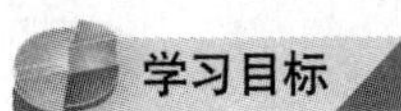

学习目标

本节主要学习羽化选区的相关知识，并通过制作望远镜中观看到的图像的案例来介绍它的使用方法。在学习制作望远镜中的图像时，读者可以结合光盘中的视频轻松、直观地进行学习。

准备知识

认识羽化选区

羽化原理是令选区内外衔接的部分虚化，起到渐变的作用，从而达到自然衔接的效果。羽化值越大，虚化范围越宽，羽化值越小，虚化范围越窄。

设置“羽化半径”主要有以下两种方法：

- 在图像中先创建一个选区，将鼠标指针放至选区内，单击鼠标右键，在弹出的快捷菜单中选择“羽化”命令。快捷菜单中“选择反向”命令可以将图像已有选区进行反向选择，如下左图所示。
- 选择一个选区后，在菜单栏中选择“选择→修改→羽化”命令，打开如下右图所示的对话框。

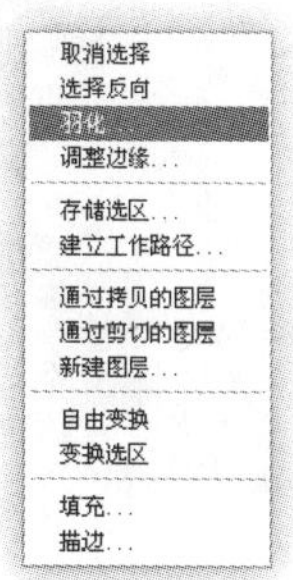

案例名称：制作望远镜中观看到的图像

素材路径：\素材\第3章\望远镜中的图像.jpg

效果路径：\效果\第3章\望远镜中的图像.psd

1 Step 打开“望远镜中的图像.jpg”图像文件，在工具箱中选择椭圆选框工具◯，绘制出两个相同大小的椭圆选区，如下左图所示。

2 Step 在图像上单击鼠标右键，在弹出的快捷菜单中选择“羽化”命令，打开“羽化选区”对话框，在其中的“羽化半径”文本框中输入羽化值“20”，单击按钮，如下右图所示。

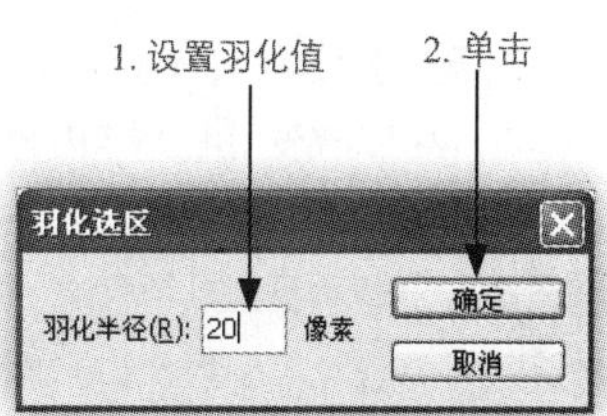

3 Step 继续选择菜单栏选择中的反向，并设置前景色为“黑色”。按“Alt+Delete”组合键填充选区，然后取消选区，如下图所示。完成案例的制作。

技巧提示

在进行选区的反选时，可在菜单栏的选择中选择反向命令，也可以直接按“Shift+Ctrl+I”组合键。

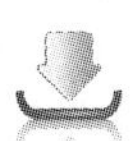

3.3.2 通过变换选区制作个性T恤

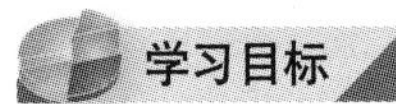

学习目标

本节主要学习“变换选区”命令的相关知识，通过制作个性T恤介绍变换选区应用的相关方法。在学习制作个性T恤时，读者可以结合光盘中的视频轻松、直观地进行学习。

准备知识

认识“变换选区”命令

“变换选区”命令是对已创建选区的大小、角度、位置等进行调整，当选择这个命令后，选区周围会出现一个可调节的编辑框，通过它可以对选区进行缩放、旋转等操作，如下图所示。

- 同时调整宽、高值：将鼠标指针移动至编辑框的4个角点处，当指针变为⤢形状时，按住鼠标左键不放并拖动鼠标，可以同时调整选区的宽度和高度。当按住鼠标左键的同时按住“Shift”键，并拖动鼠标，可以对选区进行等比例缩放。
- 仅调整高度：将鼠标指针移动到编辑框上、下的控制点上，当指针变为↕形状，按住鼠标左键进行拖动，可以改变选区纵向的高度。
- 仅调整宽度：将鼠标指针移动到编辑框左、右的控制点上，当指针变为↔形状，按住鼠标拖动，可以改变选区横向的宽度。

案例名称：\素材\第3章\个性T恤\
素材路径：\素材\第3章\个性T恤\
效果路径：\效果\第3章\个性T恤.jpg

Step 1 打开“矢量背景图.jpg”和“个性T恤”图像，在工具箱中选择快速选择工具，将矢量背景图选择出来，按“Ctrl+C”组合键和“Ctrl+V”组合键将矢量图复制粘贴到T恤中，如下图所示。

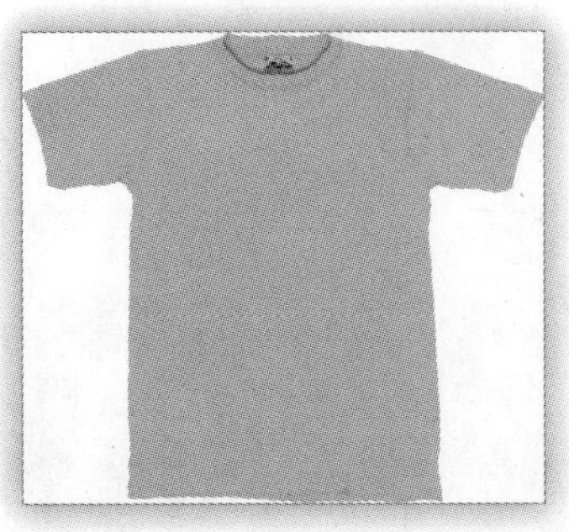

2 Step 然后选择“选择→变换选区”命令，显示出编辑框，调整选区的大小、方向等，直到合适的位置，如下图所示。完成上述步骤之后，用变换选区制作个性 T 恤案例完成，保存该图片。

技巧提示

如果要将选区成比例缩放，需按住“Shift”键，在矩形框的 4 个边角上，按住鼠标拖动。

3.3.3 通过修改选区为物体制作发光边缘

学习目标

本节主要学习“修改选区”命令的相关知识，通过制作物体的发光边缘介绍选区修改的几种方法。在学习制作物体的发光边缘时，读者可以结合光盘中的视频轻松、直观地进行学习。

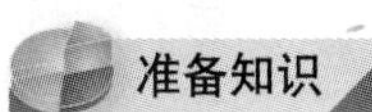

准备知识

修改选区

在菜单栏中选择“选择→修改”命令，在弹出的下级菜单中包括5个命令，即边界、平滑、扩展、收缩和羽化。

- 边界：就是在已选选区的基础上向外扩展几个像素形成一个边框。选择“边界”命令，打开“边界选区”对话框，在其中的“宽度”文本框中输入的数值越大，新选区的边距越宽，如下图所示。

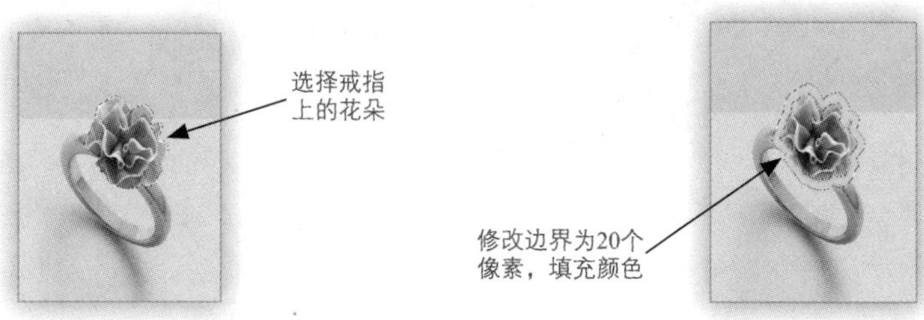

- 平滑：就是将已有选区进行圆滑，消除锯齿。选择“平滑”命令，打开“平滑选区”对话框，在其中的文本框中输入的数值越大，选区越圆滑，如下左图所示。
- 扩展：就是将已有选区向外扩展几个像素。选择“扩展”命令，打开“扩展选区”对话框，在其中的文本框中输入的数值越大，扩展得越宽，如下右图所示。

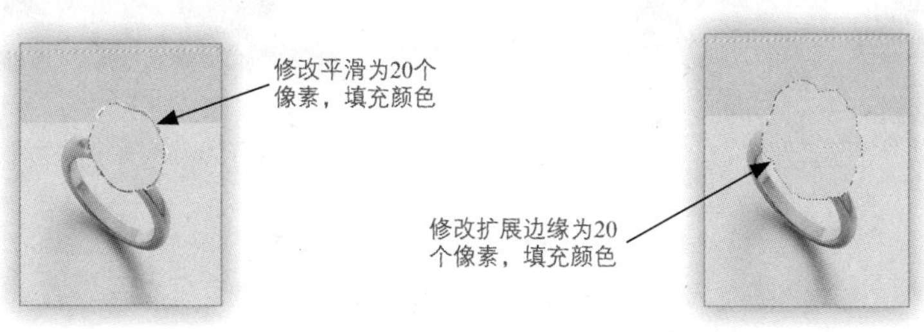

- 收缩：将已有选区向内收缩几个像素。选择“收缩”命令，在 “取样半径”文本框中输入的数值越大，收缩得越小，如下左图所示。
- 羽化：令选区内外衔接的部分虚化，起到渐变的作用，从而达到自然衔接的效果。选择“羽化”命令，打开“羽化选区”对话框，羽化值越大，虚化范围越宽，羽化值越小，虚化范围越窄，如下右图所示。

修改收缩为20个像素，填充颜色

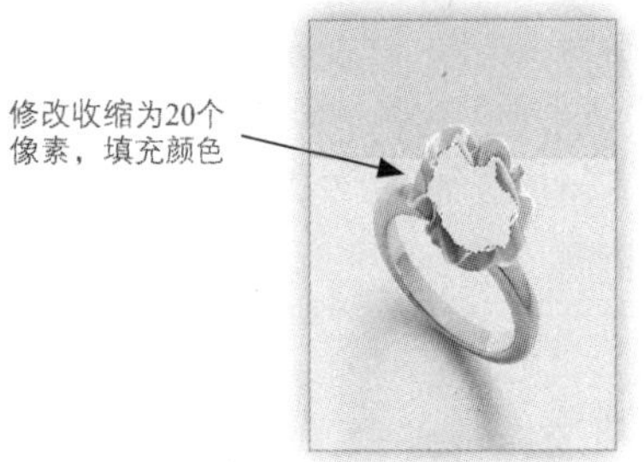

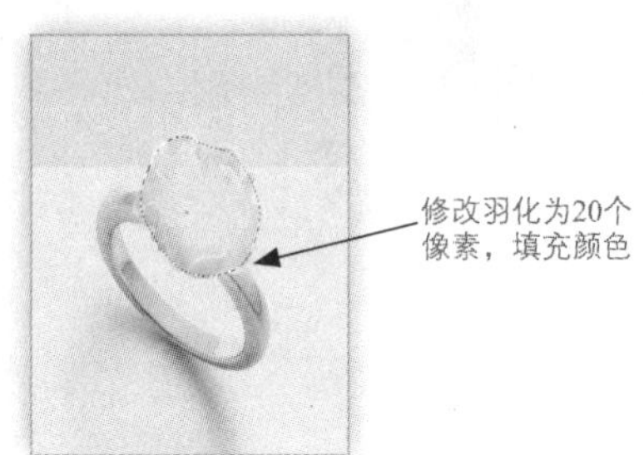

修改羽化为20个像素，填充颜色

案例名称：为物体制作发光边缘

素材路径：\素材\第3章\发光边缘\

效果路径：\效果\第3章\发光边缘.psd

1 Step 打开“背景.jpg”和“向日葵.jpg”图像文件，用快速选择工具选择向日葵，并按“Ctrl+C”组合键和“Ctrl+V”组合键将选择的向日葵复制粘贴到背景图像中，然后调整图像的大小并移动到合适的位置，如下图所示。

将向日葵复制粘贴至风景图像中

2 Step 执行“选择→载入选区”命令，单击确定按钮，向日葵再次被选择。继续执行“选择→修改→扩展”命令，打开“扩展选区”对话框，在“扩展量”文本框中输入“8”，单击确定按钮，然后选择“选择→修改→羽化”命令，打开“羽化选区”对话框，在“羽化半径”文本框中输入“10”，单击确定按钮，如下图所示。

将向日葵边缘扩展8个像素

3 Step 设置前景色为“白色”，用前景色填充选区，填充的白色图像放在中间的图层，如下图所示。完成上述步骤之后，用修改选区为物体制作发光边缘案例完成，保存该图片。

技巧提示

在填充白色的扩展区域时，这里要新建一个图层，并把图层移动到中间一层，向日葵图层在最上面。

3.3.4 通过调整边缘绘制梦幻花朵

学习目标

本节主要学习“调整边缘”命令的相关知识，通过绘制梦幻花朵介绍调整边缘的几种方法，在学习制作梦幻花朵时，读者可以结合光盘中的视频轻松、直观地进行学习。

准备知识

认识“调整边缘”命令

通过“调整边缘”命令可以对图像的边缘进行编辑和修改，制作出想要的效果。选择“选择→调整边缘”命令后，在打开的“调整边缘”对话框中包含半径、对比度、平滑、羽化、扩展/收缩等选项，如下图所示。

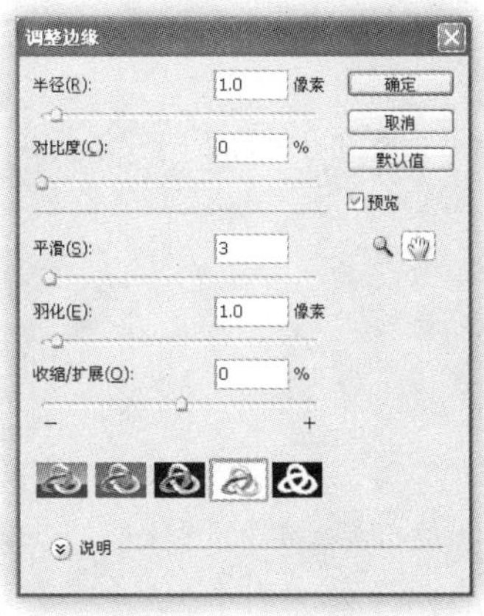

知识链接

点击说明前面的折叠按钮，会展开关于“选区视图”的文字说明，勾选或取消勾选“预览”复选框可打开或关闭边缘调整预览。

- 半径：增加半径可改善包含柔化过渡或细节区域中的边缘。
- 对比度：增加对比度可以使柔化边缘变得犀利，并去除选区边缘模糊的不自然感。
- 平滑：去除选区边缘的锯齿状。
- 羽化：柔化选区边缘。
- 扩展/收缩：增大或减小选区边缘。
- 使用抓手工具可调整图像的位置。
- 单击缩放工具可在调整选区时将其放大或缩小。

案例名称：绘制梦幻花朵
素材路径：\素材\第3章\梦幻花朵.jpg
效果路径：\效果\第3章\梦幻花朵.psd

Step 1 打开“梦幻花朵.jpg”图像文件，用快速选择工具选择玫瑰花，在菜单栏中选择“选择→调节边缘”命令，在打开的“调节边缘”对话框中设置半径值为“41 像素”，对比度为“12%”，平滑值为“93”，羽化值为“34 像素”，扩展/收缩百分比为“6%”，单击确定按钮，效果如下左图所示。

Step 2 反选选区，并设置前景色为“白色”，然后填充选区，填充后取消选区，如下右图所示。完成梦幻花朵的绘制。

知识链接

快速选择调整边缘可按住“Ctrl+Alt+R”组合键，另外，按“Shift+Ctrl+I”组合键可以快速反选选区。

3.3.5 通过选区编辑多个图案

学习目标

本节主要学习选区的存储与载入的相关知识，并且通过绘制卡通吉祥物介绍选区的存储和载入的方法，在学习绘制卡通吉祥物时，读者可以结合光盘中的视频轻松、直观地进行学习。

准备知识

存储选区

使用选择工具选择想要隔离的一个或多个图像区域，选择“选择→存储选区”命令，在“存储选区”对话框中指定以下各项选项，然后单击确定按钮，如下图所示。

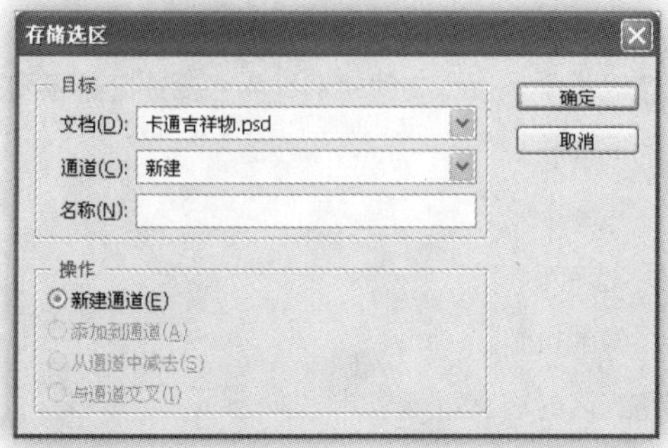

"存储选区"对话框中的内容介绍如下。

- "文档"下拉列表框：在其中可以为选区选择一个目标图像。默认情况下，选区放在现用图像中的通道内，也可以在此新建目标名称。
- "通道"下拉列表框：为选区选择一个目标通道。默认情况下，选区存储在新通道中。
- 如果要将选区存储为新通道，请在"名称"文本框中为该通道键入一个名称。

载入选区

"载入选区"是通过将选区载入图像重新使用以前存储的选区，执行"选择→存储选区"命令，在载入选区对话框中设置如下的选项，单击 确定 按钮，如下图所示。

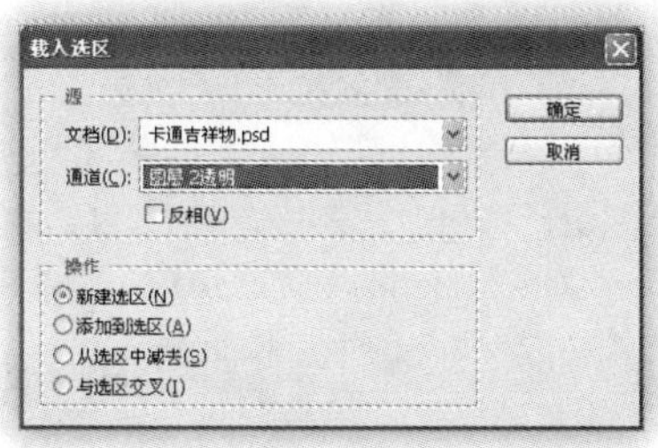

知识链接

"存储选区"操作中的"添加到通道"、"添加到选区"等都不可用。只有在"载入选区"中才可用。

"载入选区"对话框中的内容介绍如下。

- "文档"下拉列表框：选择要载入的源。
- "通道"下拉列表框：选取包含要载入的选区的通道。
- "反相"复选框：选择未选中区域。
- "新建选区"单选按钮：添加载入的选区。
- "添加到选区"单选按钮：将载入的选区添加到图像中的任何现有选区。
- "从选区中减去"单选按钮：从图像的现有选区中减去载入的选区。
- "与选区交叉"单选按钮：从与载入的选区和图像中的现有选区交叉的区域中存储一个选区。

案例名称：绘制卡通吉祥物

素材路径：\素材\第3章\无

效果路径：\效果\第3章\卡通吉祥物.psd

Step 1　新建一个空白文件，为背景填充颜色"粉红"（R:255,G:205,B:204），选择椭圆选框工具，单击工具选项栏中的"新选区"按钮，然后在绘图区绘制一个椭圆选区，绘制出卡通吉祥物的头像，如下图所示。

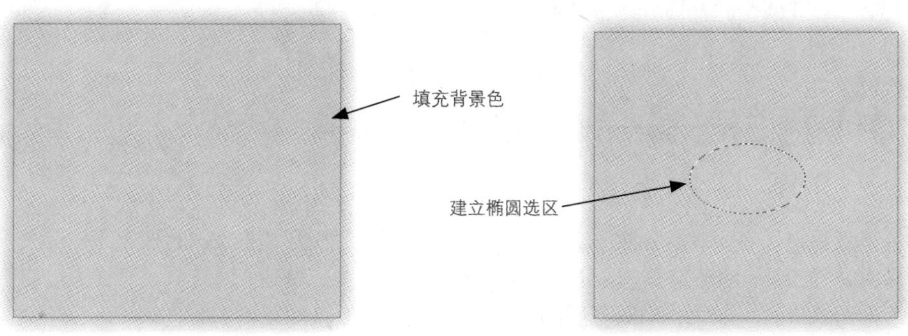

2 Step 选择椭圆选框工具，按住“Shift”键，在已有选区左上方建立一个新的选区与之进行并集，用同样方法在右上方绘制另一耳朵椭圆选区，得到头像的两只耳朵。选择“选择→存储选区”命令，将这个选区命名为“头部”，单击 确定 按钮，填充颜色为白色，如下左图所示。

3 Step 继续按住“Shift”键，用椭圆选框工具绘制出小兔的身子，选择“选择→存储选区”命令，在“名称”文本框中将这个选区命名为“身子”，单击 确定 按钮。设置填充颜色“粉红”（R:255,G:120,B:173），并填充选区，如下图所示。

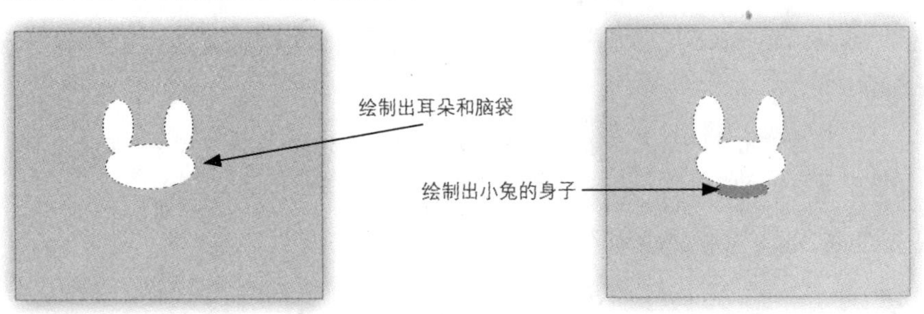

4 Step 按照步骤3的方法，继续用椭圆选框工具绘制出小兔的短裙，选择“选择→存储选区”，将这个选区命名为“裙子”，单击 确定 按钮。设置填充颜色为“黄色”（R:247,G:191,B:46），如下图所示。

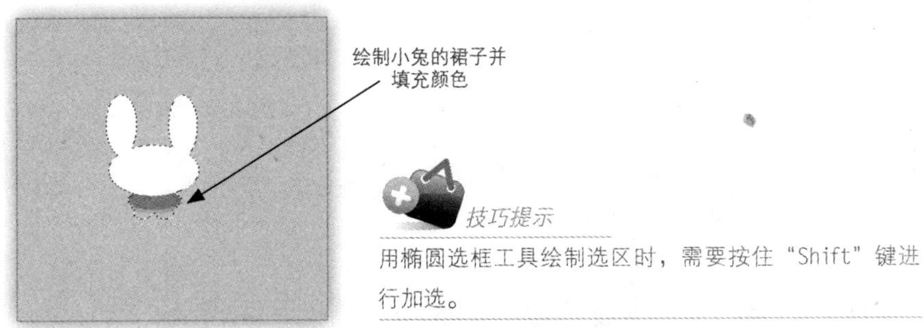

技巧提示

用椭圆选框工具绘制选区时，需要按住“Shift”键进行加选。

5 Step 按这个步骤继续绘制出小兔的脚和手，绘制出小兔的眼睛和鼻子。取消选区，如下图所示。本案例制作完成，保存该图片。

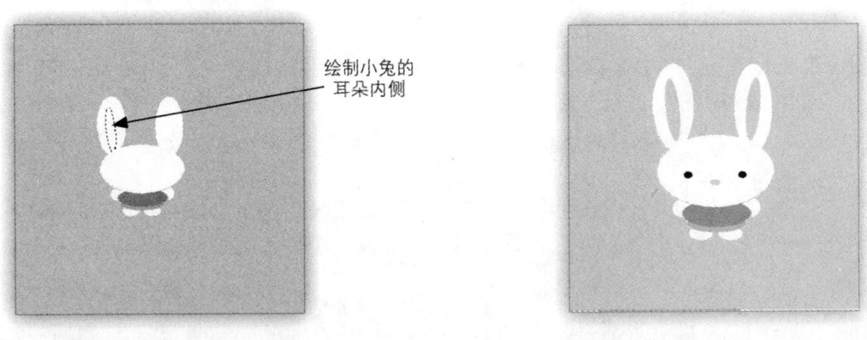

3.4 自我提高

学习完本章后，读者要掌握各种创建选区工具的使用，包括矩形选框工具、椭圆选框工具、单行选框工具、单列选框工具、套索工具、多边形套索工具、魔棒工具、快速选择工具。下面通过实例操作来巩固本章所介绍的知识，并对知识进行延伸扩展。

提高一　单调图片的潮流元素（\效果\第3章\单调图片的潮流元素.psd）

① 打开素材文件中的“新娘.jpg”和“潮流元素.jpg”图像文件（\素材\第3章\潮流\），将“新娘.jpg”图像文件中的新娘选择出来。

② 将选择出来的新娘移动到“潮流元素.jpg”图像文件中。

③ 选择椭圆选框工具◯，在新娘周围绘制选区，设置羽化值，填充颜色，修改图层混合模式。

④ 制作完毕后，保存文档。

提高二　给图片润色及增加装饰效果（\效果\第3章\花瓶.psd）

① 打开素材文件中的“花瓶.jpg”图像文件。

② 新建图层，设置前景色，填充颜色，降低填充色的透明度，调整图像色调。

③ 用椭圆选框工具◯绘制圆形选区，填充前景色为“白色”，并羽化选区，按“Delete”键删除选区。

④ 使用自由变换命令调整其数量和大小。

⑤ 制作完毕后，保存文档。

Chapter 04

第 4 章 图像绘制功能应用

Photoshop CS4中提供了丰富的编辑与修饰图像的工具，应用这些工具可以对原有图像进行润饰，使其变得更漂亮。Photoshop CS4中使用最频繁的绘图工具是画笔工具，它能够快速、方便地绘制出各种颜色图案、线条。在本章中将重点学习如何使用画笔工具绘制图像。这些看似简单而常用的工具一旦结合使用，发挥出的效果将会让你感到惊奇。

4.1 通过4个案例掌握画笔工具的使用方法

Photoshop提供的画笔工具，在实际操作中常用于图像绘制和调整。画笔工具的原理类似于用各种类型的画笔在画纸上绘制。通过画笔面板中的各种设置选项，画笔工具能实现更加丰富的表现力。灵活运用画笔工具，可以使作品更具感染力。另外，数位板与画笔工具的结合，将会使图像绘制更流畅、更随意。

4.1.1 通过设置画笔大小绘制小手套

学习目标

本节主要学习使用画笔工具绘图的相关知识，画笔工具参数设置的相关知识，通过绘制小手套掌握其使用方法。在学习绘制小手套时，读者可以结合光盘中的视频轻松、直观地进行学习。

准备知识

认识画笔工具

使用画笔工具能绘各种效果的笔触，例如柔和的毛笔、硬朗的钢笔等。在运用画笔工具绘制前，首先设置前景色，即绘图颜色。在工具箱中单击画笔工具后，工具属性栏中提供了画笔大小、绘图模式、不透明度和流量等选项参数。设置不同的参数，能绘制出不同的笔触效果，如下图所示。

画笔工具选项栏中各选项的含义如下。

- 画笔：单击工具选项栏上"画笔"下拉按钮，在打开的面板中能设置画笔的"主直径"和"硬度"。单击面板中的三角按钮，在弹出的下拉菜单中选择"载入画笔"选项，并在打开的"载入"面板中选择画笔样式的存放路径，单击载入(L)按钮即可载入新的画笔样式，如下图所示。

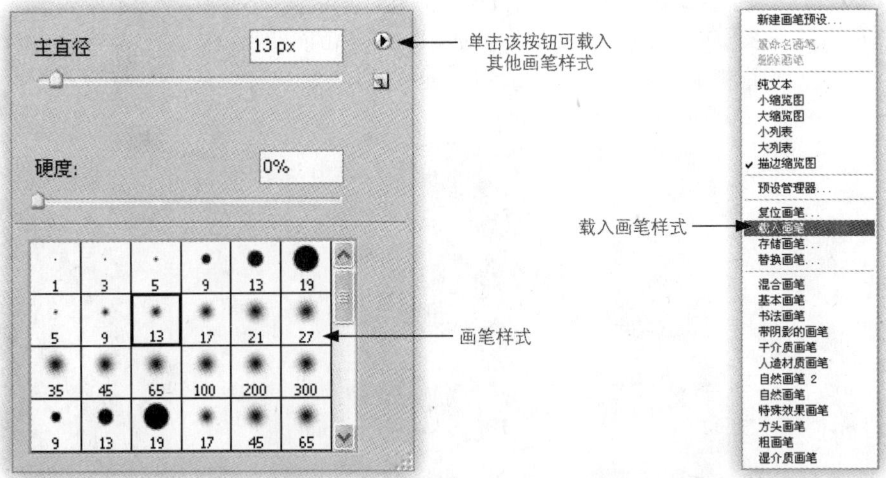

- 模式：设置绘制的像素和图像之间的混合方式。单击"模式"下拉按钮，在弹出的下拉列表中选择所需的画笔模式，如下图所示。

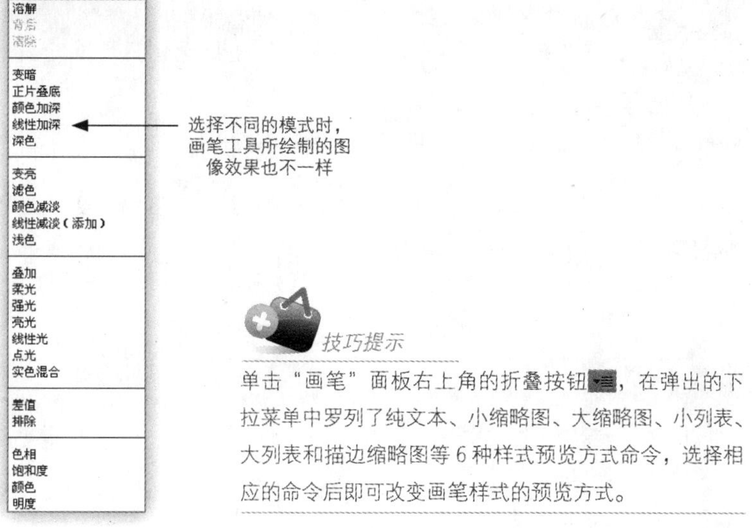

技巧提示

单击“画笔”面板右上角的折叠按钮，在弹出的下拉菜单中罗列了纯文本、小缩略图、大缩略图、小列表、大列表和描边缩略图等 6 种样式预览方式命令，选择相应的命令后即可改变画笔样式的预览方式。

- 不透明度：设置画笔绘制的不透明度。数值范围在0％～100％之间。数值越大，不透明度就越高，如下图所示。

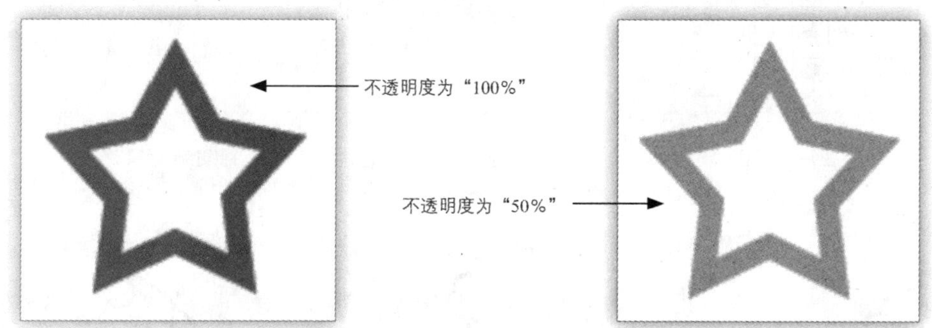

- 流量：设置画笔的压力大小。数值范围在0％～100％之间。压力越大，绘制的笔触色彩越浓，如下图所示。

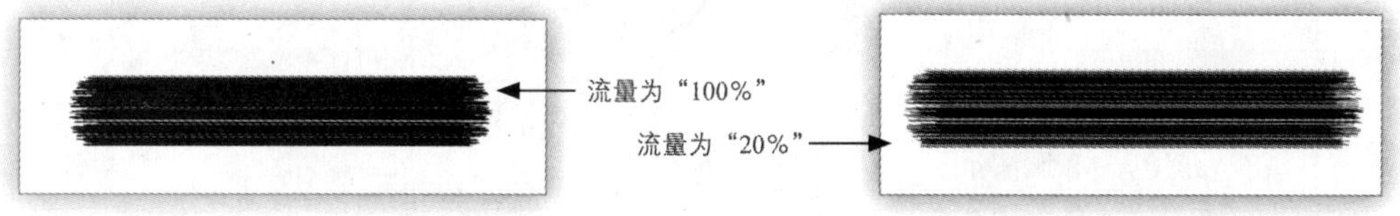

- “喷枪”按钮：单击该按钮后，运用画笔绘制的过程中会表现出喷枪的特点，即画笔在画面停留的时间越长，喷枪范围越大，如下图所示。

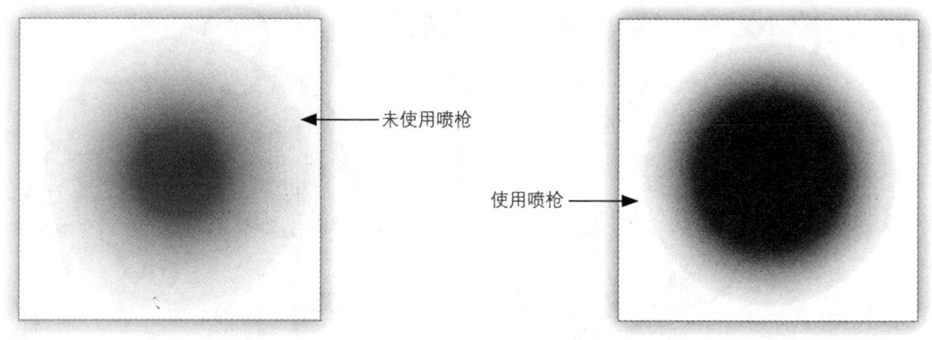

案例名称：绘制小手套
素材路径：\素材\第4章\无
效果路径：\效果\第4章\绘制小手套.psd
视频链接：Video\视频教程\图像绘制功能应用\绘制小手套

1 Step 选择"文件→新建"命令，在打开的"新建"对话框中设置其宽度和高度为10厘米×10厘米，其他参数保持默认，单击 确定 按钮。

2 Step 选择画笔工具，在工具选项栏中单击"画笔"下拉按钮，然后在"主直径"一栏内输入15px，如下图所示。

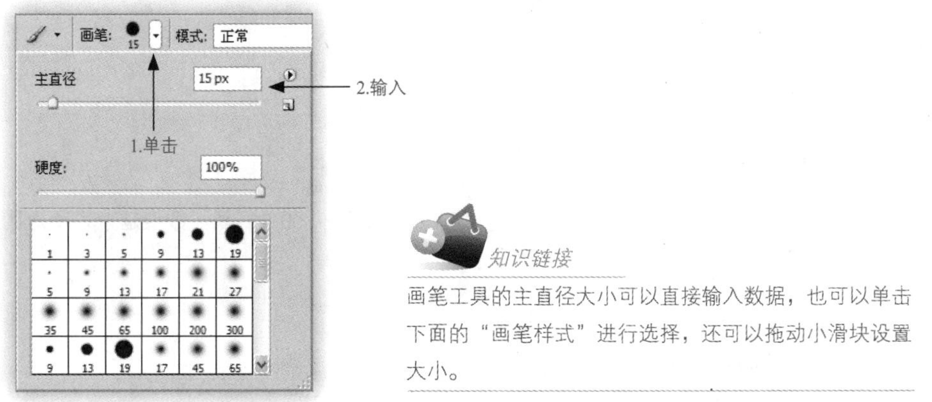

知识链接

画笔工具的主直径大小可以直接输入数据，也可以单击下面的"画笔样式"进行选择，还可以拖动小滑块设置大小。

3 Step 新建图层1，按"D"键复位前景色与背景色，然后将鼠标光标移动到图像窗口的正中，按住鼠标左键不放并拖动，绘制小手套轮廓，如下图所示。

4 Step 设置前景色为"蓝色"（R:51,G:159,B:214），单击油漆桶工具，再单击小手套手部的轮廓图形，将其填充为蓝色，如下图所示。

5 Step 设置前景色为"红色"（R:255,G:50,B:102），单击油漆桶工具，再单击小手套中的心形图形，将其填充为红色，至此完成小手套的绘制，如下图所示，保存文件。

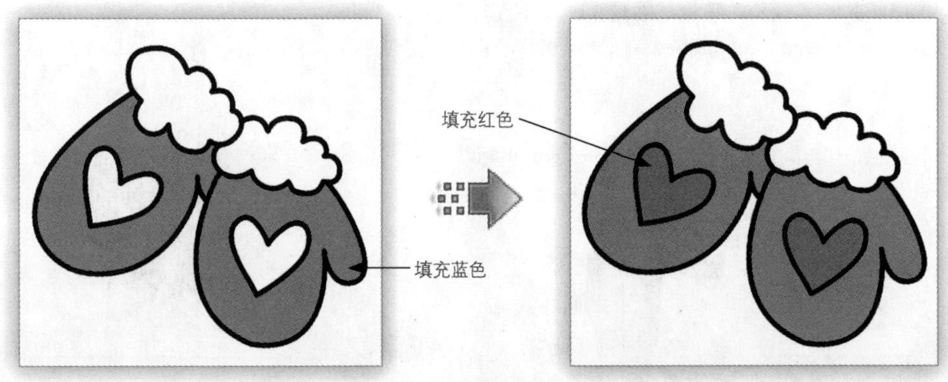

知识链接

按“[”键可以减小笔尖大小，按“]”键可以增大笔尖大小；按“Shift+[”组合键或“Shift+]”组合键，可以减小或增大笔尖硬度。

4.1.2 通过设置画笔模式添加人物装饰

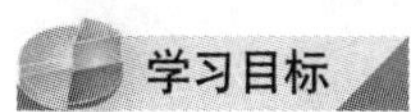

学习目标

本节主要学习使用“画笔”面板绘图的相关知识，通过绘制人物饰品掌握“画笔”面板参数设置的相关方法。在学习画笔模式设置时，读者可以结合光盘中的视频轻松、直观地进行学习。

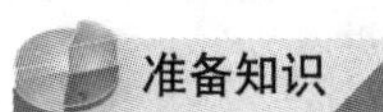

准备知识

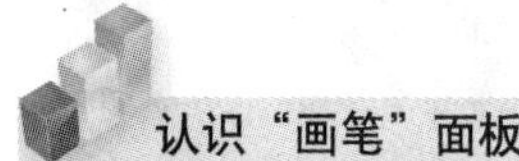

认识“画笔”面板

Photoshop针对笔刷提供了非常详细的设定，这使得笔刷变得丰富多彩，而不再只是我们前面所看到的简单效果。

选择“窗口→画笔”命令，或按“F5”键，或先选择画笔工具，然后单击工具选项栏中的“画笔”按钮，都可以快速打开“画笔”面板。

在Photoshop的“画笔”面板中，我们可以选择“预设画笔”选项，设置画笔的形状动态、散布、纹理、双重画笔等属性，从而能够变幻出无穷多种画笔，它方便我们进行各种笔刷的修改操作。在Photoshop画笔面板的使用中，我们还可以学习到很多不常用的知识，如笔刷间距的问题、用任意形状作为笔刷、笔刷设定中的形状动态、渐隐的应用等。掌握Photoshop画笔面板的调整方法，将大大提高作图效率和丰富作图效果，使你能够更透彻地了解Photoshop的工具使用思路，如下图所示。

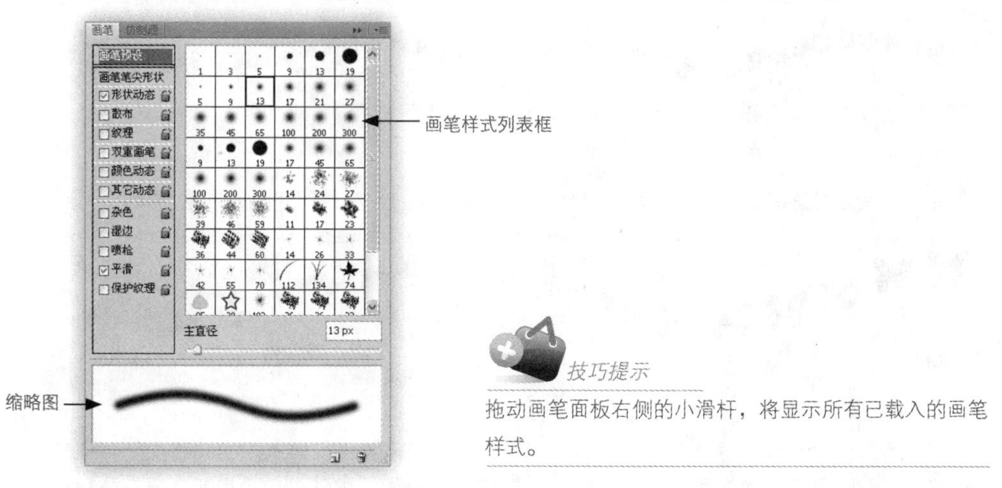

技巧提示

拖动画笔面板右侧的小滑杆，将显示所有已载入的画笔样式。

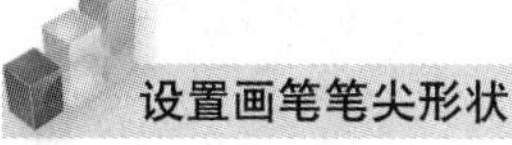

设置画笔笔尖形状

“画笔笔尖形状”选项是通过设置画笔“直径”、“角度”、“圆度”、“硬度”、“翻转形式”等参数，来设置笔触的形状。设置前，可先选择一种画笔样式，再设置相应参数，调整笔触效果。单击

“画笔”面板左侧的“画笔笔尖形状”选项，面板左边会出现具体的“画笔笔尖形状”设置选项，如下图所示。

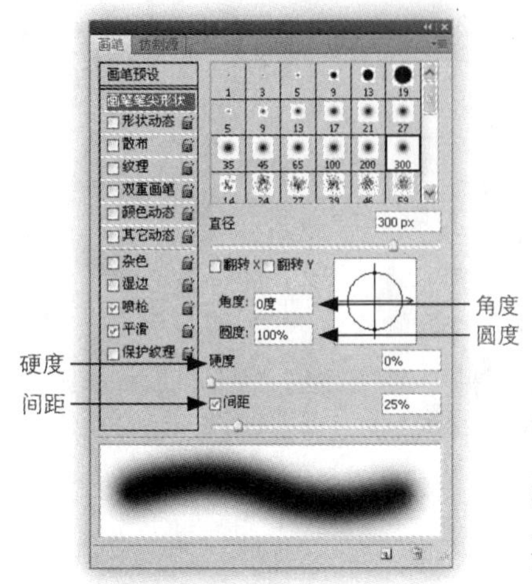

画笔笔尖形状不但可以调节笔刷的参数，还可以通过对直径和硬度的调整，达到对大小和边缘羽化程度的控制。

“画笔笔尖形状”的设置内容介绍如下。

- 间距：设置连续绘制两个笔触之间的距离。可以拖动滑块进行设置，也可以在数值框中输入百分比数值。值越大，间距就越大，如下图所示。

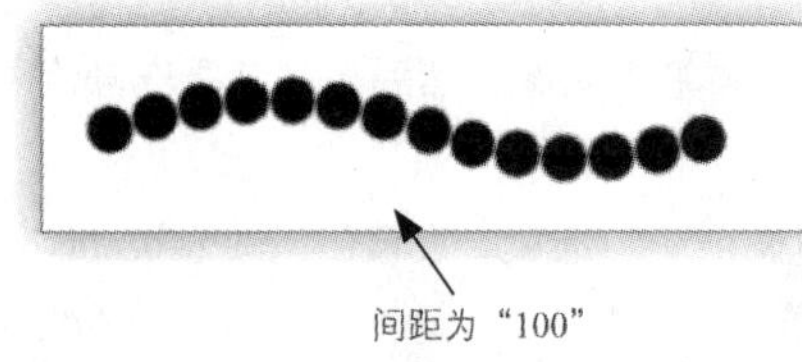

间距为“100”

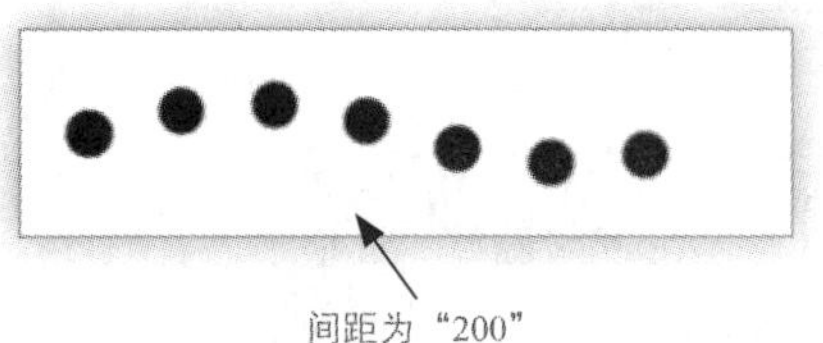

间距为“200”

- 硬度：设置绘制的笔触边缘的软硬程度。设置后的效果是边缘羽化程度的变化。适当的画笔硬度设置对图像绘制效果是极其重要的，如下图所示。

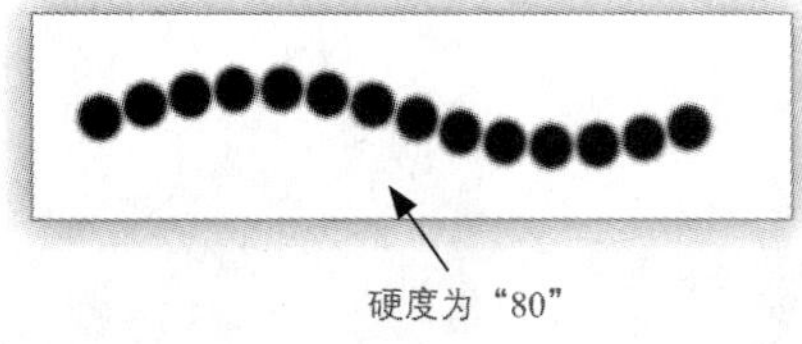

硬度为“80”

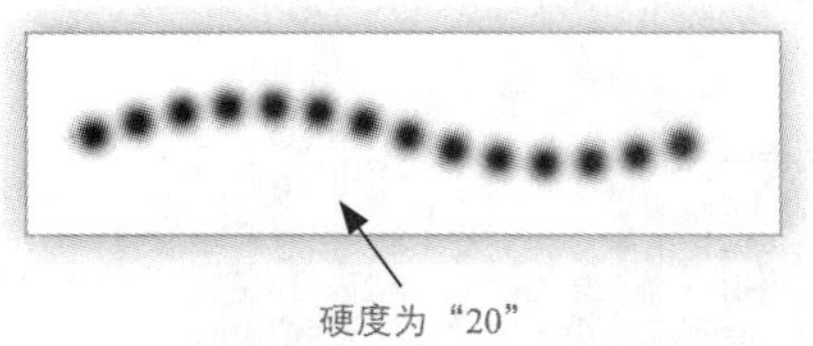

硬度为“20”

- 角度：用来设置画笔旋转的角度，角度值越大，则旋转的效果越明显，如下图所示。

角度为“0度”

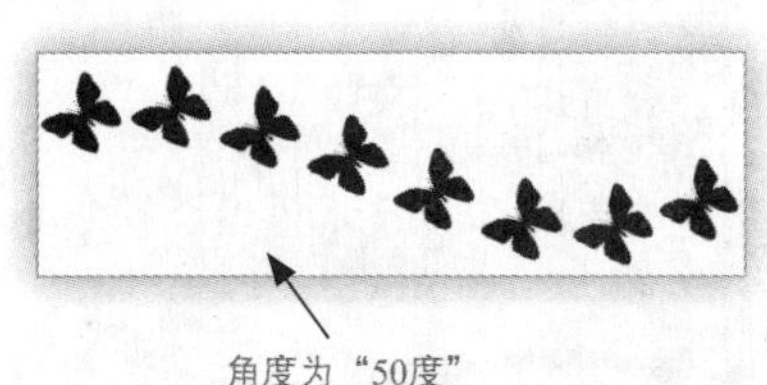

角度为“50度”

- 圆度：用来设置画笔垂直方向和水平方向的比例关系，值越大，画笔趋于正圆显示，值越小则画笔趋于椭圆显示。在笔刷本身的圆度设定是100%的时候，单独使用角度抖动没有效果。因为圆度100%就是正圆，正圆在任何角度看起来都一样，如下图所示。

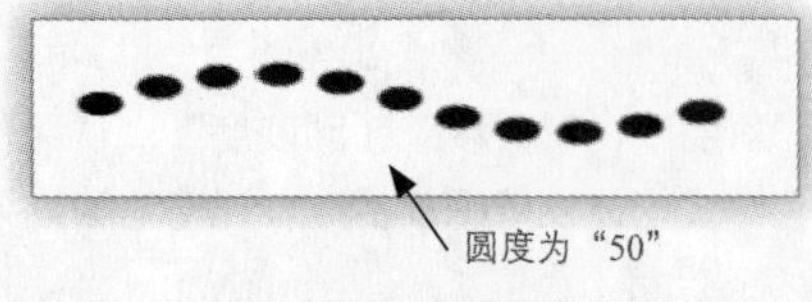

圆度为“50”

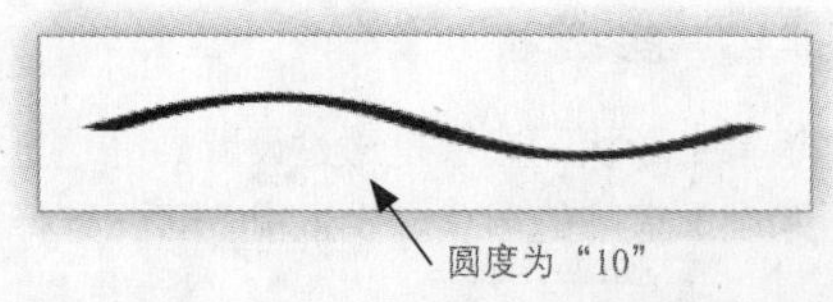

圆度为“10”

设置形状动态画笔

设置画笔的“形状动态”属性，可以让绘制笔触的大小、角度等具有一种规律变化的效果。单击“画笔”面板左侧“形状动态”选项，面板右边可以设置“大小抖动”、“最小直径”、“角度抖动”、“圆度抖动”等各项参数，如下图所示。

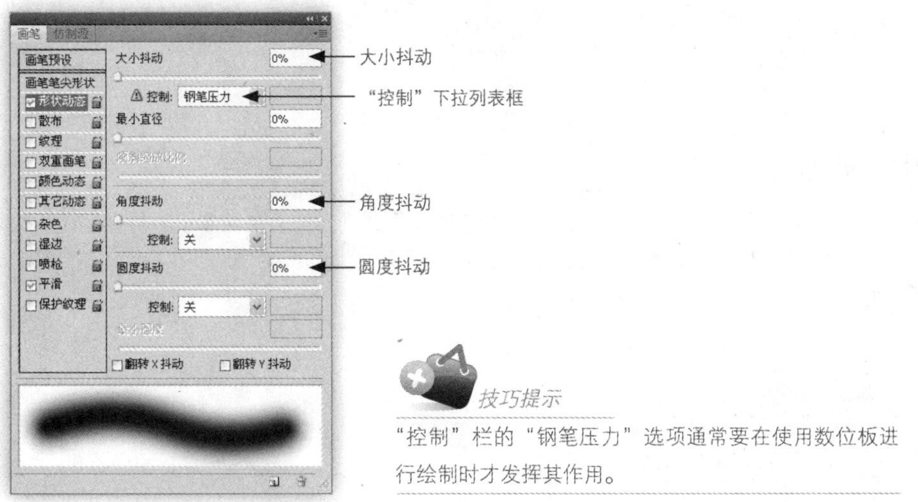

技巧提示

“控制”栏的“钢笔压力”选项通常要在使用数位板进行绘制时才发挥其作用。

- 大小抖动：设置笔触的大小变化幅度。数值越大，大小变化越明显，如下图所示。

大小抖动为“0”　　大小抖动为“72”

- “控制”下拉列表框：每一个抖动选项下都有“控制”下拉列表框，用于设置抖动的方式。单击按钮，打开的下拉列表中提供了多种抖动选项。

- 角度抖动：设置笔触旋转角度的变化幅度。数值越大，旋转角度越明显，如下图所示。

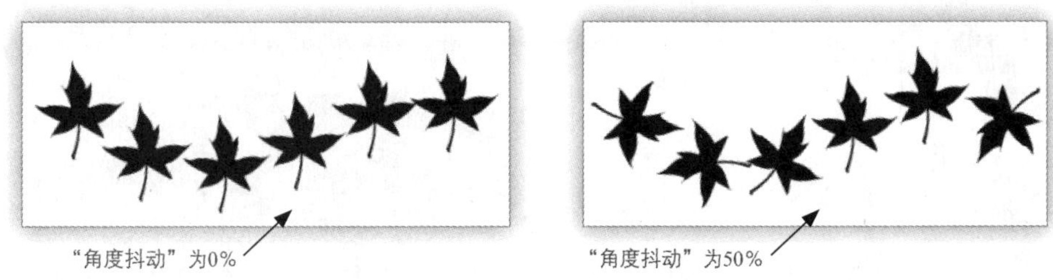

“角度抖动”为0%　　“角度抖动”为50%

- 圆度抖动：当设置圆度抖动方式为渐隐时，其右侧的数值框用来设置从第几个笔头开始抖动，如下图所示。

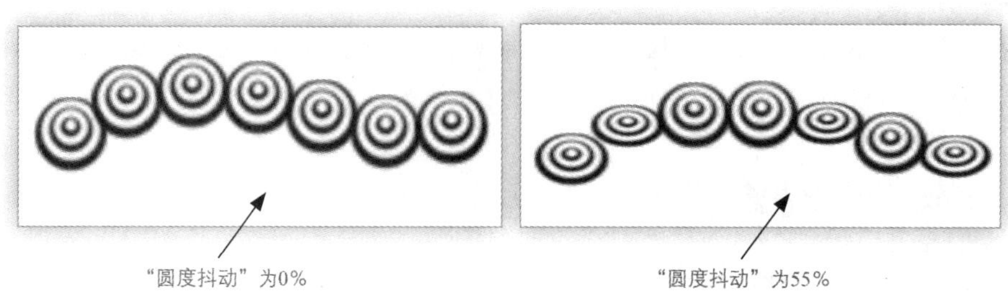

“圆度抖动”为0%　　　　“圆度抖动”为55%

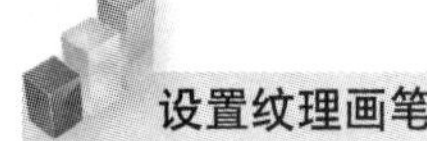

设置纹理画笔

“画笔”面板中的“纹理”选项，用于将画笔和纹理进行混合，使绘制出的笔触呈现出纹理效果。单击“画笔”面板左侧的“纹理”选项，面板右侧会出现“缩放”、“模式”、“深度”等设置参数，用于设置画笔和纹理的混合效果，如下图所示。

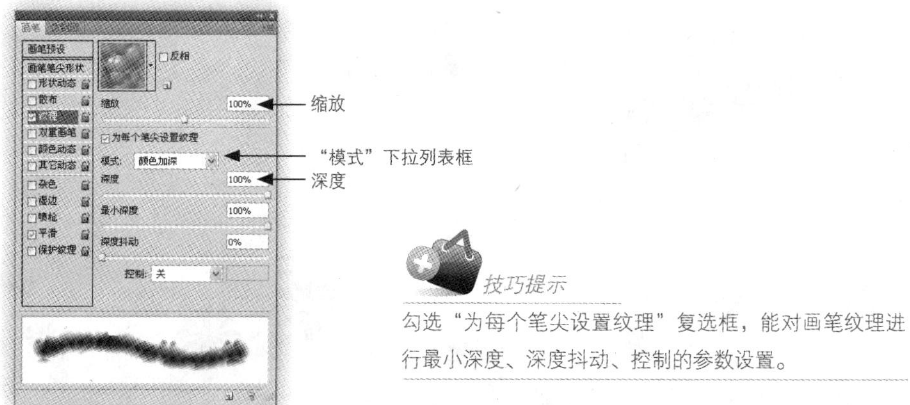

技巧提示

勾选“为每个笔尖设置纹理”复选框，能对画笔纹理进行最小深度、深度抖动、控制的参数设置。

- 缩放：设置纹理图形在笔触中显示的大小。数值越大，纹理图形越大，如下图所示。

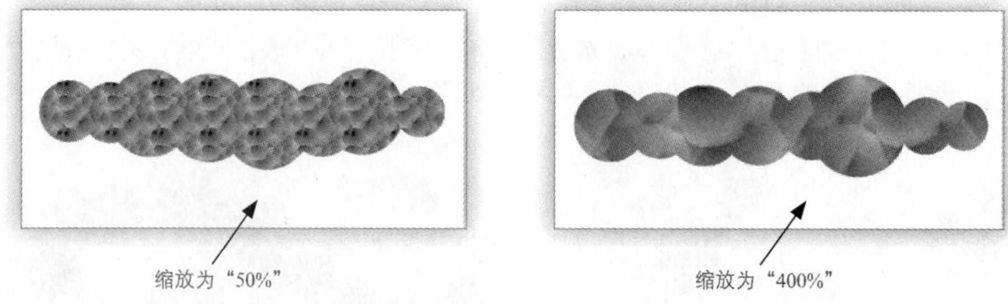

缩放为“50%”　　　　缩放为“400%”

- “模式”下拉列表框：设置笔触和纹理的混合方式。单击下拉按钮，打开的下拉列表中提供了多种混合模式，如下图所示。

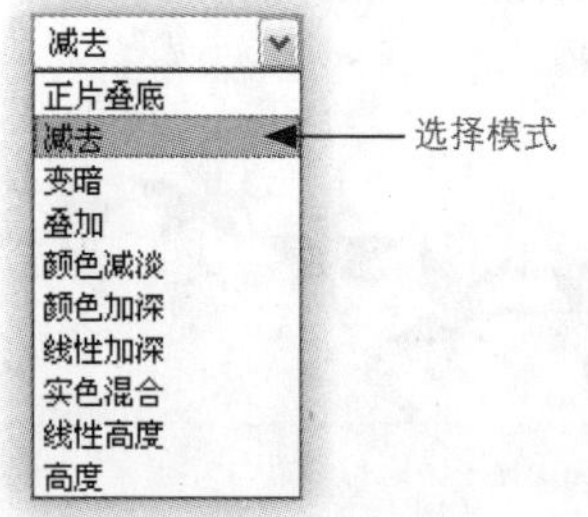

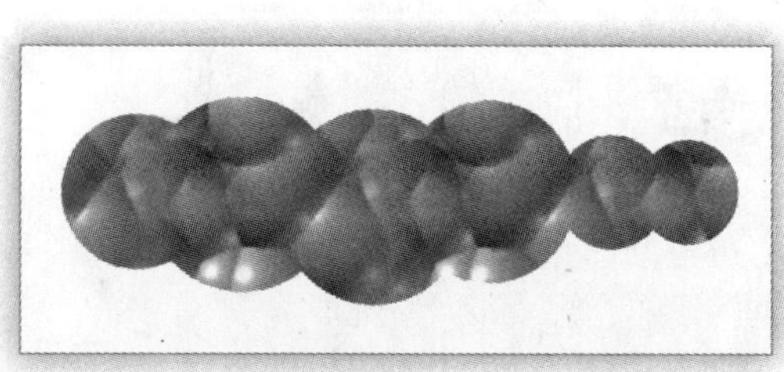

- 深度：设置纹理在笔触中的融入程度。值越大，纹理在笔触中的强度越大，纹理越明显，如下图所示。

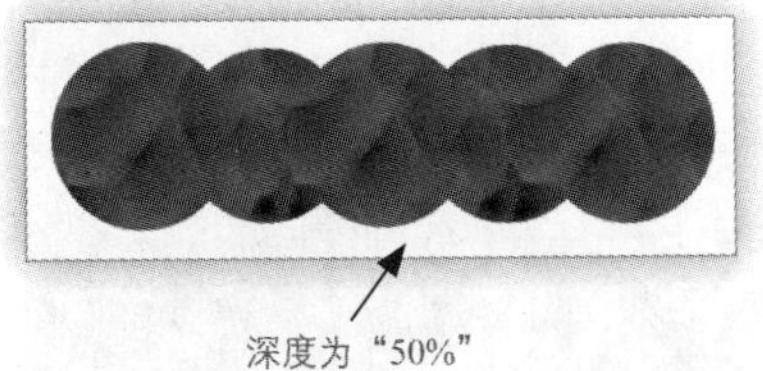
深度为"50%"

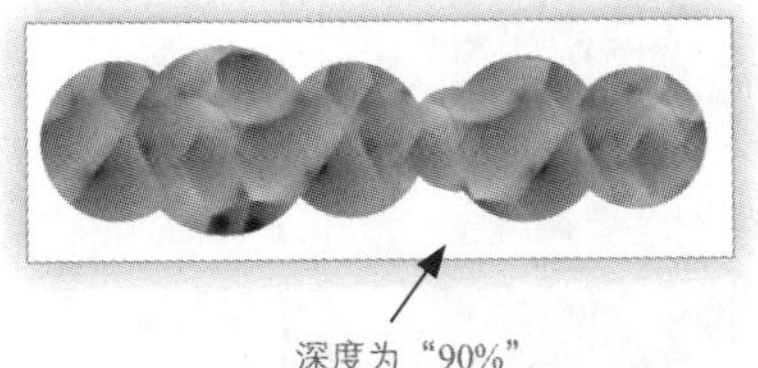
深度为"90%"

案例名称：添加人物装饰
素材路径：\素材\第4章\人物.jpg
效果路径：\效果\第4章\添加人物装饰.psd
视频链接：Video\视频教程\图像绘制功能应用\添加人物装饰

1 Step 选择画笔工具，在"画笔"面板中设置画笔为尖角10像素，画笔间距为145%，如下左图所示。

2 Step 设置前景色为"绿色"（R:149,G:255,B:165），打开"人物.jpg"图像文件，如下右图所示。

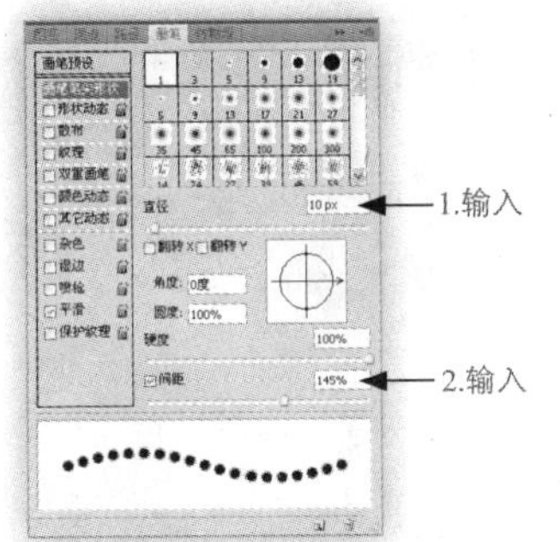

3 Step 新建图层1，在画面适当位置绘制珍珠。绘制时可以放慢速度，尽量绘制出平滑的线条。再次设置前景色为"淡绿色"（R:81,G:212,B:100），然后在画面适当位置绘制第二串珍珠，如下图所示。

4 Step 新建图层2，设置前景色为"绿色"（R:149,G:255,B:165），在"画笔"面板中选择"散布叶片"画笔，根据画面需求，按"["键及"]"键设置不同画笔大小，并调整角度在画面中绘制不同角度的叶片，如下图所示，完成后另存文件。

技巧提示

按"Ctrl + S"组合键直接保存文件，按"Ctrl + Shift + S"组合键将显示"存储为"对话框，选择存储路径即可另存文件。

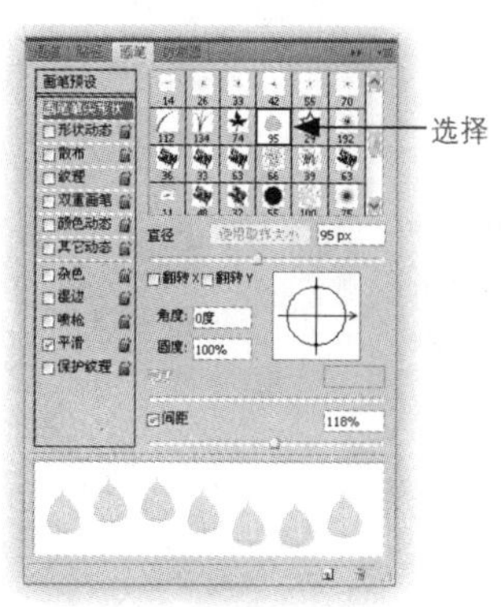

4.1.3 通过设置画笔面板为美女添加翅膀

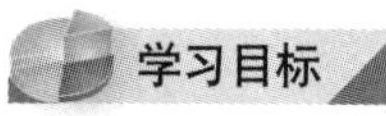

学习目标

本节主要学习使用“画笔”面板绘图的相关知识，通过绘制背景图案介绍在“画笔”面板中设置散布画笔、颜色动态画笔和双重画笔参数的相关知识。在学习绘制草丛效果时，读者可以结合光盘中的视频轻松、直观地进行学习。

准备知识

设置散布画笔

“画笔”面板中的“散布”选项，用于设置画笔笔触随机分布的喷溅效果。单击“画笔”面板左侧的“散布”选项，面板右侧会出现“散布”、“数量”、“数量抖动”等参数，用于控制画笔随机分布的强度，如右图所示。

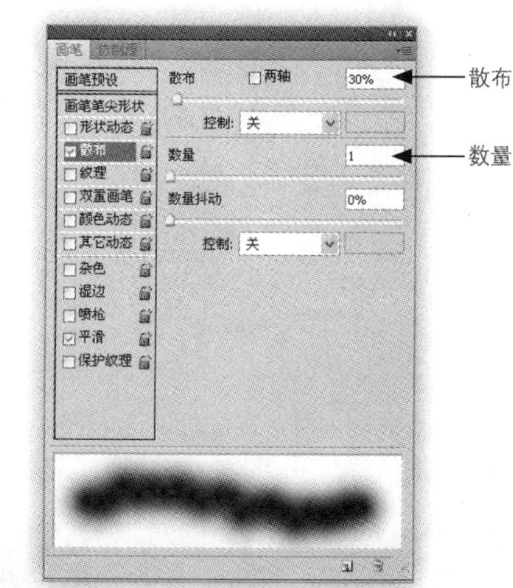

- 散布：设置笔触之间的距离。数值越大，距离越大，如下图所示。

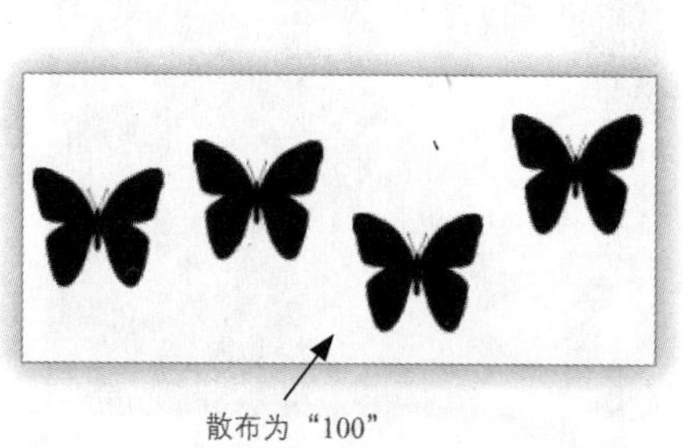
散布为“100”

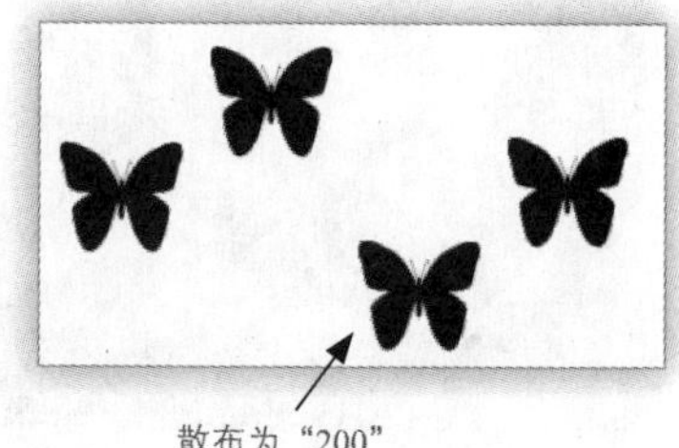
散布为“200”

- 数量：设置笔触的数量，数值越大，笔触越多，密度越大，如下图所示。

数量为“2”

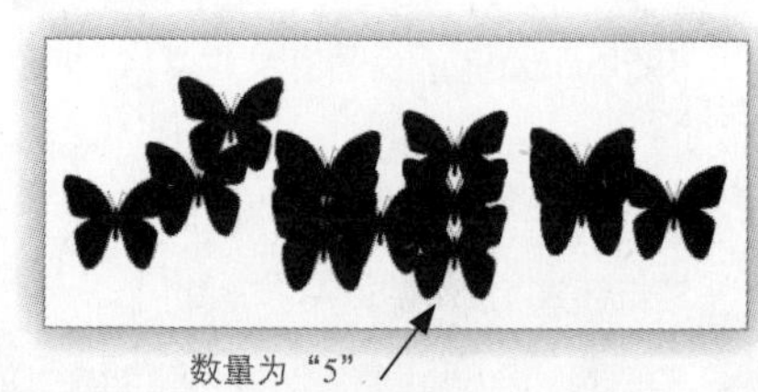
数量为“5”

设置双重画笔

"双重画笔"是将两种画笔进行混合，得到新的画笔。选择画笔类型后，单击"画笔"面板左侧的"双重画笔"选项，面板右侧会出现画笔类型列表，以及"直径"、"间距"、"散布"、"数量"选项，用于选择第二种画笔与第一种画笔样式间的混合模式，如下图所示。

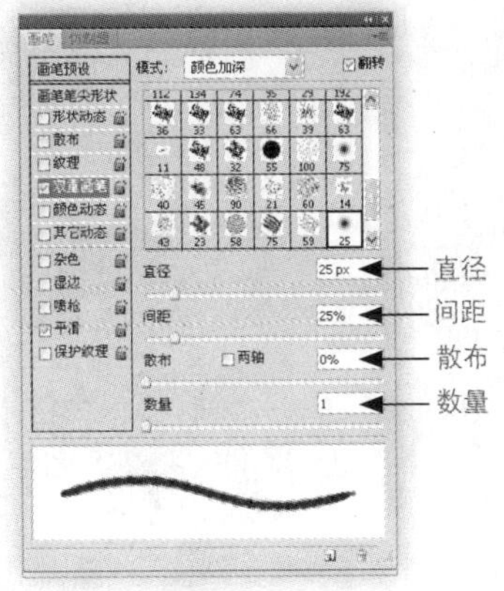

技巧提示

双重画笔在设置时注意与画笔笔尖形状搭配调整，以达到最佳的绘制效果。

"双重画笔"面板中的内容介绍如下。

- 直径：设置第二个画笔的大小，数值越大，第二个画笔越大。
- 间距：设置第二个画笔笔触之间的距离，数值越大，间距越大。
- 散布：设置第二个画笔的散布效果。勾选"两轴"复选框，画笔是呈放射状分布的，当取消勾选"两轴"复选框时，画笔分布和画笔绘制线条的方向垂直。
- 数量：设置第二个画笔的散布数量，数值越大，数量越大。

设置颜色动态画笔

"颜色动态"选项用于设置绘制时笔触颜色在前景色和背景色之间的变化方式。通过为画笔设置颜色动态，可以使绘制后的图像颜色在前景色和背景色之间进行动态变化，这种颜色变化是由前景色和背景色在色相、饱和度、亮度或纯度上的不一致而引发的。它的设置方法是在工具箱中设置前景色和背景色，以得到两种要过渡的颜色。然后在"画笔"面板左侧选择"颜色动态"选项，自动勾选 "颜色动态"复选框，并在打开的控制面板中设置好前景/背景抖动、色相抖动、饱和度抖动、亮度抖动、纯度抖动等各项参数，如下图所示。

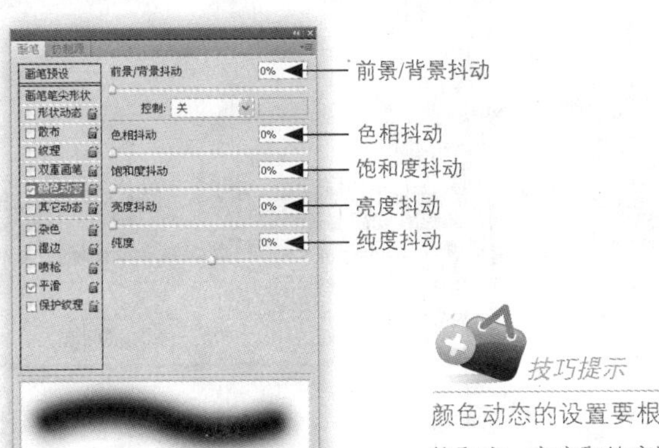

技巧提示

颜色动态的设置要根据画面色彩需要，适当结合色相、饱和度、亮度和纯度调整出最佳的搭配色彩效果。

设置其他动态画笔

在“画笔”面板左侧选择“其他动态”选项，自动勾选“其他动态”复选框，在“画笔”面板右侧的参数设置区可以设置画笔样式的不透明度和流量动态变化效果。“不透明度抖动”和“流量抖动”两个参数是对画笔工具选项栏中相对参数的补充，是在已设置好的不透明度和流量基础上做出变化，如下图所示。

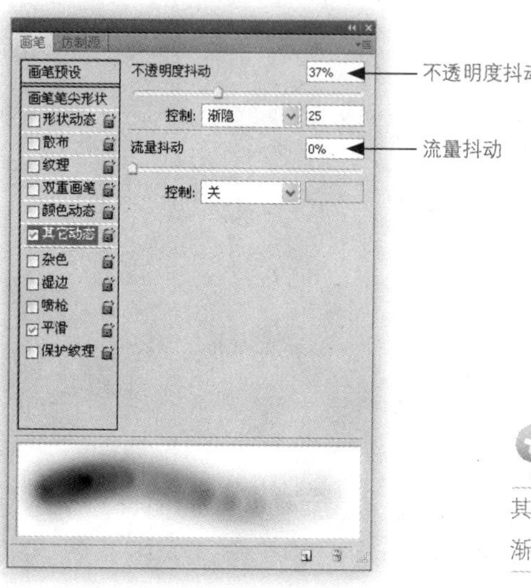

技巧提示

其他动态中“控制”中的渐隐设置，主要是绘制笔触的渐变效果，后面的数值越大，渐隐的长度越长。

案例名称：为美女添加翅膀
素材路径：\素材\第4章\翅膀.jpg
效果路径：\效果\第4章\为美女添加翅膀.psd
视频链接：Video\视频教程\图像绘制功能应用\为美女添加翅膀

Step 1 打开“翅膀.jpg”图像文件，选择画笔工具，如下左图所示。

Step 2 单击工具选项栏上画笔工具侧的下拉按钮，在打开的面板中单击三角按钮，如下左图所示，并在弹出的下拉菜单中选择“湿介质画笔”选项，如下中图所示，然后在弹出的对话框中单击追加(A)按钮，将自动载入“湿介质画笔”，如下右图所示。

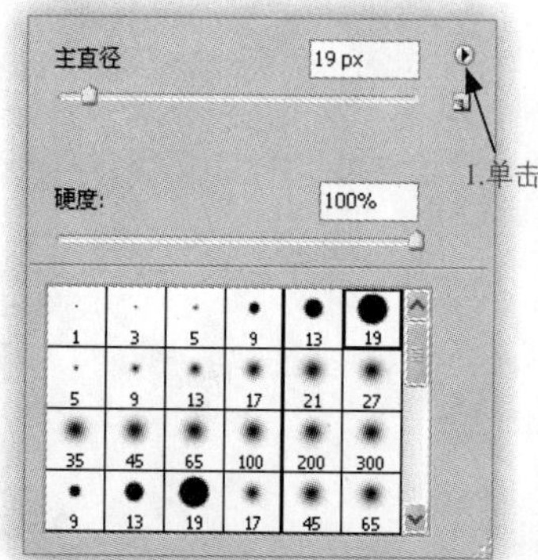

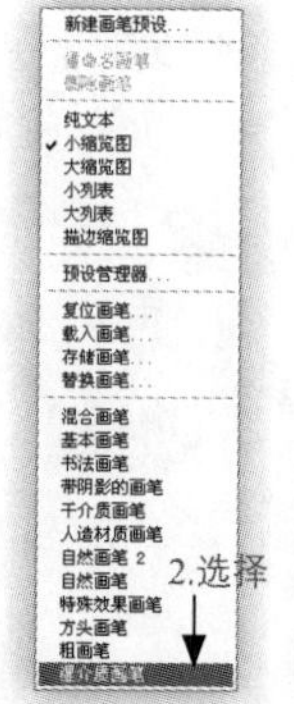

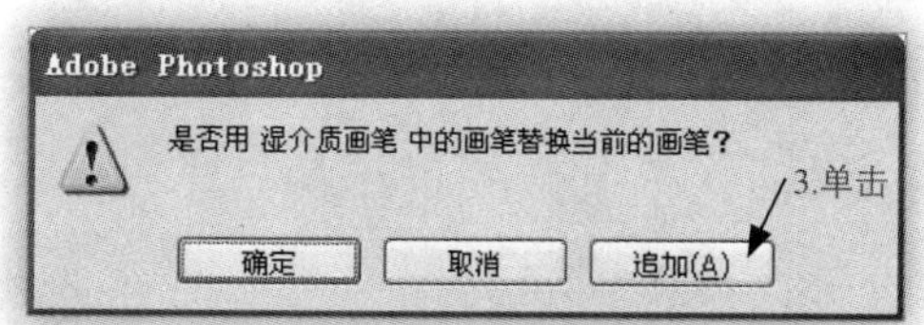

Step 3 在“笔刷”面板中向下拖动小滑杆，显示出载入的画笔类型。然后选择其中的“粗糙干画笔”笔刷，如下图所示。

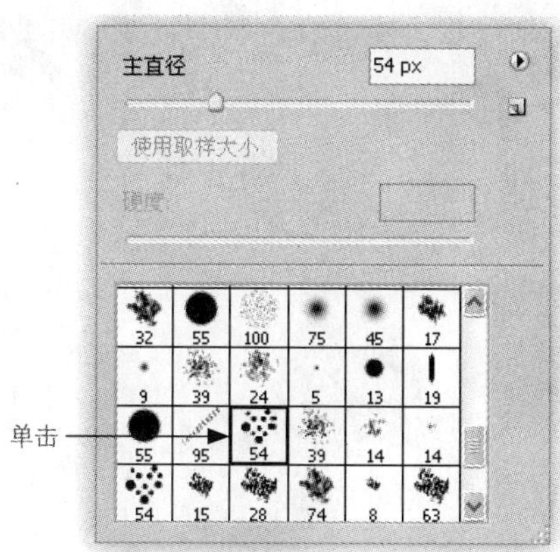

技巧提示

在选择笔刷时，将鼠标放至所要选择的笔刷上，停留数秒，将自动显示笔刷名称。

4 Step 在工具选项栏上单击“切换画笔面板”按钮，在打开的面板中取消勾选“纹理”及“双重画笔”复选框，如下图所示。

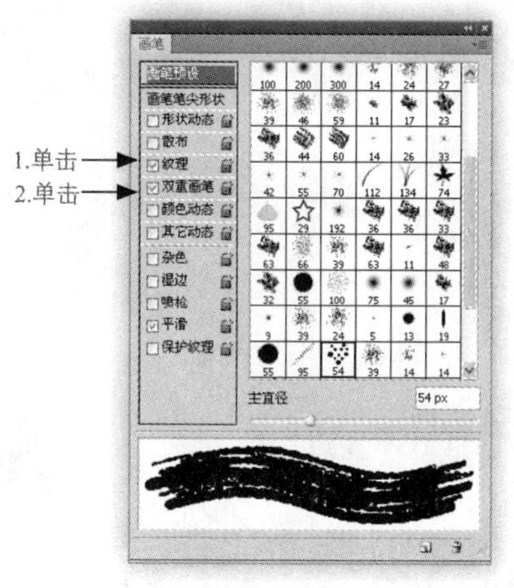

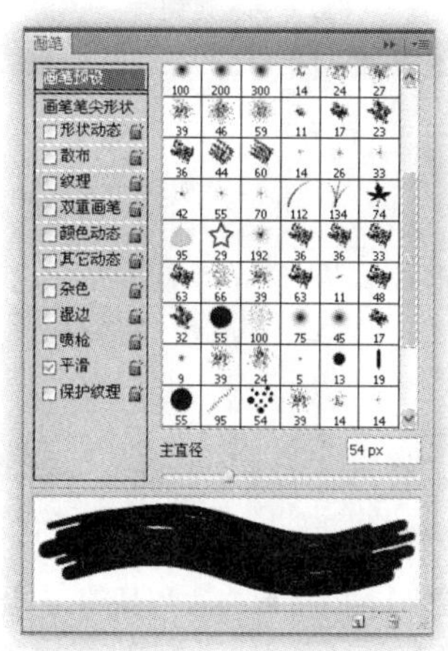

5 Step 勾选“形状动态”复选框，在显示的“大小抖动”一栏中单击下拉按钮，在打开的下拉菜单中选择“钢笔压力”选项，如下左图所示。

6 Step 勾选“其它动态”复选框，在显示的“不透明度抖动”及“流量抖动”选项中分别单击下拉按钮，并在打开的下拉菜单中选择“钢笔压力”选项，如下右图所示。

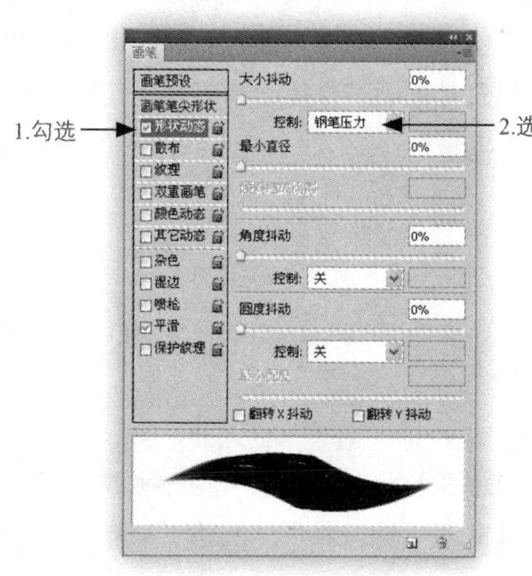

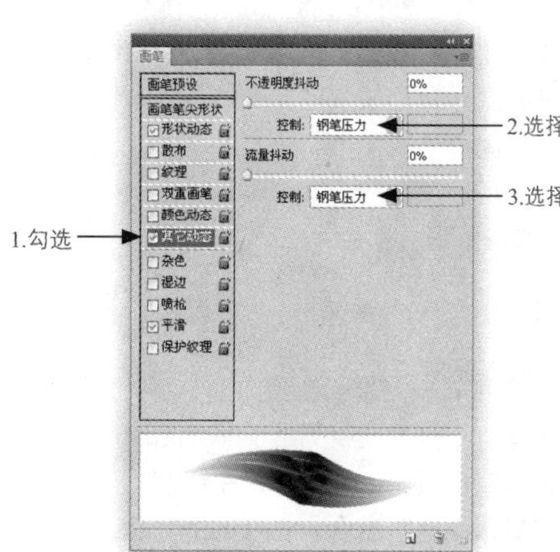

7 Step 勾选“喷枪”复选框，然后在“图层”面板上建图层 1，单击画笔工具，在画面适当位置为人物添加翅膀，绘制时注意笔刷描绘的走向与翅膀的走向保持一致，在人物边缘细节绘制时注意将边缘绘制清晰，如下图所示，完成后保存文件。

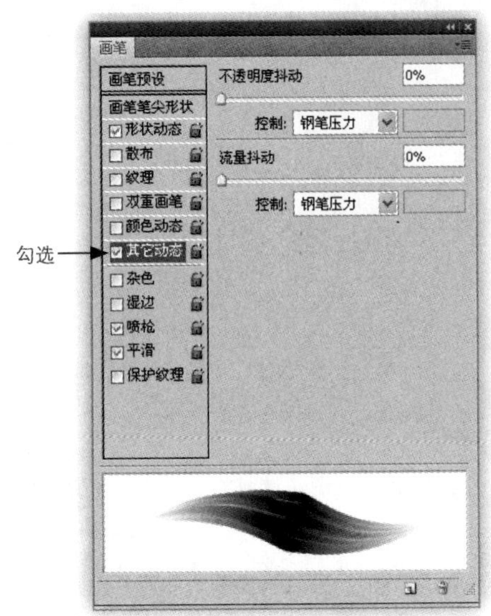

在运用画笔绘制翅膀时，注意拖动鼠标时压力的轻重，以及翅膀纹理的走向，使图像绘制得更真实自然。

4.2 使用铅笔工具为图像添加时尚元素

铅笔工具的使用方法和画笔工具大致相同。它们的区别在于，铅笔工具只能绘制硬朗的线条，而画笔工具不仅能绘制硬朗的线条，还能绘制柔软边缘的线条。因此在实际运用中，铅笔工具通常用于绘制线稿、硬朗的线条、清晰的边缘等效果。和画笔工具一样，可以运用工具选项栏和“画笔”面板中提供的选项对铅笔工具的笔触效果进行设置。设置选项和设置方法与画笔工具完全相同。

学习目标

本节主要学习使用“画笔”面板绘图及铅笔工具的相关知识，通过为图像添加时尚元素，介绍载入画笔样式和自定义画笔样式的方法，以及在“画笔”面板中设置其他动态画笔、画笔其他选项参数的相关知识。

准备知识

载入画笔样式

画笔样式列表框中列出了Photoshop CS4中默认的画笔样式，用户可根据需要载入其他画笔样式。单击“画笔”面板右上角的折叠按钮，在弹出的下拉菜单中选择画笔样式命令可载入相应画笔样式；若选择“载入画笔”命令，在打开的“载入”对话框中还可以选择载入电脑中保存的其他画笔样式，如下图所示。在Photoshop CS4中默认的画笔样式有混合画笔、基本画笔、书法画笔、带阴影的画笔、干介质画笔、自然画笔2、自然画笔、特殊效果画笔、方头画笔、粗画笔、湿介质画笔等，多尝试多绘制将会把各种画笔样式熟练地掌握运用。

混合画笔
基本画笔
书法画笔
带阴影的画笔
干介质画笔
人造材质画笔
自然画笔 2
自然画笔
特殊效果画笔
方头画笔
粗画笔
湿介质画笔

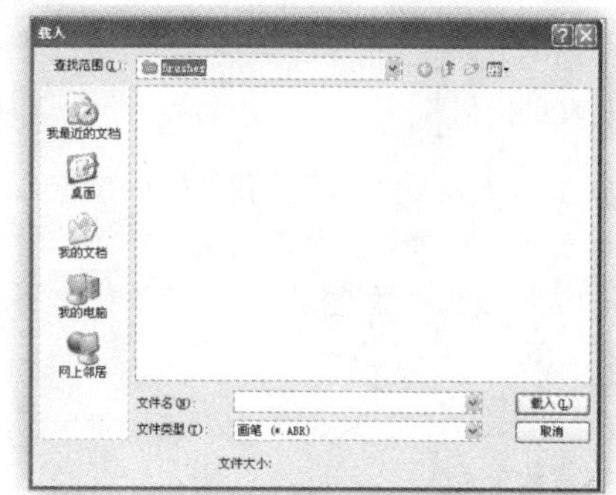

自定义画笔样式

绘图时，Photoshop CS4自带的画笔样式若不能满足绘图需要，可根据自己需要自定义画笔的形状，同时还可以将其保存，以备日后设计工作的需要。自定义画笔样式需要先打开要定义的图像，然后选择“编辑→定义画笔预设”命令，打开“画笔名称”对话框，在“名称”文本框中输入新画笔的名称，单击[确定]按钮即可，如下图所示。自定义画笔样式后，定义的画笔显示在“画笔笔尖形状”面板的最后。选择画笔即可进行绘制。

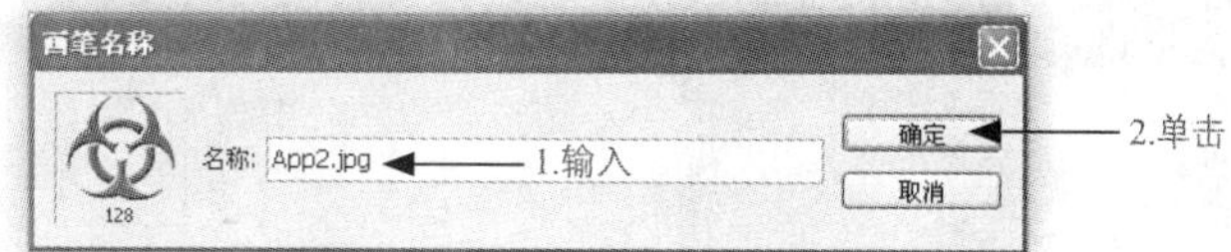

“画笔”面板的其他选项

“画笔”面板左侧的其他选项设置包括“杂色”、“湿边”、“喷枪”、“平滑”和“保护纹理”设置，只需在“画笔”控制面板中勾选对应的复选框即可，如下图所示。

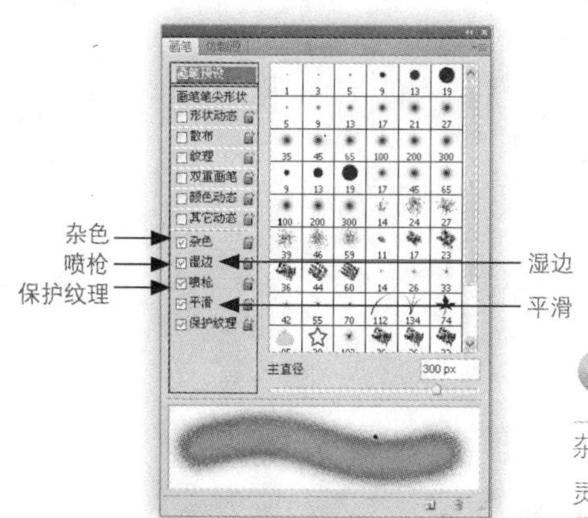

技巧提示

杂色、湿边、喷枪、平滑和保护纹理是画笔的补充设置，灵活运用将使图像绘制效果更加完美。

- 杂色：用于设置画笔杂色的随机度。
- 湿边：用于使画笔增加水笔效果。
- 喷枪：用于模拟传统喷枪效果，使产生的图像有渐变色调效果。
- 平滑：用于设置绘制图像的平滑度。
- 保护纹理：勾选此复选框后，当使用多个画笔时，可模拟画布纹理效果。

铅笔工具的运用

使用铅笔工具能更好地锻炼我们的手绘能力，从而设计出更多更好的作品。铅笔工具与画笔工具的功能类似。不同的是，画笔工具既可以绘制硬边的效果，也可以绘制出柔边的效果；而铅笔工具所绘制的边界线比较生硬粗糙。铅笔工具可以采用单位像素方式绘制图片，因此在绘制网页专用图标、图片时，可以充分表现出其效用性。

铅笔工具与画笔工具的使用方法完全一样。选择铅笔工具后，在图像中按住鼠标左键不放并拖动即可绘制铅笔笔触的图像。

相对于画笔工具选项栏，铅笔工具选项栏中增加了“自动抹除”复选框，如下左图所示。在工具选项栏中勾选“自动抹除”复选框后，当用户在已绘制的笔触上按照反方向拖曳鼠标时，铅笔工具将自动擦除前景色，填充为背景色。如下右图所示，设置前景色为蓝色，背景色为白色，在图像中用前景色绘制时，绘制色彩为蓝色，勾选“自动抹除”复选框后，在蓝色色块上绘制色彩变成背景色白色，如下右图所示。

案例名称：为图像添加时尚元素
素材路径：\素材\第4章\花朵.jpg
效果路径：\效果\第4章\为图像添加时尚元素.psd
视频链接：Video\视频教程\图像绘制功能应用\为图像添加时尚元素

1 Step 选择“文件→打开”命令，打开“花朵 .jpg”素材文件，如下左图所示。

2 Step 选择“编辑→定义画笔预设”命令，打开“画笔名称”对话框，在“名称”文本框中输入新画笔的名称“花朵”，然后单击确定按钮，如下右图所示。

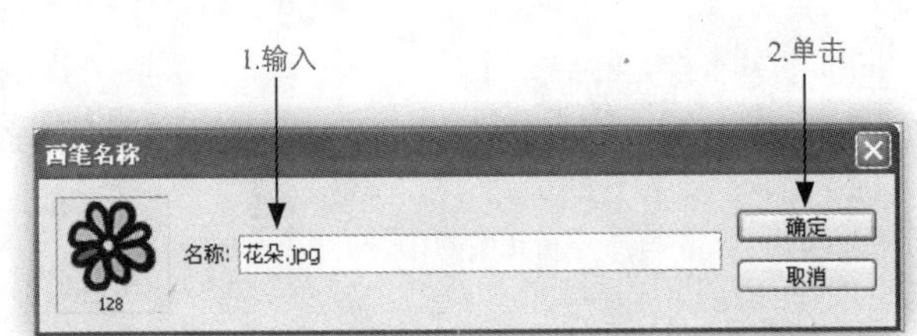

3 Step 选择铅笔工具，选择预设的“花朵”笔刷，输入主直径为“40px”。单击工具选项栏中的“切换画笔面板”按钮，打开“画笔”面板，勾选“形状动态”复选框，再设置大小抖动为“89%”，如下图所示。

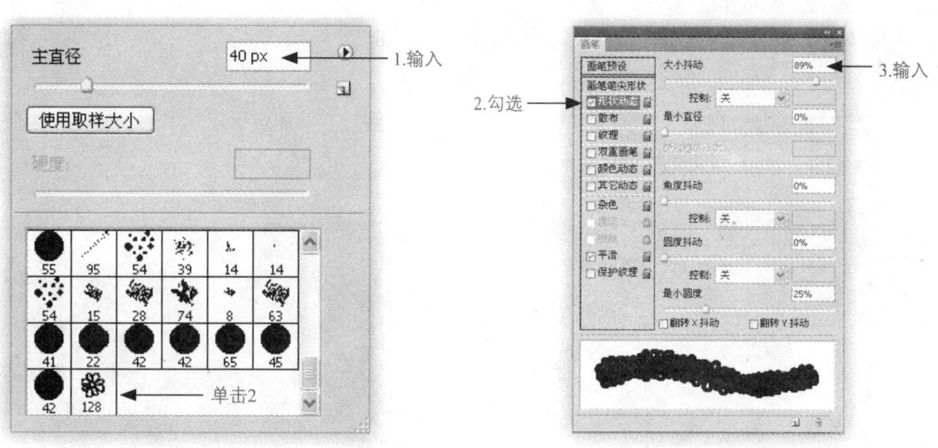

4 Step 勾选“散布”复选框，在其中设置散布为“75%”，控制为“关”，如下左图所示。

5 Step 在工具箱下方设置前景色为“黄色”(R:253,G:244,B:1)，背景色为“绿色”(R:13,G:125,B:1)。然后在“画笔”面板中勾选“颜色动态”复选框，设置前景/背景抖动为“44%”，色相抖动为“27%”，饱和度抖动为“11%”，亮度抖动为“9%”，如下右图所示。

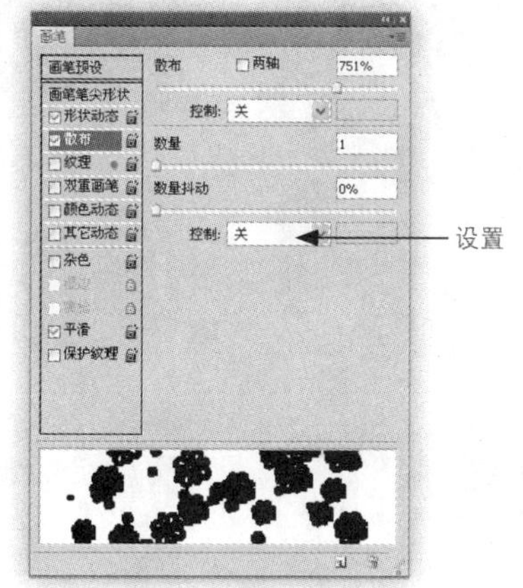

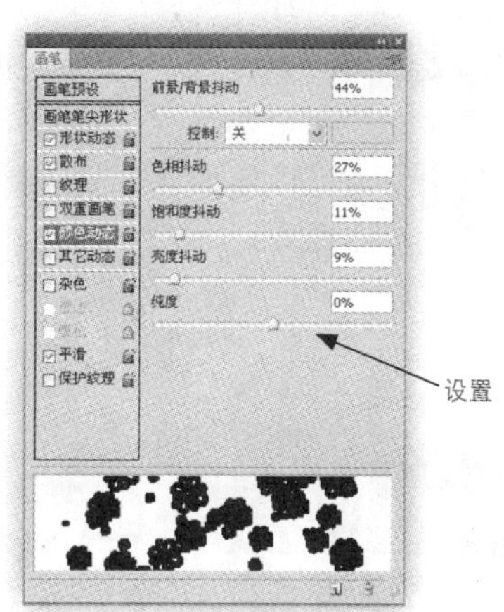

6 Step 勾选“其他动态”复选框，设置不透明度抖动为“35%”，如下左图所示。

7 Step 选择“文件→打开”命令，打开“场景.jpg”素材文件，如下右图所示。

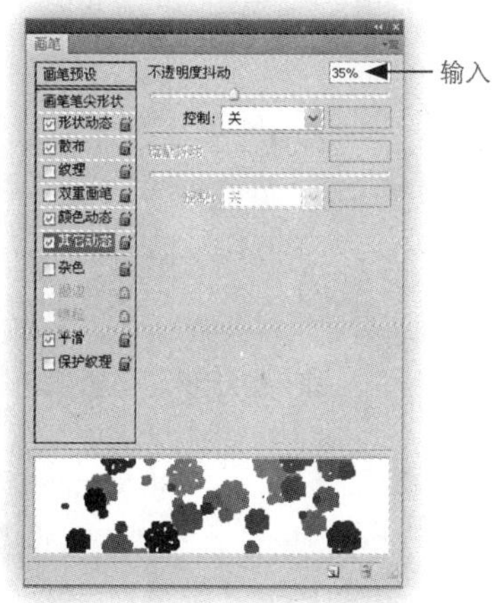

8 Step 新建图层 1，选择铅笔工具，在图像窗口四周拖曳鼠标进行绘制，产生多彩的花朵图效，丰富画面效果，如下图所示。

案例延伸

以上案例中绘制图像背景花朵的方法，不仅可以应用于制作图案背景，还可以通过自定义画笔，结合“画笔”面板绘制现实中的各种手绘画，如下图所示的是一幅古典少女画。在下面的作品中，人的头发、面部皮肤、花卉的阴影都是通过设置恰当的画笔样式进行绘制的，轻松地将人物发丝的光泽，皮肤的柔和及阴影的立体效果展示出来。读者可以在光盘中找到下图的效果文件。

4.3 使用颜色替换工具替换图像颜色

颜色替换工具主要用于快速替换图像中的特定色彩，也常用于图像颜色的校正。但是该工具只能用于RGB和CMYK色彩模式的图像。

学习目标

本节主要学习颜色替换工具的使用方法，并巩固前面章节中学习的选区编辑的相关知识。在学习替换橙子颜色时，读者可以结合光盘中的视频轻松、直观地进行学习。

准备知识

认识颜色替换工具

颜色替换工具与画笔工具的使用方法和参数设置方法基本一样，如下图所示。选择颜色替换工具后，在图像中拖曳鼠标，即可替换图像中相应的颜色。

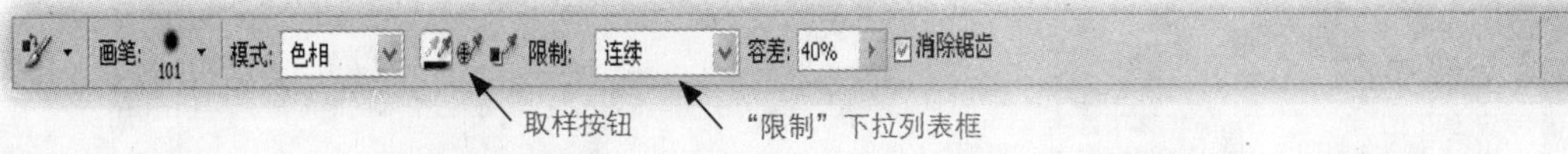

和画笔工具选项栏相比，颜色替换工具选项栏中增加了取样按钮和“限制”下拉列表框，含义如下：

- “取样”按钮：包括“取样：连续”按钮、“取样：一次”按钮和“取样：背景色板”按钮3个。“取样：连续”按钮可以连续对图像进行颜色取样和颜色替换；“取样：一次”按钮，只能将第一次单击图像中的颜色设置为取样色，并对该颜色进行替换；“取样：背景色板”按钮，替换图像中包含背景色的区域。
- “限制”下拉列表框：提供了“连续”、“不连续”和“查找边缘”3个选项。选择“连续”选项，根据鼠标拖曳轨迹替换图像颜色。选择“不连续”选项，直接替换图像中的样本颜色。选择“查找边缘”选项，在保持图像边缘清晰的情况下，替换样本颜色。

案例名称：替换橙子颜色
素材路径：\素材\第4章\橙子.jpg
效果路径：\效果\第4章\替换橙子颜色.jpg
视频链接：Video\视频教程\图像绘制功能应用\替换橙子颜色

Step 1 打开“橙子.jpg”图像文件，在图像窗口中显示出来，如下左图所示。

Step 2 选择颜色替换工具，设置前景色为“橙色”（R:220,G:123,B:28）。单击选项栏中的“画笔”选项右侧的下拉按钮，在打开面板中设置笔“硬度”为78%，如下右图所示。

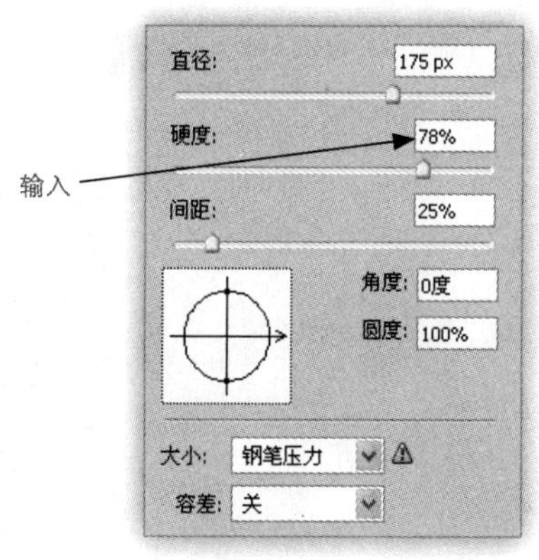

Step 3 在图像中左边的橙子上拖曳鼠标，进行涂抹，如下左图所示。

Step 4 设置前景色为“黄色”（R:255,G:209,B:50）。在画面中对右边的橙子局部区域进行涂抹，如下右图所示。绘制完毕后，保存文档。

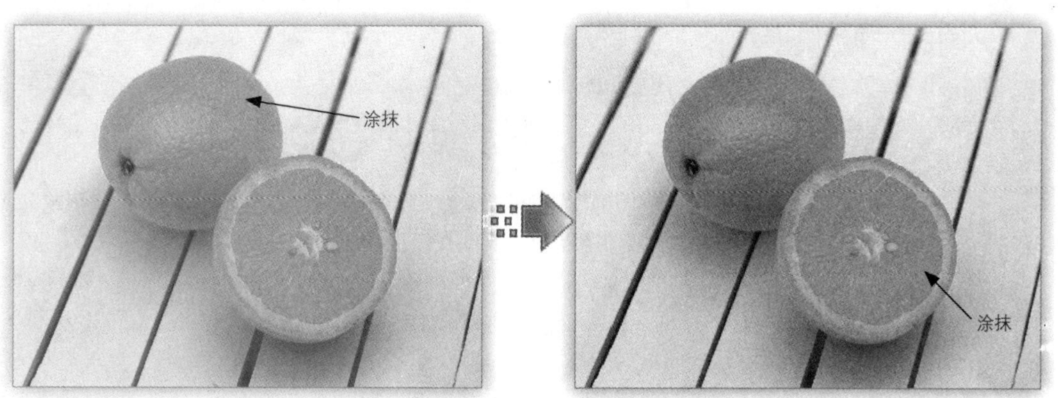

4.4 使用历史记录画笔工具制作特殊效果

历史记录画笔工具可以使图像恢复到“历史记录”面板中记录的某种历史状态，并创建各种艺术效果纹理。历史记录画笔工具还有将损坏的图像进行恢复的功能，可以结合选项栏的笔刷形状、不透明度和色彩混合模式等选项制作出特殊的效果。

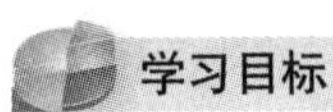

学习目标

本节主要学习历史记录画笔工具的相关知识，并通过制作图像旋转扭曲特效介绍它的使用方法。熟练掌握历史画笔的使用技巧，将在未来更多的实际操作中发挥其强大的功效。

准备知识

认识“历史记录”面板

“历史记录”面板主要用于记录在图像中的操作步骤。默认情况下可以记录20个步骤。运用“历史记录”面板，可以快速恢复到指定步骤的图像状态，能大大提高工作效率。选择“窗口→历史记录”命令，可以打开“历史记录”面板，如下图所示。

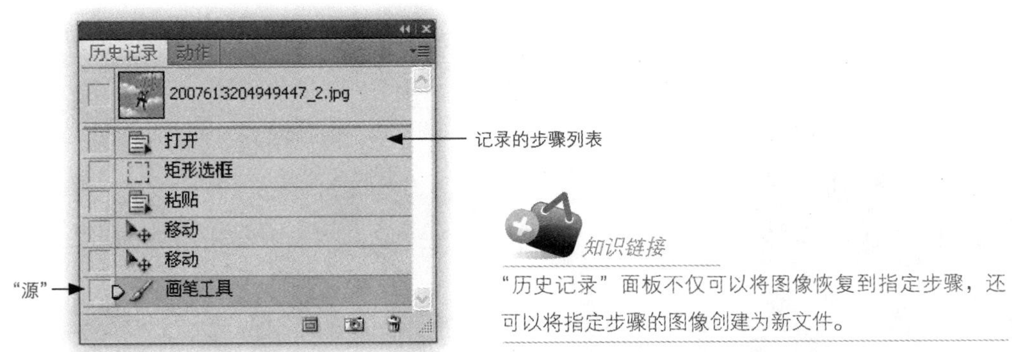

知识链接

“历史记录”面板不仅可以将图像恢复到指定步骤，还可以将指定步骤的图像创建为新文件。

Photoshop最近的操作都以列表的方式存储在历史记录面板中。在历史记录面板中每一个操作步骤的左面小方框叫做“源”，通过设置“源”，我们可以将图像恢复到以前的任意一步，从而绘制出意想不到的特殊效果。

认识历史记录画笔工具

历史记录画笔工具需要结合“历史记录”面板来使用。操作方法为选择历史记录画笔，单击“历史记录”面板中用于绘制的步骤左边的“源”，出现历史记录图标。然后选择适当的画笔样式，在图像中进行涂抹，涂抹区域的图像被还原成“源”状态效果。

历史记录画笔工具具有恢复图像的功能，它还可以在恢复图像的同时结合选项栏上的“画笔”、“模式”、“不透明度”等选项设置绘制出各种艺术效果，如下图所示。

案例名称：制作特殊图效
素材路径：\素材\第4章\小猪.jpg
效果路径：\效果\第4章\制作特殊图效.psd
视频链接：Video\视频教程\图像绘制功能应用\制作特殊图效

1 Step 选择“文件→打开”命令，打开“小猪.jpg”图像文件，如下左图所示。

2 Step 选择“滤镜→扭曲→旋转扭曲”命令，在打开的“旋转扭曲”对话框中设置角度为“705 度”，如下右图所示。

3 Step 单击 确定 按钮，得到旋转扭曲后的图像效果，如下左图所示。

4 Step 选择“窗口→历史记录”命令，打开“历史记录”面板，如下右图所示。

5 Step 选择工具箱中的历史记录画笔工具，单击“历史记录”面板中的“打开”步骤左边的方框，显示“设置历史记录画笔的源”图标，确定源数据，如下左图所示。

6 Step 在历史记录画笔工具的选项栏中设置适当的画笔参数，然后在图像中小猪的区域进行涂抹，直至将小猪部分的图像进行还原，如下右图所示。完成后保存文件。

技巧提示

在“画笔”面板中设置好画笔工具或铅笔工具的各项参数后，设置的参数将更新为画笔工具或铅笔工具的默认设置，并可以直接应用于下一次的绘制中。如果需要长期使用同样的画笔参数，则可以在设置完成后，将当前画笔自定义为新的画笔样式。

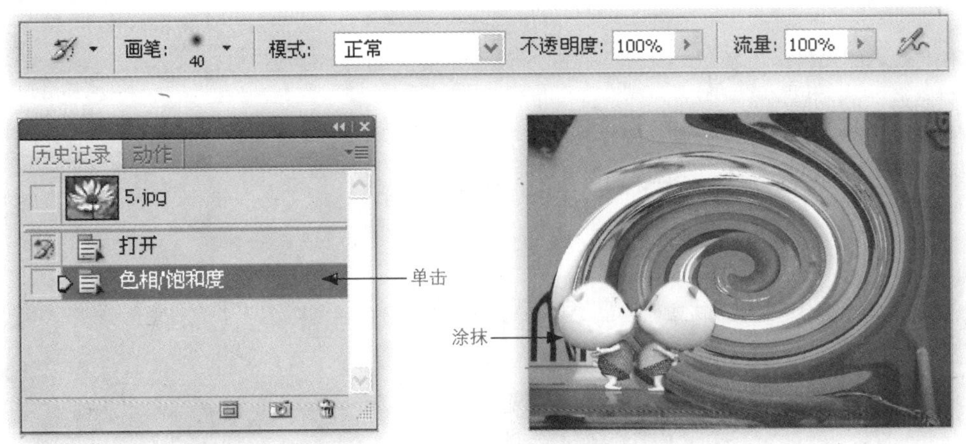

4.5 使用历史记录艺术画笔工具绘制艺术背景

历史记录艺术画笔工具与历史记录画笔工具一样，都用于将指定的历史记录状态和当前图像进行结合，创建独特的图像效果。它们的区别为，历史记录艺术画笔工具不仅能恢复图像的历史记录状态，还能在使用这些数据的同时，创建出不同的颜色和艺术风格设置的选项。

学习目标

本节主要学习历史记录艺术画笔工具的相关知识，并通过绘制艺术背景介绍它的使用方法。在学习为背景添加艺术效果时，读者可以结合光盘中的视频轻松、直观地进行学习。

准备知识

认识历史记录艺术画笔工具

历史记录艺术画笔工具主要对图像做特殊效果，它使你可以使用指定历史记录状态或快照中的源数据，以风格化描边进行绘画。通过尝试使用不同的绘画样式、大小和容差选项，可以用不同的色彩和艺术风格模拟绘画的纹理。

为获得各种视觉效果，在用历史记录艺术画笔工具绘画之前，可以尝试应用滤镜或用纯色填充图像，也可以尝试将图像的大小增加4个因子以柔化细节。

历史记录艺术画笔可以使图像的当前状态与指定源状态通过变形、模糊等方式进行融合，得到类似于印象派的图像效果。它的使用方法与历史记录画笔工具基本相同，如下图所示。

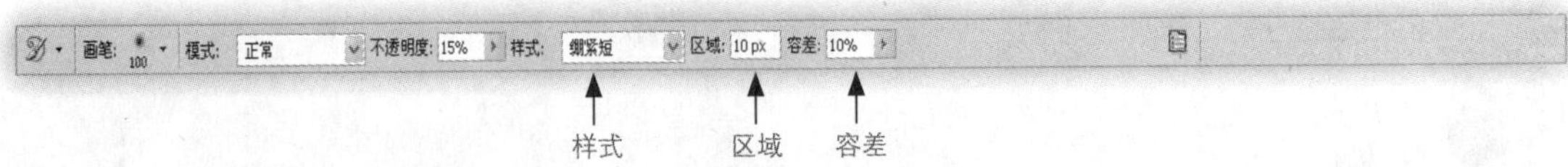

历史记录艺术画笔工具在选项栏中3个选项的含义如下。

- 样式：设置适当的选项控制绘画描边的形状。
- 区域：输入数值来指定绘画描边所覆盖的区域。数值越大，覆盖的区域越大，描边的数量也越多。

- 容差：输入值或拖移滑块，限定可以应用绘画描边的区域。低容差可用于在图像中的任何地方绘制无数条描边。高容差将绘画描边限定在与源状态或快照中的颜色明显不同的区域。

案例名称：绘制艺术背景
素材路径：\素材\第4章\美女.jpg
效果路径：\效果\第4章\绘制艺术背景.psd
视频链接：Video\视频教程\图像绘制功能应用\绘制艺术背景

1 Step 选择“文件→打开”命令，打开素材“美女.jpg”图像文件，如右图所示。

2 Step 单击历史记录艺术画笔工具，在工具选项栏中单击“画笔”右侧的下拉按钮，并在打开的面板中选择画笔为“粗散布画笔”，设置主直径为24px，然后在工具选项栏中设置样式为“绷紧短”，区域为“10px”，容差为“0%”，如下图所示。

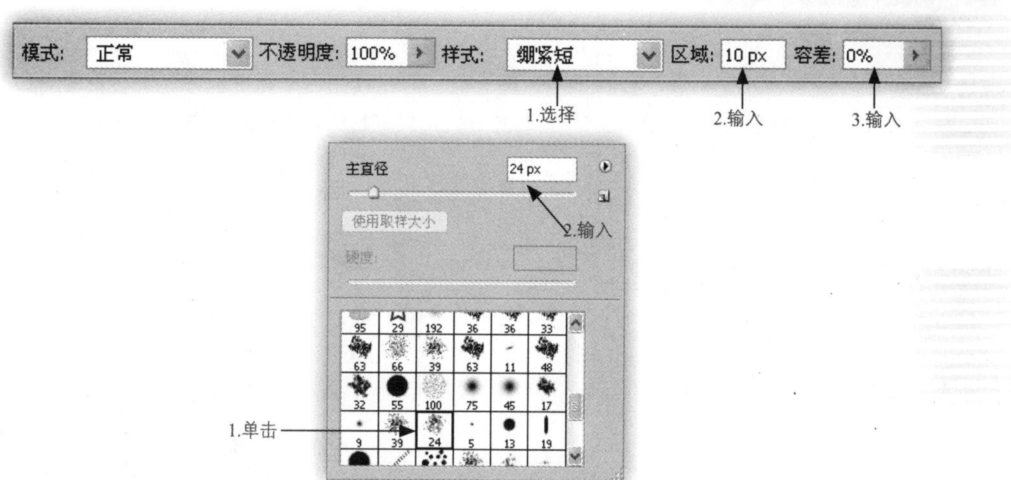

技巧提示

运用不同的画笔，可以制作出不同的色块效果，根据画面需要，重复操作，以选择最佳的画笔进行描绘。

3 Step 应用历史记录艺术画笔工具，在人物图像四周的背景图像上单击，出现艺术背景的色块效果。

4 Step 连续应用历史记录艺术画笔工具在图像背景中单击，直至将各个背景区域都制作成绘画效果，如下图所示。

技巧提示

相对于历史记录画笔工具选项栏，历史记录艺术画笔工具选项栏中增加了一个下拉列表框、“区域”数值框和“容差”数值框。在下拉列表框中可以设置画笔笔触效果，“区域”数值框中可以设置历史艺术画笔影响的图像范围。

4.6 使用矢量图形工具丰富图像

矢量图形的特点是把图形缩放到任何程度，都不丢失细节，都能保持原有的清晰度。自定义形状工具里面所有形状都可以作为矢量图形使用，包括直线和各种形状。文字工具也是以文字形状为依托的矢量工具，可以随意调整文字大小并且不用担心损失像素，栅格化以后才变为像素层。

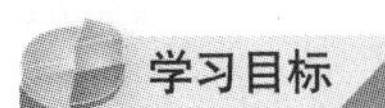

学习目标

本节主要学习矢量图形工具的相关知识，并使用矢量图形工具丰富图像来介绍它的使用方法。掌握好矢量图形工具，可以使你在绘画设计中迅速而准确地绘制出所需的图形来，令设计的作品更专业。

准备知识

认识矢量图形工具

矢量形状工具包括矩形工具、圆角矩形工具、椭圆工具、多边形工具、直线工具、自定义形状工具等，它们都属于最基本的造型工具，并有共同的工具选项栏。单击相应的工具后，在工具选项栏中可以设置3种绘制状态。运用矢量形状工具进行绘制时，工具栏上的设置尤为重要，如下图所示。

"路径"按钮

样式： 颜色：

"形状图层"按钮 "填充像素"按钮

- "形状图层"按钮：单击后在画面中拖曳鼠标，绘制的是用前景色填充的路径，并创建一个形状图层，如下左图所示。
- "路径"按钮：单击后在画面中拖曳鼠标，绘制的是路径，无颜色填充，如下中图所示。
- "填充像素"按钮：单击后在画面中拖曳鼠标，绘制的是用前景色填充的图形，没有路径，如下右图所示。

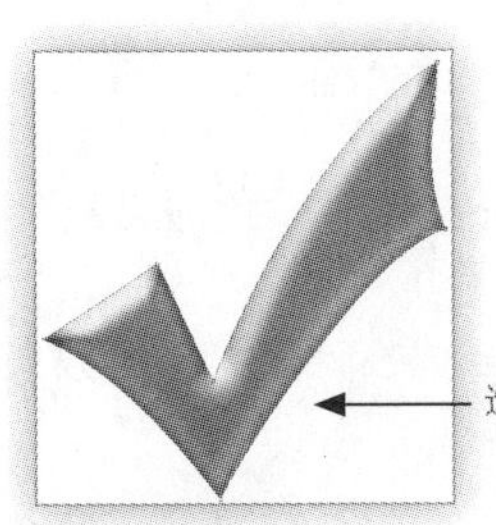

选择"形状图层"按钮的绘制效果

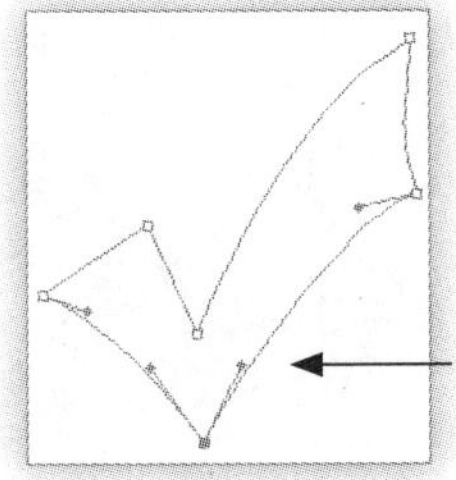

选择"路径"按钮的绘制效果

4.6.1 使用几何形状工具制作几何背景

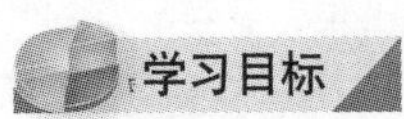

学习目标

本节主要学习几何形状工具的相关知识，并通过制作几何背景介绍它们的使用方法。熟练掌握各种几何形状工具的操作方法，将在未来更多的图形制作中发挥其强大的作用。

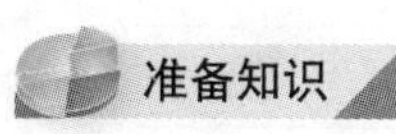

准备知识

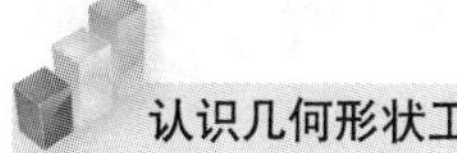

认识几何形状工具

在矢量图形工具中，矩形工具、圆角矩形工具及椭圆工具是3种基础的几何形状，它们的设置也相对以下3种简单一些。

- 矩形工具：选择该工具后，拖曳鼠标即可绘制矩形图案。按“Shift”键进行绘制时可生成正方形图案。在选择“形状图层”按钮状态下，可以单击“样式”按钮，在打开的对话框中选择适当的样式，即可在画面中绘制出带着样式效果的矩形图像。在“样式”选项未被选择的状态下，单击“颜色”图标，将打开“拾色器”对话框，选择适当的颜色，单击 确定 按钮完成颜色设置，然后运用矩形工具可随意绘制出相同色彩的矩形图像，如下图所示。

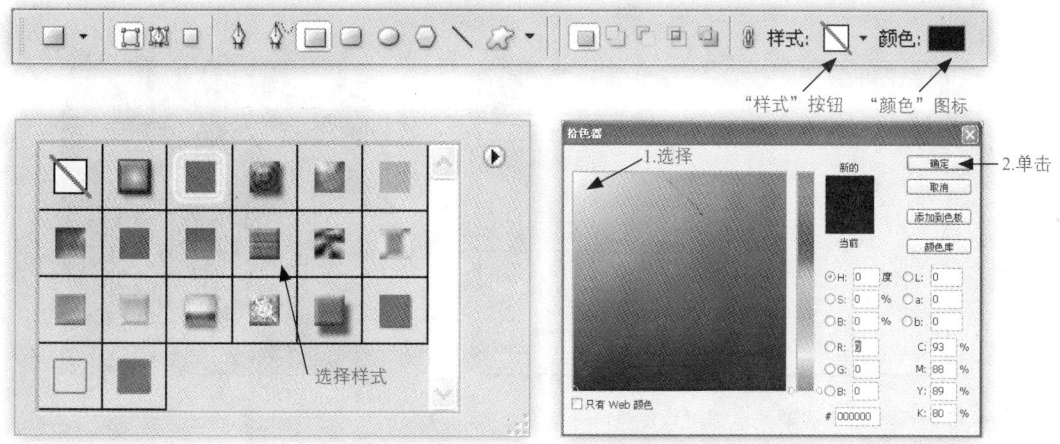

- 圆角矩形工具：选择该工具后，拖曳鼠标即可绘制圆角矩形图案。在工具选项栏中的“半径”选项中设置半径大小，半径越大，图案的圆角弧度越大，越接近圆形，如下图所示。

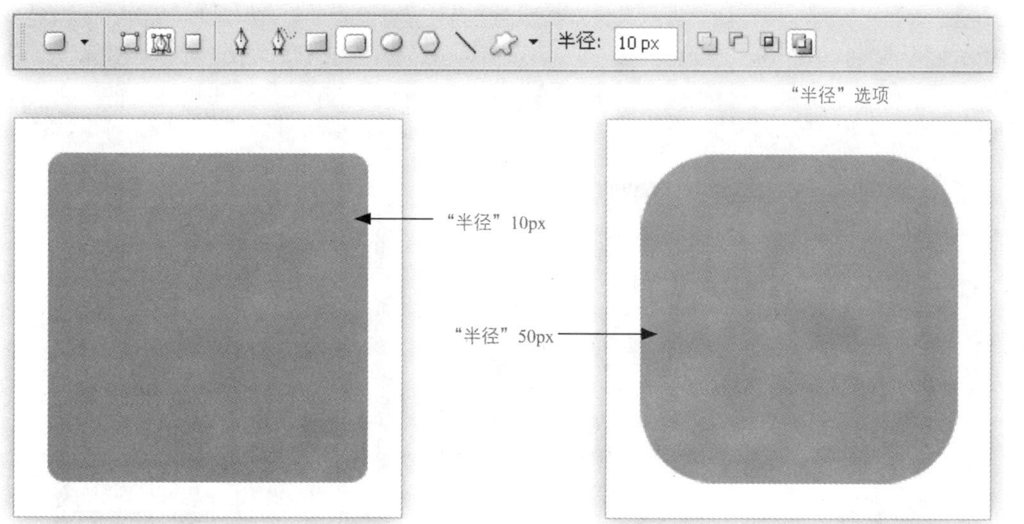

- 椭圆工具：选择该工具后，拖曳鼠标即可绘制圆角椭圆图案。按“Shift”键进行绘制时将生成正圆图案。在选择“填充像素”按钮状态下，可以在工具选项栏中设置 “模式”和“不透明度”参数，调整绘制后图形和背景的混合效果，如下图所示。

案例名称：制作几何背景
素材路径：\素材\第4章\无
效果路径：\效果\第4章\制作几何背景.psd
视频链接：Video\视频教程\图像绘制功能应用\制作几何背景

1 Step 选择“文件→新建”命令，在打开的新建文件中设置各项参数，单击 确定 按钮新建文件，如下左图所示。

2 Step 按“D”键将前景色和背景色设置为默认色，按“Alt + Delete”组合键将背景图层填充为黑色，如下右图所示。

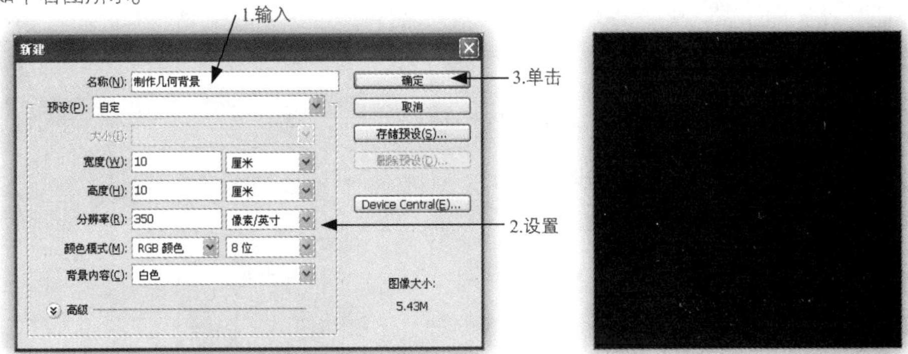

3 Step 新建图层 1，设置前景色为“淡黄色”（R:255,G:255,B:0），选择矩形工具，在工具选项栏上单击“填充像素”按钮，按“Shift”键从画面左上角拖至画面右下角，绘制正方形图案。单击移动工具，按“↓”键适当调整图案位置至画面中间，如下左图所示。

4 Step 新建图层 2，设置前景色为“黄色”（R:255,G:229,B:0），选择圆角矩形工具，在工具选项栏上设置其“半径”为 50px，按“Shift”键从画面左上角拖至画面右下角，绘制一个略小于上次绘制范围的圆角矩形图案。单击移动工具，按“↓”键适当调整图案位置至画面中间，如下右图所示。

5 Step 新建图层 3，设置前景色为“淡黄色”（R:248,G:255,B:51），选择圆角矩形工具，按“Shift”键从画面左上角拖至画面右下角，绘制一个居中的圆角矩形图案。单击移动工具，按“↓”键适当调整图案位置至画面中间，如下左图所示。

6 Step 新建图层 4，按 "D" 键设置前景色和背景色为默认色，选择椭圆工具，按 "Shift" 键在画面适当位置绘制不同大小的圆形图案，注意圆的分布排列，如下右图所示。

7 Step 新建图层 5，设置前景色为 "蓝色"（R:102,G:101,B:254），继续运用椭圆工具，按 "Shift" 键在画面适当位置绘制不同大小的圆形图案，如下左图所示。

8 Step 新建图层 6，设置前景色为 "橙色"（R:255,G:102,B:0），运用同样方法，在画面适当位置继续绘制不同大小的圆形图案，如下右图所示。完成后保存文件。

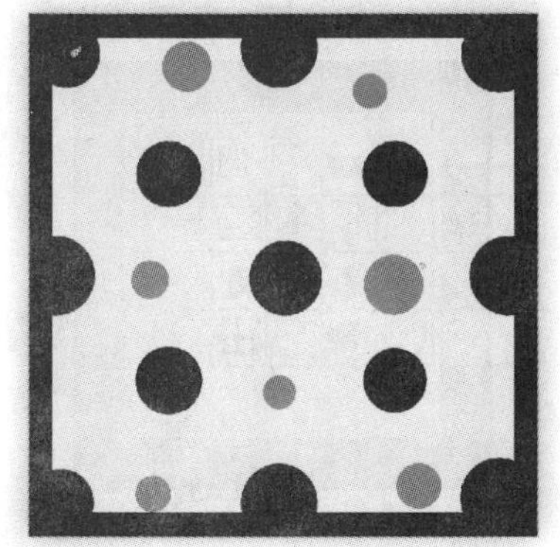

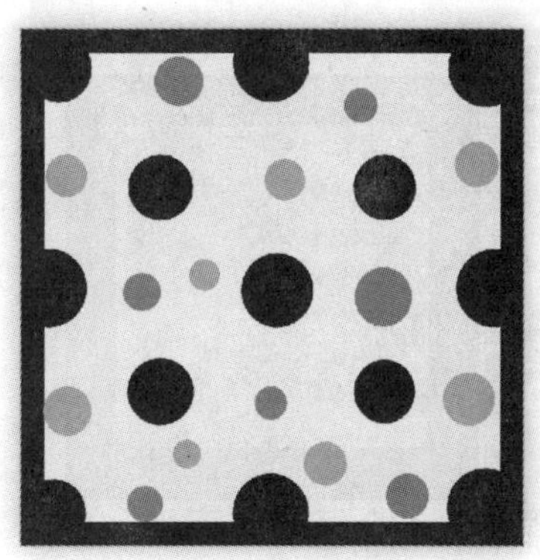

4.6.2 使用多种形状工具绘制多元素潮流画面

学习目标

本节主要学习形状工具的相关知识，并通过制作多元素潮流画面介绍它的使用方法。熟练掌握形状工具的使用技巧，将在未来更多的实际操作中发挥其强大的功效。

准备知识

认识形状工具

在矢量图形工具中，多边形工具、直线工具、自定义形状工具将简单的几何形状变得更加丰富，通过设置，他们能够创造出更多更复杂完美的图像效果。在功能上，自定形状工具将矢量图形工具的功能发挥到更加强大，并可通过设置做出各种漂亮的图像来。

- 多边形工具：绘制多边形图案，在工具选项栏中的 "边" 数值框中设置多边形边的条数，并在 "模式" 选项中选择绘制模式，如下图所示。

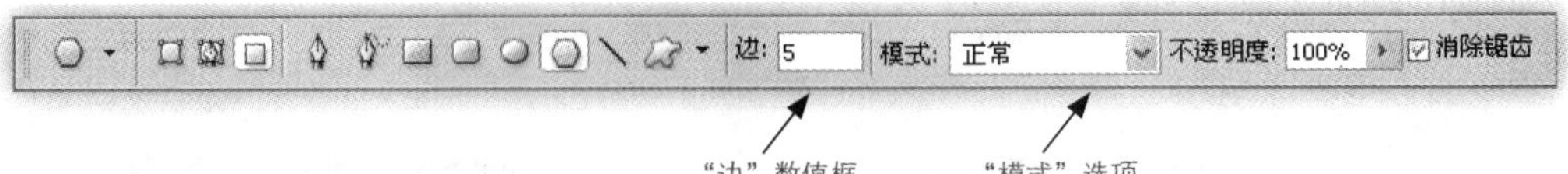

- 直线工具：绘制直线图案，在“粗细”数值框中设置直线的粗细像素，并在“模式”选项中选择绘制模式，如下图所示。

- 自定形状工具：绘制各种自定形状图案。单击自定形状工具右侧的下拉按钮，打开的面板提供了“不受约束”、“定义的比例”、“定义的大小”、“固定大小”、“从中心”选项，设置自定义形状的绘制方式。单击“形状”选项的下拉按钮，并在打开的面板中提供了各种自定义形状，单击形状图标，即可将其选择。单击面板右侧的三角按钮，可以载入图案。具体方法和载入画笔的操作完全一样，如下图所示。

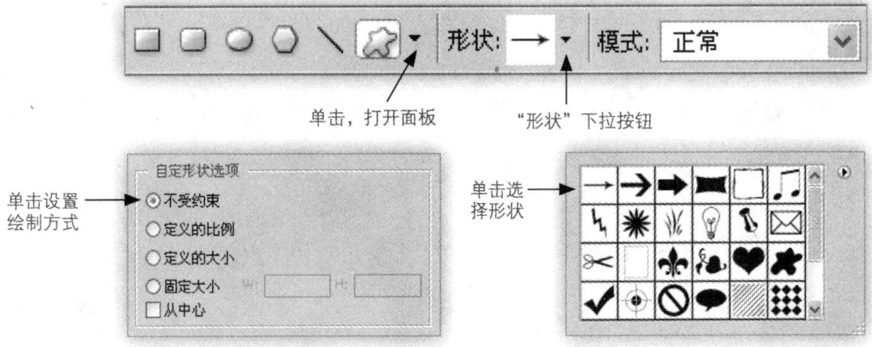

案例名称：制作多元素潮流画面

素材路径：\素材\第4章\牡丹.jpg

效果路径：\效果\第4章\制作多元素潮流画面.psd

视频链接：Video\视频教程\图像绘制功能应用\制作多元素潮流画面

1 Step 选择“文件→打开”命令，在打开的对话框中选择素材文件“牡丹.jpg”，单击打开(O)按钮，如下图所示。

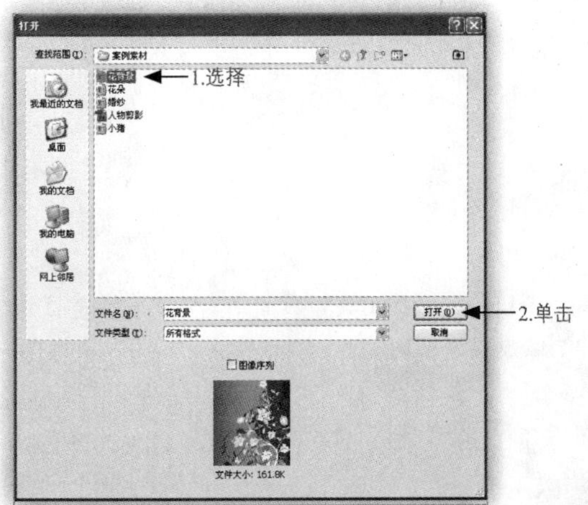

2 Step 新建图层 1，设置前景色为白色。单击自定形状工具，单击工具选项栏上的“形状”下拉按钮，并在打开的自定形状下拉列表中选择“靶心”图案，如下左图所示。

3 Step 在工具选项栏上单击填充像素按钮，然后按下“Shift”键，在画面适当位置绘制不同大小的“靶心”图案，如下右图所示。

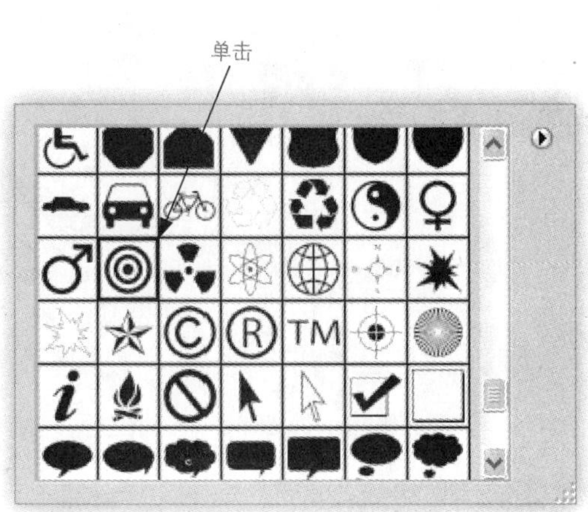

4 Step 选择“文件→打开”命令，在打开的对话框中选择素材文件“人物剪影.psd”，单击打开按钮，如下图所示。

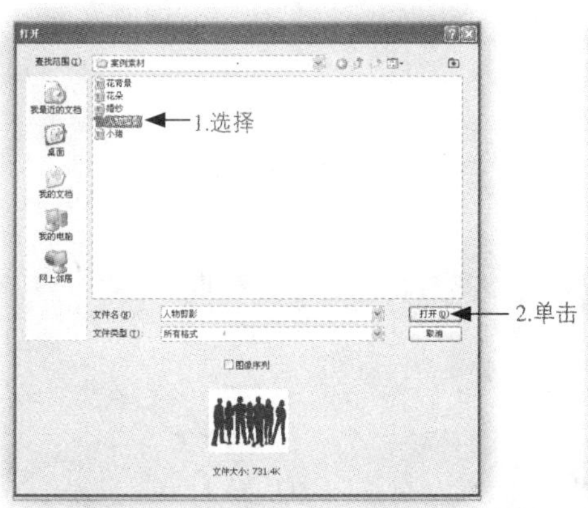

5 Step 单击移动工具，将素材“人物剪影.psd”拖至“牡丹.psd”文档中，并调整其位置，自动生成新的图层 2，如下图所示。

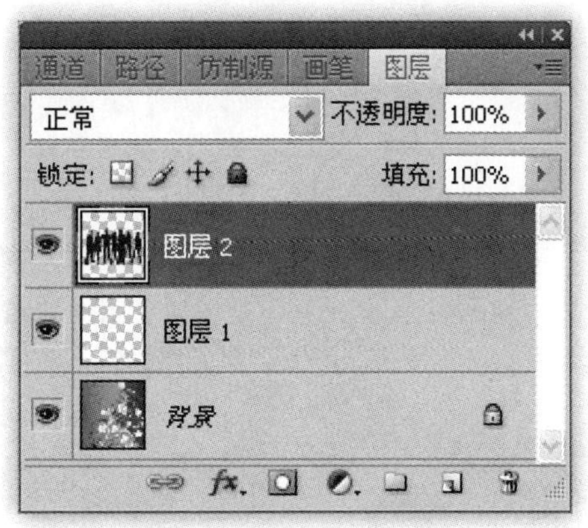

6 Step 选择图层 1，单击自定形状工具，按 "Shift" 键继续在画面上方适当位置绘制靶心图案，完成后另存文件名为 "制作多元素潮流画面 .psd"。

技巧提示

自定形状工具在绘制时按 "Shift" 键进行描绘才能保持其原有的比例不变。

4.7 自我提高

学习完本章后，读者要掌握各种矢量图形工具的使用，在图像绘制中发挥其强大的功能。下面通过实例操作来巩固本章所介绍的知识，并对知识进行延伸扩展。

提高一 制作时尚矢量封面（\效果\第4章\制作时尚矢量封面.psd）

① 打开素材文件中的 "吉他.psd" 图像文件（\素材\第4章\吉他.psd）。

② 在背景图层上新建图层2，单击自定形状工具，在工具选项栏上单击填充像素按钮，按 "D" 键设置颜色为默认色，然后在 "形状" 一栏中单击下拉按钮，并在打开的自定形状列表中选择 "螺线" 图案。

③ 运用自定形状工具在画面中绘制大小不一的螺线图案，并运用自由变换命令适当调整其方向。

④ 新建图层，单击自定形状工具，在打开的自定形状对话框中选择 "圆形" 图案，设置前景色为白色，并绘制不同大小的圆形。

⑤ 选择 "编辑→描边" 命令，对圆形图案进行描边设置。

⑥ 新建图层3，如上所示继续绘制圆形并描边，最后在图案中加上黑色圆形图案。制作完成，保存图案。

提高二　绘制古典珍藏品（\效果\第4章\绘制古典珍藏品.psd）

① 打开素材文件中的“花瓶.jpg”图像文件（\素材\第4章\花瓶.jpg）。

② 选择画笔工具，在“画笔”面板中选择合适的画笔样式。

③ 新建图层1，使用画笔工具在花瓶图像中拖动绘制花草。

④ 制作完毕后，保存文档。

Chapter 05

第5章 使用工具修饰图像

Adobe Photoshop具有强大的图像修饰处理功能，充分运用各种修饰工具处理图像，制作完美的图像效果是本章的学习要点。在本章中，读者将学会灵活运用各种修饰工具，掌握各种快捷处理图像的技巧，将Photoshop运用工具修饰图像的功能发挥到极致。

5.1 通过两个案例掌握图案工具组的使用方法

图案图章工具组主要通过图像或预设的图案进行绘画。它具有强大的图像修复和美化功能，可以完美地去除画面中的瑕疵，常用于照片的润饰，以及运用规则的图案背景制作。

5.1.1 使用仿制图章工具美化图像

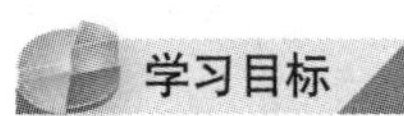

学习目标

本节主要学习使用仿制图章工具的相关知识，通过对人物服装的润饰效果来掌握其使用方法。在学习使用仿制图章工具美化图像时，读者可以结合光盘中的视频轻松、直观地进行学习。

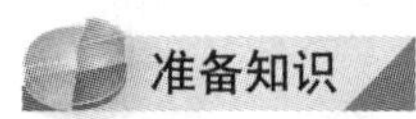

准备知识

认识仿制图章工具

仿制图章工具是一种复制工具。它可以将选取的区域通过单击和拖曳鼠标的方法一个像素一个像素地复制到任何地方，当修描图像或产生特效时会经常用到这个工具。使用仿制图章工具的时候要先定义采样点，也就是指定原件的位置。采样点的位置并非是一成不变的，它可以被理解为复制的“起始点”。

仿制图章工具的工具选项栏设置功能如下图所示。

- 画笔：设置画笔笔尖。单击画笔右侧的下拉按钮，在打开的对话框中选择画笔类别，拖动“大小”滑块或在文本框中输入画笔大小。
- 模式：指定应用的绘画与图像中现有像素混合的方式。单击模式右侧的下拉按钮，在打开的下拉菜单中选择需要的模式。
- 不透明度：设置图案应用的不透明度。较低的不透明度设置会使像素低于显示的图案描边。单击不透明度右侧的下拉按钮，拖动滑块或直接输入不透明度值。
- 流量：画笔描绘的绘制浓度。单击流量右侧的下拉按钮，拖动滑块或直接输入流量值。
- “喷枪”按钮：画笔绘制的柔化，单击“喷枪”按钮即可选定。
- 对齐：勾选“对齐”复选框后，将图案作为连续、统一的设计进行重复，图案会按绘画描边进行对齐。取消勾选“对齐”复选框，则在每次停顿然后继续绘画时图案将以指针为中心排列。
- 样本：单击样本右侧的下拉按钮，在打开的下拉菜单中可分别选择“当前图层”、“当前和下方图层”、“所有图层”。这3种选择依次指采样点为当前图层的图像像素、当前和下方图层的图像像素及所有图层的图像像素。

案例名称：漂亮服装润饰效果
素材路径：\素材\第5章\润饰效果\
效果路径：\效果\第5章\漂亮服装润饰效果.psd
视频链接：Video\视频教程\使用工具修饰图像\漂亮服饰润饰效果

1 Step 选择“文件→打开”命令，先后打开“花束.jpg”及“绿衣女郎.jpg”素材文件，如下图所示。

2 Step 单击仿制图章工具，在工具选项栏上单击画笔右侧的下拉按钮，然后在打开的面板中设置主直径为“200像素”，并在工具选项栏上勾选“对齐”复选框，如下图所示。

3 Step 按“Alt”键在“花束.jpg”图像文件中的花束图像上单击，复制源图像，然后返回“绿衣女郎”图像，新建图层1，如下图所示。

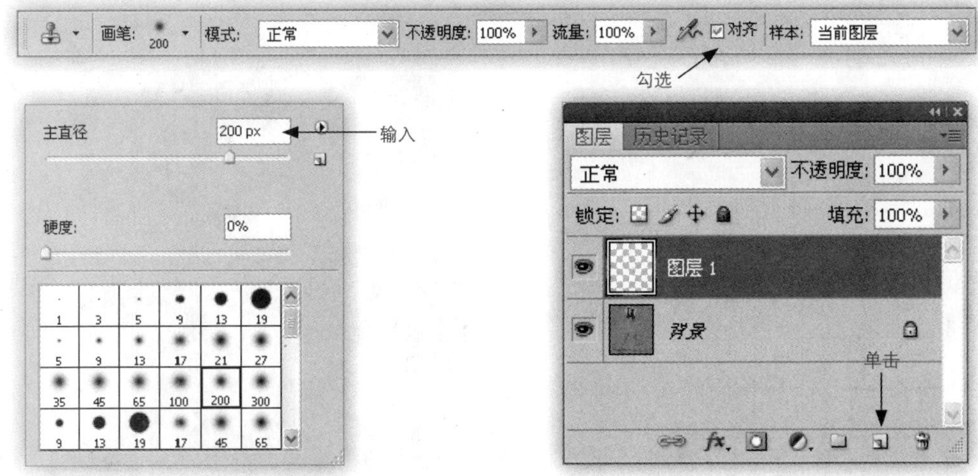

4 Step 在画面中裙子下方适当位置单击，将图像复制至指定位置，如下图所示。

5 Step 继续在画面中裙子上反复单击，复制出漂亮的花束图案，如下图所示。

6 Step 选择"窗口→蒙版"命令，在打开的"蒙版"面板中单击"添加像素蒙版"按钮，在图层 1 上创建蒙版，如下图所示。

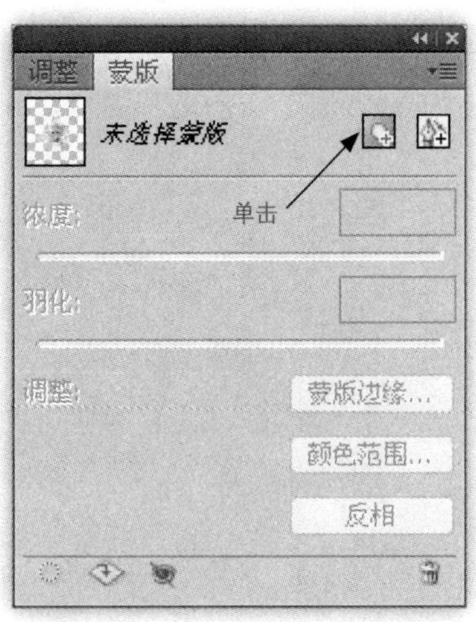

7 Step 按"D"键设置颜色为默认色，单击画笔工具，在工具选项栏上单击画笔下拉按钮，然后在打开的面板中选择画笔为"柔角 45 像素"，擦除画面中裙子边缘多余的花束图案，如下图所示，完成本案例的制作。

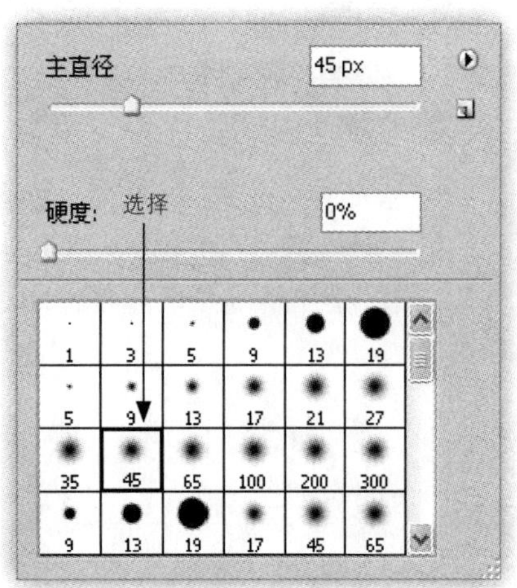

技巧提示

仿制图章工具应用了笔刷，使用不同直径的笔刷将影响绘制范围，而不同软硬度的笔刷将影响绘制区域的边缘。因此一般建议使用较软的笔刷，那样复制出来的区域周围与原图像可以比较好地融合。在跨图像复制的时候，除了定义好采样点的位置，也必须看清楚是否选择了正确的图层，否则就会发生无法复制或错误复制的可能。

5.1.2 使用图案图章工具制作绚丽星光场景

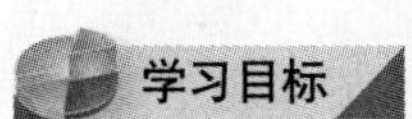

学习目标

本节主要学习使用图案图章工具的相关知识，通过制作一个绚丽的星光场景来掌握其使用方法。在学习使用图案图章工具制作场景时，读者可以结合光盘中的视频轻松、直观地进行学习。

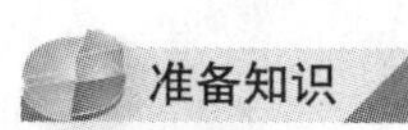

准备知识

认识图案图章工具

由于没有采样点的选择，图案图章工具的使用方法比仿制图章工具简单。选定图案之后，拖曳鼠标就可以将所选图案绘制到画面中。如果所绘制的区域大于图案的尺寸，则超出的部分内图案将重复出现，并且四周衔接，图案块之间上下左右互为对齐，这种重复显示的特点又称为图案平铺。另外，还可以根据自己需要创建所需图案，存储在图案库中，使用自己所创建的图案进行绘制，可以满足图像设计更多个性多变的绘制需求。

图案图章工具的工具选项栏设置功能如下图所示。

- 画笔：同仿制图章工具相同设置方法。
- 模式：指定应用图案与图像中现有像素混合的方式。
- 不透明度：设置图案要应用的不透明度。
- 流量：画笔描绘的绘制浓度。
- 图案：在工具选项栏上单击"图案"按钮，在弹出的面板中选择要使用的图案。另外还可以使用图案库中的图案，或创建自己的图案。
- 印象派效果：勾选后绘制出来的图像带有色彩过渡分明的印象派风格，这些色彩都取自于所选的图案。

案例名称：制作绚丽星光场景
素材路径：\素材\第5章\绚丽星光场景\
效果路径：\效果\第5章\制作绚丽星光场景.psd
视频链接：Video\视频教程\使用工具修饰图像\制作绚丽星光场景

1 Step 选择"文件→打开"命令，打开"星光.psd"图像文件，并隐藏其中的背景图层，然后打开"粉色.psd"素材文件，如右图所示。

2 Step 将"星光.psd"素材文档置于当前操作图档，选择"编辑→定义图案"命令，在打开的对话框中保持默认"星光"文档名，单击 确定 按钮，如下图所示。

3 Step 选择“粉色.psd”图像文件，在背景图层上新建图层2，设置前景色为“蓝色”（R:151,G:199,B:225），单击自定形状工具，并单击“填充像素”按钮，选择自定图案为“靶标2”，在新建的图层上绘制图案，如下图所示。

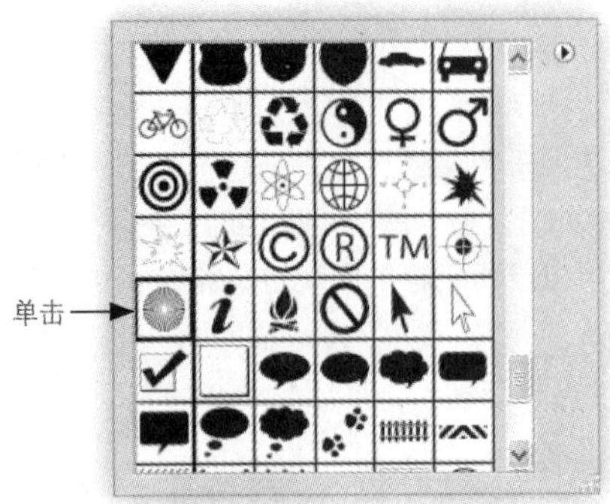

4 Step 新建图层3，单击图案图章工具，在工具栏上单击“图案”按钮，在弹出的面板中选择要使用的图案，然后在画面上涂抹绘制星星图案，如下图所示，绘制完成后保存文件。

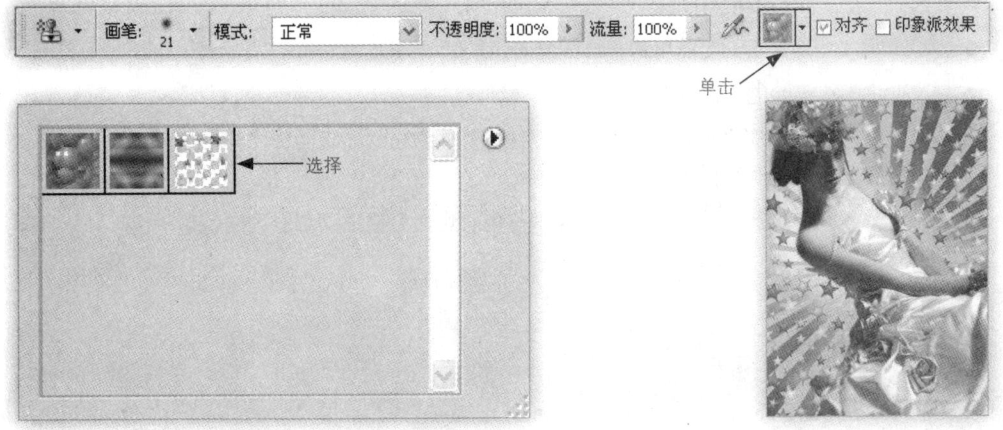

5.2 通过3个案例掌握橡皮擦工具组的使用方法

正如同现实中我们用橡皮擦掉纸上的笔迹一样，Photoshop中的橡皮擦工具组主要用于擦除像素，擦除后的区域为透明。可选择以画笔笔刷或铅笔笔刷进行擦除，两者的区别在于画笔笔刷的边缘柔和带有羽化效果，而铅笔笔刷没有。此外还可以选择以固定的方块形状来擦除。如果在背景层上使用橡皮擦，由于背景层的特殊性质(不允许透明)，擦除后的区域将被背景色所填充。因此如果要擦除背景层上的内容并使其透明的话，要先将其转为普通图层。橡皮擦工具组包含了3个工具：橡皮擦工具、背景橡皮擦工具和魔术橡皮擦工具。

5.2.1 使用橡皮擦工具为蓝色天空添加白云效果

学习目标

本节主要学习使用橡皮擦工具的相关知识，橡皮擦工具主要运用于像素的擦除。在学习使用橡皮擦工具为蓝色天空添加白云效果时，读者可以结合光盘中的视频轻松、直观地进行学习。

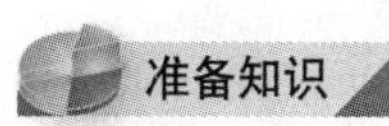

准备知识

认识橡皮擦工具

橡皮擦工具跟画笔工具操作方法类似，都是直接作用于画面，直接在图像上涂抹。涂抹时，橡皮擦工具会直接删除图像中的像素。如果在“背景”图层或透明区域锁定的图层中操作，抹除的像素会更改为背景色；否则抹除的像素会变为透明。

在工具选项栏上普通的橡皮擦工具的各项设置如下图所示。

画笔: 30 模式: 画笔 不透明度: 100% 流量: 100% □抹到历史记录

- 画笔：设置画笔笔尖。单击取样画笔旁边的箭头，从“画笔”弹出菜单选择画笔类别，设置直径大小。
- 模式：包括“画笔”、“铅笔”和“块”3个选项。“画笔”模式使用画笔工具的特征进行擦除，因此可以得到柔化边缘的擦除效果。“铅笔”模式可以产生硬边擦除效果，就像铅笔一样。“块”模式使用 16 像素的硬边方形作为橡皮擦。
- 不透明度：定义抹除的强度。100% 的不透明度可将图层上的像素抹除为完全透明，将背景图层上的像素抹除成背景色。较低的不透明度可将图层上的像素抹除为部分透明，将背景图层上的像素绘制成部分背景色。如果在选项栏中选择了“块”模式，则“不透明度”选项将不可用。

案例名称：为蓝色天空添加白云效果
素材路径：\素材\第5章\蓝天.jpg
效果路径：\效果\第5章\为蓝天添加白云效果.psd
视频链接：Video\视频教程\使用工具修饰图像\为蓝色天空添加白云效果

1 Step　选择“文件→打开”命令，打开“蓝天 .jpg”素材文件，如下左图所示。

2 Step　按“D”键将颜色设置为默认色，单击橡皮擦工具，在工具选项栏上单击“画笔”右侧的下拉按钮，选择画笔为“喷枪柔边圆 45”，设置“不透明度”为 30%，如下右图所示。

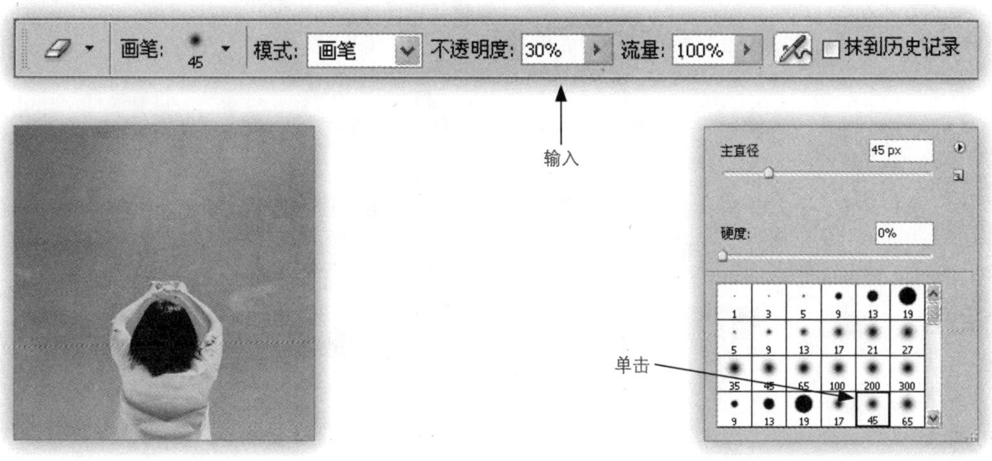

3 Step　单击橡皮擦工具，在画面适当位置进行涂抹，绘制出白云的效果，注意云朵的形状及位置，如下图所示。

知识链接

在只有背景图层的状态下，背景色的颜色将是橡皮擦擦除后的默认颜色。

5.2.2 使用背景橡皮擦工具擦除图像中的空白区域

学习目标

本节主要学习使用背景橡皮擦工具的相关知识，通过学习去除人物背景颜色来掌握该工具的操作方法。在学习使用背景橡皮擦工具去除人物背景时，读者可以结合光盘中的视频轻松、直观地进行学习。

准备知识

认识背景橡皮擦工具

背景橡皮擦工具的使用与普通的橡皮擦相同，都是抹除像素，可直接在背景层上使用，使用后背景层将自动转换为普通图层。背景橡皮擦工具是一支中间带有十字准线的圆画笔，当在图像上按住鼠标左键并拖动时，Photoshop会自动跟踪十字准线下的颜色，并删除圆圈内所有类似这种颜色的内容，使用者只需要沿着保留的对象边缘擦除即可。背景橡皮擦工具可以将彩色像素转变成透明像素，这样你便可以轻松地从对象的背景中删除对象。使用时需注意，你可以保留前景对象的边缘，但同时会消除背景边缘像素。

在工具选项栏上背景色橡皮擦工具的各项设置如下图所示。

画笔: 13 | 限制: 连续 | 容差: 50% | 保护前景色

- 画笔预设拾色器：设置画笔的预设，例如直径、硬度和间距。拖动“大小”弹出式滑块或在文本框中输入数字。
- 限制：选择“连续”以抹除包含热点颜色并且相连成片的区域。选择“不连续”以抹除圆圈中与热点颜色类似的任何像素。
- 容差：定义了受该工具影响的像素颜色与热点颜色的相似程度。低容差仅限于抹除与热点颜色非常相似的区域。高容差抹除范围更广的颜色。

案例名称：去除人物背景
素材路径：\素材\第5章\金发.jpg
效果路径：\效果\第5章\去除人物背景.psd
视频链接：Video\视频教程\使用工具修饰图像\去除人物背景

Step 1 选择“文件→打开”命令，打开“金发 .jpg”素材文件。

2 Step 单击背景橡皮擦工具，将头发颜色“棕色”（R:122,G:78,B:33）设置为前景色，背景图像颜色“灰色”（R:213,G:209,B:206）设置为背景色，并设置画笔大小为35px，容差值为10%，勾选“保护前景色”复选框。

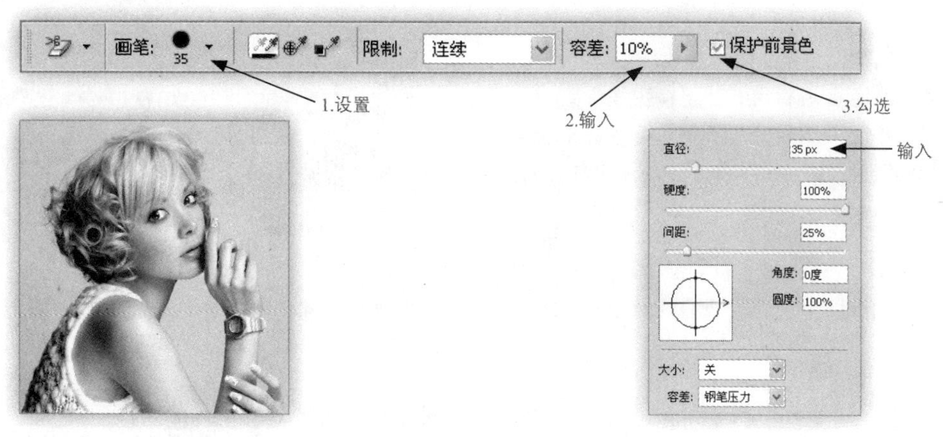

3 Step 运用背景橡皮擦工具，在图像背景中拖曳鼠标进行擦除，如下图所示，完成后保存文件。

知识链接

在擦除背景图像时，注意不要把人物的边缘像素擦除掉，擦除了人物像素时可返回上一步重新操作。

5.2.3 使用魔术橡皮擦工具抠图

魔术橡皮擦工具在作用上与背景橡皮擦工具类似，都是将像素抹除以得到透明区域。两者的操作方法不同，背景橡皮擦工具采用类似画笔的涂抹操作方法。而魔术橡皮擦工具的使用方法更加智能：根据颜色的相似性，一次单击即可擦除类似色彩的一片区域。如果在带有锁定透明区域的图层中工作，像素会更改为背景色；否则像素会被抹为透明。可以在工具选项栏中选择仅抹除当前图层上的邻近像素，或当前图层上的所有相似像素。

在工具选项栏上魔术橡皮擦工具的各项设置如下图所示。

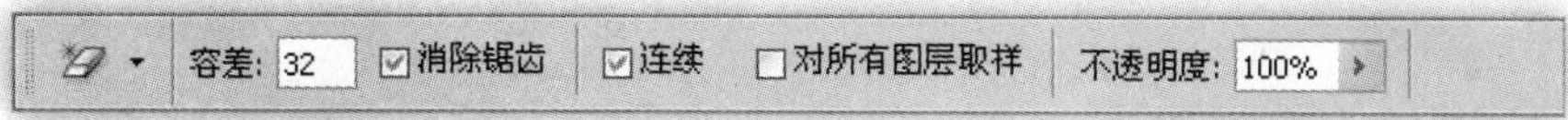

- 容差：定义要抹除的颜色范围。低容差会抹除颜色值范围内与单击像素非常相似的像素，高容差会抹除范围更广的像素。
- 消除锯齿：让抹除区域的边缘显得平滑，从而使边缘看起来更为自然。
- 连续：仅抹除与单击像素点相邻的像素点。取消选择此选项以抹除图像中的所有相似像素。
- 对所有图层取样：使用所有可见图层的混合数据对被抹除的颜色取样。如果仅要抹除现用图层的像素，取消选择此选项。

- 不透明度：定义抹除的强度。100% 的不透明度可将图层上的像素抹除为完全透明，将锁定图层上的像素抹除成背景色。较低的不透明度可将图层上的像素抹除为部分透明，将锁定图层上的像素绘制成部分背景色。

案例名称：更换图像背景
素材路径：\素材\第5章\更换图像背景\
效果路径：\效果\第5章\更换图像背景.psd
视频链接：Video\视频教程\使用工具修饰图像\更换图像背景

1 Step 选择“文件→打开”命令，打开“镯子 .jpg”素材文件，如下图所示。

2 Step 单击魔术橡皮擦工具，在工具选项栏上设置“容差”为 30，如下图所示。

知识链接

容差值的设置在抠图操作中比较重要，读者可以根据图片的不同设置不同的容差值。

3 Step 运用魔术橡皮擦工具，在要擦除的背景图像上单击，自动擦除相近的色块，如下左图所示。

4 Step 继续在背景图像上单击，将色彩类似的背景图像擦除干净，如下右图所示。

5 Step 选择“文件→打开”命令，打开“彩色背景花朵 .jpg”素材文件，如下左图所示。

6 Step 单击移动工具，将“彩色背景花朵 .jpg”素材文件拖曳至镯子图档中，生成新的图层 1，如下右图所示。

7 Step 将图层 1 拖至最底层，并适当调整背景图像的位置，如下图所示，完成后保存文件。

5.3 通过3个案例掌握模糊、锐化和涂抹工具的使用方法

模糊、锐化和涂抹工具组成一个工具组，其操作方式都属于绘制型，都可以使用Photoshop的各种笔刷。习惯上我们将能够使用笔刷的工具称为绘图工具。它们的另一个共同点就是都依赖于鼠标移动的轨迹产生作用，因此也被称为轨迹型绘图工具。这3种工具的工具选项栏都提供了和画笔工具类似的选项。

5.3.1 使用模糊工具光滑人物皮肤

学习目标

本节主要学习使用模糊工具的相关知识，通过对人物皮肤的处理了解和掌握模糊工具的使用方法。在学习使用模糊工具光滑人物皮肤时，读者可以结合光盘中的视频轻松、直观地进行学习。

准备知识

认识模糊工具

模糊工具是将涂抹的图像区域变得模糊。模糊是一种表现手法，将画面中背景部分作模糊处理，可以凸现主体，也可以使画面变得平滑。模糊工具的操作可持续作用，即鼠标在图像的一个区域操作时间越久，该区域被模糊的程度就越大。

案例名称：光滑人物皮肤
素材路径：\素材\第5章\人物面部.jpg
效果路径：\效果\第5章\光滑人物皮肤.psd
视频链接：Video\视频教程\使用工具修饰图像\光滑人物皮肤

1 Step 选择“文件→打开”命令，打开“人物面部.jpg”素材文件，在图像窗口中显示出来，如下左图所示。

2 Step 单击模糊工具，在工具选项栏上单击画笔右侧的下拉按钮，然后在打开的画笔对话框中选择画笔为“柔角21像素”，保持其他默认选项，如下图所示。

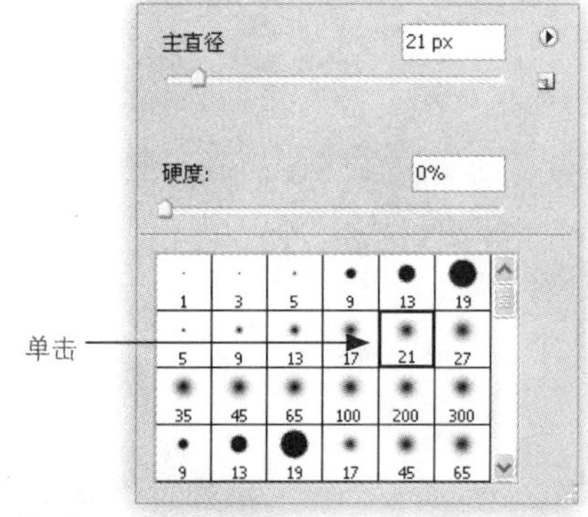

3 Step 单击模糊工具，在人物面部及颈部手部皮肤上细细涂抹，将人物皮肤的纹理进行模糊，人物皮肤开始变得光滑。

4 Step 单击魔棒工具，按“Shift”键不放，在人物皮肤图像上连续单击，创建大致的皮肤选区。

5 Step 选择“选择→修改→羽化”命令，在打开的“羽化选区”对话框中设置“羽化半径”为5px，单击 确定 按钮，如下图所示。

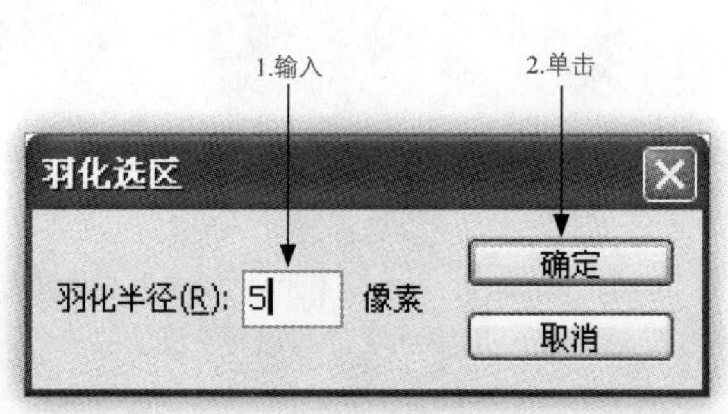

6 Step 按“Ctrl+L”组合键，在打开的“色阶”对话框中拖动小滑块，调整人物皮肤亮度，完成后单击 确定 按钮，按“Ctrl+D”组合键取消选区，如下图所示，保存文件。

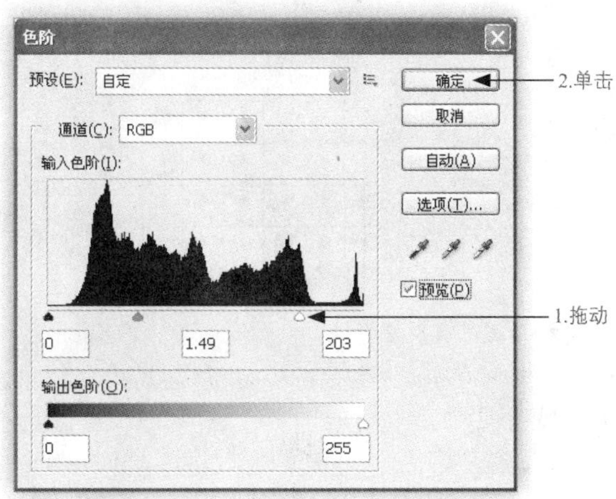

5.3.2 使模糊的人物更加清晰

学习目标

本节主要学习使用锐化工具的相关知识，通过对人物面部的锐化处理使图像变得更清晰。在学习使用锐化工具对人物面部进行锐化处理时，读者可以结合光盘中的视频轻松、直观地进行学习。

准备知识

认识锐化工具

锐化工具的作用和模糊工具相反，它能将画面中模糊的图像变清晰。锐化工具主要通过强化色彩的边缘，达到清晰图像的效果。过度锐化会让图像出现色斑，因此在使用过程中应选择较小的强度并谨慎使用。此外，锐化工具的清晰图像功能是相对的，它并不能使拍摄模糊的照片变得清晰。在实际操作中，如果模糊操作的效果过分了，就应该撤销该操作，而不是用互为相反的锐化操作去抵消。

案例名称：人物面部特写
素材路径：\素材\第5章\模糊人物.jpg
效果路径：\效果\第5章\人物面部特写.psd
视频链接：Video\视频教程\使用工具修饰图像\人物面部特写

1 Step 选择“文件→打开”命令，打开“模糊人物 .jpg”素材文件，如下左图所示。

2 Step 单击锐化工具，在工具选项栏上单击画笔右侧的下拉按钮，然后在打开的对话框中选择画笔为“柔角 100 像素”，设置“模式”为“变亮”，强度为 71%，如下右图所示。

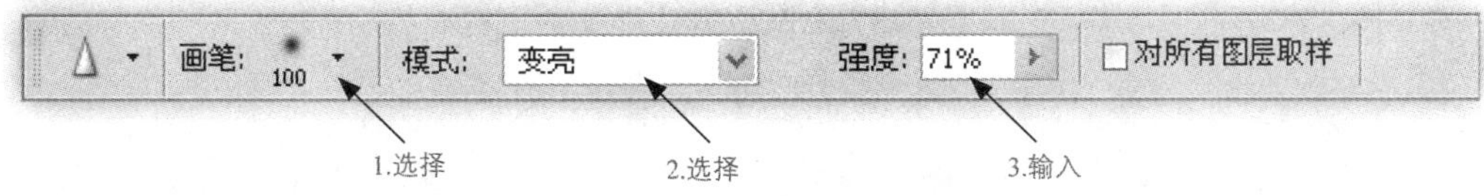

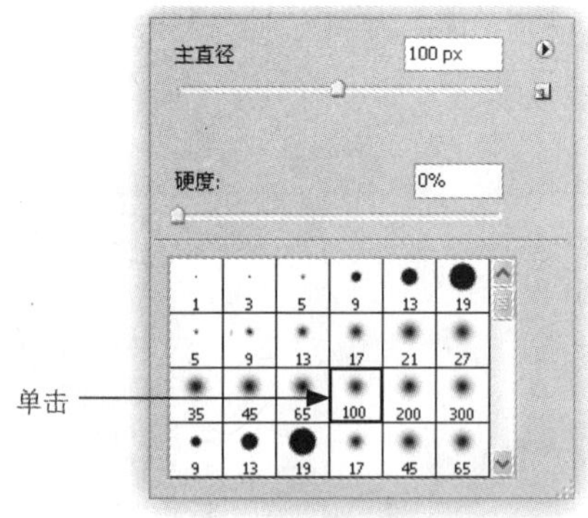

3 Step 运用锐化工具，在图像中人物脸部、手部和头发区域反复涂抹，使图像清晰，如下图所示。

知识链接

锐化时注意涂抹的强度，反复涂抹同一处区域，容易造成色斑杂点，破坏图像美感。

5.3.3 使用涂抹工具更改咖啡颜色

学习目标

本节主要学习使用涂抹工具的相关知识，通过咖啡颜色的更改学习和掌握涂抹工具的基本操作和使用方法。在学习使用涂抹工具更改咖啡颜色时，读者可以结合光盘中的视频轻松、直观地进行学习。

准备知识

认识涂抹工具

涂抹工具的效果就好像在一幅未干的油画上用手指涂抹一样。如果在工具选项栏中勾选“手指绘画”复选框，就类似手指蘸染一些颜料在画面中涂抹一样，绘画的颜色就是前景色。通过使用“手指绘画”复选框，可以实现手指粘墨绘图的效果。

案例名称：更改咖啡颜色

素材路径：\素材\第5章\水杯.jpg

效果路径：\效果\第5章\更改咖啡颜色.psd

视频链接：Video\视频教程\使用工具修饰图像\更改咖啡颜色

1 Step 选择“文件→打开”命令，打开“水杯 .jpg”素材文件，如下左图所示。

2 Step 单击涂抹工具，在工具选项栏上单击画笔右侧的下拉按钮，然后在打开的对话框中选择画笔为“柔角45像素”，设置强度为72%，勾选“手指绘画”复选框，如下右图所示。

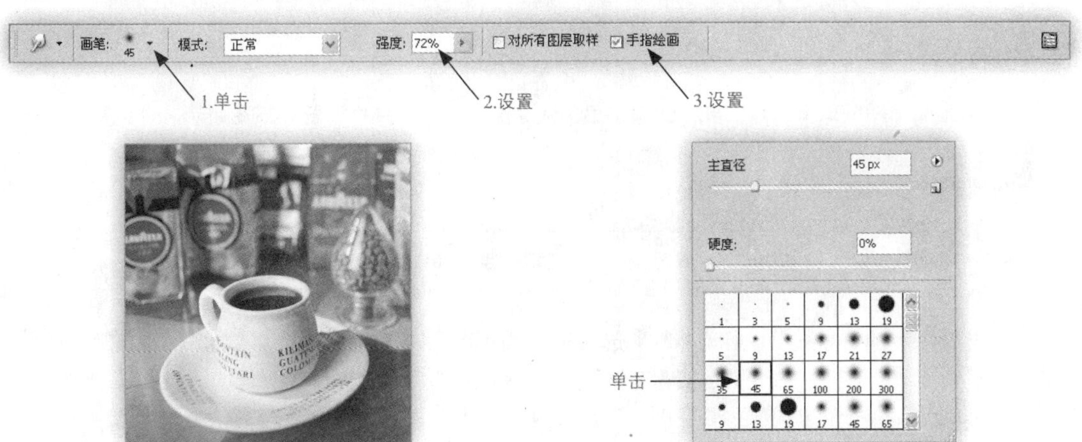

3 Step 设置前景色为“橙色”(R:255,G:167,B:13)，在杯口的咖啡区域内小心涂抹，注意不要抹到边缘令杯子变形，如下左图所示。

4 Step 设置前景色为白色，继续在杯子内涂抹，注意涂抹的走向，如下右图所示，完成后保存文件。

5.4 通过3个案例掌握减淡、加深和海绵工具的使用方法

减淡工具、加深工具和海绵工具3个工具主要用于修饰图像的局部细节，使图像得到细腻的光影效果。减淡工具和加深工具用于改变图像的亮调与暗调细节，两者的作用刚好相反。原理类似于胶片曝光显影后，通过部分暗化和亮化，来改善曝光的效果。海绵工具可以用来调整图像的色彩饱和度。它通过提高或降低色彩的饱和度，达到修正图像色彩偏差的效果。

5.4.1 使用减淡工具制作嫩绿新叶

学习目标

本节主要学习使用减淡工具的相关知识，通过制作嫩绿新叶，提亮叶子色彩来学习和掌握减淡工具的基本操作和使用方法。在学习使用减淡工具制作嫩绿新叶时，读者可以结合光盘中的视频轻松、直观地进行学习。

减淡工具早期也称为遮挡工具，作用是局部加亮图像，其工具栏设置如下图所示。“范围”可选择为高光、中间调或暗调区域加亮，“曝光度”选项设定越大则效果越明显。如果开启“喷枪”方式则在一处停留时具有持续性效果，如下图所示。

在减淡工具的工具选项栏上“范围”选项分为“阴影”、“中间调”、“高光”3种，默认情况下选择为“中间调”。“阴影”是指使用减淡工具涂抹后的色调相对比较暗调的减淡效果；“中间调”指使用减淡工具涂抹后的色调适中；“高光”则是指使用减淡工具涂抹后的色调较亮。

案例名称：制作嫩绿新叶
素材路径：\素材\第5章\树叶.jpg
效果路径：\效果\第5章\制作嫩绿新叶.psd
视频链接：Video\视频教程\使用工具修饰图像\制作嫩绿新叶

1 Step 选择“文件→打开”命令，打开“树叶.jpg”素材文件，如下左图所示。

2 Step 单击减淡工具，在工具选项栏上单击画笔右侧的下拉按钮，然后在打开的对话框中选择画笔为“柔角65像素”，单击“喷枪”按钮，如下右图所示。

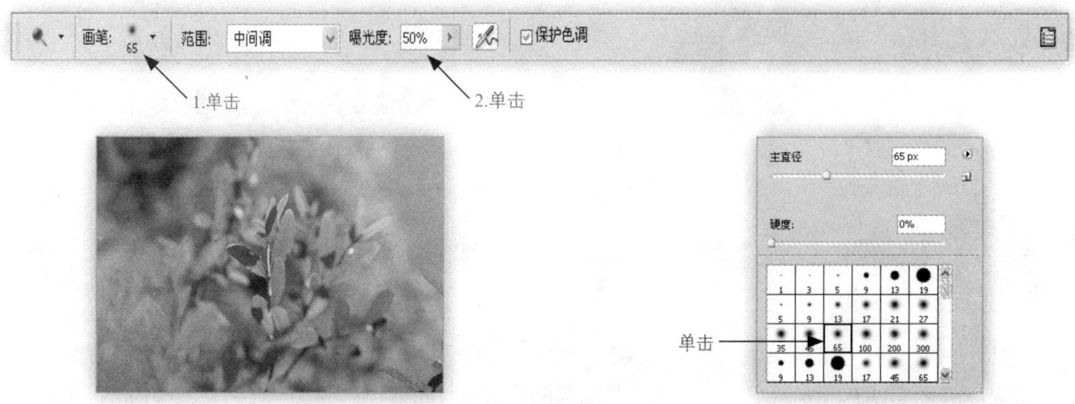

3 Step 在“树叶”图像中适当涂抹，减淡局部树叶的颜色，如下图所示。

技巧提示

运用减淡工具绘制时，曝光度越高涂抹提亮的效果越明显，反复涂抹至最后可以达到白色的图效。

5.4.2 使用加深工具制作诡异背景

学习目标

本节主要学习使用加深工具的相关知识，通过制作诡异的背景图效来学习和掌握加深工具的基本操作和使用方法。在学习使用加深工具制作特殊的背景图效时，读者可以结合光盘中的视频轻松、直观地进行学习。

准备知识

认识加深工具

加深工具的效果与减淡工具相反，在图像上涂抹可以将图像局部变暗，也可以有针对性地选择高光、中间调或暗调区域进行操作。

案例名称：制作诡异背景
素材路径：\素材\第5章\个性少女.jpg
效果路径：\效果\第5章\制作诡异背景.psd
视频链接：Video\视频教程\使用工具修饰图像\制作诡异背景

1 Step 选择“文件→打开”命令，打开“个性少女 .jpg”素材文件，如下图所示。

2 Step 单击加深工具，在工具选项栏上单击画笔右侧的下拉按钮，然后在打开的对话框中选择画笔为“柔角 35 像素”，勾选“保护色调”复选框，如下图所示。

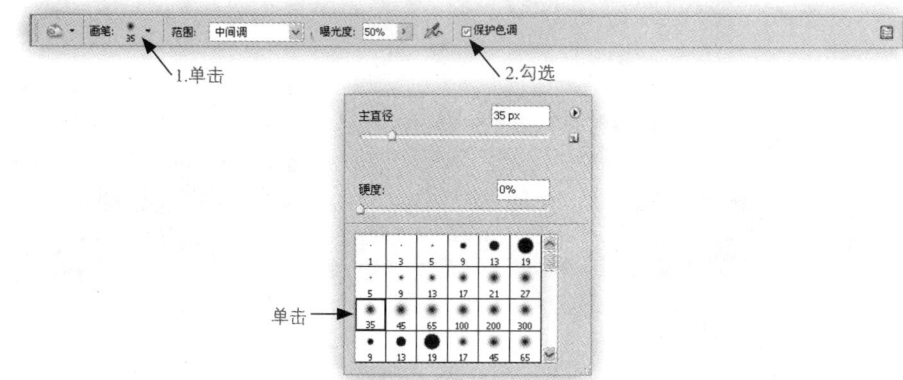

3 Step 在图像背景上涂抹绘制，绘出烟及翅膀的图形，如下图所示，完成后保存文件。

知识链接

在图像的某个点上反复多次涂抹，图像颜色将会越来越深，最后产生烧焦的效果。

5.4.3 使用海绵工具为图像去色

学习目标

本节主要学习使用海绵工具的相关知识，通过去除图像色彩来学习掌握海绵工具的基本操作和使用方法。在学习使用海绵工具去除图像色彩时，读者可以结合光盘中的视频轻松、直观地进行学习。

准备知识

认识海绵工具

海绵工具的作用是改变局部的色彩饱和度。可在工具选项栏中选择减少饱和度或增加饱和度。"流量"设置越大效果越明显。单击"喷枪"按钮后，可在一处持续产生效果。注意如果在灰度模式的图像中操作将会产生增加或减少灰度对比度的效果，如下图所示。

海绵工具不会造成像素的重新分布，因此其去色和加色方式可以作为互补来使用，过度去除色彩饱和度后，可以切换到加色方式增加色彩饱和度。但无法为已经完全为灰度的像素增加上色彩。

案例名称：为图像去色
素材路径：\素材\第5章\花.jpg
效果路径：\效果\第5章\为图像去色.psd
视频链接：Video\视频教程\使用工具修饰图像\为图像去色

1 Step 选择"文件→打开"命令，打开"花.jpg"素材文件，如下左图所示。

2 Step 单击魔棒工具，按"Shift"键的同时，连续单击图像中最前面的花朵，创建选区，如下右图所示。

3 Step 单击套索工具，在工具选项栏上单击“添加选区”按钮，然后在花朵中央勾选花蕊部分，将其添加到选区，如下图所示。

知识链接

创建选区时，根据图像的不同，灵活选择不同的选区工具，选区的创建将变得更加轻松。

4 Step 选择“选择→修改→羽化”命令，在打开的对话框中设置“羽化半径”为5像素，单击 确定 按钮，如下图所示。

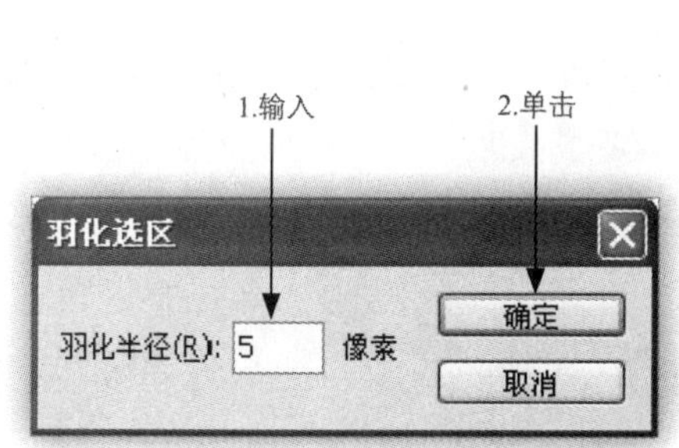

5 Step 单击海绵工具，在工具选项栏中单击画笔右侧的下拉按钮，然后在打开的对话框中选择画笔为“柔角65像素”，设置“流量”为80%，单击“喷枪”按钮，勾选“自然饱和度”复选框，然后在选区内适当涂抹，如下图所示。

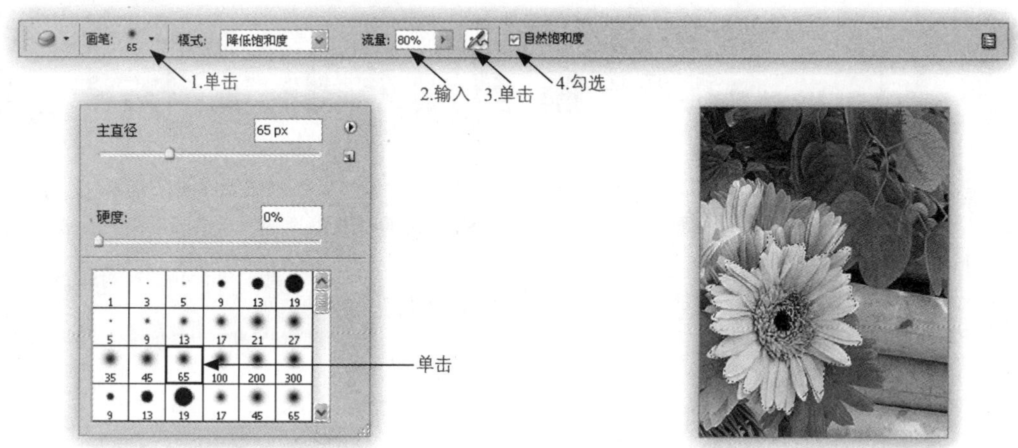

6 Step 按“Ctrl+L”组合键，在打开的“色阶”对话框中拖动小滑块，调整选区内花朵的亮度，完成后单击 确定 按钮，按“Ctrl+D”组合键取消选区，如下图所示，保存文件。

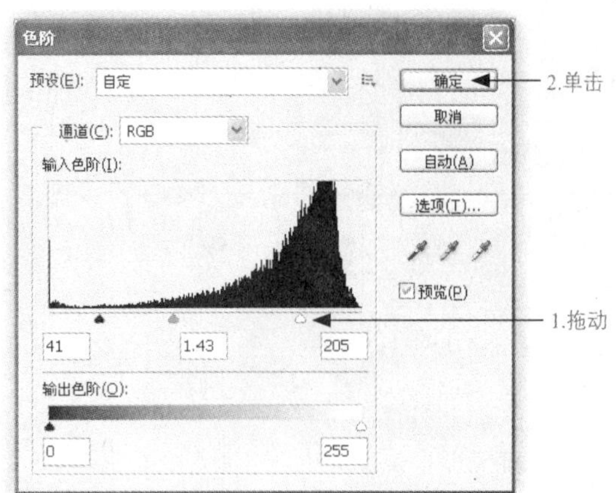

案例延伸

运用减淡工具和加深工具，可以轻松快速地对图像进行涂抹，绘制出自然的明暗效果，无论是人物照片还是风景图像，它们都是可以快速处理图像阴影和亮部的常用工具，如下图所示，在光盘中读者可以找到它们应用于这两方面的效果文件。

5.5 通过4个案例掌握修复工具组的使用方法

修复工具组包括了污点修复工具、修复画笔工具、修补工具及红眼工具。这4个工具有相似的功能，即修复图像。在不同的图像效果修饰中，运用不同的工具，将令你的图像修饰工作更灵活快捷。

5.5.1 使用污点修复画笔工具修复人物面部的雀斑

学习目标

本节主要学习使用污点修复画笔工具的相关知识，通过去除图像色彩来学习掌握污点修复画笔工具的基本操作和使用方法。在学习使用污点修复画笔工具去除图像色彩时，读者可以结合光盘中的视频轻松、直观地进行学习。

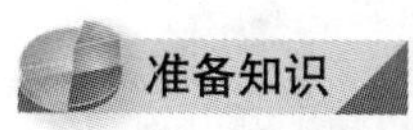

准备知识

认识污点修复工具

污点修复画笔工具可以快速移去照片中的污点和杂色。它主要使用图像或图案中的样本像素进行绘画，并将样本像素的纹理、光照、透明度和阴影与所修复的像素相匹配。污点修复画笔工具可以自动从所修饰区域的周围取样，最大的优点就是不需要定义原点，只要确定好要修补的图像的位置，Photoshop就会从所修补区域的周围取样进行自动匹配。也就是说只要在需要修补的位置画上一笔然后释放鼠标后，就完成了修补。

污点修复画笔工具的工具选项栏设定如下图所示。在打开的画笔面板中，如果使用压感的数字化绘图板，可以从“大小”菜单选取一个选项，以便在描边的过程中改变修复画笔的大小。选取“钢笔压力”根据钢笔压力而变化。选取“喷枪轮”根据钢笔拇指轮的位置而变化。如果不想改变大小，请选择“关”，如下图所示。

- 近似匹配：使用选区边缘周围的像素来查找要用做选定区域修补的图像区域。如果此选项的修复效果不能令人满意，请还原修复并尝试“创建纹理”选项。
- 创建纹理：使用选区中的所有像素创建一个用于修复该区域的纹理。如果纹理不起作用，请尝试再次拖过该区域。

案例名称：修复人物面部雀斑
素材路径：\素材\第5章\雀斑小女孩.jpg
效果路径：\效果\第5章\修复人物面部雀斑.jpg
视频链接：Video\视频教程\使用工具修饰图像\修复人物面部雀斑

Step 1 选择“文件→打开”命令，打开“雀斑小女孩.jpg”素材文件，如下左图所示。

Step 2 单击污点修复画笔工具，在工具选项栏中单击画笔右侧的下拉按钮，然后在打开的对话框中输入画笔大小为19px，如下右图所示。

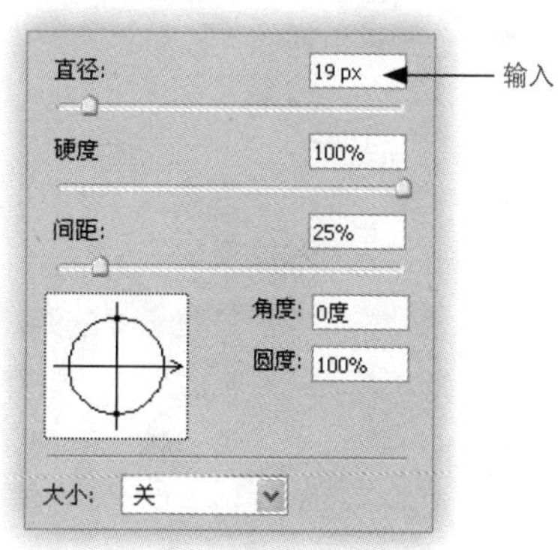

Step 3 在人物面部雀斑位置单击，自动覆盖雀斑点，如下左图所示。

Step 4 重复操作，在更多的雀斑位置单击，直至消除所有雀斑点，如下右图所示，完成后保存文件。

5.5.2 使用修复画笔工具去除照片中多余的景物

学习目标

本节主要学习使用修复画笔工具的相关知识，通过去除照片中的多余人物来学习掌握修复画笔工具的基本操作和使用方法。在学习使用修复画笔工具去除图像中的多余人物时，读者可以结合光盘中的视频轻松、直观地进行学习。

准备知识

认识修复画笔工具

修复画笔工具可用于校正瑕疵，使它们消失在周围的图像中。与仿制图章工具一样，使用修复画笔工具可以利用图像或图案中的样本像素来绘画。不同的是，修复画笔工具还可将样本像素的纹理、光照、透明度和阴影与所修复的像素进行匹配。从而使修复后的像素不留痕迹地融入图像的其余部分。

如果要修复的区域边缘有强烈的对比度，在使用修复画笔工具之前，请先建立一个选区。选区应该比要修复的区域大，但是要精确地遵从对比像素的边界。当用修复画笔工具绘画时，该选区将防止颜色从外部渗入。

修复画笔工具的工具选项栏设定如下图所示。

画笔: 19 模式: 正常 源: ⊙取样 ○图案: □对齐 样本: 当前图层

其内容介绍如下。

- 模式：指定混合模式。选择“替换”可以在使用柔边画笔时，保留画笔描边的边缘处的杂色、胶片颗粒和纹理。
- 源：指定用于修复像素的源。“取样”可以使用当前图像的像素，而“图案”可以使用某个图案的像素。如果选择了“图案”，请从“图案”弹出面板中选择一个图案。
- 对齐：连续对像素进行取样，即使释放鼠标按钮，也不会丢失当前取样点。如果取消选择“对齐”，则会在每次停止并重新开始绘制时使用初始取样点中的样本像素。
- 样本：从指定的图层中进行数据取样。要从现用图层及其下方的可见图层中取样，请选择“当前和下方图层”。要仅从现用图层中取样，请选择“当前图层”。要从所有可见图层中取样，请选择“所有图层”。要从调整图层以外的所有可见图层中取样，请选择“所有图层”，然后单击“取样”弹出式菜单右侧的“忽略调整图层”图标。

案例名称：去除照片中多余的人物
素材路径：\素材\第5章\白衣少女.jpg
效果路径：\效果\第5章\去除照片中多余的人物.psd
视频链接：Video\视频教程\使用工具修饰图像\去除照片中多余的人物

1 Step 选择“文件→打开”命令，打开“白衣少女 .jpg”素材文件，如下图所示。

2 Step 单击修复画笔工具，在工具选项栏中单击画笔右侧的下拉按钮，然后在打开的对话框中输入画笔大小为“40px”，如下图所示。

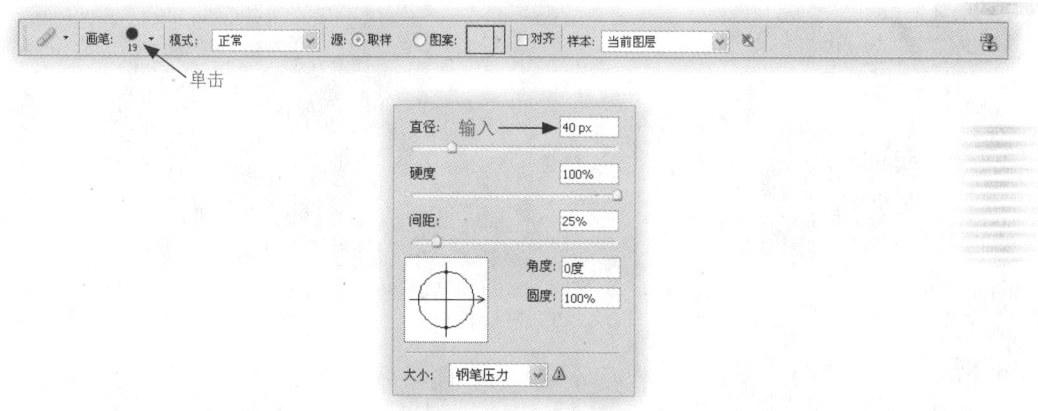

3 Step 按“Alt”键不放，在图像上方黑色区域单击并复制，设置取样点，然后在背景人物上涂抹，如下图所示。

4 Step 继续在画面中复制取样点并重复绘制，覆盖背景人物，注意前景人物的手臂及衣袖边缘像素保持清晰度，完成后保存文件，如下图所示。

5.5.3 使用修补工具修补断裂的编制花篮

修补工具的修复方法和修复画笔工具类似。它们的区别是，修补工具是通过选区进行取样，即将需要修复的地方给圈选出来或者将修补的目标源圈选出来。像修复画笔工具一样，修补工具会将样本像素的纹理、光照和阴影与源像素进行匹配。还可以使用修补工具来仿制图像的隔离区域。修补工具可处理 8 位/通道或 16 位/通道的图像。修复图像中的像素时，请选择较小区域以获得最佳效果。

案例名称：修补断裂的编制花篮
素材路径：\素材\第5章\断裂的花篮.jpg
效果路径：\效果\第5章\修补断裂的编制花篮.jpg
视频链接：Video\视频教程\使用工具修饰图像\修补断裂的编制花篮

1 Step 选择“文件→打开”命令，打开“断裂的花篮 .jpg”素材文件，如下左图所示。

2 Step 单击修补工具，在工具选项栏中保持默认选项，然后运用修补工具，在需要修补的花篮位置创建选区，如下右图所示。

3 Step 拖动选区内图像至选区外，将图像停放至适合的图像位置，松开鼠标，将自动把图像外的图像像素复制至选区内，重复操作，直到花篮达到最佳效果，完成后按“Ctrl+D”组合键取消选区，如下图所示，另存文件。

5.5.4 使用红眼工具修复红眼照片

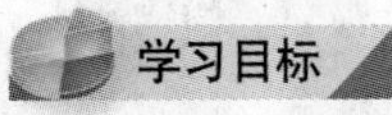

学习目标

本节主要学习使用红眼工具的相关知识，通过修复人物红眼照片来学习掌握红眼工具的基本操作和使用方法。在学习使用红眼工具修复红眼图像时，读者可以结合光盘中的视频轻松、直观地进行学习。

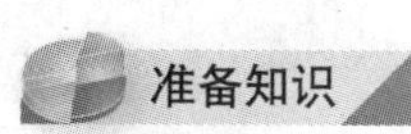

准备知识

认识红眼工具

红眼工具可移去用闪光灯拍摄的人像或动物照片中的红眼，也可以移去用闪光灯拍摄的动物照片中的白色或绿色反光。

红眼是由于相机闪光灯在主体视网膜上反光引起的。在光线暗淡的房间里照相时，由于主体的虹膜张开得很宽，你将会更加频繁地看到红眼。为了避免红眼，请使用相机的红眼消除功能。或者，最好使用可安装在相机上远离相机镜头位置的独立闪光装置。

红眼工具的工具选项栏设定如下图所示。

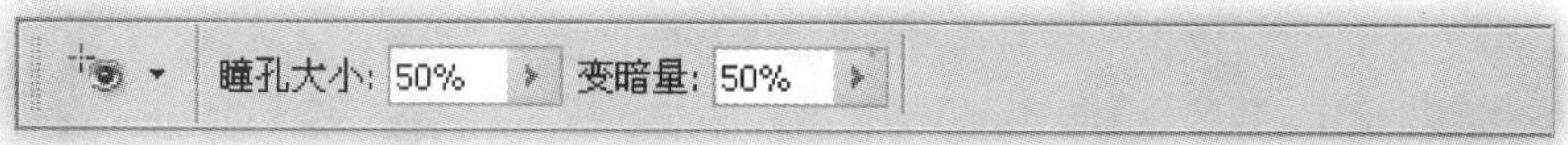

其内容介绍如下。

- 瞳孔大小：增大或减小受红眼工具影响的区域。
- 变暗量：设置校正的暗度。

案例名称：修复红眼照片
素材路径：\素材\第5章\红眼照片.jpg
效果路径：\效果\第5章\修复红眼照片.jpg
视频链接：Video\视频教程\修复红眼照片

1 Step 选择"文件→打开"命令，打开"红眼照片.jpg"素材文件，如下左图所示。

2 Step 单击红眼工具，在工具选项栏中设置"瞳孔大小"为30%，如下右图所示。

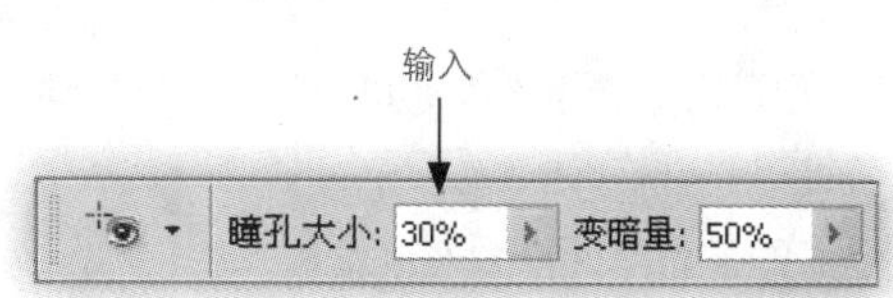

3 Step 在人物的右瞳孔位置单击，人物瞳孔变成黑色，如下左图所示。

4 Step 然后在人物的左瞳孔位置单击，继续去除左眼的红眼现象，如下右图所示，完成后保存文件。

5.6 自我提高

学习完本章后，读者清楚认识了Photoshop CS4里的一些图像修饰工具，巧用这些工具，将在图像的制作和处理中发挥它们强大的作用。不同的图像，使用不同的工具进行修饰，灵活多变的运用所学知识，掌握工具运用的方式和方法，了解他们的性能，将为将来的图像制作打下坚实的基础。

提高一 制作个人画册封面（\效果\第5章\制作个人画册封面.psd）

① 打开“封面女郎.jpg”素材文件（\素材\第5章\封面女郎.jpg）。

② 单击背景色橡皮擦工具，设置好前景色与背景色，然后在人物边缘涂抹，擦除背景图像。

③ 打开“玫瑰背景.jpg”素材文件（\素材\第5章\玫瑰背景.jpg）。

④ 将“玫瑰背景.jpg”素材文件拖入图像中，并按“Ctrl+[”组合键将新生成的图层1置于人物图层的下层。

⑤ 打开“玉兰花.psd”素材文件（\素材\第5章\玉兰花.psd）。

⑥ 新建图层2，单击仿制图章工具，在打开的玉兰花上按“Alt”键复制花朵图像，然后在新建图层上绘制花朵。

⑦ 打开“文字模板.psd”素材文件（\素材\第5章\文字模板.psd）。将“文字模板.psd”素材文件拖入图像中，并按方向键适当调整文字位置，完成后保存文件。

提高二 修饰图像污点（\效果\第5章\金发美女.jpg）

① 打开“金发美女.jpg”素材文件（\素材\第5章\金发美女.jpg）。

② 单击修补工具，在人物面部污点位置圈选，创建选区。

③ 拖动选区内图像至选区外相似的皮肤图像位置，松开鼠标，自动复制相近的皮肤图像。

④ 重复以上操作，抹去人物面部污点。

⑤ 单击涂抹工具，在人物面部污点处理过的位置适当涂抹，使面部皮肤更自然柔和，完成后保存文件。

Chapter 06

第 6 章 图像修饰与润色的高级应用

Adobe Photoshop在图像修饰与润色处理功能上应用广泛，它能使图像产生各种各样的特殊效果，令图像更加唯美，制作效果更加精良。学习掌握各种修饰与润色命令，是本章的学习要点。

6.1 通过8个案例掌握调节图像色调的方法

图像色调处理的方法多种多样，在具体的操作过程中，不同的图像所需的表现技法也有所不同，本章节主要学习调节图像色调的方法，这是图像处理的重点。

6.1.1 通过“色阶”和“自动色阶”命令制作时尚图片

学习目标

本节主要学习运用“色阶”和“自动色阶”功能调整图像色调的方法。在学习制作时尚照片时，读者可以结合光盘中的视频轻松、直观地进行学习。

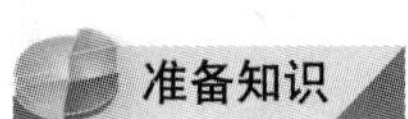

准备知识

色阶和直方图

色阶是表示图像亮度强弱的指数标准，也就是我们说的色彩指数。图像的色彩丰满度和精细度是由色阶决定的。色阶指亮度，和颜色无关，最亮的只有白色，最不亮的就只有黑色，如下图所示。

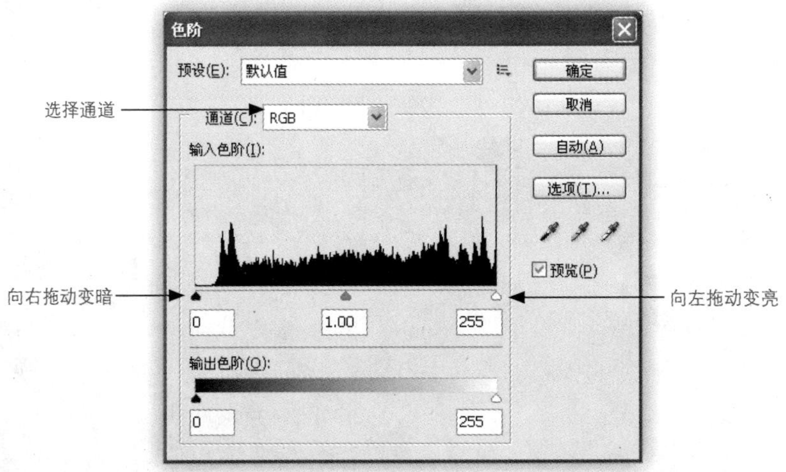

色阶表现了一幅图的明暗关系，它只是一个直方图。色阶用横坐标标注质量特性值，纵坐标标注频数或频率值，各组的频数或频率的大小用直方柱表示的图形。可将各种类型的数据绘制成此图表。在数字图像中，色阶图是说明照片中像素色调分布的图表。在图像处理中，调节色阶实质就是通过调节直方图来调节不同像素值的大小来改进图像的直观效果。

“调整”面板

在图层面板上单击“创建新的填充或调整图层”按钮，然后在弹出的菜单中选择适当的色彩调整选项，选择后，将弹出调整面板，也可通过选择“窗口→调整”命令，弹出调整面板。调整面板可以对图像进行各种色彩调整操作，它所包括的色彩调整方式多种多样，根据画面需要，在调整面板中选择恰当的调整方式，然后设置各项参数，使图像达到预期的色彩效果。

自动色阶

在调整面板上单击“创建新的色阶调整图层”按钮，将转入“色阶”面板，选择自动色阶对图像进行操作。自动色阶主要是将色阶输出值重新分配一下，使其分布均匀。在Photoshop这个功能强大的图像编辑软件中，可以有许多种调整图像的方法，然而最简单的方法就是最实用的方法，就是“自动色阶”，如右图所示。

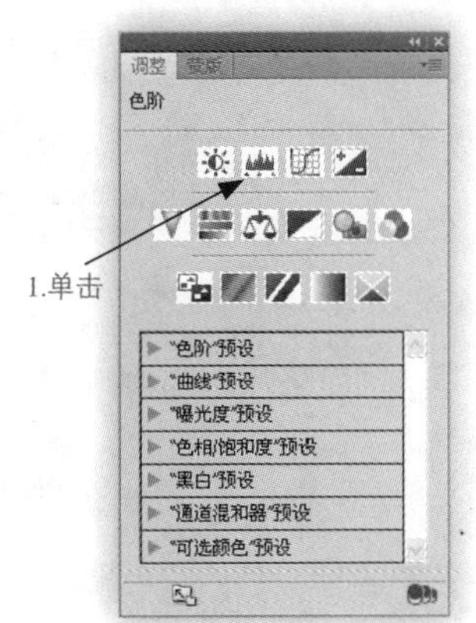

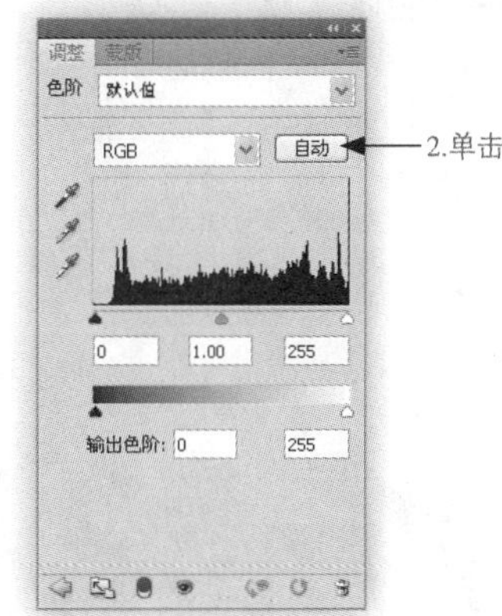

案例名称：制作时尚图片
素材路径：\素材\第6章\炫舞.jpg
效果路径：\效果\第6章\制作时尚图片.jpg
视频链接：Video\视频教程\图像修饰与润色的高级应用\制作时尚图片

Step 1 选择“文件→打开”命令，打开“炫舞.jpg”素材文件，在图像窗口中显示出来，如下左图所示。

Step 2 选择“窗口→调整”命令，打开调整面板，如下右图所示。

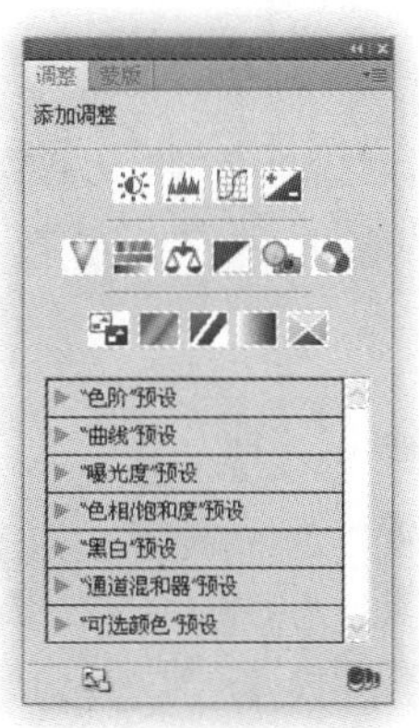

Step 3 在调整面板中单击“创建新的色阶调整图层”按钮，将转入“色阶”面板，单击自动按钮，图像自动调整色阶效果，如下图所示。

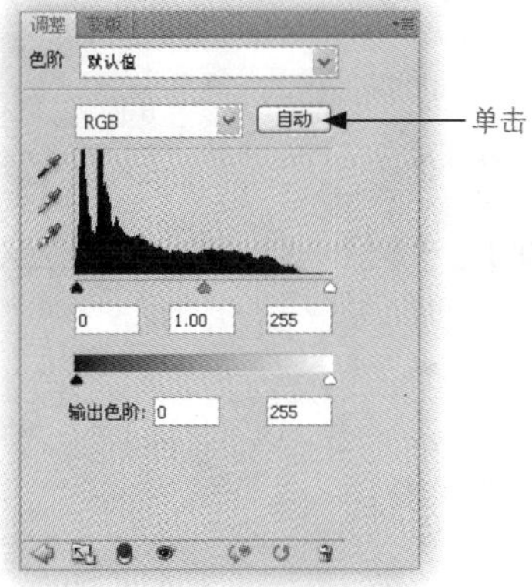

4 Step 自动色阶调整后发现，图像的亮度及对比度还不够，再适当拖动“色阶”面板上的小滑块，调整图像色阶，如右图所示，完成后保存文件。

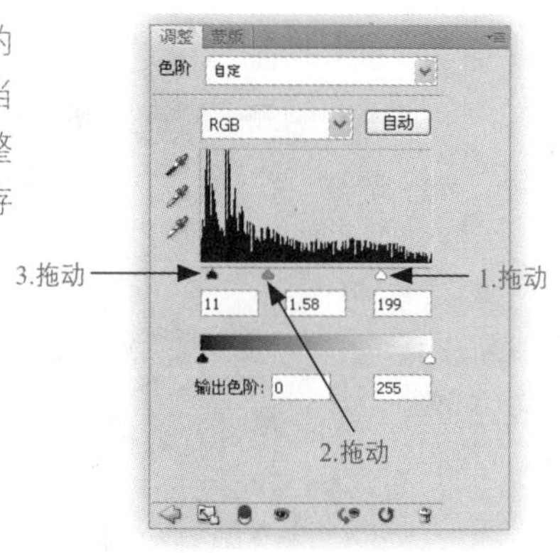

6.1.2 通过“自动对比度”和“曲线”命令制作非主流图像

学习目标

本节主要学习运用“自动对比度”和“曲线”命令调整图像色调的方法。在学习制作非主流图像时，读者可以结合光盘中的视频轻松、直观地进行学习。

准备知识

“自动对比度”调整

选择“图像→自动对比度”命令，自动调整图像对比度。自动对比度是以RGB综合通道作为依据来扩展色阶的，因此增加色彩对比度的同时不会产生偏色现象。在大多数情况下，颜色对比度的增加效果不如自动色阶来得显著。“自动对比度”命令可以改进许多摄影或连续色调图像的外观，但不能改进单色图像。

“曲线”调整

“曲线”命令可以调整图像的整个色调范围内的点。在“曲线”对话框中调整色调范围之后，可以使用“曲线”对图像中的个别颜色通道进行精确调整，令图像的色彩层次及对比都变得更鲜明。在“曲线”调整中，色调范围显示为一条直的对角基线，因为输入色阶和输出色阶是完全相同的。也可以选择“图像→调整→色阶”命令，但这个方法直接对图像图层进行调整并扔掉图像信息，设置也会在“色阶”对话框中调整，如下图所示。

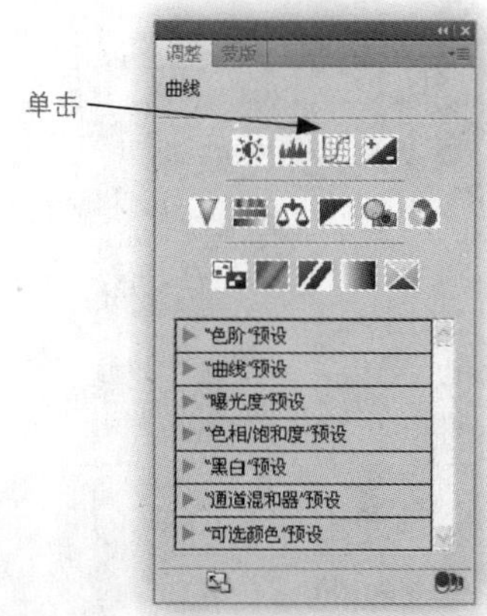

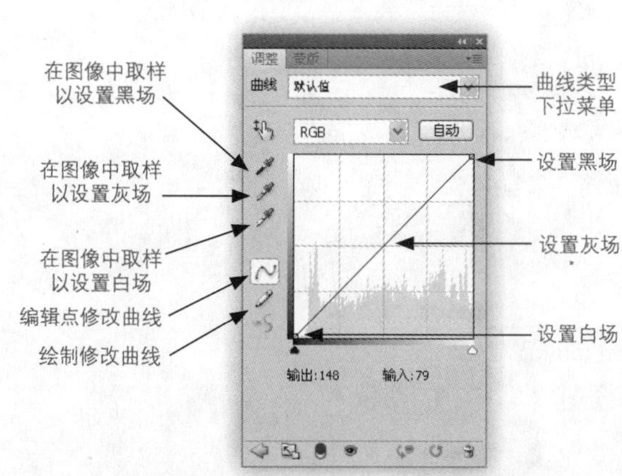

案例名称：制作非主流图像
素材路径：\素材\第6章\非主流.jpg
效果路径：\效果\第6章\制作非主流图像.psd
视频链接：Video\视频教程\图像修饰与润色的高级应用\制作非主流图像

1 Step 选择“文件→打开”命令，打开“非主流 .jpg”素材文件，如下左图所示。

2 Step 选择“图像→自动对比度”命令，自动调整图像对比度，如下右图所示。

3 Step 选择“窗口→调整”命令，在调整面板中单击“创建新的色阶调整图层”按钮，将转入“色阶”面板，适当拖动“色阶”面板上的小滑块，继续调整图像色阶至最佳效果，如下图所示。

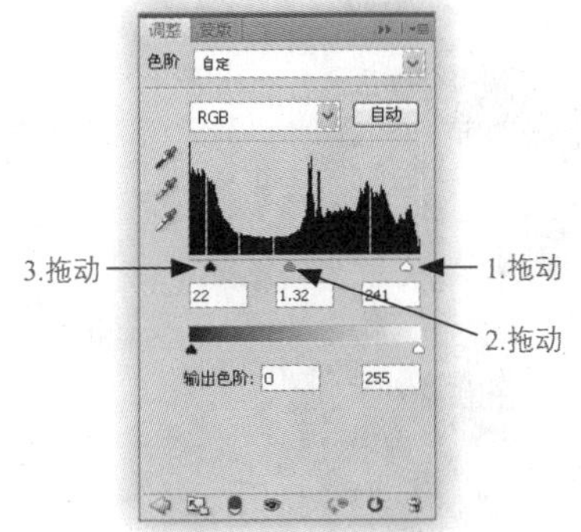

4 Step 单击调整面板上的“返回到调整列表”，返回调整面板，单击“创建新的曲线调整图层”按钮，将转入“曲线”面板，拖动“曲线”面板上的两个锚点，调整图像效果，如下图所示。

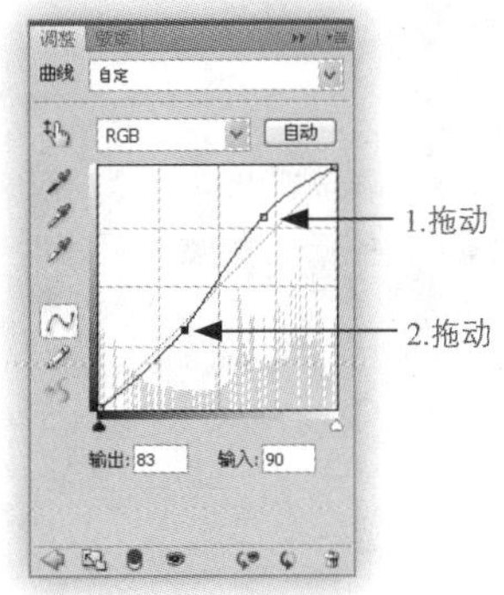

5 Step 单击直线工具，设置前景色为白色，在工具栏上单击“填充路径”按钮，设置“粗细”为5px，“不透明度”为50%，新建图层1，如下图所示。

6 Step 在人物图像边缘绘制直线线条，丰富图像效果，如下左图所示。

7 Step 设置前景色为“蓝色”（R:0,G:153,B:210），新建图层 2，按“Alt + Delete”组合键，对新建图层填充蓝色，如下右图所示。

按“Alt + Delete”组合键，将对图像填充前景色；按“Ctrl + Delete”组合键，将对图像填充背景色。

8 Step 设置图层 2 的“不透明度”为 20%，制作朦胧的蓝色图效，如下图所示，完成后保存文件。

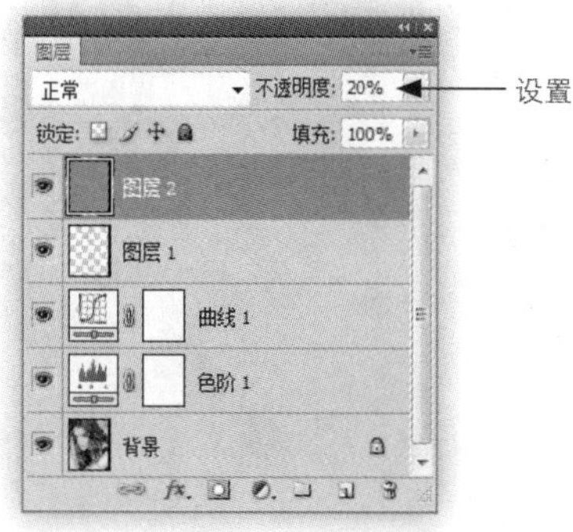

6.1.3 通过“曝光度”命令调整照片曝光不足

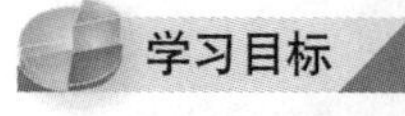

本节主要学习运用“曝光度”命令校正图像的曝光问题。在学习调整照片的曝光不足时，读者可以结合光盘中的视频轻松、直观地进行学习。

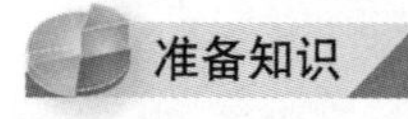

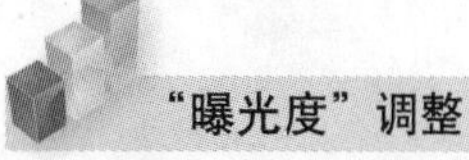

“曝光度”调整主要作用是对局部过曝或曝光不足的照片进行调节。使用“曝光度”命令可以轻松解

决图像中曝光度不足的问题，快速提亮图像，调整暗部区域，使曝光度不足的图像达到清晰的效果。

案例名称：调整照片曝光不足
素材路径：\素材\第6章\房子.jpg
效果路径：\效果\第6章\调整照片曝光不足.psd
视频链接：Video\视频教程\图像修饰与润色的高级应用\调整照片曝光不足

1 Step 选择“文件→打开”命令，打开“房子 .jpg”素材文件，如下图所示。

知识链接

在图像拍摄中，因为天气及相机效果等的影响，容易引起曝光不足的问题，通过调整可以轻松解决。

2 Step 图片整体效果颜色偏暗，需要先调整亮度。选择“窗口→调整”命令，在调整面板中单击“创建新的亮度/对比度调整图层”按钮，将转入“亮度/对比度”面板，适当拖动“亮度/对比度”面板上的小滑块，调整图像亮度/对比度至最佳效果，如右图所示。

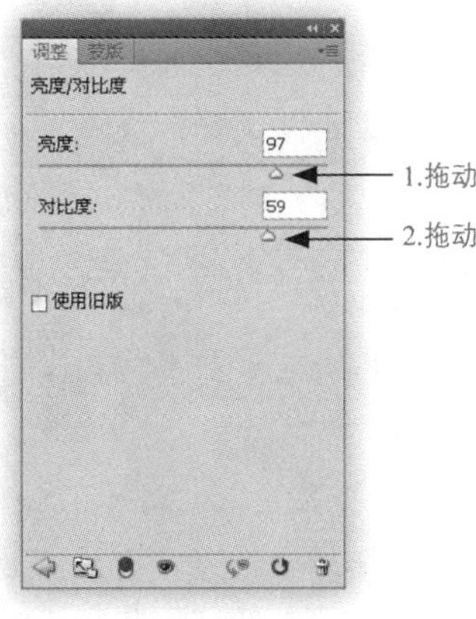

技巧提示

在对图片进行曝光度调整时，对于太暗或太亮的图片，可以先进行亮度/对比度调整，以使曝光度调整效果更易掌控。

3 Step 单击调整面板上的“返回到调整列表”，返回调整面板，在调整面板中单击“创建新的曝光度调整图层”按钮，将转入“曝光度”面板，适当拖动“曝光度”面板上的小滑块，调整图像曝光度至最佳效果，如右图所示，完成后保存文件。

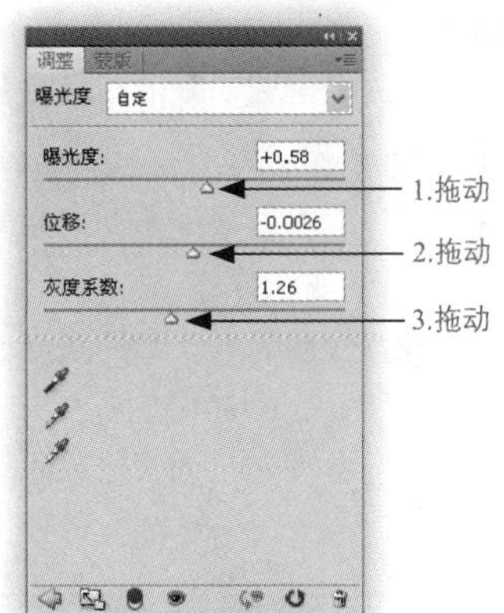

6.1.4 通过“黑白”命令制作黑白图像

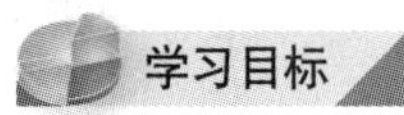

学习目标

本节主要学习运用“黑白”命令制作和调整黑白图像的方法。在学习制作黑白图像时，读者可以结合光盘中的视频轻松、直观地进行学习。

准备知识

“黑白”调整

“黑白”调整可让你将彩色图像转换为灰度图像，同时保持对各颜色的转换方式的完全控制，也可以通过对图像应用色调来为灰度着色。

黑白命令有个特点，不仅可以在对话框中拖动滑块进行转换，还可以在图像中的相应区域直接拖拉进行转换。在“调整”面板中，使用颜色滑块手动调整转换、应用“自动”转换或选择以前存储的自定混合，如下图所示。

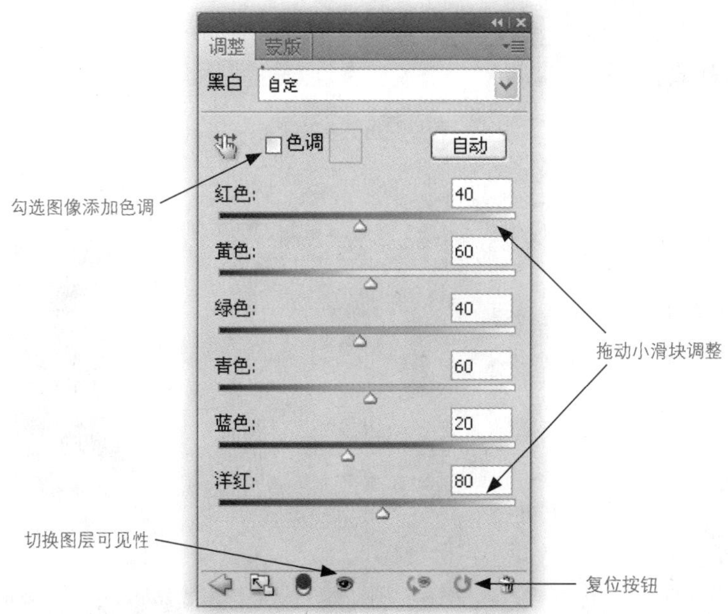

单击“复位”按钮 可以将所有颜色滑块复位到默认的灰度转换。如果正在使用“黑白”对话框，而不是“调整”面板，请单击并按住图像区域以激活相应位置上主要颜色的颜色滑块，然后将其水平拖动以切换滑块。

- 预设：选择预定义的灰度混合或以前存储的混合。要存储混合，从面板菜单中选择“存储黑白预设”。
- 自动：根据图像的颜色值设置灰度混合，并使灰度值的分布最大化。“自动”混合通常会产生极佳的效果，并可以用做使用颜色滑块调整灰度值的起点。
- 颜色滑块：调整图像中特定颜色的灰色调。将滑块向左拖动或向右拖动分别可使图像的原色的灰色调变暗或变亮。
- 预览：取消选择此选项可在图像的原始颜色模式下查看图像。

案例名称：制作“黑白世界”图像
素材路径：\素材\第6章\光.jpg
效果路径：\效果\第6章\制作“黑白世界”图像.psd
视频链接：Video\视频教程\图像修饰与润色的高级应用\制作“黑白世界”图像

1 Step 选择“文件→打开”命令，打开“光.jpg”素材文件，如下图所示。

知识链接

在黑白调整面板上，勾选“色调”复选框，并单击“色调”复选框侧的图标，可以在打开的“拾色器”对话框中选择喜爱的图像色调。

2 Step 选择“窗口→调整”命令，在调整面板中单击“创建新的黑白调整图层”按钮，将转入“创建新的黑白调整图层”面板，图像自动转为黑白，如下图所示。

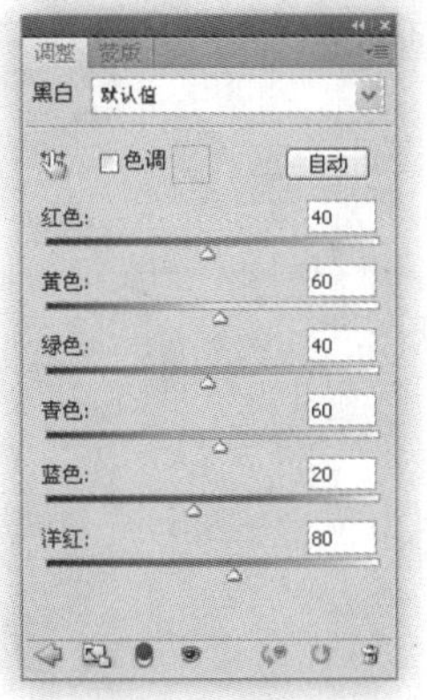

3 Step 单击画笔工具，单击工具栏上画笔右侧的下拉按钮，在打开的画笔面板中单击右上角的三角按钮，在打开的快捷菜单中选择“混合画笔”选项，打开 Photoshop 提示对话框。在对话框中单击 追加(A) 按钮，自动载入混合画笔，如下图所示。

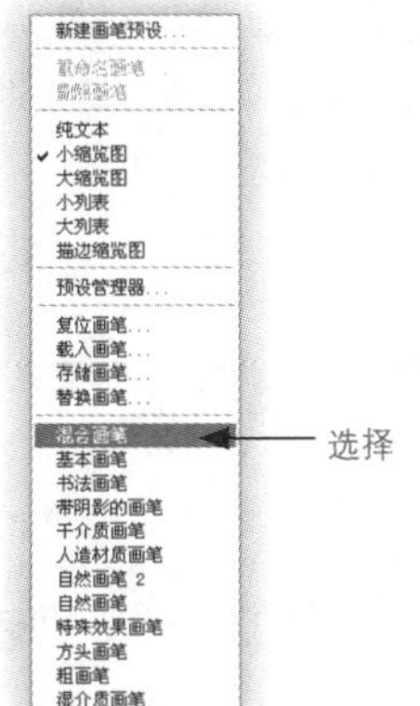

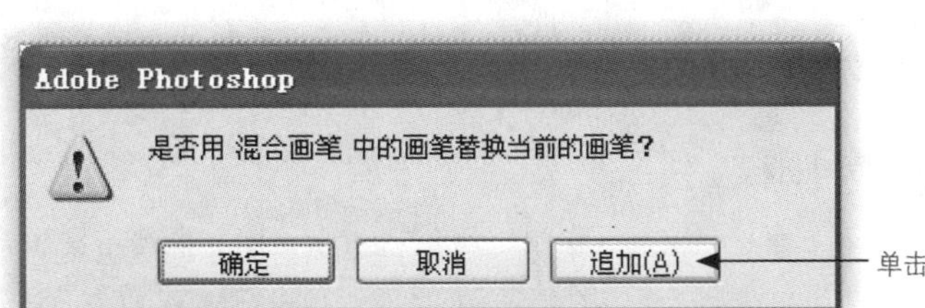

4 Step 在载入的画笔中选择“雪花”画笔，在工具选项栏上单击“切换画笔面板”按钮，打开“画笔”面板。依次勾选“形状动态”、“散布”、“其他动态”复选框，设置相应的参数，如下图所示。

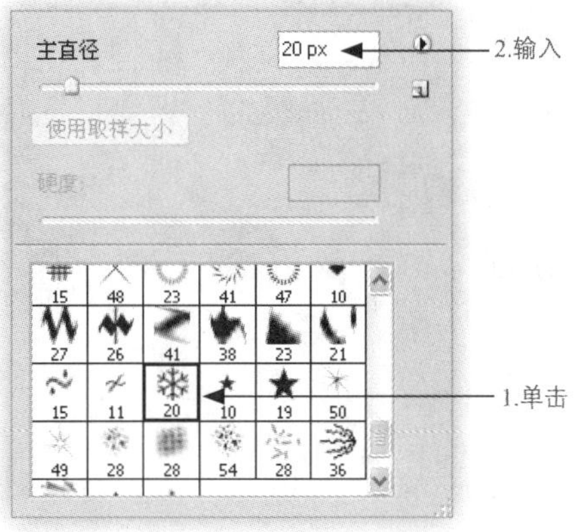

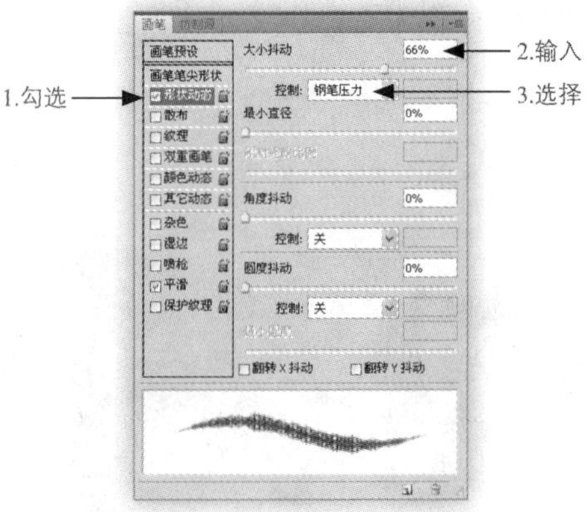

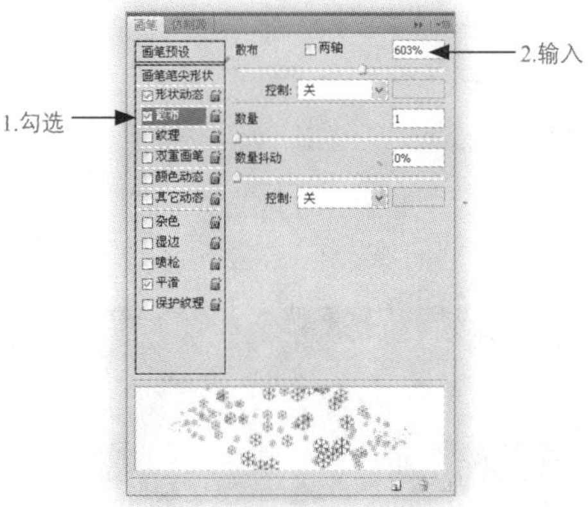

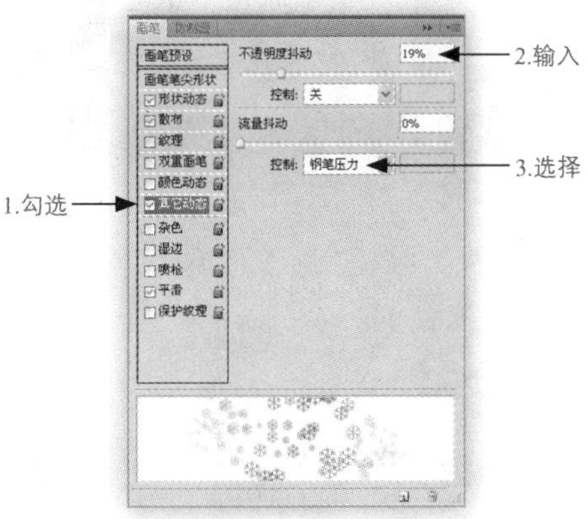

5 Step 新建图层 1，设置前景色为白色，在画面上绘制雪花图案，如下图所示，完成后保存文件。

知识链接

选择“黑白”命令，也可通过选择“图像→调整→黑白”命令进行操作。但这个方法直接对图像图层进行调整并将会扔掉图像信息。

6.1.5 通过“阴影/高光”命令调整逆光造成图像的暗部

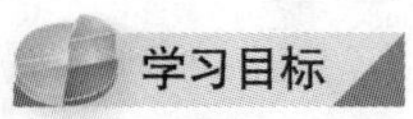

学习目标

本节主要学习运用“阴影/高光”命令调整图像局部色调的方法。在学习调整逆光造成的图像暗部时，读者可以结合光盘中的视频轻松、直观地进行学习。

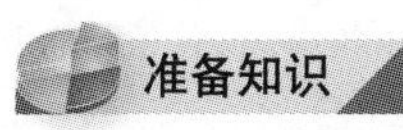

准备知识

“阴影/高光”命令

“阴影/高光”命令适用于校正由强逆光而形成剪影的照片，或者校正由于太接近相机闪光灯而有些发白的焦点。在用其他方式采光的图像中，这种调整也可用于使阴影区域变亮。“阴影/高光”命令不是简单地使图像变亮或变暗，它基于阴影或高光中的周围像素（局部相邻像素）增亮或变暗。正因为如此，阴影和高光都有各自的控制选项。默认值设置为修复具有逆光问题的图像。

在“阴影/高光”对话框中勾选“显示其他选项”复选框，会出现更为详细的选项。

“阴影/高光”命令的各选项如下图所示。

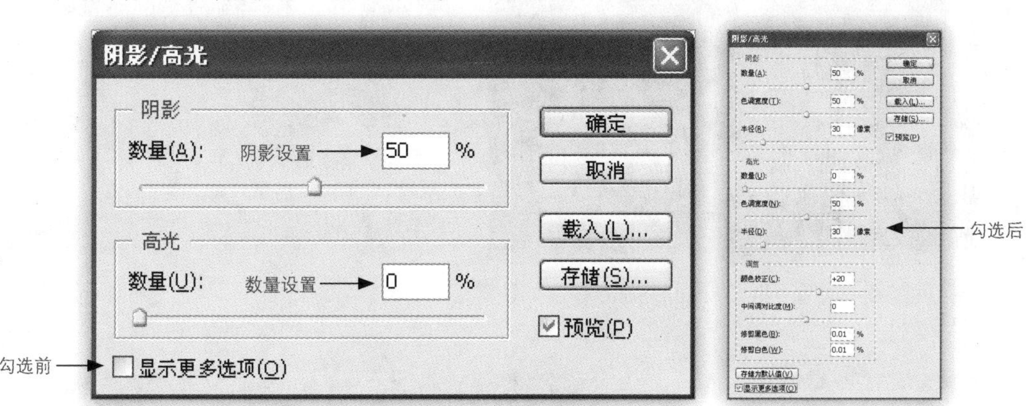

“阴影/高光”对话框中的内容介绍如下。

- 数量：控制（分别用于图像中的高光值和阴影值）要进行的校正量。过大的“数量”值可能会导致交叉，在这种情况下，以高光开始的区域会变得比以阴影开始的区域颜色更深；这会使调整后图像看上去“不自然”。
- 色调宽度：控制阴影或高光中色调的修改范围。较小的值会限制只对较暗区域进行“阴影”校正的调整，并只对较亮区域进行“高光”校正的调整。较大的值会增大将进一步调整为中间调的色调的范围。值太大可能会导致较暗或较亮的边缘周围出现色晕。
- 半径：控制每个像素周围的局部相邻像素的大小。相邻像素用于确定像素是在阴影还是在高光中。向左移动滑块会指定较小的区域，向右移动滑块会指定较大的区域。局部相邻像素的最佳大小取决于图像。最好通过调整进行试验。
- 色彩校正：允许在已更改的图像区域中微调颜色。此调整仅适用于彩色图像。例如，通过增大阴影“数量”滑块的设置，可以将原图像中较暗的颜色显示出来。增大数值产生饱和度较大的颜色，而减小数值则会产生饱和度较小的颜色。
- 亮度：调整灰度图像的亮度。此调整仅适用于灰度图像。向左移动“亮度”滑块会使灰度图像变暗，向右移动该滑块会使灰度图像变亮。
- 中间调对比度：调整中间调中的对比度。向左移动滑块会降低对比度，向右移动会增加对比度。也可以在“中间调对比度”文本框中输入一个值。负值会降低对比度，正值会增加对比度。增大中间调对比度会在中间调中产生较强的对比度，同时倾向于使阴影变暗并使高光变亮。
- 修剪黑色和修剪白色：指定在图像中会将多少阴影和高光剪切到新的极端阴影（色阶为 0）和高光（色阶为 255）颜色。值越大，生成的图像的对比度越大。剪贴值太大，会减小阴影或高光的细节。

案例名称：调整逆光造成图像的暗部
素材路径：\素材\第6章\母女.jpg
效果路径：\效果\第6章\调整逆光造成图像的暗部.jpg
视频链接：Video\视频教程\图像修饰与润色的高级应用\调整逆光造成图像的暗部

1 Step 选择“文件→打开”命令，打开“母女.jpg”素材文件，如下图所示。

技巧提示

在进行图像调整时，根据画面需要来决定所需的色彩调整方式，也可以多种方法结合，以达到最佳效果。

2 Step 选择“图像→调整→阴影/高光”命令，在调整面板中勾选“显示更多选项”复选框，将打开“窗口→调整→阴影/高光”命令的更多选项设置，此时图片效果发生变化，如下图所示。

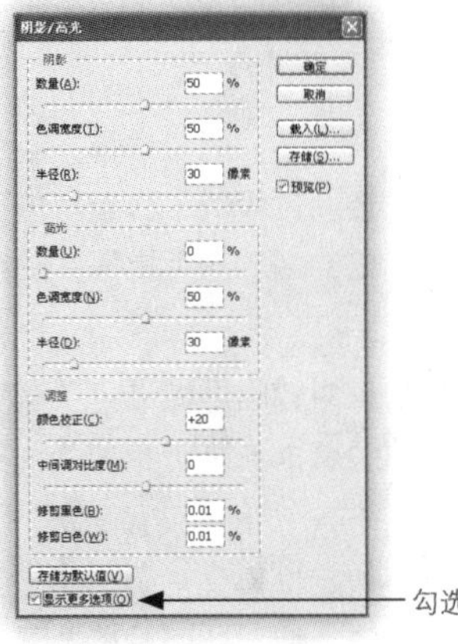

3 Step 在“阴影/高光”对话框中拖动各选项的小滑块，适当调整各选项数值，注意图像变化，如下图所示，完成后单击 确定 按钮，保存文件。

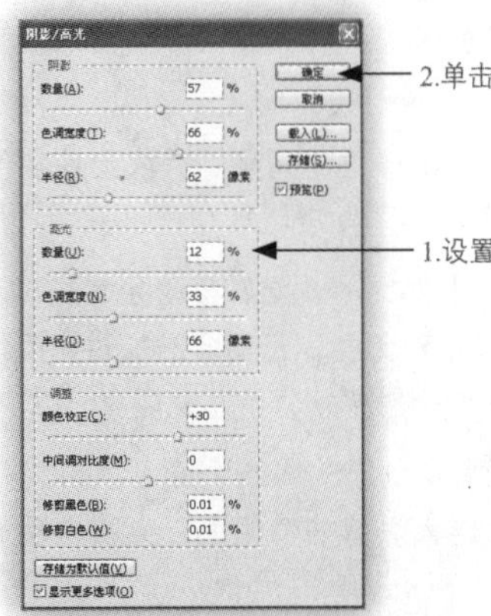

6.1.6 通过“反相”命令制作胶片效果

学习目标

本节主要学习运用“反相”命令制作负片效果的方法。在学习制作胶片效果时，读者可以结合光盘中的视频轻松、直观地进行学习。

准备知识

“反相”命令

调整菜单中“反相”命令，是把原来图片中的颜色用它的补色来代替，有点像底片的效果。它主要是反转图像中的颜色。可以使用此命令将一个正片黑白图像变成负片，或从扫描的黑白负片得到一个正片。补色就是色谱中颜色相对相差180°，用于产生原图的负片。当使用此命令后，白色就变为黑色，就是原来的像素值由255变成了0，彩色的图像中的像素点也取其对应值（255−原像素值=新像素值），此命令常用于产生底片效果，在通道运算中经常使用。

案例名称：制作胶片效果
素材路径：\素材\第6章\胶片风景\
效果路径：\效果\第6章\制作胶片效果.psd
视频链接：Video\视频教程\图像修饰与润色的高级应用\制作胶片效果

1 Step 选择“文件→新建”命令，在打开的新建窗口中设置各项参数。完成后单击[确定]按钮，新建图像文件，如下图所示。

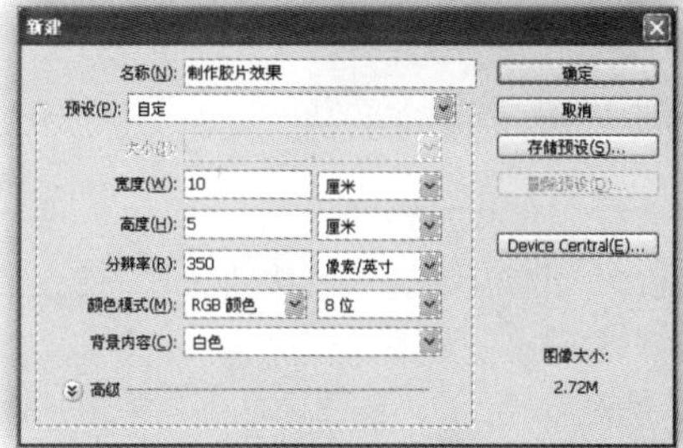

知识链接

反相图像时，通道中每个像素的亮度值转换为 256 级颜色值刻度上相反的值。

2 Step 单击矩形工具[ ]，在工具选项栏上单击“填充路径”按钮[ ]，按“D”键将颜色设置为默认色，新建图层 1，在图像中间位置绘制矩形，如下图所示。

3 Step 单击圆角矩形工具，在工具选项栏上单击“填充路径”按钮，设置“半径”为 10px，新建图层 2，设置前景色为白色，在画面左上角绘制圆角矩形图案，如下图所示。

4 Step 单击矩形选框工具，框选所绘制的圆角矩形图案，单击移动工具，按“Shift + Alt”组合键，将选区内图像向右水平拖移，复制出新的圆角矩形图案，如下图所示。

5 Step 使用以上相同方法，重复复制圆角矩形图案，注意图案排列的间距，完成后按“Ctrl + D”组合键取消选区，如下左图所示。

6 Step 复制图层 2，生成新的图层 2 副本，单击移动工具，按“Shift”键将图像水平向下拖移，如下右图所示。

7 Step 选择“文件→打开”命令，打开“风景 1.jpg”素材文件，如下左图所示。

8 Step 选择“图像→调整→反相”命令，图像显示反相效果，如下右图所示。

9 Step 单击圆角矩形工具，在工具选项栏上单击“路径”按钮，设置“半径”为30px，在反相画面中绘制一个圆角矩形路径，如下左图所示。

10 Step 按“Ctrl + Enter”组合键将路径转化为选区，如下右图所示。

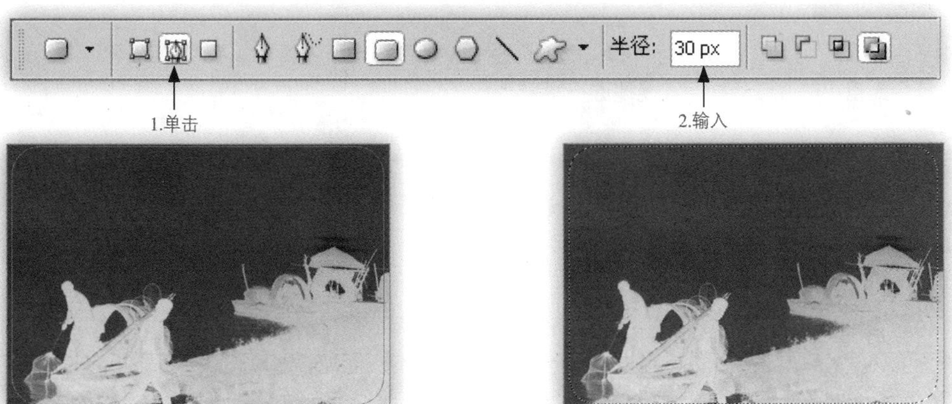

11 Step 单击移动工具，将选区内图像拖入“制作胶片风景”中，如下图所示。

12 Step 选择“文件→打开”命令，依次打开“风景2.jpg”和“风景3.jpg”素材文件，在图像窗口中显示出来，如下图所示。

13 Step 同样对“风景 2.jpg”和“风景 3.jpg”素材文件分别进行反相处理，分别创建选区，拖入“制作胶片效果”档中，注意调整图片大小，如右图所示，完成后保存文件。

6.1.7 通过“色调均化”和“阈值”命令制作个性图片

学习目标

本节主要学习运用“色调均化”和“阈值”命令制作图像效果的方法。在学习制作个性图像时，读者可以结合光盘中的视频轻松、直观地进行学习。

准备知识

“色调均化”命令

“色调均化”命令可以重新分配图像中各像素值，当选择此命令后，Photoshop会寻找图像中最亮和最暗的像素值，并且平均亮度值，使图像中最亮的像素代表白色，最暗的像素代表黑色，中间各像素值按灰度重新分配。若此图像中比较暗，那么此命令会使图像变得更暗，黑色的像素增多，反之就是变亮。

“阈值”命令

“阈值”命令可将彩色或灰阶的图像变成高对比度的黑白图，在“阈值”对话框中可通过拖动三角来改变阈值，也可直接在阈值色阶后面输入数值阈值，如右图所示。当设定阈值时，所有像素值高于此阈值的像素点将变为白色，所有像素值低于此阈值的像素点将变为黑色，可以产生类似位图的效果。

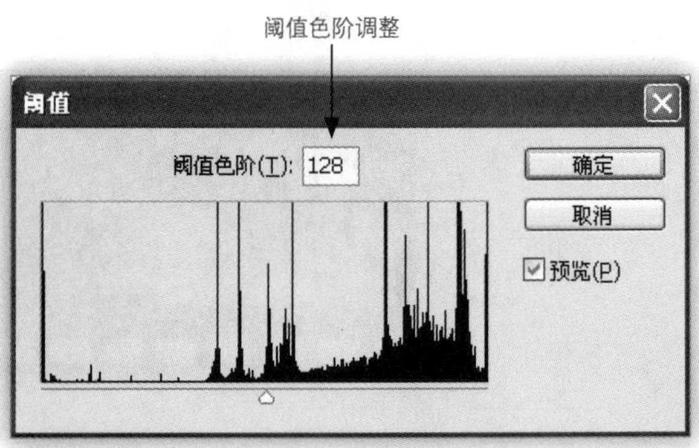

案例名称：制作个性图片
素材路径：\素材\第6章\另类少女.jpg
效果路径：\效果\第6章\制作个性图片
视频链接：Video\视频教程\图像修饰与润色的高级应用\制作个性图片

1 Step 选择“文件→打开”命令，打开“另类少女 .jpg”素材文件，如下左图所示。

2 Step 选择“图像→调整→色调均化”命令，对打开图像进行色调均化处理，如下右图所示。

3 Step 选择“图像→调整→阈值”命令，打开“阈值”对话框，拖动小滑块调阈值的数值，注意图像变化，调整图像效果至最佳，单击确定按钮，如下图所示。

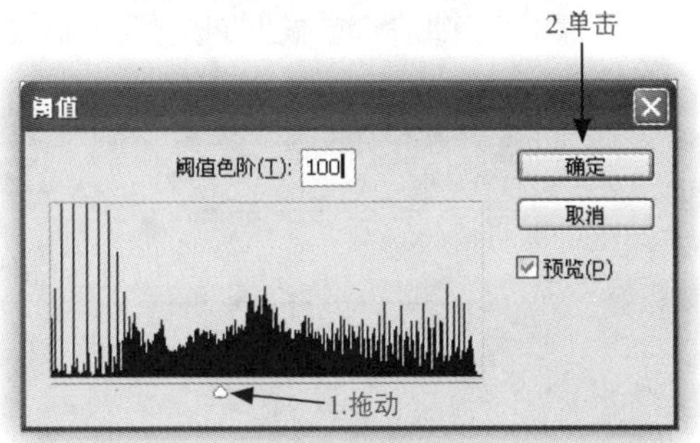

4 Step 单击自定形状工具，新建图层 1，按“D”键将颜色设置为默认色。在工具选项栏上单击“填充路径”按钮，然后单击“形状”右侧的下拉按钮，在打开的面板中选择“靶心”图案，然后按“Shift”键在画面中绘制不同大小的“靶心”图案，如下图所示。

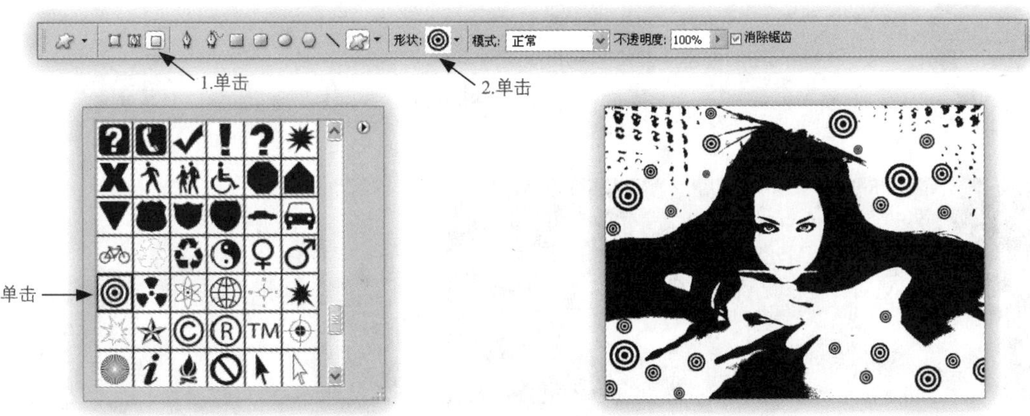

5 Step 在图层面板上设置“不透明度”为 50%，减淡图案的颜色，如下图所示，完成后保存文件。

6.1.8 通过“色调分离”命令制作矢量风格插画

学习目标

本节主要学习运用“色调分离”命令制作特殊图像效果的方法。在学习制作矢量风格插画时，读者可以结合光盘中的视频轻松、直观地进行学习。

准备知识

“色调分离”命令

“色调分离”命令可定义图像色阶的多少，在灰阶图像中可用此命令来减少灰阶数量，形成一些特殊的效果。在“色调分离”对话框中，可直接输入数值来定义色调分离的级数，有效值在2~255之间，如右图所示。在照片中创建特殊效果，如创建大的单调区域时，此调整非常有用。当你减少灰色图像中的灰阶数量时，它的效果最为明显，但它也会在彩色图像中产生有趣的效果。

案例名称：制作矢量风格插画
素材路径：\素材\第6章\圣诞.jpg
效果路径：\效果\第6章\制作矢量风格插画.psd
视频链接：Video\视频教程\图像修饰与润色的高级应用\制作矢量风格插画

Step 1 选择“文件→打开”命令，打开“圣诞.jpg”素材文件，如下左图所示。

Step 2 选择“图像→调整→色调分离”命令，在打开的对话框中拖动小滑块设置参数，单击 确定 按钮，如下右图所示。

Step 3 单击钢笔工具，在画面适当位置绘制路径，画出圣诞树的形状，如下左图所示。

Step 4 按“Ctrl + Enter”组合键将路径转化为选区，如下右图所示。

5 Step 单击吸管工具，在画面的蓝色区域单击，设置前景色为“蓝色”（R:0,G:0, B:255），新建图层 1，按“Alt + Delete”组合键填充选区，然后按“Ctrl + D”组合键取消选区，如下左图所示。

6 Step 复制图层 1，生成图层 1 副本，单击移动工具，将复制图层拖至画面右侧，如下右图所示。

7 Step 复制图层 1 副本，生成新的图层 1 副本 2，选择“编辑→自由变换”命令，对图像进行缩放，如下左图所示。

8 Step 复制图层 1 副本 2，生成新的图层 1 副本 3，单击移动工具，将图像放至画面适当位置，如下右图所示。

9 Step 单击椭圆工具，在工具选项栏上单击“填充路径”按钮。新建图层 2，然后按住“Shift”键不放，在画面中绘制不同大小的圆形图案，如下图所示。

6.2 通过10个案例掌握调节图像色彩的方法

图像的色彩调整方法多种多样，在学习掌握时，要根据不同的图像需求，运用不同的色彩调整方法，令图像色彩调整效果轻松愉快地做到最好。

6.2.1 通过“自动颜色”命令制作人物简单校色

学习目标

本节主要学习运用“自动颜色”命令快速调整图像色彩的方法。在学习制作简单宣传单时，读者可以结合光盘中的视频轻松、直观地进行学习。

准备知识

“自动颜色”调整

“自动颜色”命令通过自动搜索图像来标识阴影、中间调和高光，从而调整图像的对比度和颜色。“自动颜色”命令可以通过选择“图像→自动颜色”命令来执行，它的特点是智能和快速，通常在对图像色彩进行粗略调整中使用。结合“色阶”或“曲线”调整功能，能得到更加细致的图像效果。

案例名称：制作人物简单校色
素材路径：\素材\第6章\图.jpg
效果路径：\效果\第6章\制作人物简单校色.psd
视频链接：Video\视频教程\图像修饰与润色的高级应用\制作人物简单校色

Step 1 选择“文件→打开”命令，打开“图 .jpg”素材文件，如下左图所示。

Step 2 选择“图像→自动颜色”命令，图像颜色迅速得到校正，如下右图所示。

Step 3 选择“窗口→调整”命令，打开“调整”面板，在“调整”面板中单击“创建新的色阶调整图层”按钮，如右图所示，将显示“色阶”面板中的各选项，然后按住“Alt”键的同时单击自动按钮，如右图所示。

Step 4 在打开的“自动颜色校正选项”对话框中，选择“查找深色与浅色”单选按钮，勾选“对齐中性中间调”复选框，重新设置自动颜色调整标准，如下图所示。完成后单击确定按钮保存文件。

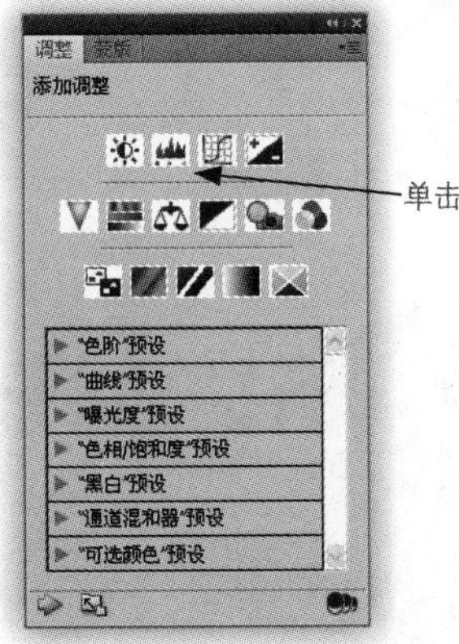

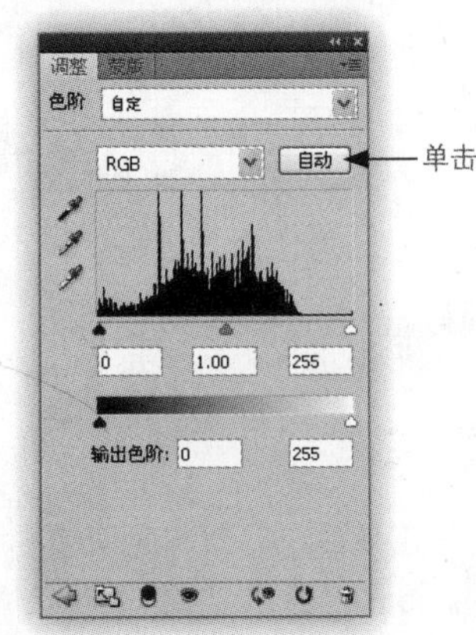

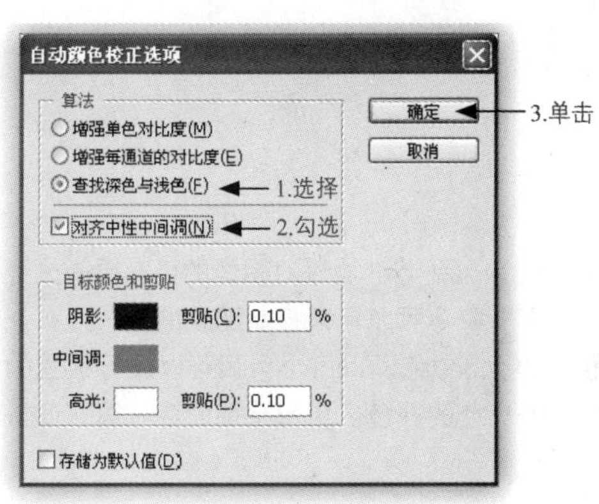

5 Step 选择背景图层，单击多边形套索工具，在图像中沿着人物面部创建大致选区，如下左图所示。

6 Step 选择“选择→修改→羽化”命令，在打开的对话框中设置“羽化半径”为10px，单击确定按钮，如下图所示。

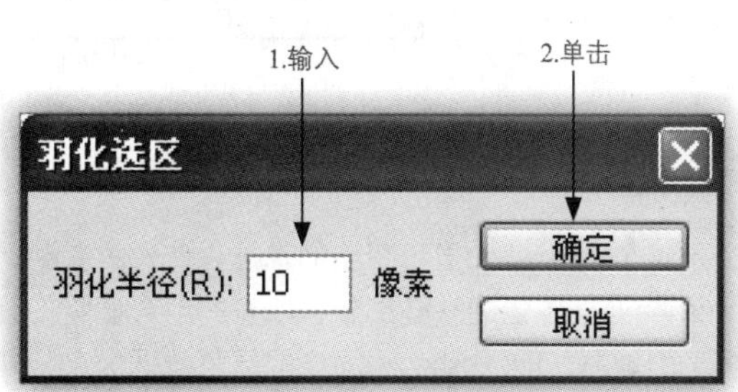

7 Step 选择“图像→调整→色阶”命令，在打开的对话框中适当拖动小滑块，调整图像色阶，完成后按“Ctrl + D”组合键取消选区，如下图所示，完成后保存文件。

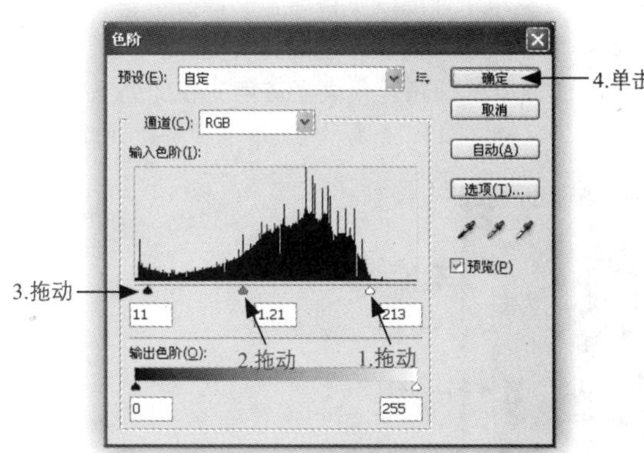

6.2.2 通过“色彩平衡”命令制作唯美桌面

学习目标

本节主要学习运用“色彩平衡”命令调整图像色彩的方法。在学习制作非个性桌面时，读者可以结合光盘中的视频轻松、直观地进行学习。

准备知识

“色彩平衡”调整

“色彩平衡”调整是Photoshop图像调整功能中的一个重要环节。通过对图像的色彩平衡处理，可以校正图像色偏、过饱和或饱和度不足的情况。“色彩平衡”命令可以用来控制图像的颜色分布，使图像整体达到色彩平衡。它将图像色调分为暗调、中间调和高光3个色调，每个色调可以进行独立的色彩调整。根据颜色的补色原理，要减少某个颜色，就增加这种颜色的补色。色彩平衡命令计算速度快，适合调整较大的图像文件，如下图所示。

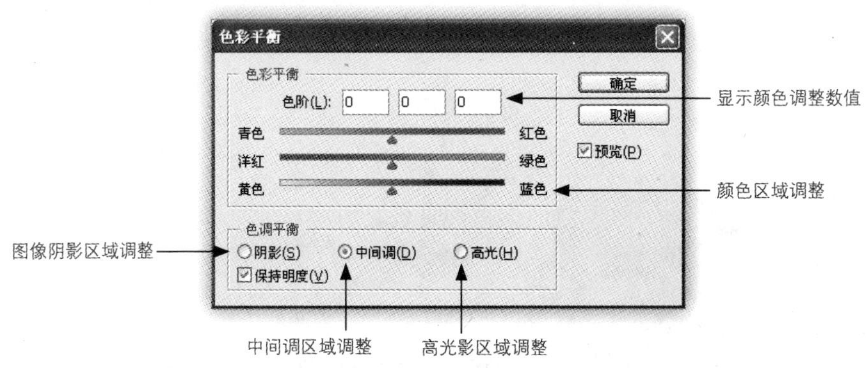

颜色通道

通道是整个Photoshop显示图像的基础。色彩的变动，实际上就是间接在对通道灰度图进行调整。通道是Photoshop处理图像的核心部分，所有的色彩调整工具都是围绕在这个核心周围使用的，它是用来存放图像信息的地方。Photoshop将图像的原色数据信息分开保存，这些原色信息的数据带被称为“颜色通道”，简称为通道。在Photoshop的通道面板中，可以直观地观察图像的每个颜色通道。

通道将不同色彩模式图像的原色数据信息分开保存在不同的颜色通道中，可以对各颜色通道的编辑来修补、改善图像的颜色色调。在默认状态下，当我们查看单个通道的图像时，图像窗口中显示的是没有颜色的灰度图像，通过编辑灰度级的图像，可以更好地掌握各个通道原色的亮度变化。通道中的纯白，代表了该色光在此处为最高亮度，亮度级别是255，通道中的纯黑，代表了该色光在此处完全不发光，亮度级别是0，如下图所示。

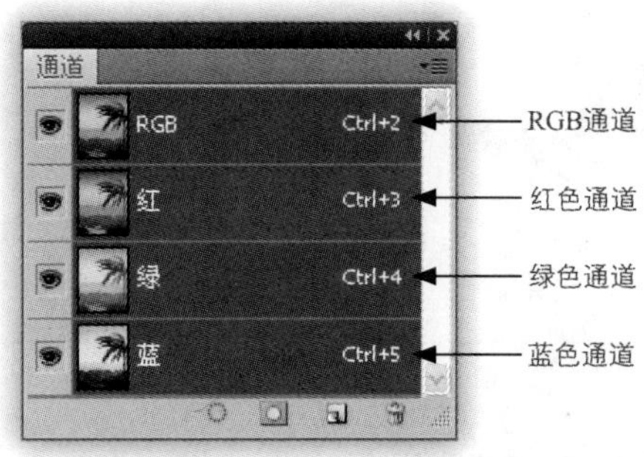

案例名称：制作唯美桌面
素材路径：\素材\第6章\唯美桌面\
效果路径：\效果\第6章\制作唯美桌面.psd
视频链接：Video\视频教程\图像修饰与润色的高级应用\制作唯美桌面

1 Step 选择“文件→打开”命令，分别打开“小仙女.psd”和“月夜.jpg”素材文件，如下图所示。

2 Step 单击移动工具，将“小仙女.psd”中的图层1拖曳至“月夜.jpg”中，生成新的图层1，适当拖动图像至画面适当位置，如下图所示。

3 Step 选择背景图层，选择“图像→调整→色彩平衡”命令，在打开的“色彩平衡”对话框中拖动小滑块调节图像背景颜色，完成后单击确定按钮，如下图所示。

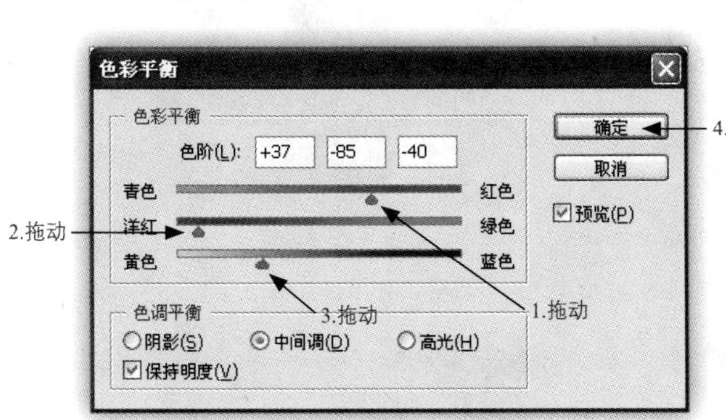

4 Step 单击自定形状工具，新建图层2，设置前景色为“蓝色”(R:24,G:20,B:102)，在工具选项栏上单击“填充路径”按钮，然后单击“形状”右侧的下拉按钮，在打开的面板中选择“雪花3”图案。按“Shift”键不放，在画面中绘制不同大小的雪花，如下图所示。

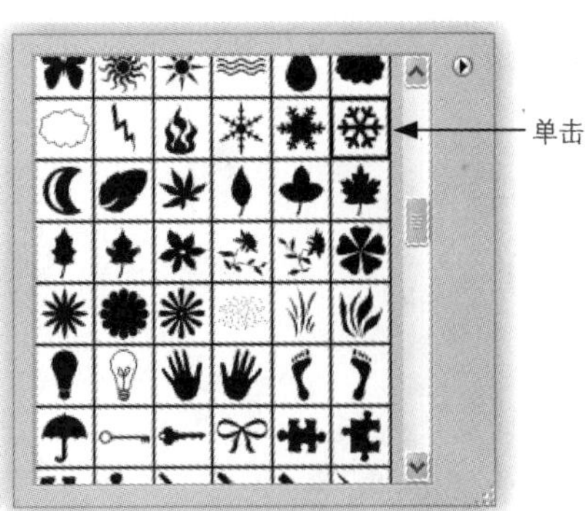

5 Step 选择背景图层，切换到“通道”面板，选择蓝通道，按“D”键将颜色设置为默认色。然后按“Alt + Delete”组合键，对“蓝”通道填充黑色，此时图像显示为黑白效果，如下图所示。

6 Step 显著　单击通道面板上的“RGB”通道，复原通道，图像显示为彩色，如下图所示。

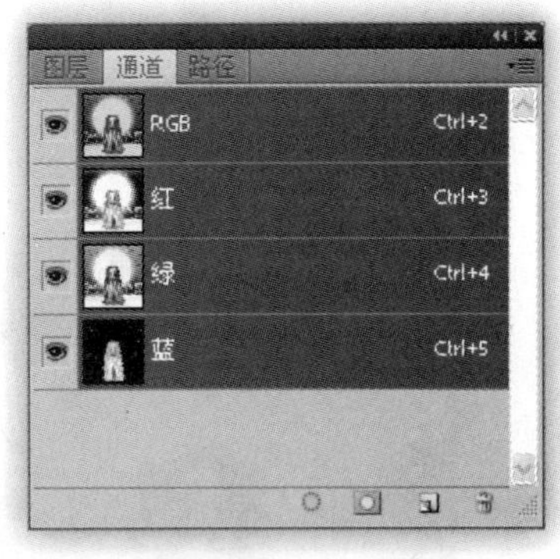

7 Step 选择图层 1，再次选择“蓝”通道，按“Alt + Delete”组合键对“蓝”通道填充黑色，完成后单击通道面板上的“RGB”通道，复原通道，图像显示为彩色效果，如下图所示，完成后另存文件。

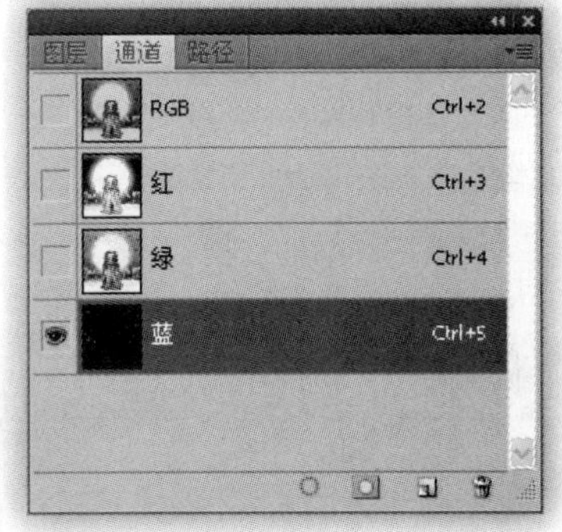

6.2.3 通过“色相/饱和度”命令制作云海效果

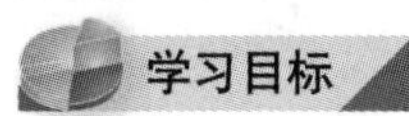

学习目标

本节主要学习运用“色相/饱和度”命令调整图像色调的方法。在学习制作云海效果图像时，读者可以结合光盘中的视频轻松、直观地进行学习。

准备知识

色彩的色相和饱和度

色相指的是色彩的外相，是在不同波长的光照射下，人眼所感受到的不同的颜色，如红色、黄色、绿色等。饱和度指的是色彩的纯度。色相是色彩的首要特征，是区别各种不同色彩的最准确的标准，任何黑白灰以外的颜色都有色相的属性。饱和度是指色彩的生动程度。饱和度越大，灰色比例越小，颜色就越鲜艳；反之，当饱和度为0时，就是灰色了。饱和度控制着图像色彩的浓淡程度，改变的同时下方的色谱也会跟着改变，调至最低的时候图像就变为灰度图像了，而对灰度图像改变色相是没有作用的。

“色相/饱和度”调整

使用“色相/饱和度”命令，可以调整图像中特定颜色范围的色相、饱和度和亮度，或者同时调整图像中的所有颜色。在“调整”面板中可以存储“色相/饱和度”设置，并载入以在其他图像重复使用。也可以选择“图像→调整→色相/饱和度”命令，直接在打开的“色相/饱和度”对话框中设置各项参数，命令方式的“色相/饱和度”调整将直接对当前图层图像进行调整。其对话框设置如下图所示。

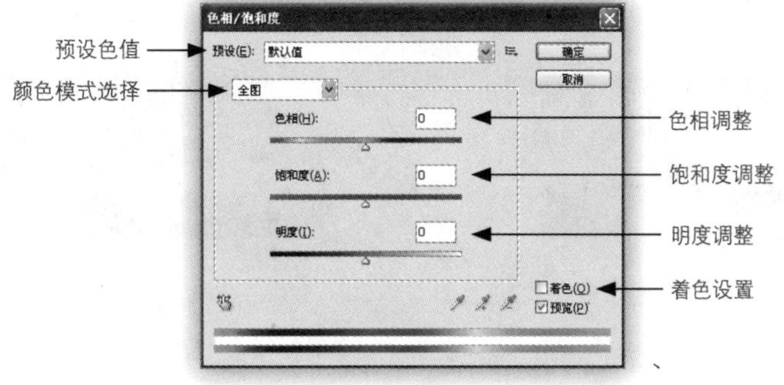

案例名称：制作云海效果
素材路径：\素材\第6章\云海效果\
效果路径：\效果\第6章\制作云海效果.psd
视频链接：Video\视频教程\图像修饰与润色的高级应用\制作云海效果

1 Step 选择“文件→打开”命令，打开“山峰 .jpg”素材文件，如右图所示。

2 Step 选择“图像→画布大小”命令，在打开的对话框的“高度”文本框中输入3厘米，单击“定位”栏最下面的中间方形框，单击 确定 按钮，如下图所示。

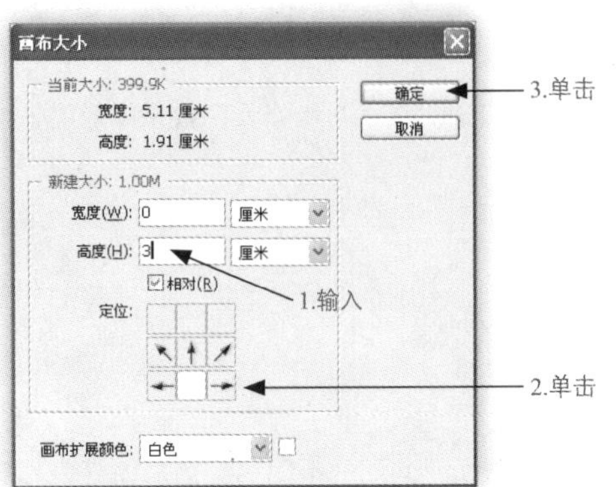

3 Step 单击魔棒工具，在工具选项栏上设置“容差”为32，按“Shift”键在画面的山峰背景及白色背景区域连续单击，创建选区，如下左图所示。

4 Step 按“Ctrl + Shift + I”组合键，对选区进行反选，如下右图所示。

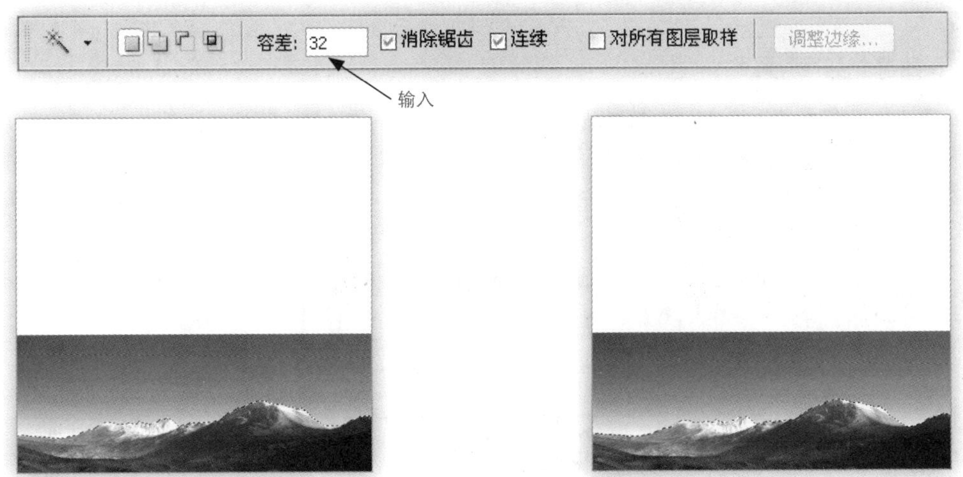

5 Step 选择“选择→修改→羽化”命令，在打开的对话框中设置“羽化半径”为5像素，单击 确定 按钮，如下图所示。

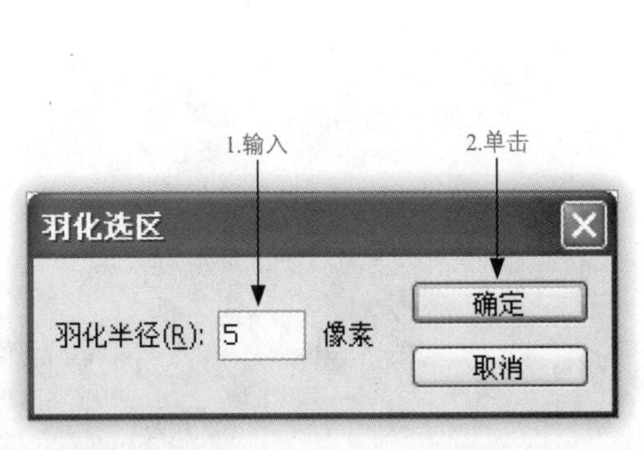

6 Step 按“Ctrl + J”组合键，复制选区图像，生成新的图层1，如下左图所示。

7 Step 选择“文件→打开”命令，打开“云海.jpg”素材文件，如下右图所示。

8 Step 单击移动工具，将“云海”拖入“山峰”中，生成新的图层 2。按“Ctrl + [”组合键，将图层 2 调整到图层 1 的下层，然后再次单击移动工具，调整图层 2 在画面中的位置，如下图所示。

9 Step 选择“窗口→调整”命令，在调整面板中单击“创建新的色相/饱和度调整图层”按钮，将转入“创建新的色相/饱和度调整图层”面板，分别设置“色相”、“饱和度”、“明度”选项，改变图像色调，如下图所示，完成后另存文件。

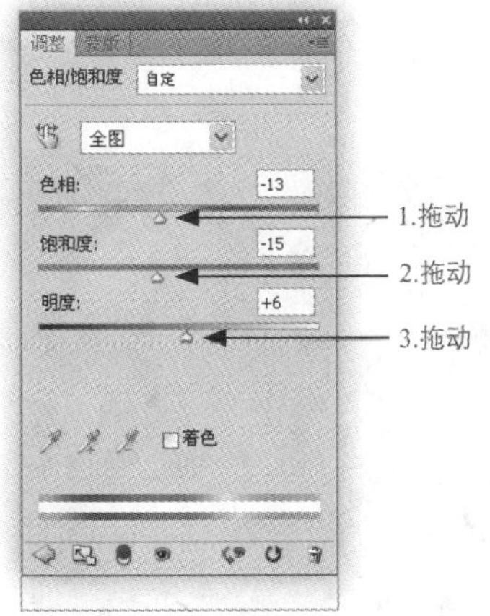

6.2.4 通过“去色”命令制作灰度图像效果

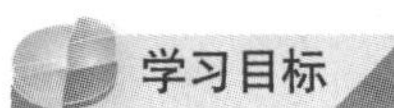

学习目标

本节主要学习运用“去色”命令制作灰度图像的方法。在学习制作灰度图像时，读者可以结合光盘中的视频轻松、直观地进行学习。

准备知识

“去色”命令

“去色”命令主要是将彩色图像转换为相同颜色模式下的灰度图像。它给 RGB 图像中的每个像素指定相等的红色、绿色和蓝色值，使图像表现为灰度，而每个像素的明度值不改变。它与在“色相/饱和度”对话框中将“饱和度”设置为 -100 有相同的效果。多图层图像中，“去色”命令仅转换所选图层。

案例名称： 制作灰度图像效果
素材路径： \素材\第6章\樱桃.jpg
效果路径： \效果\第6章\制作灰度图像效果.jpg
视频链接： Video\视频教程\图像修饰与润色的高级应用\制作灰度图像效果

1 Step 选择“文件→打开”命令，打开“樱桃 .jpg”素材文件，如下左图所示。

2 Step 选择“图像→调整→去色”命令，图像立即转换为灰度图像，如下右图所示。

3 Step 选择“图像→调整→色阶”命令，在打开的色阶对话框中拖动 3 个小滑块调整色阶数值，调整图像色调，增加灰度图像的对比度。单击 确定 按钮，如下图所示，完成后另存文件。

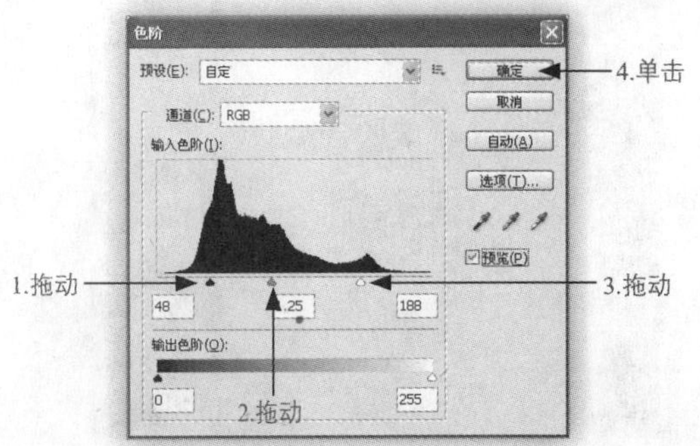

6.2.5 通过“匹配颜色”命令更改图像色调

学习目标

本节主要学习运用“匹配颜色”命令改变图像色彩的方法。在学习制作非主流图像时，读者可以结合光盘中的视频轻松、直观地进行学习。

准备知识

“匹配颜色”命令

“匹配颜色”命令是一个具有较高智能化的命令，它可以匹配多个图像之间、多个图层之间或者多个选区之间的颜色，使它们的色彩一致。它还允许你通过更改亮度和色彩范围及中和色痕来调整图像中的颜色。这个命令仅适用于 RGB 模式。如果需要使不同照片中的颜色保持一致，或者一个图像中的某些颜色必须与另一个图像中的颜色匹配，“匹配颜色”命令非常有用。 其对话框设置如下图所示。

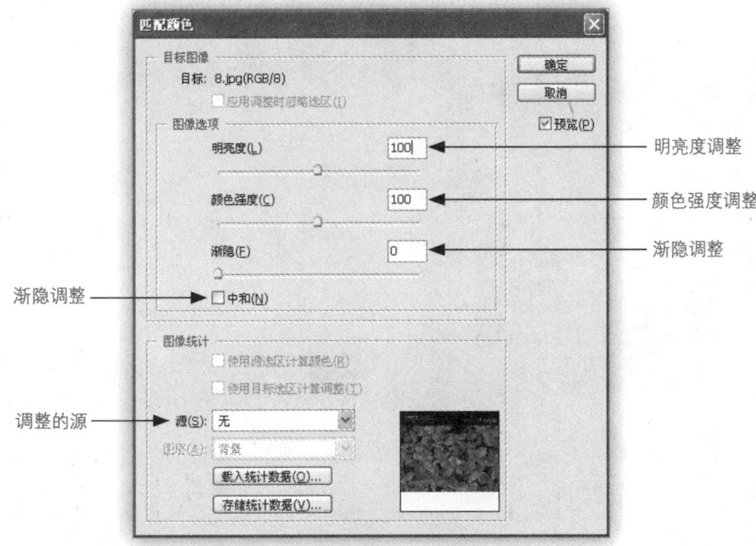

案例名称：更改图像色调
素材路径：\素材\第6章\足球.jpg
效果路径：\效果\第6章\更改图像色调.psd
视频链接：Video\视频教程\图像修饰与润色的高级应用\更改图像色调

1 Step 选择“文件→打开”命令，打开“足球.jpg”素材文件，如下左图所示。

2 Step 双击背景图层，在打开的新建图层中输入“名称”为“图层 1”，单击 确定 按钮。然后新建图层 2，按“Ctrl + [”组合键将图层 2 置于图层 1 的下层，如下右图所示。

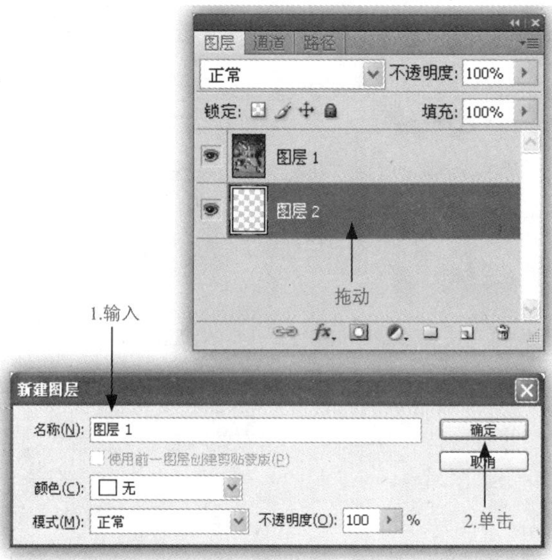

3 Step 设置前景色为"绿色"(R:6,G:132,B:0),按"Alt + Delete"组合键对图层 2 进行填充,如下图所示。

对图层进行填充除了按快捷键的方式以外，还可以单击油漆桶工具，直接对图层进行填充。

4 Step 选择"图层 1"，然后选择"图像→调整→匹配颜色"命令，在打开的"匹配颜色"对话框下方选择"源"为"足球.psd","图层"为"图层 2",并适当拖动上面的"明亮度"、"颜色强度"、"渐隐"3 个小滑块，以达到最佳图效，完成后单击 确定 按钮，并另存文件，如下图所示。

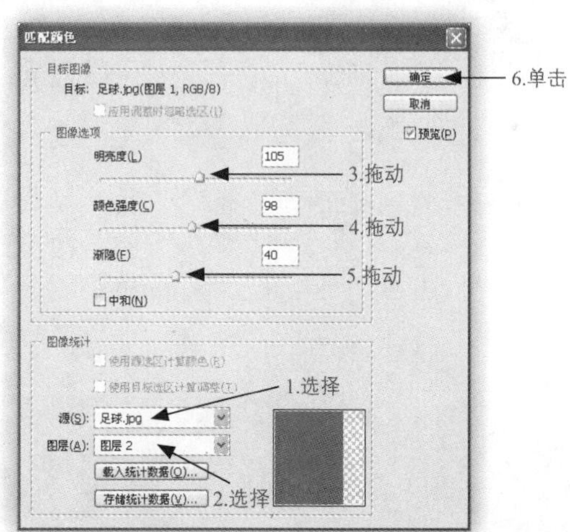

6.2.6 通过“替换颜色”命令替换杯子颜色

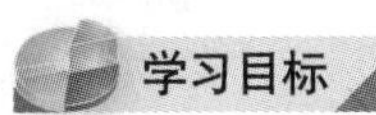

学习目标

本节主要学习运用“替换颜色”命令替换局部图像颜色的方法。在学习替换杯子颜色时，读者可以结合光盘中的视频轻松、直观地进行学习。

准备知识

“替换颜色”命令

“替换颜色”命令主要用于替换局部图像的色彩。其使用方法很简单，在“替换颜色”对话框中选择图像中的特定颜色，然后设置替换的颜色即可。可以通过设置色相、饱和度和亮度，来确定替换的颜色。也可以使用拾色器来选择替换颜色，如右图所示。

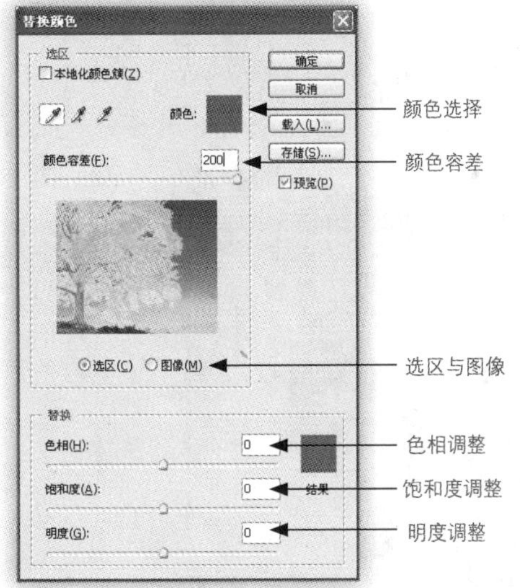

“替换颜色”文本框中的内容介绍如下。

- 选区：在预览框中显示选择区域。未选择区域为黑色，选择区域是白色。部分被选择区域会根据不透明度显示不同的灰色色阶。
- 图像：在预览框中显示图像。在处理放大的图像或仅有有限屏幕空间时，该选项非常有用。

案例名称：替换杯子颜色
素材路径：\素材\第6章\杯子.jpg
效果路径：\效果\第6章\替换杯子颜色.jpg
视频链接：Video\视频教程\图像修饰与润色的高级应用\替换杯子颜色

1 Step 选择“文件→打开”命令，打开“杯子 .jpg”素材文件，如下图所示。

技巧提示

“替换颜色”命令的颜色设置除了可以拖动滑块来调整色相以外，还可以单击“拾色器”来直接选择替换的颜色。

2 Step 选择“图像→调整→替换颜色”命令，打开“替换颜色”对话框。默认情况下，“替换颜色”对话框中鼠标显示为吸管工具，单击图像中杯子的红色区域，再拖动“色相”滑块，杯子相近的红色区域将局部改变颜色，如下图所示。

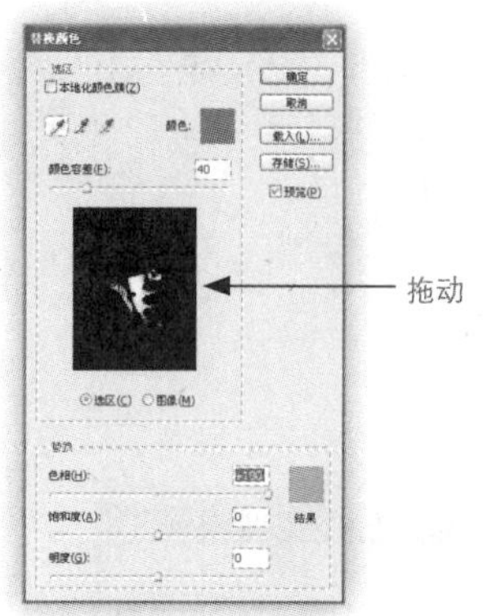

3 Step 单击“替换颜色”对话框中的“添加到取样”按钮，继续在画面的杯子红色区域单击，被选中红色区域将被替换成蓝色，选择完成后单击 确定 按钮，如下图所示。

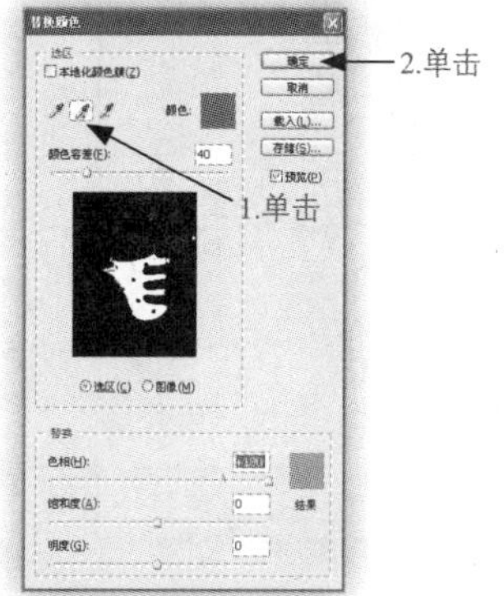

4 Step 替换完成后，人物手指边缘可能会局部被蓝色所替换，单击套索工具，圈选手指上的蓝色区域，如下图所示。

5 Step 单击仿制图章工具，在工具选项栏上单击画笔右侧的下拉按钮，然后在打开的对话框中选择画笔为“柔角35像素”，勾选“对齐”复选框。在画面中人物手指皮肤适当位置单击，将皮肤复制至选区内指定位置，完成后按“Ctrl + D”组合键取消选区。使用以上相同方法，处理图片其他区域，如下图所示，完成后另存文件。

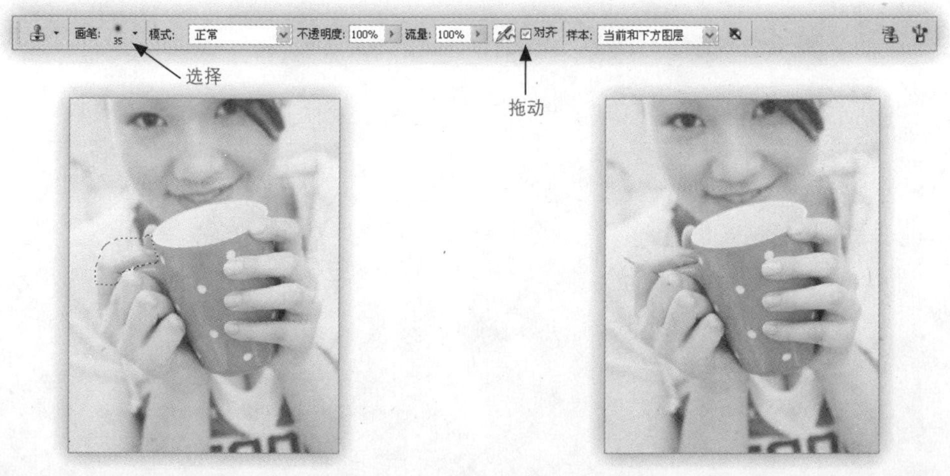

6.2.7 通过“可选颜色”命令制作梦幻霓虹效果

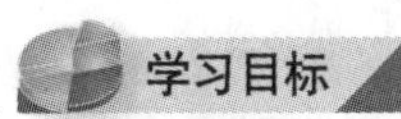

学习目标

本节主要学习运用“可选颜色”命令调整图像色彩的方法。在学习制作梦幻霓虹效果时，读者可以结合光盘中的视频轻松、直观地进行学习。

准备知识

“可选颜色”命令

“可选颜色”命令源于印刷校色原理。使用 CMYK 颜色校正图像，也可以将其用于校正 RGB 图像及将要打印的图像。“可选颜色”命令是通过改变CMYK四原色，即青色、洋红、黄色和黑色的饱和程度，来调整图像色彩。改变任何一个原色，不会对其他原色造成影响。除此之外，“可选颜色”命令也可用于制作各种色彩效果，如右图所示。

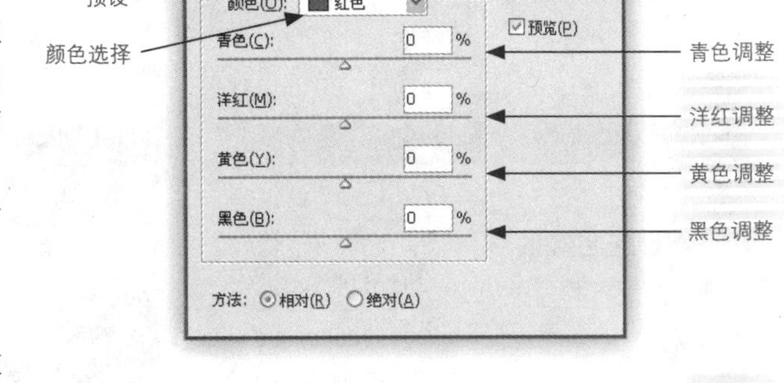

其中“方法”命令的内容介绍如下。

- 相对：按照总量的百分比更改现有的青色、洋红、黄色或黑色的量。例如，图像中，洋红含量所占的比例为50%，那么设置洋红参数为60%（即添加10%），则 实质有5% 将添加到洋红（50%×10%），结果为 55% 的洋红。
- 绝对：采用绝对值调整颜色。例如，如果从 50% 的洋红的像素开始，然后递增10%，洋红油墨会设置为总共 60%。

案例名称：制作梦幻霓虹效果
素材路径：\素材\第6章\霓虹灯.jpg
效果路径：\效果\第6章\制作梦幻霓虹效果.psd
视频链接：Video\视频教程\图像修饰与润色的高级应用\制作梦幻霓虹效果

1 Step 选择“文件→打开”命令，打开“霓虹灯.jpg”素材文件，如下图所示。

技巧提示

调整时注意调整图形的幅度，随时查看各色颜色的数据，不要对不希望改变的颜色有影响。 调节图像往往不是一次就能达到目的，需要多次调节，为了不使图像变化过大往往采用相对值。

2 Step 选择“图像→调整→可选颜色”命令，在打开的对话框中默认选择“颜色”为“红色”，拖动小滑块，图像红色区域色彩发生改变，如下图所示。

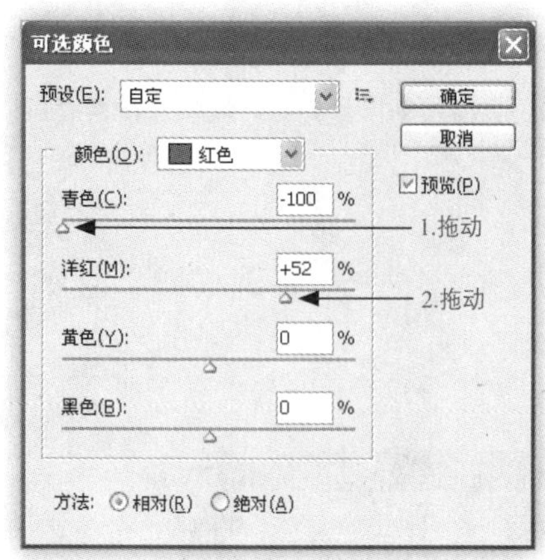

3 Step 在“可选颜色”对话框中，单击“颜色”栏右侧的下拉按钮，在打开的下拉菜单中选择“黄色”选项，拖动小滑块，图像黄色区域色彩发生改变，如下图所示。

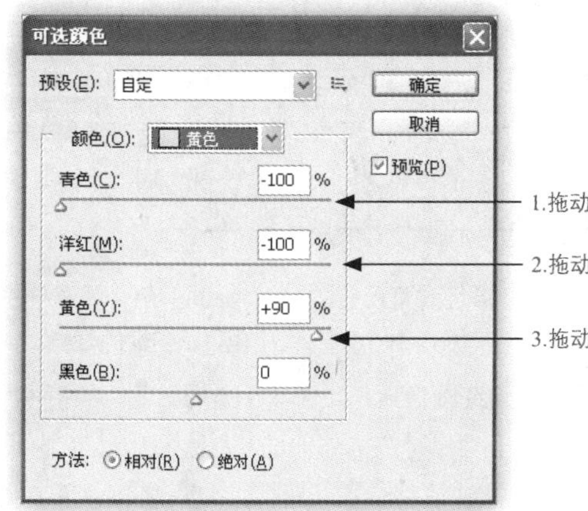

4 Step 再单击“颜色”栏右侧的下拉按钮，在打开的下拉菜单中选择“蓝色”选项，拖动小滑块，图像蓝色区域色彩发生改变，如下图所示。

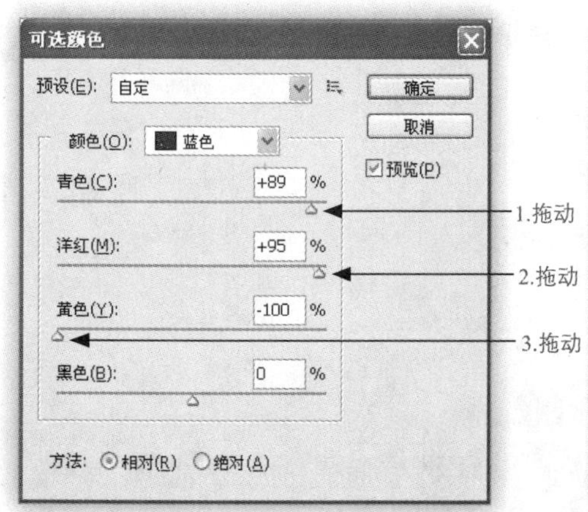

5 Step 单击“颜色”栏右侧的下拉按钮，在打开的下拉菜单中选择“洋红”选项，拖动小滑块，洋红色区域色彩发生改变，完成后单击 确定 按钮，如下图所示，另存文件。

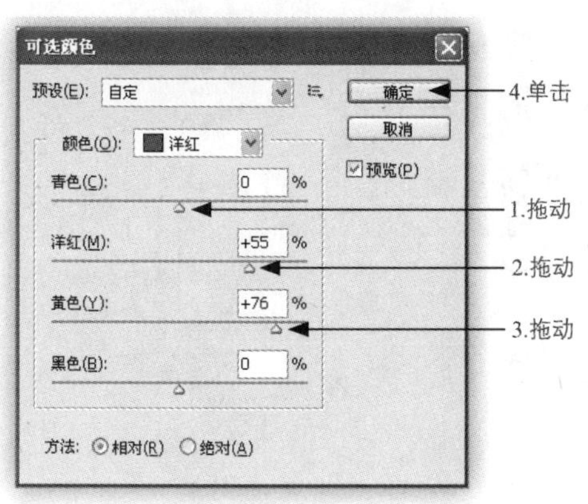

6.2.8 通过“照片滤镜”命令制作冷色调书房效果

学习目标

本节主要学习运用“照片滤镜”命令制作不同色温效果图像的方法。在学习制作冷调书房效果时，读者可以结合光盘中的视频轻松、直观地进行学习。

准备知识

“照片滤镜”命令

“照片滤镜”命令主要用于快速制作带有明显色温偏向的色调图像，或校正拍摄照片中白平衡问题。类似在相机镜头前面加彩色滤镜，以便调整通过镜头传输的光的色彩平衡和色温，使胶片曝光。其对话框设置如下图所示。

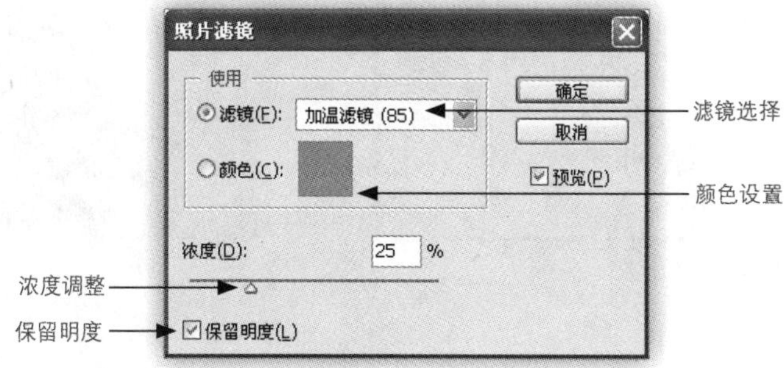

“照片滤镜”中的几个重要选项介绍如下。

- 加温滤镜及冷却滤镜：用于调整图像中的白平衡的颜色转换滤镜。如果图像是使用色温较低的光拍摄的，则冷却滤镜使图像的颜色更蓝，以便补偿色温较低的环境光。相反，如果照片是用色温较高的光拍摄的，则加温滤镜会使图像的颜色更暖，以便补偿色温较高的环境光。
- 加温滤镜和冷却滤镜：使用光平衡滤镜来对图像的颜色品质进行细微调整。加温滤镜使图像变暖（变黄），冷却滤镜使图像变冷（变蓝)。
- 颜色：根据所选颜色预设给图像应用色相调整。所选颜色取决于如何使用“照片滤镜”调整。如果你的照片有色痕，则可以选取一种补色来中和色痕。还可以针对特殊颜色效果或增强应用颜色。例如，“水下”颜色模拟在水下照片中的稍带绿色的蓝色色痕。

案例名称：制作冷色调书房效果
素材路径：\素材\第6章\书房.jpg
效果路径：\效果\第6章\制作冷色调书房效果.jpg
视频链接：Video\视频教程\图像修饰与润色的高级应用\制作冷色调书房效果

1 Step 选择“文件→打开”命令，打开“书房.jpg”素材文件，如下图所示。

技巧提示

在进行调整时确保选中“预览”，以便查看使用某种颜色滤镜的效果。如果你不希望通过添加颜色滤镜来使图像变暗，请确保选中了“保留亮度”选项。

2 Step 选择“图像→调整→照片滤镜”命令，在打开的“照片滤镜”对话框中默认选择“滤镜”单选按钮，单击“滤镜”栏右侧的下拉按钮，在打开的下拉菜单中选择“冷却滤镜（82）”选项，然后在拖动“浓度”下的小滑块，图像整体色调发生改变，调整到最佳色调后单击确定按钮，如下图所示。

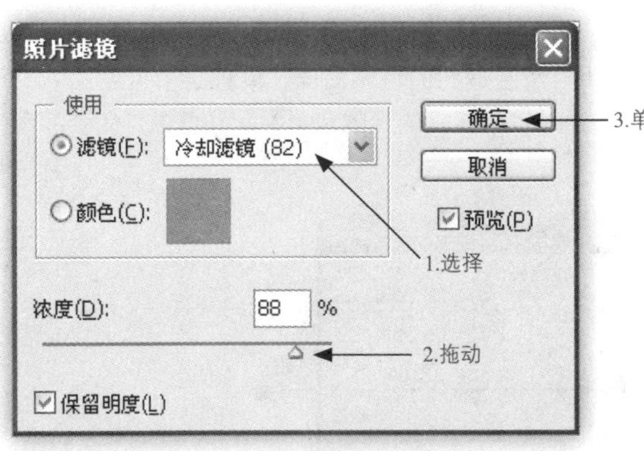

3 Step 打开通道面板，单击“红”通道前的“指示通道可见性”按钮，隐藏红色通道，图像色调发生改变，如下图所示。

4 Step 单击“红”通道前的“指示通道可见性”按钮，显示通道，然后单击“绿”通道前的“指示通道可见性”按钮，隐藏“绿”通道，图像色调发生改变，如下图所示。

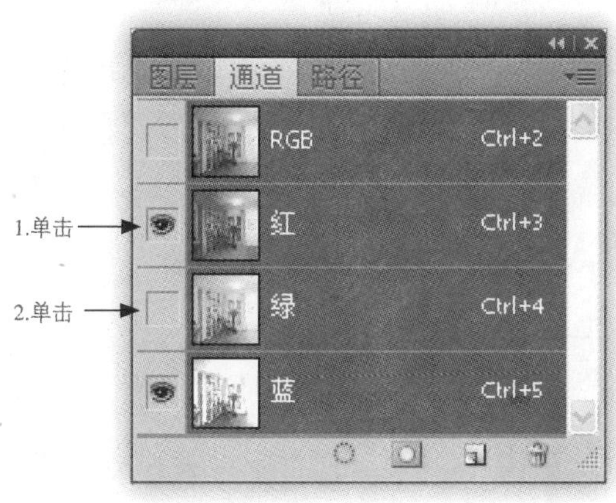

5 Step 单击“绿”通道前的“指示通道可见性”按钮，显示通道，然后单击“蓝”通道前的“指示通道可见性”按钮，隐藏“蓝”通道，图像色调发生改变。隐藏不同的通道，色调都会发生改变，对比后选择最适合的色调，是色彩调整的有效方法，如下图所示，完成后另存文件。

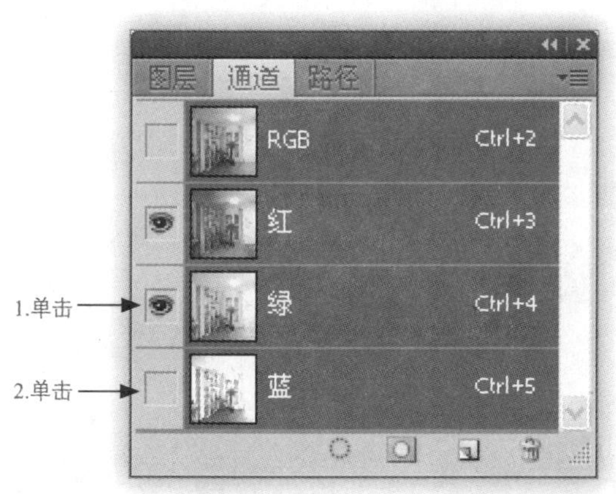

6.2.9 通过“通道混合器”命令制作偏色图像

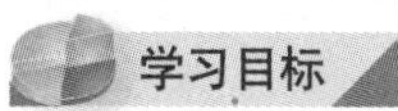

学习目标

本节主要学习运用“通道混合器”命令制作特殊色调图像的方法。在学习制作灰色系图像时，读者可以结合光盘中的视频轻松、直观地进行学习。

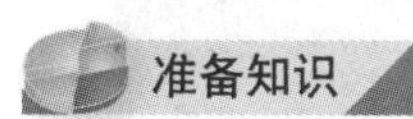

准备知识

“通道混合器”命令

“通道混合器”命令主要通过改变每一个颜色通道的色彩含量，来重新定义图像的色调。它常用于制作特殊的色调图像。通道混合器的工作原理是：选定图像中某一通道作为处理对象(即输出通道)，然后据图像的本通道及其他通道进行加减计算，达到调节图像的目的。其对话框的设置如下图所示。

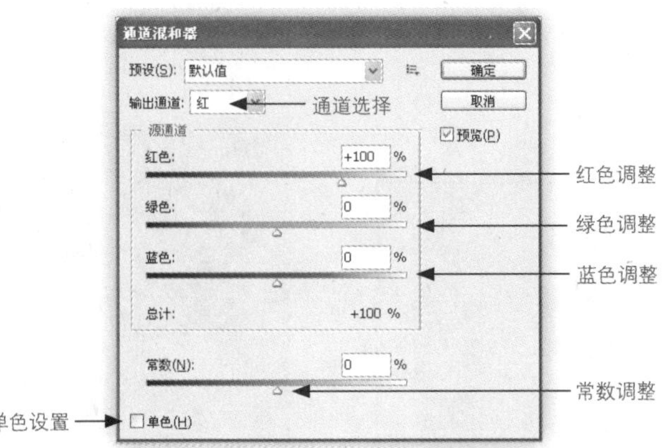

案例名称：制作偏色图像

素材路径：\素材\第6章\兔兔.jpg

效果路径：\效果\第6章\制作偏色图像.psd

视频链接：Video\视频教程\图像修饰与润色的高级应用\制作偏色图像

1 Step 选择“文件→打开”命令，打开“兔兔 .jpg”素材文件，如下左图所示。

2 Step 选择“窗口→调整→通道混合器”命令，打开“调整”对话框，如下右图所示。

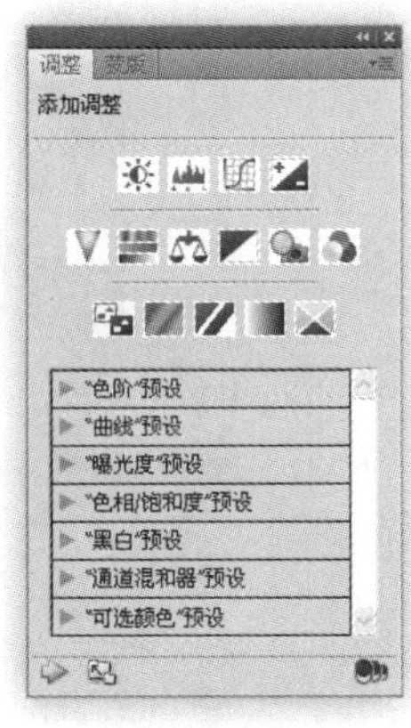

3 Step 单击“通道混合器”按钮，打开“通道混合器”面板，拖动“红色”和“蓝色”选项的小滑块，调整图像色调，此时色调偏红，如下图所示。

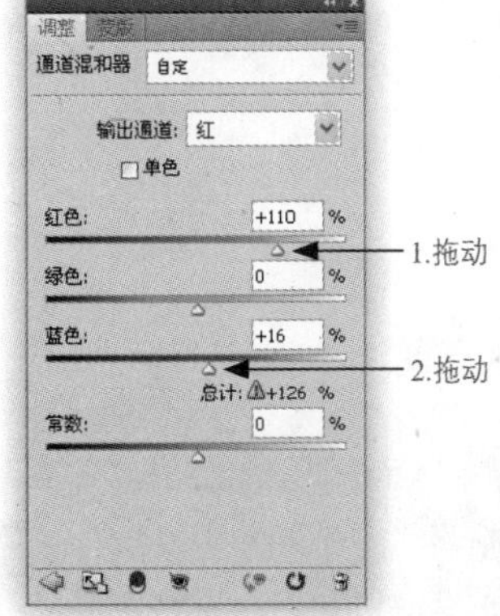

4 Step 单击"输出通道"栏右侧的下拉按钮，在打开的下拉菜单中选择"绿"选项，拖动"红色"和"绿色"选项的小滑块，调整图像色调，图像色调变亮，如下图所示。

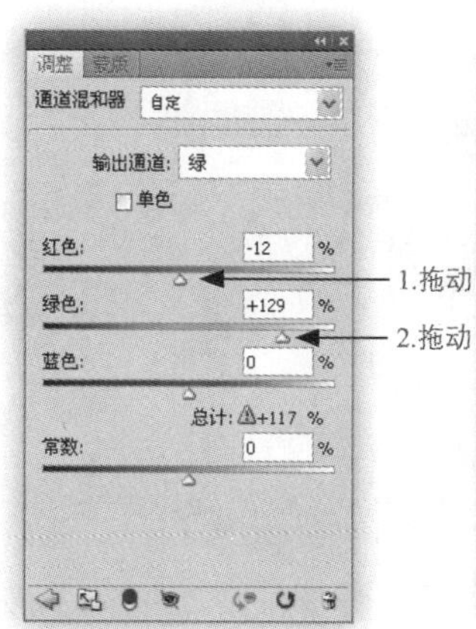

5 Step 单击"输出通道"栏右侧的下拉按钮，在打开的下拉菜单中选择"绿"选项，拖动"红色"和"绿色"选项的小滑块，调整图像色调，图像色调偏黄，如下图所示。

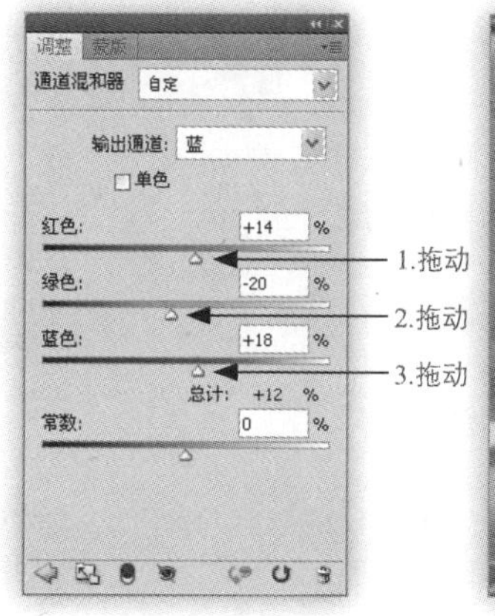

6.2.10 通过"变化"命令制作喜庆图像

学习目标

本节主要学习运用"变化"命令快速调整图像色调的方法。在学习制作喜庆图像时，读者可以结合光盘中的视频轻松、直观地进行学习。

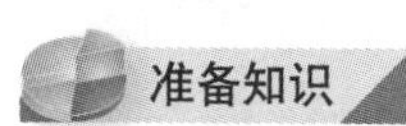

准备知识

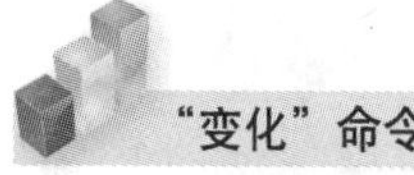

"变化"命令

"变化"命令主要用于快速粗略地调整图像色彩和色调。"变化"对话框通过缩览图的方式，快速调整图像的色彩平衡、对比度和饱和度。它对于不需要精确颜色调整的平均色调图像最为有用。对话框底部的两个缩览图显示原始选区（原图）和包含当前选定的调整内容的选区（当前挑选）。第一次打开该对话框时，这两个图像是一样的。随着调整的进行，"当前挑选"图像将随之更改以反映所进行的处理，如下图所示。

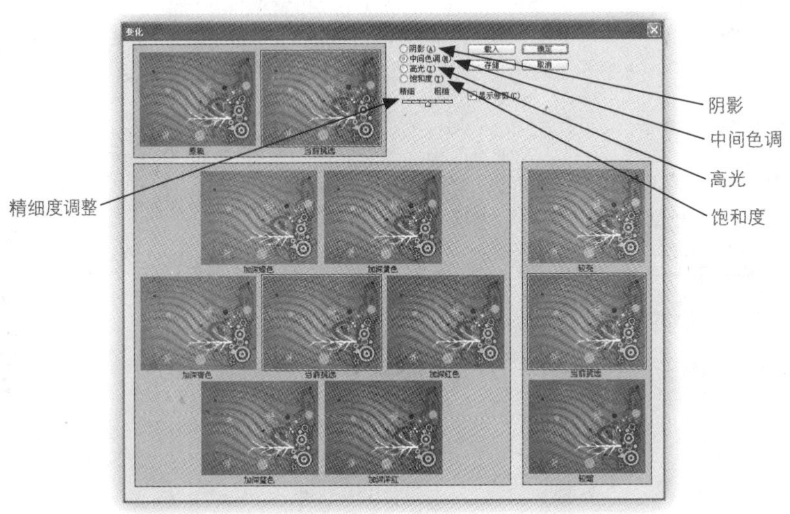

在“变化”命令中的重要选项分别是如下。

- 阴影、中间色调或高光：调整较暗区域、中间区域或较亮区域。
- 饱和度：更改图像中的色相强度。如果超出了最大的颜色饱和度，则颜色可能被剪切。

案例名称：制作喜庆图像
素材路径：\素材\第6章\蜡烛.jpg
效果路径：\效果\第6章\制作喜庆图像.jpg
视频链接：Video\视频教程\图像修饰与润色的高级应用\制作喜庆图像

1 Step 选择“文件→打开”命令，打开“蜡烛 .jpg”素材文件，如下左图所示。

2 Step 选择“图像→调整→变化”命令，打开的“变化”对话框显示多幅不同色调图像的小图，如下右图所示。

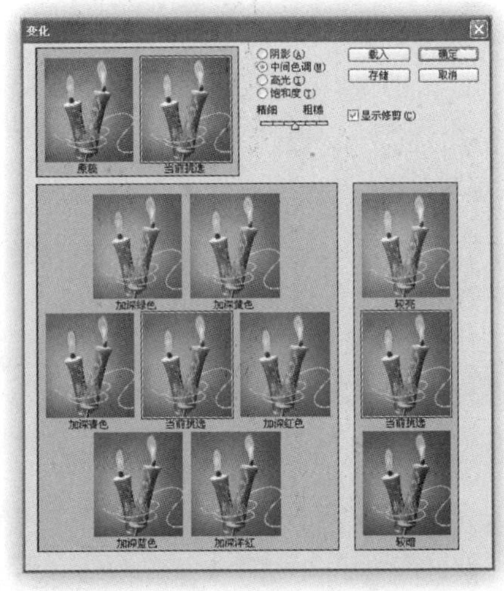

3 Step 连续在“加深红色”图像上单击 3 次，当前所有小图显示发生变化，如下左图所示。

4 Step 然后在“加深洋红”图像上单击 1 次，当前所有小图显示发生变化，如下右图所示。

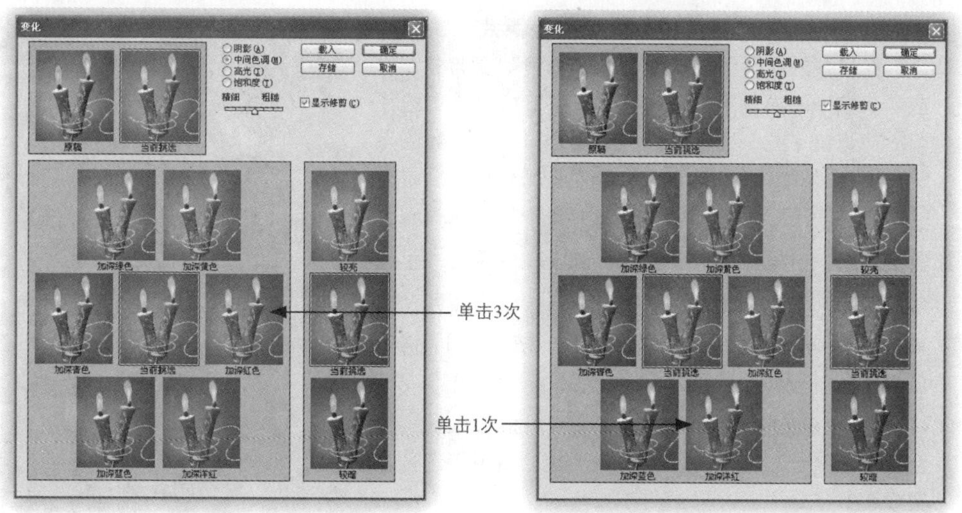

5 Step 在“加深蓝色”图像上单击两次，当前所有小图显示发生变化，完成后单击 确定 按钮，如下图所示，另存文件。

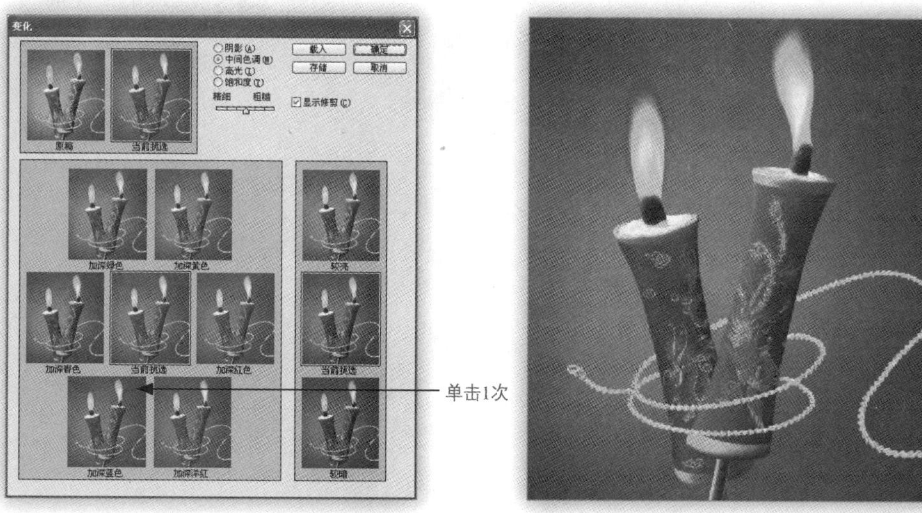

6.3 自我提高

学习完本章后，读者清楚认识了Photoshop CS4里的一些图像修饰与润色方法，巧用这些命令，将在图像的制作和处理中发挥它们强大的作用。不同的图像，使用不同的命令进行操作，灵活多变地运用所学知识，将图像的修饰技巧掌握熟练，完美地对图像进行润饰，制作出越来越精美的图像效果。

提 高　制作时尚图像元素（\效果\第6章\制作时尚图像元素.psd）

① 分别打开“时尚背景.jpg”和“时尚女.psd”素材文件（\素材\第6章\时尚图像元素\）。

② 单击移动工具，将“时尚女”图档拖入“时尚背景”图档中，生成新的图层1，适当调整人物图像位置。

③ 选择背景图层，选择“图像→调整→照片滤镜”命令，在打开的对话框中默认勾选“滤镜”复选框，单击“滤镜”栏右侧的下拉按钮，在下拉菜单中选择“冷却滤镜（82）”选项，然后设置“浓度”数值为80%，图像整体色调发生改变，调整到最佳色调后单击 确定 按钮。

④ 选择图层1，按“Ctrl + J”组合键复制图层1，生成新的图层1副本。

⑤ 单击移动工具，将图层1向左拖移，按“Ctrl”键单击图层1，将图层1载入选区。

⑥ 按“D”键将颜色设置为默认色，按“Alt +Delete”组合键填充选区，按“Alt +Delete”组合键取消选区，完成后另存文件。

Chapter 7

第 7 章 文字的输入与编辑

Adobe Photoshop在文字的处理功能上应用广泛，它能丰富图像内容，直观地表达图像意义，还可以制作出各种与图像完美结合的异形文字，使图文效果协调精致。学习掌握文字的输入与编辑，是本章的学习要点。文字相关的操作看似简单，但是却也有不少的学问，了解它们可以让你的工作更加轻松愉快。

7.1 使用直排文字工具输入直排文字

文字工具有时也被称为文本工具。文字工具共有4个，分别是横排文字工具T、直排文字工具IT、横排文字蒙版工具T、直排文字蒙版工具IT。在本节中，我们先从直排文字工具IT开始学习。

学习目标

本节主要学习使用直排文字工具IT的相关知识，直排文字工具IT的参数设置及文字输入的操作方法，通过在图像中添加直排文字进行学习掌握。在学习为图像添加直排文字时，读者可以结合光盘中的视频轻松、直观地进行学习。

准备知识

认识直排文字工具

直排文字工具IT主要是在图像中输入垂直的文字效果。可以根据图像需求来设置文字的各项参数。在工具栏上直排文字工具IT的各选项设置如下图所示：

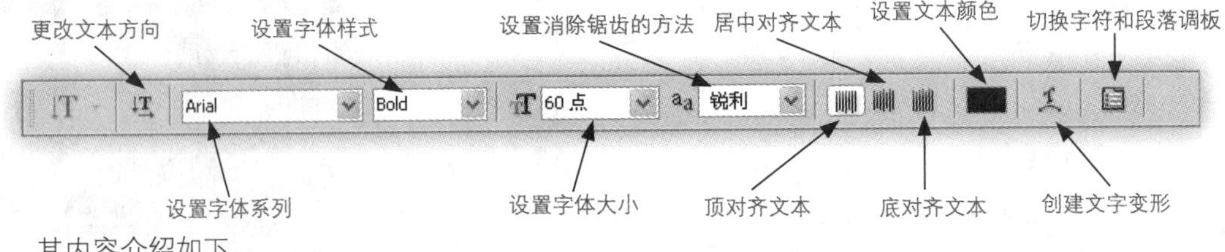

其内容介绍如下。

- 更改文本方向：单击“更改文本方向”按钮IT可以切换文字排列的方向。

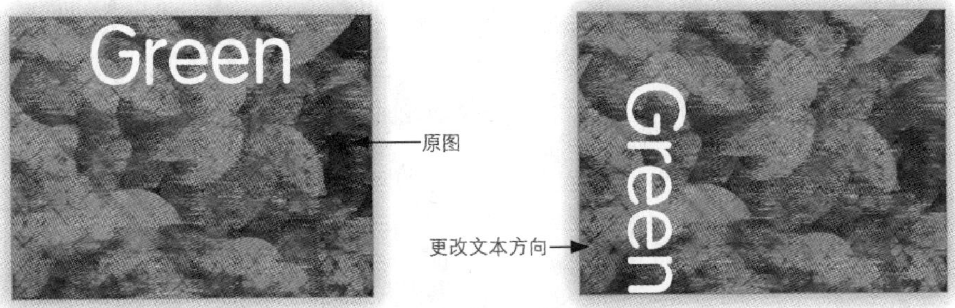

- 设置字体样式：在字体选项中可以选择使用各种字体，不同的字体有不同的风格，需要注意的是如果选择英文字体，则可能无法正确显示中文。
- 设置字体样式：字体样式分成4种：Regular(标准)、Italic(倾斜)、Bold(加粗)、BoldItalic(加粗并倾斜)。可以为同在一个文字层中的每个字符单独指定字体形式。
- 设置字体大小：字体大小也称为字号，T列表中有常用的几种字号，也可通过手动自行设定字号。
- 设置消除锯齿的方法：消除锯齿的方法可以分为“无”、“锐利”、“犀利”、“浑厚”、“平滑”，它们主要控制字体边缘是否带有羽化效果。一般如果字号较大的话应开启该选项以得到光滑的边缘，这样文字看起来较为柔和。但对于较小的字号来说开启抗锯齿可能造成阅读困难的情况。

- 文本对齐方式：对齐方式可以分别选择顶对齐文本、居中对齐文本、底对齐文本，这些按钮对于多行的文字内容尤为有用。
- 设置文本颜色：单击工具栏上的“设置文本颜色”按钮，打开“拾色器”对话框，可选择适当的文字颜色。颜色框的色彩是根据前景色的颜色来定的。
- 创建文字变形：创建文字变形功能可以令文字产生各种变形效果。单击“创建文字变形”按钮，在打开的对话框中单击“样式”栏的下拉按钮，并在弹出的下拉列表中选择适当的文字样式，在“水平”或“垂直”列表框中选择变形方向，并分别拖动“弯曲”“水平扭曲”“垂直扭曲”3个选项下的小滑块设置参数调整变形效果。
- 切换“字符”调板：在工具栏上单击“切换”字符“调板”按钮，打出“字符”面板。“字符”面板控制个性化字符和文字颜色的格式，“段落”面板提供文字段落排版的各种设置。

案例名称：为图像添加直排文字

素材路径：\素材\第7章\玫瑰.jpg

效果路径：\效果\第7章\为图像添加直排文字.psd

视频链接：Video\视频教程\文字的输入与编辑\为图像添加直排文字

Step 1 选择“文件→打开”命令，打开“玫瑰.jpg”素材文件，如下左图所示。

Step 2 在文字工具上单击鼠标右键，在弹出的快捷键菜单中选择“直排文字工具”，生成新的文字图层，如下右图所示。

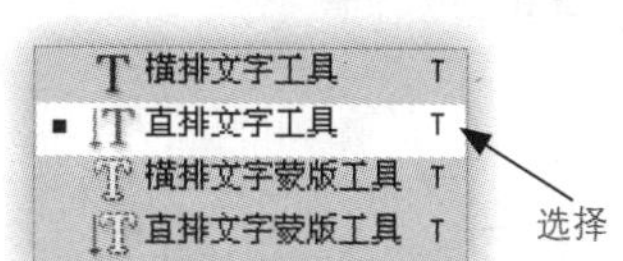

Step 3 在工具栏上单击“切换字符和段落面板”按钮，在打开的“字符”面板中设置字体为“Haettenschweiler”，文字大小“48”点，颜色为“白色”，在画面适当位置单击，显示出文字光标，并输入文字，完成后按“Ctrl + Enter”组合键退出文字编辑，如下图所示。

Step 4 单击直排文字工具，在打开的“字符”面板中设置字体为“Franklin Gothic heavy”，文字大小“30”点，在画面适当位置单击，显示出文字光标，并输入文字，按“Ctrl + Enter”组合键退出文字编辑，如下图所示，完成后另存文件。

7.2 使用横排文字工具输入横排文字

在文字工具中，横排文字工具可在图像中输入横向的文字，单击横排文字工具T后，在图像中单击出现光标即可输入文字。输入文字后还可对图层双击对文字加以编辑。光标选中的文字区域可以填充任意颜色。

学习目标

本节主要学习使用横排文字工具T的相关知识，通过制作个性签名来介绍它的使用方法。在学习使用横排文字工具T输入横排文字时，读者可以结合光盘中的视频轻松、直观地进行学习。

准备知识

认识横排文字工具

横排文字工具T是输入横向文字的文字输入方式，它是输入操作中最常使用的文字工具，普通格式的文字和段落输入都需要它来完成。横排文字工具T在工具设置栏上的设置除了对齐文本外，其他与直排文字工具IT相似，如下图所示。

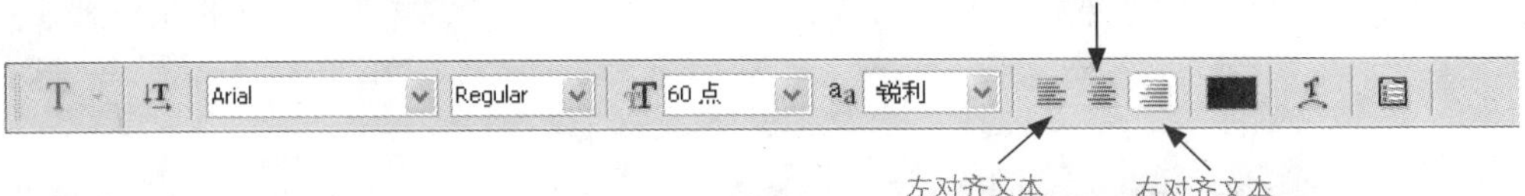

- 左对齐文本：使文字在图像中输入时，采取在光标位置从左向右输入的方式。
- 居中对齐文本：使文字在图像中输入时，采取保持光标位置居中向两边输入的方式。
- 底对齐文本：使文字在图像中输入时，采取在光标位置从右向左输入的方式。

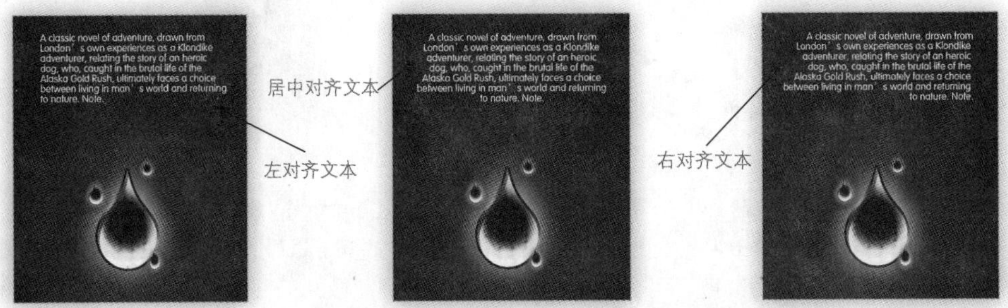

案例名称：制作个性签名
素材路径：\素材\第7章\个性.jpg
效果路径：\效果\第7章\制作个性签名.psd
视频链接：Video\视频教程\图像修饰与润色的高级应用\制作个性签名

1 Step 选择“文件→打开”命令，打开“个性.jpg”素材文件，如下左图所示。

2 Step 在文字工具上单击鼠标右键，在弹出的快捷菜单中选择“横排文字工具T”，如下右图所示。

■ T 横排文字工具 T
IT 直排文字工具 T
T 横排文字蒙版工具 T
IT 直排文字蒙版工具 T

3 Step 在工具栏上单击“切换字符和段落面板”按钮，在打开的字符面板中设置字体为“Palace Script Mt”，文字大小“100”点，颜色为“白色”，在画面适当位置单击，显示出文字光标，并输入文字，完成后按“Ctrl + Enter”组合键退出文字编辑，如下图所示。

4 Step 在字符面板上单击“仿粗体”按钮T，在设置“消除锯齿的方法”一栏中单击下拉按钮，选择“平滑”选项，文字效果发生改变，如下图所示。

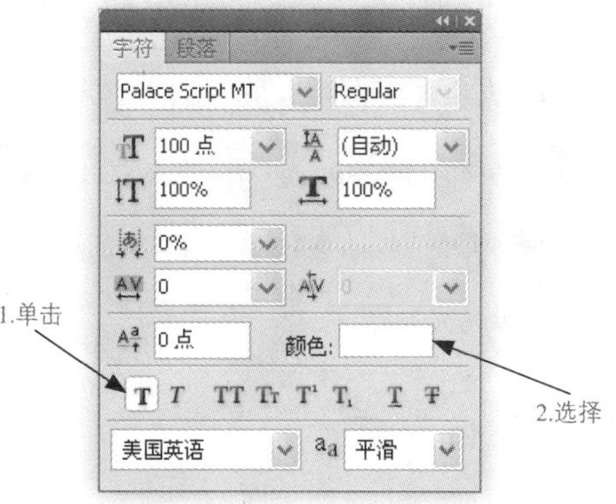

5 Step 在“字符”面板中设置字体为“Perpetua”，文字大小“18点”，在画面适当位置单击，显示出文字光标，并输入文字，完成后按“Ctrl+Enter“组合键退出文字编辑。完成文字的输入，如下图所示，保存文件。

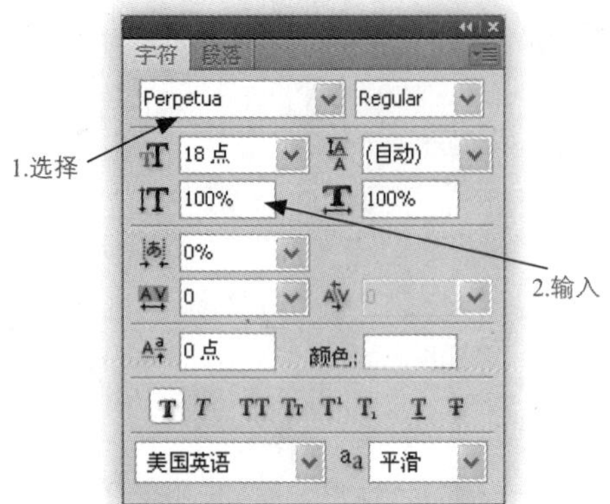

7.3 使用横排文字工具输入段落文本

在需要输入大段的文字并且使用Photoshop CS4的段落格式选项时，必须以段落模式输入文本。在窗口上单击输入的文字称为点文本，在窗口上单击并拖动，绘制虚线框 ，此虚线框称为段落文本框。使用横排文字工具在图像中输入段落文本，并适当编辑，是PS文字制作的基本操作。

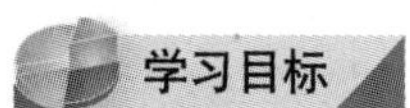

学习目标

本节主要学习使用横排文字工具T输入段落文字，通过制作信纸文字效果来介绍它的使用方法。在学习使用横排文字工具T输入段落文字时，读者可以结合光盘中的视频轻松、直观地进行学习。

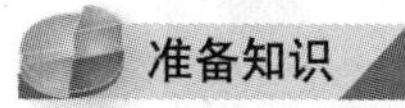

准备知识

了解段落文字设置

段落文字的设置是Photoshop文字输入设置的基本操作。在图像上单击，显示光标，然后在图像中输入文字。要更改已输入文字的内容，可选择文字工具，将鼠标停留在文字上方，显示出光标，单击后即可进入文字编辑状态，需要换行时直接按“Enter”键即可。编辑文字的方法就和使用通常的文字编辑软件Word一样，可以在文字中拖动选择多个字符后，然后单独更改这些字符的相关设定。段落文字还可采取运用文本工具拖动，出现段落文本框，然后在段落文本框内输入文字内容。

案例名称：制作信纸文字效果
素材路径：\素材\第7章\信纸.jpg
效果路径：\效果\第7章\制作信纸文字效果.psd
视频链接：Video\视频教程\文字的输入与编辑\制作信纸文字效果

1 Step 选择“文件→打开”命令，打开“信纸.jpg”素材文件，如下图所示。

文字图层作为一个单独的图层在没有栅格化之前，是不能用橡皮擦工具、画笔工具等直接进行操作的。

2 Step 在文字工具上单击鼠标右键，在弹出的快捷菜单中选择“横排文字工具**T**”，在工具栏上单击“切换字符和段落面板”按钮▣，在打开的“字符”面板中设置字体为“Arial”，文字大小“4”点，行距为“5”点，颜色为黑色，在画面适当位置单击，显示出文字光标，并输入文字，如下图所示。

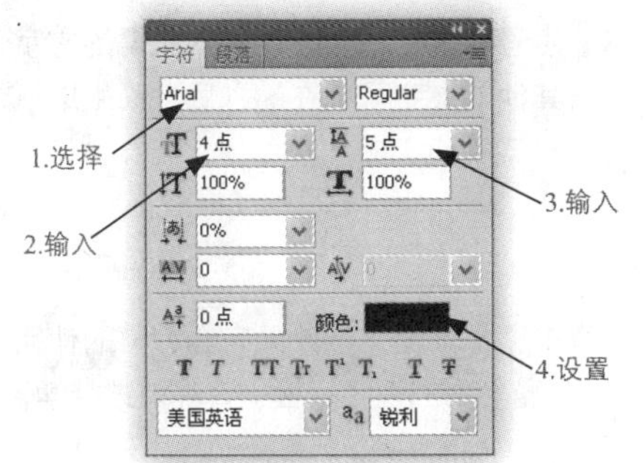

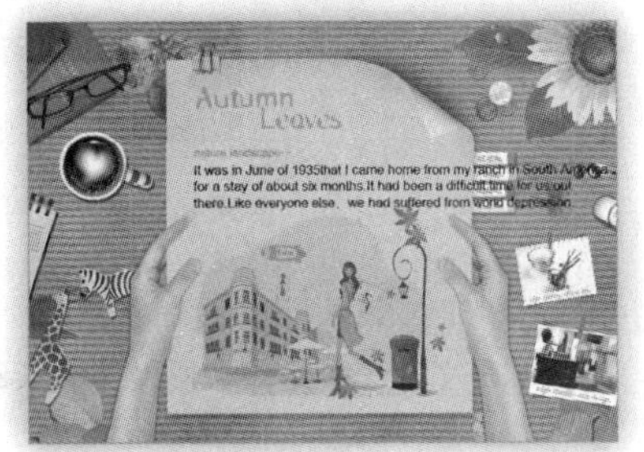

3 Step 在第一排文字需要换行的位置单击，显示闪烁的光标，并显示下画线，按“Enter”键对文字进行换行处理，如下图所示。

4 Step 在第3排文字的前面单击，段落文字显示出光标和下画线，按“Backspace”键将文字拉至上一排，并按两下空格键，调整好文字间距，如下图所示。

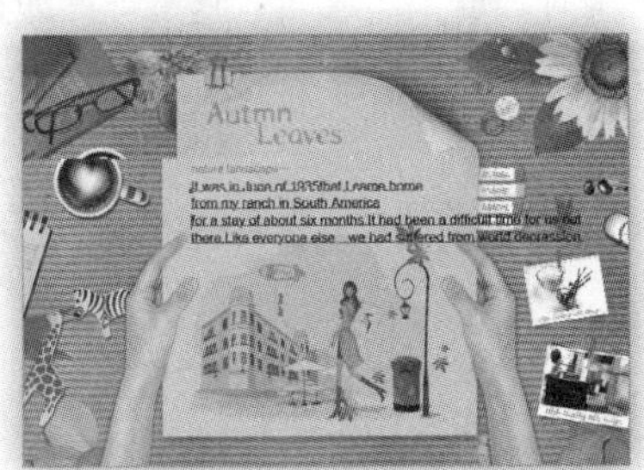

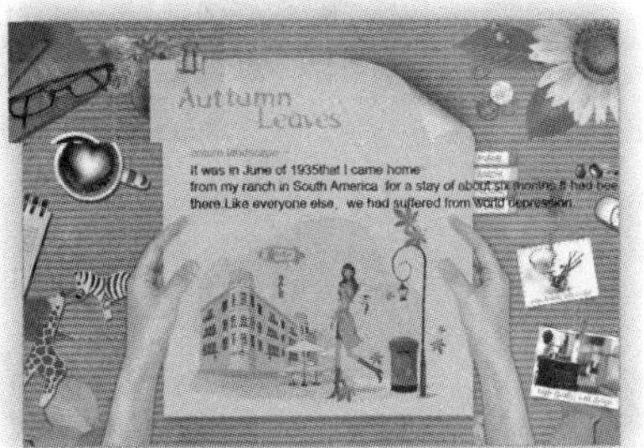

5 Step 使用以上相同方法，对文字段落进行调整，使文字段落的位置更适合画面，完成后按“Ctrl + Enter”组合键退出文字编辑，如下图所示。

6 Step 设置前景色为“暗红色”(R:160,G:100,B:100)，按“Alt + Delete”组合键填充段落文字，如下图所示，完成后另存文件。

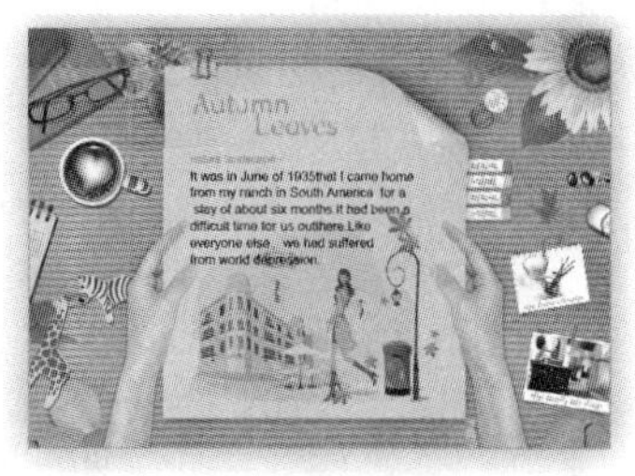
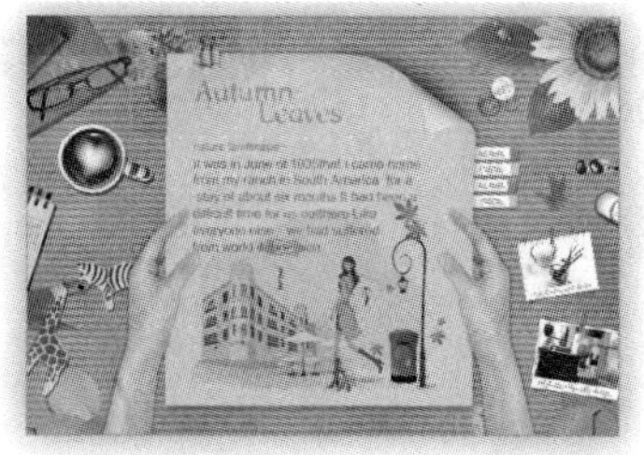

7.4 使用蒙版文字工具输入蒙版文字

蒙版文字工具创建的是文字选区，要先设置好文字的字体、字号等属性后，才能输入所需的文字，输入后可以直接进行颜色填充，它也不能自动生成一个图层，而其他的文字可以在输入后自动生成一个文字图层。

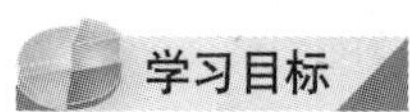

学习目标

本节主要学习使用蒙版文字工具输入蒙版文字，通过在图像中添加渐变文字效果来介绍它的使用方法。在学习使用蒙版文字工具制作蒙版文字效果时，读者可以结合光盘中的视频轻松、直观地进行学习

准备知识

"剖切"命令

蒙版文字工具分为两种：横排文字蒙版工具和直排文字蒙版工具。蒙版文字工具创建的是文字选区，要先设置好文字的字体、字号等属性后，才能输入所需的文字，输入后可以直接进行颜色填充。文字选区出现在现用图层中，可以像任何其他选区一样对其进行移动、复制、填充或描边。蒙版文字工具不同于文字工具，它只能创建一个文字选区，不能自动生成一个图层，而文字工具可以在输入后自动生成一个文字图层。移动使用文字蒙版工具创建的字形选取范围时，可先切换成快速蒙版模式（用快捷键"Q"可以直接切换），然后再进行移动，完成后只要再切换回标准模式即可。其工具选项栏设置如下图所示。

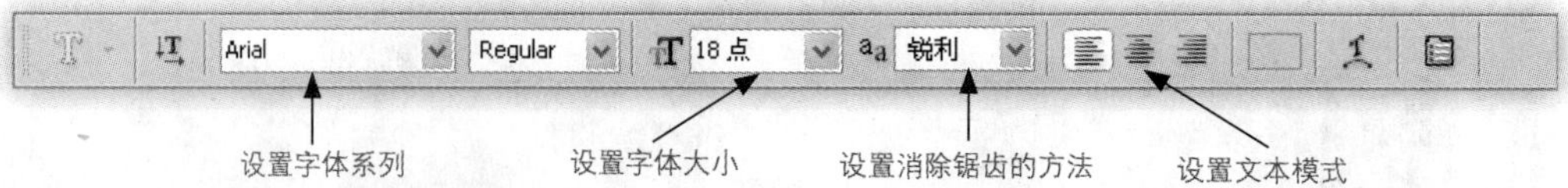

在蒙版文字工具未进入编辑状态时，工具选项栏上的颜色条为前景色，在进行编辑状态后，颜色条为灰色。

案例名称：为图像添加渐变文字
素材路径：\素材\第7章\落叶.jpg
效果路径：\效果\第7章\为图像添加渐变文字.psd
视频链接：Video\视频教程\文字的输入与编辑\为图像添加渐变文字

1 Step 选择"文件→打开"命令，打开"落叶.jpg"素材文件，如下左图所示。

2 Step 在文字工具上单击鼠标右键，在弹出的快捷键菜单中选择横排文字蒙版工具，在画面适当位置单击，显示光标，并进入文字蒙板，如下图所示。

3 Step 在工具栏上单击“切换字符和段落面板”按钮，在打开的“字符”面板中设置字体为“方正琥珀繁体”，文字大小“40 点”，颜色为“黑色”，在画面适当位置单击，显示出文字光标，并输入文字，如下左图所示。

4 Step 按“Ctrl + Enter”组合键退出文字编辑，文字显示为选区效果，如下右图所示。

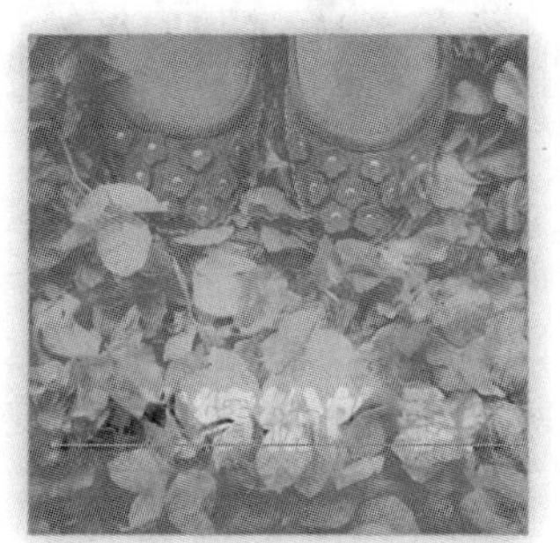

5 Step 单击渐变工具，在工具栏上单击“点按可编辑渐变”工具条，打开“渐变编辑器”对话框，在预设中单击“紫橙渐变”色块，显示渐变颜色条，完成后单击 确定 按钮，如下左图所示。

6 Step 在选区范围内，从左至右对选区进行渐变填充，如下右图所示。

模式: 正常 不透明度: 100% 反向 仿色 透明区域

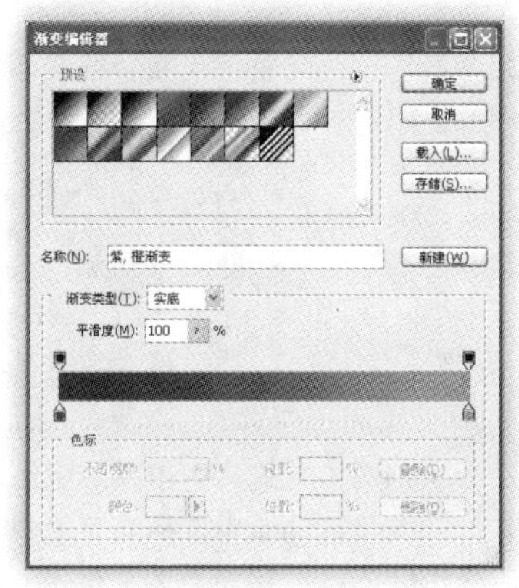

7 Step 按“Ctrl + D”组合键取消选区，单击移动工具，将文字拖曳至画面适当位置，如下图所示，完成后另存文件。

技巧提示

在文字编辑过程中，按“Esc”键将自动退出文字编辑。直排文字工具及横排文字工具在编辑上将自动生成以文字内容命名的图层，而蒙版文字工具直接以新的图层来命名。

7.5 通过5个案例掌握制作异形文字的方法

文字在图像设计中占有重要的地位，相对于图形来说文字将是信息传递最直接的方式，而图形则是象征的、间接的信息传达方式。文字字体能使人产生联想，在选择应用时要注意内容与字体在造型上包含或象征的意义相吻合。以图形为主的图像，字体在视觉效果上就应服从于图形，处于从属的地位。字图要互相穿插重叠，有机地结合成一个整体，从而加强图像画面统一的视觉效果；如果以字体为主的广告，字体处于主导地位，任务或商品形象处于从属地位时，就应该注意字体的排列及图形位置的安排。

在Photoshop中，文字是必须要放在一个单独的层里，这一层就是文字图层。而异形文字的制作是Photoshop文字制作的延伸，它能直观地配合图像完成创意，并被广泛应用于各个领域。

7.5.1 通过扇形样式制作游乐场宣传广告

学习目标

本节主要学习制作旋转文字，通过在图像中添加旋转文字制作游乐场宣传广告。在学习制作旋转文字时了解变形文字中“扇形”样式的操作方法，读者可以结合光盘中的视频轻松、直观地进行学习。

准备知识

认识扇形样式

Photoshop中的“创建文字变形”按钮可以使文字变形以创建特殊的文字效果。变形样式是文字图层的一个属性，单击“样式”选项后的下拉按钮，并在打开的下拉菜单中选择文字变形样式以更改变形的整体形状。“水平”和“垂直”选项，决定了文字的变形方向，“弯曲”选项指定对图层应用变形的程度，“水平扭曲”或“垂直扭曲”选项控制变形应用透视，这些变形选项使你可以精确控制文字变形效果的取向及透视，如下图所示。

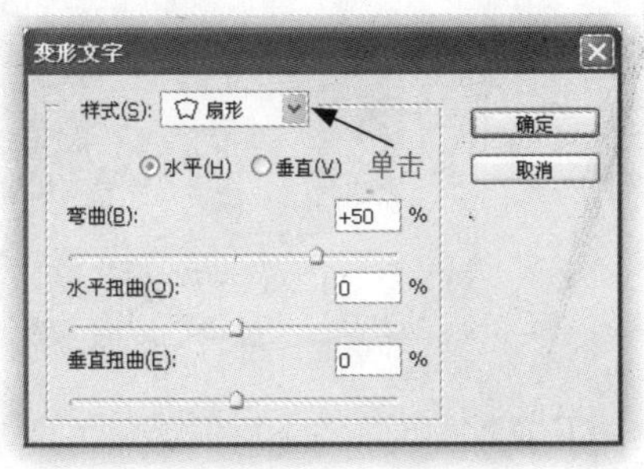

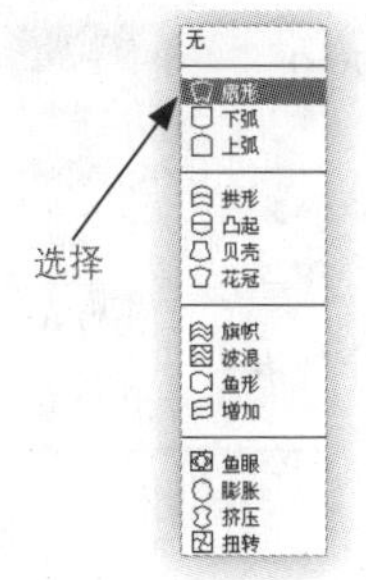

扇形样式主要是使文字变形制作出扇形的文字效果，制作时注意随时调整“弯曲”、“水平扭曲”、“垂直扭曲”3个选项的参数值，以达到最佳的文字变形效果。

案例名称：制作游乐场宣传广告
素材路径：\素材\第7章\旋转.jpg
效果路径：\效果\第7章\制作游乐场宣传广告.psd
视频链接：Video\视频教程\文字的输入与编辑\制作游乐场宣传广告

1 Step 选择“文件→打开”命令，打开“旋转 .jpg”素材文件，如下图所示。

知识链接

输入的文字被栅格化后，将不能再运用“字符”和“段落”面板对文字进行属性设置。

2 Step 在文字工具上单击鼠标右键，在弹出的快捷键菜单中选择“横排文字工具T”，在工具选项栏上单击“切换字符和段落面板”按钮，设置字体为“方正粗圆繁体”，文字大小“2.59 点”，行距为“0.36 点”，颜色为白色，在画面适当位置单击，显示出文字光标，并输入文字，如下图所示。

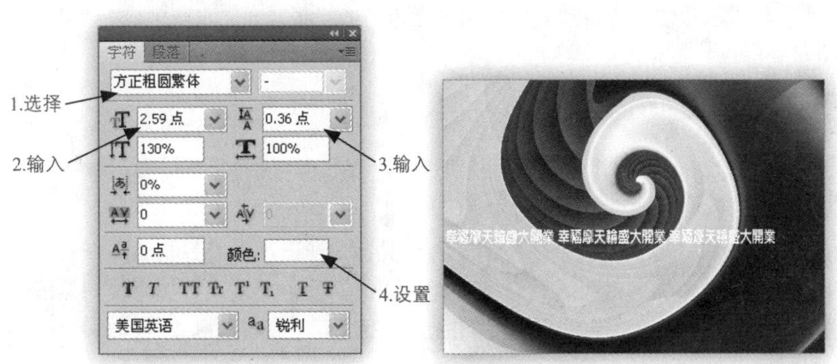

3 Step 在工具栏上单击“创建文字变形”按钮，打开“文字变形”对话框，单击“样式”选项下拉按钮，并在打开的下拉菜单中选择“扇形”选项，然后分别拖动小滑块设置各项参数，完成后单击 确定 按钮，如下图所示。

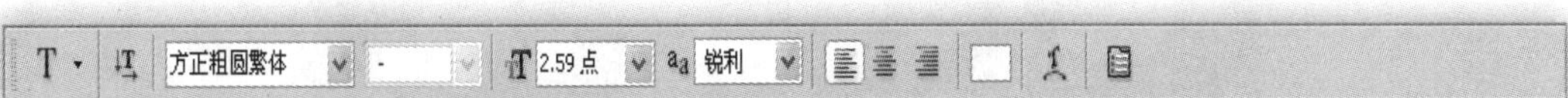

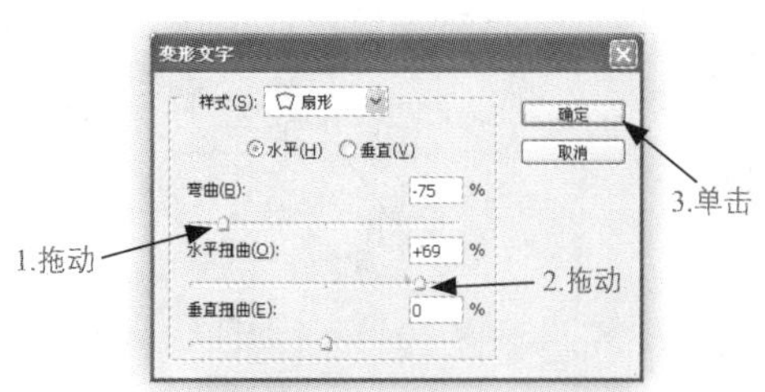

4 Step 单击移动工具，适当拖动文字图层，调整其位置，使其与图像中的旋转图像更加贴合，如下左图所示。

5 Step 在文字工具上单鼠标右键击，在弹出的快捷菜单中选择“直排文字工具T”，在工具栏上单击“切换字符和段落面板”按钮，并在打开的“字符”面板中设置字体为“方正粗圆繁体”，文字大小“2.59点”，行距为“0.36点”，颜色为白色，在画面适当位置单击，显示出文字光标，并输入文字，如下右图所示，完成后另存文件。

技巧提示

如果有多个文字层存在且文字在画面的位置较为接近。那么单击需要的文字，可能会激活其他的文字层。这种情况下，可先将其他文字图层隐藏，被隐藏的文字图层是不能被编辑的。

7.5.2 通过旗帜样式为图像添加曲线文字

学习目标

本节主要学习制作曲线文字，通过在图像中旗帜样式制作曲线文字效果。在学习制作曲线文字时了解变形文字中“旗帜”样式的操作方法，读者可以结合光盘中的视频轻松、直观地进行学习。

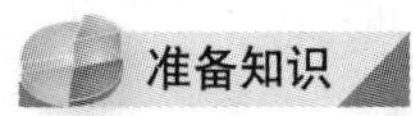

准备知识

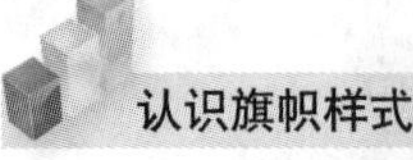

认识旗帜样式

与扇形样式相似，旗帜样式也是文字变形中的一种，其他变形选项设置都与扇形样式相同。旗帜样式主要用于制作出波浪状的曲线文字效果，配合各种图像搭配，使画面效果更加完整。熟练运用各种文字样式，为图像添加不同的异形文字效果，可以使你的文字设计运用更加快捷成熟，如下图所示。

案例名称：	为图像添加曲线文字
素材路径：	\素材\第7章\ 4只小猫.jpg
效果路径：	\效果\第7章\为图像添加曲线文字.psd
视频链接：	Video\视频教程\文字的输入与编辑\为图像添加曲线文字

1 Step 选择“文件－打开”命令，打开“4 只小猫 .jpg”素材文件，如下图所示。

知识链接

文字图层只能通过“创建文字变形”进行变形处理，而不能作为图形图像运用工具栏的工具调整变形。

2 Step 在文字工具上单击鼠标右键，在弹出的快捷键菜单中选择“横排文字工具T”，在工具栏上单击“切换字符和段落面板”按钮，在打开的“字符”面板中设置字体为“Impact”，文字大小为“60 点”，然后在画面适当位置输入文字，如下图所示。

3 Step 在工具选项栏上单击“创建文字变形”按钮，在打开的“变形文字”对话框中单击“样式”栏的下拉按钮，并在打开的下拉菜单中选择“旗帜”选项，选择“水平”单选按钮，在“弯曲”列表框中输入数值为“71%”，完成后单击 确定 按钮，如下图所示。

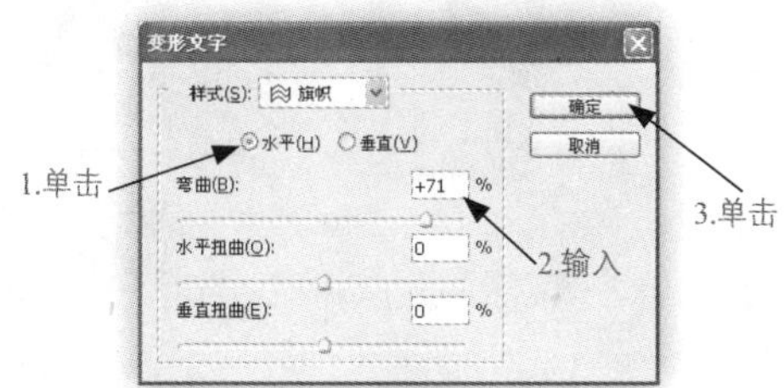

4 Step 设置前景色为“蓝色”(R:77,G:160,B:228)，单击横排文字工具T，显示光标，选择第一个英文单词“FOUR”，按“Alt ＋ Delete”组合键对单词填充蓝色，完成后按“Ctrl ＋ Enter”组合键退出文字编辑，如下图所示。

5 Step 设置前景色为“桃红色”（R:250,G:10,B:157），单击横排文字工具**T**，选择第二个英文单词“LOVELY”，按“Alt + Delete”组合键对单词填充桃红色，完成后按“Ctrl + Enter”组合键退出文字编辑，如下图所示。

6 Step 设置前景色为“黄色”（R:247,G:192,B:49），单击横排文字工具**T**，选择第3个英文单词“LITTLE”，按“Alt + Delete”组合键对单词填充黄色，完成后按“Ctrl + Enter”组合键退出文字编辑，如下图所示。

7 Step 设置前景色为“红色”（R:236,G:35,B:81），单击横排文字工具**T**，选择第3个英文单词“CATS”，按“Alt + Delete”组合键对单词填充红色，完成后按“Ctrl + Enter”组合键退出文字编辑，如下图所示。

8 Step 复制文字图层，生成新的文字图层副本。按“D”键将颜色设置为默认色，按“Alt + Delete”组合键对文字图层副本填充黑色，如下图所示。

9 Step 将文字图层副本拖至文字图层的下层，单击移动工具，向右下适当拖动文字位置，制作立体阴影效果，如下图所示。完成后另存文件。

7.5.3 通过改变单个文字的路径制作个性造型文字

学习目标

本节主要学习制作个性造型文字，通过文字路径的调整变形制作出个性文字效果。在学习制作个性造型文字时了解文字路径变形的操作方法，读者可以结合光盘中的视频轻松、直观地进行学习。

准备知识

文字路径变形

在文字图层上单击鼠标右键，可以在弹出的快捷菜单中选择“创建工作路径”命令，创建文字路径。路径是一段闭合或者开放的曲线段，主要用于绘制光滑线条和图形，创建光滑选区辅助抠图，以及绘制画笔描边轨迹等。将文字转换为路径后，可运用直接选择工具，在文字路径上适当拖曳锚点及方向线，改变文字路径，修改文字造型，如下图所示。

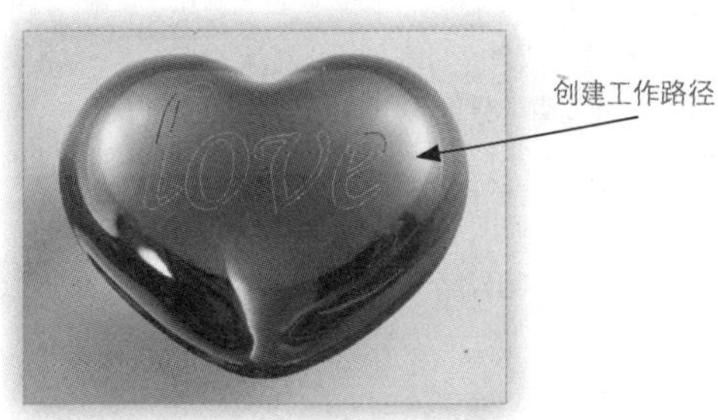

路径面板

路径控制面板主要由系统按钮区，路径控制面板标签区、路径列表区、路径工具图标区、路径控制菜单区所构成。它在文字路径变形中起着决定性的作用。

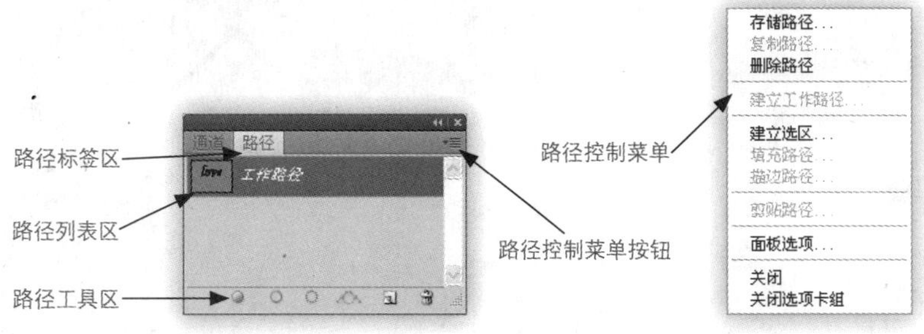

案例名称：制作个性文字
素材路径：\素材\第7章\月.jpg
效果路径：\效果\第7章\制作个性文字.psd
视频链接：Video\视频教程\文字的输入与编辑\制作个性文字

1 Step 选择“文件→打开”命令，打开“月 .jpg”素材文件，如下图所示。

技巧提示

在文字上创建工作路径以后，最好先隐藏或删除文字图层，以免影响更改路径的视觉。

2 Step 在文字工具上单击鼠标右键，在弹出的快捷键菜单中选择“横排文字工具**T**”，在工具栏上单击“切换字符和段落面板”按钮，在打开的“字符”面板中设置字体为“方正细珊瑚繁体”，文字大小为“60 点”，然后在画面适当位置输入文字，如下图所示。

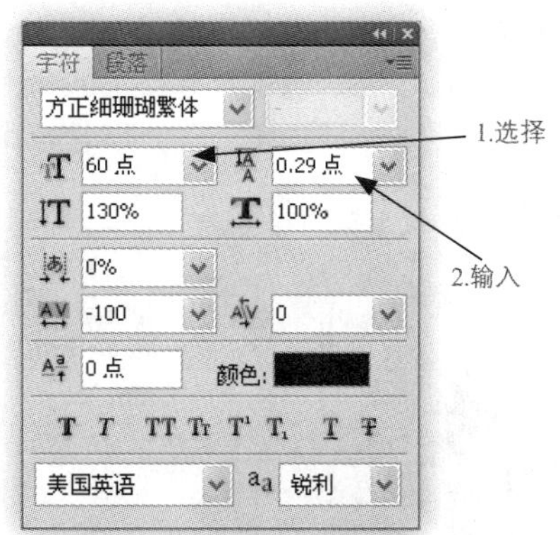

3 Step 单击横排文字工具**T**，显示光标，选择第一个文字“天”，在“字符”面板中设置文字大小为“120”，完成后按“Ctrl + Enter”组合键退出文字编辑，单击移动工具，适当拖动文字图层调整至适当位置，如下图所示。

4 Step 用鼠标右键单击文字图层，在弹出的快捷菜单中选择“创建工作路径”命令，将自动在文字边缘生成路径，如下左图所示。

5 Step 单击文字图层前的“指示图层可见性”按钮，隐藏文字图层，显示路径，如下右图所示。

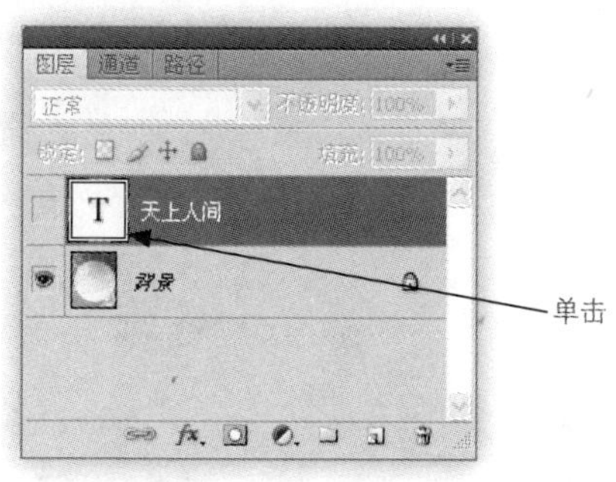

6 Step 单击直接选择工具，在文字路径上适当拖曳锚点及方向线，改变文字路径至所需的图形状态，如下图所示。

7 Step 新建图层 1，设置前景色为白色，单击路径面板上的“用前景色填充路径”按钮，自动填充路径图像，完成后在路径面板的灰色区域单击，取消路径，如下图所示。

8 Step 新建图层 2，选择“工作路径”选项，设置前景色为“棕黄色”（R:127,G:102,B:27）。单击画笔工具，在“画笔预设中”设置“主直径”为“8px”。然后返回路径面板，单击“描边路径”按钮，对路径描边，完成后在路径面板的灰色区域单击，取消路径，如下图所示。

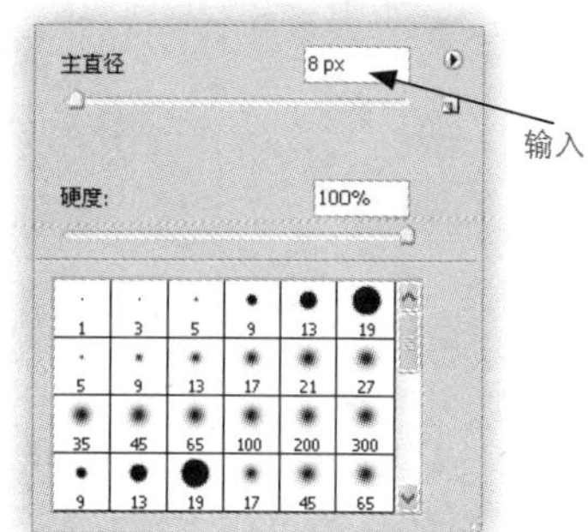

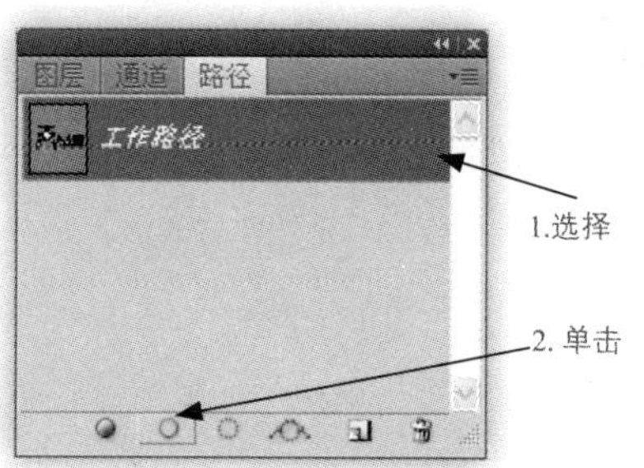

9 Step 将图层 2 置于图层 1 的下层，文字效果发生改变。单击移动工具，向右下方向适当拖动图层 2，文字出现立体阴影效果，如下图所示。

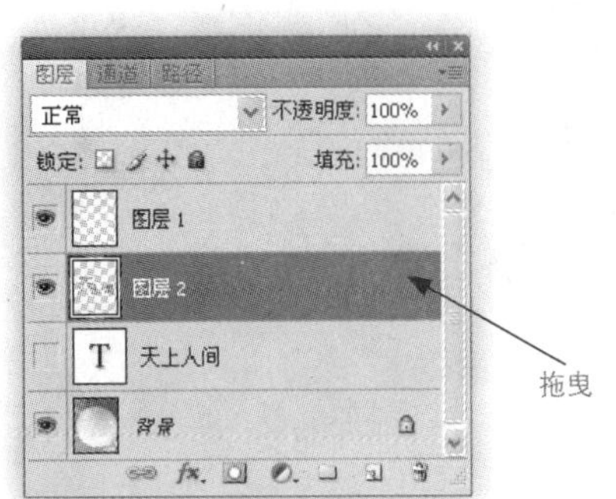

10 Step 在文字工具上单击鼠标右键，在弹出的快捷菜单中选择“直排文字工具T”，在工具栏上单击“切换字符和段落面板”按钮，在打开的“字符”面板中设置字体为“方正隶变简体”，文字大小为“10 点”，然后在画面适当位置输入文字，完成后将文字图层拖至图层 2 的下层，如下图所示。

11 Step 使用以上相同的操作，输入另一段文字，并单击移动工具，向右下方向适当拖动文字图层，如下图所示，完成后另存文件。

文字段落的排列注意字体、文字大小与图像整体的协调。

7.5.4 通过封闭路径制作限定文本

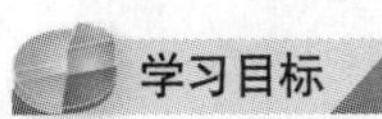

本节主要学习制作限定文字，通过在图像中添加限定的文本文字制作心形文字图案。在学习制作心形文字段落时了解路径在限定文本中的操作方法，读者可以结合光盘中的视频轻松、直观地进行学习。

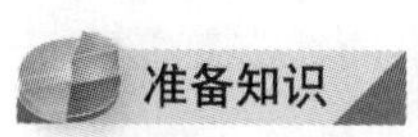

准备知识

认识限定文本

限定文本是在一个固定的区域内输入段落文字。将文本限定在某个范围内，根据路径形状在路径范围内输入段落文字，达到路径形状限定文字整体造型的制作要求。限定文本应用广泛，在图像与段落文字的结合中，它能丰富画面，令图像的视觉观感更加个性，如下图所示。

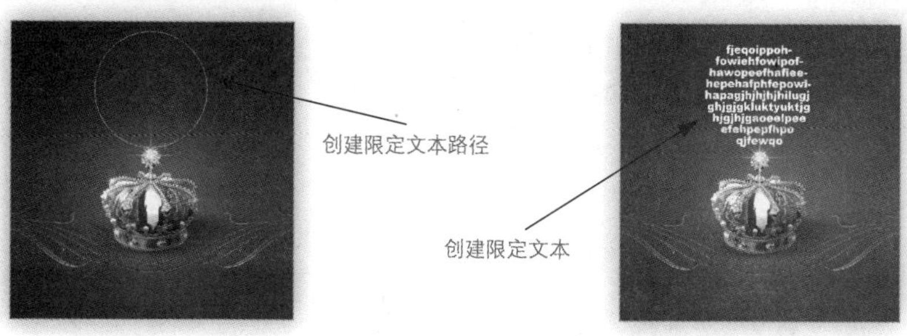

案例名称：制作限定文本
素材路径：\素材\第7章\心.jpg
效果路径：\效果\第7章\制作限定文本.psd
视频链接：Video\视频教程\文字的输入与编辑\制作限定文本

Step 1 选择“文件→打开”命令，打开“心.jpg”素材文件，如下图所示。

Step 2 单击自定义形状工具，在工具选项栏上单击“路径”按钮，然后在“形状”选项侧单击下拉按钮，并在打开的下拉列表中选择“红心形卡”图案，然后在素材图案上创建适当大小的心形路径，如下图所示。

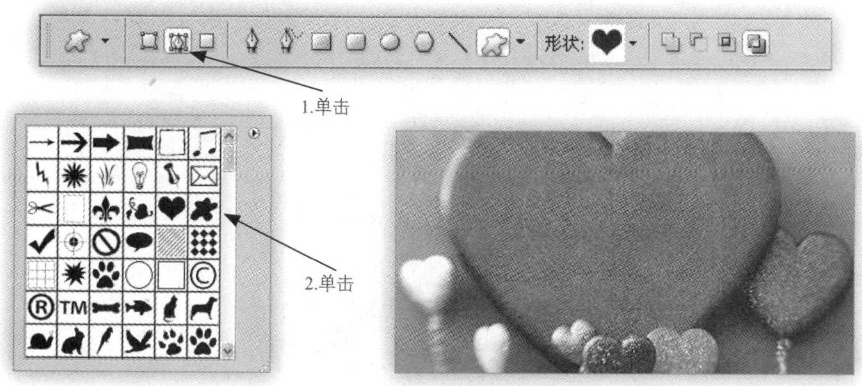

3 Step 在文字工具上单击鼠标右键，在弹出的快捷菜单中选择“横排文字工具T”，然后在路径上方单击，显示出文字框区域，如下图所示。

4 Step 在“字符”面板中，设置字体为“Arial”，字体大小为“10点”，行距为“12点”，颜色为“暗红色”（R:91,G:0,B:0），然后反复输入英文单词“love”，直到填满整个路径，完成后按“Ctrl+Enter”组合键退出文字编辑，如下图所示。

5 Step 单击直接选择工具，在路径需修改的位置单击，显示锚点。拖动路径锚点，对路径进行改变，文字效果发生改变，完成后按“Ctrl + Enter”组合键退出文字编辑，并单击路径面板上的灰色区域，取消路径，如下图所示。

6 Step 按“Ctrl + J”组合键复制文字图层，生成新的文字副本，设置前景色为“黄色”（R:248,G:234,B:114），按“Alt+Delete”组合键对文字图层副本进行填充，如下图所示。

7 Step 单击移动工具，适当拖动文字图层副本，向左上方调整其位置，文字出现立体阴影效果，如下图所示，完成后另存文件。

7.5.5 通过创建路径制作盘旋文字

学习目标

本节主要学习在盘旋路径上输入文字，通过在图像中制作盘旋文字来学习和掌握路径文字的操作方法。在学习制作盘旋文字时注意路径的创建与删除，读者可以结合光盘中的视频轻松、直观地进行学习。

准备知识

认识路径文字

运用在路径上需要开始输入文字的地方单击即可输入文字，输入的文字将按照路径的走向排列文字输入。完成后，Photoshop CS4将用一个与路径相交的“×”代表文字的起点，以一个小圆圈代表文字的结束点，从“×”到这个圆圈为止，就是文字的显示范围。如果路径是闭合路径，那么文字的起点和终点是叠在一起的。

用路径选择工具可以修改起始点和结束点的位置，方法：把指针放在起始点或结束点的旁边，指针会变成一个带右或左箭头的“I”形 ◀[ ]▶ 拖动即可进行调整。如果终点的小圆圈中显示一个“+”号，就意味着你所定义的显示范围小于文字所需的最小长度，此时一部分的文字将被隐藏，如下图所示。

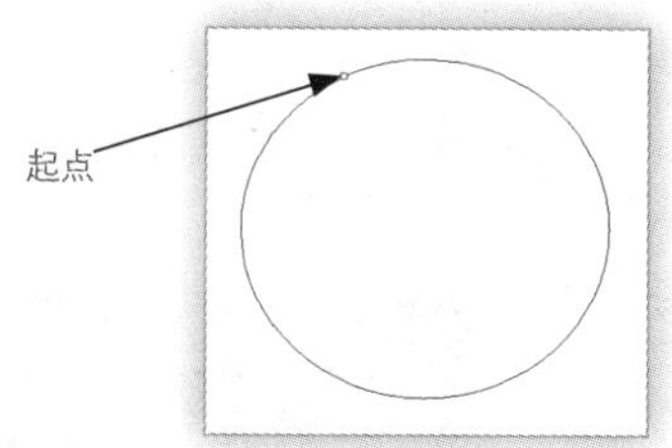

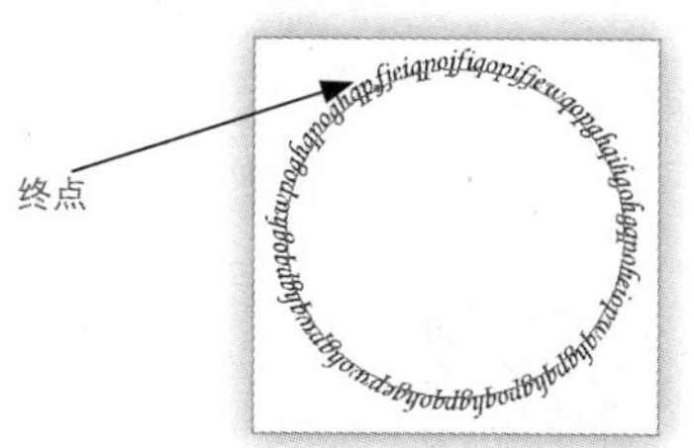

案例名称：制作盘旋文字
素材路径：\素材\第7章\露.jpg
效果路径：\效果\第7章\制作盘旋文字.psd
视频链接：Video\视频教程\文字的输入与编辑\制作盘旋文字

Step 1 选择“文件→打开”命令，打开“露.jpg”素材文件，如下图所示。

知识链接

输入文字后，还可以对路径进行修改。选中文字层，用直接选择工具在路径上单击，出现锚点和方向线。这时使用转换点工具等进行路径形态调整即可。文字也会自动跟着路径的变化而改变。

Step 2 单击自定义形状工具，在工具选项栏上单击“路径”按钮，然后单击“形状”选项右侧的下拉按钮，并在打开的形状对话框中选择“螺旋”图案，然后在素材图案上创建适当大小的螺旋路径，如下图所示。

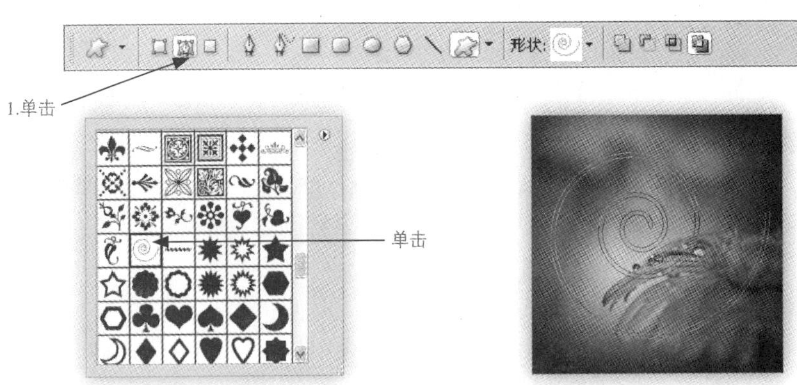

3 Step 单击直接选择工具，选择路径上需要删除的部分，然后按“Delete”键删除，如下图所示。

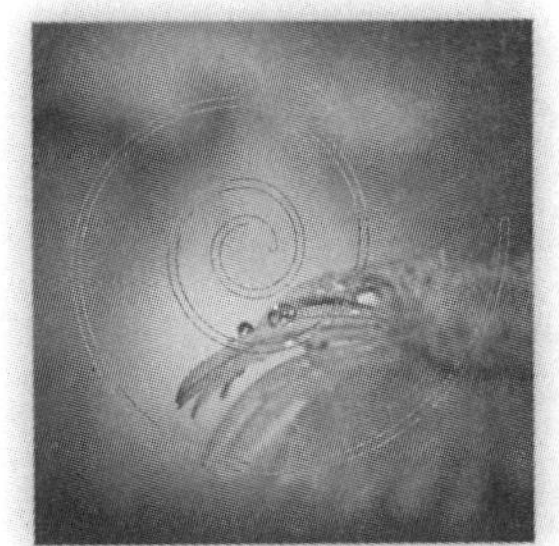

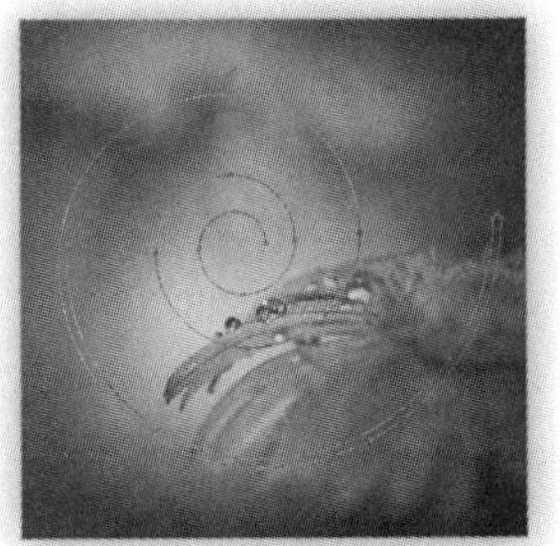

4 Step 单击画面，取消路径选择。运用选择工具选择路径，并按“Delete”键删除多余部分。重复以上操作，删除多余的路径，最后保留单线条的螺旋路径，如下图所示。

5 Step 单击横排文字工具T，再单击路径的起点，确定文字的起始位置。设置前景色为“紫色”(R:220,G:60,B:211)，字体为“Gill Sans MT Ext”，字体大小为“30.64 点”，行距为“15.17 点”，然后随意输入英文字母，直到填满整个路径，完成后单击路径面板上的灰色区域取消路径，如下图所示。

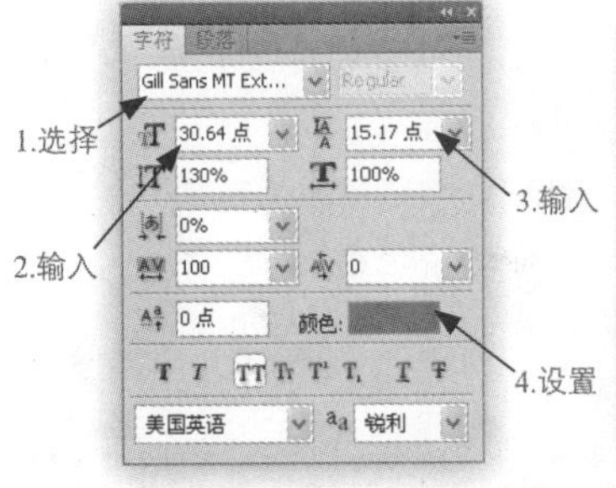

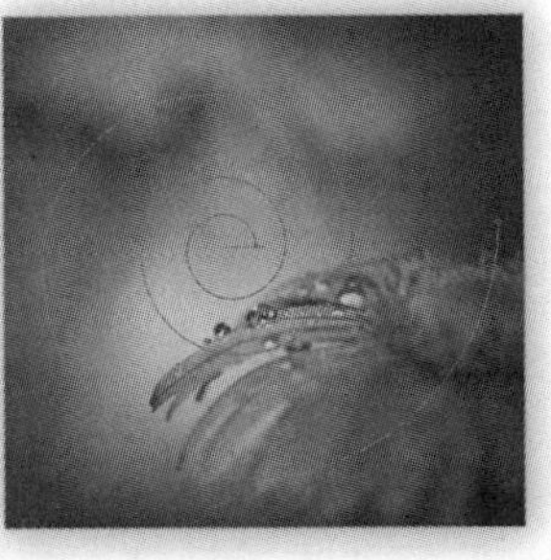

6 Step 按“Ctrl+J”组合键复制文字图层,生成新的文字副本。设置前景色为“蓝色”(R:71,G:230,B:231)，按“Alt+Delete”组合键对文字图层副本进行填充，如下图所示。

7 Step 在文字图层副本上单击鼠标右键，在弹出的快捷菜单中选择“栅格化文字”命令，将文字进行栅格，如下图所示。

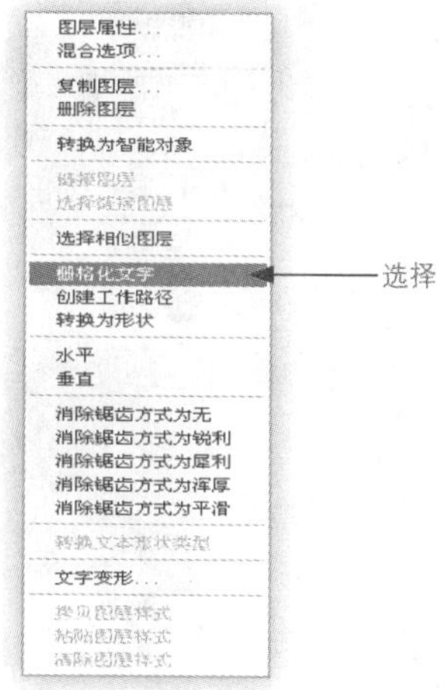

8 Step 按“Ctrl+T”组合键自由变换栅格化的文字，显示自由变换编辑框。按“Shift”键缩小自由变换编辑框，完成后按“Enter”键确定变换。最后单击移动工具，调整图像位置，如下图所示。

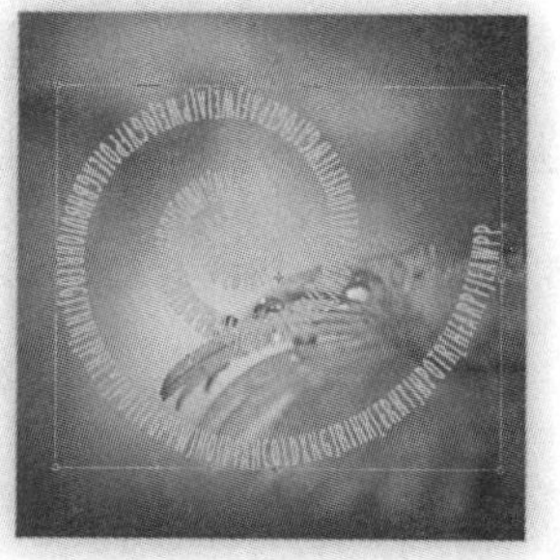

9 Step 按“Shift”键的同时选择文字图层和栅格化图层，按“Ctrl+T”组合键显示自由变换编辑框，旋转图像，完成后按“Enter”键确定操作。再单击移动工具，拖动图层至画面左上角，如下图所示，完成后另存文件。

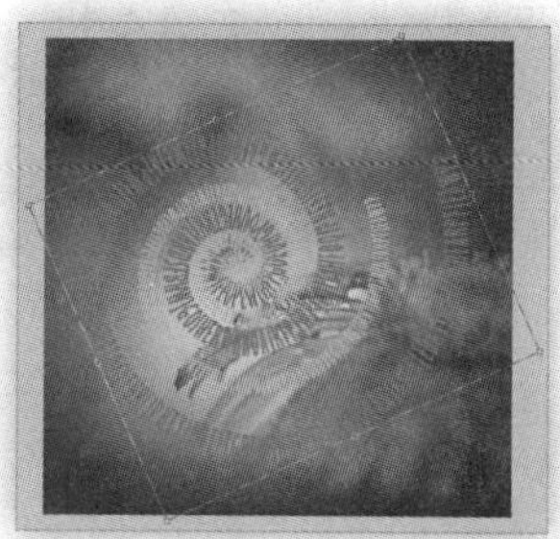

7.6 自我提高

学习完本章后，读者清楚认识了Photoshop CS4里关于文字制作的一些方法，巧用这些文字路径及样式，将在文字与图像的结合使用中发挥它们强大的作用。不同的文字造型，使用不同的方法进行操作，灵活多变地运用所学知识，将文字的造型技巧掌握熟练，完美地与图像搭配，制作出越来越精美的图像效果。

提高一 输入段落文字（\效果\第7章\输入段落文字.psd）

① 打开“时尚封面.jpg”素材文件（\素材\第7章\时尚封面.jpg）。

② 单击横排文字工具[T]，在工具栏上单击“切换字符和段落面板”按钮[图标]，在打开的“字符”面板中设置字体为“Gill Sans Ultra Bold”，文字大小“24点”，颜色为“黑色”，在画面适当位置输入文字。

③ 单击横排文字工具[T]，选中段落中的部分文字，设置字体为“Fran-klin Gothic Demi”，文字大小“24点”，完成后按“Ctrl+Enter“组合键。

④ 使用以上相同方法，在图像右下角输入另一段段落文字，并更改部分文字属性。

⑤ 在工具属性栏上单击“右对齐文本”按钮[图标]，对段落文字进行右对齐处理，完成后另存文件。

提高二 制作路径文字（\效果\第7章\制作路径文字.psd）

① 打开“圆圈背景.jpg”素材文件（\素材\第7章\圆圈背景.jpg）。

② 单击椭圆选框工具[图标]，按“Shift“键在背景圆内适当位置创建正圆选区。

③ 在路径面板上单击“从选区生成路径”按钮[图标]，将圆形选区转化成路径。

④ 在文字工具上单击鼠标右键，在弹出的快捷键菜单中选择“横排文字工具T”，在工具栏上单击“切换字符和段落面板”按钮[图标]，在打开的“字符”面板中设置字体为“Fixedsys”，文字大小为“8点”，文字颜色为“粉色”（R:255,G:154,B:198），然后在圆形路径上单击，显示光标，并输入文字，完成后按“Ctrl + Enter”组合键退出文字编辑。

⑤ 复制文字图层，生成新的文字图层副本，在文字图层副本上单击鼠标右键，在弹出的快捷菜单中选择“栅格化文字”命令，单击文字图层前的“指示可视性”按钮，隐藏文字图层。

⑥ 单击魔棒工具[图标]，选择背景图层，选中背景圆圈的红色区域，按“Ctrl+Shift +I”组合键对选区进行反选，选择栅格化文字图层，按“Delete”键删除图像，然后按“Ctrl +D”组合键取消选区，完成后另存文件。

Chapter 08

第 8 章 图层的应用

图层是Photoshop最重要的内容之一。Photoshop发展至今，已有了强大的功能。图层除了分开描绘图像及混合模式的运用以外，还包括调整图层、图层编组、图层高级混合选项、矢量蒙版、填充图层、形状图层、文字图层，以及图层样式等多种功能。熟练掌握了这些技巧将帮助你创作出以前你从未想象过的图像。

8.1 通过3个案例掌握添加图层的方法

Photoshop中图层的运用方法多种多样，不同的图层添加方式可以制作出不同的图像效果，通过填充图层、形状图层和调整图层这3种添加图层的方法，可以方便快捷地为图像更改色彩、添加形状图案，以及调整图像色彩。整合各种图层的添加方式，熟悉掌握图层的运用是本节的重点。

8.1.1 通过添加填充图层改变图像颜色

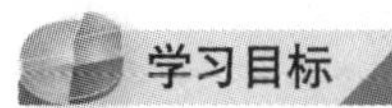

学习目标

本节主要学习图层应用的相关知识，通过在图像中改变图像颜色来学习掌握添加和填充图层方法。在学习添加和填充图层时，读者可以结合光盘中的视频轻松、直观地进行学习。

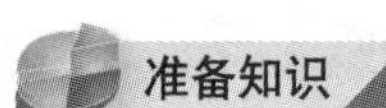

准备知识

认识图层

“图层”面板显示了图像中的所有图层、图层组和图层效果，我们可以使用图层面板上的各种功能来完成一些图像编辑任务，如创建、隐藏、复制和删除图层等。还可以使用图层模式改变图层上图像的效果，如添加阴影、外发光、浮雕等。另外我们对图层的光线、色相、透明度等参数都可以进行修改来制作不同的效果。

每个图层，都有一个图层缩略图和图层名称。在图层前面有个“指示图层可见性”按钮，单击该按钮就可以隐藏图层，再次单击就打开图层，显示图像。双击“图层”的名称，可以对图层的名称进行修改。单击“图层面板菜单”按钮，能打开“图层”面板的快捷菜单，其中提供了编辑图层的各种选项，如下图所示。

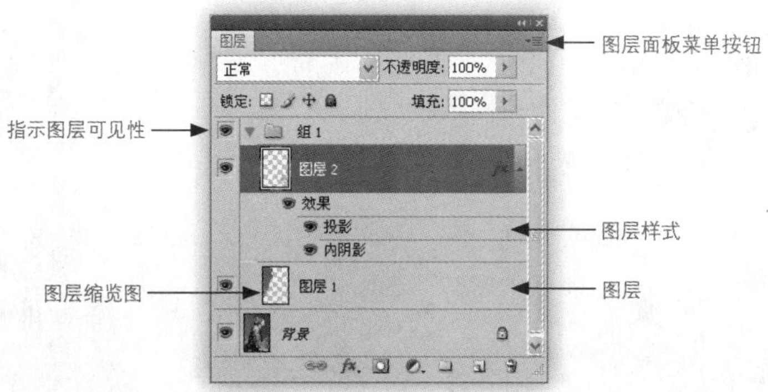

案例名称：改变图像颜色
素材路径：\素材\第8章\两朵小花.jpg
效果路径：\效果\第8章\改变图像颜色.psd
视频链接：Video\视频教程\图层的应用\改变图像颜色

Step 1　选择“文件→打开”命令，打开“两朵小花 .jpg”素材文件，如下左图所示。

2 Step 选择魔棒工具，在左边花朵的粉色区域单击，创建选区，如下右图所示。

3 Step 在"图层"面板上单击"创建新图层"按钮，在"背景"图层上新建图层 1，如下左图所示。

4 Step 设置前景色为"蓝色"（R:104,G:205,B:255），按"Alt+Delete"组合键填充选区内图像，完成后按"Ctrl+D"组合键取消选区，如下右图所示。

新建图层并进行填充后，单击"锁定透明度"按钮，锁定新建图层的透明度，可以更加快捷地变换图层中图像的颜色。

5 Step 选择魔棒工具，选择"背景"图层，如下左图所示，在右边花朵的粉色区域单击，创建选区，如下右图所示。

6 Step 如下左图所示选择“图层 1”，设置前景色为“黄色”(R:255,G:253,B:103)，按“Alt + Delete”组合键填充选区内图像，完成后按“Ctrl + D”组合键取消选区，效果如下右图所示，然后另存文件。

8.1.2 通过添加形状图层为图像添加简单形状

学习目标

本节主要学习形状图层的相关知识，包括形状图层的创建与应用，并通过在图像中添加简单形状进行学习。在学习为图像添加简单形状时，读者可以结合光盘中的视频轻松、直观地进行学习。

准备知识

认识形状图层

形状图层的创建是和路径相关联的。具体的方法为选择钢笔工具或自定义形状工具，并在工具属性栏上单击“形状图层”按钮，然后在图像中拖动鼠标进行绘制，即可创建形状图层。

形状图层由填充图层和矢量蒙版组成。填充图层的作用为设置绘制形状的颜色；矢量蒙版的作用为设置绘制的形状。使用钢笔工具或定义形状工具绘制时，绘制出的封闭图像将自动填充为前景色，如下图所示。

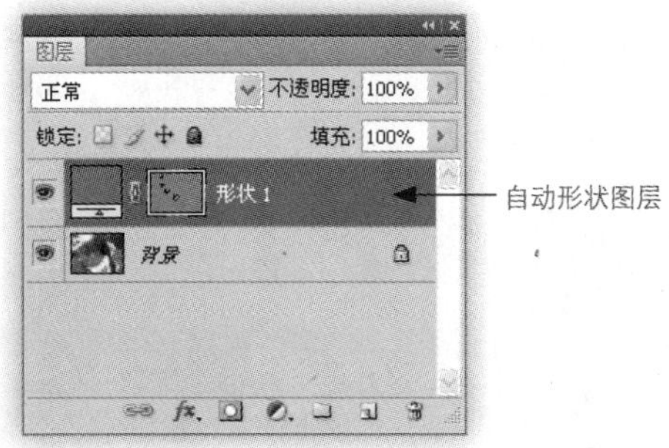

案例名称：为图像添加简单形状
素材路径：\素材\第8章\女孩.jpg
效果路径：\效果\第8章\为图像添加简单形状.psd
视频链接：Video\视频教程\图层的应用\为图像添加简单形状

1 Step 选择“文件→打开”命令，打开“女孩 .jpg”素材文件，如下图所示。

2 Step 选择椭圆工具[椭圆工具图标]，在工具属性栏上单击“形状图层”按钮[形状图层图标]，设置颜色为“橙色”（R:255,G:173,B:25），如下图所示。

知识链接

在形状图层的创建中，最关键的一步是，一定要先在工具属性栏上单击“形状图层”按钮[形状图层图标]。

3 Step 在画面左上角位置绘制适当大小的椭圆图案，如下左图所示，自动生成新的“形状 1”图层，如下右图所示。

4 Step 按“D”键设置颜色为“黑色”，在橙色圆形图像中再绘制小一点的圆形图案，如下左图所示，需要注意圆形图像的位置及大小。同时生成新的“形状 2”图层，如下右图所示。

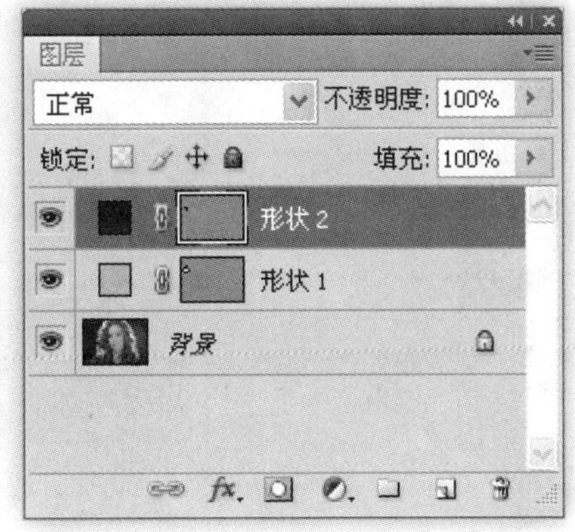

5 Step 再次选择椭圆工具[椭圆工具图标]，设置颜色为“蓝色”（R:44,G:155,B:174），然后在画面左上位置绘制适当大小的椭圆图案，如下左图所示。同时自动生成新的“形状 3”图层，如下右图所示。

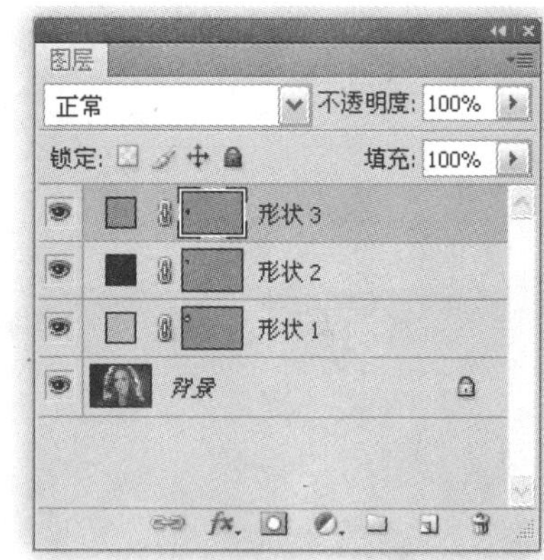

双击形状图层中的填充图层，在打开的“拾色器”对话框中设置颜色，可以改变形状图层的颜色。

6 Step 使用上面相同的方法，依次在椭圆图案中方绘制不同颜色和大小的小椭圆图案，如下图所示。

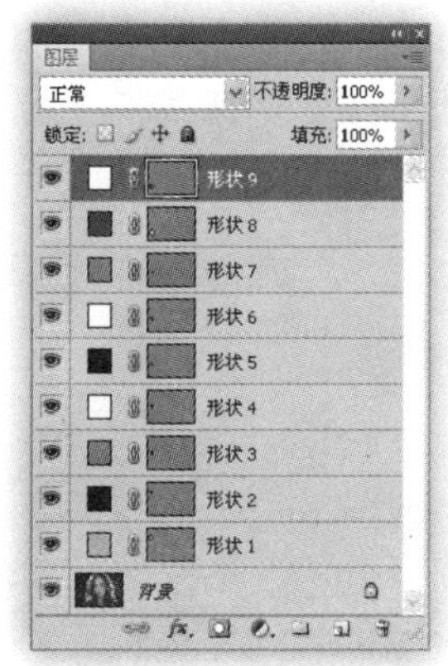

7 Step 双击“形状 8”图层前的“图层缩览图”按钮，如下左图所示，在打开的“拾取实色”对话框中对原定的紫色进行更改，设置更协调的“绿色”（R:121,G:166,B:23），完成后单击 确定 按钮，如下中图所示，此时椭圆形图案色彩发生了改变，如下右图所示。

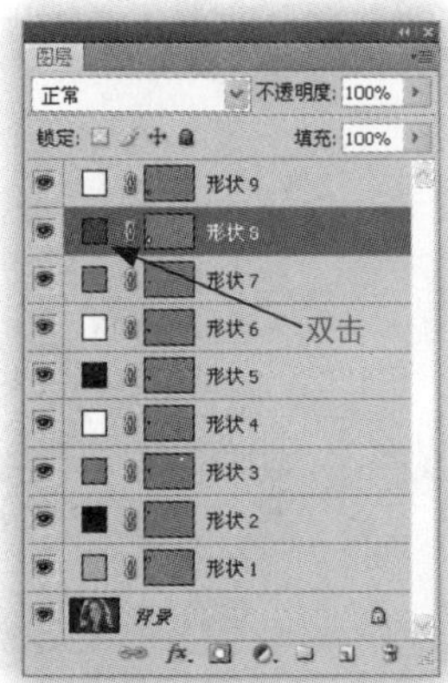

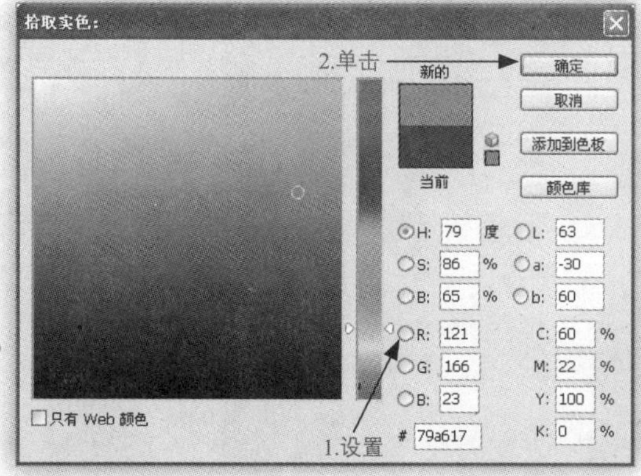

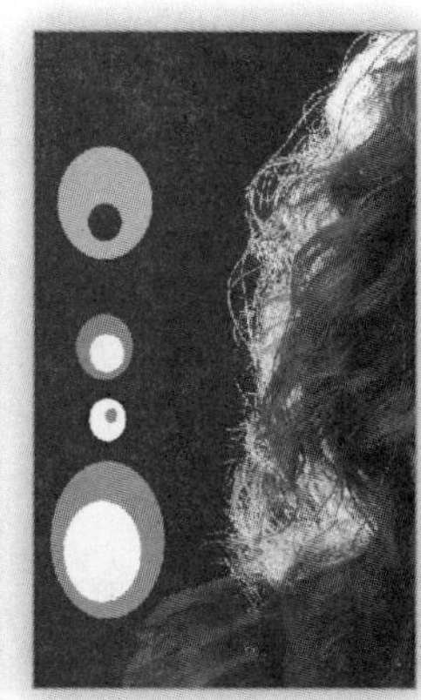

8 Step 如下左图所示，在“形状 9”图层上新建一个图层组“组 1”，按“Shift”键选择“形状 1”图层～“形状 9”，并将其拖曳至“组 1”内，自动将其编入“组 1”的范围，如下右图所示。

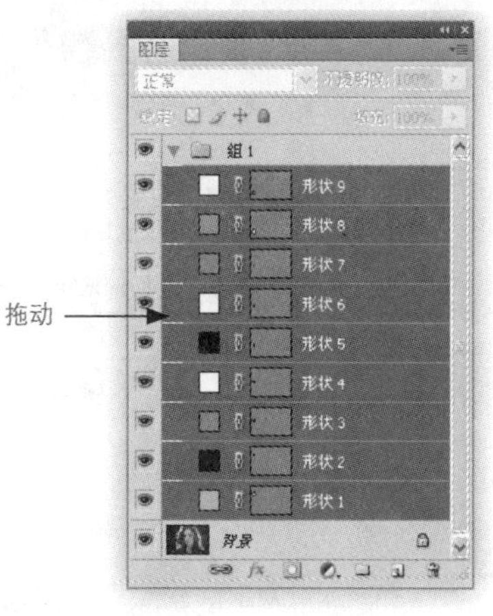

9 Step 如下左图所示，单击“组 1”前面的下三角按钮▼，隐藏所有“组 1”内的图层，将“组 1”拖至“创建新图层”按钮上，生成新的“组 1 副本”，如下右图所示。

10 Step 选择移动工具，拖动“组 1 副本”至画面适当位置，按“Ctrl + T”组合键显示自由变换编辑框，对“组 1 副本”进行缩放处理，完成后按“Enter”键确定，如下图所示。

11 Step 使用相同的方法，复制图层组，并适当进行自由变换处理，然后拖曳至画面背景中适当位置，令图像效果更加丰富，如下图所示。案例制作完成后，另存文件。

知识链接

在绘制形状时，根据图形的需要，可以选择直接选择工具，在形状的路径上随意调整图像的形状。

8.1.3 通过添加调整图层增加色彩鲜明的图像

学习目标

本节主要学习调整图层的相关知识，通过添加调整图层增加色彩鲜明的图像来学习掌握调整图层的操作方法。在学习使用调整图层时，读者可以结合光盘中的视频轻松、直观地进行学习。

准备知识

认识调整图层

运用调整图层调整图像效果是Photoshop操作中最富有艺术性、创造性和挑战性的工作。调整图层可以在图像的制作过程中尽量保留图像的最大可编辑性，保留图层中的原始图像。在实际操作过程中，很多工具都对图层中的像素有破坏作用。色彩调整类的命令也是如此。调整图层不同于调整命令，调整命令是在图像上直接进行色彩调整，它直接作用于原始图像；而调整图层既有色彩调整的效果，又不会破坏原始图像，同时多个色彩调整层可以综合产生调整效果，可以独立修改。

在“图层”面板上单击“创建新的填充或调整图层”按钮，在打开的下拉列表中显示了全部填充和调整图层，其中“纯色”、“渐变”、“图案”属于填充图层，而“亮度/对比度”、“色阶”、“曲线”、“色彩平衡”、“黑白”、“照片滤镜”、“通道混合器”、“反相”、“色调整分离”、“阈值”、“渐变映射”、“可选颜色”则属于调整图层。在不同的图像效果中，运用适当的调整图层，可以修正图像色调，达到最佳效果。

案例名称：制作色调鲜明图像
素材路径：\素材\第8章\金发妹妹.jpg
效果路径：\效果\第8章\制作色调鲜明图像.psd
视频链接：Video\视频教程\图层的应用\制作色彩鲜明图像

1 Step 选择“文件→打开”命令，打开“金发妹妹 .jpg”素材文件，如下图所示。

知识链接

双击调整图层前的缩略图，可以快速打开“调整”面板并对图像进行适当调整。

2 Step 在“图层”面板上单击“创建新的填充或调整图层”按钮，然后在打开的下拉列表中选择“色彩平衡”选项，如下左图所示，立即生成新的调整图层，如下中图所示，并打开“调整”面板，显示出“色彩平衡”选项，如下右图所示。

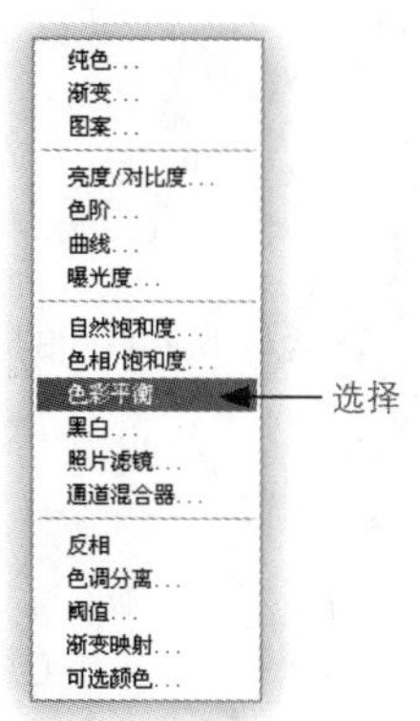

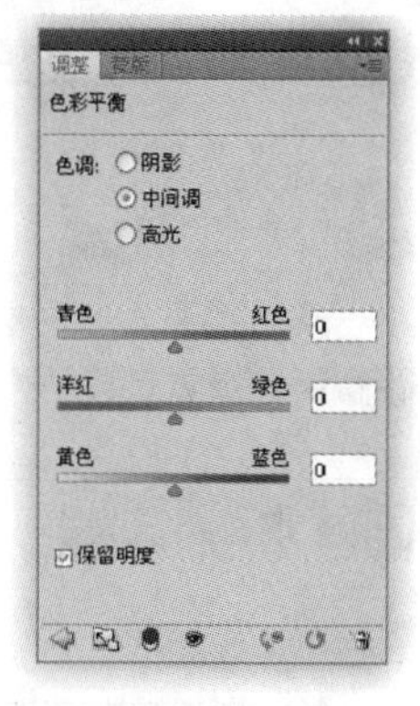

3 Step 如下左图所示，在“调整”面板中分别选择“阴影”、“中间调”、“高光”单选按钮，然后在“青色”、“高光”、“黄色”选项中拖动滑块，适当调整画面的色调，效果如下右图所示。

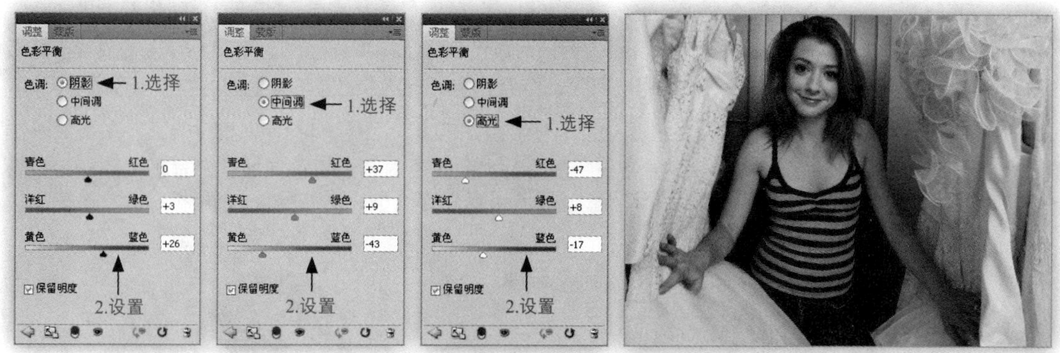

4 Step 在“图层”面板上单击“创建新的填充或调整图层”按钮，在打开的下拉列表中选择“曲线”选项，生成“曲线 1”调整图层。在“调整”面板中拖动曲线，调整图像色调，如下左图所示。至此案例制作完成，效果如下右图所示，然后另存文件。

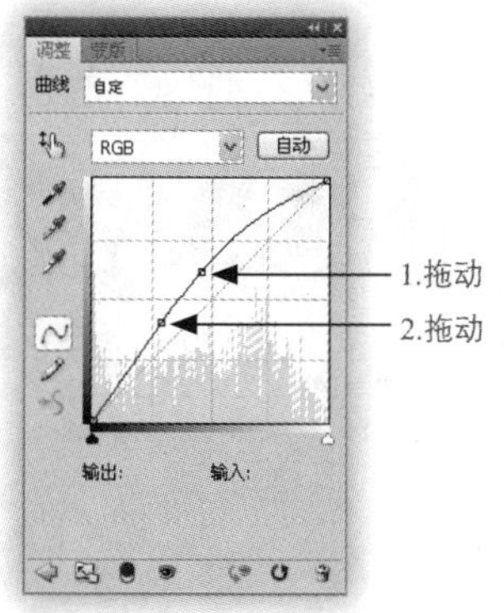

8.2 通过5个案例掌握图层的基本操作

Photoshop 图层就像叠在一起的透明纸，透过图层的透明区域可以看到图层下的图像效果。移动图层可以定位图层上的内容，就像在堆叠的画纸中滑动透明纸一样。更改图层的不透明度能快速使图层内容达到指定的透明效果。使用图层可以执行多种任务，如复合多个图像、向图像添加文本或添加矢量图形形状，还可以锁定图层、对齐图层、合并图层及链接图层，从而方便图像操作。

8.2.1 通过设置不透明度制作渐隐图像

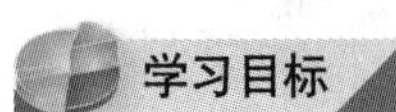

学习目标

本节主要学习图层不透明度的相关知识，并通过制作渐隐图像掌握其使用方法。在学习不透明度的设置时，读者可以结合光盘中的视频轻松、直观地进行学习。

准备知识

认识图层不透明度

图层的不透明度是图层的一个十分重要的特性。降低不透明度后图层中的像素会呈现出半透明的效果，这有利于进行图层之间的混合处理。当不透明度为100%的时候，代表完全不透明，图像看上去非常饱和。当不透明度下降的时候，图像也随着下降的百分比数值变淡。如果把不透明度设为0%，就相当于隐藏了这个图层。图层的不透明度虽然只对本图层有效，但会直接影响到本图层与其他图层的显示效果。

在没有其他模式设置的情况下，各图层处在100%的饱和度时，图层间不存在重叠效果，最上面一层的图像将直接覆盖下面的图像。而各图层处于半透明时，各图层内容的重叠区域就会呈现出色彩的重叠效果，此时改变任何一个层的不透明度，都会影响这个重叠区域内的效果，如下图所示。

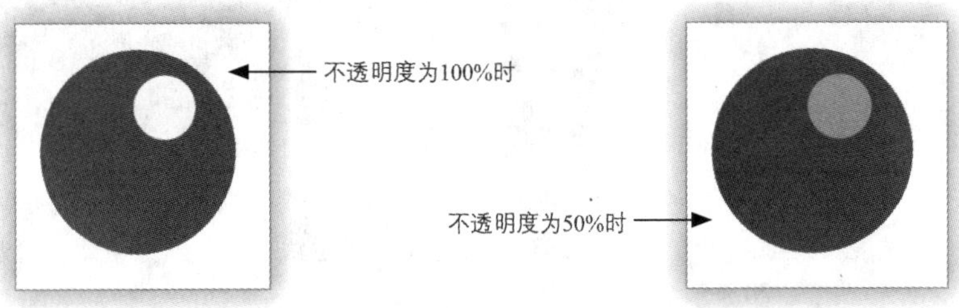

案例名称：制作渐隐图像
素材路径：\素材\第8章\圆.psd
效果路径：\效果\第8章\制作渐隐图像.psd
视频链接：Video\视频教程\图层的应用\制作渐隐图像

1 Step 选择“文件→打开”命令，打开“圆.psd”素材文件，如下左图所示。

2 Step 选择“图层 1”，设置“不透明度”为“20%”，降低圆形不透明度，如下右图所示。

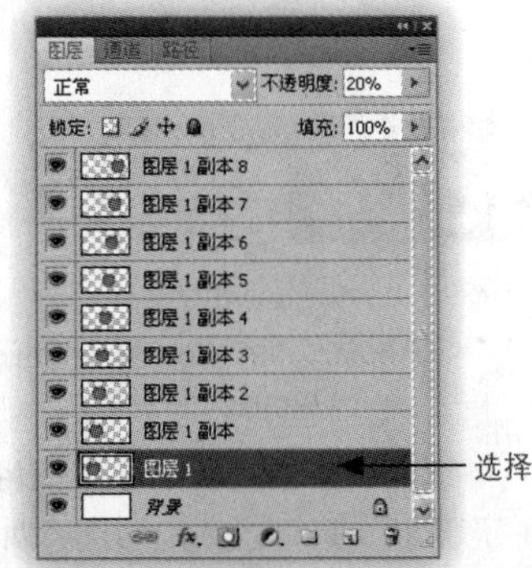

3 Step 如下左图所示，选择“图层 1 副本”，设置“不透明度”为“30%”，降低圆形不透明度，效果如下右图所示。

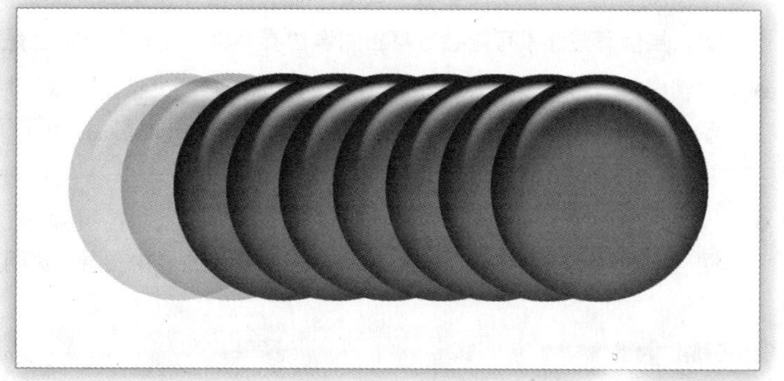

4 Step 使用相同的方法设置其他图层的不透明度，从下到上依次增加 10%。圆形图像出现渐变效果，如下图所示，完成后另存文件。

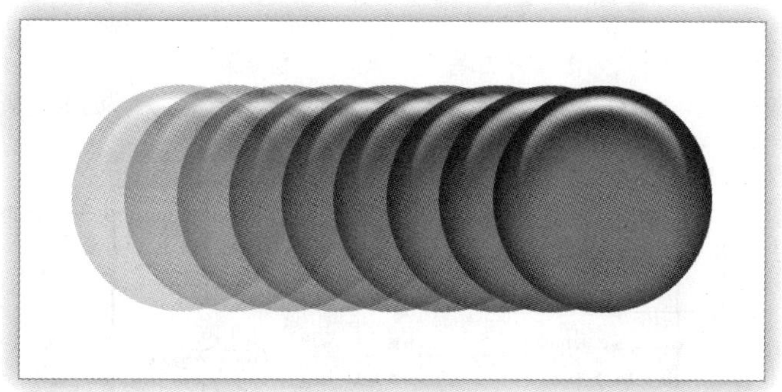

8.2.2 通过锁定图层为图像添加雪花图案

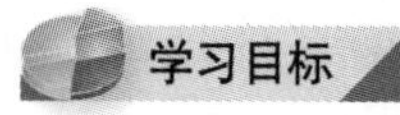

学习目标

本节主要学习图层锁定的相关知识，通过为图像添加雪花图案掌握锁定图层的操作方法。在学习时，读者可以结合光盘中的视频轻松、直观地进行学习。

准备知识

认识锁定图层

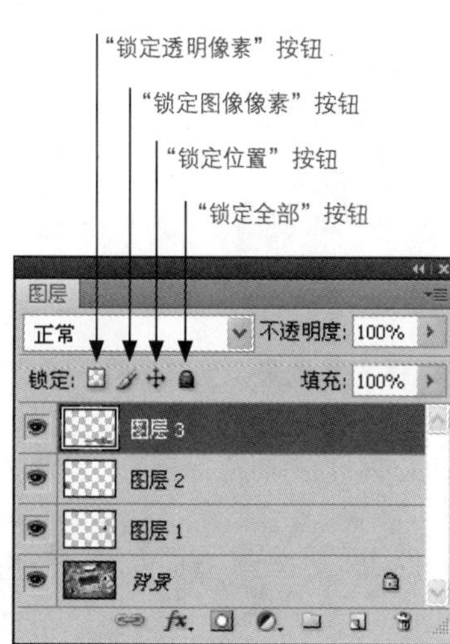

Photoshop CS4提供了锁定透明像素、锁定图像像素、锁定位置、锁定全部4种锁定方式，如右图所示。在“背景”图层上始终有一个锁定的图标，它自动具有锁定功能。锁定图层前首先要确认是否正确选择了图层，并且必须选择单个图层。选择多个图层或选择“背景”图层无法进行锁定操作。对于特殊图层(如填充层、调整层等)，有些锁定项目是不能使用的。

- “锁定透明像素”按钮：当锁定透明像素开启时，绘图工具就无法在图片中的透明区域内发挥作用，而只能在已有内容的非透明区域中进行绘制。

- “锁定图像像素”按钮：如果开启了锁定图像像素，那么我们就无法对图层中的像素进行修改，只能通过画笔等绘图工具进行绘制，或者使用色彩调整命令。移动图层虽然在效果上看图像改变了，但这并不是修改像素。假设图层中原来有1000个像素，移动以后也还是1000个像素，虽然有些像素可能会被移出图像边界而看不见，但它们还是存在的。。
- “锁定位置”按钮：单击“图层”面板上方的“锁定位置”按钮，这样该图层就无法移动了。如果试图移动会弹出警告框。安放好了一些图层后，为了防止意外移动它，就可以使用此项锁定。
- “锁定全部”按钮：如果开启锁定全部，那么这个图层既无法绘制也无法移动，并无法更改图层不透明度和图层混合模式。而在前3种锁定方式中图层不透明度和混合模式是允许更改的。

案例名称：为图像添加雪花图案
素材路径：\素材\第8章\无
效果路径：\效果\第8章\为图像添加雪花图案.psd
视频链接：Video\视频教程\图层的应用\为图像添加雪花图案

1 Step 新建文件，设置文件名为“为图像添加雪花图案”，“宽度”和“长度”分别为“6.5 厘米”和“8 厘米”，“分辨率”为“350 像素”，完成后单击 确定 按钮，如下图所示。

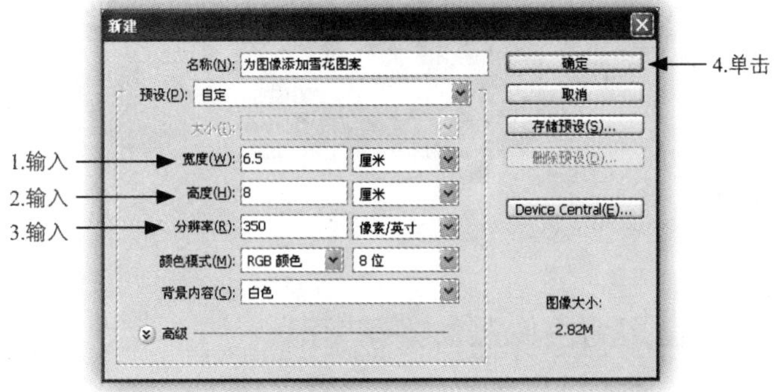

2 Step 设置前景色为“咖啡色”(R:121,G:90,B:61)，按“Alt + Delete”组合键填充背景图层，如下图所示。

3 Step 设置前景色为“黄色”(R:254,G:233,B:64)，新建图层1，然后选择矩形工具，并在工具栏上单击“填充路径”按钮，如下左图所示，然后在画面中绘制适当大小的矩形图案，完成后选择移动工具，按方向键适当调整图案的位置，如下右图所示。

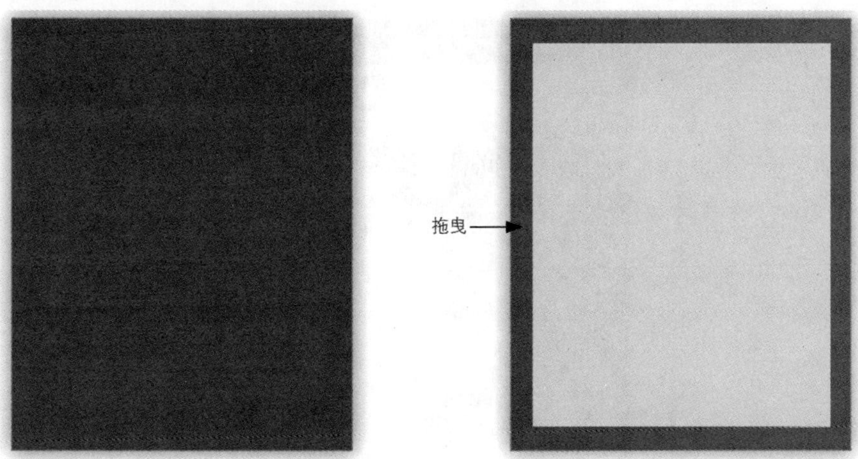

4 Step 设置前景色为“紫色”（R:149,G:142,B:158），新建图层 2，如下左图所示。然后选择矩形工具，在画面中绘制适当大小的矩形图案，完成后选择移动工具，按方向键适当调整图案位置，如下右图所示。

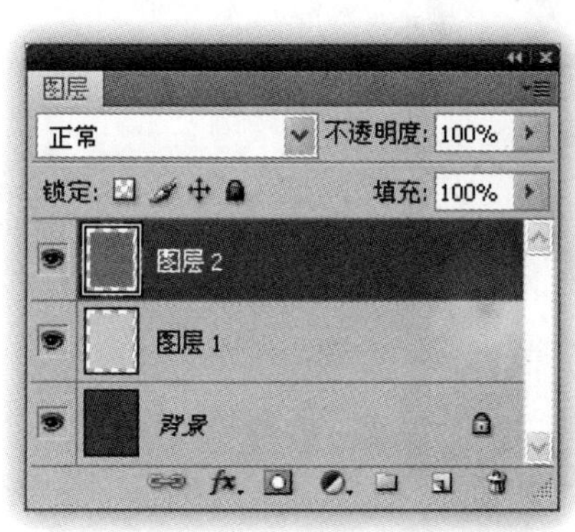

5 Step 按“D”键将颜色设置为默认色，新建图层 3，如下左图所示。然后选择椭圆工具，按“Shift”键在画面左上方绘制适当大小的圆形图案，选择移动工具，适当调整图案位置，效果如下右图所示。

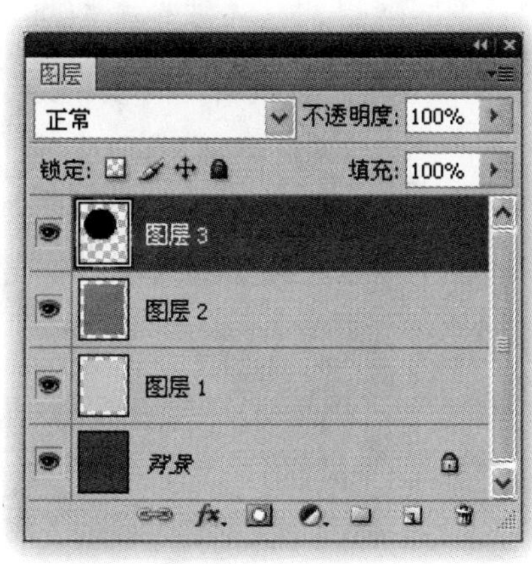

6 Step 设置前景色为“黄色”（R:254,G:233,B:64），选择“图层 3”，如下图所示。

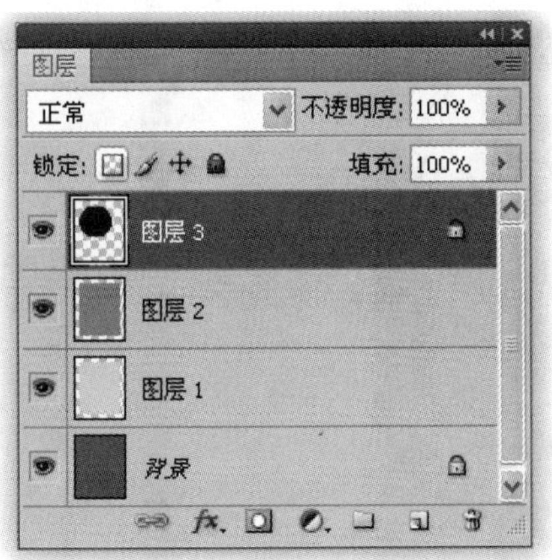

7 Step 在工具栏上单击“锁定图像像素”按钮，此时“图层 3”右侧显示一个锁定图标。选择自定义形状工具，在工具栏上单击“填充路径”按钮，然后在“形状”的下拉列表中选择“雪花 2”图案，然后按“Shift”键在圆形图案中绘制不同大小的雪花，如下图所示。

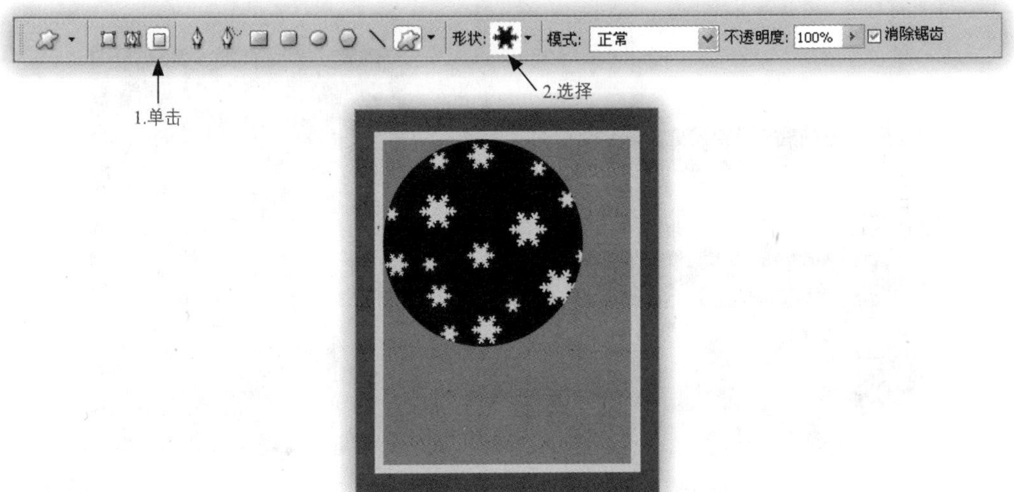

8 Step 新建“图层 4”，如下左图所示，选择椭圆工具，按“Shift”键在画面右下方绘制适当大小的圆形图案，完成后选择移动工具，按方向键适当调整图案位置，如下右图所示。

9 Step 在“图层”面板上单击混合模式的下三角按钮，在打开的下拉列表中选择为“亮光”选项，如下左图所示，此时图像效果发生了改变，效果如下右图所示。

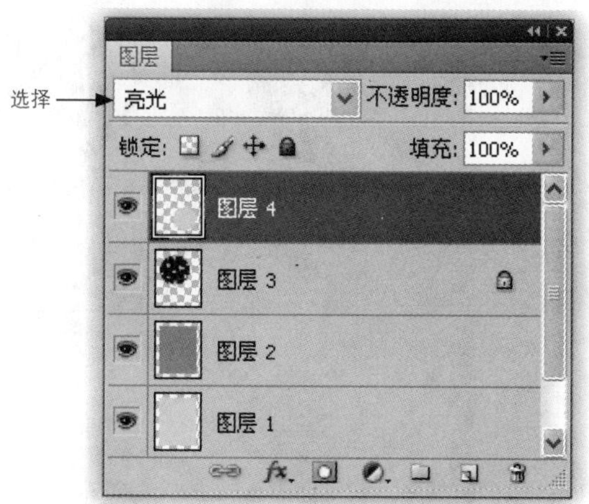

10 Step 选择钢笔工具，在画面右下角绘制一个梯形标签，如下左图所示，完成后按“Ctrl + Enter”组合键将路径转换为选区，如下右图所示。

11 Step 设置前景色为“咖啡色”（R:121,G:90,B:61），新建图层 5，如下左图所示，然后按“Alt + Delete”组合键填充选区，完成后按“Ctrl + D”取消选区，效果如下右图所示。

12 Step 设置前景色为“绿色”（R:84,G:182,B:144），选择横排文字工具**T**，在工具栏上单击“切换字符和段落面板”按钮，在打开的“字符”和“段落”面板中设置字体为“Franklin Gothic Heavy”，文字大小为“30 点”如下左图所示，然后在画面适当位置输入文字，如下右图所示。

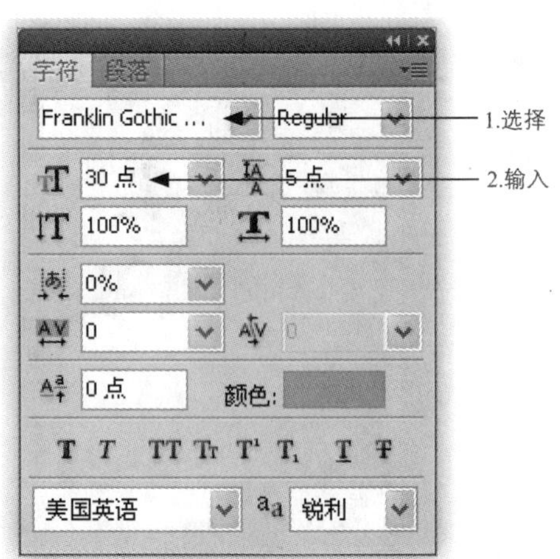

13 Step 按"Ctrl + T"组合键对文字进行旋转处理，使其与右下角标签相贴合，如下左图所示。注意文字摆放的位置，完成后按"Enter"键确定，效果如下右图所示，然后保存文件。

8.2.3 通过链接图层制作漂亮文字图像

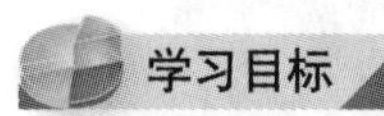

学习目标

本节主要学习图层链接的相关知识，通过制作漂亮文字图像学习链接图层的方法。在学习链接图层时，读者可以结合光盘中的视频轻松、直观地进行学习。

准备知识

认识图层链接

图层链接功能，通俗地说就是将几个图层用链子锁在一起，这样即使只移动一个层，其他与其处在链接状态的图层也会一起移动。除了同时移动以外，链接在一起的图层还可以同时进行自由变换处理。

链接图层的方法很简单，在"图层"面板中选择两个或两个以上的图层，然后单击"图层"面板底部的"链接"按钮，图层右侧将显示一个锁链图标，这就是图层链接指示。图层链接可以使多个图层同时进行移动和变换。

除了移动和变换外，针对图层的其他操作不能在链接图层中同时进行。解除图层链接的方法和建立链接相同，单击“链接”按钮就可以解除链接。

在链接图层的操作中，需要注意一下几点：

- 删除链接中的图层，其余链接图层还会保留，链接关系也会保留，除非链接的只有两个图层。
- 图层链接后，使用移动工具，按住“Alt”键将无法复制图层。只能通过“图层”面板复制图层，复制出来的新层与原图层没有链接关系。原图层和其他层的链接关系依然存在。
- Photoshop 允许多组链接同时存在，但一个图层只能存在于一组链接中，比如图层1不能在和图层2组成链接的同时，又和图层3组成另外一组链接。如果这样做，新链接关系将代替旧的。

案例名称：制作漂亮文字图像
素材路径：\素材\第8章\漂亮文字\
效果路径：\效果\第8章\制作漂亮文字图像.psd
视频链接：Video\视频教程\图层的应用\制作漂亮文字图像

1 Step 选择“文件→打开”命令，打开“fresh.psd”素材文件，如下左图所示，原文件中5个英文字母已分层，如下右图所示。

2 Step 复制图层 1，生成图层 1 副本，将其拖至图层 1 的下层，如下左图所示，然后选择移动工具，向右下方适当移动图像，如下右图所示。

3 Step 按“Ctrl”键单击图层 1 副本前的缩略图，将图像转换为选区，如下左图所示。设置前景色为“玫瑰色”(R:216,G:44,B:102)，按“Alt + Delete”组合键填充选区，完成后按“Ctrl + D”组合键取消选区效果，如下右图所示。

4 Step 选择画笔工具，设置画笔为“尖角 15px”，如下左图所示，然后在图层 1 副本上适当描绘，使字母重叠边角相连，如下右图所示。

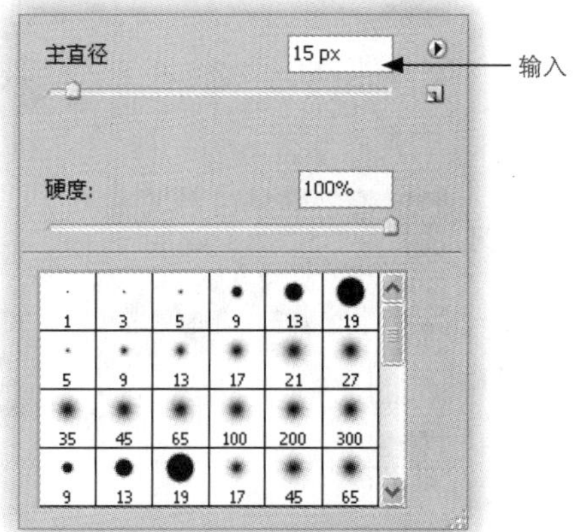

5 Step 选择加深工具，设置“曝光度”为“50%”，如下图所示。

6 Step 在红色区域适当描绘，制作出立体阴影效果，如下左图所示。

7 Step 选择“文件→打开”命令，打开“花纹 .jpg”素材文件，如下右图所示。

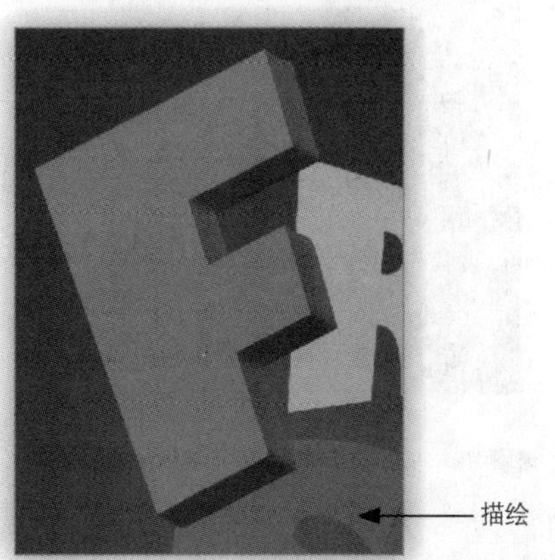

8 Step 选择移动工具，将“花纹.jpg”素材文件拖至编辑文档中并将其置于字母“F”的上方，生成新的图层7，然后将其拖至图层1的上层，并设置其混合模式为“柔光”，如下左图所示，效果如下右图所示。

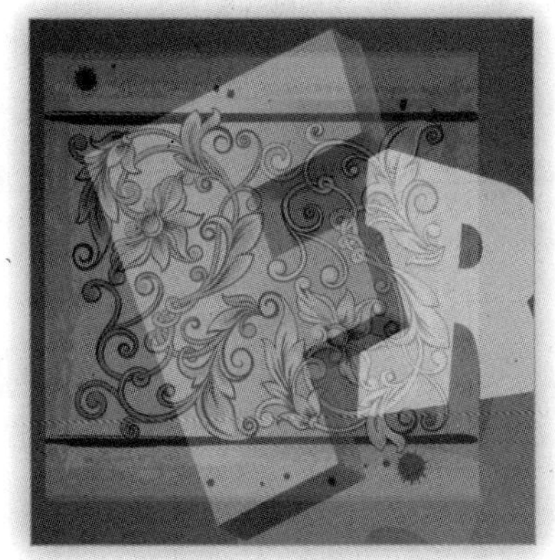

9 Step 按“Ctrl + T”组合键显示自由变换编辑框，如下左图所示，对图层7进行旋转拉大处理，使其在字母“F”上展现漂亮纹理效果，完成后按“Enter”键确定，效果如下右图所示。

10 Step 按“Ctrl”键单击图层1前的缩略图，将字母“F”转换为选区，如下左图所示，按“Ctrl + Shift + I”组合键对选区进行反选，按“Delete”键删除选区内图像，完成后按“Ctrl + D”组合键取消选区，如下右图所示。

11 Step 按“Shift”键选中“图层 7”、“图层 1”及“图层 1 副本”，如下左图所示，然后单击“图层”面板下方的“链接”按钮，此时在图层后显示一个锁链图标，将 3 个图层进行链接，如下右图所示。

12 Step 按“Ctrl + T”组合键显示自由变换编辑框，如下左图所示，对 3 个链接图层进行变形处理，使字母“F”形状更完美，完成后按“Enter”键确定，效果如下右图所示。

13 Step 选择“文件→打开”命令，打开“条纹 .jpg”素材文件，如下左图所示。选择移动工具，将“条纹 .jpg”素材文件拖至编辑文档中，生成新的图层 8，然后将其拖至图层 2 的上层，效果如下右图所示。

14 Step 设置图层 8 的混合模式为“叠加”，如下左图所示，然后按“Ctrl + T”组合键显示自由变换编辑框，对图层 8 进行旋转缩小处理，使其在字母“R”上展现漂亮纹理效果，完成后按“Enter”键确定，效果如下右图所示。

15 Step 使用以上相同的方法，删除字母“R”边缘多余的条纹图像，效果如下左图所示。复制图层 2，生成新的图层 2 副本，设置填充颜色为“玫瑰色”(R:216,G:44,B:102)，然后运用画笔工具描绘边角图像，再运用加深工具加深局部阴影，效果如下右图所示。

16 Step 链接图层 2、图层 2 副本及图层 8，如下左图所示，然后按“Ctrl + T”组合键显示自由变换编辑框，对 3 个链接图层进行变形处理，使字母“R”形状更完美，完成后按“Enter”键确定，效果如下右图所示。

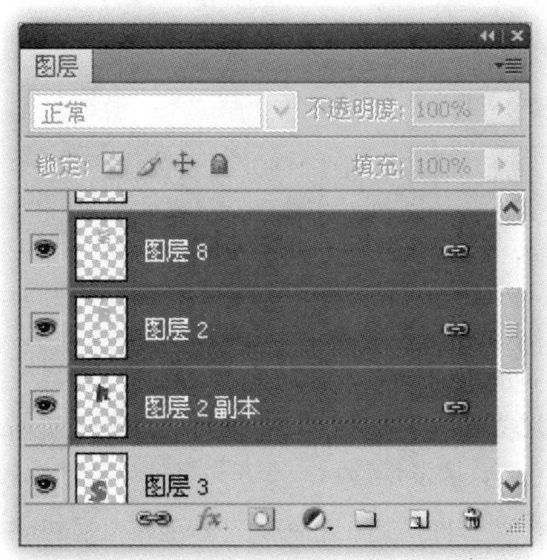

17 Step 使用以上相同的方法，载入图片元素并适当处理文字，将 5 个字母效果处理完美，达到完美谐调的效果，如下图所示，完成后另存文件。

8.2.4 通过对齐图层制作图标叠放效果

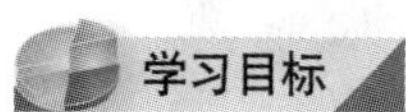学习目标

本节主要学习对齐图层的相关知识，通过制作图标叠放效果掌握对齐图层的相关运用方法。在学习运用图层对齐制作图标叠放效果时，读者可以结合光盘中的视频轻松、直观地进行学习。

准备知识

认识图层对齐功能

要对图层进行对齐操作，必须链接或选择3个及3个以上的图层。分布图层是没有基准层的。横向分布，是以所链接或选择的多个图层各层中存在像素地方的最左端、水平中点、最右端为依据，位于最左和最右两端图层不动，移动位于中间部分的图层，按分布的依据平均分布，纵向分布也是如此。

对齐图层分为两种情形，一是对齐链接图层，二是对齐选择的多个图层。只有选择或者链接了两个或者两个以上的图层时，对齐功能才可用，如下图所示。

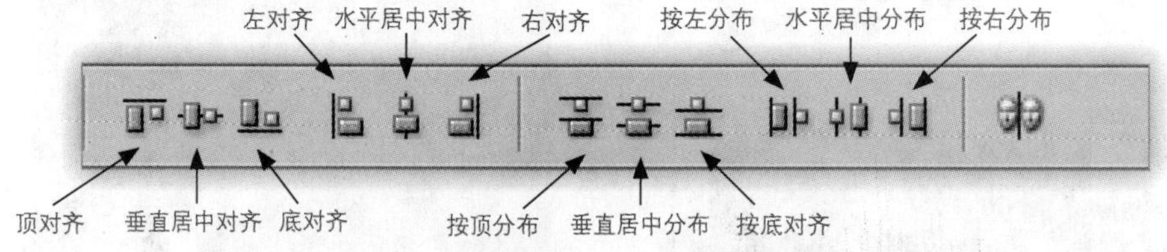

- 对齐链接图层：若要对齐图层，需先将需要对齐的图层进行链接。然后选择链接图层中的任意一层，在移动工具下即可对齐图层。对齐的基准图层为当前所选择的图层。对齐的依据是所选择图层存在像素的最左端、水平中点、最右端像素，以及最顶端、垂直中点、最底端像素。
- 对齐选择的多个图层：在同时选择了需要对齐的多个图层后，在移动工具下，图层对齐功能才可用。

案例名称：制作图标叠放效果
素材路径：\素材\第8章\图标.psd
效果路径：\效果\第8章\制作图标叠放效果.psd
视频链接：Video\视频教程\图层的应用\制作图标叠放效果

1 Step 选择“文件→打开”命令，打开“图标 .psd”素材文件，如下左图所示。

2 Step 打开“图层”面板，按“Shift”键选择除“背景”图层以外的所有图层，如下右图所示。

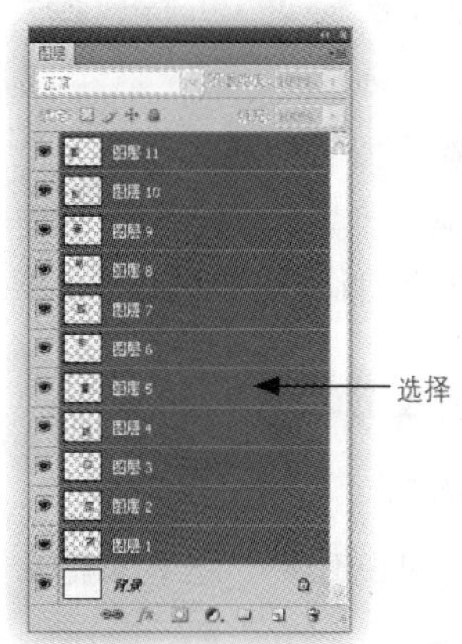

3 Step 在工具栏上单击“垂直居中对齐”按钮，选中图层中的图像，以位于中间的图像位置为准，全部居中处理，如下图所示。

图层对齐是可以选择“背景”图层来作为对齐基准层的。在选择多个图层的情形下并选择“背景”图层，则“背景”图层为对齐基准层。在链接图层的时候，连同“背景”图层一同选择在内，但选择的基准层不是“背景”图层，在使用对齐后，“背景”图层将变为普通图层。

4 Step 在工具栏上单击“水平居中分布”按钮，选中图层中的图像以水平等距离居中的方式处理，如下图所示。

单击

8.2.5 通过合并图层制作时尚图像

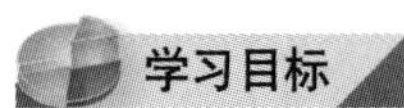

学习目标

本节主要学习图层合并的相关知识，通过制作时尚图像来掌握图层合并的方法和技巧。在学习通过合并图层制作时尚图像时，读者可以结合光盘中的视频轻松、直观地进行学习。

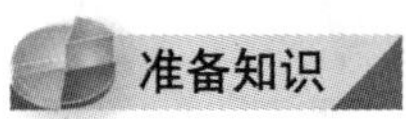

准备知识

认识图层合并及图层盖印

在Photoshop中，图层可以通过以下几种不同的方式进行合并：

- 只选择单个图层时，按“Ctrl”键将其与位于其下方的图层合并，合并后的图层名与原位于下方的图层相同。
- 选择了多个图层的情况下，按“Ctrl”将所有选择的图层合并为一层，合并后的图层名与原位于最上方的图层相同。注意CS及更早版本需要将多个图层进行链接后才可进行多图层合并，合并后的图层名以合并前处于选择状态的图层为准。
- 按“Ctrl + Shift + E”组合键合并可见图层，它的作用是把目前所有处在显示状态的图层合并，在隐藏状态的图层则不进行变动。
- 拼合图像则是将所有的图层合并为背景层，如果有图层隐藏，拼合时会出现警告框。单击 确定 按钮，原先处在隐藏状态的层都将被丢弃，如下图所示。

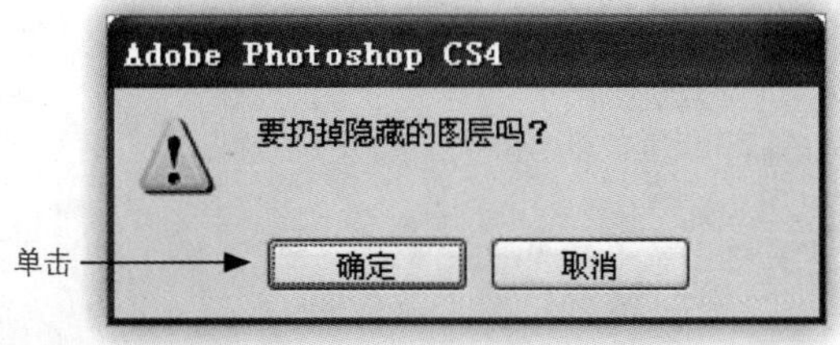

- 盖印图层可以对所有显示的图层进行合并，并生成新的合并图层，它不影响其他图层的原有属性，其合并的效果与图像所显示的图层整体效果相同，这就避免了某些添加了混合模式或者图

层样式的图层，在进行直接合并时改变了其原有的属性，影响最终的图像效果。盖印图层在操作时，对于不需要的图像效果可以事先隐藏图层，然后进行盖印。按“Ctrl + Shift + Alt + E”组合键可以对显示图像进行盖印。

案例名称：制作时尚图像
素材路径：\素材\第8章\时尚图像\
效果路径：\效果\第8章\制作时尚图像.psd
视频链接：Video\视频教程\图层的应用\制作时尚图像

1 Step 选择“文件→打开”命令，打开“房子 .jpg”素材文件，如下图所示。

在对选区进行颜色填充时，除了按“Alt + Delete”组合键是填充前景色外，按“Ctrl + Delete”组合键是填充背景色。

2 Step 执行“图像→调整→阈值”命令，在打开的对话框中输入“阈值色阶”为155，单击 确定 按钮，如下左图所示，效果如下右图所示。

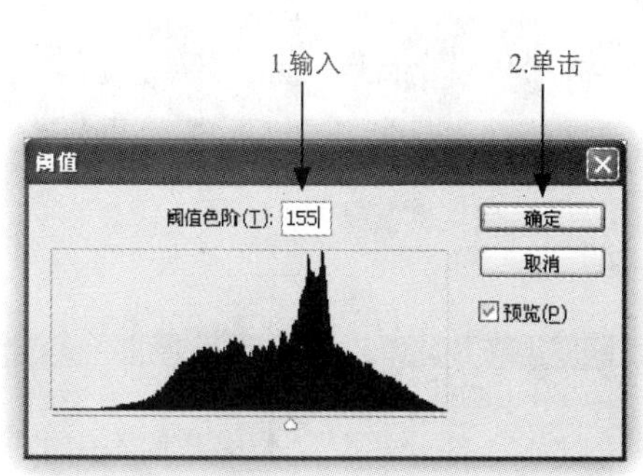

3 Step 设置前景色为白色，然后选择画笔工具，设置画笔为“喷枪钢笔不透明描画 90px”，如下左图所示。然后在画面天空处抹去黑色云彩，效果如下右图所示。

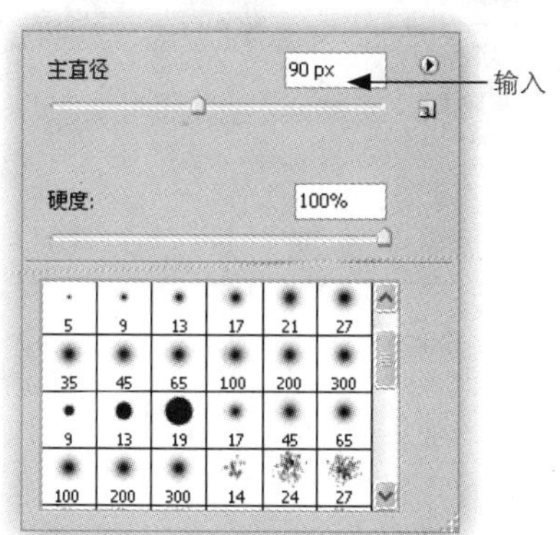

4 Step 选择“图像→调整→反相”命令，对图像黑白色彩进行反相处理，效果如下图所示。

技巧提示

按“Ctrl + I”组合键可直接对图像进行反相处理。

5 Step 选择矩形选框工具，框选建筑图像下方空白区域，如下左图所示，设置前景色为黑色，然后按“Alt + Delete”组合键填充选区，完成后按“Ctrl + D”组合键取消选区，效果如下右图所示。

6 Step 选择矩形选框工具，框选建筑区域，如下左图所示，然后按“Ctrl + J”组合键复制选区，生成新的图层1，如下右图所示。

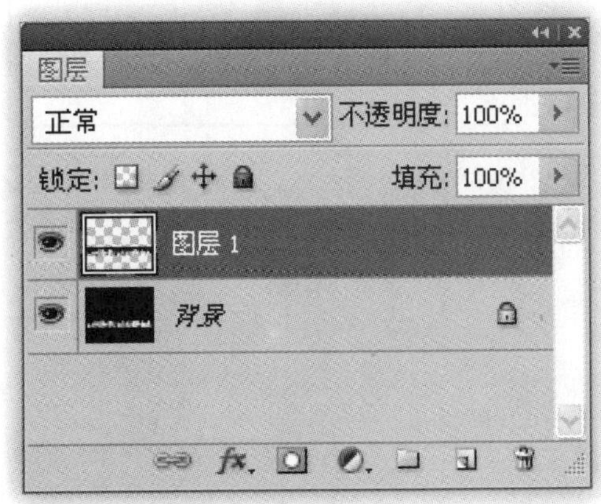

7 Step 选择“编辑→变换→垂直翻转”命令，对图像进行自动翻转处理，完成后选择移动工具，向下适当移动图像，与背景图像贴合，如下左图所示。然后按“Ctrl + E”组合键合并图层1与背景图层，如下右图所示。

8 Step 选择“文件→打开”命令，打开“彩色铁块.jpg”素材文件，如下图所示。

9 Step 选择移动工具，将“彩色铁块.jpg”素材文件拖曳至编辑文档中，生成新的图层 1，如下右图所示。

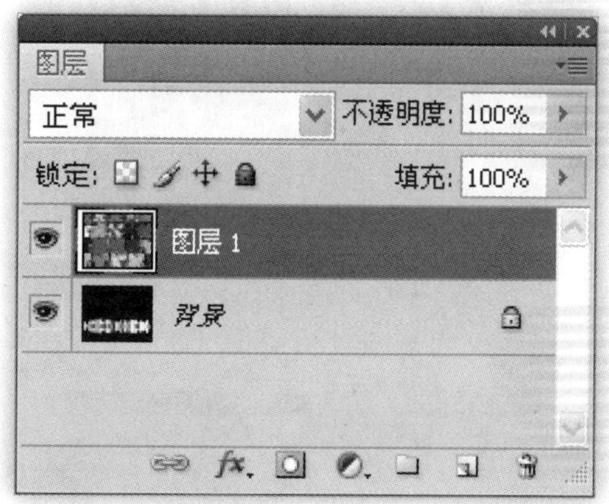

10 Step 设置图层 1 的混合模式为“深色”，此时图像效果发生了改变，选择移动工具，拖动图层 1，直至显示的画面色彩出现最满意的效果为止，如下图所示。

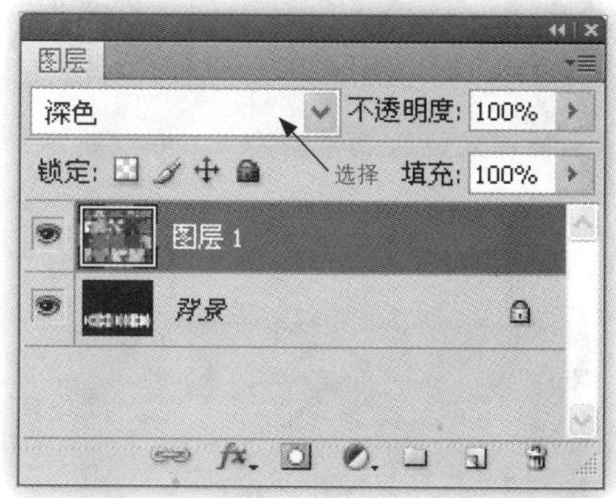

11 Step 按“Ctrl + Shift + Alt + E”组合键对显示图像盖印，生成新的图层 2，如下左图所示。选择魔棒工具，按“Shift”键连续选择图像中的黑色区域，完成后按“Delete”键删除选区图像，如下右图所示。

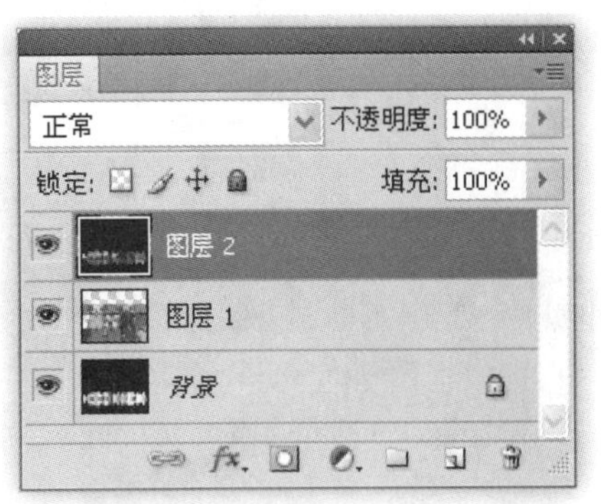

12 Step 按“Ctrl + D”组合键取消选区，选择“编辑→自由变换”命令，在显示的自由变换框中调整图像的高与宽，如下左图所示，完成后按“Enter”键确定变换，效果如下右图所示。

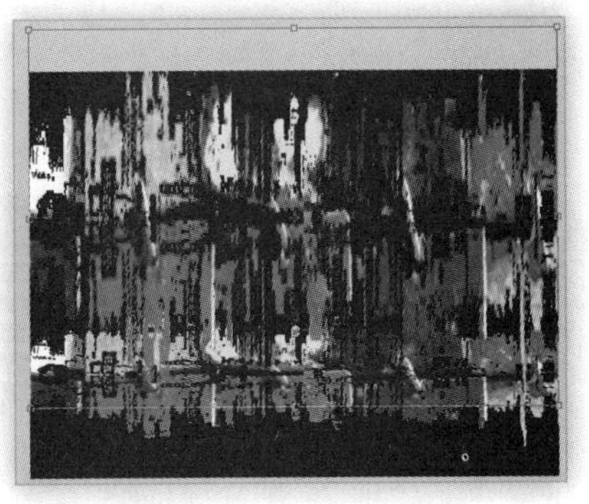

13 Step 如下左图所示，设置图层 2 的“不透明度”为“15%”，图像效果自动减淡，效果如下右图所示。

14 Step 选择“文件→打开”命令，打开“怀旧少女 .jpg”素材文件，如下左图所示。选择移动工具，将“怀旧少女 .jpg”素材文件拖曳至编辑图档中，生成新的图层 3，效果如下右图所示。

15 Step 按“Ctrl + U”组合键，在打开的“色相/饱和度”对话框中设置各项参数，调整图像色彩，具体设置如下左图所示。完成后单击 确定 按钮，效果如下右图所示。

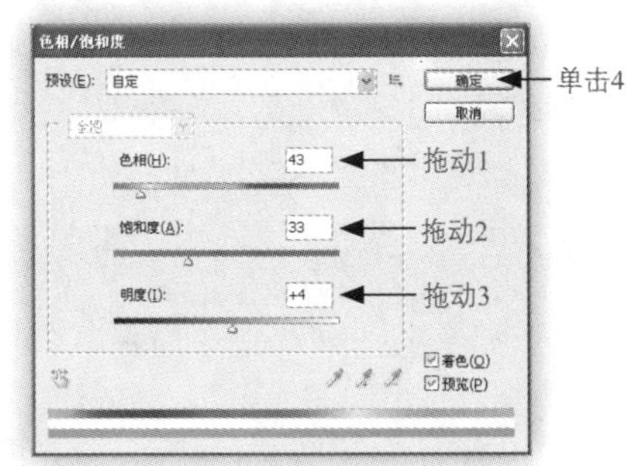

16 Step 如下左图所示，设置图层3的混合模式为“强光”，此时图像效果发生了改变，如下右图所示。

17 Step 选择橡皮擦工具，选择柔角125px画笔，如下左图所示，然后在人物边缘抹除局部图像，令画面人物更干净，如下右图所示。

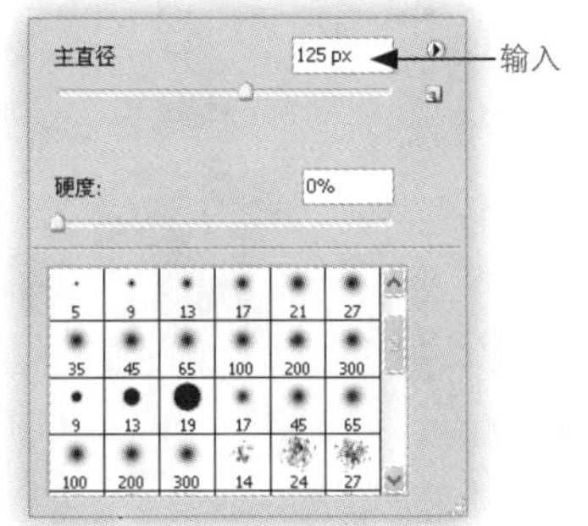

18 Step 选择横排文字工具T，在工具栏上单击“切换字符和段落面板”按钮，在打开的“字符”面板中设置字体为“方正美黑简体”，文字大小为“30点”，如下左图所示，然后在画面适当位置输入文字，最后适当调整单个文字大小，如下右图所示，完成后另存文件。

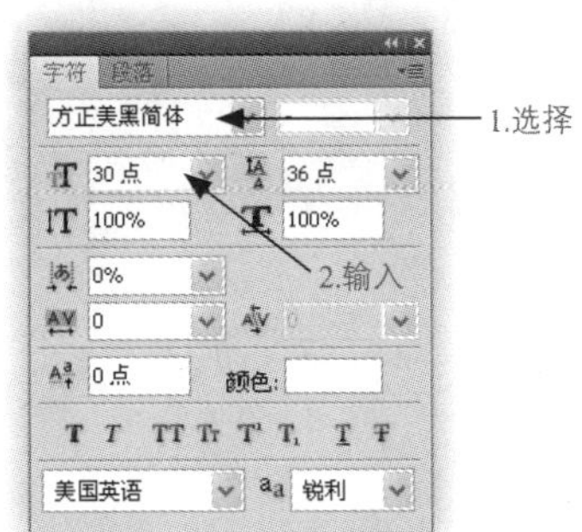

8.3 通过6个案例掌握图层样式的应用方法

图层样式在Photoshop设计中功能强大，它能制作出各种各样立体的图像效果，轻轻松松使一幅原本平淡无奇的图片变得立体，同时也能通过各种叠加方式及描边效果对图像的纹理和色彩进行调整，令图像设计变得多姿多彩。

8.3.1 通过"投影"、"内阴影"样式制作人物投影

学习目标

本节主要学习图层样式中的"投影"和"内阴影"，通过设置"投影"、"内阴影"选项的各参数制作人物投影。在学习制作人物投影时，读者可以结合光盘中的视频轻松、直观地进行学习。

准备知识

认识"投影"和"内阴影"样式

投影主要是在图层内容的后面添加阴影，是最常用到图层效果之一。对图层添加"投影"效果后，该图层中图像下方会出现一个轮廓和图像相同的"影子"，这个影子有一定的偏移量，默认情况下会向右下角偏移。阴影的默认混合模式是正片叠底，不透明度为75%。

而内阴影中很多选项和投影是一样的，投影效果可以理解为一个光源照射平面对象的效果，而"内阴影"则可以理解为光源照射球体的效果。投影效果和内阴影效果基本相同，不过投影是从对象边缘向外，而内阴影是从边缘向内。内阴影主要用来创作简单的立体效果，如果配合投影效果，那么图像的立体效果就更加生动，如下图所示。

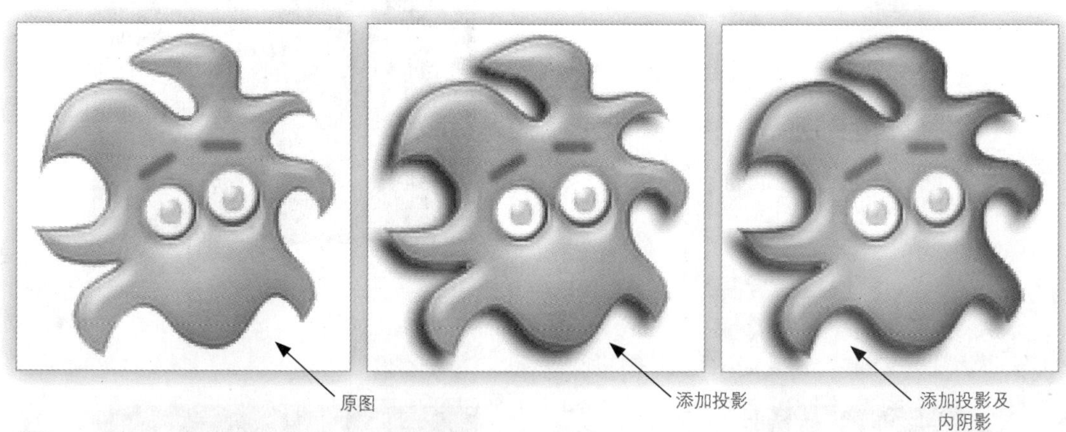

案例名称：制作人物投影
素材路径：\素材\第8章\少女.psd
效果路径：\效果\第8章\制作人物投影.psd
视频链接：Video\视频教程\图层的应用\制作人物投影

Step 1　选择"文件→打开"命令，打开"少女 .psd"素材文件，如下图所示。

2 Step 双击图层 1，在打开的如下左图所示的"图层样式"对话框中勾选"投影"复选框，然后单击颜色框，在打开的拾色器中设置颜色为"暗红色"(R:101,G: 0,B:28)，单击 确定 按钮，然后设置"距离"为"16 像素"，"扩展"为"32%"，"大小"为"18 像素"，并在"等高线"栏中选择"内凹－深"，完成后单击 确定 按钮，效果如下右图所示。

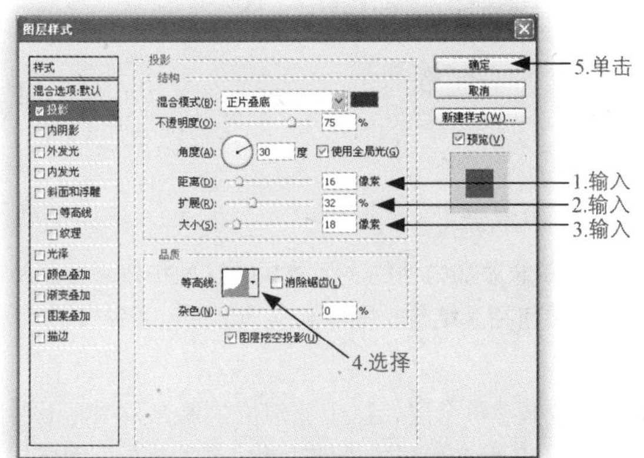

3 Step 新建图层 2，如下左图所示，设置前景色为"粉色"(R:255,G:154,B:189)，然后选择椭圆工具，再在工具栏上单击"填充像素"按钮，按"Shift"键在画面上绘制不同大小的正圆图案，如下右图所示。

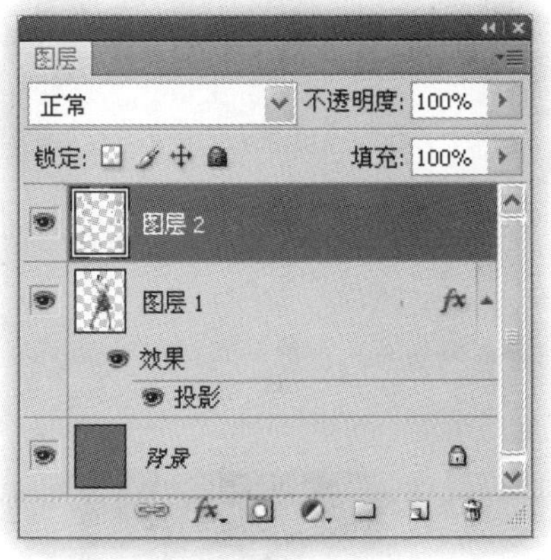

4 Step 双击图层 2，在打开的如下左图所示的"图层样式"对话框中勾选"内阴影"复选框，然后单击颜色框，在打开的拾色器中设置颜色为"暗红色"(R:97,G:1,B:33)，单击 确定 按钮，然后设置"距离"为"5 像素"，"阻塞"为"0%"，"大小"为"5 像素"，并在"等高线"栏中选择"线性"，完成后单击 确定 按钮，效果如下右图所示，另存文件。

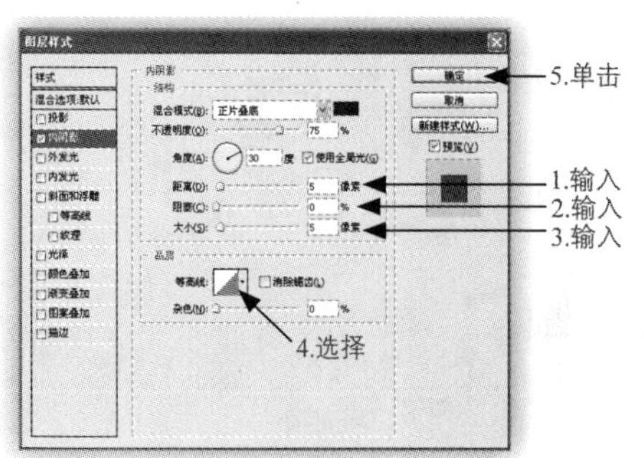

8.3.2 通过“外发光”、“内发光”样式制作霓虹灯文字

学习目标

本节主要学习图层样式中的“外发光”和“内发光”图层样式，通过制作霓虹灯文字来学习掌握这两种图层样式。在学习制作霓虹灯文字时，读者可以结合光盘中的视频轻松、直观地进行学习。

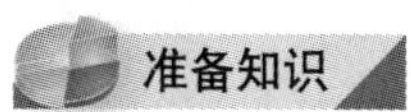

准备知识

认识“外发光”、“内发光”图层样式

“外发光”和“内发光”图层样式主要是为了给图像添加内外的发光效果，这两种效果分别从图层内容的外边缘和内边缘添加发光效果，它们的选项主要包括了结构、图索和品质3部分。结构控制了发光的混合模式、不透明度、杂色和颜色。

图层样式中的“外发光”效果好像在图像下面多出了一个层，这个假想层的填充范围比上面的略大，默认混合模式为“滤色”，默认透明度为“75%”，从而产生层的外侧边缘发光的效果。图层样式中的“内发光”效果可以想象为一个内侧边缘安装有照明设备的隧道截面，也可以理解为一个玻璃棒的横断面，这个玻璃棒外围有一圈光源。

案例名称：制作霓虹灯文字
素材路径：\素材\第8章\无
效果路径：\效果\第8章\制作霓虹灯文字.psd
视频链接：Video\视频教程\图层的应用\制作霓虹灯文字

Step 1 新建文件，设置文件名为“制作霓虹灯文字”，“宽度”和“长度”均为“5厘米”，“分辨率”为“350像素”，完成后单击 确定 按钮，如下左图所示。

Step 2 按“D”键设置颜色为默认色，按“Alt + Delete”组合键对背景填充黑色，如下右图所示。

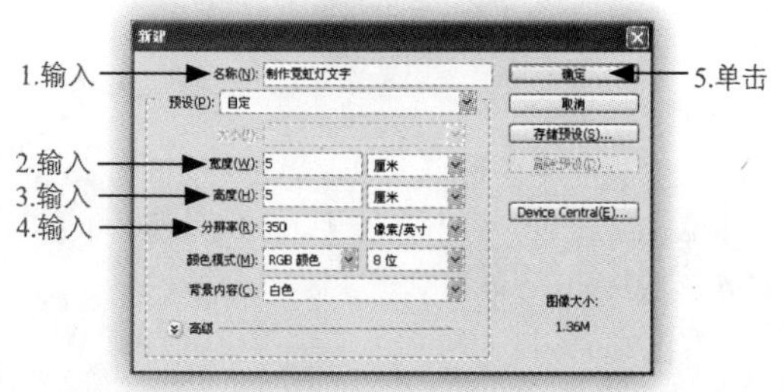

3 Step 用鼠标右键单击文字工具，在弹出的快捷菜单中选择“横排文字工具T”，然后在工具栏上单击“切换字符和段落面板”按钮，在打开的“字符”面板中设置字体为“Agency FB”，文字大小为“72点”，如下左图所示，然后在画面适当位置输入文字，效果如下右图所示。

4 Step 用鼠标右键单击文字图层，在弹出的快捷菜单中选择“栅格化文字”命令，完成后将文字图层转换为普通图层，如下左图所示。

5 Step 按“Alt”键在文字图层前的缩略图上单击，将文字转换为选区，如下右图所示。

6 Step 选择渐变工具，然后在工具栏上单击“点按可编辑渐变”按钮，在打开的“渐变编辑器”对话框中单击“透明彩虹渐变”图标，再单击 确定 按钮，如下左图所示，然后从左至右在选区内绘制渐变图像，完成后按“Ctrl + D”组合键取消选区，效果如下右图所示。

7 Step 双击图层“BEST”，在打开的如下左图所示的“图层样式”对话框中勾选“外发光”复选框，设置“扩展”为“15%”，“大小”为“18像素”，并在“等高线”栏中选择“锥形”，完成后单击 确定 按钮，效果如下右图所示。

第8章 图层的应用

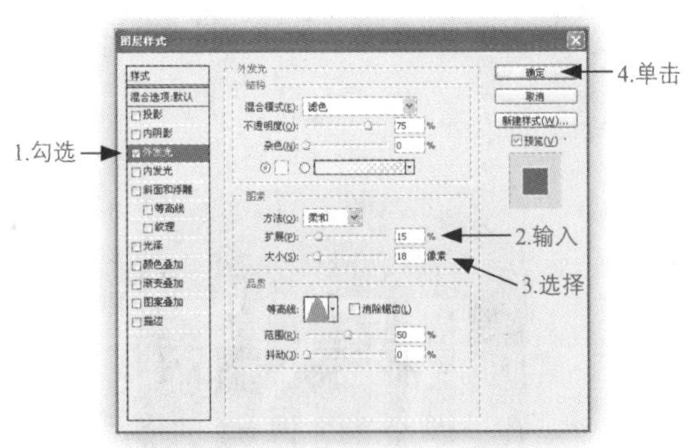

8 Step 双击图层“BEST”,在打开的如下左图所示的“图层样式”对话框中勾选“内发光”复选框,设置“方法”为“精确”，“阻塞”为“0%”，“大小”为“4 像素”，并在“等高线”栏中选择“锥形”，完成后单击 确定 按钮，效果如下右图所示，然后保存文件。

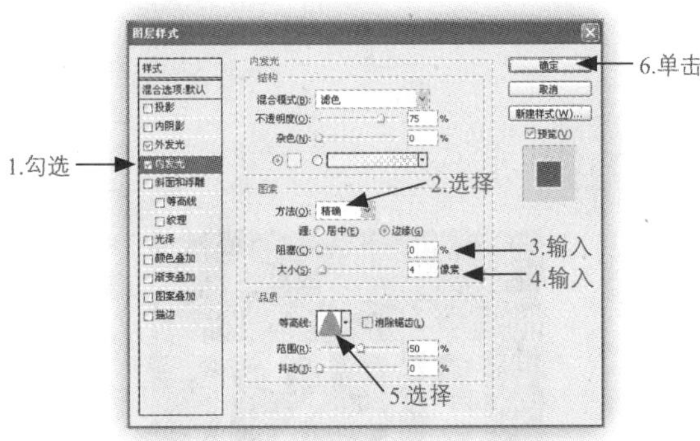

8.3.3 通过“斜面和浮雕”样式制作木刻文字

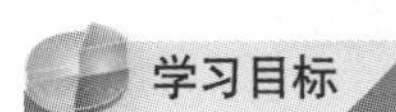

学习目标

本节主要学习图层样式中的“斜面和浮雕”效果，通过设置“斜面和浮雕”选项的各参数来讲解如何制作木头刻字效果。学习在木头上刻字时，读者可以结合光盘中的视频轻松、直观地进行学习。

准备知识

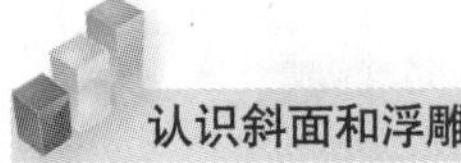

认识斜面和浮雕

斜面和浮雕可以说是Photoshop图层样式中最复杂的，其中包括内斜面、外斜面、浮雕、枕状浮雕和描边浮雕。虽然每一项中包含的设置选项都是一样的，但是制作出来的效果却大相径庭。

Photoshop CS4中的“斜面和浮雕”图层样式为你提供了3种可供选择的斜面格式：平滑、雕刻清晰、雕刻柔和，如下图所示。

- “平滑”选项模糊边缘，可适用于所有类型的斜面效果，但不能保留较大斜面的边缘细节。
- “雕刻清晰”选项保留清晰的雕刻边缘，适合用于有清晰边缘的图像，如消除锯齿的文字等。
- “雕刻柔和”介于这两者之间，主要用于较大范围的对象边缘。结构中的其他选项，如深度、方向、大小和软化，构成了浮雕的各种属性。

斜面和浮雕样式主要分为内斜面、外斜面、浮雕、枕形浮雕和描边浮雕，如下图所示。

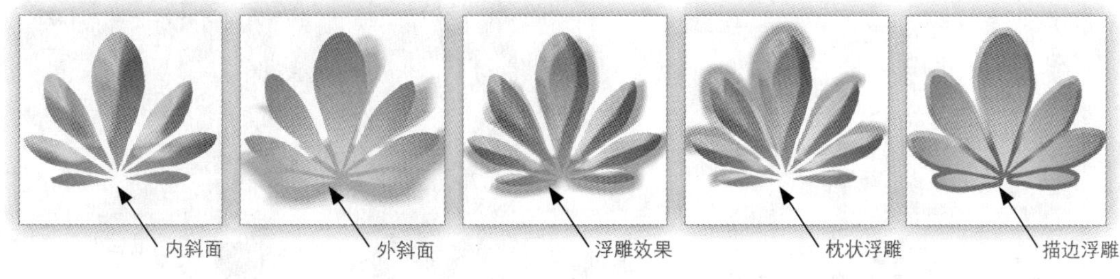

- 内斜面：添加了内斜面的层就像同时多出在其上方的一个高光层和在其下方的一个投影层，投影层的混合模式为“正片叠底”，高光层的混合模式为“滤色”，两者的透明度都是“75%”。
- 外斜面：被赋予了外斜面样式的层会多出两个“虚拟”的层，一个在上，一个在下，分别是高光层和阴影层，混合模式分别是“滤色”和“正片叠底”。
- 浮雕效果：浮雕效果添加的两个“虚拟”层都在层的上方，不需要调整背景颜色、层的填充及不透明度就可以同时看到高光层和阴影层。这两个“虚拟”层的混合模式及透明度仍然和斜面效果的一样。
- 枕状浮雕：枕形浮雕添加了枕形浮雕样式，设定后多出4个“虚拟”层，两个在上，两个在下，上下各含有一个高光层和一个阴影层。它是内斜面和外斜面的混合体。
- 描边浮雕：对图像的描线线条添加浮雕的效果，需要与描边选项相结合。

该对话框右侧的“等高线”是“光泽等高线”，这个等高线只会影响“虚拟”的高光层和阴影层。而对话框左侧的“等高线”则用来为图层本身赋予条纹状效果。

“纹理”用来为层添加材质，其设置比较简单。首先在下拉列表框中选择纹理，然后按纹理的应用方式进行设置。

案例名称：制作木刻文字
素材路径：\素材\第8章\木纹.jpg
效果路径：\效果\第8章\制作木刻文字.psd
视频链接：Video\视频教程\图层的应用\制作木刻文字

1 Step 选择“文件→打开”命令，打开“木纹 .jpg”素材文件，如下图所示。

知识链接

“斜面和浮雕”图层样式中的等高线容易让人混淆，除了在“斜面和浮雕”对话框右侧有“等高线”外，在该对话框左侧也有一个。

第8章 图层的应用

2 Step 按“D”键设置颜色为默认色，选择横排文字工具T，然后在工具栏上单击“切换字符和段落面板”按钮，在打开的“字符”面板中设置字体为“Impact”，文字大小为“200点”，如下左图所示，然后在画面适当位置输入文字，效果如下右图所示。

3 Step 双击文字图层，在打开的“图层样式”对话框中勾选“斜面和浮雕”复选框，设置“样式”为“枕状浮雕”，“方法”为“雕刻清晰”，“深度”为“205%”，“大小”为“18像素”，如下左图所示，完成后单击 确定 按钮，效果如下右图所示。

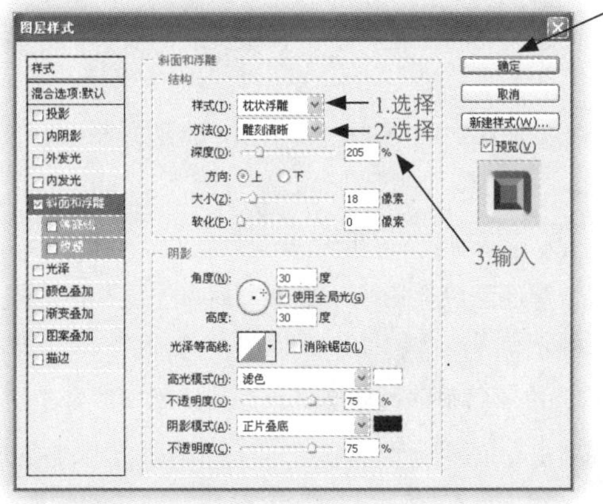

4 Step 再次双击文字图层，在打开的“图层样式”对话框中勾选“等高线”复选框，选择“等高线”为“内凹－深”，如下左图所示，完成后单击 确定 按钮，效果如下右图所示。

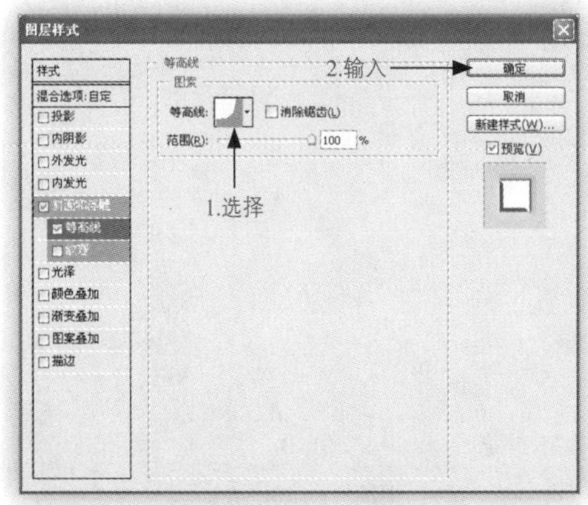

5 Step 在“图层”面板上设置“混合模式”为“颜色减淡”如下左图所示，此时图像发生了改变，如下右图所示。

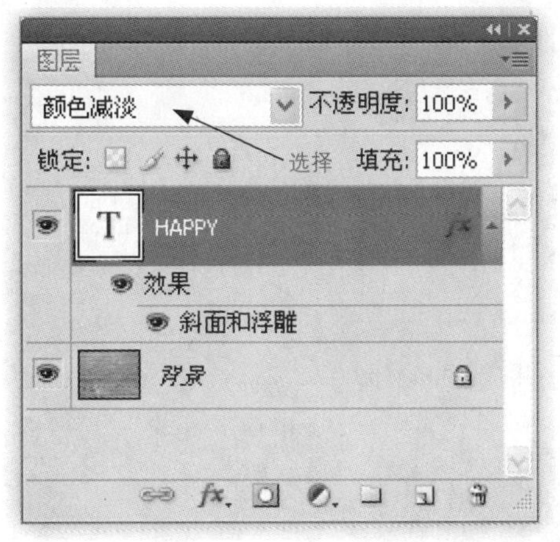

6 Step 复制文字图层，生成 HAPPY 副本，文字的雕刻效果更加明显，如下图所示。

7 Step 新建图层 1，选择自定形状工具，然后在工具栏上单击“填充路径”按钮，再在“形状”栏中选择“红心形卡”图案，如下左图所示，然后按“Shift”键在画面右下角绘制两个心形图案，如下右图所示。

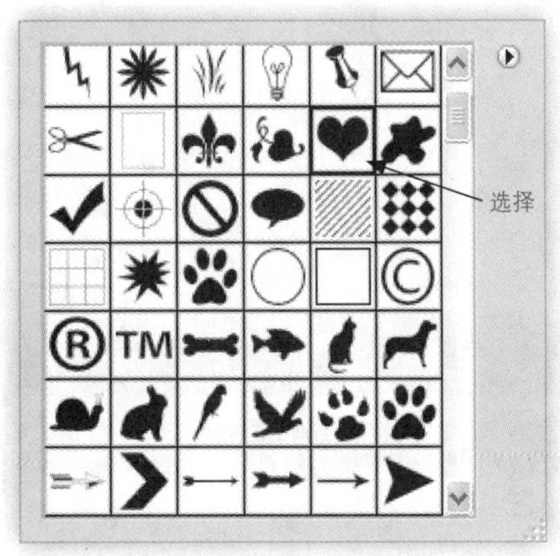

8 Step 用鼠标右键单击文字图层，在弹出的快捷菜单中选择“拷贝图层样式”命令，然后用鼠标右键单击图层 1，在弹出的快捷菜单中选择“粘贴图层样式”命令，如下左图所示，将自动把文字图层的图层样式及混合模式粘贴至图层 1，效果如下右图所示。

9 Step 双击图层 1，在打开的“图层样式”对话框中勾选“等高线”复选框，选择“等高线”为“内凹－浅”，如下左图所示，完成后单击 确定 按钮，效果如下右图所示。

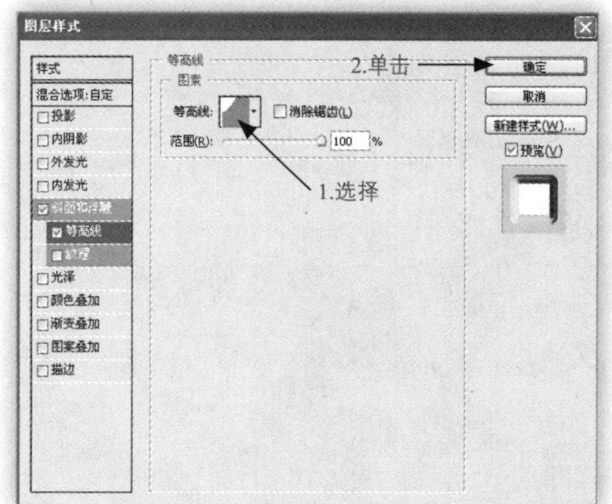

10 Step 双击图层 1，在打开的“图层样式”对话框中勾选“纹理”复选框，单击“图案”右侧的图案图标，在打开的面板中单击 按钮，在弹出的下拉列表中选择“图案 2”选项，再在随后弹出的对话框中单击 追加(A) 按钮追加图案，如下图所示。

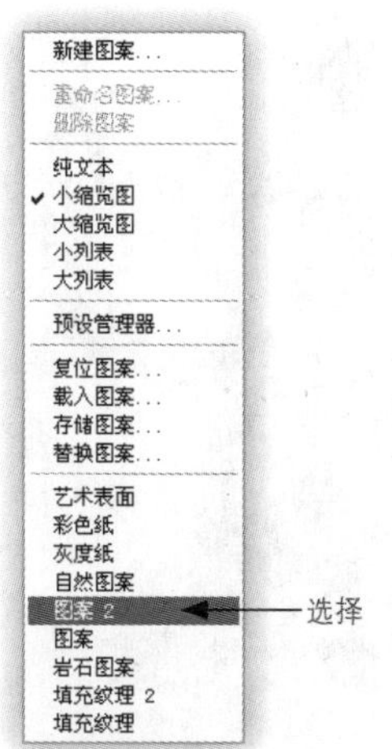

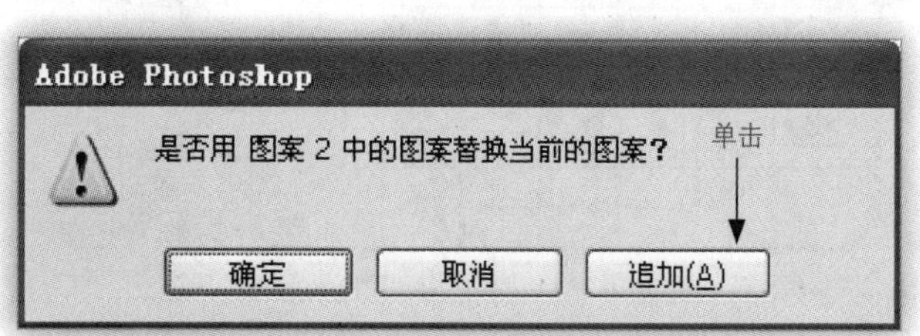

11 Step 在追加的纹理图案中选择“石头”图案，设置“缩放”为“61%”，“深度”为“95%”，如下左图所示，完成后单击 确定 按钮，效果如下右图所示。

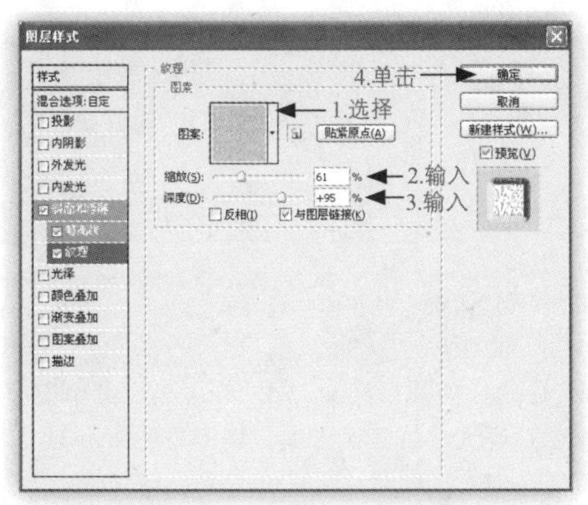

12 Step 复制图层 1，生成图层 1 副本，如下左图所示，此时图案的雕刻效果更加明显，如下右图所示，完成后另存文件。

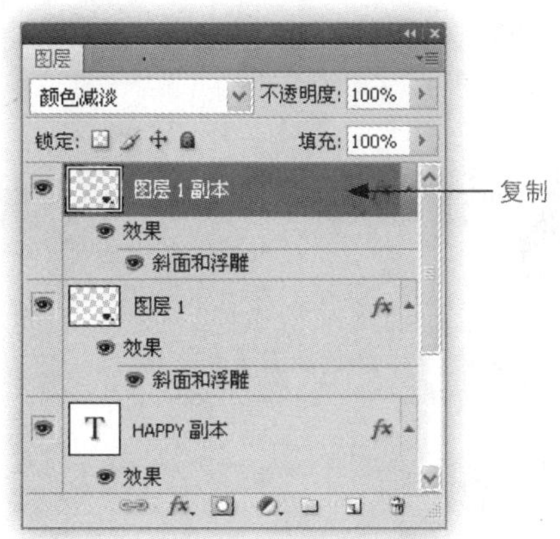

 8.3.4 通过“光泽”样式增加图像亮度

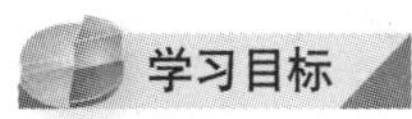 学习目标

本节主要学习图层样式中的光泽效果，通过“光泽”选项增加图像亮度来掌握其使用方法。在学习通过“光泽”选项改变图像色调时，读者可以结合光盘中的视频轻松、直观地进行学习。

 准备知识

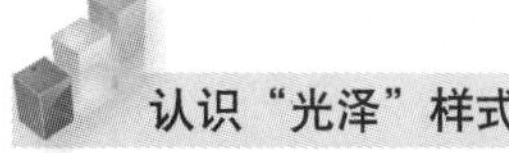 认识“光泽”样式

“光泽”样式在层的上方添加一个波浪形效果。它主要通过“角度”、“距离”、“大小”等参数来设置反光效果。“光泽”样式的选项虽然不多，但是很难准确把握，有时候设置值微小的差别都会使效果产生很大的区别，如右图所示。

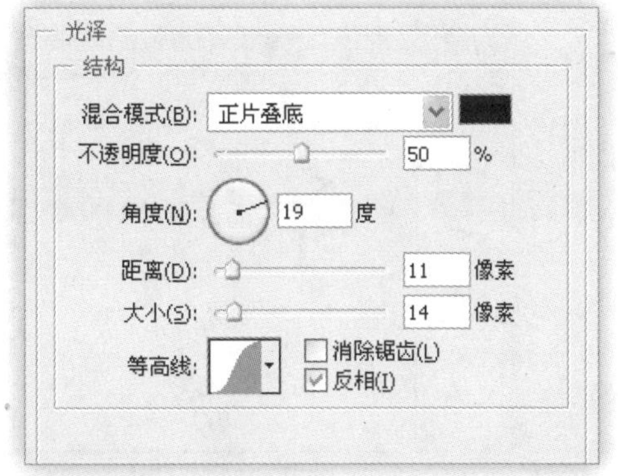

光泽效果之所以容易让人琢磨不透，主要是其效果会和图层的内容直接相关，也就是说，图层的轮廓不同，添加光泽样式之后产生的效果完全不同。

案例名称：改变图像色调

素材路径：\素材\第8章\漂亮小女孩.jpg

效果路径：\效果\第8章\改变图像色调.psd

视频链接：Video\视频教程\图层的应用\改变图像色调

1 Step 选择"文件→打开"命令，打开"漂亮小女孩.jpg"素材文件，如下左图所示。

2 Step 新建图层1，设置前景色为"黄色"（R:209,G:217,B:1），选择椭圆工具，然后在工具栏上单击"填充像素"按钮，再按"Shift"键在画面上绘制一个适当大小的正圆图案，如下右图所示。

3 Step 如下左图所示，设置图层1的混合模式为"柔光"，图像效果发生了改变，如下右图所示。

4 Step 双击图层1，在打开的"图层样式"对话框中勾选"光泽"复选框，设置颜色条色彩为"黄色"（R:255,G:252,B:2），设置"不透明度"为"79%"，"距离"为"50"，"大小"为35像素，"等高线"为"画圆步骤"，如下左图所示，完成后单击 确定 按钮，效果如下右图所示。

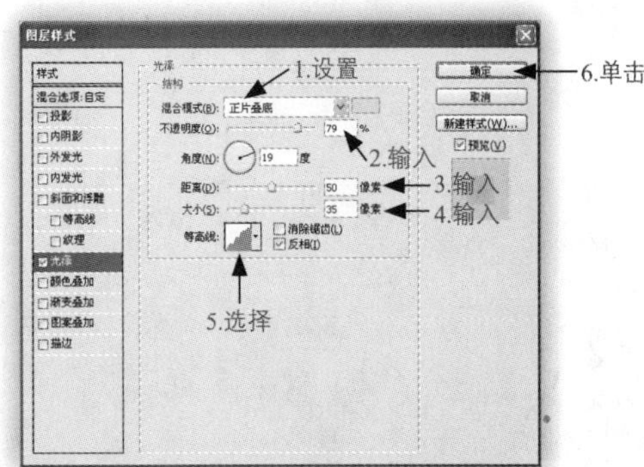

5 Step 新建图层 2，设置前景色为“紫色”（R:129,G:0,B:164），选择自定形状工具，然后在工具栏上单击“填充路径”按钮，再在“形状”栏中选择“红心形卡”图案，如下左图所示，按“Shift”键在画面中绘制心形图案，效果如下右图所示。

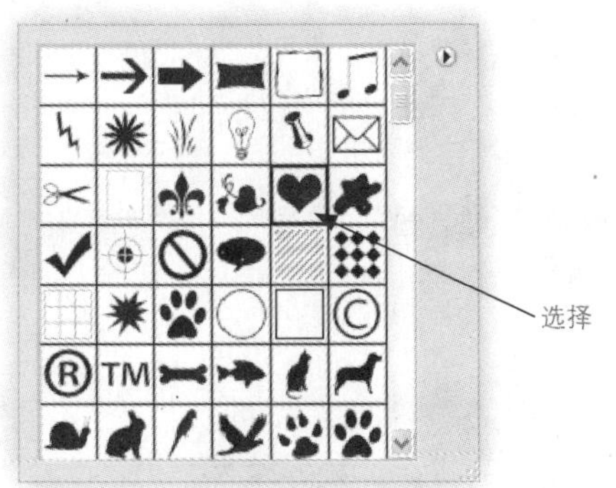

6 Step 双击图层 2，在打开的“图层样式”对话框中勾选“光泽”复选框，设置颜色条色彩为“黑色”，单击“等高线”右侧的下三角按钮，在打开的面板中单击按钮，然后在弹出的下拉列表中选择“等高线”选项，并在随后弹出的对话框中单击[确定]按钮追加等高线样式，如下图所示。

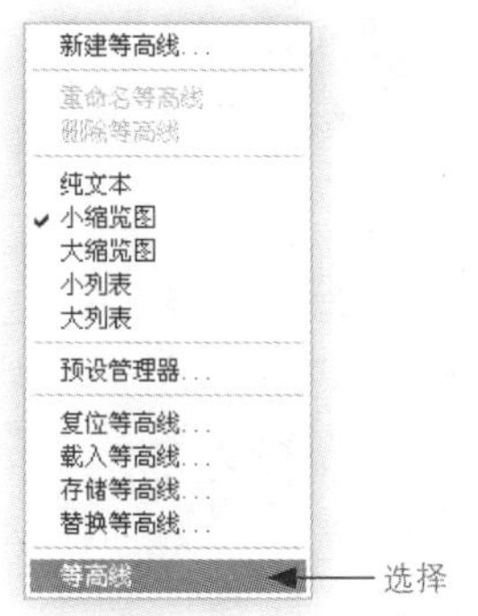

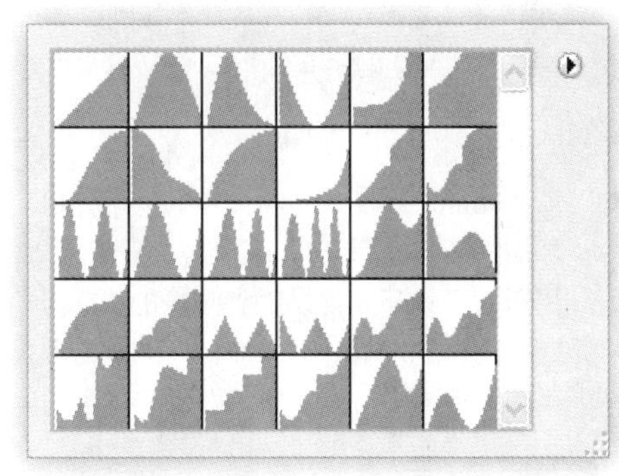

7 Step 选择“等高线”为“凹槽－低”，设置“不透明度”为“40%”，“距离”为“3 像素”，“大小”为“9 像素”，然后单击[确定]按钮，如下左图所示，效果如下右图所示，完成后另存文件。

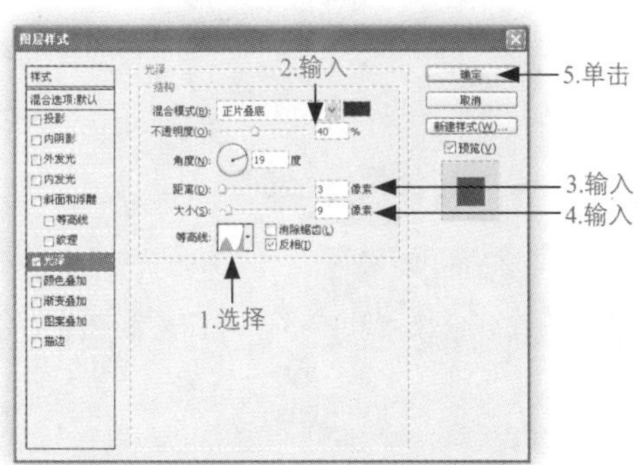

8.3.5 通过3种叠加方式制作绚彩图像

学习目标

本节主要学习图层样式中的3种叠加样式，通过设置3种叠加样式的各参数制作绚丽图像来掌握它们的使用方法。在学习运用3种叠加样式制作绚彩图像时，读者可以结合光盘中的视频轻松、直观地进行学习。

准备知识

认识3种叠加样式

图层样式中有颜色叠加、渐变叠加和图案叠加3种叠加样式，这3种样式可以搭配使用，制作出各种多彩的画面。

- 颜色叠加效果可以在颜色叠加的同时控制填充色的混合模式和不透明度，还可以随时改变填充属性。它的效果相当于用快捷键“Shift+Delete+Alt”或“Shift+Delete+Ctrl”，以前景色或背景色填充图层的不透明区域，如下图所示。

原图

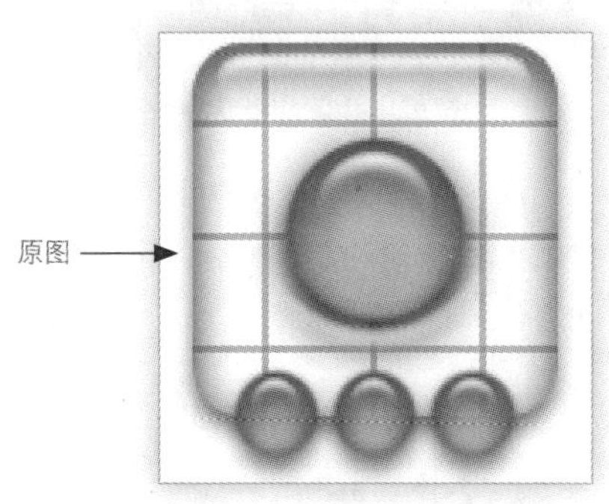

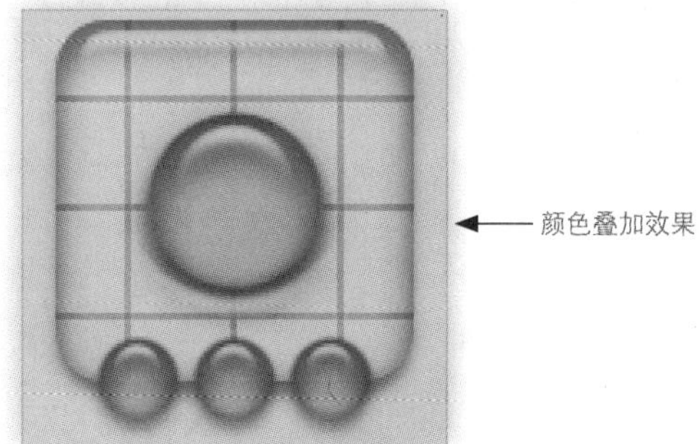

颜色叠加效果

- 渐变叠加效果是运用渐变填充图层内容，它和渐变工具差不多，但在角度上更容易掌握。渐变叠加添加了与图层对齐、用于对齐渐变和图层，以及控制渐变大小的缩放选项。很多时候，直接使用渐变工具不太容易达到图像的要求，需要重复试验，我们可以使用渐变叠加效果来慢慢调整渐变对图层的影响，这样要比一遍遍重复渐变容易。需要注意的是，当颜色叠加效果和渐变叠加效果同时存在时，要将颜色叠加的不透明度降低，否则会遮挡住渐变叠加效果，如下图所示。

原图

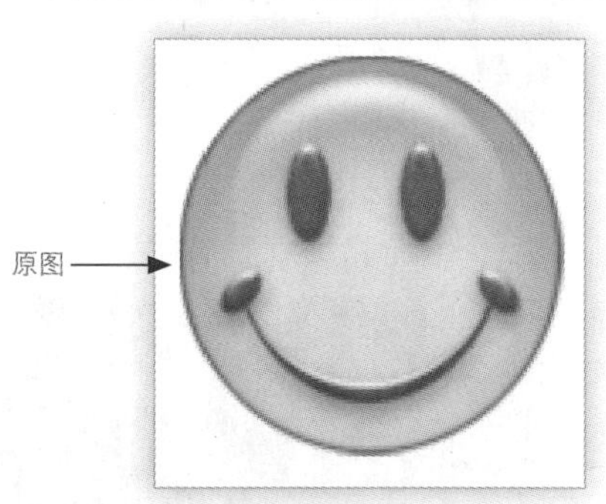

渐变叠加效果

- 图案叠加效果是以图案填充图层内容，可以随意设置混合模式和不透明度调整图像叠加效果，如下图所示。

原图

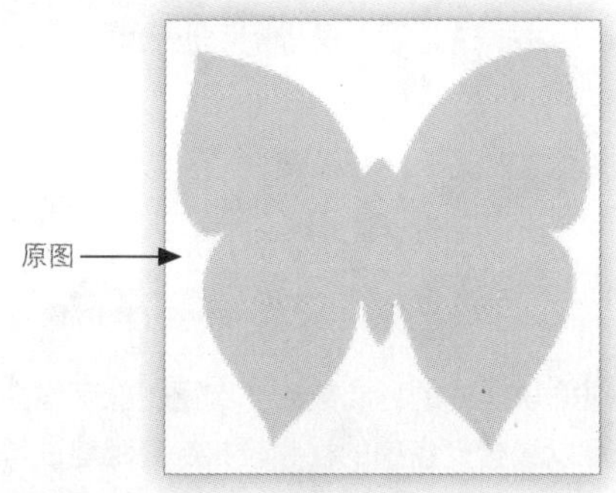

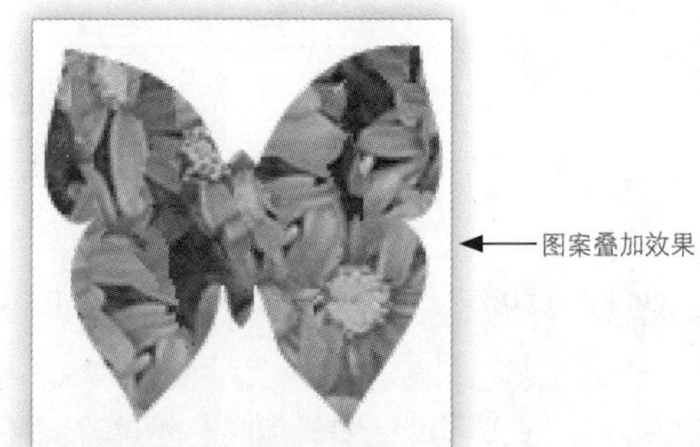

图案叠加效果

案例名称：制作绚彩图像
素材路径：\素材\第8章\辫子女孩.psd
效果路径：\效果\第8章\制作绚彩图像.psd
视频链接：Video\视频教程\图层的应用\制作绚彩图像

1 Step 选择"文件→打开"命令，打开"辫子女孩.jpg"素材文件，如下图所示。

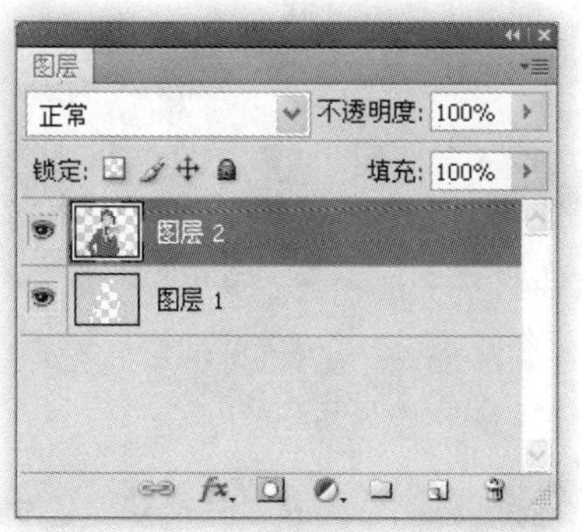

2 Step 双击图层 1，在打开的"图层样式"对话框中勾选"渐变叠加"复选框，设置"混合模式"为"强光"，"不透明度"为"64%"，并在"渐变"栏上单击渐变色条，在打开的"渐变编辑器"对话框中选择"色谱"，单击[确定]按钮，勾选"反向"复选框，并设置"样式"为"径向"，"缩放"为"150%"，完成后单击[确定]按钮，如下图所示。

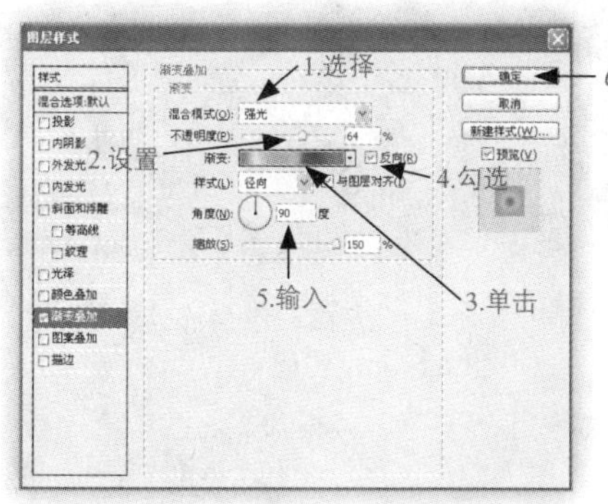

3 Step 双击图层 1，在打开的"图层样式"对话框中勾选"图案叠加"复选框，设置"混合模式"为"颜色减淡"，"不透明度"为"45%"，单击"图案"右侧的图案图标，在打开的面板中单击▶按钮，并在弹出的下拉列表中选择"图案"选项，然后在随后弹出的对话框中单击[确定]按钮添加图案，设置"缩放"为"388%"，完成后单击[确定]按钮，如下图所示。

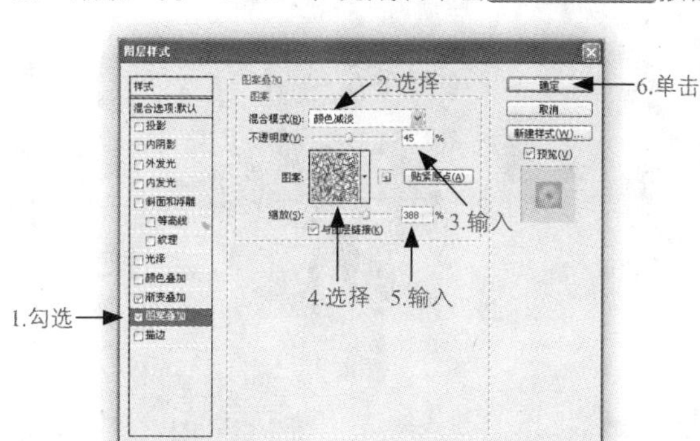

4 Step 新建图层 3，选择钢笔工具，在画面上绘制出云彩路径，如下图所示。

5 Step 设置前景色为白色，在“路径”面板上单击“填充路径”按钮，对路径填充白色，制作白云背景，完成后在“路径”面板的灰色区域上单击取消路径，如下图所示。

6 Step 新建图层 4，选择椭圆工具，在工具栏上单击“填充路径”按钮，然后在画面适当位置绘制椭圆图案，效果如下左图所示。

7 Step 继续在画面绘制不同大小的椭圆图案，注意图像的排列由大至小，效果如下右图所示。

8 Step 复制图层 4，生成新的图层 4 副本，如下左图所示，选择“编辑→变换→水平翻转”命令，对图像进行翻转处理，选择移动工具，将复制图像拖曳至画面左侧，效果如下右图所示。

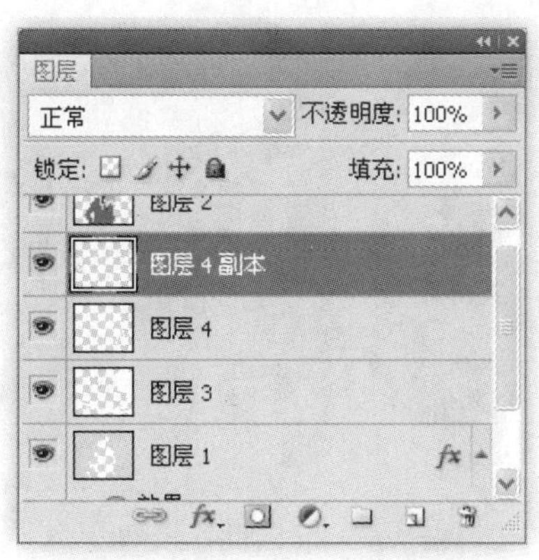

9 Step 双击图层4副本，设置混合模式右侧的颜色条为"黄色"(R:255,G:253,B:66)，然后单击 确定 按钮，如下左图所示，此时图像颜色发生了改变，如下右图所示，完成后另存文件。

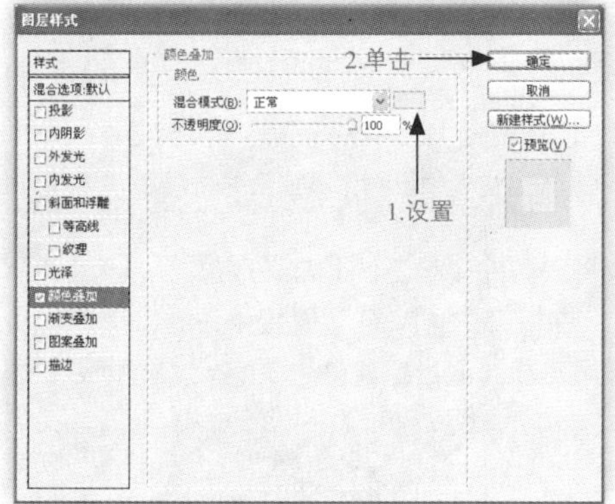

8.3.6 通过"描边"样式制作文字描边

学习目标

本节主要学习"描边"图层样式，通过制作文字描边来掌握其使用方法。在学习运用"描边"选项对文字进行描边时，读者可以结合光盘中的视频轻松、直观地进行学习。

准备知识

认识描边

描边样式很直观并且简单，就是沿着层中非透明部分的边缘描边，这在实际应用中很常见。描边样式的设定主要选项包括：大小、位置、填充类型，如右图所示。

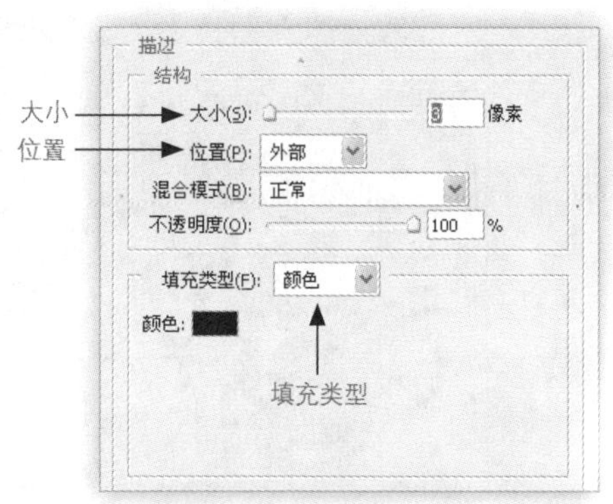

- 大小：设置描边的粗细程度。
- 位置：设置描边的位置，可以使用的选项包括：内部、外部和居中，注意观察边和选区之间的关系。
- 填充类型：有3种可供选择，分别是颜色、渐变和图案，它们主要用来设定边的填充方式。

案例名称：制作描边文字
素材路径：\素材\第8章\描边背景.jpg
效果路径：\效果\第8章\制作描边文字.psd
视频链接：Video\视频教程\图层的应用\制作描边文字

1 Step 选择"文件→打开"命令，打开"描边背景.jpg"素材文件，如下图所示。

知识链接

描边的方法有很多种，图层样式的描边与其他描边不同的是，它不能通过应用橡皮擦工具擦除描边像素。

2 Step 用鼠标右键单击文字工具，在弹出的快捷菜单中选择"横排文字工具T"，设置前景色为白色，然后在工具栏上单击"切换字符和段落面板"按钮，在打开的"字符"面板中设置字体为"Imprint MT Shadow"，"字体大小"为"250点"，如下左图所示，然后在画面适当位置输入文字，效果如下右图所示。

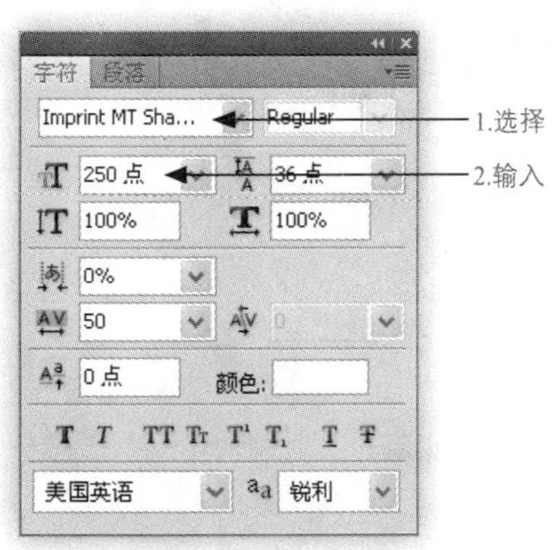

3 Step 双击文字图层，在打开的"图层样式"对话框中勾选"斜面和浮雕"复选框，设置"样式"为"浮雕效果"，"深度"为"164"，"大小"为"18像素"，"光泽等高线"选择为"内凹－深"选项，完成后单击 确定 按钮，如下左图所示，效果如下右图所示。

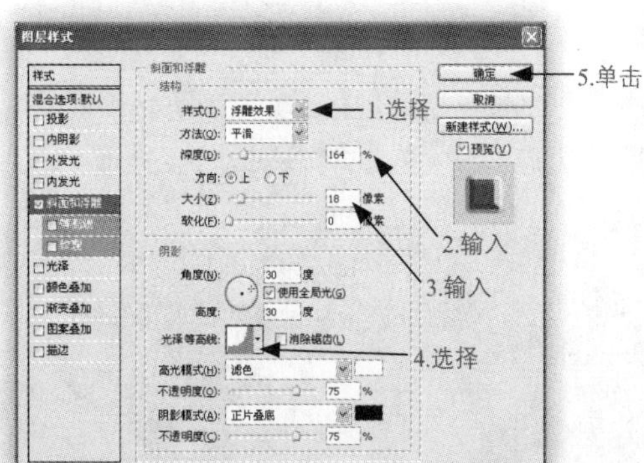

4 Step 双击文字图层，在打开的“图层样式”对话框中勾选“等高线”复选框，选择“等高线”为“高斯”，完成后单击 确定 按钮，如下左图所示，效果如下右图所示。

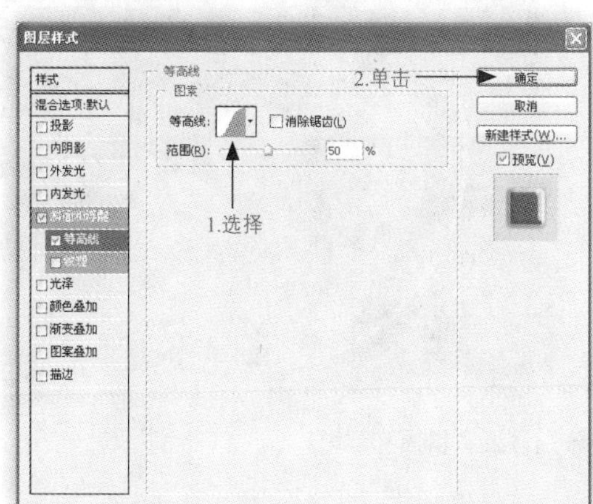

5 Step 双击文字图层，在打开的“图层样式”对话框中勾选“描边”复选框，设置“大小”为“9 像素”，“混合模式”为“正片叠底”，“填充类型”为“渐变”，并单击渐变条，在打开的渐变编辑器对话框中选择渐变为“橙，黄，橙渐变”，单击 确定 按钮，设置“缩放”为“95%”，完成后单击 确定 按钮，如下左图所示，效果如下右图所示，完成后另存文件。

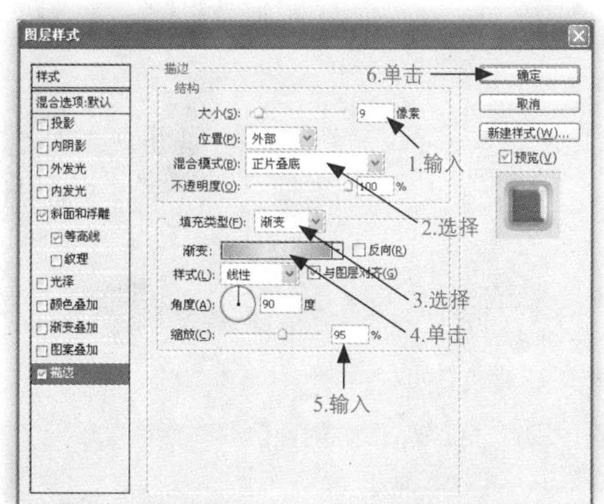

8.4 自我提高

学习完本章后，读者清楚认识了Photoshop CS4里关于图层样式一些设置的操作和用处，巧用图层样式，将使图像设计更具个性。图层样式能快速制作出手工绘制难以达到的各种特殊效果，使用不同的方法运用所学的不同知识，将快速制作出精美的图像效果。

提高一 制作质感光盘（\效果\第8章\制作质感光盘.psd）

① 打开“碟面.jpg”素材文件（\素材\第8章\碟面.jpg）。

② 选择椭圆选框工具，按“Shift”键在画面中心创建适当大小的圆形选区。

③ 按“Ctrl+J”组合键复制选区图像，生成新的图层1。选择背景图层，设置前景色为“蓝色”（R:16,G:144,B:238），按“Alt + Delete”组合键填充背景。

④ 再次选择椭圆选框工具，按“Shift”键在画面中心创建适当大小的圆形选区。

⑤ 按“Delete”键删除选区图像，完成后按“Ctrl + D”组合键取消选区。

⑥ 双击图层1，在打开的“图层样式”对话框中勾选“投影”复选框，设置各项参数，完成后单击 确定 按钮。

⑦ 双击图层1，继续在“图层样式”对话框中分别设置“斜面和浮雕”、“等高线”和“描边”等各项参数，完成后另存文件。

提高二　制作播放器按钮（\效果\第8章\制作播放器按钮.psd）

① 选择“文件→新建”命令，新建一个长、宽都为5厘米的图像文件。

② 设置前景色为“蓝色”（R:188,G:207,B:237），按“Alt + Delete”组合键对背景图层进行填充。

③ 新建图层1，选择椭圆工具，在工具栏上单击“形状图层”按钮，设置前景色为“蓝色”（R:89,G:137,B:211），然后按“Shift”键在画面居中位置绘制正圆图像。

④ 按“Shift”键选择图层1及背景图层，在工具栏上分别单击垂直居中对齐按钮及水平居中对齐按钮，将圆形图像居中对齐。

⑤ 双击图层1，在打开的“图层样式”对话框中设置“投影”、“内阴影”、“斜面与浮雕”、“等高线”的各项参数，完成后单击 确定 按钮。

⑥ 新建图层2，选择椭圆工具，然后按“Shift”键在画面居中位置绘制正圆图像。

⑦ 按“Ctrl”键选择图层2及背景图层，在工具栏上分别单击垂直居中对齐按钮及水平居中对齐按钮，将圆形图像居中对齐。

⑧ 双击图层2，在打开的“图层样式”对话框中设置“投影”、“内阴影”、“斜面与浮雕”、“等高线”的各项参数，完成后单击 确定 按钮，然后保存文件。

⑨ 新建图层3，选择自定形状工具，选择“前进”图案，设置前景色为“蓝色”（R:58,G:98,B:161），然后在画面适当位置绘制形状。

⑩ 选择橡皮擦工具，擦除图案上多余圆圈。双击图层3，在打开的“图层样式”对话框中设置“投影”、“内阴影”、“斜面与浮雕”、“等高线”的各项参数，完成后单击 确定 按钮，然后保存文件。

Chapter 9

第 9 章 图层的高级应用

图层混合模式在图像合成与设计处理中应用广泛，它能方便快捷地实现传统手绘所不能达到的特殊图效。掌握混合模式及不透明度的运用技巧，灵活操作，将使你的图像设计技巧更上一层楼。

9.1 通过5个案例掌握图层混合模式的使用

图层混合模式是设置上下两个图层中图像像素的混合方式，以此得到不同的图像效果。它在Photoshop的实际操作中非常实用，能快速制作出各种特殊的图像效果。

9.1.1 通过设置减淡型混合模式制作彩色幕布场景

学习目标

本节主要学习减淡型图层混合模式的相关知识，并通过制作彩色幕布场景学习减淡型混合模式的使用方法。在学习制作彩色幕布场景时，读者可以结合光盘中的视频轻松、直观地进行学习。

准备知识

认识直排文字工具

减淡型图层混合模式是将重叠的图像效果进行减淡的色调处理，主要用于制作较明亮的混合效果，在图像设计中经常使用。在以下学习中，“基色”是图像中的原稿颜色；“混合色”是通过绘画或编辑工具应用的颜色；“结果色”是混合后得到的颜色。

减淡型图层混合模式分为“变亮”、“滤色”、“颜色减淡”、“线性减淡（添加）”、“浅色”5种。

- 变亮：比较相互混合的像素亮度，选择混合颜色中较亮的像素保留起来，而其他较暗的像素则被替代。比“混合色”暗的像素被替换，比“混合色”亮的像素保持不变，如下图所示。

原图

“变亮”模式效果

- 滤色：查看每个通道的颜色信息，并将“混合色”的互补色与“基色”进行正片叠底。“结果色”总是较亮的颜色。用黑色过滤时颜色保持不变；用白色过滤将产生白色。此效果类似于多个摄影幻灯片在彼此之上投影，如下左图所示。
- 颜色减淡：查看每个通道中的颜色信息，并通过减小对比度使“基色”变亮以反映“混合色”。与黑色混合则不发生变化，如下右图所示。

- 线性减淡(添加)：查看每个通道中的颜色信息，并通过增加亮度使"基色"变亮以反映"混合色"。与黑色混合则不发生变化，如下左图所示。
- 浅色：查看每个通道中的颜色信息，并通过显示亮部颜色忽略暗部颜色使图像色彩效果变浅，如下右图所示。

案例名称：制作彩色幕布场景
素材路径：\素材\第9章\幕布.jpg
效果路径：\效果\第9章\制作彩色幕布场景.psd
视频链接：Video\视频教程\图层的高级应用\制作彩色幕布场景

1 Step 选择"文件→打开"命令，打开"幕布 .jpg"素材文件，如下左图所示。

2 Step 新建图层 1，设置前景色为"绿色"(R:131,G:241,B:55)，选择矩形工具，在工具栏上单击"填充路径"按钮，然后在幕布底端绘制两个矩形图案，如下右图所示。

3 Step 设置图层 1 的混合模式为"颜色减淡"，矩形图案效果发生改变，如下图所示。

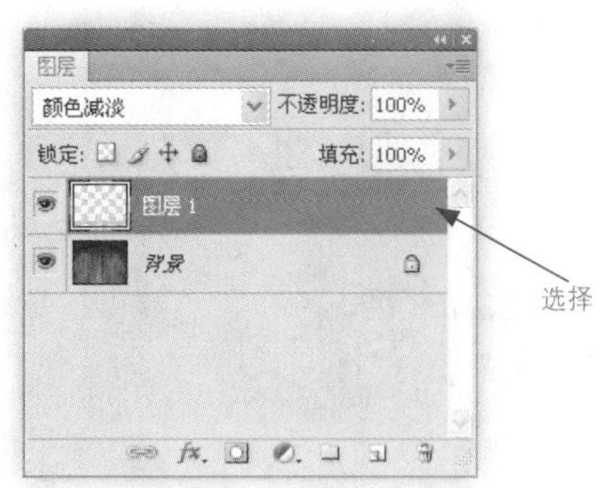

4 Step 设置前景色为白色，新建图层 2，选择画笔工具，在工具栏上单击“切换画笔面板”按钮，并在打开的对话框中选择“画笔笔尖形状”选项，设置“画笔大小”为“20px”，“间距”为“135%”，如下左图所示，然后按“Shift”键在画面右侧绘制垂直的线条，出现等距的圆点效果，如下右图所示。

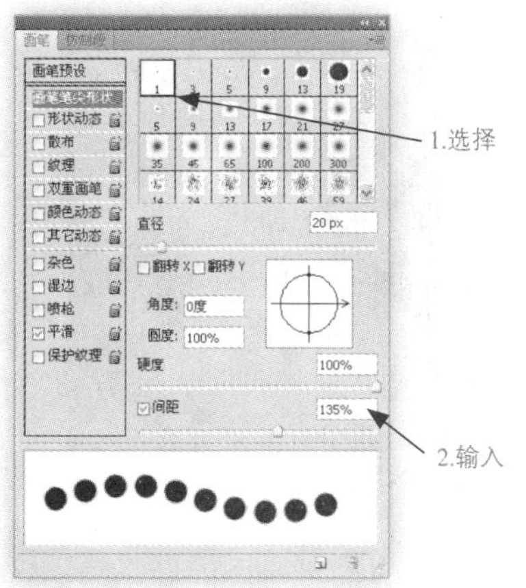

5 Step 按“Ctrl”键单击图层 2 前的缩略图，将图像载入选区，如下左图所示。

6 Step 设置前景色为“紫色”(R:228,G:0,B:255)，背景色为“黄色”(R:253,G:192,B:25)，选择渐变工具，在选区内从上至下绘制渐变，按“Ctrl + D”组合键取消选区，如下图所示。

单击

7 Step 设置图层 2 的混合模式为“线性减淡(添加)”，如下左图所示，此时圆点图案效果发生了改变，如下右图所示。

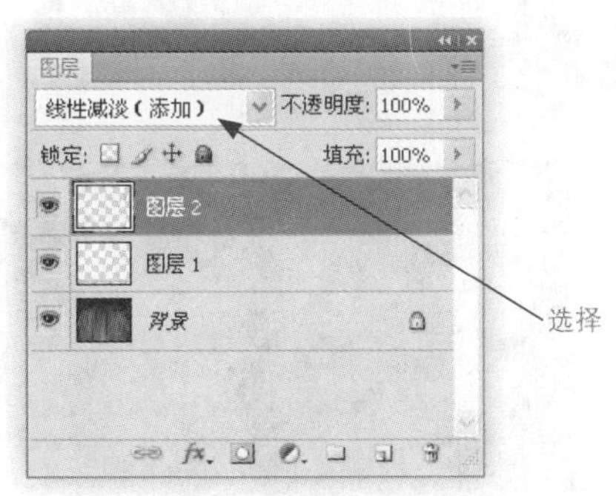

8 Step 使用以上相同的方法，新建图层 3，再次制作彩色圆点图案，如下图所示。

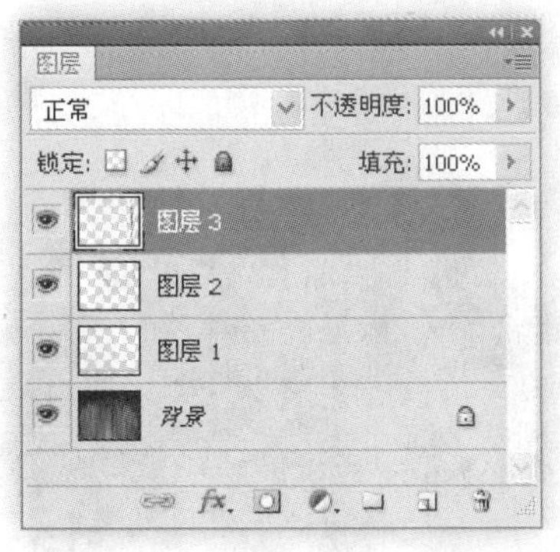

9 Step 设置图层 3 的混合模式为“变亮”，如下左图所示，此时圆点图案效果发生了改变，如下右图所示。

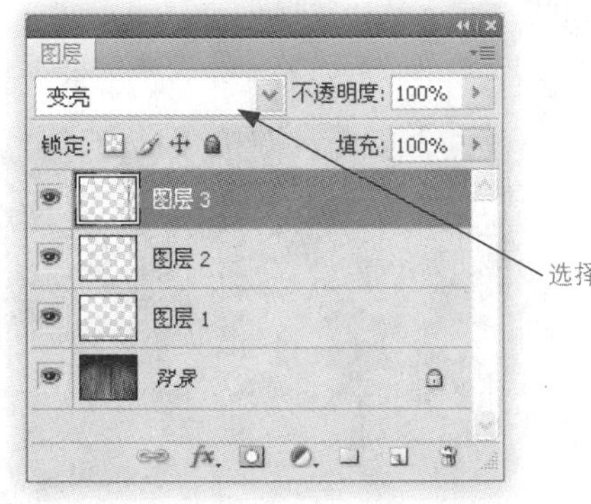

10 Step 新建图层 4，制作彩色圆点图案，并设置图层 4 的混合模式为“滤色”，如下左图所示，此时图像效果发生了改变，如下右图所示。

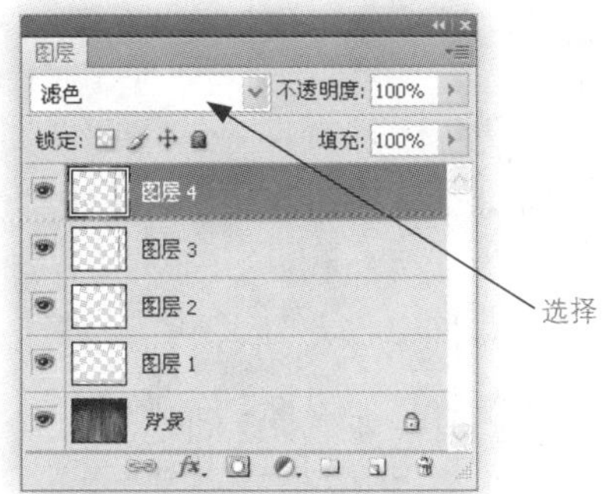

11 Step 新建图层 5，制作彩色圆点图案，并设置图层 5 的混合模式为“滤色”，如下左图所示，此时图像效果发生了改变，如下右图所示。

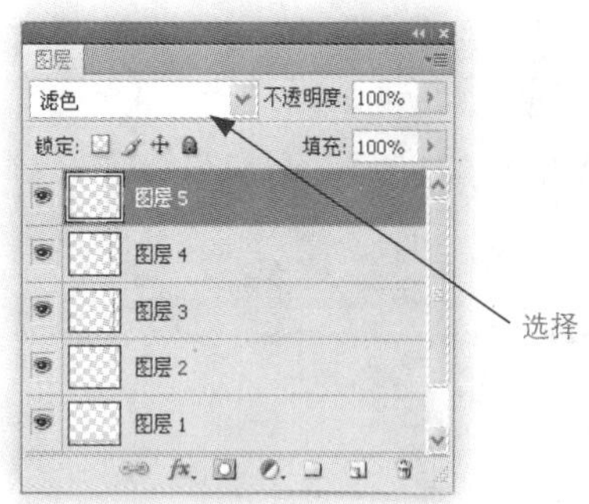

12 Step 新建图层 6，选择画笔工具，设置前景色为白色，设置画笔“主直径”为“8px”，如下左图所示，然后在最左侧一排的每个圆点右上方单击，绘制圆点高光效果，如下右图所示。

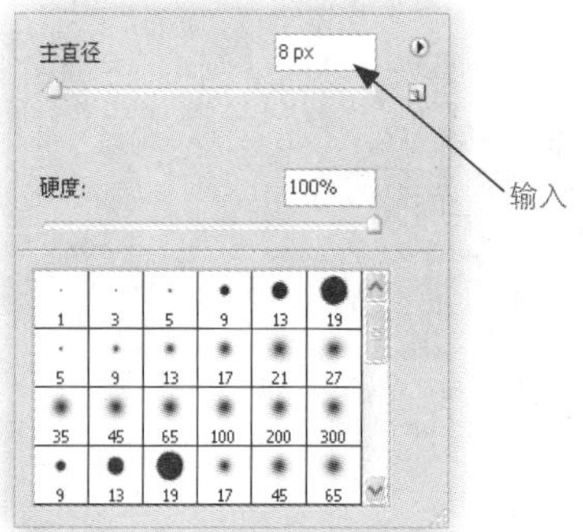

13 Step 按“Ctrl+A”组合键创建选区，选中图层 6 的所有圆点图案，选择移动工具，按“Alt”键对选中的高光圆点进行水平向右拖曳，复制出选区圆点，并置于第二排圆点的适当位置，如下图所示。

14 Step 重复以上操作，将圆点高光再复制两次，拖至每排圆点的适当位置，制作出漂亮的高光效果，完成后按“Ctrl+D”组合键取消选区，如下图所示，然后另存文件。

技巧提示

在调整圆点的高光位置时，选择移动工具，按方向键即可进行适当调整，也可以通过移动工具拖动来完成。

9.1.2 设置加深型混合模式制作诡异城堡

学习目标

本节主要学习加深型混合模式的相关知识，并通过制作诡异城堡来掌握加深型混合模式的使用方法。在学习使用加深型混合模式制作诡异城堡时，读者可以结合光盘中的视频轻松、直观地进行学习。

准备知识

认识加深型混合模式

加深型混合模式控制图像中的像素，主要用于制作图像色调加深的效果。在图像设计中，要配合画面需要，适当进行操作设置。

加深型混合模式有4种，即“变暗”、“正片叠底”、“颜色加深”和“线性加深”。

- “变暗”模式，是查看每个通道中的颜色信息，并选择“基色”或“混合色”中较暗的颜色作为“结果色”。比“混合色”亮的像素被替换，比“混合色”暗的像素保持不变。“变暗”模式将导致比背景颜色更淡的颜色从“结果色”中被去掉了，如下图所示。

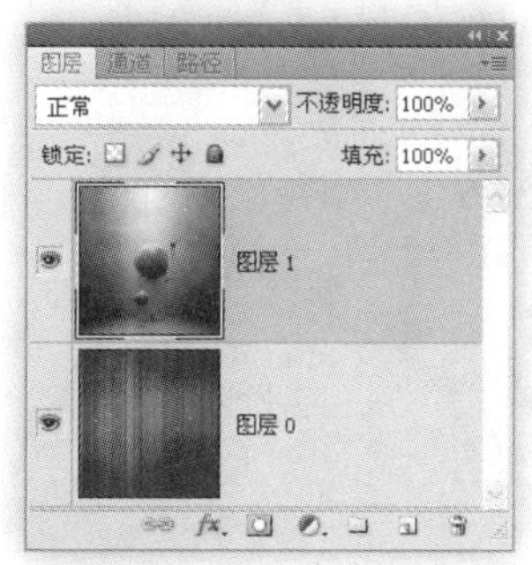

- “正片叠底”模式，是查看每个通道中的颜色信息，并将“基色”与“混合色”复合。“结果色”总是较暗的颜色。任何颜色与黑色复合产生黑色，任何颜色与白色复合保持不变。当用黑色或白色以外的颜色绘画时，绘画工具绘制的连续描边产生逐渐变暗的过渡色。利用“正片叠底”模式可以形成光线穿透图层的幻灯片效果，如下图所示。
- “颜色加深”模式，是查看每个通道中的颜色信息，并通过增加对比度使“基色”变暗以反映混合色，如果与白色混合的话将不会产生变化。“颜色加深”模式创建的效果和“正片叠底”模式创建的效果比较类似，如下图所示。
- “线性加深”模式，是查看每个通道中的颜色信息，并通过减小亮度使“基色”变暗以反映混合色。如果“混合色”与“基色”上的白色混合后将不会产生变化，如下图所示。

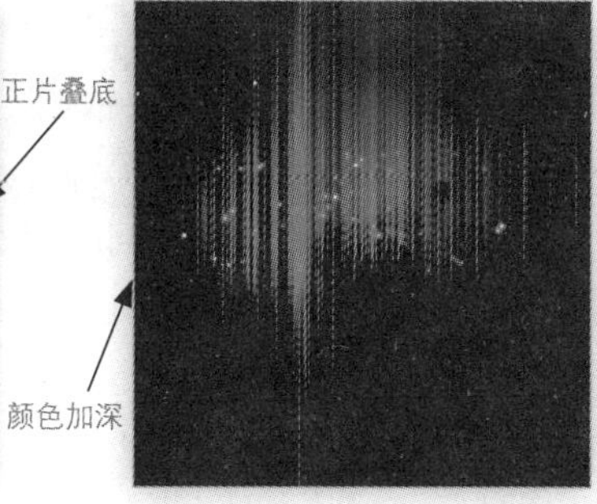

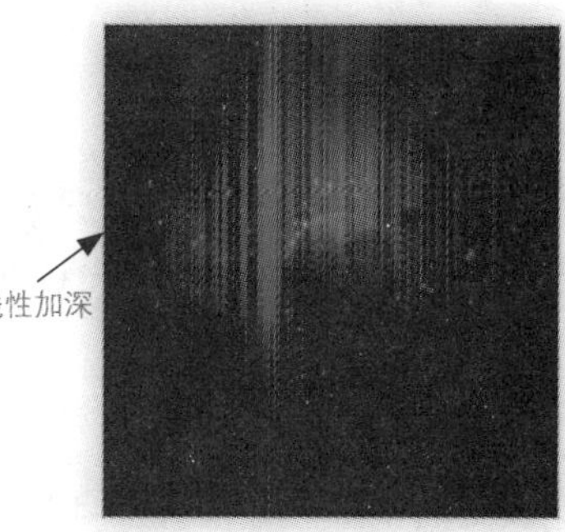

案例名称：制作诡异城堡
素材路径：\素材\第9章\诡异城堡\
效果路径：\效果\第9章\制作诡异城堡.psd
视频链接：Video\视频教程\图层的应用\制作诡异城堡

1 Step 选择"文件→打开"命令，打开"闪电.jpg"和"城堡 1.jpg"素材文件，如下图所示。

2 Step 选择移动工具，将"城堡 1.jpg"素材文件拖至"闪电.jpg"图像中，生成新的图层 1，如下图所示。

3 Step 选择魔棒工具，在工具栏上设置"容差"为"60"，按"Shift"键在城堡上方的白色空白区域单击，创建选区，按"Delete"键删除选区内图像，完成后按"Ctrl+D"组合键取消选区，如下图所示。

4 Step 选择移动工具，将城堡图像向左拖至适当位置，设置其混合模式为"正片叠底"，如下左图所示，此时图像效果发生了改变，如下右图所示。

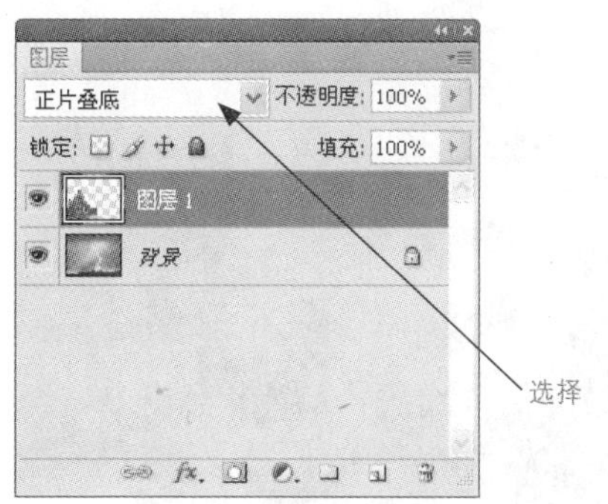

5 Step 复制图层 1，生成新的图层 1 副本，设置图层 1 副本的混合模式为“颜色减淡”，如下左图所示，此时图像效果发生了改变，如下右图所示。

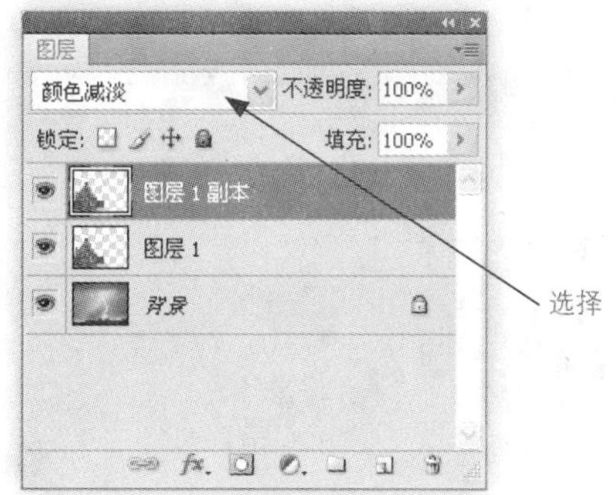

6 Step 按“Shift”键同时选择“图层 1”和“图层 1 副本”，按“Ctrl+T”组合键对城堡进行自由变换处理，将图像适当放大，并调整位置，完成后按“Enter”键确认操作，如下图所示。

7 Step 选择“文件→打开”命令，打开“城堡 2.jpg”素材文件。选择移动工具，将“城堡 2.jpg”素材文件拖至“闪电 .jpg”图像中，生成图层 2，如下图所示。

8 Step 选择魔棒工具，按"Shift"键在城堡上方的蓝色空白区域单击，创建选区，按"Delete"键删除选区内图像，完成后按"Ctrl + D"组合键取消选区，如下图所示。

9 Step 选择移动工具，将城堡图像向右下拖至适当位置，设置其混合模式为"正片叠底"，如下左图所示，此时图像效果发生了改变，如下右图所示。

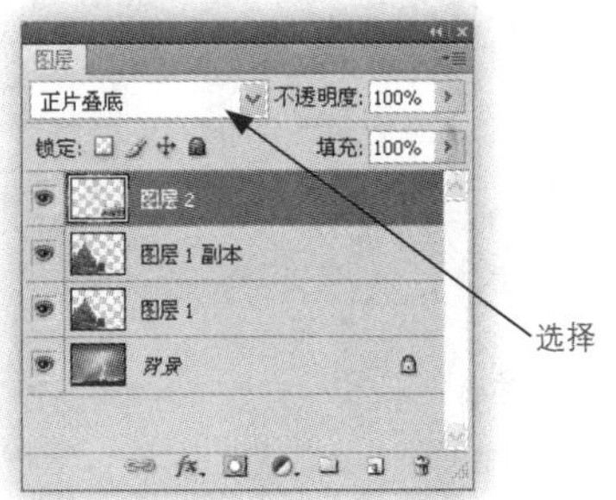

10 Step 选择图层 2，再选择"图像→调整→色相 / 饱和度"命令，在打开的如下左图所示的"色相 / 饱和度"对话框中设置"色相"为 229，"饱和度"为"15"，使图像色调一致，完成后单击 确定 按钮，如下右图所示，然后另存文件。

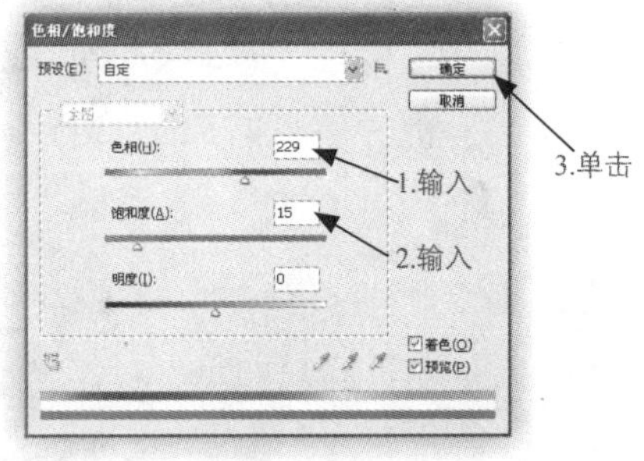

9.1.3 通过设置对比型混合模式制作强烈色调图像

学习目标

本节主要学习使用对比型混合模式的相关知识，并通过制作强烈色调图像来学习5种对比型混合模式的使用方法。在学习使用对比型混合模式时，读者可以结合光盘中的视频轻松、直观地进行学习。

准备知识

认识对比型混合模式

对比混合模式组实际上是加亮一个区域，同时又使另一个区域变暗，以此增加图像的对比度。混合后的图像任何暗于50%灰色的区域都可能会使下面的图像变暗，而亮于50％灰色的区域则会加亮下面的图像。

对比型混合模式有5种，即“叠加”、“柔光”、“强光”、“亮光”和“点光”。

- “叠加”模式中的图案或颜色在现有像素上叠加，同时保留了明暗对比，运用黑色或白色像素着色时“叠加”模式不起作用。背景图像中的纯黑色或纯白色区域无法在“叠加”模式下显示。背景区域上在黑色和白色之间的亮度值同“叠加”材料的颜色混合在一起，产生最终的合成颜色，如下图所示。

- “柔光”模式会产生柔光照射的效果，使５０％灰色消失，而较亮区域则使下面的图像变亮，较暗区域则使下面的图像变暗。它的效果与发散的聚光灯照在图像上相似。如果“混合色”比50%灰色亮，则图像变亮，就像被减淡了一样；如果“混合色”比50%灰色暗，则图像变暗，就像被加深了一样。用纯黑色或纯白色绘画会产生明显较暗或较亮的区域，但不会产生纯黑色或纯白色，如下左图所示。
- “强光”模式将产生一种强光照射的效果。除了根据背景中的颜色而使背景色是多重的或屏蔽的之外，实质上同“柔光”模式是一样的，它的效果要比“柔光”模式更强烈一些。同“叠加”一样，这种模式也可以在背景对象的表面模拟图案或文本，如下右图所示。

- “亮光”模式通过增加或减小对比度来加深或减淡颜色，具体取决于混合色。如果混合色比50%灰色亮，则通过减小对比度使图像变亮；如果混合色比50%灰色暗，则通过增加对比度使图像变暗，如下左图所示。
- “点光”模式其实就是替换颜色，其具体取决于“混合色”。如果“混合色”比50%灰色亮，则替换比“混合色”暗的像素，而不改变比“混合色”亮的像素。如果“混合色”比50%灰色暗，则替换比“混合色”亮的像素，而不改变比“混合色”暗的像素。这对于向图像添加特殊效果非常有用，如下右图所示。

案例名称：自定义快速访问工具栏
素材路径：\素材\无
效果路径：\效果\无
视频链接：Video\视频教程\初识AutoCAD 2010\自定义快速访问工具栏

1 Step 选择“文件→打开”命令，打开“橙色 .jpg”和“摩天轮 .jpg”素材，如下图所示。

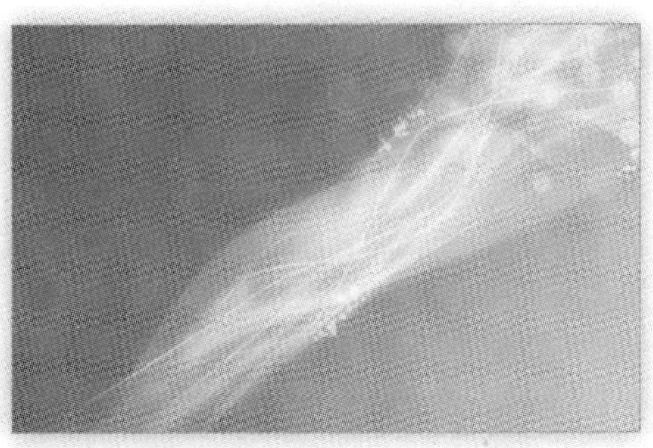

2 Step 选择移动工具，将“摩天轮 .jpg”素材文件拖至“橙色 .jpg”图像中，生成新的图层 1，拖曳后按方向键调整图像的位置，如下图所示。

3 Step 设置图层 1 的混合模式为“强光”，如下左图所示，此时图像效果发生了改变，如下右图所示。

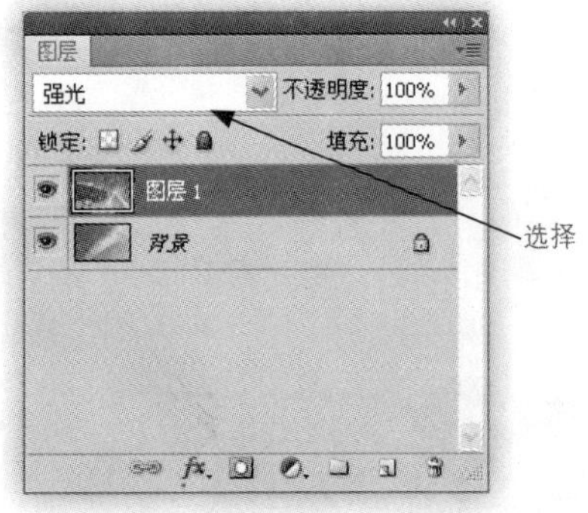

4 Step 选择横排文字工具，设置前景色为“绿色”(R:131,G:241,B:55)，在工具栏上单击“切换字符和段落面板”按钮，在打开的“字符”面板中设置字体为“方正超粗黑繁体”，大小为“60 点”，如下左图所示，然后在画面适当位置输入文字，完成后按“Ctrl+Enter”组合键退出文字编辑，效果如下右图所示。

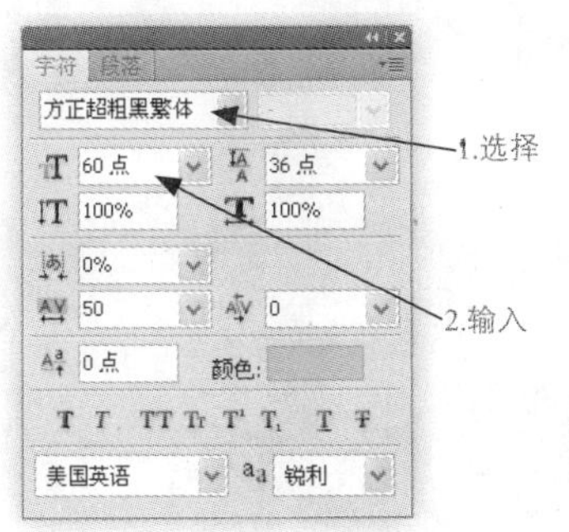

5 Step 双击文字图层，在打开的“图层样式”对话框中勾选“投影”复选框，设置“不透明度”为“50%”，“距离”为“6 像素”，“扩展”为“12%”，“大小”为“5 像素”，完成后单击 确定 按钮，如下左图所示，效果如下右图所示。

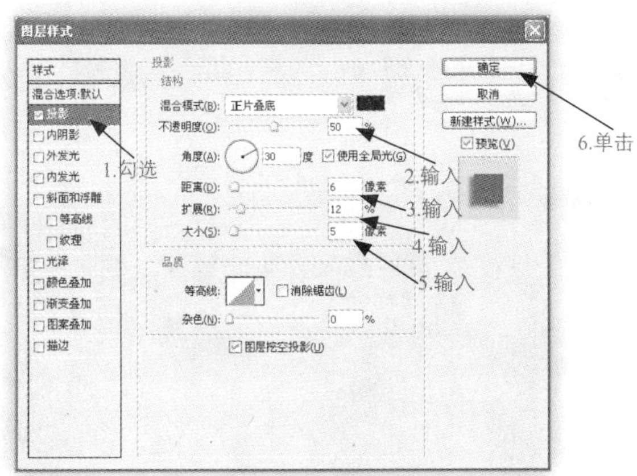

6 Step 双击文字图层，在打开的“图层样式”对话框中勾选“斜面和浮雕”复选框，设置“样式”为“内斜面”，“方法”为“平滑”，“深度”为“100%”，“大小”为“9 像素”，“等高线”为“内凹－深”，完成后单击 确定 按钮，如下左图所示，效果如下右图所示。

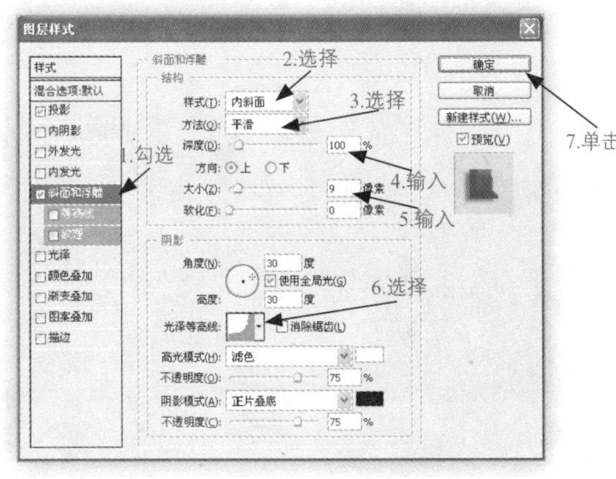

7 Step 再次双击文字图层，在打开的“图层样式”对话框中勾选“等高线”复选框，选择“等高线”为“内凹－深”，完成后单击 确定 按钮，如下左图所示，效果如下右图所示。

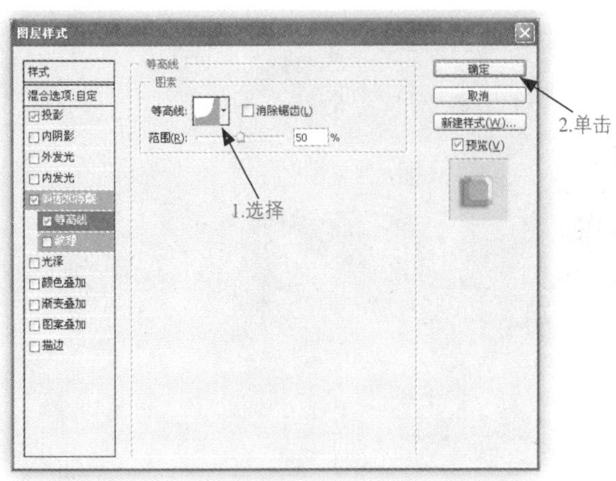

8 Step 双击文字图层，在打开的“图层样式”对话框中勾选“描边”复选框，设置“大小”为“3像素”，描边颜色为“黑色”，完成后单击 确定 按钮，如下左图所示，效果如下右图所示。

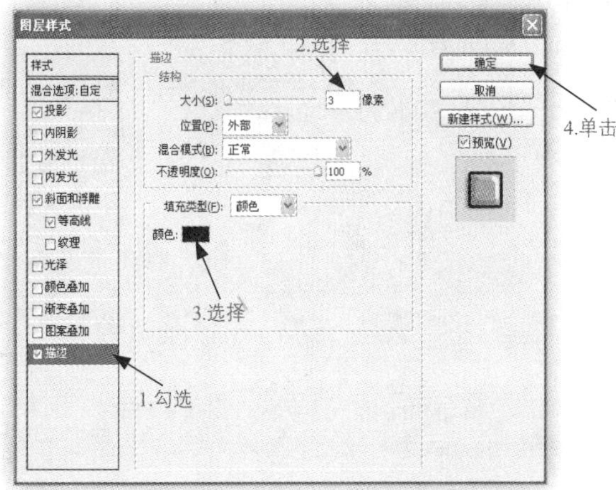

9 Step 设置文字图层的混合模式为“亮光”，如下左图所示，此时文字变亮了，效果如下右图所示。

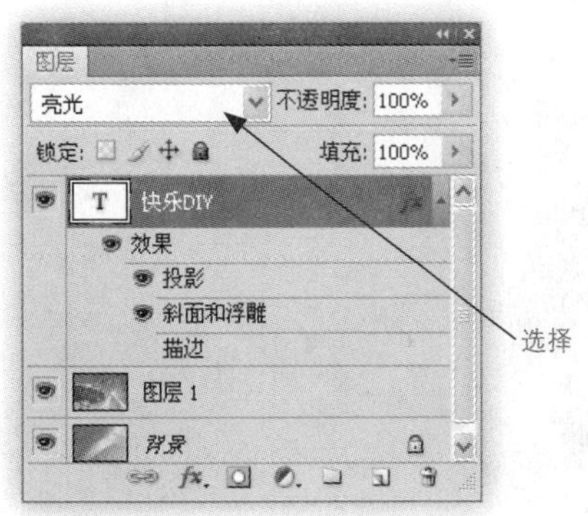

10 Step 选择横排文字工具T，设置前景色为“黑色”，在“字符”面板中设置字体为“Rockwell”，大小为“12点”，如下左图所示，然后在画面适当位置输入文字，完成后按“Ctrl+Enter”组合键退出文字编辑，如下右图所示，然后另存文件。

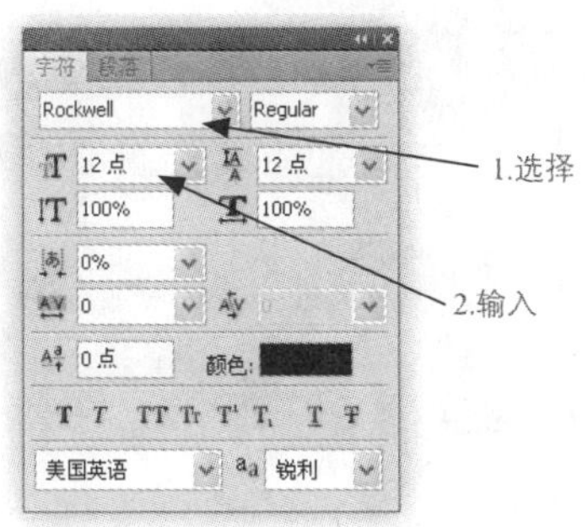

9.1.4 通过设置比较型混合模式制作完美色调

学习目标

本节主要学习比较型混合模式的相关知识，并通过调整图像色调进行学习其使用方法。在学习设置比较型混合模式时，读者可以结合光盘中的视频轻松、直观地进行学习。

准备知识

认识比较型混合模式

比较混合模式组将目标图层和下面的图像进行比较，分析两者间完全相同的区域，使相同的区域显示为黑色，而不同的区域则显示为灰度层次或彩色。如果目标图层上有白色，则会使下面图像上显示的颜色相反，而黑色则不会改变下面的图像。比较型混合模式有两种，即“差值”模式及“排除”模式。

- 差值：查看每个通道中的颜色信息，并从“基色”中减去“混合色”，或从“混合色”中减去“基色”，具体取决于哪一个颜色的亮度值更大。与白色混合将反转基色值；与黑色混合则不产生变化，如下图所示。
- 排除：创建一种与“差值”模式相似但对比度更低的效果。与白色混合将反转基色值；与黑色混合则不发生变化，如下图所示。

原图

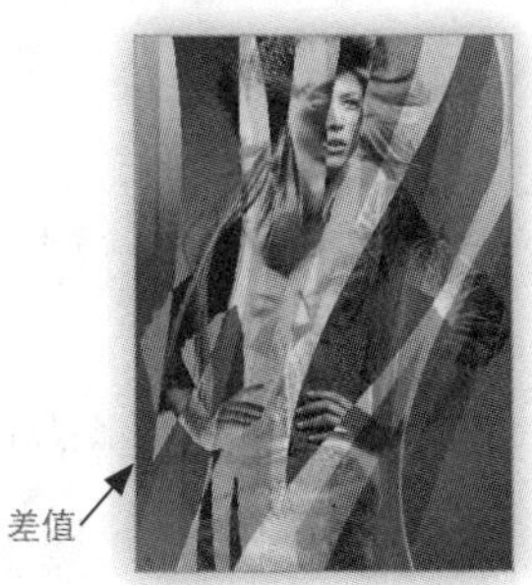
差值

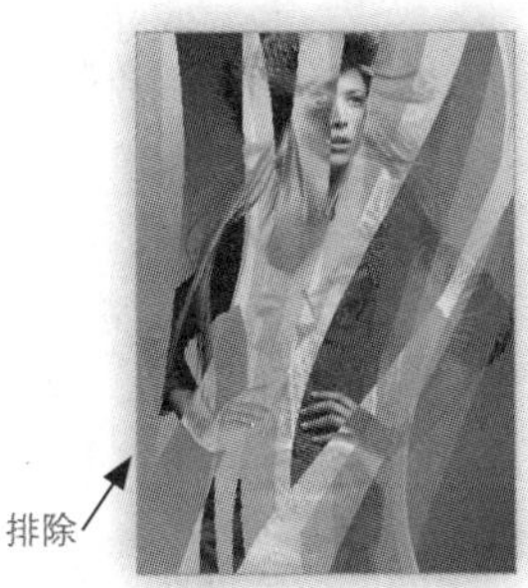
排除

案例名称：制作完美色调
素材路径：\素材\第9章\完美色调\蓝色底图.jpg\公主.jpg\蓝色花纹.jpg
效果路径：\效果\第9章\制作完美色调.psd
视频链接：Video\视频教程\图层的应用\制作完美色调

Step 1 选择“文件→打开”命令，打开“蓝色底图.jpg”和“公主.jpg”素材文件，如下图所示。

2 Step 选择移动工具，将“公主.jpg”素材文件拖至“蓝色底图.jpg”图像中，生成新的图层1，如下图所示。

3 Step 设置图层1的混合模式为“排除”，如下左图所示，此时图像效果发生了改变，如下右图所示。

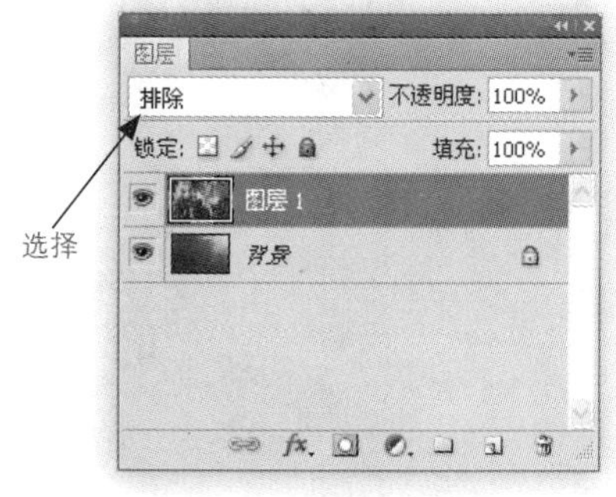

4 Step 选择橡皮擦工具，在工具栏上设置“不透明度”为“50%”，并设置画笔“主直径”为“90px”，如下左图所示，然后在画面右上角抹除图像多余像素，如下图所示。

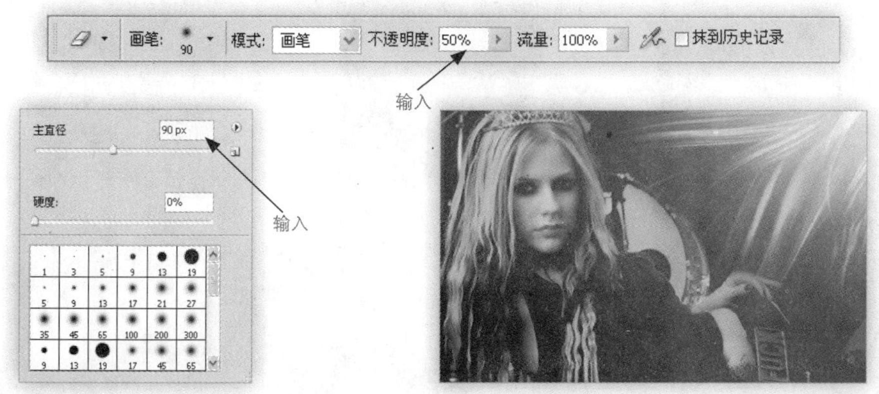

5 Step 选择“文件→打开”命令，打开“蓝色花纹.jpg”素材文件，如下左图所示。

6 Step 选择移动工具，将“蓝色花纹.jpg”素材文件拖至编辑图像中，生成新的图层2，并适当调整图像位置，如下右图所示。

7 Step 设置图层2的混合模式为“差值”，如下左图所示，此时图像效果发生了改变，如下右图所示。

8 Step 复制图层2，生成新的图层2副本，设置图层2副本的混合模式为“变亮”，如下左图所示，此时图像效果发生了改变，如下右图所示。

9 Step 选择橡皮擦工具，选择“图层2”，如下左图所示，在画面左下角抹除图像多余像素，完成后另存文件，如下右图所示。

选择

9.1.5 通过设置色彩型混合模式更换花朵颜色

学习目标

本节主要学习色彩型混合模式的相关知识，并通过更换花朵颜色来掌握其操作方法。在学习使用色彩型混合模式更换花朵颜色时，读者可以结合光盘中的视频轻松、直观地进行学习。

准备知识

认识色彩型混合模式

色相模式、饱和度模式、颜色模式和明度模式可以将上层图像中的一种或两种特性应用到下层图像中，是最实用也是最显著的几种模式。色彩型混合模式包括“色相”、“饱和度”、“颜色”和“明度”。

- 色相：色相可以看做是纯粹的颜色，使用基色的亮度和饱和度，以及混合色的色相创建结果色。这种模式会查看活动图层所包含的基本颜色，并将它们应用到下面图层的亮度和饱和度信息中，如下左图所示。
- 饱和度：饱和度决定图像显示出多少色彩，如果没有饱和度就不会存在任何颜色，只会留下灰色。饱和度越高区域内的颜色就越鲜艳。当所有的对象都饱和时，最终得到的几乎都是荧光色了，如下右图所示。

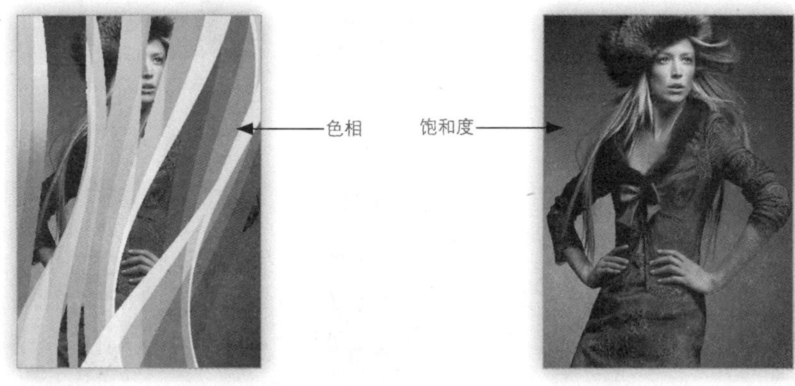

- 颜色：混合后的明度与底色相同，而色相饱合度则由绘制的颜色决定。
- 明度：用基色的色相和饱和度，以及混合色的亮度创建结果色。此模式与“颜色”模式效果相反，它可以将图像的亮度信息应用到下面图像，如下右图所示。

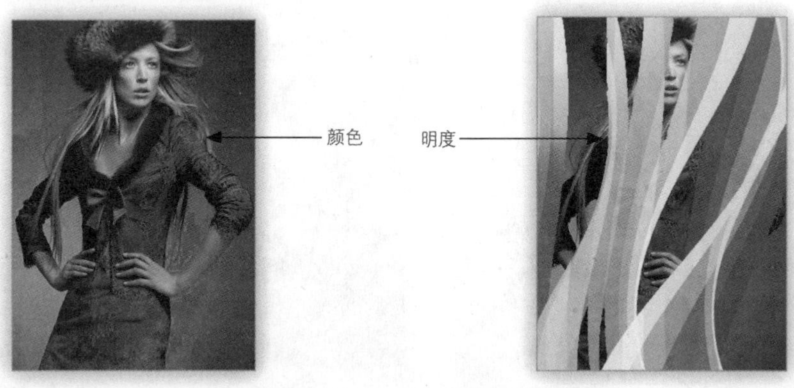

案例名称：更换花朵颜色
素材路径：\素材\第9章\鲜花.jpg
效果路径：\效果\第9章\更换花朵颜色.psd
视频链接：Video\视频教程\图层的应用\更换花朵颜色

1 Step 选择“文件→打开”命令，打开“鲜花.jpg“素材文件，如下左图所示。

2 Step 新建图层1，设置图层1的混合模式为“颜色”，如下右图所示。

3 Step 选择渐变工具，设置前景色为“黄色”(R:163,G:245,B:7)，背景色为“蓝色”(R:11,G:126,B:255)，然后在工具栏上单击“径向渐变”按钮，再在画面中以最大的花朵花蕊为起点，在图层1中绘制渐变色块，如下图所示。

4 Step 选择“图像→调整→色相/饱和度”命令，在打开的对话框中设置“色相”为“+111”，完成后单击 确定 按钮，如下左图所示，效果如下右图所示，然后另存文件。

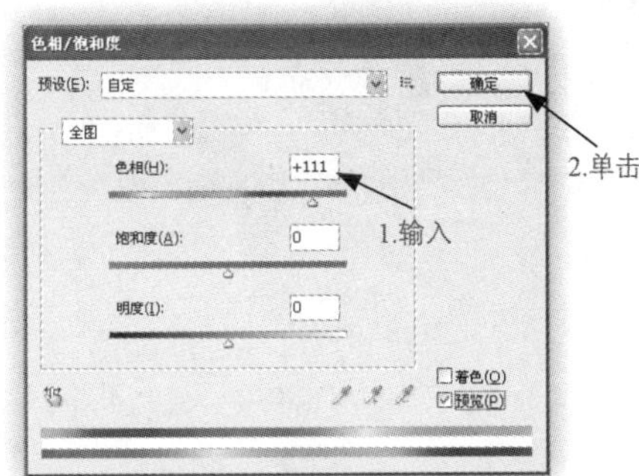

9.2 通过5个案例掌握合成图像的制作方法

合成图像是Photoshop常用的图像制作方法，通过简单的图像拼合，可以制作出令人惊讶的完美图效。合成图像的制作主要是结合各种功能进行调整与合成，充分运用所学的每个工具和命令，以期达到最佳的图像效果。

9.2.1 通过合成图像制作纹身效果

学习目标

本节主要学习合成图像，通过为人物制作纹身效果来学习掌握这些混合模式与不透明度是如何搭配使用的。在学习制作纹身效果时，读者可以结合光盘中的视频轻松、直观地进行学习。

准备知识

认识自由变换

“自由变换”命令可以随意调整图像大小及形状，并可以对图像进行自由旋转，也可以直接翻转方向，这个功能在Photoshop图像处理中常常被使用到，其方便快捷的图像处理方法已经在图像处理中占据重要的地位。

案例名称：制作纹身效果
素材路径：\素材\第9章\纹身效果\
效果路径：\效果\第9章\制作纹身效果.psd
视频链接：Video\视频教程\图层的应用\制作纹身效果

1 Step 选择“文件→打开”命令，打开“纹身美女 .jpg”和“花纹 2.psd”素材文件，如下图所示。

2 Step 选择移动工具，将“花纹 2.psd”素材文件拖至“纹身美女 .jpg”图像中，生成新的图层 1，如下图所示。

3 Step 选择“编辑→自由变换”命令，显示自由变换编辑框，对图像进行旋转并适当缩小，注意花纹在手臂及背景的位置，调整至最佳后按“Enter”键确定，如下图所示。

4 Step 选择钢笔工具，在人物手臂下方边缘绘制路径，如下左图所示，然后按“Ctrl + Enter”组合键将路径转换为选区，如下右图所示。

5 Step 按“Delete”键删除选区内图像，如下左图所示，按“Ctrl + D”组合键取消选区，如下右图所示。

6 Step 再次选择钢笔工具，在如下左图所示的位置处绘制路径，按“Ctrl + Enter”组合键将路径转换为选区，然后按“Delete”键删除选区内图像，最后按“Ctrl + D”组合键取消选区，效果如下右图所示。

7 Step 复制图层 1，生成新的图层 1 副本，设置图层 1 副本的混合模式为“柔光”，如下左图所示，此时图像色彩发生了改变，效果如下右图所示。

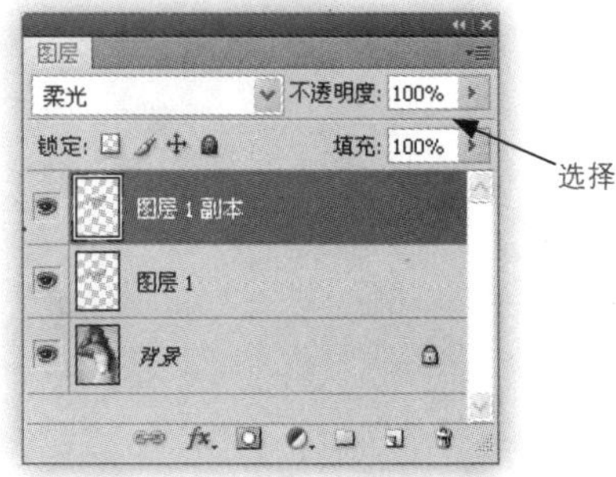

8 Step 选择图层 1，然后选择“图像→调整→色相 / 饱和度”命令，在打开的对话框中勾选“着色”复选框，然后在“色相”右侧的文本框中输入“103”，在“饱和度”右侧的文本框中输入“33”，单击 确定 按钮，如下左图所示，图像效果如下右图所示。

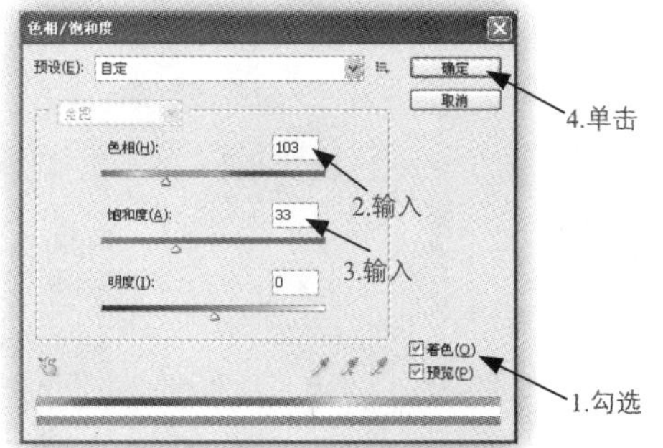

9 Step 选择“文件→打开”命令，打开“花纹 3.jpg”素材文件，然后选择移动工具，将“花纹 3.jpg”素材文件拖至“纹身美女 .jpg”图像中，生成新的图层 2，如下图所示。

10 Step 选择“编辑→自由变换”命令，在画面中将图层 2 图像拖至适当大小，完成后按“Enter”键确定，如下图所示。

11 Step 设置图层 2 的混合模式为“正片叠底”，“不透明度”为“80%”，如下左图所示，此时图像效果发生了改变，如下右图所示。

12 Step 选择橡皮擦工具，设置画笔“主直径”为“70px”，如下左图所示，然后在画面中抹除图像多余像素，如下右图所示，完成后另存文件。

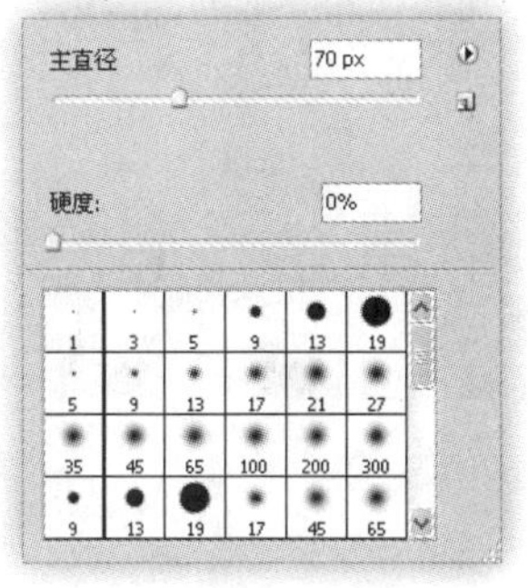

9.2.2 通过虚化边缘更换婚纱背景

学习目标

本节主要学习“描边”与“羽化”命令，并通过适当设置“描边”和“羽化”的各参数调整图像效果来学习掌握这两种图层样式。在学习更换婚纱背景时，读者可以结合光盘中的视频轻松、直观地进行学习。

准备知识

认识羽化与描边

“描边”命令与“羽化”命令是图像制作中较常用的命令，其操作方法简单，效果却是非常强大的。使用“描边”命令描边分为3种情况：

- 对选区的描边，利用选区边缘进行描边：直接描出你给的数值。
- 对图层的外轮廓的描边：直接描出你给的数值。
- 对路径进行描边：用你指定的绘画工具的笔触沿路径描边。

这3种描边的位置都有内、外、居中3种情况。

“羽化”命令是对选区的边缘进行模糊的命令。在没有羽化选区时，直接填充选区得到的图像会是一个硬边图案，在有羽化选区后，得到的将是一个边缘逐渐透明的图像区域。在图像绘制中，“羽化”命令常常能使图像过渡效果更加柔和自然。

案例名称：更换婚纱背景
素材路径：\素材\第9章\婚纱背景\
效果路径：\效果\第9章\更换婚纱背景.psd
视频链接：Video\视频教程\图层的应用\更换婚纱背景

Step 1 选择“文件→打开”命令，打开“新娘.jpg”，如下左图所示。

Step 2 选择魔棒工具，在工具栏上设置“容差”为“20”，按“Shift”键在人物背景上连续单击，选中背景图像，如下右图所示。

知识链接

运用魔棒进行选区选取时，如果选择的区域不止一个范围，那么在工具栏上单击“添加到选区”按钮，即可在不使用“Shift”键的情况下直接对图像连续选取。

Step 3 选择“选择→修改→羽化”命令，在打开的“羽化选区”对话框中设置“羽化半径”为“2像素”，完成后单击确定按钮，如下左图所示，此时图像效果如下右图所示。

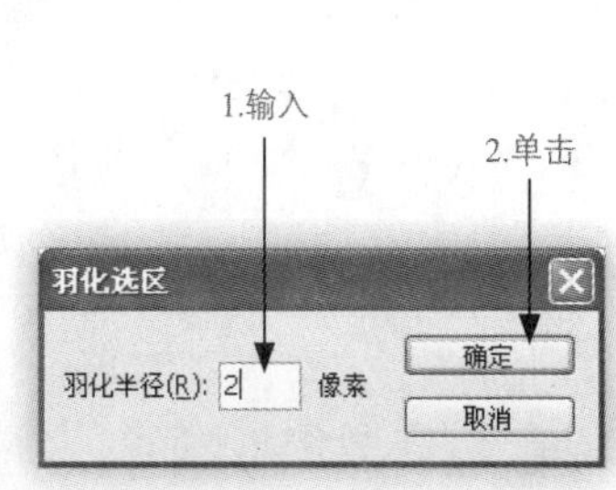

4 Step 按“Ctrl + Shift + I”组合键对选区进行反选，如下左图所示，完成后再选择“文件→打开”命令，打开“幻海.jpg”素材文件，在图像窗口中显示出来，如下右图所示。

5 Step 选择移动工具，将“新娘.jpg”素材文件中的选区范围内的图像拖至“幻海.jpg”图像中，生成新的图层 1，如下左图所示，然后适当拖曳图层 1 至画面左下角位置，效果如下右图所示。

6 Step 选择裁剪工具，在图像中创建裁剪选区，如下左图所示，然后按“Enter”键确定裁剪，效果如下右图所示。

7 Step 新建图层 2，如下左图所示，选择矩形选框工具，在画面适当位置创建矩形选区，如下右图所示。

8 Step 选择“编辑→描边”命令，在打开的对话框中设置“宽度”为“5px”，颜色为“白色”，并选择“居外”单选按钮，完成后单击 确定 按钮，如下左图所示，然后按“Ctrl + D”组合键取消选区，效果如下右图所示。

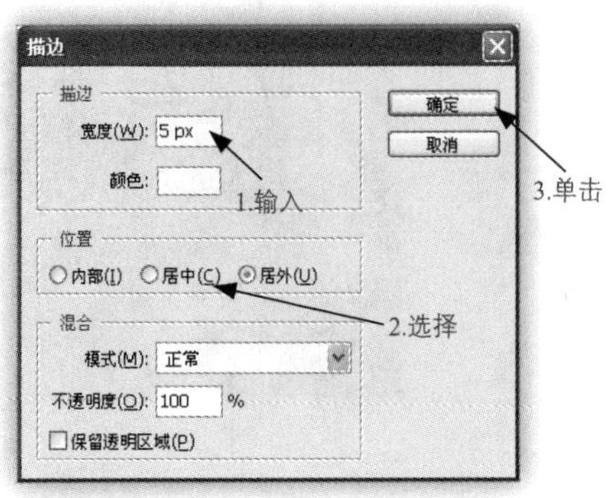

9 Step 选择矩形选框工具，再次在画面适当位置创建矩形选区，如下左图所示，然后在“路径”面板上单击“从选区生成工作路径”按钮，创建图像路径，如下右图所示。

10 Step 选择画笔工具，在工具栏上单击“切换画笔面板”按钮，然后在打开的如下左图所示的面板中选择“画笔笔尖形状”选项，设置“直径”为“10px”，“间距”为“168%”，接着在“路径”面板上单击“描边路径”按钮，对路径进行描边，完成后单击“路径”面板的灰色区域取消路径，效果如下右图所示。

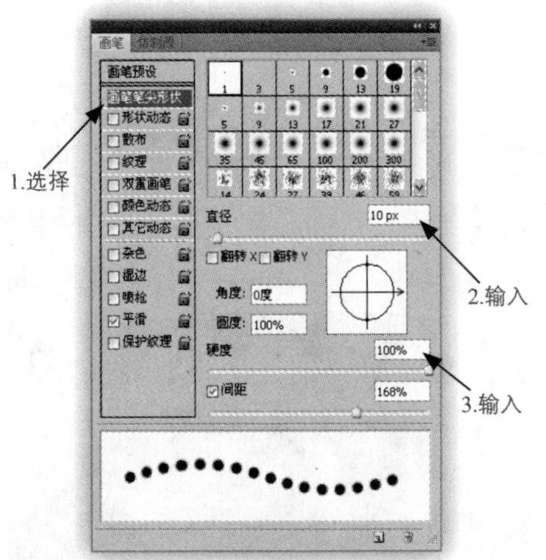

11 Step 双击图层 2，在打开的“图层样式”对话框中勾选“投影”复选框，设置“距离”为“4 像素”，“扩展”为“0%”，“大小”为“0 像素”，单击 确定 按钮，如下左图所示，效果如下右图所示。

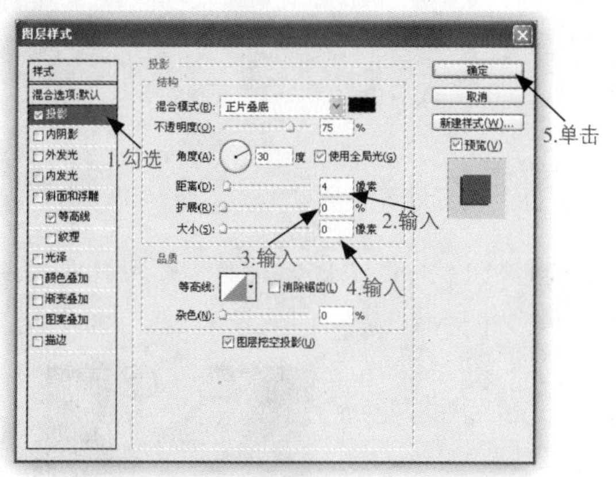

12 Step 双击图层 2，在打开的“图层样式”对话框中勾选“斜面和浮雕”复选框，设置“样式”为“内斜面”，“方法”为“平滑”，“深度”为“246%”，“大小”为“5 像素”，“不透明度”为“36%”，完成后单击 确定 按钮，如下左图所示，效果如下右图所示，然后另存文件。

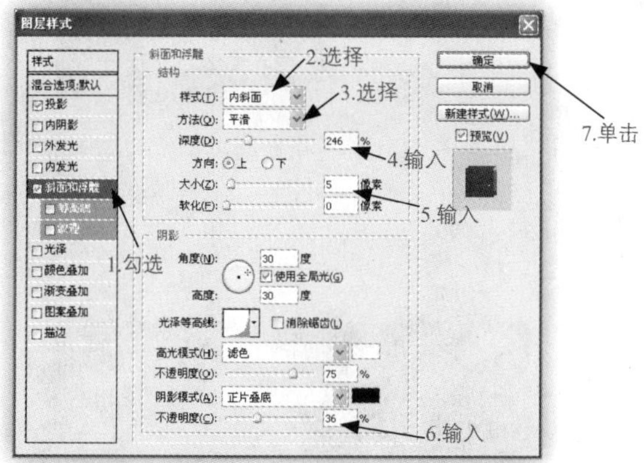

 9.2.3 通过图像融合制作唯美风景

通道在图像处理中用处较大，除了抠图还可以调整图像色调等，搭配其他所学的工具及操作方法，可以制作出唯美的图像效果。

 学习目标

本节主要学习通道的编辑运用，并通过通道处理来融合图像制作出唯美的风景。在学习制作唯美风景时，读者可以结合光盘中的视频轻松、直观地进行学习。

 准备知识

 认识通道

通道是用来存放图像信息的地方。Photoshop将图像的原色数据信息分开保存，我们把保存这些原色信息的数据带称为“颜色通道”，简称为通道。通道的分类为颜色通道和Alpha通道两种。颜色通道用来存放图像的颜色信息；Alpha通道用来存放和计算图像的选区。通道将不同色彩模式图像的原色数据信息分开保存在不同的颜色通道中，可以通过编辑各颜色通道来修补、改善图像的颜色色调；也可以将图像中的局部区域的选区存储在Alpha通道中，随时对该区域进行编辑。

案例名称：制作唯美风景
素材路径：\素材\第9章\唯美风景\
效果路径：\效果\第9章\制作唯美风景.psd
视频链接：Video\视频教程\图层的应用\制作唯美风景

1 Step 选择“文件→打开”命令，打开“风景 4.jpg”和“少妇 .jpg”素材文件，在图像窗口中显示出来，如下图所示。

2 Step 选择移动工具，将“少妇 .jpg”素材图像拖至“风景 4.jpg”图像中，生成新的图层 1，如下左图所示。

3 Step 选择钢笔工具，在图层 1 上沿着人物边缘绘制路径，如下右图所示。

4 Step 按“Ctrl+Enter”组合键将路径转换为选区，如下左图所示，然后按“Ctrl+Shift+I”组合键对选区进行反选，如下右图所示。

5 Step 选择“选择→修改→羽化”命令，在打开的对话框中设置“羽化半径”为“1 像素”，完成后单击 确定 按钮，如下左图所示，此时图像效果如下右图所示。

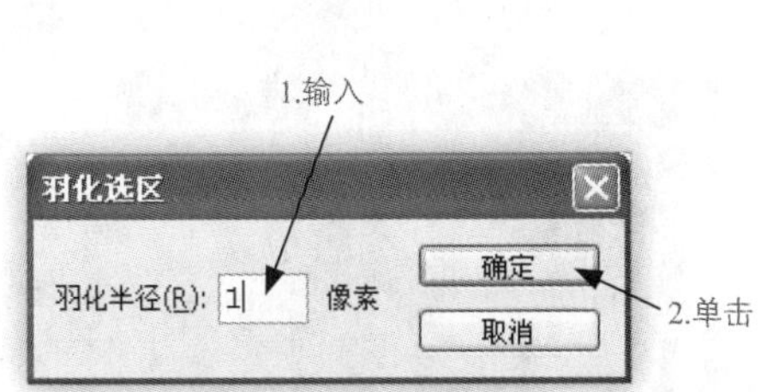

6 Step 按“Delete”键删除选区内图像，然后按“Ctrl + D”组合键取消选区，如下左图所示。

7 Step 在“通道”面板中选择“红”通道，“指示通道可视性”将只显示“红”通道，图像色彩变成黑白，单击其他3个通道前的“指示通道可视性”，将显示彩色图像，如下右图所示。

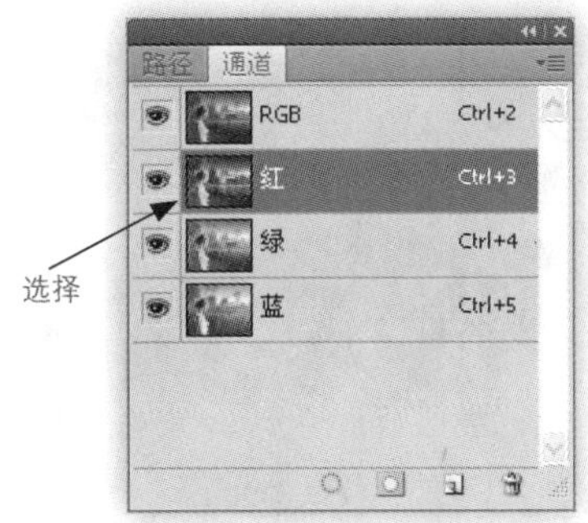

8 Step 选择“图像→调整→色阶”命令，在打开的对话框中适当调整参数，完成后单击 确定 按钮，如下图所示。

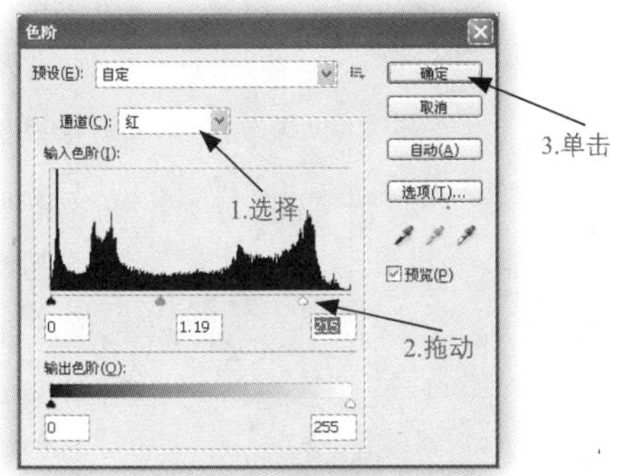

9 Step 选择“绿”通道，然后再次选择“图像→调整→色阶”命令，在打开的对话框中适当调整参数，完成后单击 确定 按钮，如下图所示。

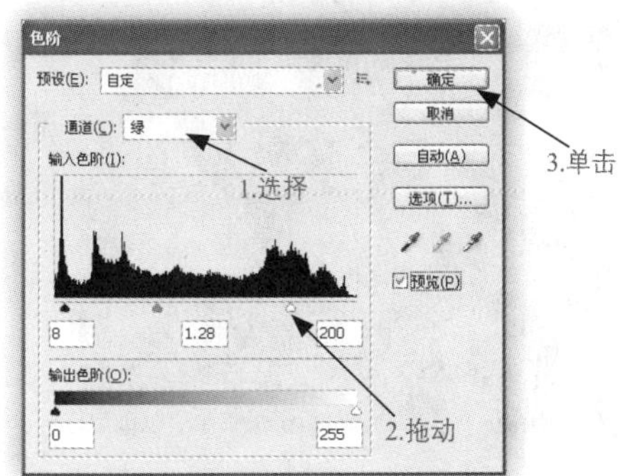

10 Step 选择"背景"图层，在"通道"面板中选择"蓝"通道，图像显示黑白效果，按"Ctrl"键并单击"蓝"通道前的缩略图，如下左图所示，将图像载入选区，如下右图所示。

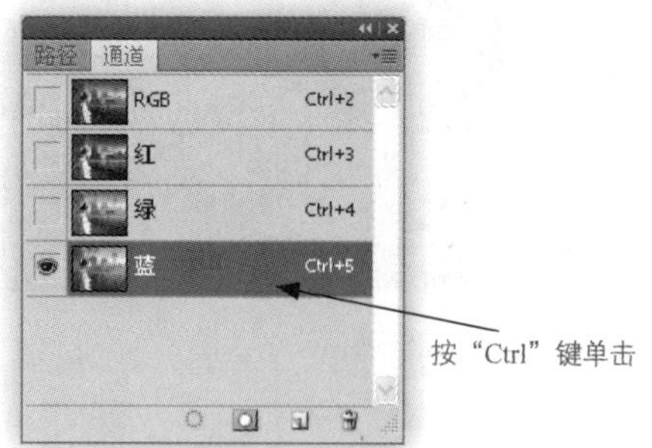

11 Step 按"Delete"键删除选区内蓝色通道的像素，然后单击"通道"面板上的"RGB"通道，按"Ctrl + D"组合键取消选区，如下图所示。

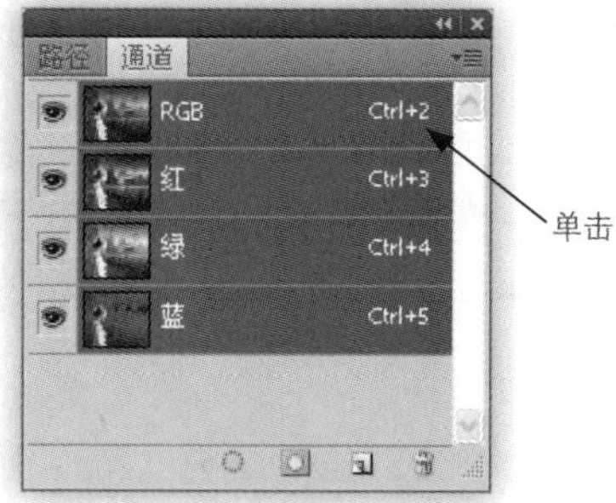

12 Step 新建图层2，将其拖至图层1的上层，设置前景色为"黄色"(R:243,G:222,B:28)，按"Alt + Delete"组合键填充图层2，如下图所示。

13 Step 设置图层2的混合模式为"正片叠底"，"不透明度"为"50%"，如下左图所示，此时图像效果发生了改变，如下右图所示，完成后另存文件。

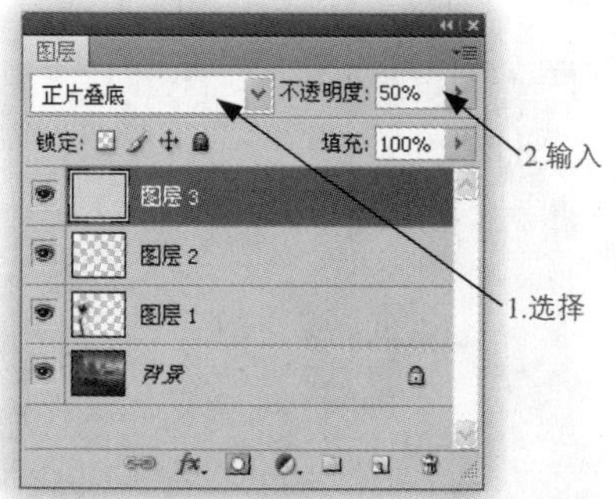

技巧提示

要想选择最佳的混合模式效果，可在选定一种混合模式后按“↑”、“↓”方向键预览不同的混合模式效果，对比查看后，选择最适合的混合模式即可。

9.2.4 通过合成图像制作闪电效果

学习目标

本节主要学习制作闪电效果的方法，通过反相反转图像色调，并通过色阶及色相/饱和度调整出最佳的闪电效果。在学习通过渐变、分层滤镜、反相、色阶、色相/饱和度、混合模式、自由变换制作闪电效果时，读者可以结合光盘中的视频轻松、直观地进行学习。

准备知识

认识“反相”命令

“反相”命令主要用于反转图像中的颜色。“反相”命令在实际操作中并不常用，通常将其和其他图像编辑功能相结合，制作特殊效果。可以使用此命令将一个正片黑白图像变成负片，或从扫描的黑白负片得到一个正片。

选择图层后，选择“图像→调整→反相”命令，或按“Ctrl+I”组合键，即可对图层应用“反相”命令，如下图所示。

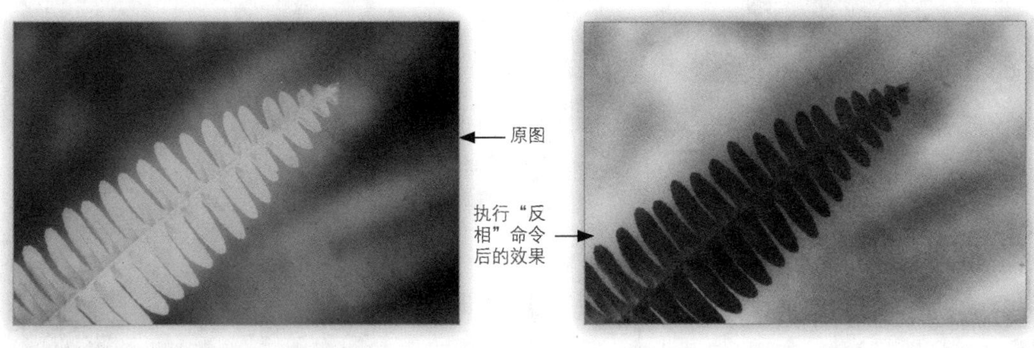

案例名称：制作闪电效果

素材路径：\素材\第9章\暗夜.jpg

效果路径：\效果\第9章\制作闪电效果.psd

视频链接：Video\视频教程\图层的应用\制作闪电效果

1 Step 选择“文件→新建”命令，在打开的对话框中输入文件名为“闪电”，长、宽分别为设置“5厘米”，“分辨率”设置为“350像素”，完成后单击 确定 按钮，如下左图所示。

2 Step 按“D”键将颜色设置为默认色，选择渐变工具，在工具栏上单击“线性渐变”按钮，然后按“Shift”键从左至右绘制黑白渐变，效果如下右图所示。

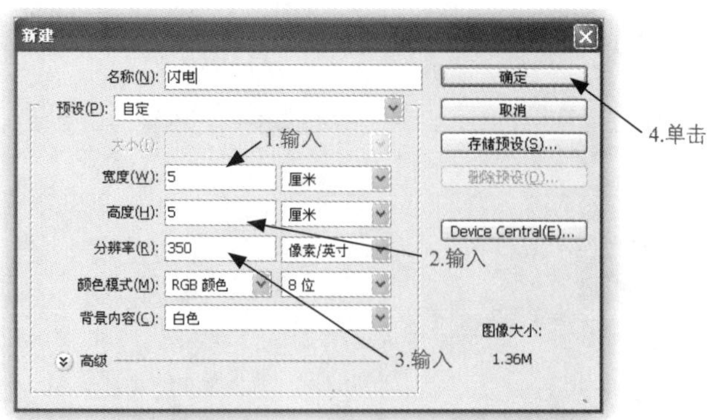

3 Step 选择"滤镜→渲染→分层云彩"命令，将自动生成云彩效果。"分层云彩"命令在滤镜的特殊效果章节中有详细讲解，如下左图所示。

4 Step 选择"图像→调整→反相"命令，黑白云彩图像将出现反相效果，如下右图所示。

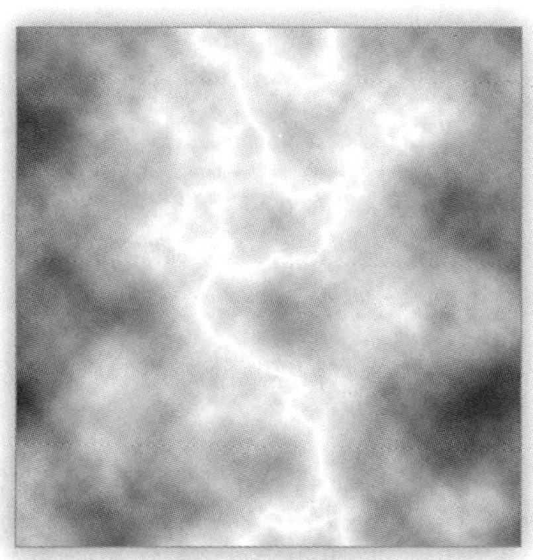

5 Step 选择"图像→调整→色阶"命令，在打开的对话框中向右拖动中间的小滑块设置参数，完成后单击 确定 按钮，如下左图所示，图像效果如下右图所示。

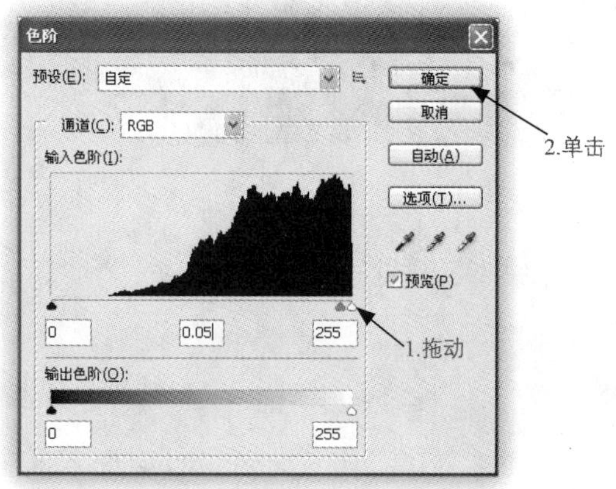

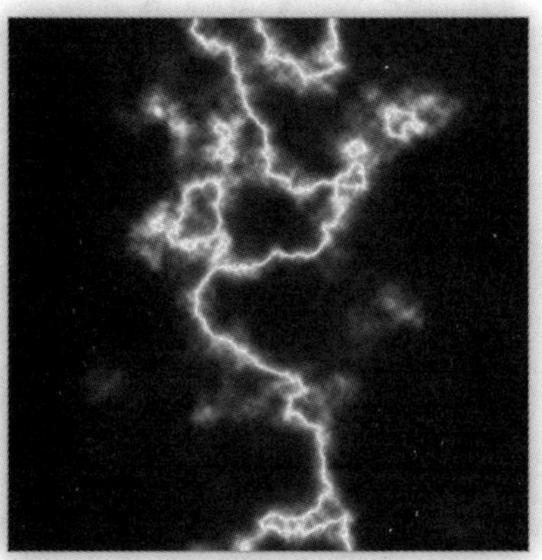

6 Step 选择"图像→调整→色相/饱和度"命令，在打开的对话框中勾选"着色"复选框，然后设置"色相"为"222"，"饱和度"为"50"，完成后单击 确定 按钮，如下左图所示，图像效果如下图所示。

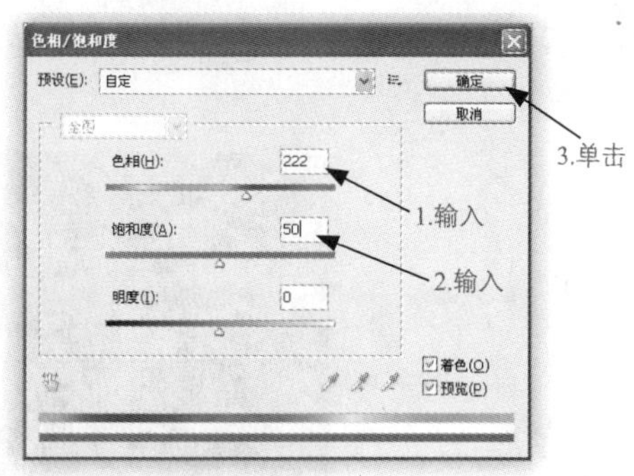

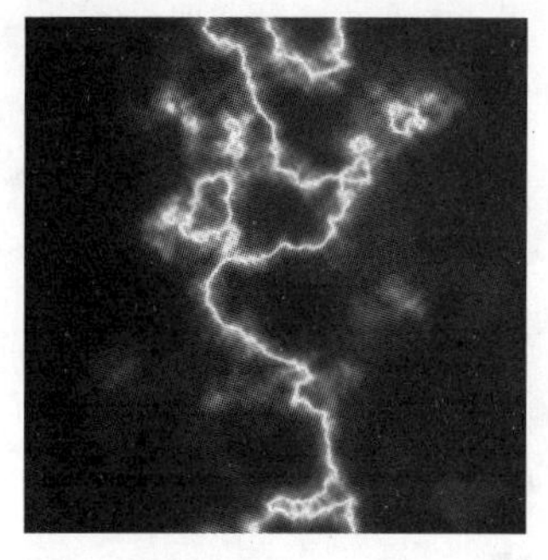

7 Step 选择"文件→打开"命令，打开"暗夜.jpg"素材文件，在图像窗口显示出来，如下左图所示。

8 Step 选择移动工具，将"闪电.jpg"图像拖至"暗夜.jpg"图像中，生成图层1，如下右图所示。

9 Step 设置图层1的混合模式为"颜色减淡"，如下左图所示，此时闪电效果发生了改变，如下右图所示。

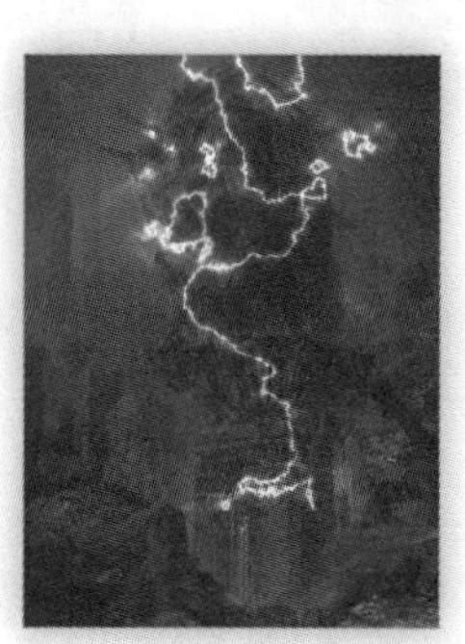

10 Step 选择"编辑→自由变换"命令，显示自由变换编辑框，适当旋转图像，将图像放至画面适当位置，按"Enter"键确定，效果如下右图所示。

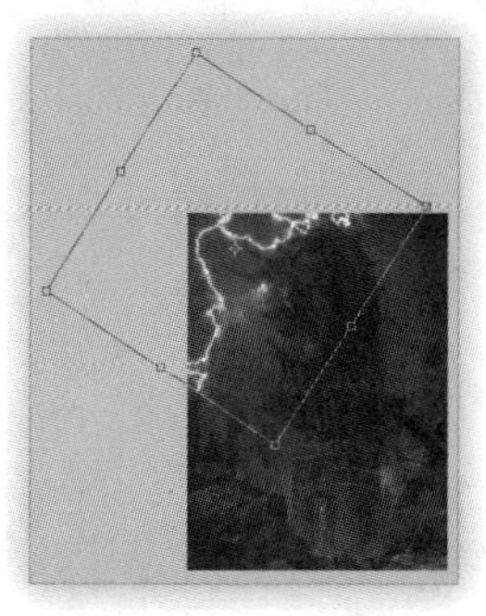

11 Step 复制图层 1，生成新的图层 1 副本，如下左图所示，选择“编辑→变换→垂直翻转”命令，复制的闪电图像效果发生了改变，如下右图所示。

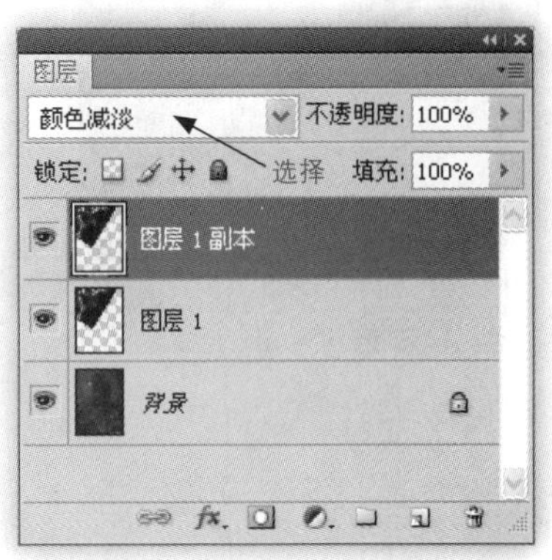

12 Step 再次选择“编辑→自由变换”命令，显示自由变换编辑框，适当旋转图像，然后放至画面适当位置，按“Enter”键确定，如下图所示。

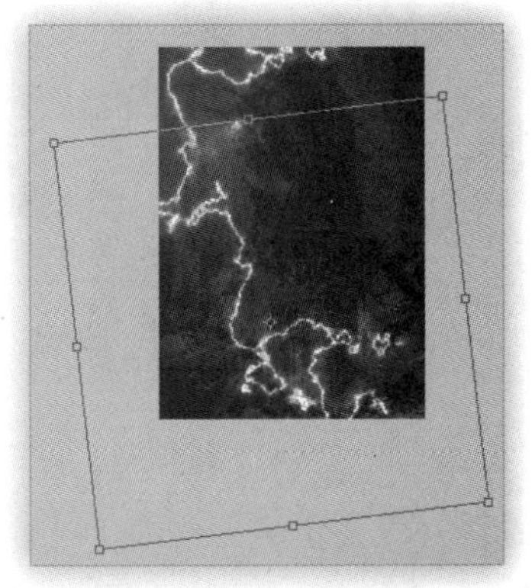

13 Step 选择橡皮擦工具，在图层 1 副本中适当擦除多余的闪电图像，完成后另存文件，如下图所示。

技巧提示

在图层有图层样式或混合模式的设置时，合并图层会改变图像原本的效果。

9.2.5 通过合成图像制作T恤花纹

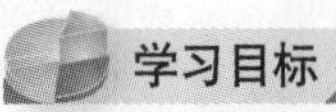

学习目标

本节主要学习图像的合成，通过移动工具、混合模式及色彩调整这几个简单命令进行学习掌握。在学习制作T恤花纹时，读者可以结合光盘中的视频轻松、直观地进行学习。

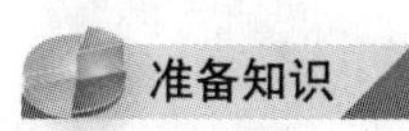

准备知识

认识图像合成

图像合成是将照片中物体从照片中分离出来，然后重新组合，达到新的构图目的一种创作方式。图像合成最基本的两个概念是背景和前景。一般来说背景是一个完整的图像，前景是一个抠出来的图像元素。

图像合成的方法在设计中常常被用到，它能快速制作出漂亮的图效，完成一些传统手绘很难达到或很难快速达到的图像效果。充分掌握所学的工具和操作命令，融会贯通，灵活多变地发挥自己的想象力，可以制作出精美的图像效果。

案例名称：制作T恤花纹
素材路径：\素材\第9章\T恤花纹\
效果路径：\效果\第9章\制作T恤花纹.psd
视频链接：Video\视频教程\图层的应用\制作T恤花纹

1 Step 选择“文件→打开”命令，打开“T 恤少女 .jpg”和“贴图 .jpg”素材文件，在图像窗口中显示出来，如下图所示。

2 Step 选择魔棒工具，在工具栏上设置“容差”为“60”，在图案外的白色空白区域单击，创建选区，按“Ctrl + Shift + I”组合键反选选区，如下图所示。

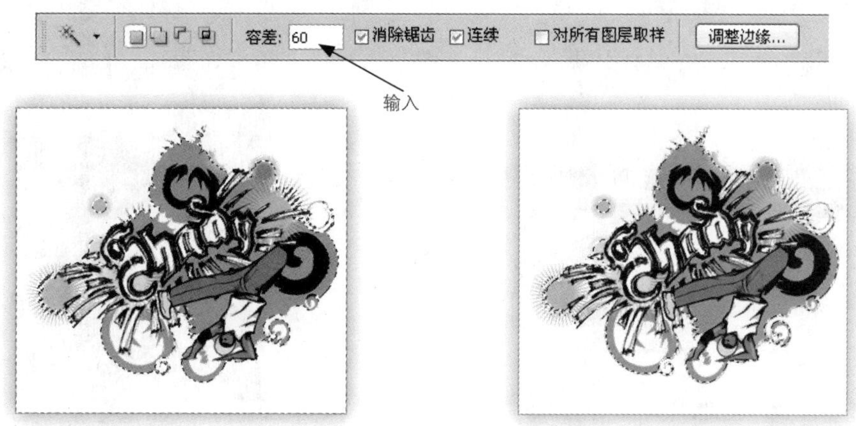

3 Step 选择移动工具，将选区内的图像拖到“T 恤少女 .jpg”图像中，生成新的图层 1，如下图所示。

4 Step 选择“编辑→自由变换”命令，显示自由变换编辑框，适当旋转并缩小图像，并将图像放至画面适当位置，按“Enter”键确定，如下图所示。

5 Step 设置图层 1 的混合模式为“正片叠底”，如下左图所示，此时图片效果发生了改变，如下右图所示。

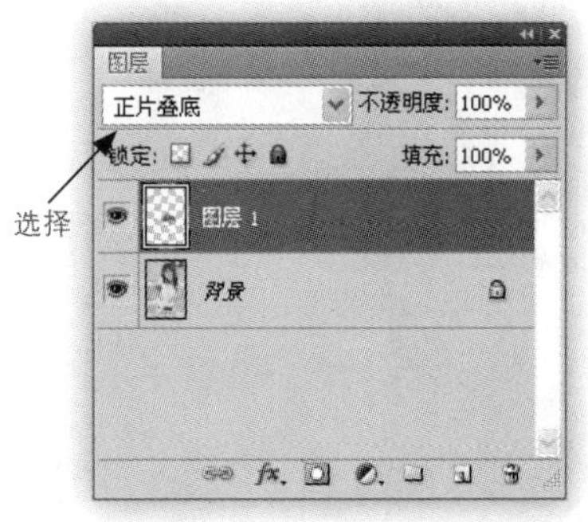

6 Step 选择“图像→调整→色相/饱和度”命令，设置“色相”为“+180”，完成后单击 确定 按钮，如下左图所示，效果如下右图所示，然后另存文件。

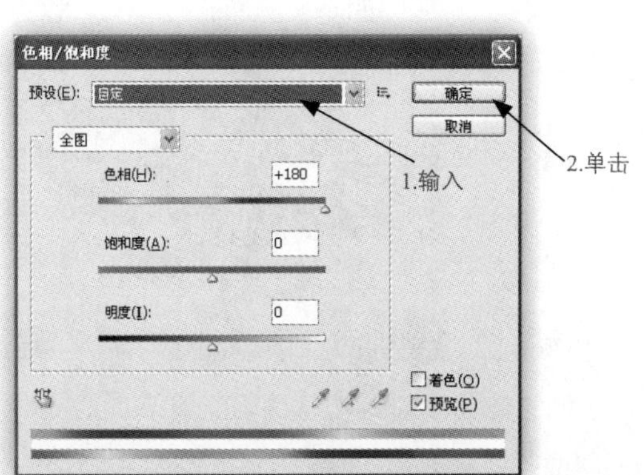

9.3 自我提高

学习完本章后，读者清楚认识了Photoshop CS4中关于图像合成的一些设置的操作和用处，巧用混合模式，将图像合成设计更快捷，更有新意。混合模式的运用使图像合成更能轻松实现，能快速制作出手工绘制难以达到的各种特殊效果。

提高一　图层的高级运用（\效果\第9章\制作美丽树妖.psd）

① 打开“朦胧夜景.jpg”、“女妖.psd”和“藤蔓.psd”素材文件（\素材\第9章\制作美丽树妖\）。

② 选择移动工具，将“女妖.psd”拖曳至“朦胧夜景.jpg”图像中，生成新的图层1，并适当调整图像位置。

③ 再次选择移动工具，将“藤蔓.psd”拖曳至“朦胧夜景.jpg”图像中，生成新的图层2，并适当调整图像位置。

④ 设置图层2的混合模式为“明度”，此时图像效果发生了改变。

⑤ 复制图层2，生成新的图层2副本。选择“编辑→自由变换”命令，显示自由变换编辑框，适当旋转并缩小图像，将图像放至画面适当位置，然后按“Enter”键确定。

提高二　图层的应用（\效果\第9章\制作长眼睛的西红柿.psd）

① 打开“西红柿.jpg”和“眼睛.psd”素材文件（\素材\第9章\制作长眼睛的西红柿\）。

② 选择移动工具，将“眼睛.psd”拖曳至“西红柿.jpg”图像中，生成新的图层1，并适当调整图像位置。

③ 选择“编辑→自由变换”命令，显示自由变换编辑框，适当旋转图像，将图像放至画面适当位置，然后按“Enter”键确定。

④ 复制图层1，生成新的图层1副本，选择“编辑→变换→水平翻转”命令，对复制的眼睛进行翻转处理。

⑤ 选择“编辑→自由变换”命令，显示自由变换编辑框，适当旋转图像，将图像放至画面适当位置，然后按“Enter”键确定。

Chapter 10

第10章 蒙版应用技术

Photoshop CS4中的蒙版是将不同灰度色值转化为不同的透明度，并作用到它所在的图层，使图层不同部位透明度产生相应的变化。黑色为完全透明，白色为完全不透明。使用蒙版技术可以用来抠图、淡化图像边缘效果，以及图层间的融合等。在本章中我们将对蒙版的一些基础知识及应用进行详细介绍。

10.1 通过“快速蒙版”为图像制作边框

学习目标

本节主要学习快速蒙版的相关知识，通过平滑视频图像中的隔行线的案例介绍它们的基本概念和参数设置。在学习平滑视频图像中的隔行线的案例时，读者可以结合光盘中的视频轻松、直观地进行学习。

准备知识

认识蒙版

在Photoshop CS4中，当我们在对图像进行一些处理时，常常需要保护一部分图像，以使它们不受各种处理操作的影响。蒙版就是这样的一种工具，它是一种灰度图像，其作用就像一张画布，可以遮盖住处理区域中的一部分，当我们对处理区域内的整个图像进行模糊、上色等操作时，被蒙版遮盖起来的部分就不会受到改变。

蒙版还可以达到这样的效果：当蒙版的灰度色深增加时，被覆盖的区域会变得愈加透明。利用这一特性，我们可以利用蒙版改变图片中不同位置的透明度，甚至可以代替“橡皮”工具在蒙版上擦除图像，并且不会影响到图像本身。

Photoshop蒙版的优点有以下3个：

- 修改方便，不会因为使用橡皮擦或剪切删除而造成不可返回的遗憾。
- 可运用不同滤镜，以产生一些意想不到的特效。
- 任何一张灰度图都可用来作为蒙板。

认识蒙版的类型

- 快速蒙版：使用快速蒙版模式可将选区转换为临时蒙版以便更轻松地进行编辑。快速蒙版将作为带有可调整的不透明度的颜色叠加出现。可以使用任何绘画工具编辑快速蒙版或使用滤镜修改它。退出快速蒙版模式之后，蒙版将转换为图像上的一个选区。
- 图层蒙版：图层蒙版是与分辨率相关的位图图像，可使用绘画或选择工具进行编辑。
- 矢量蒙版：矢量蒙版与分辨率无关，可使用钢笔或形状工具创建。
- 剪切蒙版：是设置图像显示效果的多个图层。设置为剪切蒙版后，上层图层中的图像，将在下层图层中图像的区域范围内显示。

创建快速蒙版的方法

打开图像文件，单击工具箱中的“以标准模式编辑”按钮，当按钮变为“以快速蒙板编辑”按钮时，图像即创建快速蒙版完成。

案例名称：为图像制作边框
素材路径：\素材\第10章\边框.jpg
效果路径：\效果\第10章\为图像制作边框.psd
视频链接：Video\视频教程\蒙版应用技术\为图像制作边框

1 Step 打开“边框.jpg”图像文件，如下左图所示。复制一层背景图层，在工具箱中选择矩形选框工具，在图像中绘制出一个边框选区，如下右图所示。

2 Step 单击工具箱中的“以快速蒙版模式编辑”按钮进入快色蒙版编辑模式。原图像中的非选择区域覆盖了一层半透明的红色，选择区域的图像效果不变，如下左图所示。

3 Step 选择“滤镜→扭曲→玻璃”命令，在打开的对话框中设置“扭曲度”为“20”，“平滑度”为“9”，纹理类型为“磨砂”，“缩放”为“106%”，完成后单击[确定]按钮，如下中图所示。对半透明的红色应用“玻璃”滤镜，效果如下右图所示。

4 Step 单击工具箱中的“以快速蒙版模式编辑”按钮，退出快色蒙版编辑模式。没有覆盖半透明红色的区域转换为选区，如下左图所示。

5 Step 设置前景色为“粉红色”（R:245,G:205,B:205）。在工具箱中选择填充工具，单击选区进行填充，如下右图所示。通过“快速蒙版”为图像制作边框案例完成，保存该图片。

10.1.1 通过“剪贴蒙版”合成图像

学习目标

本节主要学习“剪贴蒙版”的相关知识，通过合成图像来介绍蒙版的概念和应用，在学习用“剪贴蒙版”合成图像时，读者可以结合光盘中的视频轻松、直观地进行学习。

准备知识

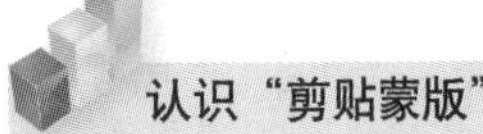

认识“剪贴蒙版”

剪贴蒙版是由多个图层组成的群体组织，最下面的一个图层叫做基底图层（简称基层），位于其上的图层叫做顶层。基层只能有一个，顶层可以有若干个。剪贴蒙版是指包括基层和所有顶层在内的图层群体。

选择多个图层后，再选择“图层→创建剪贴蒙版”命令，或者按“Ctrl+G”组合键，可将选择的图层创建为剪贴蒙版。也可以按“Alt”键，在两个图层中间出现图标后单击。建立剪贴蒙版后，上方图层缩略图缩进，并且带有一个向下的箭头，如下图所示。

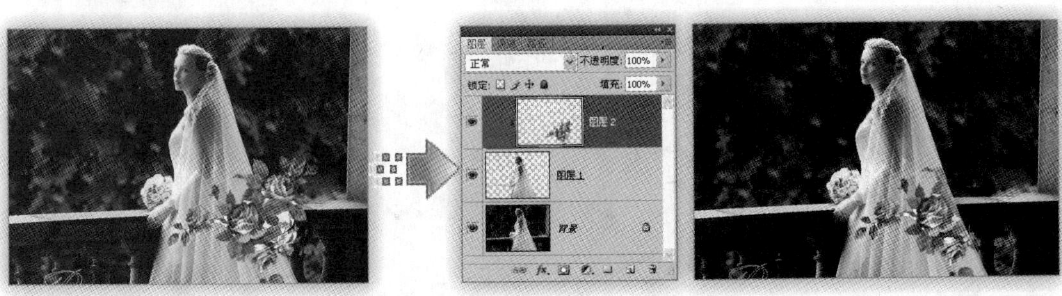

案例名称：合成图像
素材路径：\素材\第10章\合成图像\
效果路径：\效果\第10章\合成图像.psd
视频链接：Video\视频教程\蒙版应用技术\合成图像

1 Step 打开素材文件“模特 .jpg”、“花丛 .jpg”。在工具箱中选择移动工具，将“模特 .jpg”文件移动到“花丛 .jpg”中。

2 Step 将鼠标放在两个图层中间，并同时按住“Alt”键，鼠标指针变为两个小圆形时，单击鼠标，创建“剪贴蒙版”，如右图所示。

3 Step 选择“模特 .jpg”所在图层，选择“图像→调整→色彩平衡”命令，在打开的“色彩平衡”对话框中选择“中间调”单选按钮，再设置“色阶”为（+28，+14，－64），完成后单击 确定 按钮，如下左图所示。

4 Step 在工具箱中选择橡皮擦工具，并设置橡皮擦为“柔角 130 像素”，将模特图像擦去多余的边缘，并设置图层混合模式为“变暗”，如下右图所示。完成案例的制作，另存文件。

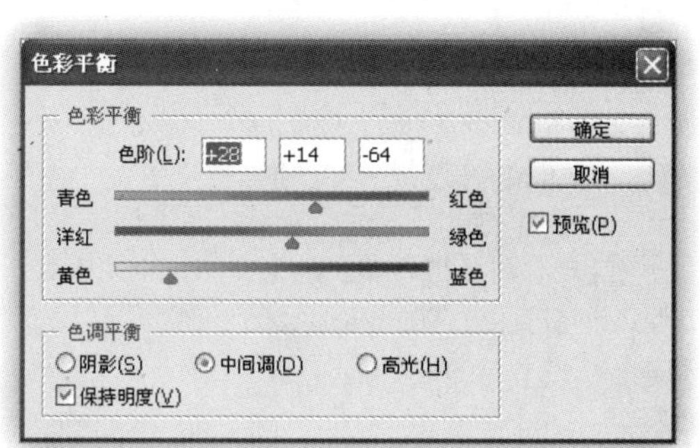

知识链接

创建了剪贴蒙版以后，如果当不再使用剪贴蒙版的时候，可以选择“图层→释放剪贴蒙版”命令，或者按“Shift+Ctrl+G”组合键。

10.1.2 通过“矢量蒙版”制作蝴蝶图像

学习目标

本节主要学习矢量蒙版的相关知识，通过制作蝴蝶图像来介绍蒙版的概念和应用，在学习用矢量蒙版制作蝴蝶图像时，读者可以结合光盘中的视频轻松、直观地进行学习。

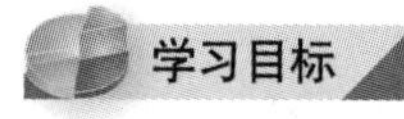

准备知识

认识矢量蒙版

矢量蒙版和图层蒙版的原理相同，不同的是，它与分辨率无关，可使用钢笔或形状工具绘制蒙版中的图形。

为了保存图形的几何形状，可以通过与路径有关的操作来进行编辑修改.，可以将矢量蒙版转换为图层蒙版(选择“图层→栅格化→矢量蒙版”命令)，转换是单向的。选择“图层→矢量蒙版→显示全部”命令，为图像创建矢量蒙版。

案例名称：制作蝴蝶图像
素材路径：\素材\第10章\蝴蝶图像.jpg
效果路径：\效果\第10章\蝴蝶图像.psd
视频链接：Video\视频教程\蒙版应用技术\制作蝴蝶图像

1 Step　打开“蝴蝶图像.jpg”图像文件，如下图所示，按“Ctrl+J”组合键复制一层背景图层为图层1。

知识链接

“渐变叠加”样式中的渐变填充效果，可以通过设置“缩放”参数，调整渐变色之间的变化细腻度。

2 Step　再复制一个图层，双击图层空白区域，在打开的“图层样式”对话框设置“渐变叠加”样式参数，其中设置渐变颜色为“淡黄”(R:249,B:243,C:153)，“淡蓝”(R:190,B:251,C:250)，完成后单击 确定 按钮，应用样式，如下图所示。

3 Step　选择图层1，选择“图层→矢量蒙版→隐藏全部”命令，为图层1添加矢量蒙版。

4 Step　在工具箱中单击“自定义形状工具”按钮，选择自定义形状为形状，在图像中绘制出蝴蝶形状，如下左图所示。继续选择其他的自定义形状“溅泼”形状，继续在图像中绘制，效果如下右图所示。

5 Step 双击该图层，在打开的“图层样式”对话框中，勾选“外发光”复选框，设置外发光颜色为“白色”，“扩展”为“10%”，“大小”为“18像素”，单击确定按钮，如下左图所示。使用“矢量蒙版”制作蝴蝶图像案例完成，最终效果如下右图所示，保存该图片。

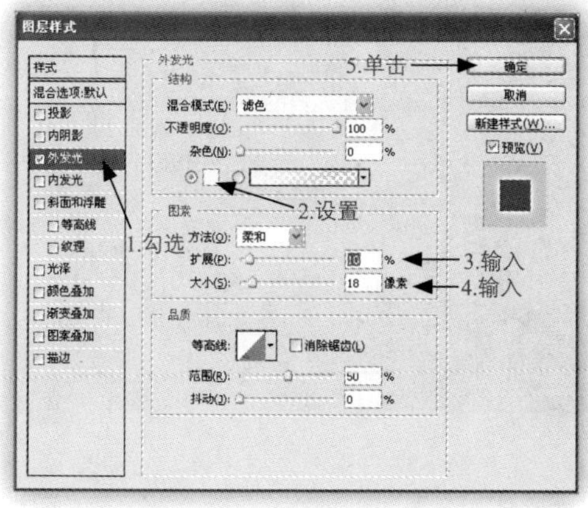

10.1.3 通过蒙版的创建制作迷幻海底世界

学习目标

本节继续学习蒙版的一些使用方法，通过制作迷幻海底世界来介绍蒙版的概念和应用，在学习通过蒙版的创建制作迷幻海底世界时，读者可以结合光盘中的视频轻松、直观地进行学习。

准备知识

认识图层蒙版

图层蒙版可以理解为在当前图层上覆盖一层玻璃片，这种玻璃片可以分为透明的和黑色不透明的，前者显示全部，后者隐藏部分。然后用各种绘图工具在蒙版上涂色（只能涂黑、白、灰色），涂黑色的地方蒙版变为不透明，看不见当前图层的图像，涂白色则使涂色部分变为透明可看到当前图层上的图像，涂灰色使蒙版变为半透明，透明的程度有涂色的灰度深浅决定。

- “图层蒙版”是一种特殊的选区，但它的目的并不是对选区进行操作，相反，而是要保护选区的不被操作。同时，不处于蒙版范围的地方则可以进行编辑与处理。
- “图层蒙版”虽然是种选区，但它跟常规的选区颇为不同。常规的选区表现了一种操作趋向，即将对所选区域进行处理；而蒙版却相反，它是对所选区域进行保护，让其免于操作，而对非掩盖的地方应用操作。

案例名称：制作迷幻海底世界
素材路径：\素材\第10章\迷幻海底世界\
效果路径：\效果\第10章\制作迷幻海底世界.psd
视频链接：Video\视频教程\蒙版应用技术\制作迷幻海底世界

1 Step 打开“珊瑚.jpg”和“海底.jpg”图像文件，如下左图所示，使用移动工具将珊瑚图像移动到“海底.jpg”图像文件中，并调整到合适的位置，如下左图所示。

2 Step 为图层 1 添加图层蒙版，并在工具箱中选择橡皮擦工具，设置背景色为“黑色”，擦去多余的珊瑚部分，如下右图所示。

3 Step 新建一个图层，将图层“混合模式”修改为“叠加”，在工具箱中选择椭圆选框工具，在珊瑚上方部分绘制一个椭圆选区，羽化选区为 50 像素，为选区填充颜色为“黄色”(R:247,G:215,B:34)，如下左图所示。

4 Step 使用同样的方法，继续在珊瑚右下方绘制一个椭圆选区，并填充颜色“紫色”(R:237,G:127,B:242)，效果如下右图所示。

5 Step 打开“海星 .jpg”图像文件，在工具箱中选择魔棒工具将海星创建为选区，使用移动工具将选择的海星图像移动到“海底 .jpg”图像文件中，并调整到合适的位置，如下左图所示。

6 Step 双击新生成图层，在打开的“图层样式”对话框勾选“外发光”复选框，设置“不透明度”为“75%”，“扩展”为“5%”，“大小”为“9 像素”，单击确定按钮，效果如下右图所示。通过蒙版的创建制作迷幻海底世界案例完成，保存该图片。

10.2 自我提高

学习完本章后，读者要掌握各种不同类型蒙版的基础知识和应用，以及各种蒙版之间的区别。包括快速蒙版、剪贴蒙版、矢量蒙版、图层蒙版等。下面通过实例操作来巩固本章所介绍的知识，并对知识进行延伸扩展。

提高一 制作演唱比赛宣传海报（\效果\第10章\制作演唱比赛宣传海报.psd）

① 打开素材文件中的“唱歌的模特.jpg”和“背景.jpg”图像文件（\素材\第10章\），将人物选择复制到“背景.jpg”图像文件中，复制人物图层，调整色阶，制作人物图像边缘。

② 打开“星光.jpg”图像文件（\素材\第10章\星光.jpg），并将该图像复制到背景中，修改混合模式为“叠加”。

③ 用矩形选框工具绘制人物背后光环，填充颜色并复制多个，调整不透明度。

④ 打开“乐器.jpg”图像文件（\素材\第10章\乐器.jpg），并将其中的图像移动到背景中，添加图层蒙版，擦去多余的边缘部分。

⑤ 制作完毕后，保存文档。

提高二 制作非主流发型设计广告（\效果\第10章\制作非主流发型设计广告.psd）

① 新建一个图形文件，填充深蓝色背景，新建图层，填充黑色，添加图层蒙版，设置渐变背景。

② 打开素材文件中的“模特2.jpg”图像文件（\素材\第10章\模特2.jpg），将模特选择出来，调整色彩平衡，添加光照效果，设置外发光效果。

③ 设置画笔，并用钢笔工具勾画出发光线条，设置描边路径，制作发光线条。

④ 新建一个图层，设置画笔形状及大小，设置不透明度，为图像添加光晕。

⑤ 制作完毕后，保存文档。

Chapter 11

第 11 章 蒙版的高级应用

蒙版在PS图像处理中拥有非常强大的功能，在蒙版的作用下，PS中的各项调整功能才真正发挥到极致。Photoshop蒙版是将不同灰度色值转化为不同的透明度，并作用到它所在的图层，使图层不同部位透明度产生相应的变化。黑色为完全透明，白色为完全不透明。充分运用蒙版的遮挡功能，可以保持图像的完整性，便于图像修改而不破坏图像像素。

11.1 通过4个案例掌握图层与蒙版的配合使用

图层与蒙版的配合使用是蒙版操作的基础，充分运用图层的各种操作技巧，发挥出蒙版的强大功能。

11.1.1 通过图层与蒙版的混合使用制作火焰背景

学习目标

本节主要通过制作火焰背景来学习掌握图层与蒙版的配合使用方法。在学习制作火焰背景时，读者可以结合光盘中的视频轻松、直观地进行学习。

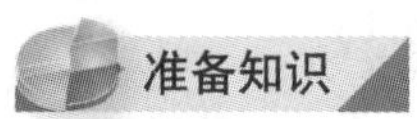

准备知识

认识蒙版

Photoshop蒙板是将不同灰度色值转化为不同的透明度，并作用到它所在的图层，使图层不同部位透明度产生相应的变化。白色为完全透明，黑色为完全不透明，如下图所示。

混合模式、不透明度等命令能配合蒙版制作出各种完美的图像合成效果，路径与选区填充能对蒙版图像细节进行恰当处理，而画笔工具、橡皮擦工具可以直接对蒙版内图像产生影响，充分运用各种所学的操作方法，搭配蒙版可制作出更佳的图像效果。

蒙版的主要作用分为3种：抠图、淡化图像边缘效果及图层间的融合。

案例名称：制作火焰背景
素材路径：\素材\第11章\火焰背景\
效果路径：\效果\第11章\制作火焰背景.psd
视频链接：Video\视频教程\蒙版的高级应用\制作火焰背景

1 Step 选择"文件→打开"命令，打开"火焰.jpg"、"情侣.jpg"素材文件，如下图所示。

2 Step 在工具箱中选择移动工具，将"情侣.jpg"素材文件拖至"火焰.jpg"图像中，生成新的图层1，如下图所示。

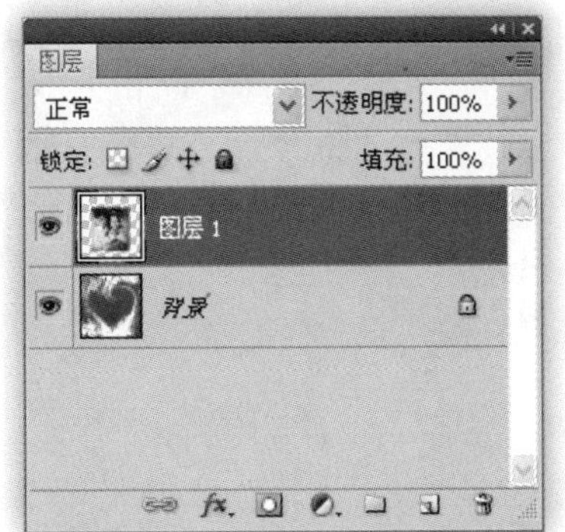

3 Step 在图层面板上单击"添加图层蒙版"按钮，在图层上新建蒙版，按"D"键将颜色设置为默认色，选择画笔工具，选择画笔为"柔角100像素"，大致擦除人物边缘多余的图像，如下图所示。

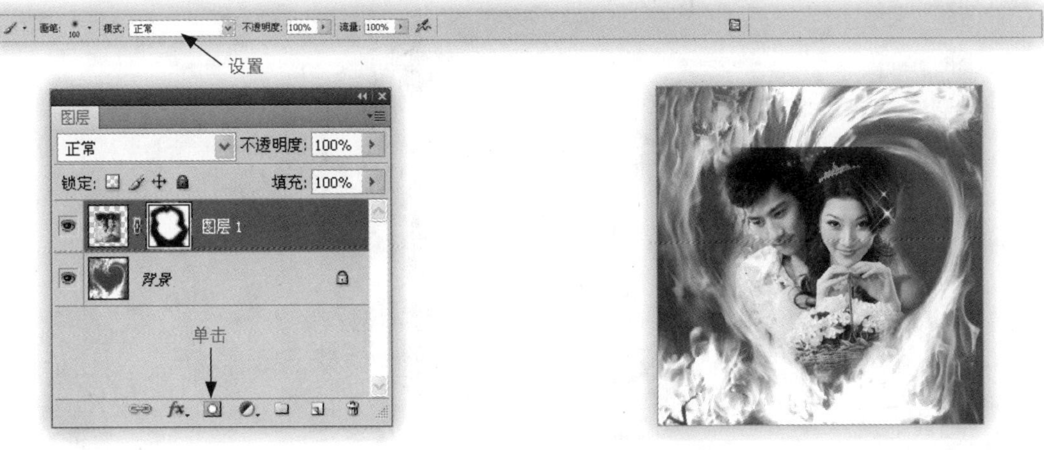

4 Step 使用钢笔工具在人物边缘绘制路径，勾勒多余像素，如下左图所示，完成后按“Ctrl + Enter”组合键将路径转换为选区，如下右图所示。

5 Step 选择“选择→修改→羽化”命令，在打开的对话框中设置“羽化半径”为“2 像素”，完成后单击 确定 按钮，如下左图所示，效果如下右图所示。

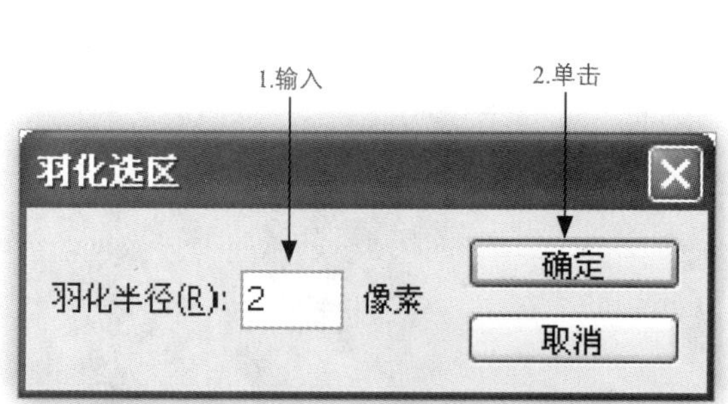

技巧提示

在图像的制作过程中，蒙版可以遮挡所需去除的图像像素，同时并不影响图像的完整，方便图片的重复修改，而被遮挡的部分在运用图层样式时，同样不被显示出来，图层样式效果只针对显示区域。

6 Step 按“Alt + Delete”组合键在图层 1 蒙版内填充黑色，如下左图所示，完成后按“Ctrl + D”取消选区，如下右图所示。

7 Step 在工具箱中选择画笔工具，然后在人物头顶位置适当描绘，显示部分火焰效果，如下图所示。

知识链接

在蒙版中，画笔用黑色涂抹将显示出擦除图像的效果，用白色涂抹将恢复图像原有的像素。

8 Step 设置图层 1 的混合模式为“变亮”，如下左图所示，图案效果发生改变，如下右图所示。

9 Step 复制图层 1，生成新的图层 1 副本，设置图层 1 副本的混合模式为“强光”如下左图所示，图案效果发生改变，如下右图所示。

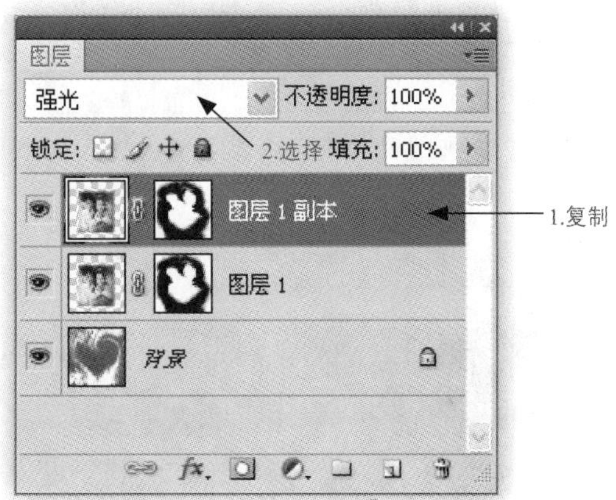

10 Step 选择“图像→调整→色彩平衡”命令，在打开的对话框中设置各项参数，完成后单击确定按钮，如下左图所示，最终效果如下右图所示，通过图层和蒙版的混合使用制作火焰背景案例完成，保存该图片。

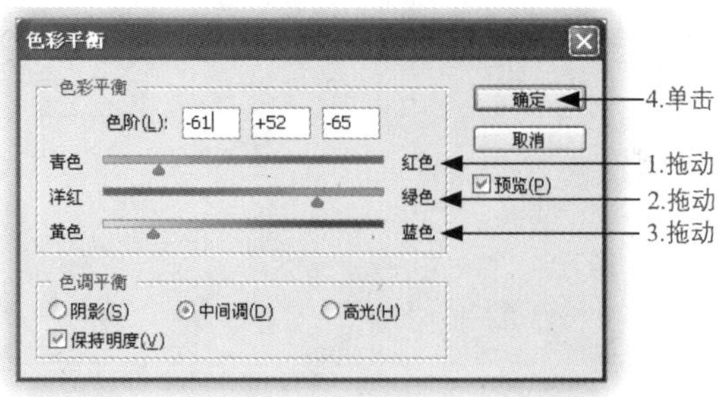

11.1.2 通过图层与蒙版的混合使用制作新年贺卡

学习目标

本节主要学习运用选区制作蒙版，通过制作新年贺卡来学习其操作方法。在学习制作新年贺卡时，读者可以结合光盘中的视频轻松、直观地进行学习。

准备知识

运用选区制作蒙版

运用选区制作蒙版在蒙版图像制作中经常用到。常规的选区表现了一种操作趋向，即将对所选区域进行处理；而蒙版却相反，它是对所选区域进行保护，让其免于操作，而对非掩盖的地方应用操作。在图像中创建一个选区，然后在该图层面板上单击“添加图层蒙版”按钮，选区以外的图像将被隐藏；而在现成的蒙版图层内，选定蒙版缩略图，在图像中创建选区后并填充黑色，选区内图像将被隐藏。

案例名称：制作新年贺卡

素材路径：\素材\第11章\新年贺卡\

效果路径：\效果\第11章\制作新年贺卡.psd

视频链接：Video\视频教程\蒙版的高级应用\制作新年贺卡

Step 1 选择“文件→新建”命令，在打开的对话框中输入文件名为“制作新年贺卡”，设置高度为6cm，宽度为10cm，分辨率为350像素，完成后单击 确定 按钮，如下左图所示。

Step 2 设置前景色为红色（R:201,G:35,B:31），背景色为暗红色（R:101,G:32,B:3），在工具箱中选择渐变工具，在工具属性栏上单击“径向填充”按钮，然后按“Shift”键从内至外绘制红色渐变，如下右图所示。

3 Step 设置前景色为红色（R:204,G:35,B:32），新建图层 1，选择自定形状工具，在工具选项栏上单击“填充像素”按钮，然后单击“形状”按钮的下拉按钮，并在弹出的下拉列表中选择形状为“靶标”，如下左图所示，然后在画面适当位置绘制“靶标”图案，如下右图所示。

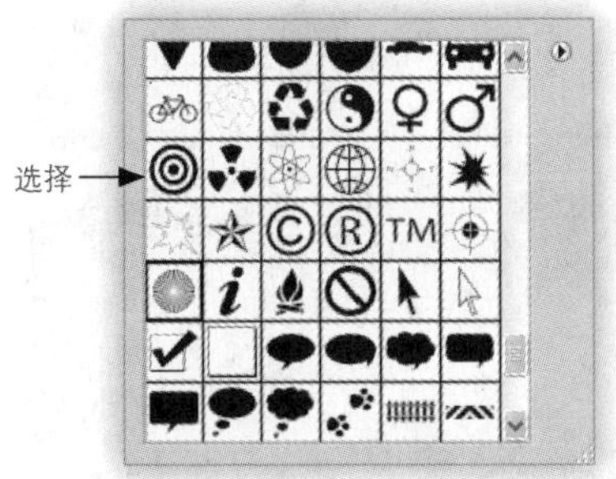

4 Step 在图层面板上单击“添加图层蒙版”按钮，在图层上新建蒙版，按“D”键将颜色设置为默认色，如下左图所示，在工具箱中选择渐变工具，在工具属性栏上单击“径向填充”按钮，然后按“Shift”键从内至外绘制黑白渐变，如下右图所示。

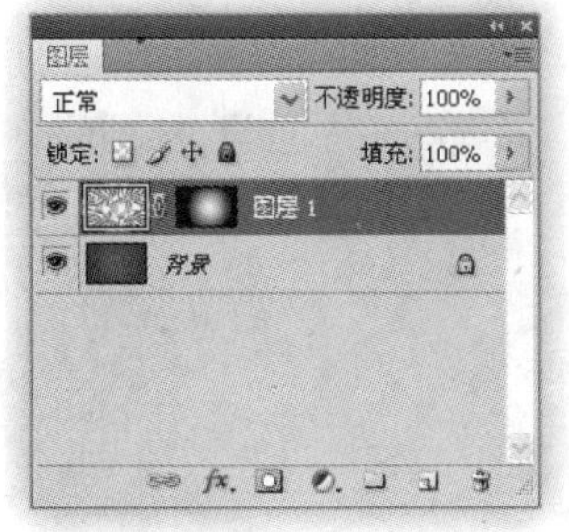

5 Step 设置图层 1 的混合模式为“强光”，如下左图所示，图像效果发生改变，如下右图所示。

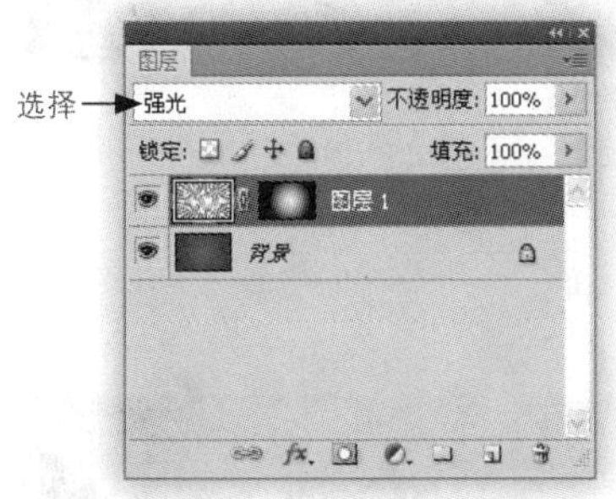

6 Step 选择钢笔工具，在画面左侧绘制路径创建图形，如下左图所示。新建图层 2，设置前景色为暗红色（R:115,G:17,B:16），单击路径面板上的“填充路径”按钮，对路径进行填充，完成后在路径面板的灰色区域单击，取消路径，如下右图所示。

7 Step 双击图层 2,在打开的“图层样式”对话框中勾选“斜面和浮雕”复选框,设置“深度”为“100%”,“大小”为“7 像素”,“光泽等高线”为“画圆步骤”,完成后单击 确定 按钮,如下左图所示,效果如下右图所示。

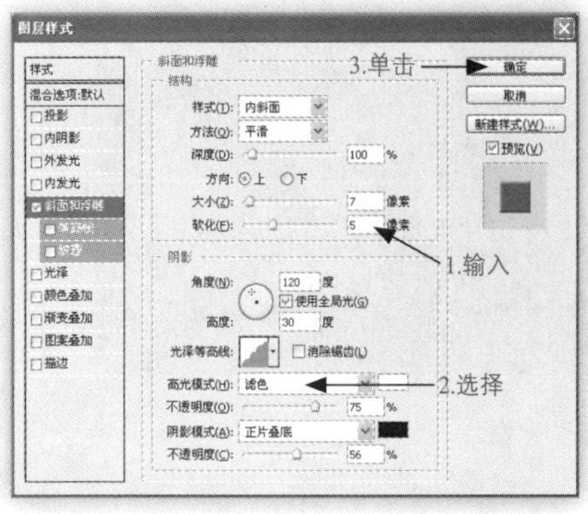

8 Step 再次双击图层 2，在打开的“图层样式”对话框中勾选“等高线”复选框，选择“等高线”为“内凹－深”，完成后单击 确定 按钮，如下左图所示，效果如下右图所示。

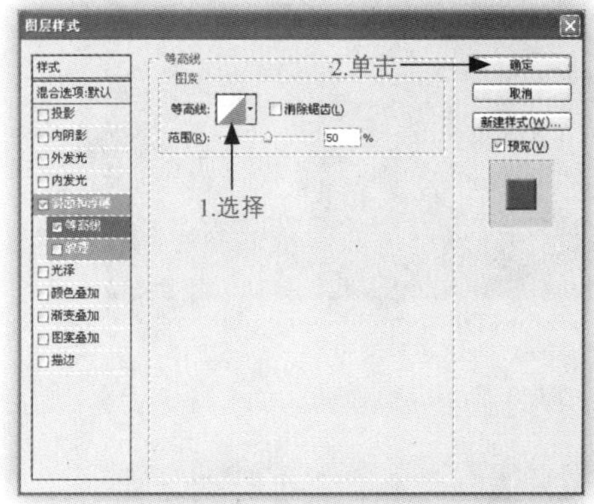

9 Step 选择“文件→打开”命令，打开“花纹 .psd”素材文件，在图像窗口中显示出来，如下左图所示。

10 Step 使用移动工具将“花纹 .psd”素材文件拖至编辑图像中，生成新的图层 3，并适当拖曳图层 3 至画面左下角位置，如下右图所示。

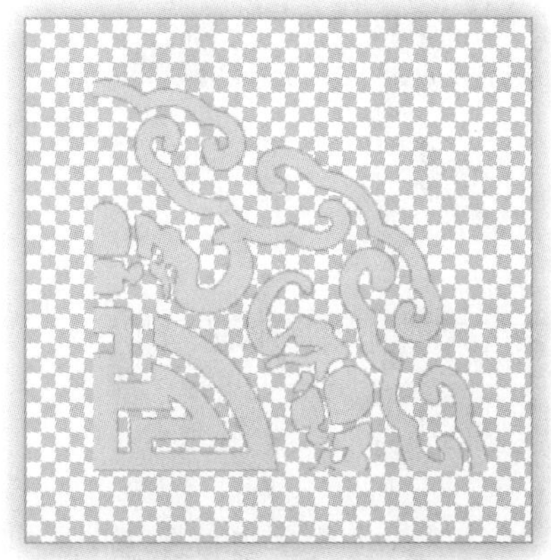

11 Step 复制图层 3，生成新的图层 3 副本，选择“编辑→变换→旋转 180 度”，图层 3 副本图像发生改变，如下左图所示，完成后使用移动工具将复制的图像拖至图像右上角，如下右图所示。

12 Step 选择“文件→打开”命令，打开“花纹 1.psd”素材文件，在图像窗口中显示出来，如下左图所示。

13 Step 使用移动工具将打开的图像拖至编辑图档像中，生成新的图层 4，适当调整图像至画面居中位置，如下右图所示。

14 Step 使用椭圆选框工具在图像中的圆圈位置按“Shift”键创建正圆选区，注意选区大小，并适当调整选区位置与圆圈图像吻合，如下左图所示，完成后按“Ctrl + Shift + I”组合键进行反选，如下右图所示。

15 Step 单击图层面板上的“添加图层蒙版”按钮，在图层上新建蒙版，将自动覆盖选区范围外的圆圈图像，如下图所示。

16 选择"文件→打开"命令，打开"图案 .psd"素材文件，如下左图所示，在图像窗口中显示出来。使用移动工具将打开图像拖至编辑图像中，生成新的图层 5，将图层 5 置于图层 4 的下层，并适当调整图像至画面圆圈空白位置，完成后另存文件，如下右图所示。

11.1.3 通过图层与蒙版的混合使用更换天空背景

学习目标

本节主要学习渐变工具在蒙版中运用的相关知识，通过更换图像的天空背景详解其操作方法。在学习使用更换天空背景时，读者可以结合光盘中的视频轻松、直观地进行学习。

准备知识

渐变工具在蒙版中的运用

渐变工具在蒙版中的运用较为广泛，通过渐变工具在蒙版内对图像进行渐变覆盖，使图像与图像之间的衔接更加自然融合，掌握其操作方法，将对蒙版的操作效果更加轻松自如。同时羽化的效果也与渐变相似，都可以制作出朦胧自然的边缘衔接效果。渐变工具的应用不同于选区，它需要在蒙版图层建立后，才能在蒙版中进行绘制。

图层与蒙版混合运用中，渐变工具的应用对图像的融合起着很大的衔接作用，配合选区工具、羽化工具的运用，图像的衔接将天衣无缝，如下图所示。

案例名称：更换天空背景
素材路径：\素材\第11章\天空背景\
效果路径：\效果\第11章\更换天空背景.psd
视频链接：Video\视频教程\蒙版的高级应用\更换天空背景

1 Step 选择"文件→打开"命令，打开"天空.jpg"和"背景.jpg"素材文件，在图像窗口中显示出来，如下图所示。

2 Step 使用移动工具将"背景.jpg"素材文件拖至"天空.jpg"图像中，生成新的图层1，如下左图所示，图像重合显示图层1的图像，如下右图所示。

3 Step 在图层面板上单击"添加图层蒙版"按钮，新建蒙版，如下左图所示，使用矩形选框工具，框选图像上半部分，如下右图所示。

4 Step 用鼠标右键单击选区内图像，在弹出的快捷菜单中选择"羽化"命令，打开"羽化选区"的对话框，设置"羽化半径"为"5像素"，单击 确定 按钮，如下左图所示，效果如下右图所示。

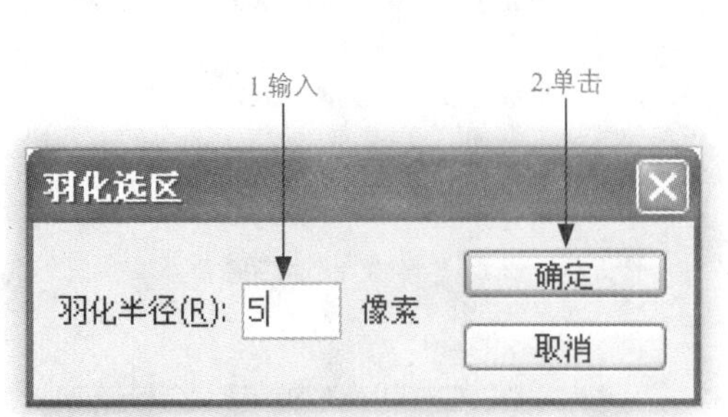

5 Step 选择渐变工具，在工具属性栏上单击“线性渐变”按钮，按“D”键将颜色设置为默认色，然后按“Shift”键在蒙版内从下至上绘制黑白渐变，完成后按“Ctrl + D”组合键取消选区，如下图所示。

6 Step 选择画笔工具，在工具属性栏上设置画笔为“柔角 15 像素”，“不透明度”为“50%”，然后根据画面调整画笔大小，在蒙版内适当涂抹天空与地面交界的树林等物体，完成后另存文件，如下图所示。

11.1.4 通过图层与蒙版的混合使用制作梦幻星星

学习目标

本节主要学习画笔工具在蒙版中进行绘制的相关知识，通过制作个性图案进行学习掌握。在学习运用画笔工具在蒙版中制作梦幻星星图效时，读者可以结合光盘中的视频轻松、直观地进行学习。

准备知识

画笔工具在蒙版中的运用

运用画笔在蒙版内进行操作，是蒙版图像操作的基本方法，它可以通过各种不同的笔刷绘制出漂亮的图像效果。画笔工具在蒙版中的运用比较简单，在绘制时需要确保前景色不是白色，然后运用各种不同的笔刷制作出不同的图像效果，如下图所示。

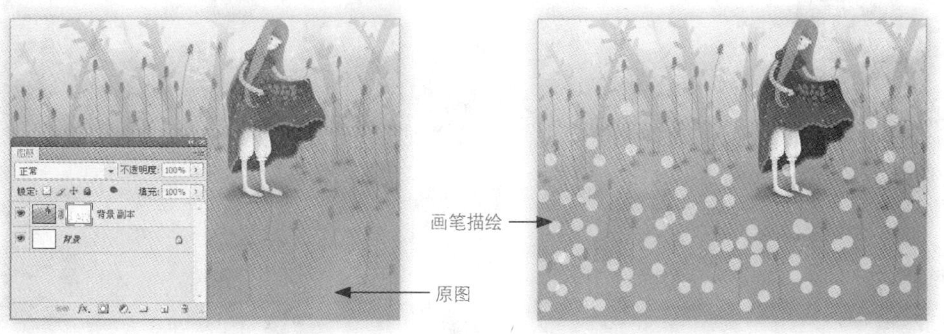

案例名称：制作梦幻星星
素材路径：\素材\第11章\梦幻星星\
效果路径：\效果\第11章\制作梦幻星星.psd
视频链接：Video\视频教程\蒙版的高级应用\制作梦幻星星

1 Step 选择“文件→打开”命令，打开“黄色底图 .jpg”、“棕发美女 .jpg”素材文件，在图像窗口中显示出来，如下图所示。

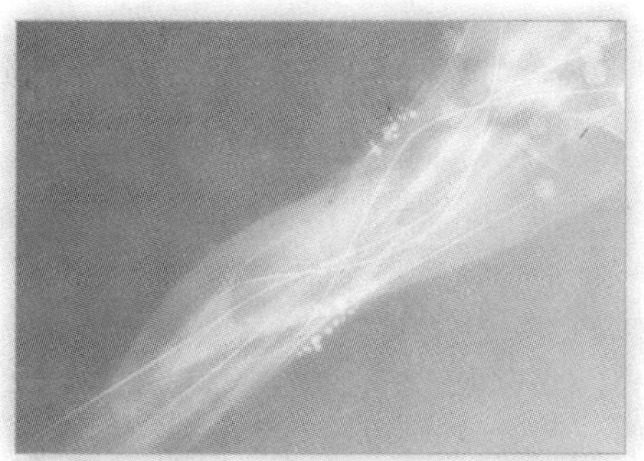

2 Step 使用移动工具将“棕发美女 .jpg”素材文件拖至“黄色底图 .jpg”图像中，生成新的图层 1，如下左图所示，图像重合显示图层 1 的图像，如下右图所示。

3 Step 在图层面板上单击“添加图层蒙版”按钮，新建蒙版，如下左图所示。选择渐变工具，在工具属性栏上单击“线性渐变”按钮，按“D”键将颜色设置为默认色，然后按“Shift”键在蒙版内从左至右绘制黑白渐变，如下右图所示。

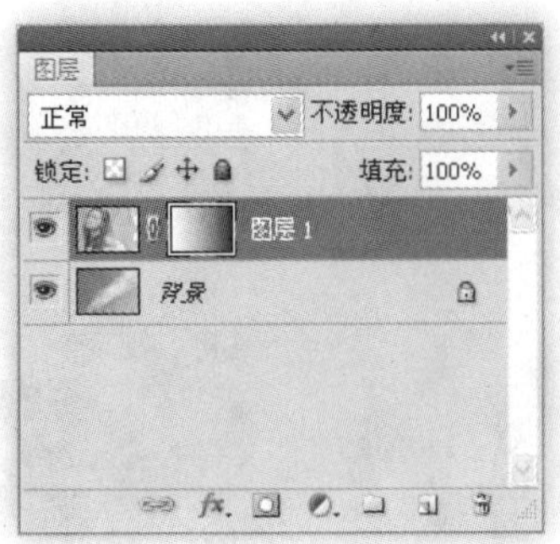

4 Step 使用画笔工具，在工具属性栏上单击“切换画笔面板”按钮，分别勾选“形状动态”和“散布”复选框，并适当设置各项参数，如右图所示。

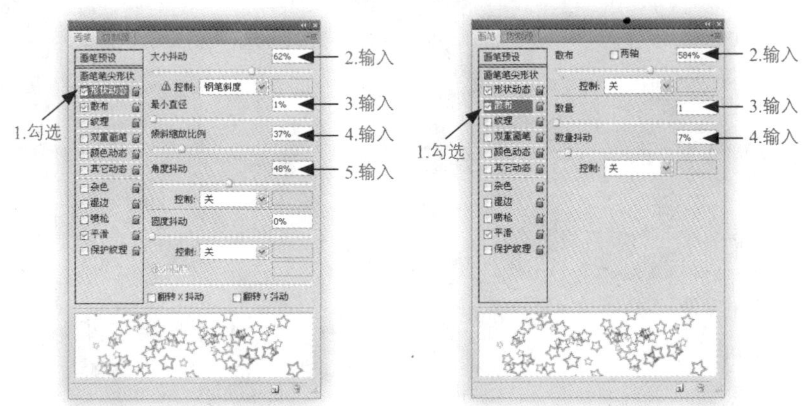

5 Step 设置前景色为黑色，在蒙版中绘制星星图案，注意星星图案的分布位置，如下图所示。

知识链接

画笔描绘中，前景色为黑色时，将覆盖当前图像像素，显示下一层图像，前景色为白色时，将恢复当前图像像素。

6 Step 设置前景色为蓝色（R:101,G:211,B:104），新建图层 2，如下左图所示，使用画笔工具在图像中绘制蓝色星星，如下右图所示。

7 Step 设置图层 2 的混合模式为“亮光”，如下左图所示，图像效果发生改变，完成后另存文件，如下右图所示。

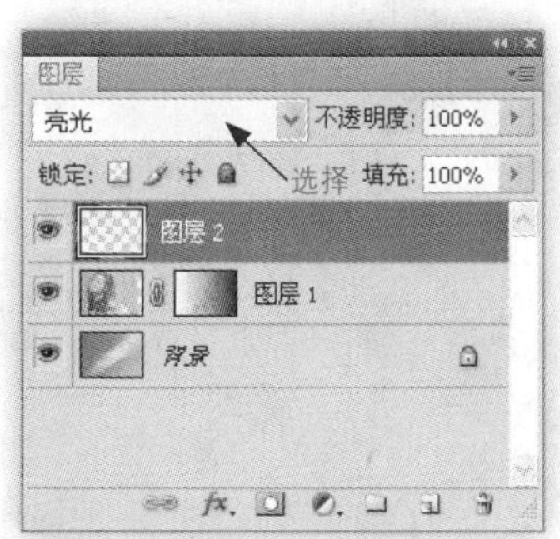

11.2 通过4个案例掌握通道与蒙版的配合使用

Photoshop 中通道与蒙版的配合使用，可以快速对图像进行各种融合搭配，令图像处理效果事半功倍。

11.2.1 通过通道与蒙版的混合使用制作另类写真

学习目标

本节主要学习通过通道抠图、蒙版遮挡及混合模式搭配使用制作另类写真效果，达到完美的合成图像效果。在学习制作另类写真时，读者可以结合光盘中的视频轻松、直观地进行学习。

准备知识

通道与蒙版抠图

通过通道的选择与调整，可以快速对图像进行抠图处理，同时图像抠图的效果更精确，搭配蒙版的使用，图像边缘的融合更自然。通道除了能对图像色彩进行调整以外，还可以通过选择色差最大的红、黄、蓝单色通道进行色阶调整，在做出选区范围选择后，再通过蒙版与混合模式对图像进行图层融合，使图像合成更自然完美。使用通道抠图，主要利用图像的色相差别或者明度差别，配合不同的方法给我们的图像建立选区，如下图所示。

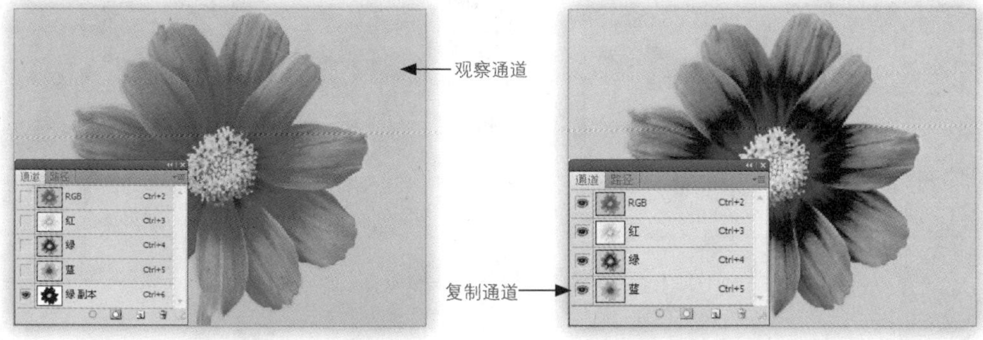

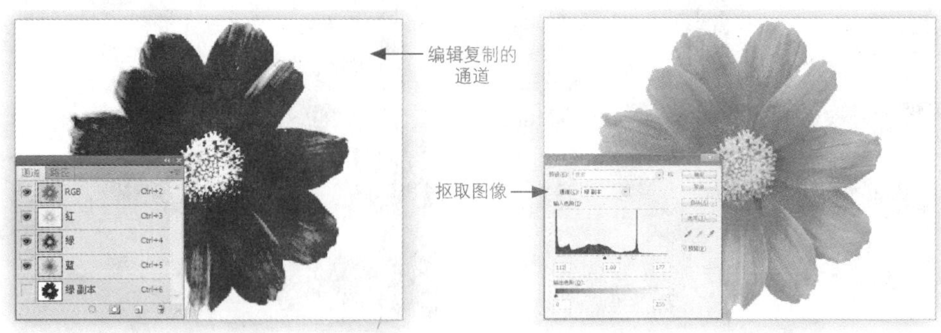

案例名称：制作另类写真
素材路径：\素材\第11章\另类写真\
效果路径：\效果\第11章\制作另类写真.psd
视频链接：Video\视频教程\蒙版的高级应用\制作另类写真

1 Step 选择“文件→打开”命令，打开“写真.jpg”素材文件，在图像窗口中显示出来，如下左图所示。

2 Step 选择蓝通道，复制生成蓝通道副本，如下中图所示，图像显示黑白效果，如下右图所示。

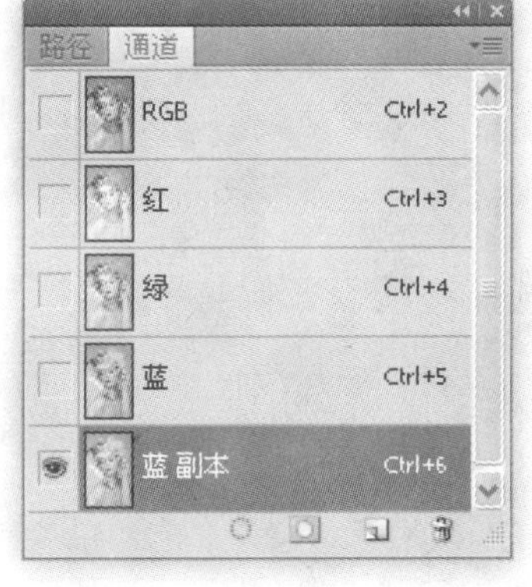

3 Step 选择“图像→调整→色阶”命令，在打开的对话框中拖动小滑块，设置各项参数，完成后单击 确定 按钮，如下左图所示，效果如下右图所示。

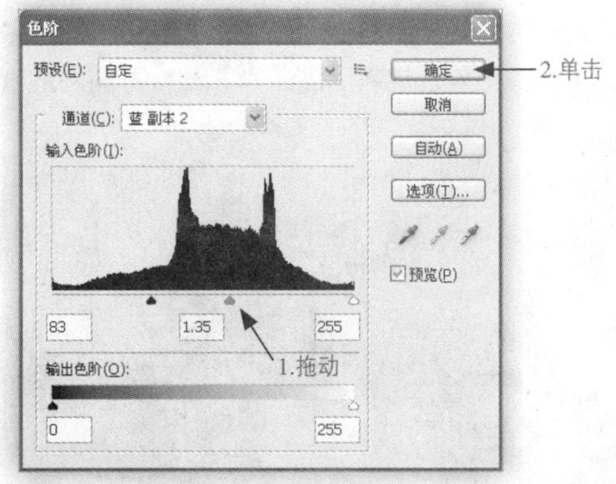

4 Step 选择魔棒工具，按“Shift”键在画面中连续选择人物背景，如下左图所示，注意细小背景的选取，完成后按“Ctrl + Shift + I”组合键反选选区，如下右图所示。

5 Step 在路径面板上单击RGB通道，图像显示彩色效果，如下左图所示，按“Ctrl + J”组合键复制选区内图像，生成新的图层1，如下右图所示。

6 Step 选择“文件→打开”命令，打开“幻彩背景.jpg”、“蓝玫瑰.jpg”素材文件，在图像窗口中显示出来，如下图所示。

7 Step 使用移动工具将“蓝玫瑰.jpg”素材文件中的图层1拖至“幻彩背景.jpg”图像中，生成新的图层1，如下左图所示，并适当调整图像位置，如下右图所示。

8 Step 在图层面板上单击“添加图层蒙版”按钮，新建蒙版，如下左图所示。选择画笔工具，选择画笔为“柔角 500 像素”，设置前景色为黑色，然后在蒙版内适当涂抹，效果如下右图所示。

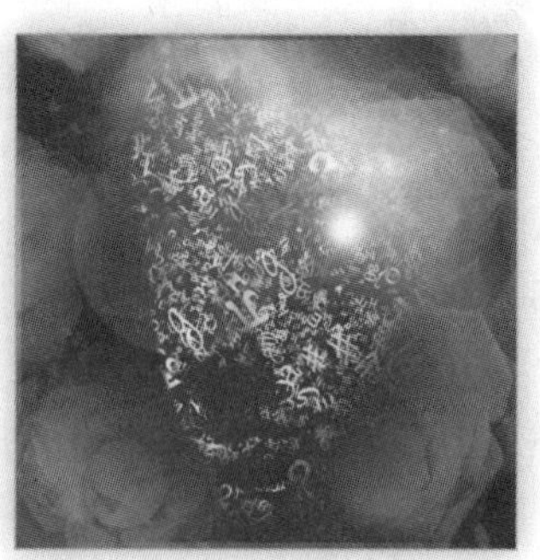

9 Step 设置图层 1 的混合模式为“明度”，如下左图所示，图像效果发生改变，如下右图所示。

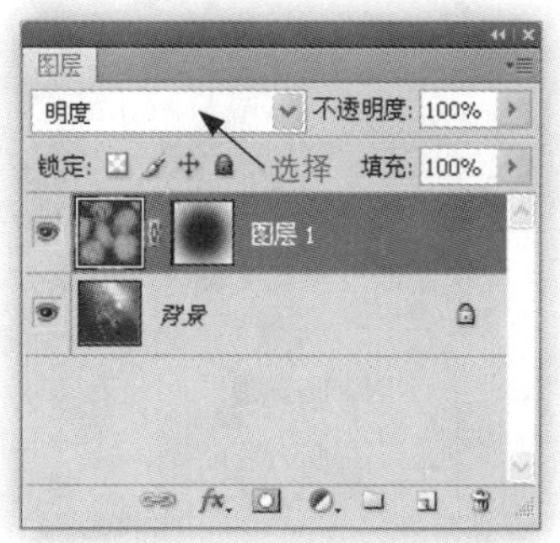

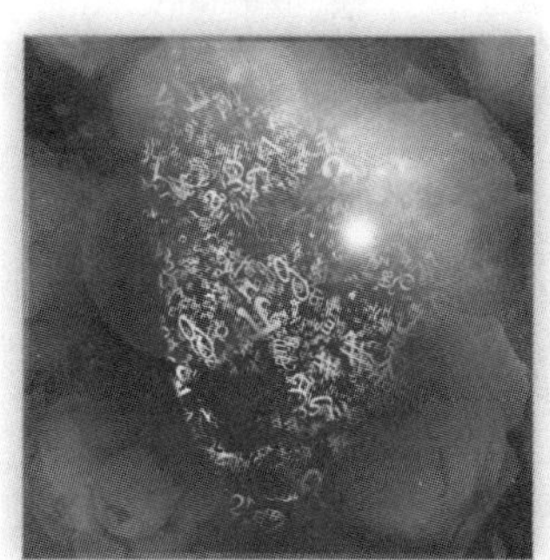

10 Step 使用移动工具将“写真.jpg”素材文件中的图层 1 拖至“幻彩背景.jpg”图像中，生成新的图层 2，如下左图所示，并适当调整图像位置，如下右图所示。

11 Step 新建图层 3，设置前景色为黄色（R:255,G:234,B:0），按“Alt + Delete”组合键对图层 3 进行填充，如下图所示。

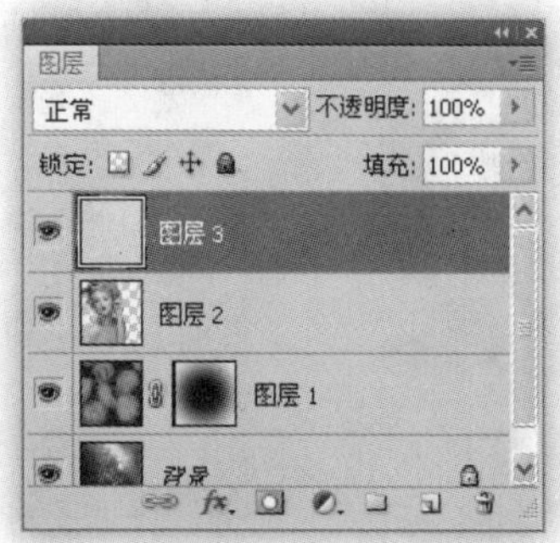

12 Step 设置图层 3 的混合模式为“颜色加深”，如下左图所示，图像效果发生改变，如下右图所示。

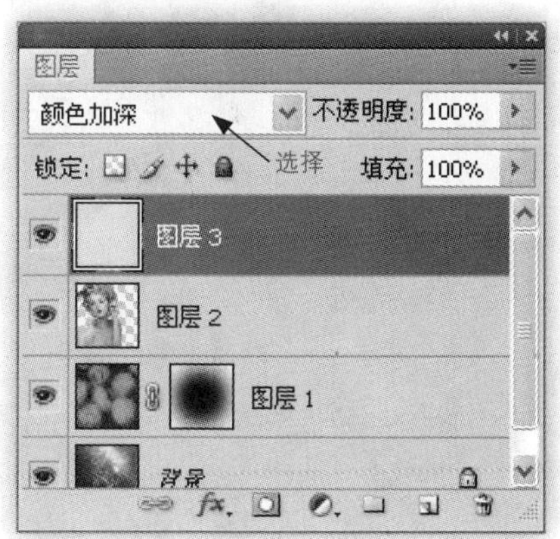

技巧提示

在选择适当的通道进行抠图时，可以依次单击 3 个单色通道，查看图像黑白效果对比最强的通道，并将此通道作为抠图的通道。

11.2.2 通过通道与蒙版的混合使用制作美人鱼

学习目标

本节主要学习通道与蒙版的混合使用，通过通道抠图与图像色彩调整学习掌握它们的搭配使用方法。在学习制作美人鱼时，读者可以结合光盘中的视频轻松、直观地进行学习。

准备知识

通道色阶调整

通道的色彩调整与蒙版的混合使用可以令图像在快速抠图的同时，对图像色调进行调整，能辅助蒙版制作出更完美的图像合成效果。

通道中单色通道的色阶调整可以直接改变图像中的色彩，一张RGB模式的图像，是以红绿蓝三原色的数值来表示的。而在通道中，一张RGB模式的图，无非就是将图片的各个颜色以单色的形式分别显示在通道面板上，而且每种单色都将记录每一种颜色的不同亮度，通道是一种灰度图像。在通道里，越亮说明此颜色的数值越高，因为通过色阶调整可以直接改变各通道的颜色数值，从而直接改变图像色彩。

案例名称：制作美人鱼
素材路径：\素材\第11章\美人鱼\
效果路径：\效果\第11章\制作美人鱼.psd
视频链接：Video\视频教程\蒙版的高级应用\制作美人鱼

1 Step 选择“文件→打开”命令，打开“鱼尾背景 .jpg”、“摩登 .jpg”素材文件，在图像窗口中显示出来，如下图所示。

2 Step 在通道面板上选择蓝通道，复制生成蓝副本，如下左图所示，图像显示黑白效果，如下右图所示。

3 Step 选择“图像→调整→色阶”命令，在打开的对话框中拖动小滑块，设置各项参数，完成后单击 确定 按钮，如下左图所示，效果如下右图所示。

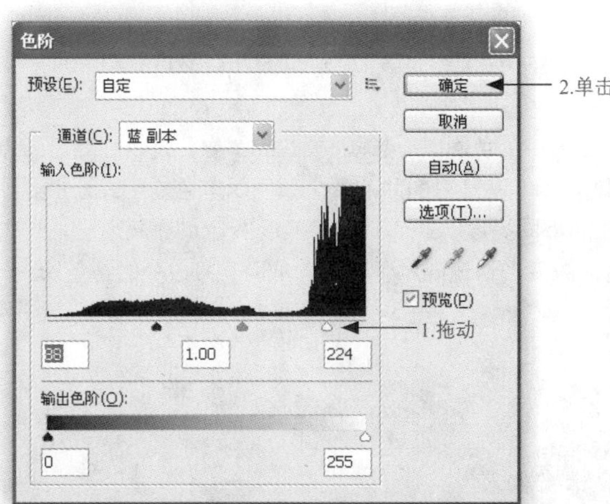

4 Step 选择魔棒工具，按“Shift”键在画面中连续选择人物背景，注意细小背景的选取，如下左图所示，完成后按“Ctrl + Shift + I”组合键反选选区，如下右图所示。

5 Step 在路径面板上单击 RGB 通道，图像显示彩色效果，如下左图所示，按“Ctrl + J”组合键复制选区内的图像，生成新的图层 1，如下右图所示。

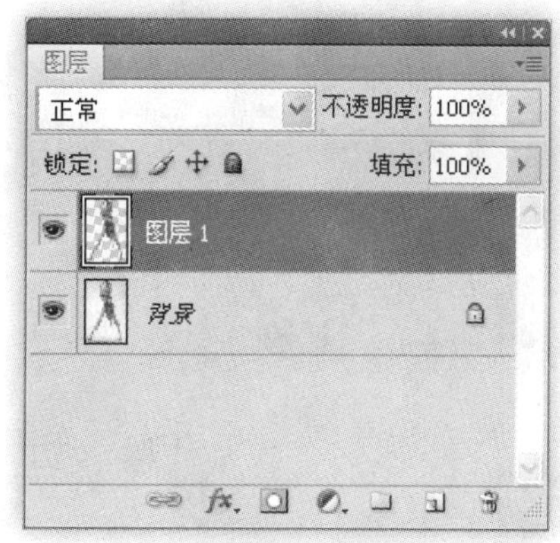

6 Step 使用移动工具将“摩登 .jpg”素材文件中的图层 1 拖至“鱼尾背景 .jpg”图像中，生成新的图层 1，如下左图所示，适当调整图像位置，如下右图所示。

7 Step 在图层面板上单击“添加图层蒙版”按钮，新建蒙版。选择画笔工具，设置画笔为“柔角 175 像素”，设置前景色为黑色，然后在蒙版内适当涂抹，擦除腿部的大部分区域，然后设置较小的画笔，绘制出图像边缘细节，保留人物的手腕图像，如下图所示。

8 Step 选择“编辑→自由变换”命令，显示自由变换编辑框，适当缩放图像，并将图像放拖至画面适当位置，注意人物与鱼尾的衔接，如下左图所示，按“Enter”键确定，如下右图所示。

9 Step 再次选择画笔工具，在人物腰部适当描绘，使鱼尾与腰部衔接更自然，同时在人物边缘的多余像素中进行擦除，效果如下图所示。

技巧提示

运用画笔描绘时注意随时调整画笔大小，确保鱼尾与人物腰部位置的衔接不会生硬。

10 Step 在通道面板上选择蓝色通道，然后选择“图像→调整→色阶”命令，在打开的对话框中拖动小滑块，设置各项参数，完成后单击 确定 按钮，如下左图所示，效果如下右图所示。

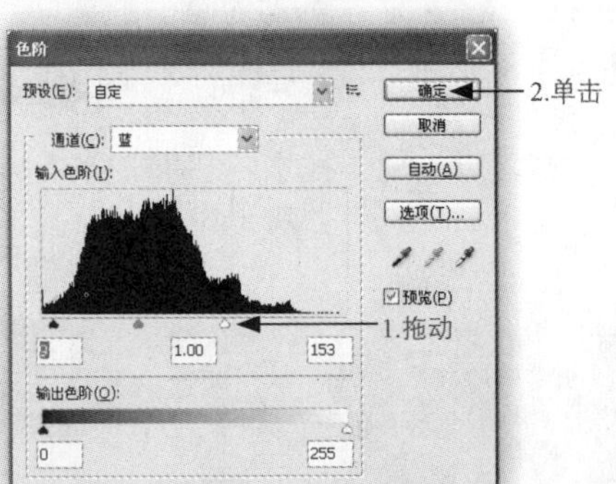

11 Step 在图层面板上单击“创建新的填充或调整图层”按钮，在弹出的下拉列表中选择“色彩平衡”选项，如下左图所示，然后在打开的对话框中设置各项参数，如下中图所示，图像色彩发生改变，完成后另存文件，效果如下右图所示。

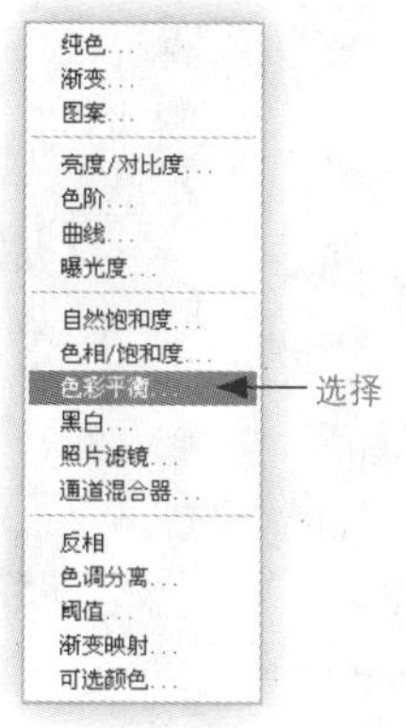

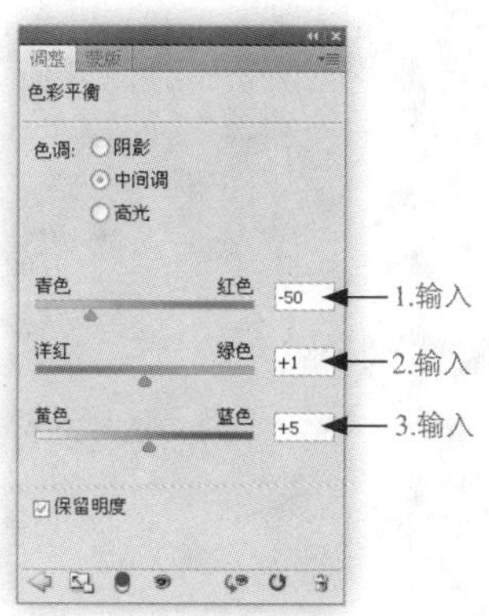

11.2.3 通过通道与蒙版的混合使用制作玉兔

学习目标

本节主要学习在通道内运用画笔绘制黑白界线的方法进行抠图，通过这种方法在图像中抠出兔子图像。在学习制作玉兔时，读者可以结合光盘中的视频轻松、直观地进行学习。

准备知识

通道内绘制

通道中的抠图技巧多种多样，掌握各种工具的搭配运用，可以快速制作出所需的图像效果。通道其实就是一种选区，在通过通道对图像进行抠图时，运用画笔描绘黑白界线，也不失为一个快速抠图的好方法。掌握这种方法，区分出图像的黑白色，再通过选区选择，将令你的抠图技巧更加灵活多变，如下图所示。

案例名称：制作玉兔
素材路径：\素材\第11章\玉兔\
效果路径：\效果\第11章\制作玉兔.psd
视频链接：Video\视频教程\蒙版的高级应用\制作玉兔

1 Step 选择“文件→打开”命令，打开“月景.jpg”、“兔子.jpg”素材文件，在图像窗口中显示出来，如下图所示。

2 Step 在通道面板上复制蓝通道，生成蓝副本，如下左图所示，图像显示黑白效果，如下右图所示。

3 Step 选择“图像→调整→色阶”命令，在打开的对话框中拖动小滑块，设置各项参数，完成后单击 确定 按钮，如下左图所示，效果如下右图所示。

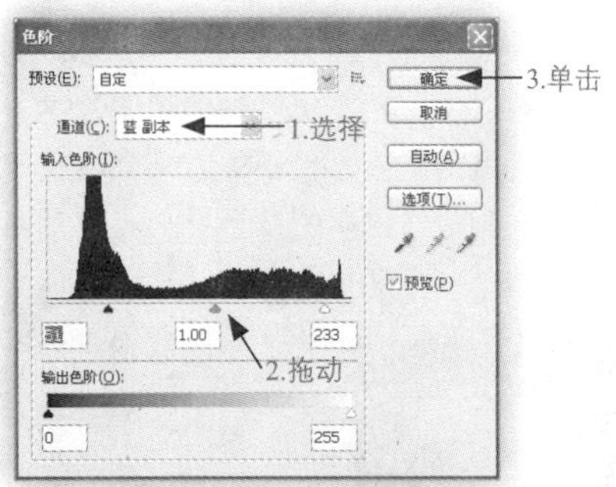

4 Step 选择画笔工具，设置画笔为“尖角 19 像素”，如下左图所示，设置前景色为黑色，然后在蒙版内将兔子周围图像涂成黑色，如下右图所示。

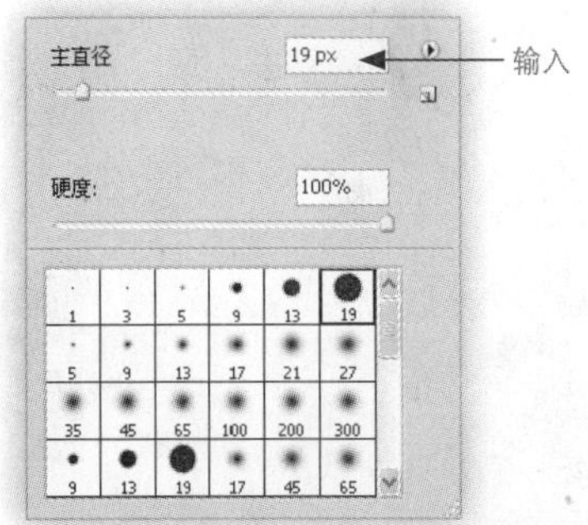

5 Step 选择魔棒工具，按“Shift”键在画面中连续选择兔子背景的黑色色块，如下左图所示，完成后按“Ctrl + Shift + I”组合键反选选区，如下右图所示。

6 Step 在路径面板上单击 RGB 通道，图像显示彩色效果，如下左图所示，按“Ctrl + J”组合键复制选区内图像，生成新的图层 1，如下右图所示。

7 Step 选择移动工具，将“兔子 .jpg”素材文件中的图层 1 拖至“月景 .jpg”图像中，生成新的图层 1，如下左图所示，适当调整图像位置，如下右图所示。

8 Step 选择“编辑→自由变换”命令，显示自由变换编辑框，适当调整兔子大小，并拖至画面适当位置，如下左图所示，完成后按“Enter”键确定，如下右图所示。

9 Step 选择“文件→打开”命令，打开“马赛克.jpg”素材文件，在图像窗口中显示出来，如下左图所示。单击移动工具，将“马赛克.jpg”素材文件拖至编辑图像中，生成新的图层2，并拖至图层1的下层，如下右图所示。

10 Step 设置图层2的混合模式为“柔光”，如下左图所示，图像效果发生改变，如下右图所示。

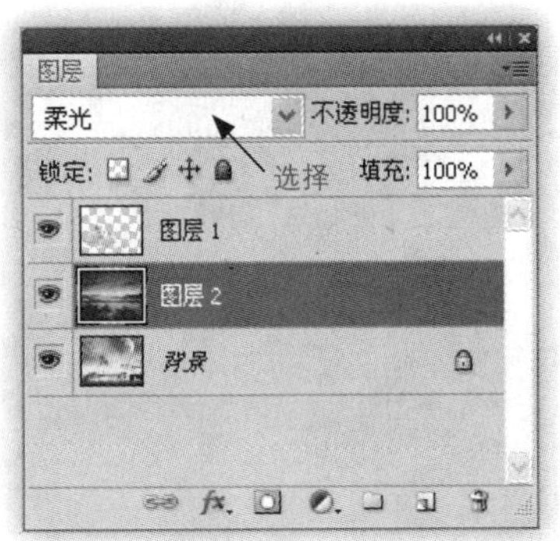

11 Step 在图层面板上单击“添加图层蒙版”按钮，新建蒙版，如下左图所示。选择渐变工具，然后按“Shift”键从下至上绘制黑白渐变，完成后另存文件，如下右图所示。

11.2.4 通过通道与蒙版的混合使用制作破碎人

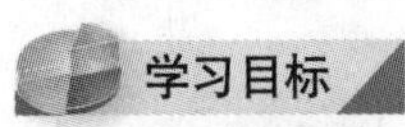

学习目标

本节主要学习运用通道与蒙版的混合使用制作破碎人，通过对通道的处理选取局部像素并与混合模式及蒙版相结合制作出破碎人的效果。在学习制作破碎人时，读者可以结合光盘中的视频轻松、直观地进行学习。

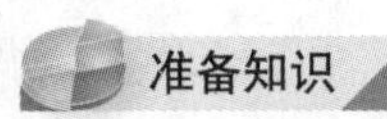

准备知识

删除通道像素

在RGB中的某个通道内进行色阶处理，选取图像像素，然后在图像中删除选区内图像，可以抽离出所需的图像像素，再与混合模式相搭配，应用于图像设计中，可以制作出意想不到的效果。

RGB模式的图像，在颜色通道中较亮的部分表示这种颜色用量大，较暗的部分表示该颜色用量少，选择某个黑白对比强烈的通道，运用色阶命令可以调整出鲜明的黑白对比图像。选中该通道内像素，并在RGB图像中删除选区内的图像，将得到与通道内调整的黑白效果相同的图像，运用此方法可以轻松制作出裂纹。

案例名称：制作破碎人
素材路径：\素材\第11章\破碎人\
效果路径：\效果\第11章\制作破碎人.psd
视频链接：Video\视频教程\蒙版的高级应用\制作闪电效果

1 Step 选择"文件→打开"命令，打开"墙面.jpg"和"纹路.jpg"素材文件，在图像窗口中显示出来，如下图所示。

2 Step 使用移动工具将"纹路.jpg"素材文件拖至"墙面.jpg"图像中，生成新的图层1，如下左图所示，适当调整图像位置，如下右图所示。

3 Step 设置图层 1 的混合模式为“叠加”，如下左图所示，图像效果发生改变，如下右图所示。

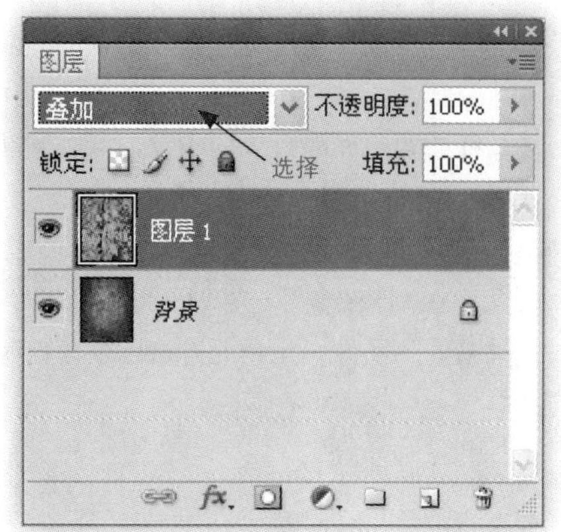

4 Step 选择“文件→打开”命令，打开“人物 .psd”素材文件，在图像窗口中显示出来，如下左图所示。使用移动工具将“人物 .psd”素材文件拖至编辑图像中，生成新的图层 2，并适当调整图像位置，效果如下右图所示。

5 Step 复制图层 2，生成新的图层 2 副本，如下左图所示。选择“图像→调整→去色”命令，直接对复制的图层除去颜色，如下右图所示。

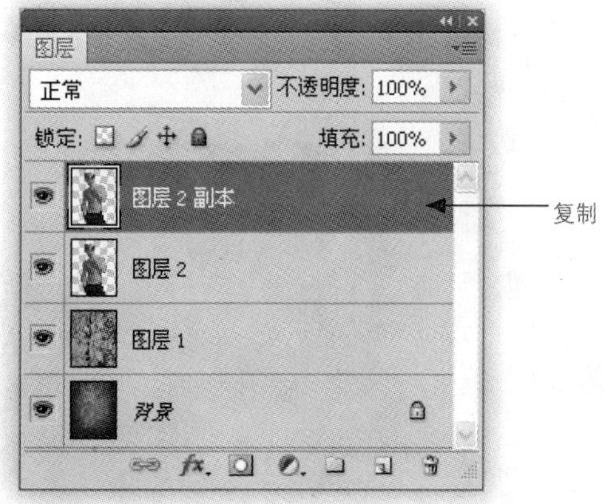

6 Step 设置图层 2 副本的混合模式为“叠加”，如下左图所示，图像效果发生改变，如下右图所示。

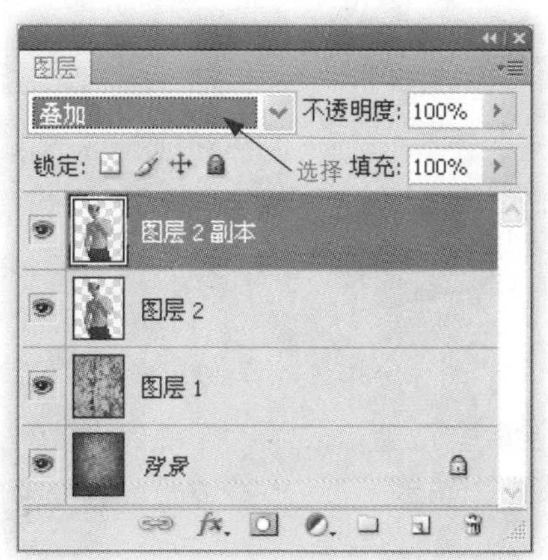

7 Step 选择“文件→打开”命令，打开“裂纹.jpg”素材文件，在图像窗口显示出来，如下左图所示。使用移动工具将“裂纹.jpg”素材文件拖至编辑图像中，生成新的图层3，如下中图所示，并适当调整图像位置和大小，如下右图所示。

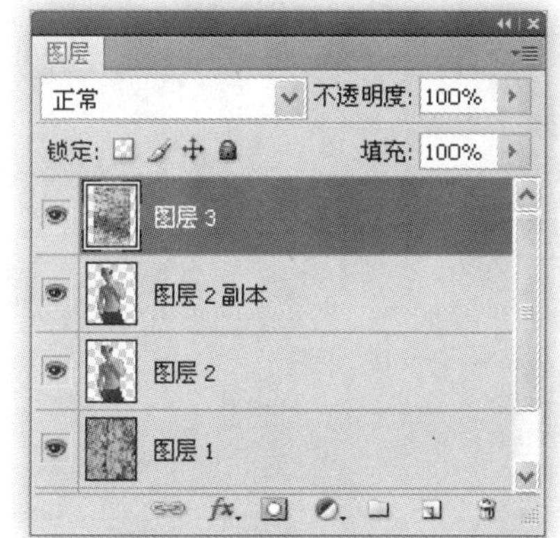

8 Step 单击除图层3以外的所有图层前的“指示图层可见性”按钮，隐藏图层，如下左图所示，然后在通道面板上选择红通道，复制生成红副本，如下中图所示，图像显示黑白效果，如下右图所示。

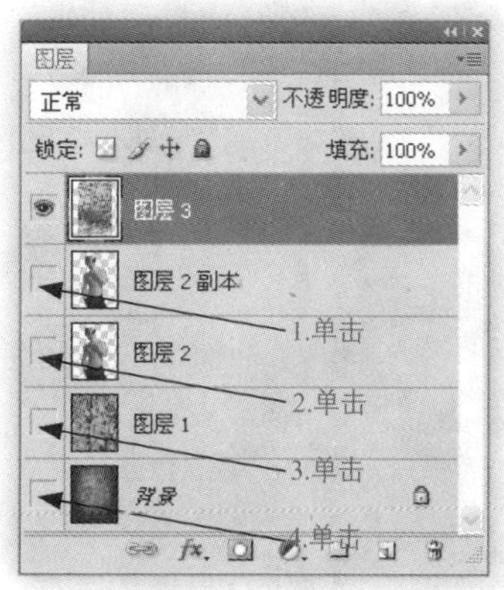

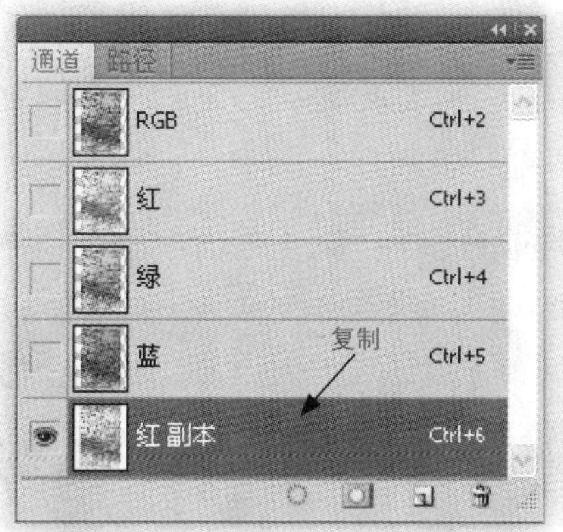

9 Step 选择“图像→调整→色阶”命令，在打开的对话框中拖动小滑块，设置各项参数，完成后单击 确定 按钮，如下左图所示，效果如下右图所示。

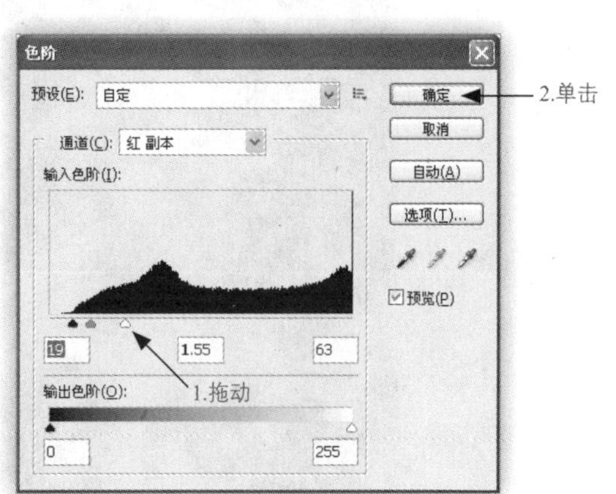

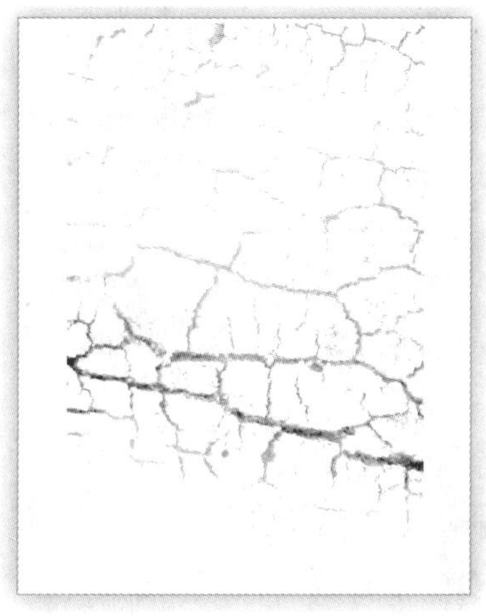

10 Step 按"Ctrl"键单击红副本前的缩略图，将图像载入选区，然后选择 RGB 通道，图像显示彩色选区效果，按"Delete"键删除选区图像，完成后按"Ctrl + D"组合键取消选区，如下右图所示。

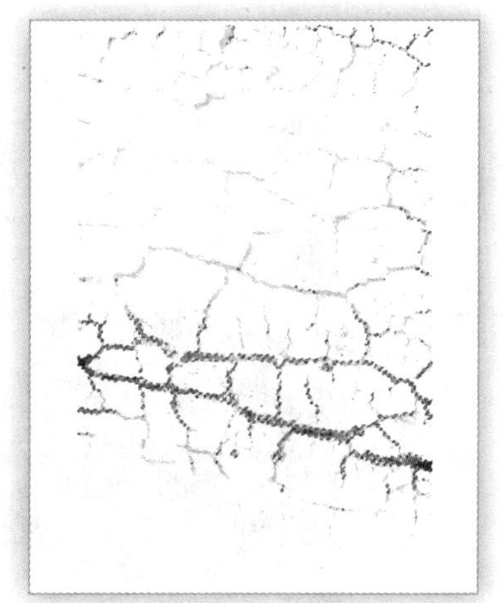

11 Step 单击除图层 3 以外的所有图层前的"指示图层可见性"按钮，显示图层图像，如下左图所示，效果如下右图所示。

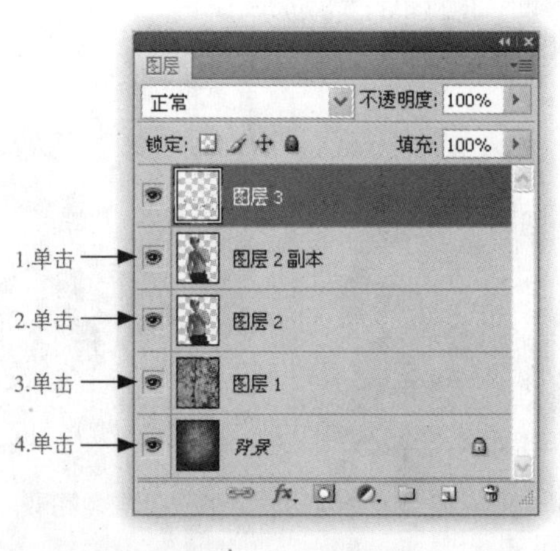

12 Step 按"Ctrl"键单击图层 2 前的缩略图，将人物载入选区，在图层面板上单击"添加图层蒙版"按钮，给图层 3 新建蒙版，如下左图所示，人物之外的裂纹将被隐藏，如下右图所示。

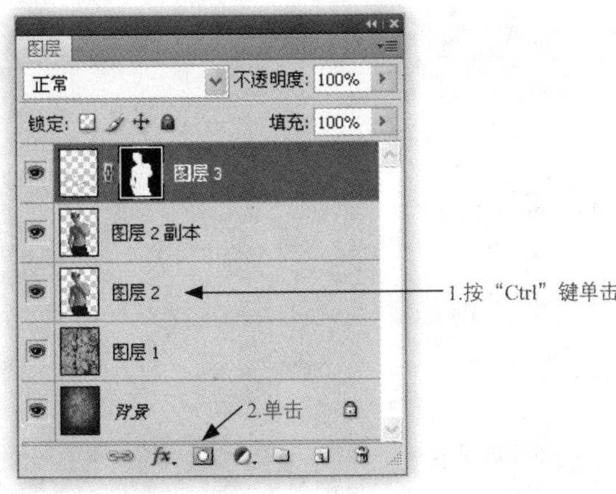

知识链接

在图像中创建选区，然后在需要调整的图层上单击“添加图层蒙版”按钮，将保护选区内的图像，自动遮挡选区以外的图像。

13 Step 设置图层 3 的混合模式为“叠加”，如下左图所示，图像效果发生改变，如下右图所示。

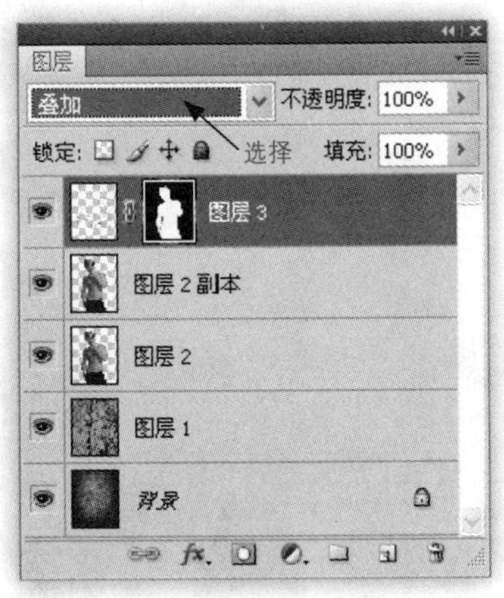

14 Step 复制图层 3，生成新的图层 3 副本，设置图层 3 副本的混合模式为“明度”，如下左图所示，图像效果发生改变，完成后另存文件，如下右图所示。

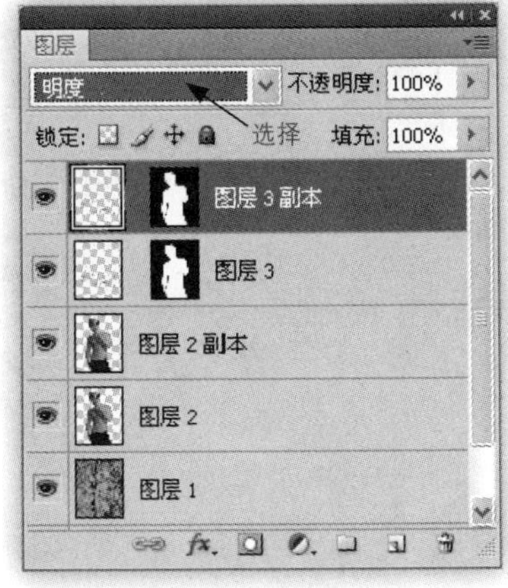

11.3 自我提高

学习完本章后，读者可以清楚地认识Photoshop CS4中关于图层与蒙版、通道与蒙版配合使用的一些设置的技巧与方法，巧用图层、通道和蒙版可以使图像设计更简单、更快速，并且能达到预期的效果。

提高一　制作古典婚纱（\效果\第11章\制作古典婚纱.psd）

① 打开“繁花.jpg”、“窗帘.jpg”和“新娘.psd”素材文件（\素材\第11章\古典婚纱\）。

② 使用移动工具将“窗帘.jpg”拖曳至“繁花.jpg”图像中，生成新的图层1。

③ 选择“编辑→自由变换”命令，显示自由变换编辑框，适当调整窗帘大小与画面相适应。

④ 在图层面板上单击“添加图层蒙版”按钮，新建蒙版。

⑤ 选择渐变工具，在工具属性栏上单击“线性渐变”按钮，按“D”键将颜色设置为默认色，然后按“Shift”键在蒙版内从下至上绘制黑白渐变。

⑥ 使用移动工具将“新娘.psd”拖曳至编辑图像中，生成新的图层2，适当调整图像位置。

⑦ 设置图层3的混合模式为“叠加”，不透明度为50%，完成后另存文件。

提高二　制作时尚光盘（\效果\第11章\制作时尚光盘.psd）

① 打开“绿叶花边.jpg”、“时尚花朵.jpg”素材文件（\素材\第11章\时尚光盘\）。

② 使用移动工具将“时尚花朵.jpg”拖曳至“绿叶花边.jpg”图像中，生成新的图层1，适当调整图像位置。

③ 选择椭圆选框工具，在图像中的适当位置按“Shift”键创建正圆选区，注意选区大小。

④ 在图层面板上单击“添加图层蒙版”按钮，新建蒙版，显示圆形选区内图像。

⑤ 选择椭圆选框工具，在图像中的适当位置按“Shift”键创建正圆选区，注意选区大小。

⑥ 按“Ctrl + Delete”组合键在蒙版内填充选区。

⑦ 双击图层1，在“图层样式”对话框中分别勾选“斜面与浮雕”、“等高线”和“描边”复选框，设置各项参数，完成后另存文件。

Chapter 12

第 12 章 滤镜的特殊效果（一）

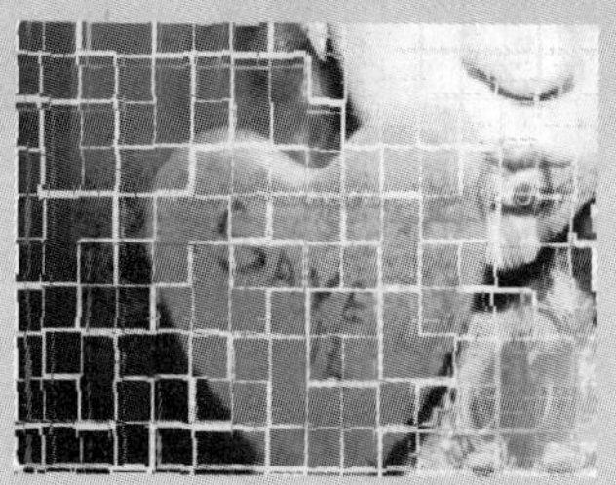

Photoshop CS4的滤镜是十分强大的功能，能制作出各种特殊的图像效果。例如将摄影图像制作成素描或印象派绘画、独特的扭曲效果、浮雕效果、拼贴画等。此外，应用滤镜还可以清除和修饰照片、修饰人像、制作光照效果等。本章将重点学习运用滤镜制作特效的方法。

12.1 通过制作窗外的人像认识滤镜库

滤镜在Photoshop CS4中有着十分强大的作用，可以制作出各种效果。要巧妙地运用滤镜强大的功能，除了需要具备一定的美术功底，还需要有丰富的想象力。我们需要在实践中积累经验，才能掌握滤镜强大的功能，并得心应手地应用它，创作出具有迷幻色彩的电脑艺术作品。

学习目标

本节主要学习滤镜的基础知识，包括 “滤镜库”的组成和使用、内置滤镜和外挂滤镜、核心内置滤镜、转换为智能滤镜等与滤镜相关的知识，通过制作窗外的人像认识滤镜库。在学习制作窗外的人像案例时，读者可以结合光盘中的视频轻松、直观地进行学习。

准备知识

滤镜的分类

在Photoshop CS4中，滤镜原理是指，通过特定的算法完成图像的显示效果。滤镜基本可以分为3个部分：内阙滤镜、内置滤镜、外挂滤镜。

- 内阙滤镜：内阙于Photoshop程序内部的滤镜，共有6组24个滤镜。
- 内置滤镜：Photoshop默认安装时，Photoshop安装程序自动安装到pluging目录下的滤镜，共12组72个滤镜。
- 外挂滤镜：除上面两种滤镜外，由第三方厂商为Photoshop所生产的滤镜，它们不仅种类齐全、品种繁多，而且功能强大。外挂滤镜需要额外购买。通常情况下，安装Photoshop后，我们能使用前两种滤镜。

滤镜库的组成和使用

选择“滤镜→滤镜库”命令，能打开“滤镜库”对话框，如下图所示。“滤镜库”对话框中提供了大部分特殊效果滤镜的缩览图，和应用滤镜后的效果预览。在“滤镜库”对话框中可以应用多个滤镜、打开或关闭滤镜的效果、复位滤镜的选项，以及更改应用滤镜的顺序。如果对预览效果满意，则可以将它应用于图像。

案例名称：制作窗外的人像
素材路径：\素材\第12章\窗外的人像.jpg
效果路径：\效果\第12章\窗外的人像.psd
视频链接：Video\视频教程\滤镜的特殊效果（一）\制作窗外的人像

1 Step 打开“窗外的人像.jpg”图像文件，在图层面板上复制一个背景图层。

2 Step 选择“滤镜→滤镜库”命令，打开“滤镜库”对话框。在滤镜类别中单击“素描”扩展按钮，在出现的滤镜中选择“半调图案”滤镜缩览图。出现“半调图案”滤镜选项。在其中设置数值，对图形应用“半调图案”滤镜，单击 确定 按钮，如下左图所示，效果如下右图所示。

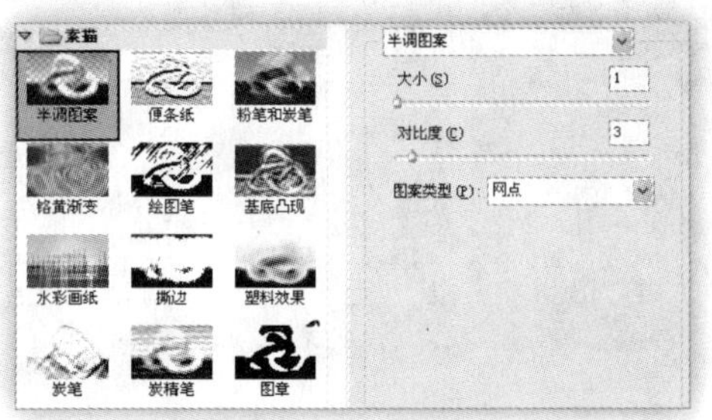

3 Step 单击“滤镜库”对话框底端的“新建效果图层”按钮，新建一个滤镜效果图层。然后在滤镜类别中单击“扭曲”扩展按钮，在出现的滤镜中选择“玻璃”滤镜缩览图，出现相应的选项。然后设置参数，完成后单击 确定 按钮，如下左图所示。完成制作窗外人像的案例，保存图片，效果如下右图所示。

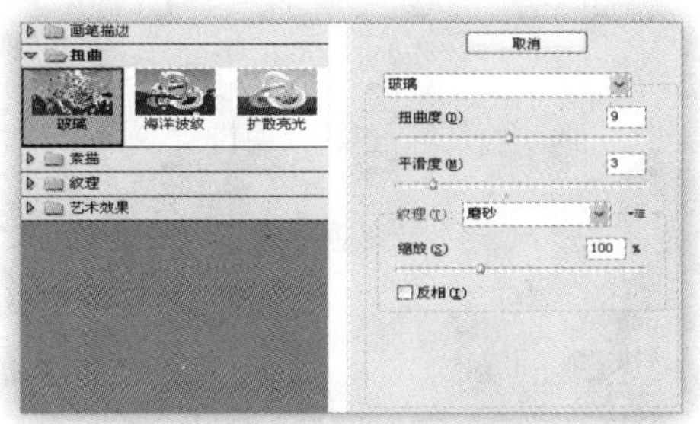

12.2 通过使用液化滤镜修饰人物脸型

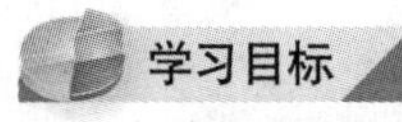

学习目标

本节主要学习“液化”滤镜的相关知识，通过修饰人物脸型介绍“液化”滤镜及其参数设置的相关方法。在学习修饰人物脸型时，读者可以结合光盘中的视频轻松、直观地进行学习。

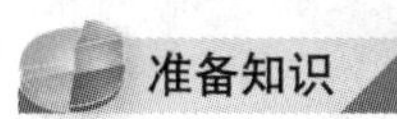

准备知识

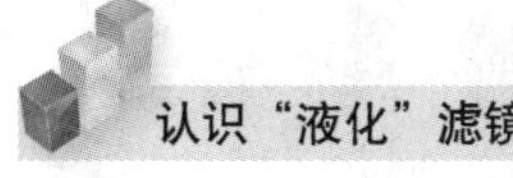

认识“液化”滤镜

“液化”滤镜的功能十分强大，可对图像的任意区域进行扭曲、旋转、反射或膨胀等操作。选择

"滤镜→液化"命令，能打开"液化"对话框。"液化"对话框分为3部分，左边是该滤镜的各种工具，中间是预览区域，右边是工具选项，其中包含了保护图像免于修改的蒙版工具，以及修改过渡变形的重构模式，如下图所示。

"液化"滤镜中工具的主要功能如下。

- 向前变形工具：拖动鼠标时向前推挤像素，其效果随着按住鼠标左键在某个区域中重复拖移而增强，如下图所示。

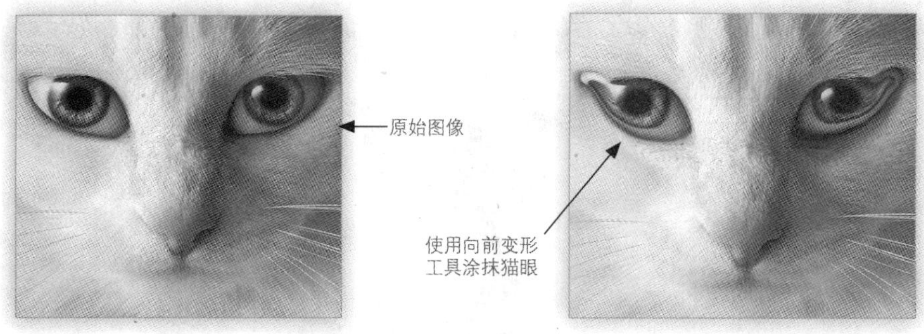

- 重建工具：使用重建工具在那些扭曲的图像上拖动可以把图像完全或部分地恢复到原始图像的状态。
- 顺时针旋转扭曲工具：按住鼠标左键拖移时可顺时针旋转图像中像素。当按"Alt"键并拖移鼠标时，则会逆时针旋转扭曲像素，效果如下左图所示。
- 褶皱工具：向内挤压像素，在按住鼠标左键拖移时收缩像素，如下右图所示。

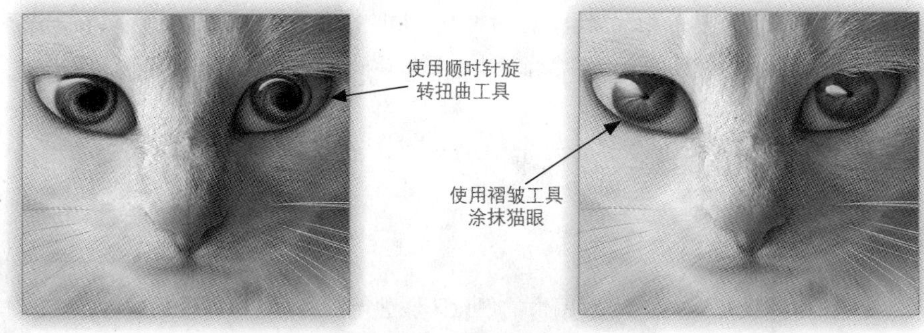

● 膨胀工具：向外挤压像素，在按住鼠标左键拖移时使像素从画笔中心向外移动，如下左图所示。

● 左推工具：这个工具按照一个与使用者移动画笔的方向成90° 的角度移动像素。拖动鼠标将把像素移到鼠标的左侧，当按住“Alt”键并拖动鼠标时将会把像素移到鼠标的右侧，如下右图所示。

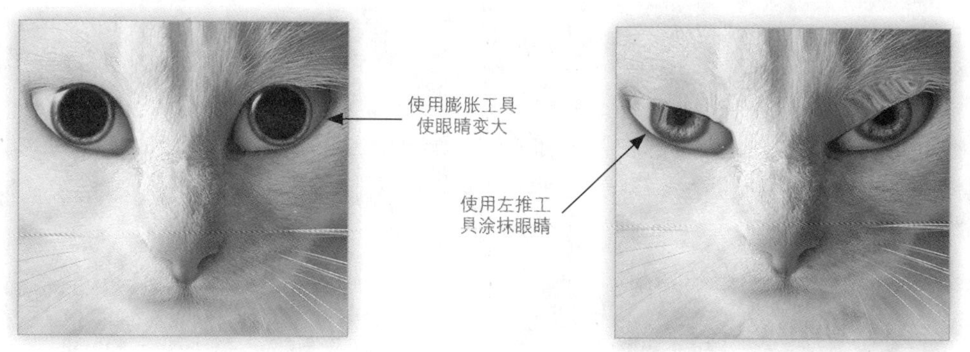

● 镜像工具：根据鼠标推动的方向使部分图像以水平或垂直方向进行反射并复制到画笔区域。如果向下拖动鼠标，则会把区域反射到光标的左边；向上拖动会把区域反射到光标的右边。向右拖动会把区域反射到光标的下方，向左拖动会把区域反射到光标的上方，如下左图所示。

● 湍流工具：在图像中添加波纹，它可用于创建火焰、云彩、波浪和相似的效果，如下右图所示。

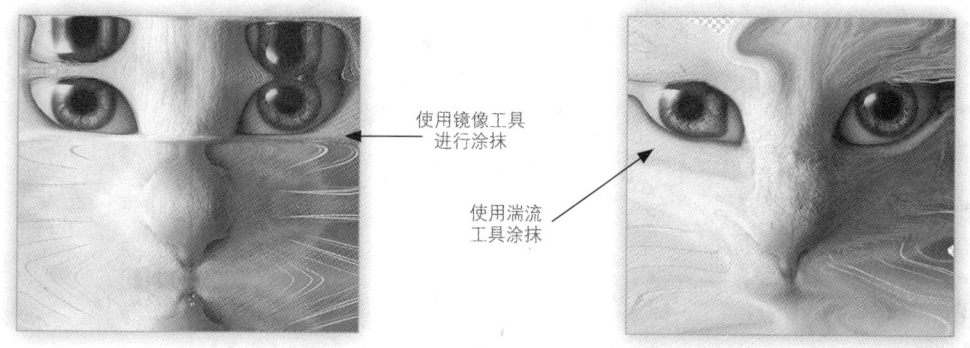

● 冻结蒙版工具：在预览图像上绘制的蒙版，这些绘制的区域将被“冻结”，这样可以防止更改这些区域。

● 解冻蒙版工具：可以擦除预览图像上的蒙版区域。

“液化”滤镜中的选项功能如下。

● 工具选项：为工具配置画笔的大小、压力、浓度和速率参数。其中“湍流抖动”选项只控制湍流工具的强度。

● 重建选项：用于重建工具，在“模式”下拉列表中提供了7个选项来控制重构程度与类型，每个选项提供了不同程度的重构能力。如果需要重新回到原始图像，单击 恢复全部(A) 按钮实现操作，也可以通过单击 重建(U) 按钮，分步骤地重新回到原始图像。

● 蒙版选项：提供了创建蒙版的各种方法，以便能够用蒙版来保护图像的片段免于扭曲。

● 视图选项：提供了显示液化操作的不同方式。勾选“显示网格”复选框，将显示随着扭曲操作呈现出的变形的网格形状。

● 显示背景选项：允许把扭曲叠加在原始图像上，以便能够在原始图像上查看液化后的图像，进而比较这两幅图像。

案例名称：通过液化修饰人物脸型
素材路径：\素材\第12章\人物.jpg
效果路径：\效果\第12章\修饰人物脸型.psd
视频链接：Video\视频教程\滤镜的特殊效果（一）\修饰人物脸型

1 Step 打开“人物 .jpg”图像文件，复制背景图层。

2 Step 选择“滤镜→液化”命令，在打开的“液化”对话框中选择向前变形工具，并设置适当的画笔大小。沿着图像中的女人脸的边缘，一点点向里面涂抹，在涂抹的过程中，可按“[”键或“]”键，随时调整笔尖大小，如下左图所示，效果如下右图所示。

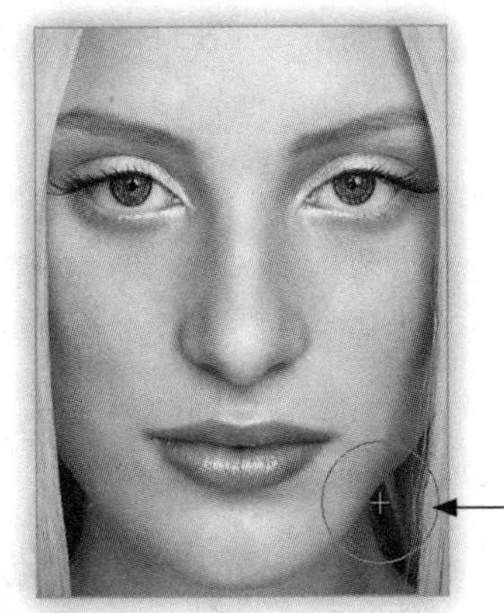

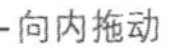

3 Step 继续运用向前变形工具，沿着鼻子边缘向内涂抹，一点点修饰鼻子，使其看起来更为小巧秀丽。

4 Step 使用膨胀工具设置与眼球大小大致相同的画笔直径，单击人物眼球区域，增大眼球，使其看起来更有神。

技巧提示

在使用“液化”滤镜修饰图像的时候，多尝试各种工具和涂抹方法，便于更快地掌握滤镜的操作方法。

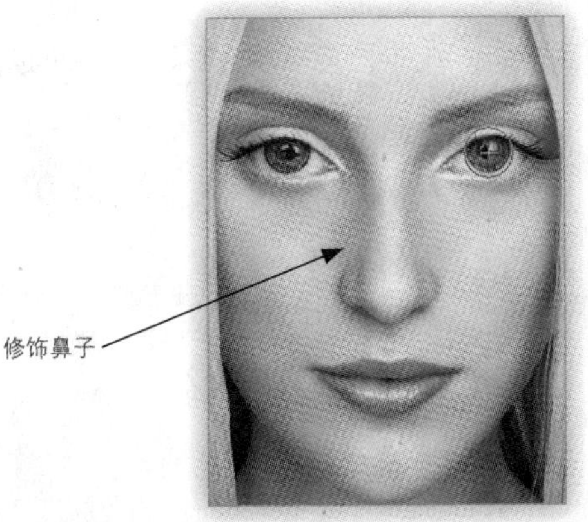

5 Step 选择向前变形工具，采用同样的方法沿着嘴部边缘使下嘴唇向内，如下左图所示。继续使用向前变形工具沿着眉毛边缘慢慢涂抹将眉毛变细，完成后单击 确定 按钮，效果如下右图所示。使用液化滤镜修饰人物脸型案例完成，保存文件。

12.3 通过7个案例掌握“风格化”滤镜组的使用方法

在Photoshop CS4中，“风格化”滤镜组通过置换像素和增加图像的对比度形成手绘效果。在实际运用中，常常使用其中的“查找边缘”和“等高线”滤镜突出图像边缘，制作别具一格的边缘效果。

12.3.1 通过“查找边缘”和“等高线”滤镜制作明朗图像

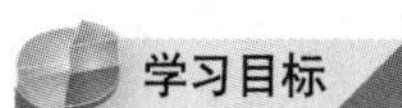

学习目标

本节主要学习“查找边缘”与“等高线”滤镜的相关知识。通过制作明朗图像，了解“查找边缘”与“等高线”滤镜选项的设置方法。在学习用“查找边缘”与“等高线”滤镜制作明朗图像时，读者可以结合光盘中的视频轻松、直观地进行学习。

准备知识

认识“查找边缘”滤镜

“风格化”滤镜包括“查找边缘”滤镜、“等高线”滤镜、“风”滤镜、“浮雕效果”滤镜、“扩散”滤镜、“拼贴”滤镜、“曝光过度”滤镜、“凸出”滤镜和“照亮边缘”滤镜。“查找边缘”滤镜用相对于白色背景的黑色线条勾勒图像的边缘，产生类似于线稿的图像效果。选择“滤镜→风格化→查找边缘”命令，立即得到相应的效果，如下图所示。

认识“等高线”滤镜

“等高线”滤镜是查找主要亮度区域并将其转换为高光，为每个颜色通道淡淡地勾勒亮度区域的边界，获得类似线条的效果。“等高线”滤镜和“查找边缘”滤镜效果较相似。

选择“滤镜→风格化→等高线”命令，打开“等高线”对话框，在该对话框中进行相关设置，效果如下图所示。

“等高线”对话框中的选项功能如下。

- 色阶：输入一个介于 0~255 之间的阈值（级别）以便计算颜色值（色调级别）。
- 较低：选择该单选按钮，勾勒像素的颜色值低于指定色阶的区域。
- 较高：选择该单选按钮，勾勒像素的颜色值高于指定色阶的区域。

案例名称：制作明朗图像
素材路径：\素材\第12章\明朗图像.jpg
效果路径：\效果\第12章\明朗图像.psd
视频链接：Video\视频教程\滤镜的特殊效果（一）\制作明朗图像

Step 1 打开“明朗图像.jpg”素材文件，如下左图所示，复制“背景”图层，创建“背景副本”图层。

Step 2 单击“背景副本”图层，选择“滤镜→风格化→查找边缘”命令，滤镜直接运用在图像上，如下右图所示。

Step 3 选择“背景副本”图层，再选择“滤镜→风格化→等高线”命令，在打开的“等高线”对话框中，设置“色阶”为“75”，选择“较低”单选按钮，单击 确定 按钮，如下左图所示，应用此滤镜到图像上，如下右图所示。

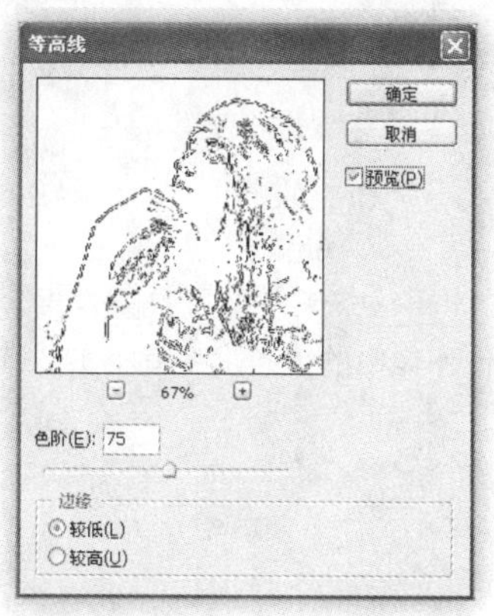

4 Step 选择“图像→调整→反相”命令，图像得到反相效果，如下左图所示。在图层面板上设置“背景副本”图层的“混合模式”为“叠加”，如下中图所示，和背景图层形成融合效果，如下右图所示。

5 Step 选择“背景副本”图层，再选择“图像→调整→色相/饱和度”命令，在打开的“色相/饱和度”对话框中设置“明度”值为“80”，增加图像明度，完成后单击 确定 按钮，如下左图所示，完成明朗效果图像的制作，保存该图片，效果如下右图所示。

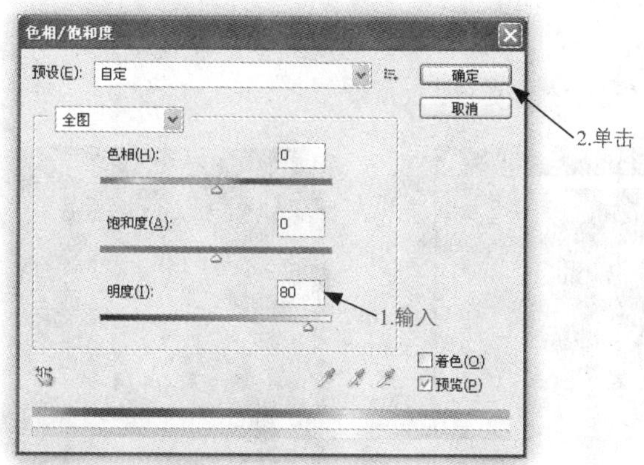

12.3.2 使用“风”滤镜制作风吹效果

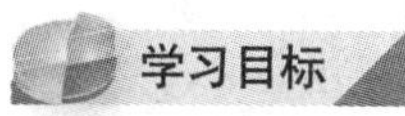

本节主要学习“风”滤镜的相关知识，并通过制作风吹效果的图像介绍“风”滤镜的使用方法。在学习制作风吹效果时，读者可以结合光盘中的视频轻松、直观地进行学习。

准备知识

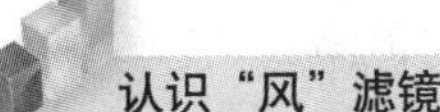

认识“风”滤镜

“风格化”滤镜组中的“风”滤镜是在图像中制作细小的水平线条来获得风吹的效果，效果包括“风”、“大风”（用于获得更生动的风效果）和“飓风”（使图像中的线条发生偏移）。选择“滤镜→风格化→风”命令，打开“风”对话框，如下图所示。

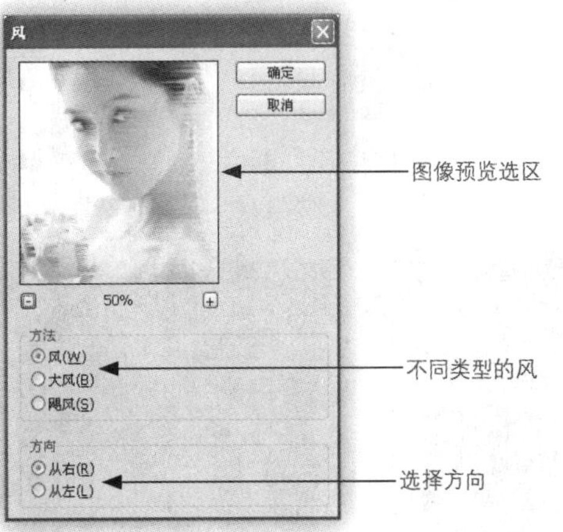

技巧提示

如果选择一次“风”的效果不够，可以按“Ctrl+F”组合键，再次应用“风”滤镜。

案例名称：制作风吹效果
素材路径：\素材\第12章\风吹效果.jpg
效果路径：\效果\第12章\风吹效果.psd
视频链接：Video\视频教程\滤镜的特殊效果（一）\制作风吹效果

Step 1　打开“风吹效果.jpg”图像文件，复制背景图层。在工具箱中选择椭圆选框工具，将图像中人物的头发选择为选区，如下左图所示。

Step 2　选择“滤镜→风格化→风”命令，在打开的“风”对话框中选择“风”单选按钮，接着选择“从右”单选按钮，单击 确定 按钮，如下中图所示，效果如下右图所示。

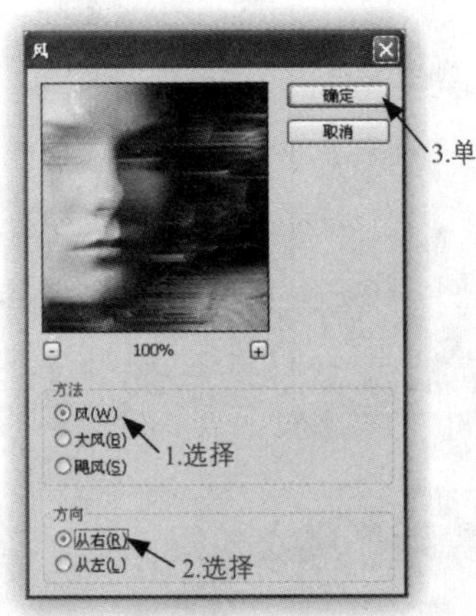

Step 3　继续在工具箱中选择椭圆选框工具，将图像中将身体选择为选区，如下左图所示。选择“滤镜→风格化→风”命令，在打开的“风”对话框中选择“风”单选按钮，接着选择“从右”单选按钮，单击 确定 按钮，如下中图所示，效果如下右图所示。

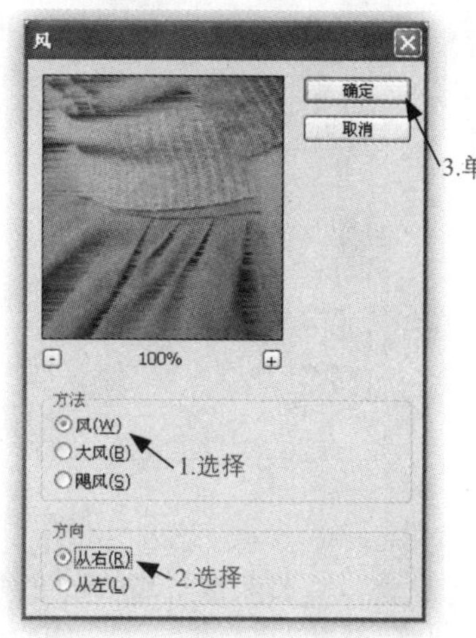

4 Step 继续在工具箱中选择椭圆选框工具，选择更多部分的图像，如下左图所示。选择“滤镜→风格化→风”命令，在打开的“风”对话框中选择“大风”单选按钮，接着选择“从右”单选按钮，单击 确定 按钮，如下中图所示。通过“风”滤镜制作风吹效果完成，保存该图片，效果如下右图所示。

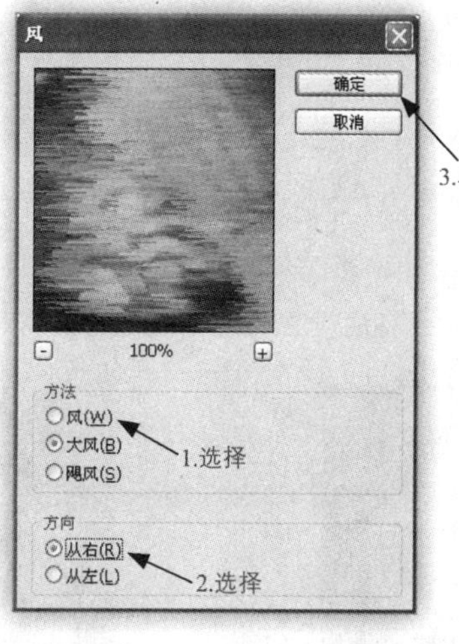

12.3.3 通过“浮雕效果”滤镜制作浮雕图像

学习目标

本节主要学习“浮雕效果“滤镜的使用方法，并介绍”浮雕效果“滤镜对话框中的参数设置。在学习制作浮雕图像时，读者可以结合光盘中的视频轻松、直观地进行学习。

准备知识

认识“浮雕效果”滤镜

“浮雕效果”滤镜是通过将图像转换为灰色，并用较亮的色彩描绘边缘，使图像表现出凸起或凹陷的效果。打开图像后，选择“滤镜→风格化→浮雕效果”命令，能打开“浮雕效果”对话框。在对话框中设置参数，可以对浮雕的效果进行调整，如下图所示。

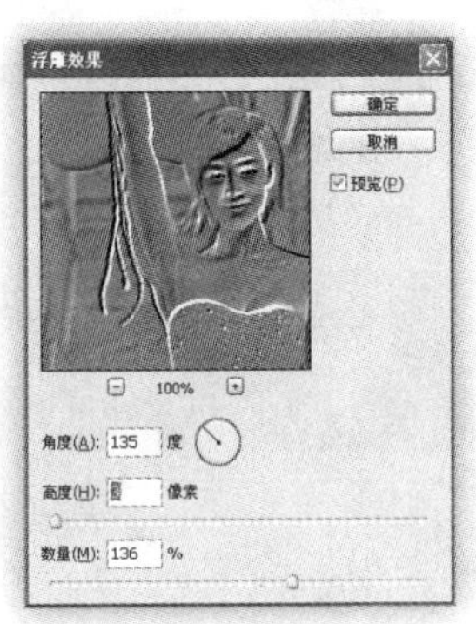

"浮雕效果"对话框的选项设置如下。

- 角度：设置填充的灰色浮雕效果与原图像所成的角度。角度数值介于-360度～+360度之间。-360度使表面凹陷，+360 度使表面凸起。
- 高度：设置填充的灰色浮雕效果与原图像的高度。
- 数量：设置填充的灰色浮雕效果的数量和浓度，数值介于1%～500%之间。

案例名称：制作浮雕图像
素材路径：\素材\第12章\浮雕图像\
效果路径：\效果\第12章\制作浮雕图像.psd
视频链接：Video\视频教程\滤镜的特殊效果（一）\制作浮雕图像

1 Step 打开"浮雕.jpg"和"背景.jpg"图像文件，使用移动工具将"背景.jpg"图像移动到"浮雕.jpg"图像中，并按住"Ctrl+T"组合键调整图像的大小及位置，如下图所示。

2 Step 选择"浮雕"图像所在图层，并选择"滤镜→风格化→浮雕效果"命令，在打开的"浮雕效果"对话框中设置角度为"130°"，高度设置为"3像素"，数量为"86%"，单击 确定 按钮，如下左图所示，应用此滤镜到图像中，如下右图所示。

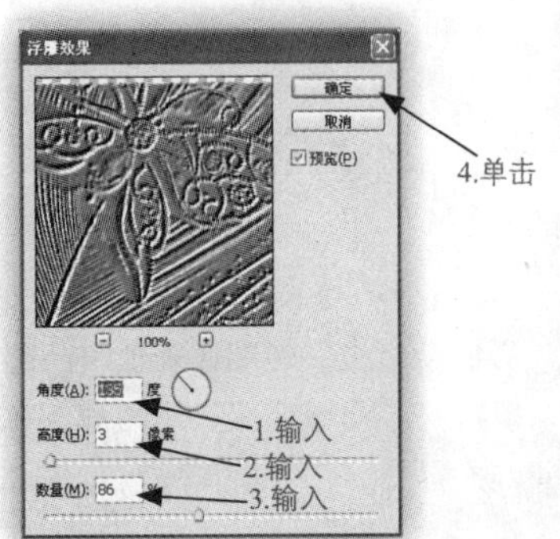

3 Step 并将该图层的混合模式修改为“叠加”，如下左图所示。通过“浮雕效果”滤镜制作浮雕图像案例完成，保存该图片，效果如下右图所示。

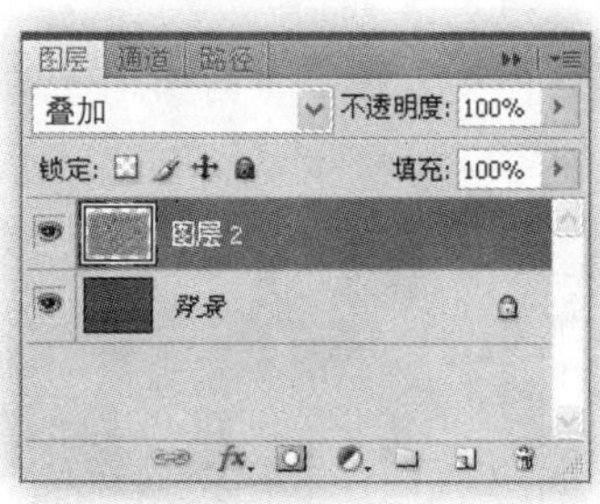

 12.3.4 通过“扩散”滤镜制作模糊玻璃图像

 学习目标

本节主要学习“扩散”滤镜的相关知识，并通过制作模糊玻璃图像的案例来介绍“扩散”滤镜的使用方法。在学习制作模糊玻璃图像时，读者可以结合光盘中的视频轻松、直观地进行学习。

 准备知识

 认识“扩散”滤镜

“扩散”滤镜是通过搅乱图像中的像素、破坏图像原有的完整性制作出一种模糊分散的效果。选择“滤镜→风格化→扩散”命令，打开“扩散”对话框。在对话框中提供了“正常”、“变暗优先”、“变亮优先”、“各向异性”4种扩散模式，如下图所示。

“扩散”对话框的选项设置如下。

- 正常：忽略图像的色彩特点，使像素随机移动，达到扩散像素的效果。
- 变暗优先：用较暗的像素替换较亮的像素，达到扩散并降低图像明度的效果。
- 变亮优先：用较亮的像素替换较暗的像素，达到扩散并提高图像明度的效果

案例名称：制作模糊玻璃图像
素材路径：\素材\第12章\模糊玻璃.jpg
效果路径：\效果\第12章\制作模糊玻璃图像.psd
视频链接：Video\视频教程\滤镜的特殊效果（一）\制作模糊玻璃图像

1 Step 打开“模糊玻璃.jpg”图像文件，复制背景图层。在工具箱中选择快速选择工具，将图像中水面选择为选区，如下左图所示。

2 Step 选择“滤镜→风格化→扩散”命令，在打开的“扩散”对话框中选择“正常”单选按钮，单击 确定 按钮，如下中图所示，应用此滤镜到图像中，然后按“Ctrl+F”组合键加深滤镜效果，连续按此组合键5次，效果如下右图所示。

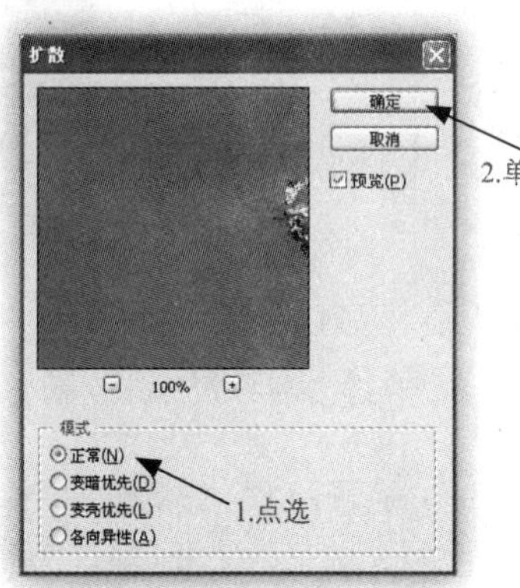

3 Step 继续选择“滤镜→风格化→风”命令，在打开的“风”滤镜对话框中选择“方法”栏中的“风”单选按钮，选择“方向”栏中的“从右”单选按钮，单击 确定 按钮，如下左图所示，应用此滤镜到图像中，用“扩散”滤镜制作模糊玻璃图像案例完成，保存该图片，效果如下右图所示。

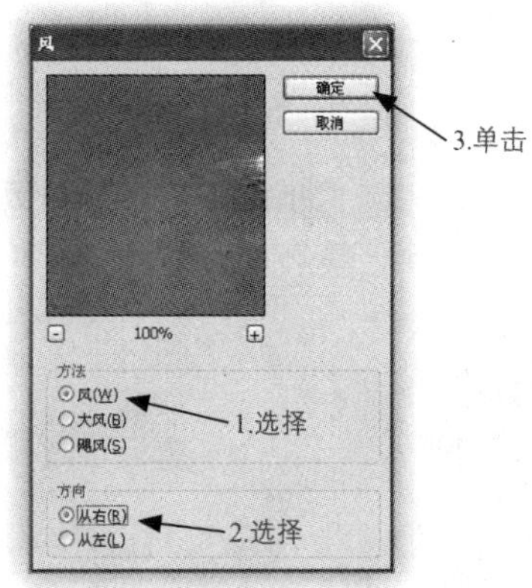

12.3.5 通过使用“拼贴”和“凸出”滤镜制作拼贴图像

学习目标

本节主要学习“拼贴”与“凸出”滤镜的相关知识，并通过制作拼贴图像的案例来介绍它的使用方法。在学习制作拼贴图像时，读者可以结合光盘中的视频轻松、直观地进行学习。

准备知识

认识“拼贴”滤镜

“拼贴”滤镜是指将图像分解为一系列拼贴，使图像偏离其原来的位置。可以选取背景色、前景颜色、反向图像或未改变的图像填充拼贴之间的区域，制作出不同的拼贴效果。选择“滤镜→风格化→拼贴”命令，能打开“拼贴”对话框，如下图所示。

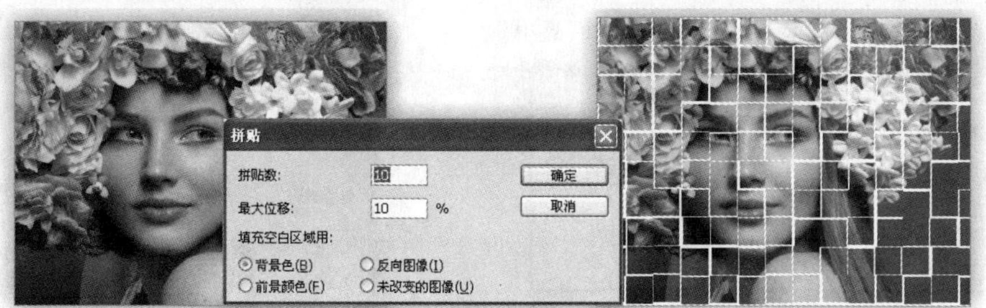

"拼贴"对话框中的选项功能如下。

- 拼贴数：输入数值设置拼贴的数量。
- 最大位移：输入数值百分比可调整拼贴与原图像的间距。
- 背景色：在填充空白区域的选项中选择"背景色"，拼贴的图像显示为所设置的背景色。
- 前景颜色：拼贴的图像显示为所设置好的前景色。
- 反向图像：拼贴图像显示为将原图像进行色彩反转后的效果。
- 未改变的图像：拼贴的图像显示为无任何改变的原图像。

认识"凸出"滤镜

"凸出"滤镜可以将图像转化为三维立方体或锥体，赋予图像一种3D纹理，以此生成特殊的三维背景效果。选择"滤镜→风格化→凸出"命令，打开"凸出"对话框。

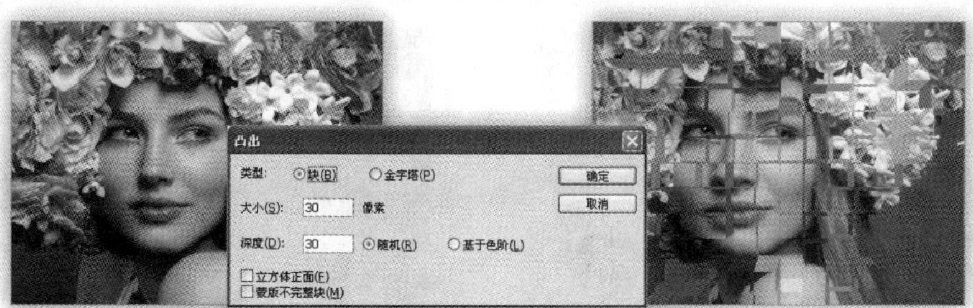

"凸出"对话框中的选项功能如下。

- 类型：设置"凸出"效果的类型。提供了"块"和"金字塔"两种。"块"类型使图像凸出的部分为立体的块状。"金字塔"类型使图像凸出的部分呈立体的金字塔型放射状。
- 大小：输入数值设置凸出纹理的大小。
- 深度：输入数值设置凸出纹理的深度，值越大，凸出的效果越明显。

案例名称：制作拼贴图像
素材路径：\素材\第12章\拼贴图像\
效果路径：\效果\第12章\制作拼贴图像.psd
视频链接：Video\视频教程\滤镜的特殊效果（一）\制作拼贴图像

Step 1 打开"拼贴图像 1.jpg"图像文件，设置背景颜色为淡蓝色（R:196,G:227,B:253），选择"滤镜→风格化→拼贴"命令，在打开的"拼贴"对话框中设置"拼贴数"为"10"，"最大位移"为"10%"，在"填充空白区域用"栏中选择"背景色"单选按钮，完成后单击 确定 按钮，如下左图所示，效果如下右图所示。

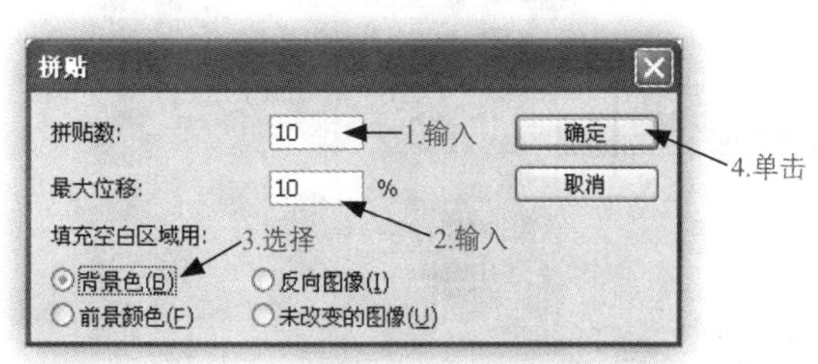

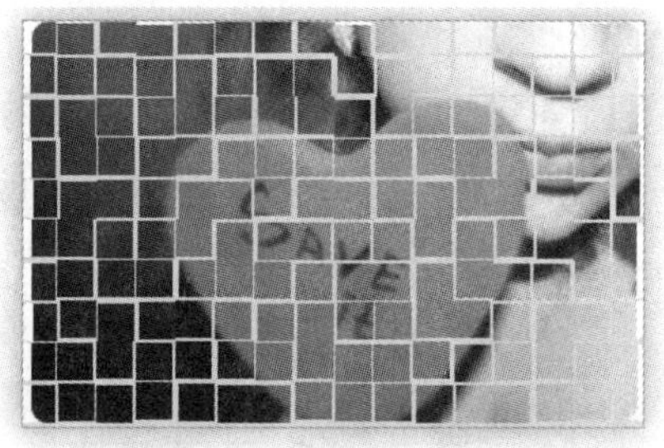

2 Step 选择“滤镜→风格化→凸出”命令，在打开的“凸出”对话框中设置“类型”为“块”，“大小”为“8 像素”，“深度”为“8”，完成后单击 确定 按钮，如下左图所示，效果如下右图所示。

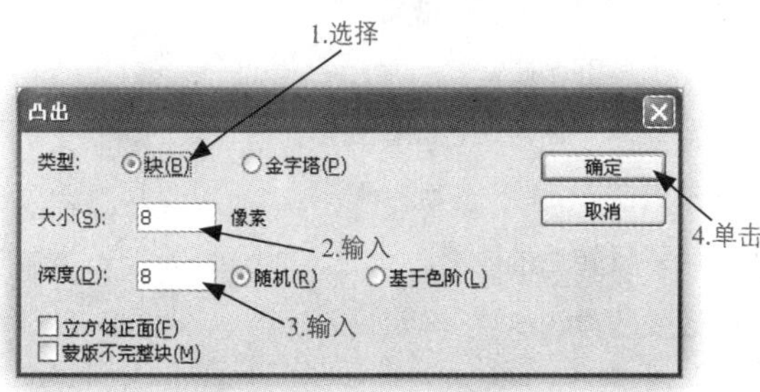

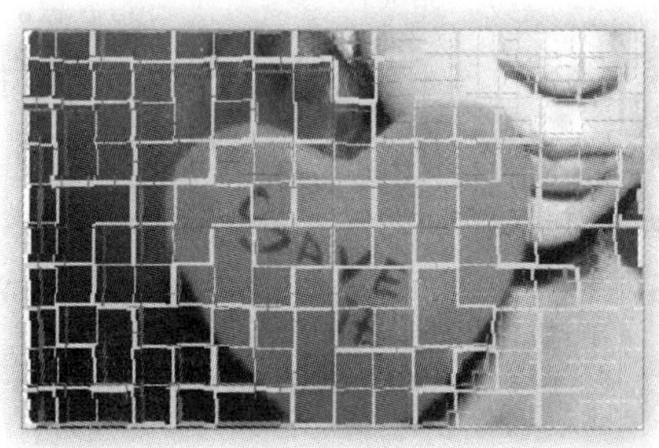

3 Step 打开“拼贴图像 2.jpg”图像文件，按“Ctrl+C”组合键，复制图像，切换到“拼贴图像 1.jpg”文件中，按“Ctrl+V”组合键将复制的图像粘贴进来。适当调整图层 1 上图像的大小和位置，然后设置图层 1 的混合模式为“叠加”，效果如下图所示。用拼贴滤镜和凸出滤镜制作拼贴图像案例操作完成，保存该文件，最终效果如下右图所示。

12.3.6 通过使用“曝光过度”滤镜模仿曝光过度的照片效果

学习目标

本节主要学习“曝光过度”滤镜的相关知识，同时通过模仿曝光过度的照片效果的案例来介绍它的使用方法。在学习制作曝光过度效果时，读者可以结合光盘中的视频轻松、直观地进行学习。

准备知识

认识“曝光过度”滤镜

“曝光过度”滤镜是指混合负片和正片图像，类似于显影过程中将摄影照片短暂曝光的效果。通常在需要制作负片效果时运用该滤镜。选择“滤镜→风格化→曝光过度”命令，可立即得到相应的效果，如下图所示。

案例名称：曝光过度的照片效果
素材路径：\素材\第12章\照片\
效果路径：\效果\第12章\曝光过度的照片效果.psd
视频链接：Video\视频教程\滤镜的特殊效果（一）\曝光过度的照片效果

1 Step 打开“曝光过度效果.jpg”图像文件，在图像窗口中显示出来，如下左图所示。

2 Step 选择“滤镜→风格化→曝光过度”命令，将图像制作为“曝光过度”效果，如下右图所示。

3 Step 打开素材文件“指纹.jpg”，在工具箱中选择移动工具，在图层面板上选中图层1，并向“曝光过度效果.jpg”图像拖动，拖动至合适位置处松开鼠标，将图层1上的图像粘贴到“曝光过度效果.jpg”图像中，如下左图所示。

4 Step 运用同样的方法，打开素材文件“指纹1.jpg”，并将图像复制到“曝光过度效果.jpg”文件中，然后复制一个图层2，适当调整大小和位置，如下右图所示。

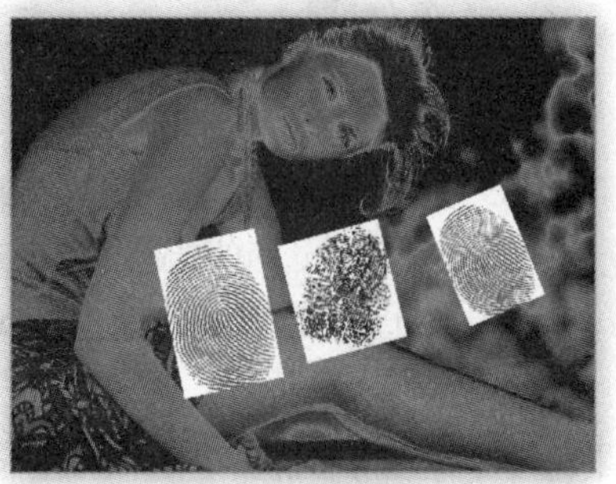

5 Step 适当调整“指纹”图像的大小和位置，在图层面板上设置图层1的混合模式为“正片叠底”，如下左图所示。用“曝光过度”滤镜模仿照片曝光过度效果案例操作完成，保存该文件，效果如下右图所示。

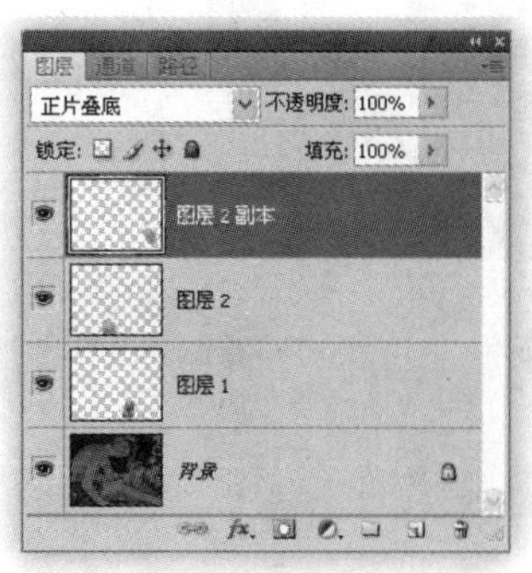

12.3.7 通过“照亮边缘”滤镜制作霓虹世界

学习目标

本节主要学习“照亮边缘”滤镜的相关知识，并通过为制作霓虹世界的案例来介绍它的使用方法。在学习制作霓虹世界效果时，读者可以结合光盘中的视频轻松、直观地进行学习。

准备知识

认识“照亮边缘”滤镜

“照亮边缘”滤镜是通过搜寻主要颜色变化区域并强化过渡像素，产生类似霓虹灯的光亮标识颜色的边缘，再向其添加类似霓虹灯的光亮，制作出绚丽的边缘效果。

“照亮边缘”滤镜是通过“滤镜库”对话框的方式进行设置的。选择“滤镜→风格化→照亮边缘”命令，能打开“滤镜库”对话框，并自动显示“照亮边缘”滤镜选项，如下图所示。

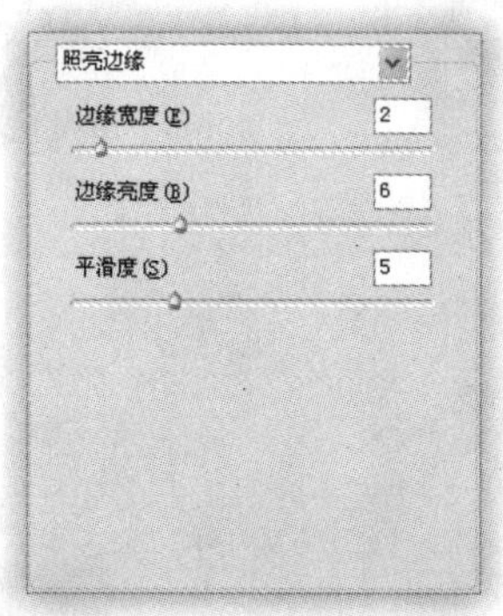

“照亮边缘”滤镜的各选项功能如下。

- 边缘宽度：设置光亮效果边缘的宽度。宽度越大，效果越明显。
- 边缘亮度：设置边缘的光亮程度。亮度越大，图像的对比度越大。
- 平滑度：设置边缘的平滑程度。边缘越平滑，越类似于霓虹灯的效果。

案例名称：制作霓虹世界
素材路径：\素材\第12章\霓虹世界.jpg
效果路径：\效果\第12章\制作霓虹世界.psd
视频链接：Video\视频教程\滤镜的特殊效果（一）\制作霓虹世界

1 Step 打开“霓虹世界.jpg”图像文件，在图像窗口中显示出来，如下左图所示，然后复制背景图层。

2 Step 选择“背景副本”图层，再选择“滤镜→风格化→照亮边缘”滤镜命令，在打开的“滤镜库”对话框中设置“照亮边缘”参数，完成后单击 确定 按钮，应用此滤镜，如下右图所示。

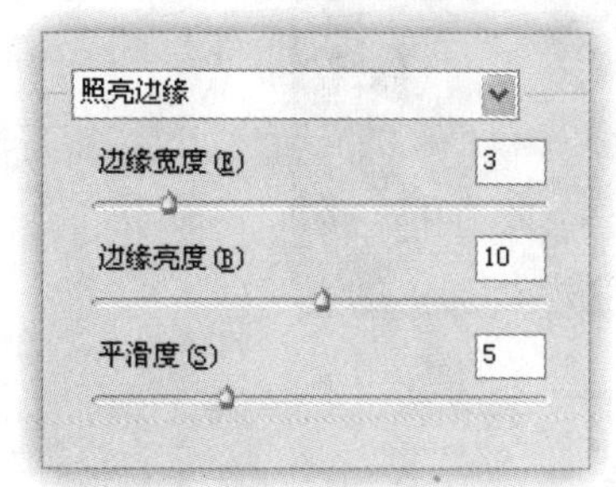

3 Step 在图层面板中设置“背景副本”图层的混合模式为“亮光”，用“照亮边缘”滤镜制作霓虹世界案例操作完成，保存该文件，效果如下图所示。

技巧提示

将图层混合模式修改为亮光可以让图像边缘亮光更为明显，看上去更有夜晚霓虹的效果。

12.4 通过6个案例掌握“画笔描边”滤镜组的使用方法

“画笔描边”滤镜是使用不同的画笔和油墨描边图像以创造出绘画效果。通过该滤镜，可以对图像添加颗粒、杂色、边缘细节或纹理，也可以将对图像添加阴影，或制作黑白粗糙剪纸图像。“画笔描边”滤镜十分常用，效果非常丰富。

12.4.1 通过“成角的线条”滤镜制作雨中图像

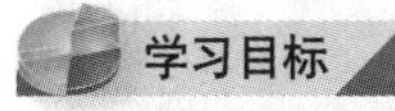

学习目标

本节主要学习“成角的线条”滤镜的相关知识，通过制作雨中图像介绍“成角的线条”滤镜的使用方法。在学习制作雨中图像时，读者可以结合光盘中的视频轻松、直观地进行学习。

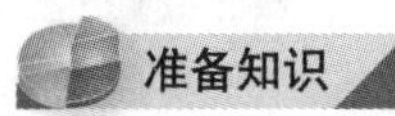

准备知识

认识“成角的线条”滤镜

“成角的线条”滤镜是使用对角描边来重新绘制图像，用相反方向的线条来绘制亮区和暗区，如下图所示。

“成角的线条”滤镜的各选项功能如下。

- 方向平衡：可以控制笔触的方向，调节向左下角和右下角线条勾画的强度。数值越大，强度也就越大。
- 描边长度：控制成角线条的长度，数值越大，线条越长。
- 锐化程度：调节勾画线条的锐化度。

案例名称：制作雨中图像
素材路径：\素材\第12章\雨中图像.jpg
效果路径：\效果\第12章\雨中图像.psd
视频链接：Video\视频教程\滤镜的特殊效果（一）\制作雨中图像

Step 1 打开“雨中图像.jpg”图像文件，如下左图所示，复制背景图层，创建“背景副本”图层。

Step 2 选择“背景副本”图层，选择“滤镜→画笔描边→成角的线条”命令，在打开的“成角的线条”对话框中设置“方向平衡”数值为“33”，“描边长度”为“23”，“锐化程度”为2，完成后单击 确定 按钮，如下中图所示，应用此滤镜，效果如下右图所示。

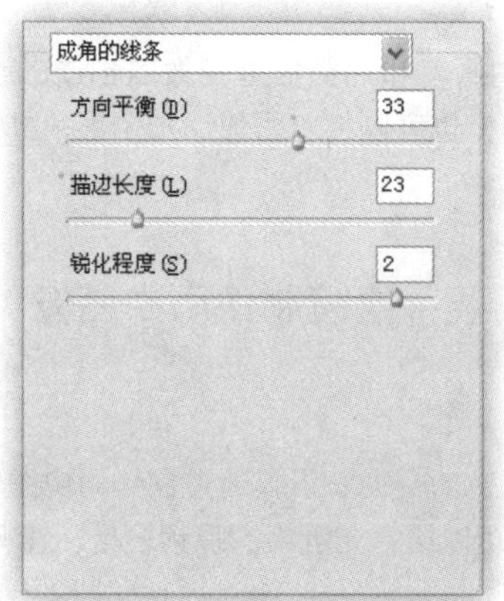

Step 3 新建图层1，设置前景色为黑色，按“Alt+Delete”组合键填充图层。选择“滤镜→杂色→添加杂色”命令，在打开的“添加杂色”对话框中设置参数，完成后单击 确定 按钮，应用此滤镜，如下左图所示。然后设置图层1的混合模式为“滤色”，混合两个图像，效果如下右图所示。

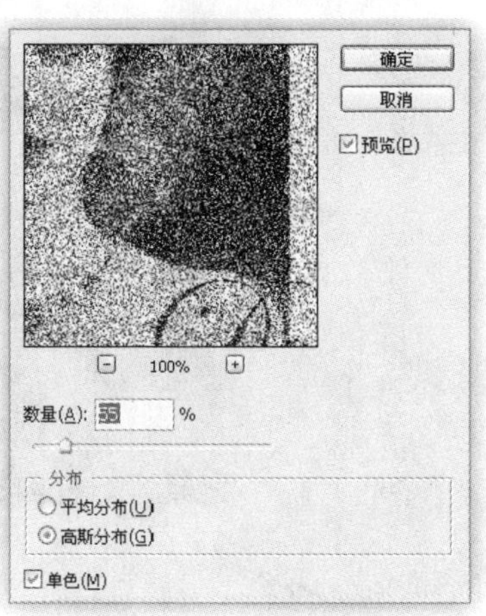

4 Step 选择“滤镜→模糊→动感模糊”命令，在打开的对话框中设置“角度”为“－66 度”，“距离”为“45 像素”，单击 确定 按钮，如下左图所示。雨中的图像效果操作完成，保存该文件，效果如下右图所示。

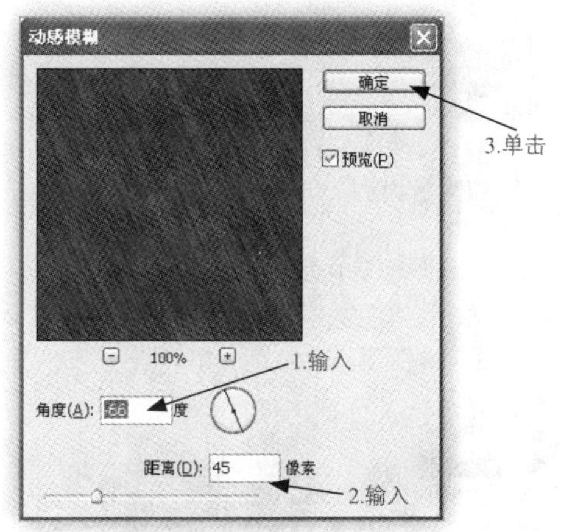

12.4.2 通过“墨水轮廓”滤镜制作钢笔画效果

学习目标

本节主要学习使用“墨水轮廓”滤镜的相关知识，通过制作钢笔画效果介绍“墨水轮廓”滤镜的使用方法。在学习制作钢笔画效果时，读者可以结合光盘中的视频轻松、直观地进行学习。

准备知识

认识“墨水轮廓”滤镜

“墨水轮廓”滤镜以钢笔画的风格，用纤细的线条在原细节上重绘图像。选择“滤镜→画笔描边→墨水轮廓”命令，在右边的参数面板上调整滤镜的各参数项，数值的大小变化，会得到不一样的效果图像，如下图所示。

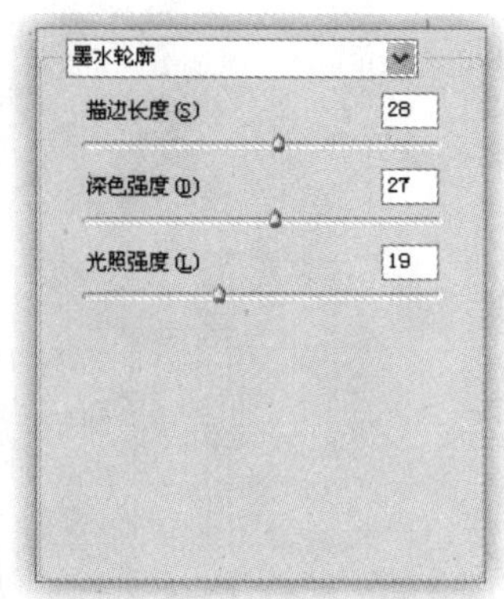

"水墨轮廓"滤镜的各选项功能如下。

- 描边长度：设置勾画线条的长度。数值越大，线条也就越长。
- 深色强度：控制将图像变暗的程度。
- 光照强度：控制图像的亮度，数值越大，图像越亮，反之越暗。

案例名称：制作钢笔画效果
素材路径：\素材\第12章\钢笔画效果.jpg
效果路径：\效果\第12章\钢笔画效果.jpg
视频链接：Video\视频教程\滤镜的特殊效果（一）\钢笔画效果

Step 1 打开"钢笔画效果.jpg"图像，如下左图所示，复制背景图层，创建"背景副本"图层。选择"背景副本"图层，选择"图像→调整→曲线"命令，在打开的"曲线"命令对话框中设置"输入"、"输出"的值分别为"138"、"112"，单击 确定 按钮，如下中图所示，将图像颜色调亮一些，效果如下右图所示。

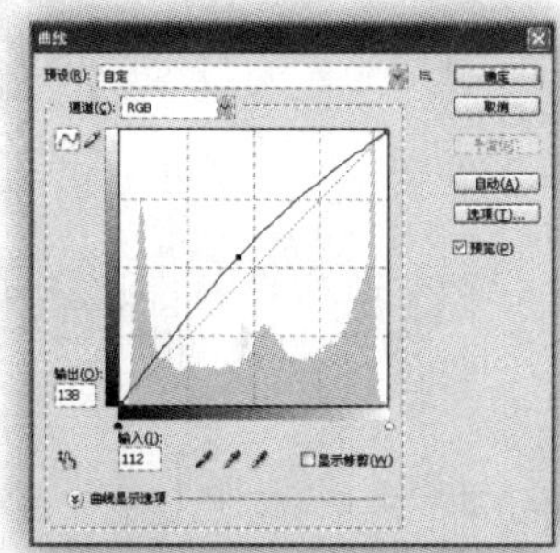

Step 2 在工具箱中选择快速选择工具，将图像中女孩的皮肤选择为选区，如下左图所示。新建一个图层，设置前景色为"白色"，填充该色到选区，并将所在图层混合模式修改为"柔光"，将女孩皮肤颜色变亮，如下右图所示。

3 Step 继续选择“图层→合并可见图层”，复制一个该合并后的图层，将上面的一层执行“图像→调整→去色”命令，并设置该层的混合模式为“叠加”，如下左图所示。再次合并可见图层，效果如下右图所示。

4 Step 选择“滤镜→画笔描边→墨水轮廓”命令，在打开的“墨水轮廓”对话框中设置“描边长度”为“4”，“深色强度”为“20”，“光照强度”为“10”，如下左图所示，应用此滤镜，效果如下右图所示。

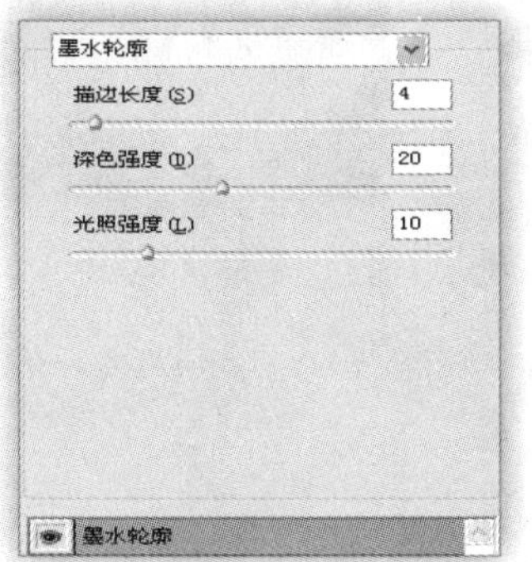

5 Step 单击对话框右下角的“新建效果图层”按钮，继续在“画笔描边”滤镜中添加“成角的线条”，设置成角线条的“方向平衡”为“52”，“描边长度”为“11”，“锐化程度”为“3”，单击 确定 按钮，如下左图所示。用墨水轮廓滤镜制作钢笔画效果案例操作完成，保存该文件，效果如下右图所示。

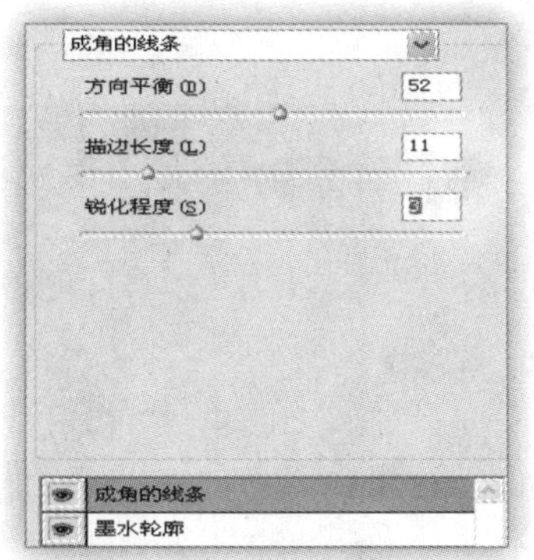

12.4.3 通过“喷溅”和“喷色描边”滤镜制作喷溅图像

学习目标

本节主要学习使用“喷溅”与“喷色描边”滤镜的相关知识，通过制作喷溅图像介绍滤镜的参数设置及使用方法，在学习制作喷溅图像时，读者可以结合光盘中的视频轻松、直观地进行学习。

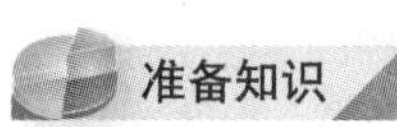

准备知识

认识“喷溅”滤镜

“喷溅”滤镜是模拟喷枪喷溅色彩，形成类似透过浴室玻璃观看图像的效果。打开图像后，选择“滤镜→画笔描边→喷溅”命令，在打开的“喷溅”对话框右边的参数面板上调整滤镜的各参数项，数值的大小变化，会得到不一样的效果图像，如下图所示。

“喷溅”对话框中的选项功能如下。

- 喷色半径：在已选选区的基础上向外扩展几个像素形成一个边框，输入的数值越大，新选区的边距越宽。
- 平滑度：将已有选区进行圆滑消除锯齿，数值越大，越圆滑。

认识“喷色描边”滤镜

“喷色描边”滤镜是指使用图像的主导色，用成角的、喷溅的颜色线条重新绘画图像，得到的与喷溅滤镜的效果相似。选择“滤镜→画笔描边→喷色描边”命令，打开“喷色描边”对话框。在对话框中可以通过设置选项参数对“喷色描边”滤镜效果进行调整，如下图所示。

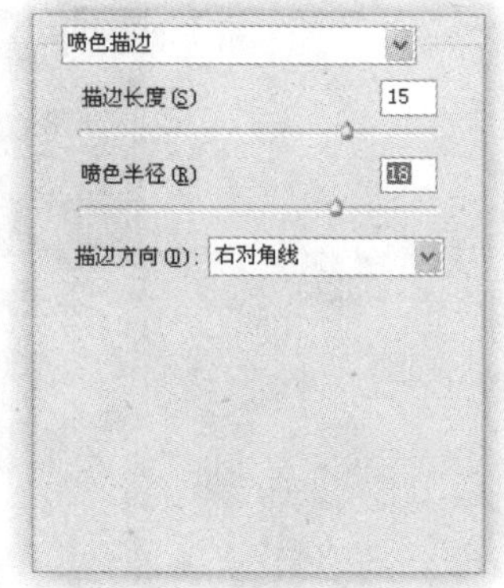

“喷色描边”对话框中的选项功能如下。

- 描边长度：调节勾画线条的长度，数值越大，扩展得越宽。
- 喷色半径：形成喷溅色块的半径，数值越大，收缩得越小。
- 描边方向：控制喷色的走向，共有4种方向，分别是垂直、水平、左对角线和右对角线。

案例名称：为物体制作喷溅图像

素材路径：\素材\第12章\喷溅图像.jpg

效果路径：\效果\第12章\喷溅图像.psd

视频链接：Video\视频教程\滤镜的特殊效果（一）\为物体制作喷溅图像

1 Step 打开“喷溅图像.jpg”图像文件，复制背景图层，创建“背景副本”图层，如下左图所示。

2 Step 选择“背景副本”图层，再选择“滤镜→画笔描边→喷溅”命令，在打开的“喷溅”对话框中设置“喷色半径”为“15”，“平滑度”为“4”，单击 确定 按钮，如下中图所示，应用此滤镜，效果如下右图所示。

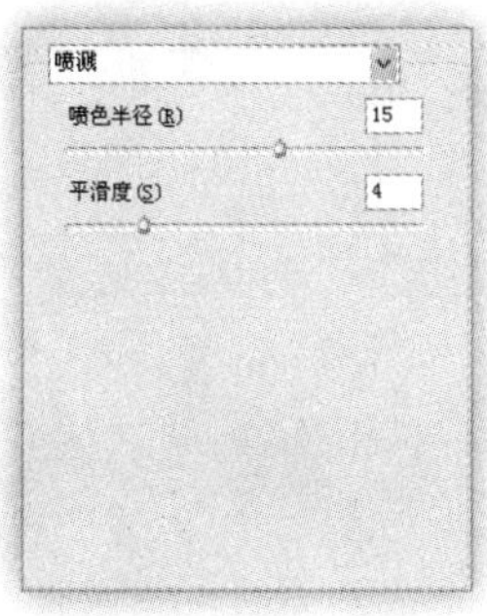

3 Step 选择“滤镜→画笔描边→喷色描边”命令，在打开的“喷色描边”对话框中设置“描边长度”为“14”，“喷色半径”为“16”，“喷色方向”为“右对角线”，单击 确定 按钮，如下左图所示，应用此滤镜，效果如下右图所示，制作喷溅图像案例操作完成，保存该文件。

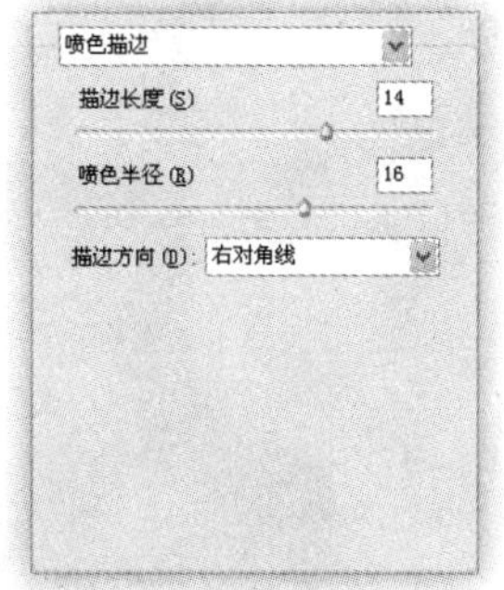

12.4.4 通过“强化的边缘”和“深色线条”滤镜制作手绘图像

学习目标

本节主要学习使用“强化边缘”和“深色线条”滤镜的相关知识，通过制作手绘图像介绍它们的使用方法，在学习制作手绘图像效果时，读者可以结合光盘中的视频轻松、直观地进行学习。

准备知识

认识“强化的边缘”滤镜

“强化的边缘”滤镜是将图像的色彩边界通过增加对比度的方式进行强化处理。选择“滤镜→画笔描边→强化的边缘”命令，打开“强化的边缘”对话框，对话框右边提供了相应的选项设置，通过这些选项，能制作出不同的边缘效果。

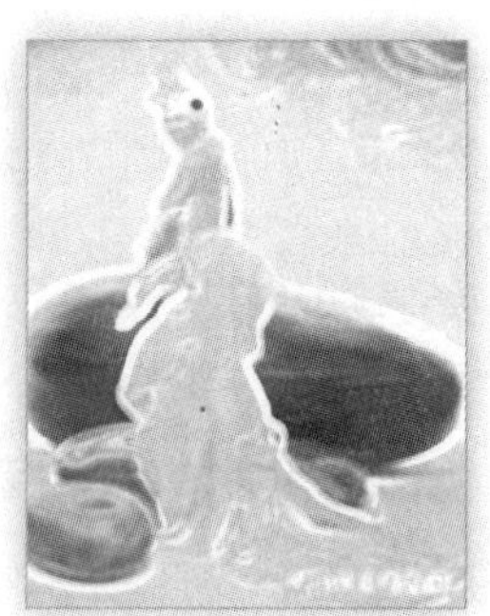

“强化的边缘”对话框中的选项功能如下。

- 边缘宽度：设置强化的边缘的宽度。
- 边缘亮度：控制强化的边缘的亮度。设置较高的数值，能增大边界的亮度，强化效果类似白色粉笔；设置较低的数值，能降低边界亮度，强化效果类似黑色油墨。
- 平滑度：调节被强化的边缘，使其变得平滑。

认识“深色线条”滤镜

“深色线条”滤镜是运用倾斜的手绘笔触，在保持图像主导色的基础上，从新定义图像像素，强化不同色彩边缘的阴影区域，得到更加厚重的图像效果。选择“滤镜→画笔描边→深色线条”命令，打开“深色线条”对话框，对话框右边提供了相应的选项设置，通过这些选项，能制作出不同的边缘效果，如下图所示。

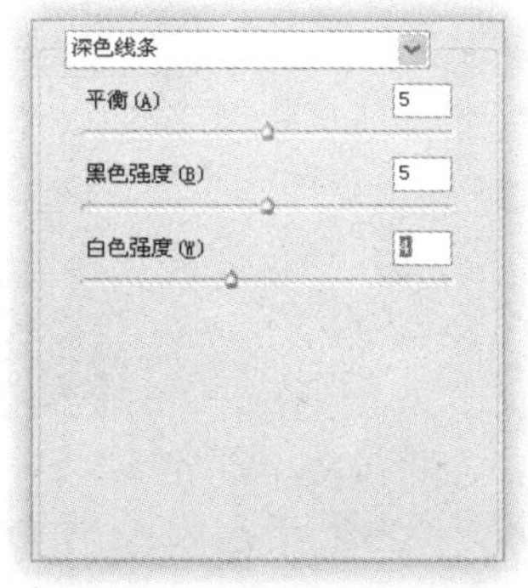

“深色线条”对话框中的选项功能如下。

- 平滑：去除选区边缘的锯齿状。设置较高的数值，会丢失大量图像细节。
- 黑色强度：设置画面中色彩边界阴影区域的暗调强度。
- 白色强度：设置画面中高光区域的明亮程度。

案例名称：制作手绘图像
素材路径：\素材\第12章\手绘图像.jpg
效果路径：\效果\第12章\制作手绘效果.psd
视频链接：Video\视频教程\滤镜的特殊效果（一）\制作手绘图像

1 Step 打开“手绘图像.jpg”图像文件，复制背景图层，如下左图所示。选择“滤镜→画笔描边→强化的边缘”命令，在打开的“强化的边缘”对话框中设置“边缘宽度”为“9”，“边缘亮度”为“28”，“平滑度”为“5”，如下中图所示，应用此滤镜，效果如下右图所示。

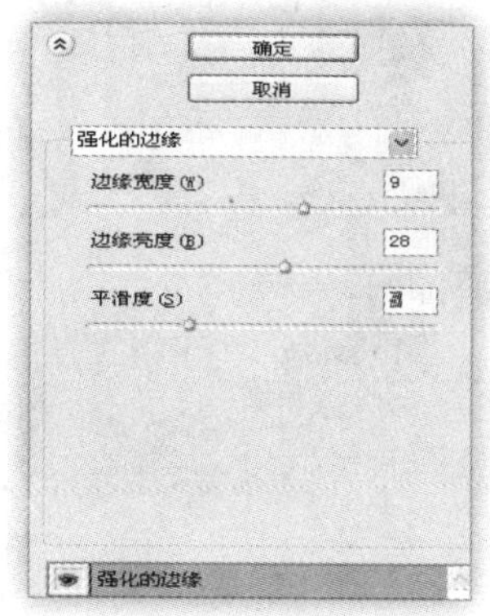

2 Step 单击对话框右下角的“新建效果图层”按钮，继续在“画笔描边”滤镜中添加“深色线条”命令，在打开的“深色线条”对话框中设置“平衡”为“7”，“黑色强度”为“1”，“白色强度”为“3”，单击 确定 按钮，如下左图所示。用强化边缘和深色线条滤镜制作手绘图像案例操作完成，保存该文件，效果如下图所示。

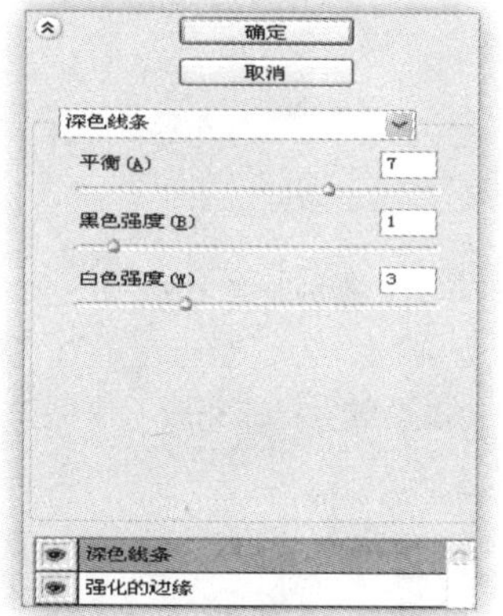

12.4.5 通过“烟灰墨”滤镜制作油墨画效果

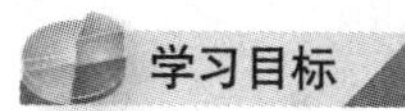

学习目标

本节主要学习“烟灰墨”滤镜的相关知识，通过制作油墨画效果介绍该滤镜的概念和滤镜参数设置，在学习制作油墨画效果时，读者可以结合光盘中的视频轻松、直观地进行学习。

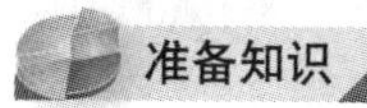

准备知识

认识“烟灰墨”滤镜

“烟灰墨”滤镜是模拟日本的一种绘画风格，它使用非常黑的油墨来创建柔和的模糊边缘，加深和加粗图像中的暗调像素，看起来像是用蘸满油墨的画笔在宣纸上绘画的效果。选择“滤镜→画笔描边→烟灰墨”命令，打开“烟灰墨”对话框，对话框右边提供了相应的选项设置，通过这些选项，能制作出不同的边缘效果，如下图所示。

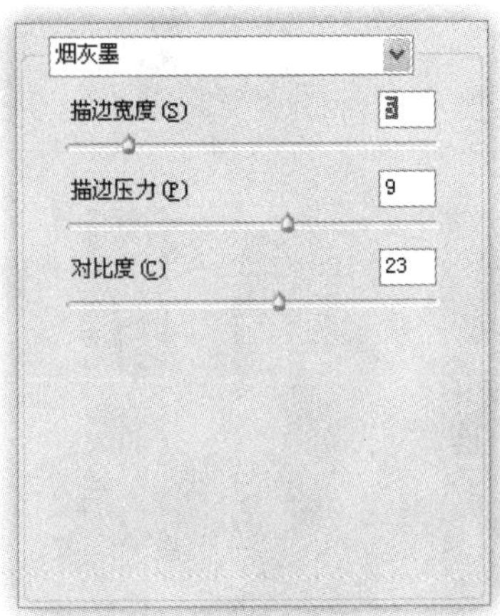

"烟灰墨"对话框中的选项功能如下。

- 描边宽度：调节描边笔触的宽度。设置较高的数值，会丢失大量画像细节。
- 描边压力：设置描边笔触的压力值。数值越大，画像表现出的油墨浓度越大。
- 对比度：可以直接调节结果图像的对比度。

案例名称：制作油墨画效果
素材路径：\素材\第12章\油墨画效果.jpg
效果路径：\效果\第12章\油墨画效果.psd
视频链接：Video\视频教程\滤镜的特殊效果（一）\制作油墨画效果

打开"油墨画效果.jpg"图像文件，如下左图所示，选择"滤镜→画笔描边→烟灰墨"命令，在打开的对话框中设置"描边宽度"为"9"，"描边压力"为"15"，"对比度"为"23"，单击 确定 按钮，应用此滤镜到图像，用墨水轮廓滤镜制作钢笔画效果案例操作完成，保存该文件，效果如下右图所示。

12.4.6 通过"阴影线"滤镜为图像添加铅笔阴影线

学习目标

本节主要学习"阴影线"滤镜的相关知识，通过为图像添加铅笔阴影线介绍"阴影线"滤镜的基本操作。在学习为图像添加铅笔阴影线时，读者可以结合光盘中的视频轻松、直观地进行学习。

准备知识

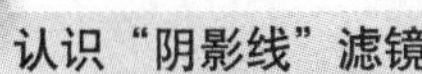

认识“阴影线”滤镜

“阴影线”滤镜是指保留原始图像的细节和特征，同时使用模拟的铅笔阴影线添加纹理，并使彩色区域的边缘变粗糙。类似用铅笔阴影线的笔触对所选的图像进行勾画的效果，与成角的线条滤镜的效果相似。选择“滤镜→画笔描边→阴影线”命令，打开“阴影线”对话框，对话框右边提供了相应的选项设置，通过这些选项，可以制作出不同的边缘效果，如下图所示。

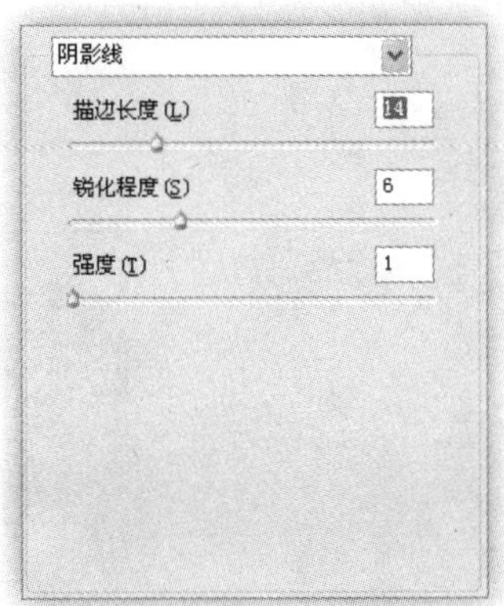

“阴影线”对话框中的各选项功能如下。

- 描边长度：设置阴影线的长度，较低的值有利于保留图像的细节。
- 锐化程度：控制勾画后的图像的锐化效果。
- 强度：为使用阴影线的遍数，最大值为3。

案例名称：为图像添加铅笔阴影线
素材路径：\素材\第12章\铅笔阴影线.jpg
效果路径：\效果\第12章\铅笔阴影线.psd
视频链接：Video\视频教程\滤镜的特殊效果（一）\为图像添加铅笔阴影线

Step 1 打开“铅笔阴影线.jpg”图像文件，如下左图所示，在工具箱中选择快速选择工具，将图像中草坪的部分选择为选区，单击鼠标右键，在弹出的弹出菜单中选择“选择反向”命令，如下右图所示。

Step 2 继续单击鼠标右键，在弹出的弹出菜单中选择“羽化”命令，并在打开的“羽化选区”对话框中设置羽化半径为“2”，单击“确定”按钮，如下左图所示，应用此命令到图像，如下右图所示。

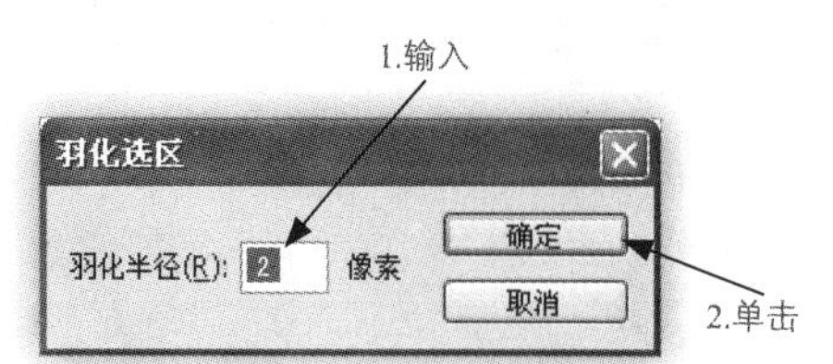

3 Step 选择“滤镜→画笔描边→阴影线”命令，在打开的“阴影线”对话框中设置“描边长度”为“11”，“锐化程度”为“12”，“强度”为“1”，单击 确定 按钮，如下左图所示，应用此滤镜到图像，用阴影线滤镜为图像添加铅笔阴影线案例操作完成，保存该文件，效果如下右图所示。

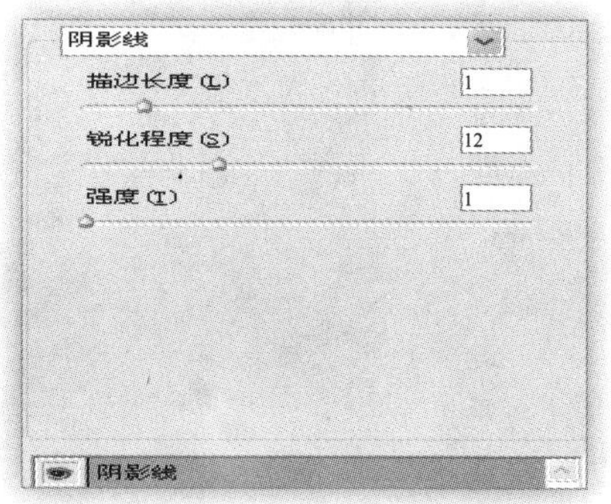

12.5 通过8个案例掌握“模糊”滤镜组的使用方法

“模糊”滤镜组能柔化选区或整个图像，这个功能对于修饰画面非常有用。它们通过平衡图像中已定义的线条和遮蔽区域的清晰边缘像素，使变化显得柔和。淡化图像中不同色彩的边界，以达到掩盖图像的缺陷或创造出特殊效果的作用。“模糊”滤镜组包括“表面模糊”滤镜、“动感模糊”滤镜、“方框模糊”滤镜、“高斯模糊”滤镜等多种滤镜，我们将在后面一一讲解。

12.5.1 通过“表面模糊”滤镜使图像表面更光滑

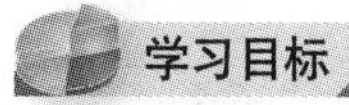

学习目标

本节主要学习表面“表面模糊”滤镜的相关知识，通过使图像表面更光滑的案例介绍表面模糊滤镜的基本操作。在学习使图像表面更光滑的案例时，读者可以结合光盘中的视频轻松、直观地进行学习。

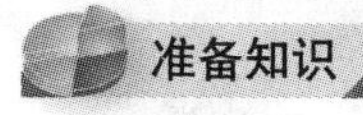

准备知识

认识“表面模糊”滤镜

“表面模糊”滤镜是在保留边缘的同时模糊图像。它的特点是在平滑图像的同时，能保持不同色彩边缘的清晰度。此滤镜常用于消除图像中的杂色或粒度。选择“滤镜→模糊→表面模糊”命令，打开“表面模糊”对话框，如下图所示。

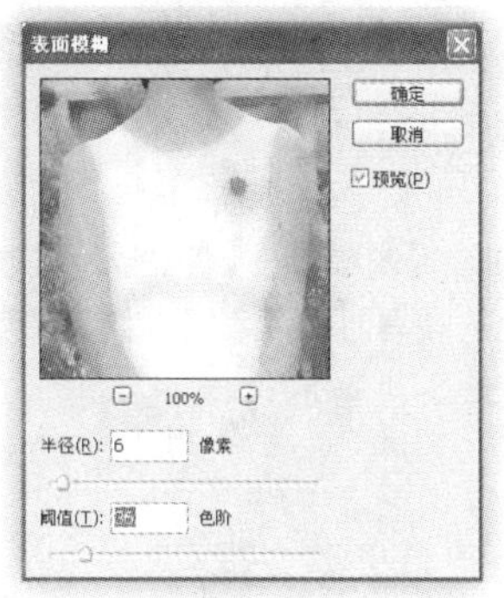

"表面模糊"对话框中的选项功能如下。

- 半径：指定模糊取样区域的大小。
- 阈值：控制相邻像素色调值与中心像素值相差多大时才能成为模糊的一部分。

案例名称：使图像表面更光滑
素材路径：\素材\第12章\光滑图像.jpg
效果路径：\效果\第12章\使图像表面更光滑.psd
视频链接：Video\视频教程\滤镜的特殊效果（一）\使图像表面更光滑

1 Step 打开"光滑图像.jpg"图像文件，复制背景图层，如下左图所示。选择"滤镜→模糊→表面模糊"命令，在打开的"表面模糊"对话框中设置"半径"为"5像素"，"阈值"为"15色阶"，单击 确定 按钮，如下中图所示，应用此滤镜到图像，效果如下右图所示。

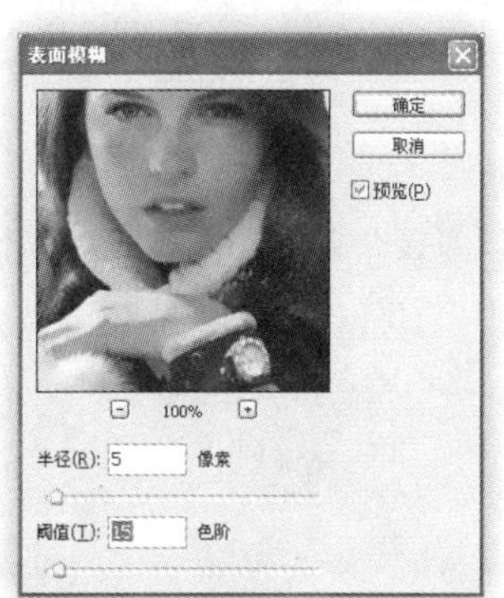

2 Step 继续选择"图像→调整→色阶"命令，在打开的"色阶"对话框中设置参数如下左图所示，单击 确定 按钮。用表面模糊滤镜使图像表面更光滑案例操作完成，保存该文件，效果如下右图所示。

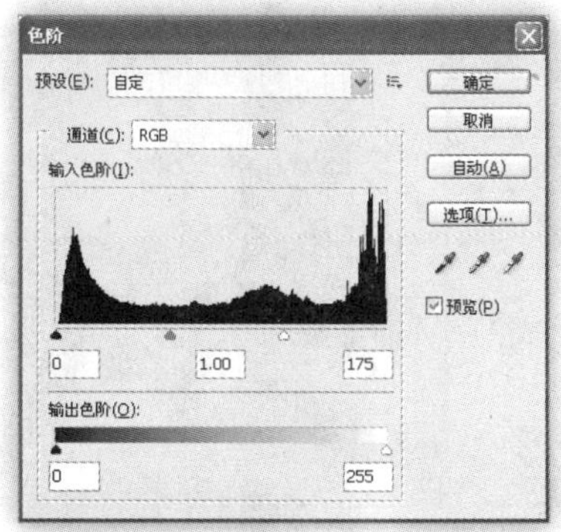

12.5.2 通过“动感模糊”和“径向模糊”滤镜制作奔驰骏马

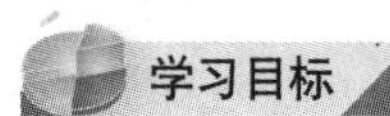

学习目标

本节主要学习“动感模糊”滤镜和“径向模糊”滤镜的相关知识，并通过制作奔驰的骏马的案例来介绍它们的使用方法。在学习制作奔驰的骏马时，读者可以结合光盘中的视频轻松、直观地进行学习。

准备知识

认识“动感模糊”滤镜

“动感模糊”滤镜是指沿指定方向（−360度～+360度）以指定强度（1～999）进行模糊。此滤镜的效果类似于以固定的曝光时间给一个移动的对象拍照。选择“滤镜→模糊→动感模糊”命令，打开“动感模糊”对话框，如下图所示。

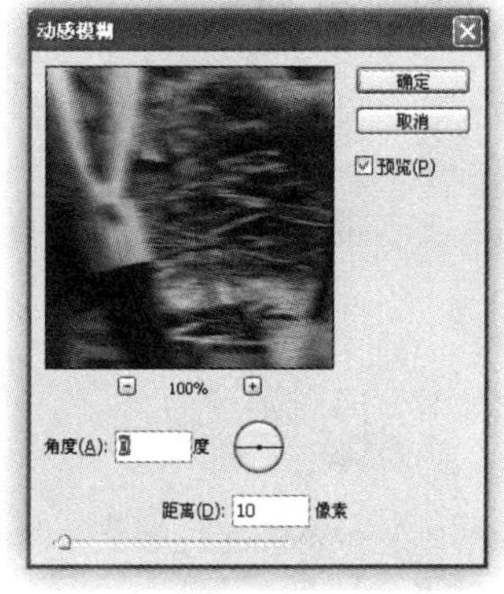

“动感模糊”对话框中的选项功能如下。

- 角度：设置模糊的角度。可以直接在文本框中输入数值，也可以在其后的圆盘中拖曳定义模糊的角度。
- 距离：设置动感模糊的强度，距离越大，强度就越大。

认识“径向模糊”滤镜

“径向模糊”滤镜是模拟缩放或旋转的相机所产生的模糊，产生一种柔化的模糊。通过拖动“径向模糊”框中的图案，指定模糊的原点。选择“滤镜→模糊→径向模糊”命令，打开“径向模糊”对话框，如下图所示。

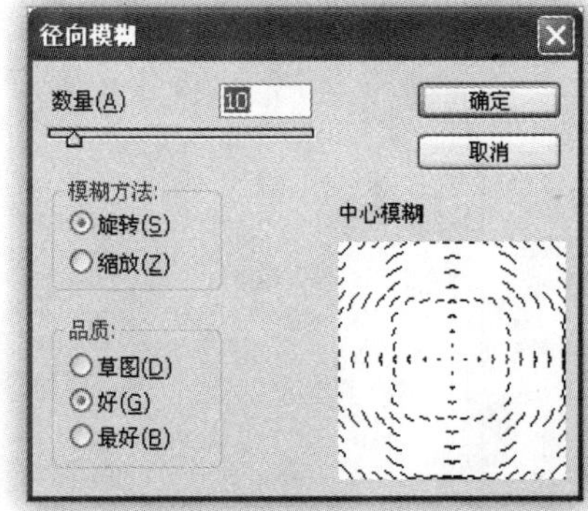

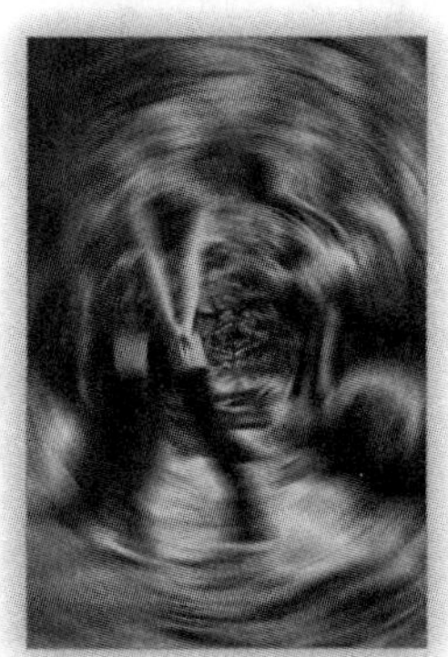

"径向模糊"对话框中的选项功能如下。

- 数量：设置模糊的强度。数量越大，模糊强度就越大。
- 模糊方法：设置模糊的方式。提供了"旋转"和"缩放"两个选项。"旋转"是以"中心模糊"为基准，旋转并平滑图像像素。"缩放"是以"中心模糊"为基准，由内到外放大像素。
- 品质：设置模糊的平滑程度。提供了"草图"、"好"和"最好"3个选项。"草图"产生最快但为粒状的结果。"好"和"最好"产生比较平滑的结果，除非在大选区上，否则看不出这两种品质的区别。

案例名称：制作奔驰的骏马

素材路径：\素材\第12章\奔驰的骏马.jpg

效果路径：\效果\第12章\制作奔驰的骏马.psd

视频链接：Video\视频教程\滤镜的特殊效果（一）\制作奔驰的骏马

1 Step 打开"奔驰的骏马.jpg"图像文件，在工具箱中选择快速选择工具，选择图像中的骏马区域，将马的图像创建为选区，如下左图所示。

2 Step 选择"滤镜→模糊→动感模糊"命令，在打开的"动感模糊"对话框中设置"角度"为"30度"，"距离"为"18像素"，完成后单击 确定 按钮，如下中图所示，制作模糊图像，效果如下右图所示。

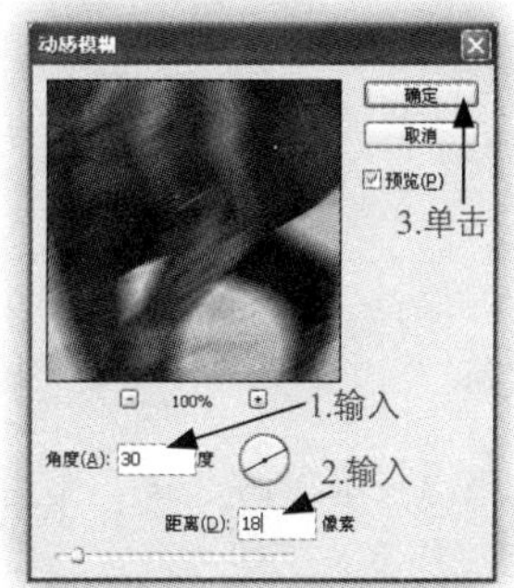

3 Step 选择"滤镜→模糊→径向模糊"命令，在打开的"径向模糊"对话框中设置"数量"为"24"，选择"缩放"单选按钮，完成后单击 确定 按钮，如下左图所示。完成奔驰的骏马案例，保存该文件，效果如下右图所示。

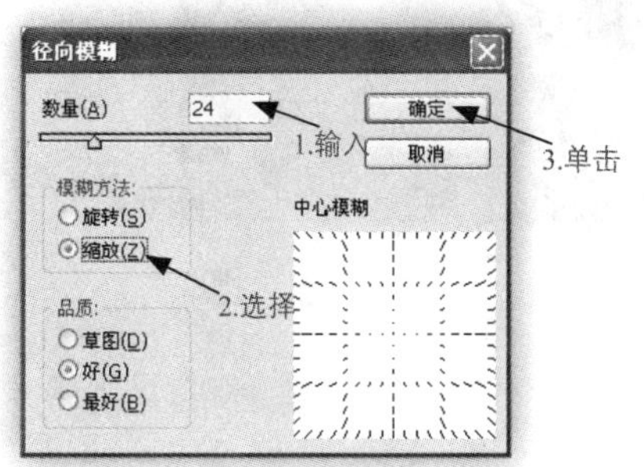

12.5.3 通过"方框模糊"滤镜制作模糊图像

本节主要学习"方框模糊"滤镜的相关知识，并通过制作模糊图像的案例来介绍它的使用方法。在学习制作模糊图像时，读者可以结合光盘中的视频轻松、直观地进行学习。

准备知识

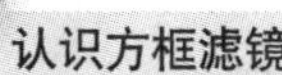

认识方框滤镜

"方框模糊"滤镜是基于相邻像素的平均颜色值来模糊图像的，效果类似于拍照时设置不适当的焦距产生的模糊。选择"滤镜→模糊→方框模糊"命令，打开"方框模糊"对话框。对话框中提供了"半径"的选项设置，用于计算给定像素的平均值的区域大小，"半径"越大，产生的模糊效果越好，如下图所示。

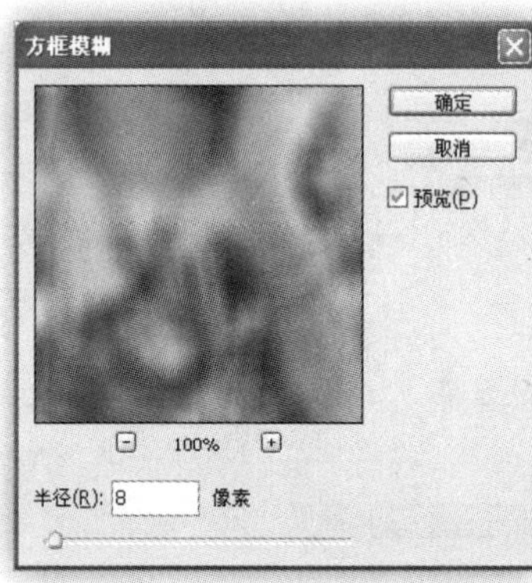

案例名称：制作模糊图像
素材路径：\素材\第12章\模糊图像.jpg
效果路径：\效果\第12章\制作模糊图像.psd
视频链接：Video\视频教程\滤镜的特殊效果（一）\制作模糊图像

1 Step 打开"模糊图像.jpg"图像文件，复制背景图层，如下左图所示，在工具箱中选择矩形选框工具，在图像中绘制一个矩形边框选区，如下右图所示。

2 Step 选择"滤镜→模糊→方框模糊"命令，在打开的"方框模糊"滤镜对话框中设置模糊半径为"124像素"，单击 确定 按钮，如下左图所示，效果如下右图所示。

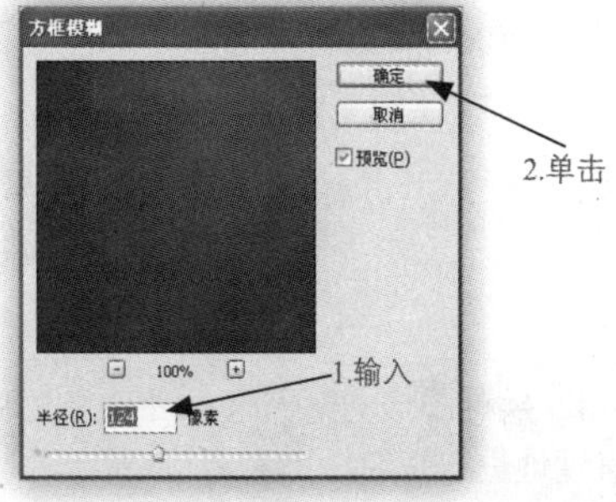

3 Step 继续选择“滤镜→画笔描边→强化的边缘”命令，在打开的滤镜对话框中设置“边缘宽度”为“2”，“边缘亮度”为“38”，“平滑度”为“5”，单击 确定 按钮，如下左图所示。用方框模糊制作模糊图像案例操作完成，保存该文件，效果如下右图所示。

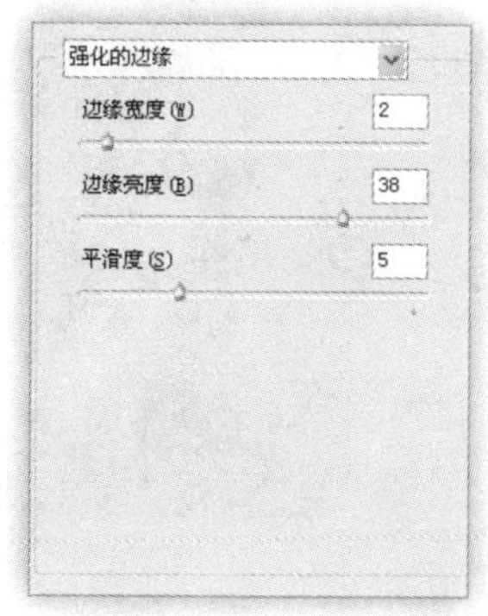

12.5.4 通过“高斯模糊”和“特殊模糊”滤镜制作特殊模糊效果

学习目标

本节主要学习“高斯模糊”和“特殊模糊”滤镜的相关知识，通过制作特殊模糊效果介绍其使用方法。在学习制作特殊模糊效果时，读者可以结合光盘中的视频轻松、直观地进行学习。

准备知识

认识“高斯模糊”滤镜

“高斯模糊”滤镜是最常用的模糊滤镜。它是使用可调整的量快速模糊选区或图像。在对模糊效果没有特别要求的情况下，通常会选择“高斯模糊”滤镜进行模糊图像的操作。和“方框模糊”滤镜一样，“高斯模糊”对话框中只提供了“半径”的选项设置。“半径”值越大，产生的模糊效果越强，如下图所示。

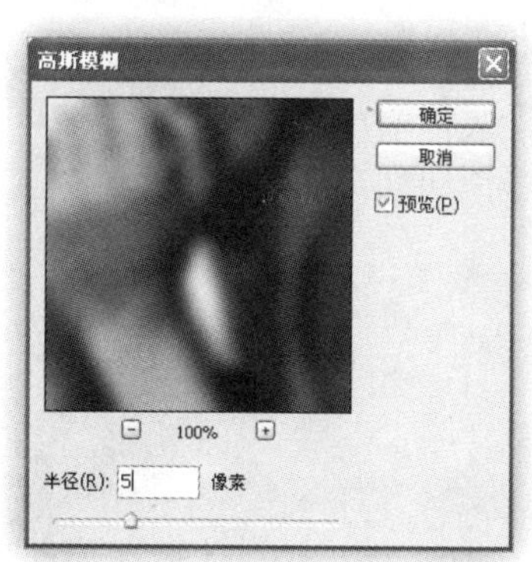

认识“特殊模糊”滤镜

“特殊模糊”滤镜可以产生多种模糊效果,使图像的层次感减弱。选择“滤镜→模糊→特殊模糊”命令，打开“特殊模糊”对话框。对话框中提供了“半径”、“阈值”和“品质”及模糊的“模式”，通过这些选项的设置，可以得到更为丰富的模糊效果，如下图所示。

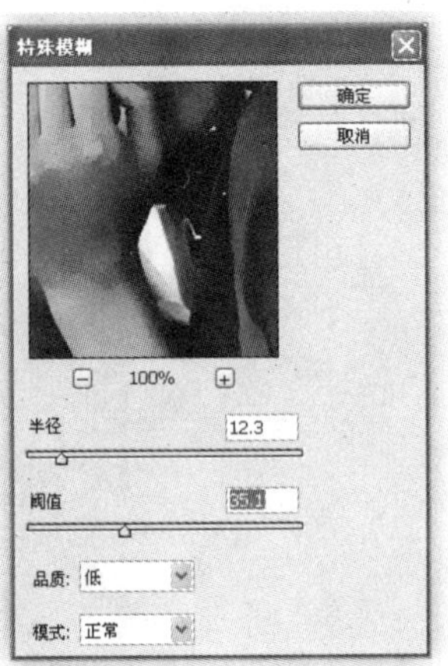

“特殊模糊”对话框的选项功能如下。

- 半径：确定滤镜要模糊的距离。设置的数值越大，模糊效果越强。
- 阈值：确定像素之间的差别达到何值时可以对其进行消除。
- 模式：设置模糊的方式。提供了“正常”、“仅限边缘”和“叠加边缘”3种类型。“正常”模式只将图像模糊；“仅限边缘”模式可勾画出图像的色彩边界；“叠加边缘”模式是前两种模式的叠加效果。

案例名称：制作特殊模糊效果
素材路径：\素材\第12章\特殊模糊效果.jpg
效果路径：\效果\第12章\特殊模糊效果.psd
视频链接：Video\视频教程\滤镜的特殊效果（一）\制作特殊模糊效果

1 Step 打开“特殊模糊图像.jpg”图像文件，选择“滤镜→模糊→高斯模糊”命令，在打开的“高斯模糊”对话框中设置“半径”为“3.0像素”，单击 确定 按钮，如下左图所示，应用此滤镜到图像，效果如下右图所示。

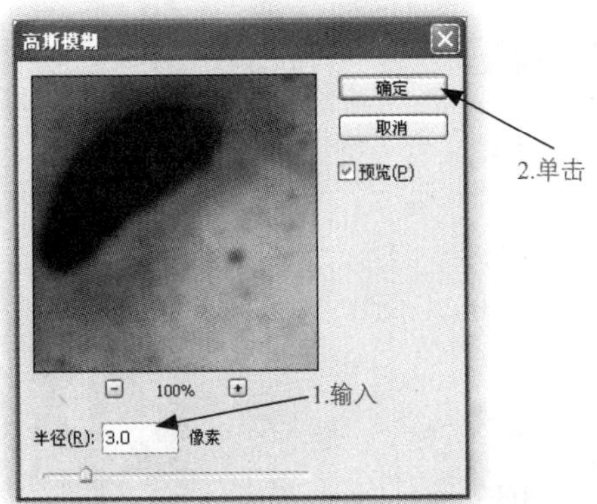

2 Step 继续选择“滤镜→模糊→特殊模糊”命令，在打开的“特殊模糊”对话框中设置“半径”为“78”，“阈值”为“52”，品质为“中”，模式为“正常”，单击 确定 按钮，如下左图所示。完成特殊模糊图像案例，保存该文件，效果如下右图所示。

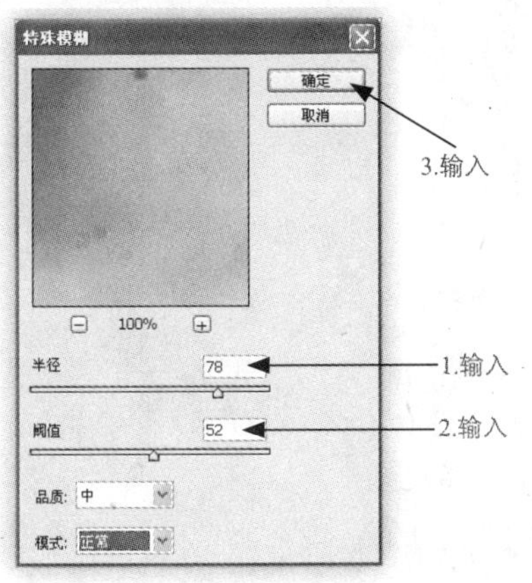

12.5.5 通过“模糊”和“进一步模糊”滤镜制作阴影

学习目标

本节主要学习“模糊”和“进一步模糊”滤镜的相关知识，通过制作微弱太阳光下的影子介绍其使用方法及面板参数设置的相关知识。在学习制作微弱太阳光的影子时，读者可以结合光盘中的视频轻松、直观地进行学习。

准备知识

认识“模糊”滤镜和“进一步模糊”滤镜

这两种滤镜的模糊效果较弱，能在图像中有显著颜色变化的地方消除杂色。“模糊”滤镜通过平衡已定义的线条和遮蔽区域的清晰边缘旁边的像素，使变化显得柔和。“进一步模糊”滤镜的效果比“模糊”滤镜强3到4倍。打开图像后，选择相应的命令，可立即得到相应的模糊效果，如下图所示。

案例名称：制作微弱太阳光下的影子
素材路径：\素材\第12章\微弱太阳光下的影子.jpg
效果路径：\效果\第12章\微弱太阳光下的影子.psd
视频链接：Video\视频教程\滤镜的特殊效果（一）\制作微弱太阳光下的影子

1 Step 打开“微弱太阳光下的影子.jpg”图像，在工具箱中选择多边形套索工具，在图像中单击并拖动鼠标，绘制出一个花瓶和花朵的阴影选区，如下左图所示。

2 Step 创建图层 1，设置前景色为浅粉色（R:223,G:198,B:186），按“Alt+Delete”组合键填充选区为前景色，如下右图所示。

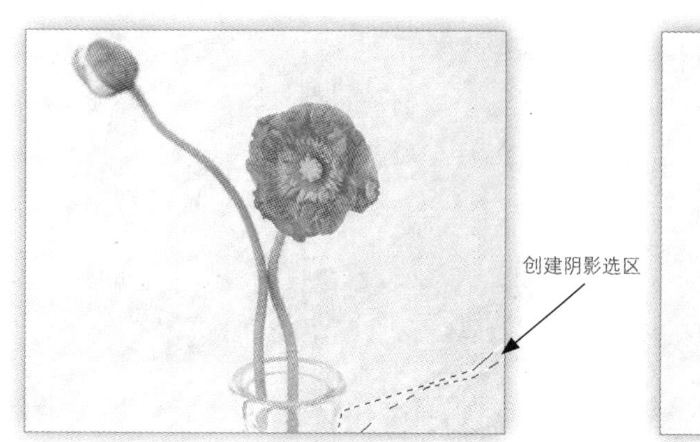

3 Step 选择“滤镜→模糊→模糊”命令，模糊图像。完成后再选择“滤镜→模糊→模糊”命令，进一步模糊图像，如下图所示。完成微弱太阳光下的影子案例，保存该文件。

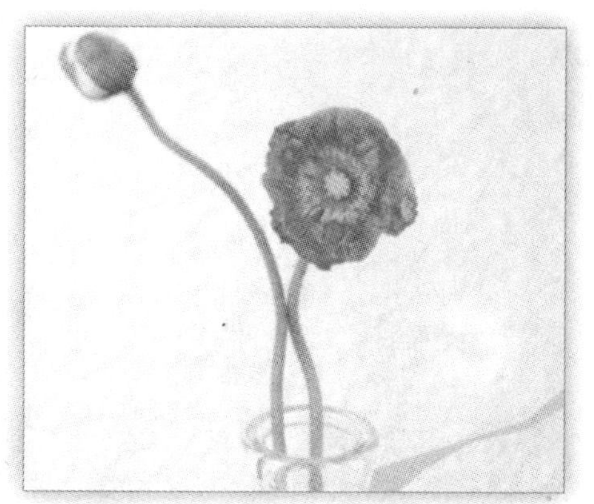

技巧提示

将模糊滤镜和进一步模糊滤镜一起使用，可以进一步加强图像模糊的效果。

12.5.6 通过“镜头模糊”滤镜制作景深图像

学习目标

本节主要学习使用“镜头模糊”滤镜的相关知识，通过制作景深图像介绍该滤镜的参数设置及使用方法，在学习制作景深图像时，读者可以结合光盘中的视频轻松、直观地进行学习。

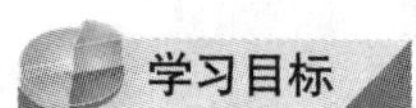

准备知识

认识“镜头模糊”滤镜

“镜头模糊”滤镜是向图像中添加模糊以产生更窄的景深效果，以便使图像中的一些对象在焦点内，而使另一些区域变模糊。选择“滤镜→模糊→镜头模糊”命令，打开“镜头模糊”对话框。对话框中的选项分为5部分：“预览”栏、“深度映射”栏、“光圈”栏、“镜面高光”栏、“杂色”栏，如下图所示。

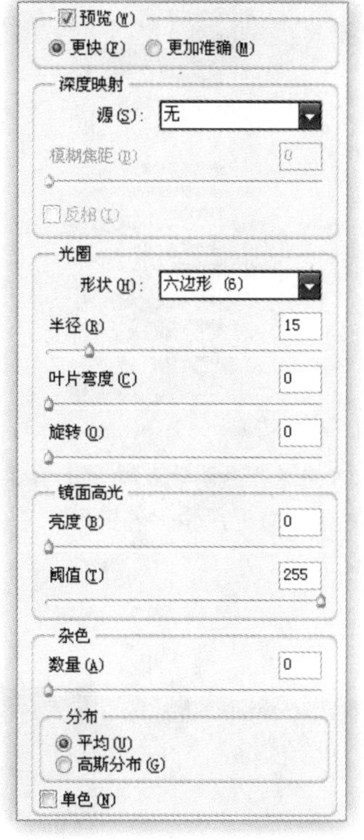

“镜头模糊”对话框中的选项功能如下。

- “预览”栏：选择“更快”单选按钮，可提高预览速度。选择“更加准确”单选按钮，可查看图像的最终版本。“更加准确”预览需要的生成时间较长。
- “深度映射”栏：当设置“源”选项为“透明度”时，模糊焦距越小，图像越模糊，焦距值越大，图像越清晰。当设置“源”选项为“图层蒙板“时，与选择透明度时的效果相反。
- “光圈”栏：在“形状”下拉列表框中选择所需的光圈形状；“半径”值越大，图像模糊效果越明显；“叶片弯度”是对光圈边缘进行平滑处理；“旋转”用与光圈角度的旋转。
- “镜面高光”栏：“亮度”是对高光亮度的调节；“阈值”是用于选择亮度截止点。
- “杂色”栏：拖动“数量”滑块来增加或减少杂色；选择“平均”单选按钮或“高斯分布”单选按钮，在图像中添加杂色的分布模式。要想在不影响颜色的情况下添加杂色，勾选“单色”复选框。

案例名称：制作景深效果
素材路径：\素材\第12章\景深图像.jpg
效果路径：\效果\第12章\制作景深效果.psd
视频链接：Video\视频教程\滤镜的特殊效果（一）\制作景深效果

Step 1 打开“景深图像.jpg”图像文件，选择工具箱中的多边形套索工具，在图像中单击并拖动鼠标，创建荷花图像选区，如下左图所示。

Step 2 用鼠标右键单击选区，在弹出的快捷菜单中选择“羽化”命令，如下中图所示，打开“羽化选区”对话框，在其中设置“羽化半径”为“4像素”，完成后单击 确定 按钮，如下右图所示。

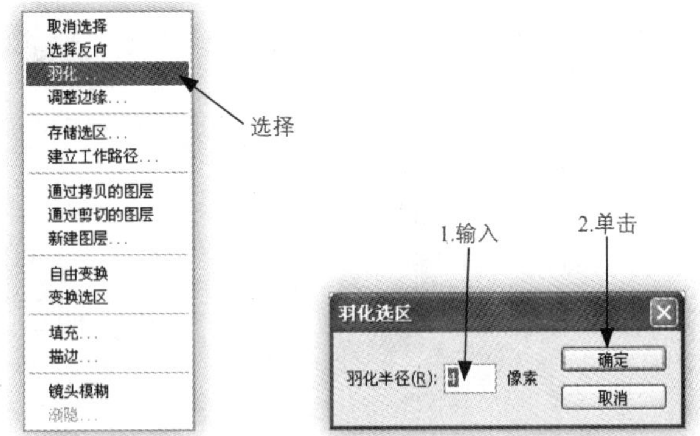

3 Step 选择“滤镜→模糊→镜头模糊”命令，打开“镜头模糊”对话框。在“预览”栏中选择“更快”单选按钮，在“源”下拉列表中选择“透明度”选项，并勾选“反向”复选框，设置其他参数，完成后单击 确定 按钮，如下左图所示。景深图像案例操作完成，保存该文件，效果如下右图所示。

12.5.7 通过“平均”滤镜为图像制作平滑效果

学习目标

本节主要学习使用“平均”滤镜的相关知识，通过为图像制作平滑效果来介绍它的方法，在学习制作平滑效果时，读者可以结合光盘中的视频轻松、直观地进行学习。

准备知识

认识“平均”滤镜

“平均”滤镜是找出图像或选区的平均颜色，然后用该颜色填充图像或选区以创建平滑的外观。例如，如果你选择了草坪区域，该滤镜会将该区域更改为一块均匀的绿色部分。

案例名称：制作平滑效果
素材路径：\素材\第12章\平滑效果.jpg
效果路径：\效果\第12章\制作平滑效果.psd
视频链接：Video\视频教程\滤镜的特殊效果（一）\制作平滑效果

Step 1 打开"平滑效果.jpg"图像文件，复制背景图层，如下左图所示，在工具箱中选择快速选择工具，将图像中花朵背景上方选择为选区，如下右图所示。

Step 2 选择"滤镜→模糊→平均"，将此滤镜直接运用到图像中，并将该图层的混合模式修改为"柔光"，如下左图所示。用平均滤镜滤镜为图像制作平滑效果案例操作完成，保存该文件，效果如下右图所示。

12.5.8 通过"形状模糊"滤镜制作模糊水面波纹效果

学习目标

本节主要学习"形状模糊"滤镜的相关知识，通过以脚印图像模糊水面波纹介绍滤镜的概念和滤镜参数设置，在学习模糊水面波纹时，读者可以结合光盘中的视频轻松、直观地进行学习。

准备知识

认识"形状模糊"滤镜

"形状模糊"滤镜是以固定的形状为模式，对图像进行模糊处理。指定的形状被称为内核。选择"滤镜→模糊→形状模糊"命令，打开"形状模糊"对话框。对话框中提供了形状预设列表，可以从中选择作为模糊内核的形状。"半径"选项用于调整内核的大小。单击形状预设列表右边的扩展按钮，在弹出的列表中选择其他选项，能载入其他形状。"半径"决定了内核的大小，内核越大，模糊效果越好，如下图所示。

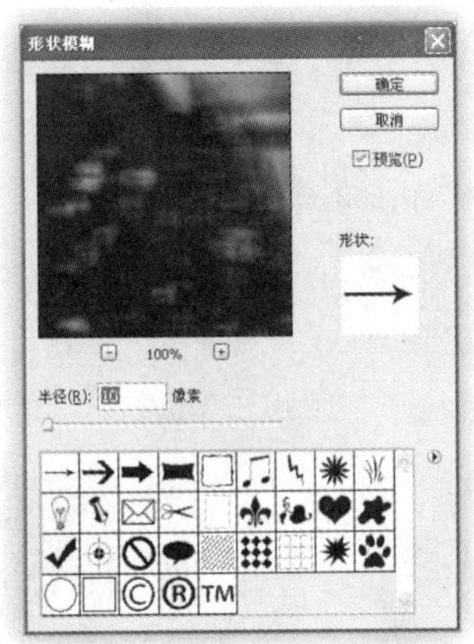

案例名称：以脚印图像模糊水面波纹
素材路径：\素材\第12章\模糊水面波纹.jpg
效果路径：\效果\第12章\模糊水面波纹.psd
视频链接：Video\视频教程\滤镜的特殊效果（一）\以脚印图像模糊水面波纹

1 Step 打开“模糊水面波纹.jpg”图像文件，选择工具箱中的多边形套索工具，将图像中的水面选择出来，如下左图所示，用鼠标右键单击选区，在弹出的快捷菜单中选择“羽化”命令，在弹出的对话框中设置羽化半径为“4像素”，单击 确定 按钮，如下右图所示。

2 Step 选择“滤镜→模糊→形状模糊”命令，在弹出的对话框中选择脚印形状，设置半径为“10像素”，单击 确定 按钮，如下左图所示。用形状模糊滤镜以脚印图像模糊水面波纹案例操作完成，保存该文件，效果如下右图所示。

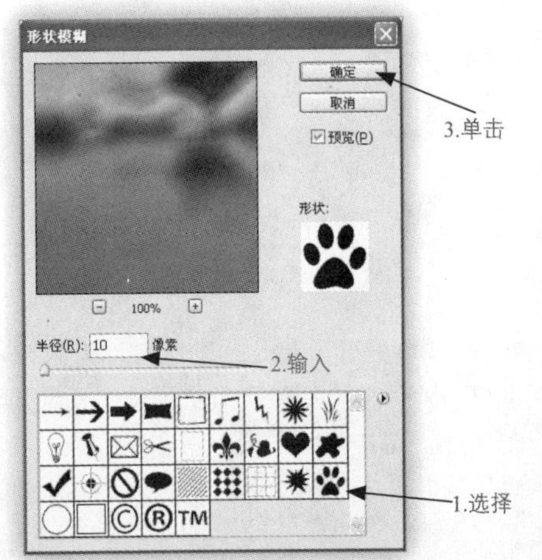

12.6 通过7个案例掌握“扭曲”滤镜组的使用方法

Photoshop CS4中的“扭曲”滤镜组是通过将图像像素进行位移、拉伸等变形操作，制作出各种扭曲效果。需注意的是“扭曲”滤镜组在应用时可能占用大量内存。“扭曲”滤镜组中“扩散亮光”滤镜、“玻璃”滤镜和“海洋波纹”滤镜是通过“滤镜库”来应用的。常用的滤镜有“波浪”滤镜、“波纹”滤镜、“玻璃”滤镜、“海洋波纹”滤镜、“挤压”滤镜等多种滤镜，我们将在后面一一讲解。

12.6.1 通过“波浪”滤镜制作波光粼粼的水面

学习目标

本节主要学习使用“波浪”滤镜的相关知识，通过制作波光粼粼的水面介绍“波浪”滤镜的选项设置方法。在学习制作波光粼粼的水面时，读者可以结合光盘中的视频轻松、直观地进行学习。

准备知识

认识“波浪”滤镜

“波浪”滤镜能制作出类似于波浪的弯曲图像。选择“滤镜→扭曲→波浪”命令，能打开“波浪”对话框。对话框中提供了全面的选项设置，能极好地控制最后生成的扭曲效果。“波浪”对话框中的选项包括“生成器数”、“波长”(从一个波峰到下一个波峰的距离)、“波幅”、“比例”，以及波浪的“类型”等选项。波浪类型有正弦（滚动）、三角形或方形。“随机化”选项应用随机值。也可以定义未扭曲的区域，如下图所示。

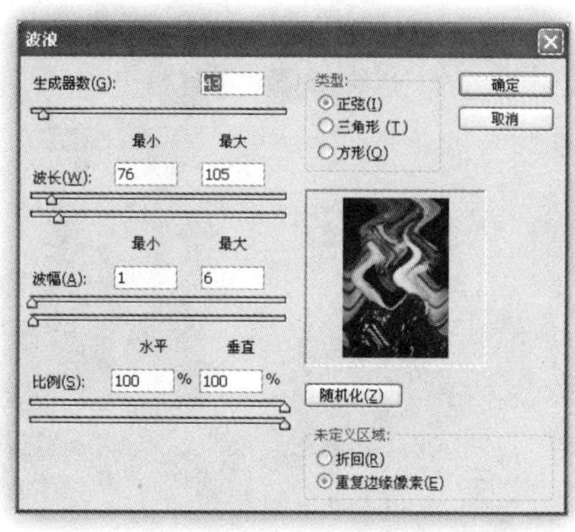

“波浪”对话框中的选项功能如下。

- 生成器数：控制产生波的数量，范围是1～999。
- 波长：其最大值与最小值决定相邻波峰之间的距离，两值相互制约，最大值必须大于或等于最小值。
- 波幅：其最大值与最小值决定波的高度，两值相互制约，最大值必须大于或等于最小值。
- 比例：控制图像在水平或垂直方向上的变形程度。
- 类型：有3种类型可供选择，分别是正弦、三角形和正方形。
- 随机化：每单击一下此按钮都可以为波浪指定一种随机效果。

- 折回与重复边缘像素：将变形后超出图像边缘的部分反卷到图像的对边；将图像中因为弯曲变形超出图像的部分分布到图像的边界上。

案例名称：制作波光粼粼的水面
素材路径：\素材\第12章\波光粼粼的水面.jpg
效果路径：\效果\第12章\波光粼粼的水面.psd
视频链接：Video\视频教程\滤镜的特殊效果（一）\制作波光粼粼的水面

1 Step 打开“波光粼粼的水面.jpg”图像，选择工具箱中的多边形套索工具，在图像中单击并拖动鼠标，将水面区域创建为选区，如下左图所示。

2 Step 用鼠标右键单击选区，在弹出的快捷菜单中选择“羽化”命令。打开“羽化选区”对话框，在其中设置“羽化半径”为“1 像素”，完成后单击确定按钮，如下右图所示。

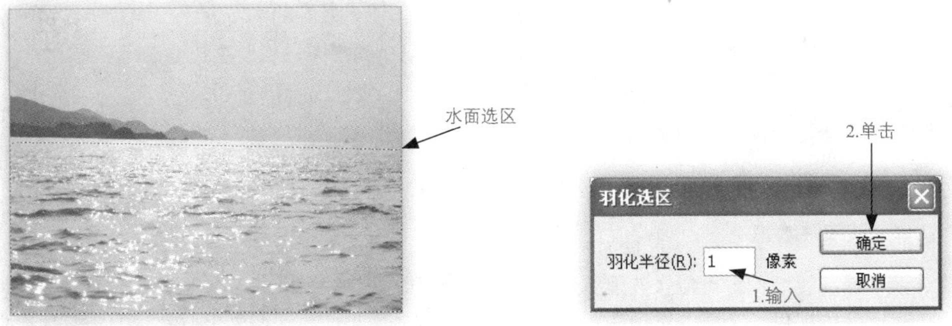

3 Step 选择“滤镜→扭曲→波浪”命令，在打开的“波浪”对话框中设置参数，制作较大的波浪效果，单击确定按钮，如下左图所示，效果如下右图所示。

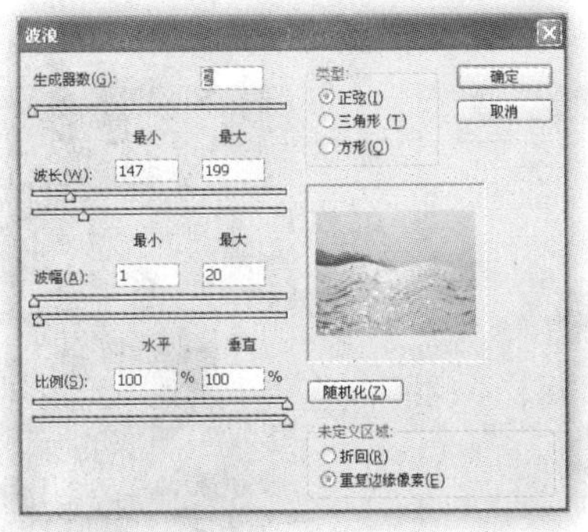

4 Step 选择“图像→调整→色阶”命令，在打开的对话框中设置“输入色阶”值为（68，1.00，209），单击确定按钮，如下左图所示，应用此命令并取消选区，效果如下右图所示。

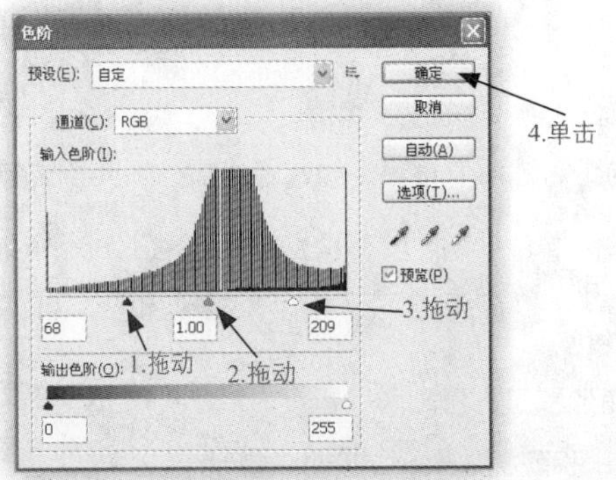

中文版 Photoshop CS4 新手到高手之路

5 Step 选择“图像→调整→曲线”命令，在“曲线”对话框中设置“输出”、“输入”值分别为“154”、“118”，单击确定按钮，如下左图所示，调整图片的整体亮度，效果如下右图所示。用“波浪”滤镜制作波光粼粼的水面效果案例完成，保存该图片。

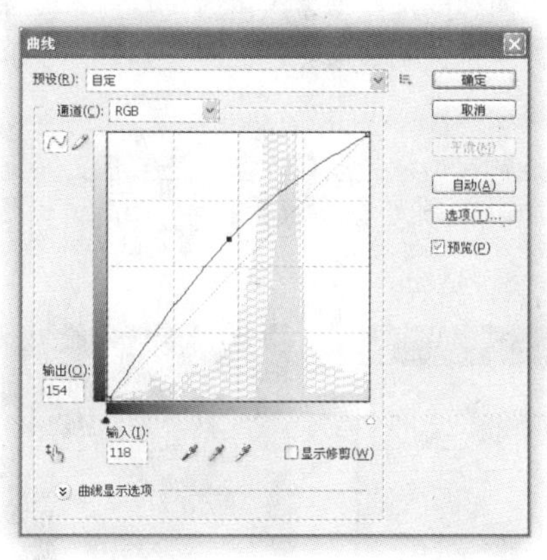

12.6.2 通过“波纹”和“水波”滤镜制作波纹效果

学习目标

本节主要学习使用“波纹”与“水波”滤镜的相关知识，通过制作波纹效果介绍滤镜的参数设置及使用方法，在学习制作波纹效果时，读者可以结合光盘中的视频轻松、直观地进行学习。

准备知识

认识“波纹”滤镜

“波纹”滤镜是指在图像上创建波状起伏的图案，像水池表面的波纹一样。“波纹”滤镜和“波浪”滤镜原理相似，但比“波浪”滤镜简单。选择“滤镜→扭曲→波纹”命令，打开“波纹”对话框。对话框中提供了“数量”和“大小”两个选项，如下图所示。

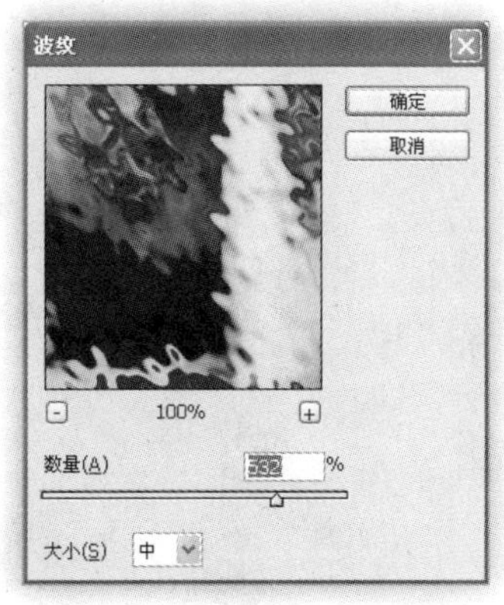

“波纹”对话框中的选项功能如下。

- 数量：控制产生波的数量，数值范围是-999%～999%之间。数值越靠近范围的两极（-999%～999%），波纹的数量越多；越靠近范围的中间，波纹的数量越少。
- 大小：设置单位波纹的大小。提供了“小”、“中”、“大”3个选项。

认识"水波"滤镜

"水波"滤镜是根据图像中像素的半径将图像径向扭曲，形成类似水波的效果。"水波"滤镜和"波纹"滤镜在效果上有很大的区别。"水波"滤镜是俯视水面的效果；"波纹"滤镜平视水面的效果。选择"滤镜→扭曲→水波"命令，打开"水波"对话框。

"数量"是"起伏"选项设置水波方向从选区的中心到其边缘的反转次数。还要指定如何置换像素："水池波纹"是将像素置换到左上方或右下方；"从中心向外"是向着远离选区中心置换像素；而"围绕中心"围绕中心旋转像素，如下图所示。

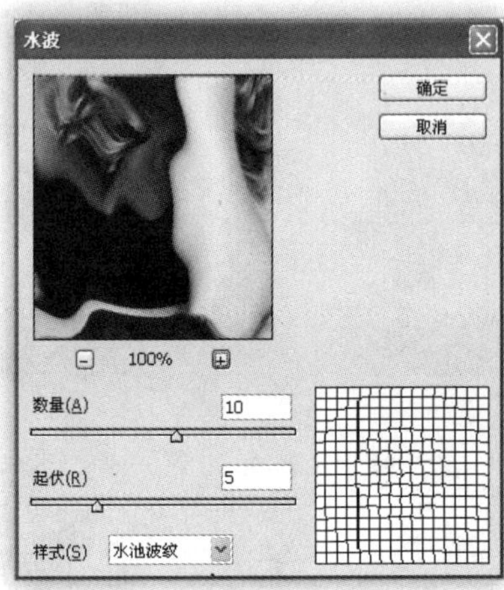

"水波"对话框中的选项功能如下。

- 数量：控制产生波的数量，数值范围是-100～100之间。数值越靠近范围的两极（-100～100），波纹的数量越多，越靠近范围的中间，波纹的数量越少。
- 起伏：设置水波方向从选区的中心到其边缘的反转次数，数值范围是0～20。数值越大，起伏越大，水波效果越明显。
- 样式：设置水波的不同形式。提供了"围绕中心"、"从中心向外"和"水池波纹"3个选项。"围绕中心"是围绕中心旋转像素；"从中心向外"是向着远离选区中心置换像素；"水池波纹"是将像素置换到左上方或右下方。

案例名称：为物体制作波纹效果
素材路径：\素材\第12章\波纹效果.jpg
效果路径：\效果\第12章\波纹效果.psd
视频链接：Video\视频教程\滤镜的特殊效果（一）\制作波纹效果

Step 1 打开"波纹效果.jpg"图像文件，选择工具箱中的多边形套索工具，将图像中的水面区域创建为选区，如下左图所示。用鼠标右键单选选区，在弹出的快捷菜单中选择"羽化"命令，打开"羽化"对话框。在对话框中设置"羽化半径"为"1像素"，完成后单击 确定 按钮，如下中图所示。

Step 2 选择"滤镜→扭曲→波纹"命令,在打开的"波纹"对话框中设置"数量"为"76","大小"为"中"，可以在预览中观察波纹效果。完成后单击 确定 按钮，如下右图所示。

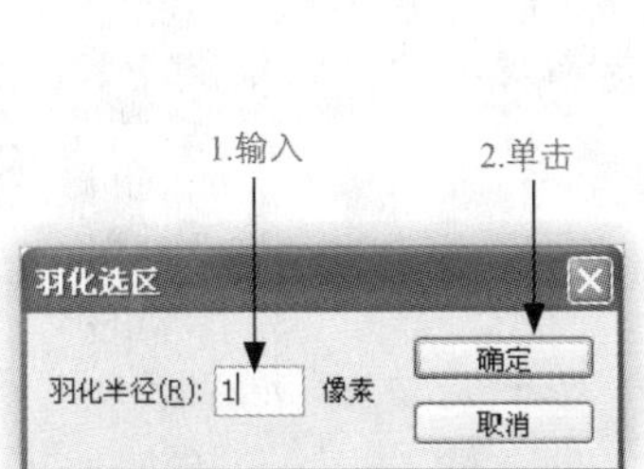

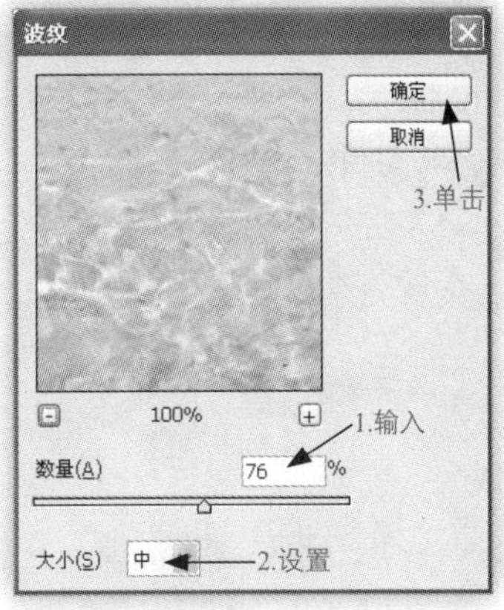

3 Step 选择“滤镜→扭曲→水波”命令，在打开的“水波”对话框中设置“数量”为“40”，“起伏”为“11”，设置“样式”为“从中心向外”，完成后单击确定按钮，如下左图所示。然后选择“图像→调整→色阶”命令，在打开的对话框中设置“输入色阶”值为（27，1.00，244），单击确定按钮，效果如下右图所示。

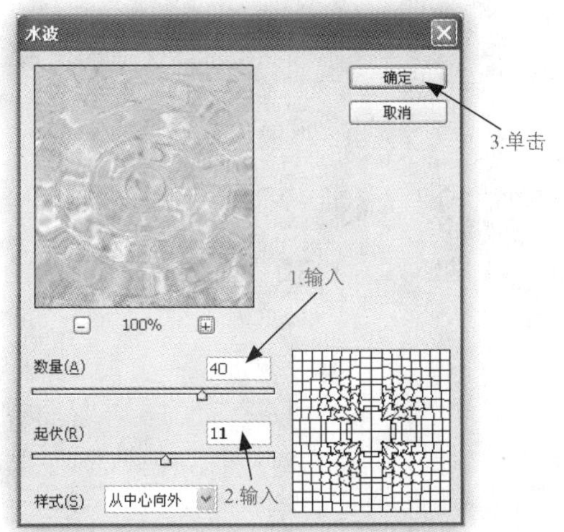

4 Step 继续选择“滤镜→扭曲→波浪”命令，在打开的“波浪”对话框中设置“生成器数”为“1”，“波长”为（10，194），“波幅”为（1，20），“类型”为“正弦”，单击确定按钮，如下左图所示。用“波纹”与“水波”滤镜制作波纹效果案例完成，保存该图片，效果如下右图所示。

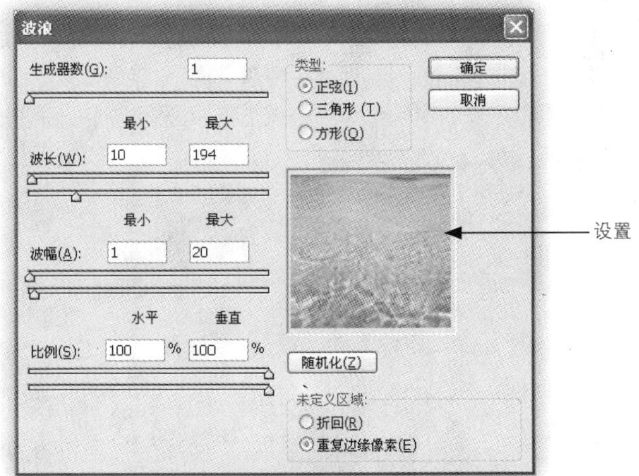

12.6.3 通过“玻璃”和“极坐标”滤镜制作玻璃纸效果

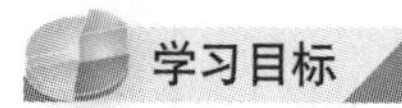

学习目标

本节主要学习使用“玻璃”与“极坐标”滤镜的相关知识，通过制作玻璃纸效果介绍它们的使用方法，在学习制作手绘图像效果时，读者可以结合光盘中的视频轻松、直观地进行学习。

准备知识

认识“玻璃”滤镜

“玻璃”滤镜是制作透过不同类型的玻璃来观看的图像效果。选择“滤镜→扭曲→玻璃”命令，打开“玻璃”对话框。“玻璃”滤镜是运用“滤镜库”的方式进行设置的，如下图所示。

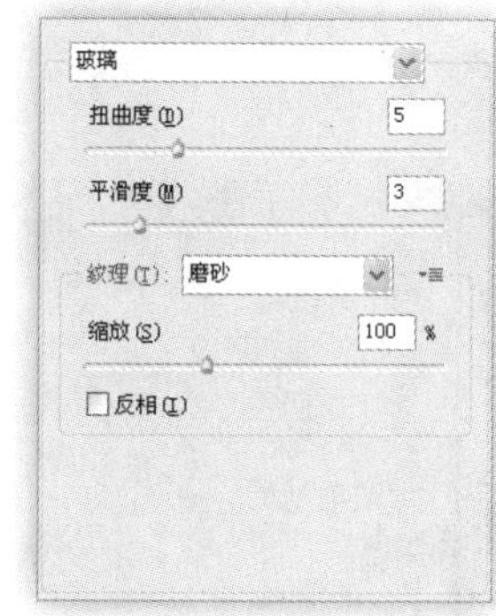

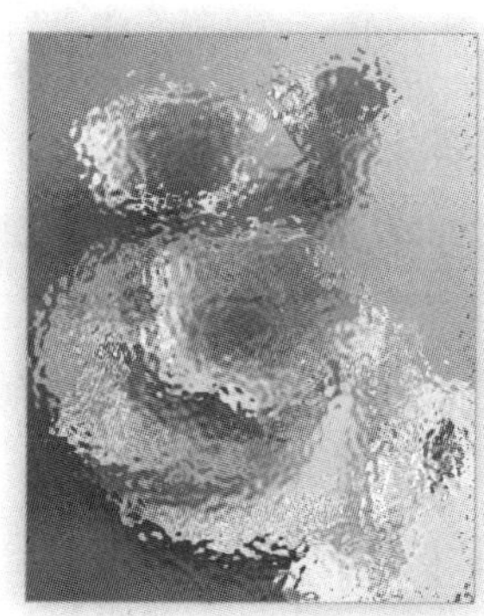

“玻璃”对话框中的选项设置如下。

- 扭曲度：控制图像的扭曲程度，范围是0～20。
- 平滑度：平滑图像的扭曲效果，范围是1～15。
- 纹理：可以指定纹理效果，可以选择现成的结霜、块、画布和小镜头纹理，也可以载入其他纹理。
- 缩放：控制纹理的缩放比例。
- 反相：使图像的暗区和亮区相互转换。

认识“极坐标”滤镜

“极坐标”滤镜是将图形在“平面坐标”和“极坐标”两种方式之间转换，形成大幅度的扭曲效果。选择“滤镜→扭曲→极坐标”命令，打开“极坐标”对话框，对话框中提供了两个选项，即“平面坐标到极坐标”和“极坐标到平面坐标”。前者是指将图像的中间作为中心点进行极坐标旋转；后者是指将图像的底部作为中心然后进行旋转，如下图所示。

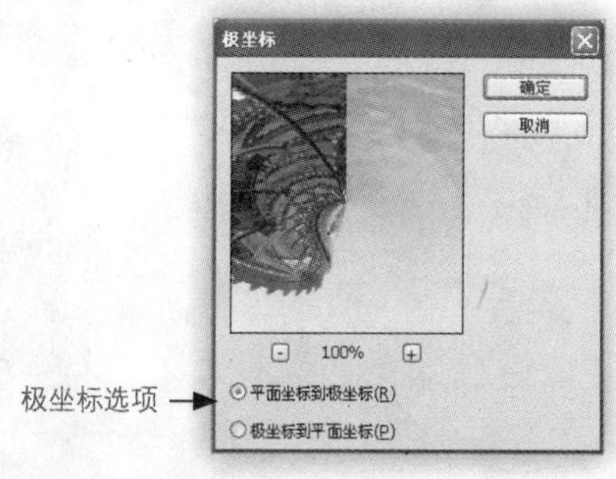

“平面坐标到极坐标”效果　　“极坐标到平面坐标”效果

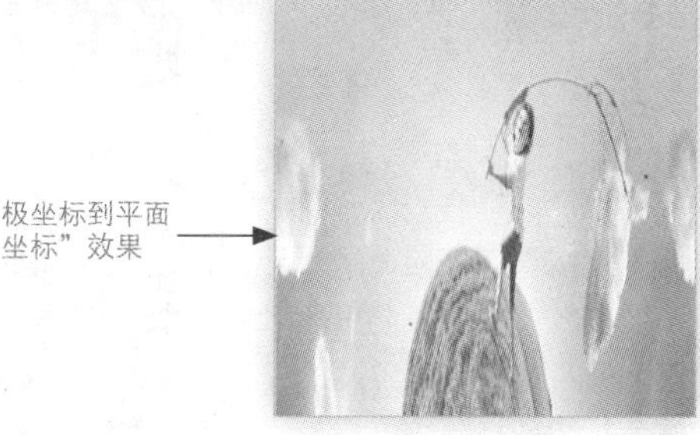

案例名称：制作玻璃纸效果
素材路径：\素材\第12章\玻璃纸效果.jpg
效果路径：\效果\第12章\玻璃纸效果.psd
视频链接：Video\视频教程\滤镜的特殊效果（一）\制作玻璃纸效果

1 Step 打开“玻璃纸效果.jpg”图像文件，复制背景图层，如下左图所示。选择“滤镜→扭曲→玻璃”命令，在打开的“玻璃”对话框中设置“扭曲度”为“20”，“平滑度”为“7”，“缩放”为“124%”，制作玻璃效果，完成后单击 确定 按钮，如下右图所示。

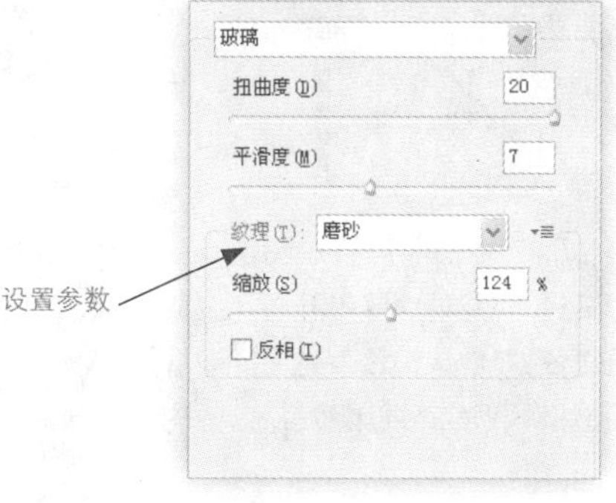

设置参数

2 Step 选择“滤镜→扭曲→极坐标”命令，在打开的“极坐标”对话框中选择“极坐标到平面坐标”单选按钮，然后单击 确定 按钮，如下图所示。完成玻璃纸效果案例，保存该文件。

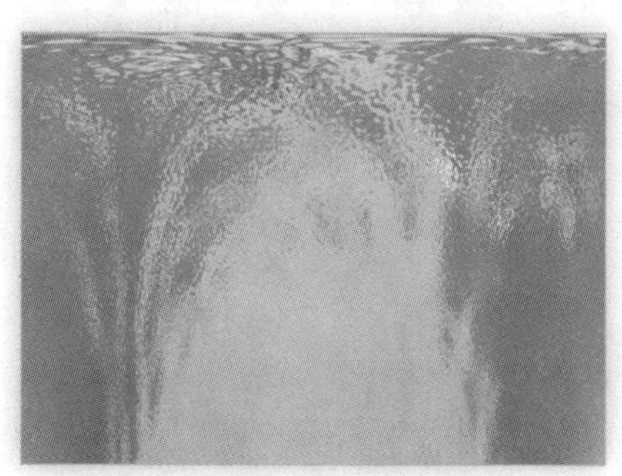

12.6.4 通过“海洋波纹”滤镜制作海洋波纹图像

学习目标

本节主要学习“海洋波纹”滤镜的相关知识，通过制作海洋波纹图像介绍滤镜的概念和滤镜参数设置，在学习制作海洋波纹图像时，读者可以结合光盘中的视频轻松、直观地进行学习。

准备知识

认识“海洋波纹”滤镜

“海洋波纹”滤镜是将随机分隔的波纹添加到图像表面中，使图像看上去像在水中。选择“滤镜→扭曲→海洋波纹”命令，打开“海洋波纹”对话框。“海洋波纹”滤镜是运用“滤镜库”的方式进行设置的。对话框右边提供了“波纹大小”和“波纹幅度”两个选项。“波纹大小”选项调节波纹的尺寸；“波纹幅度”选项控制波纹振动的幅度，如下图所示。

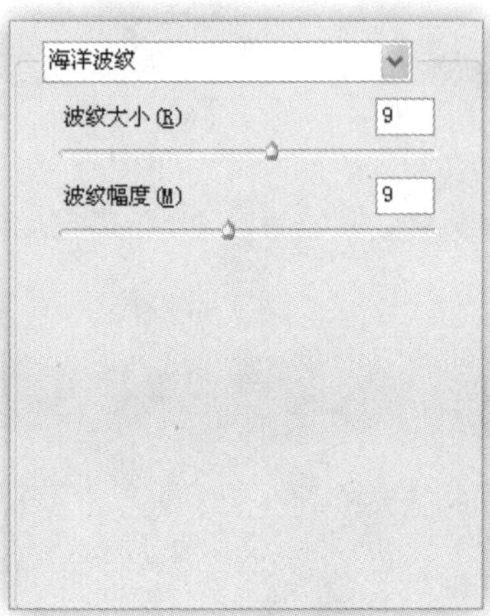

案例名称：制作海洋波纹图像
素材路径：\素材\第12章\海洋波纹图像.jpg
效果路径：\效果\第12章\海洋波纹.psd
视频链接：Video\视频教程\滤镜的特殊效果（一）\制作海洋波纹图像

1 Step 打开“海洋波纹图像.jpg”图像文件，复制背景图层，如下左图所示，在工具箱中选择快速选择工具，将图像中花朵的部分选择为选区，如下右图所示。

2 Step 选择“滤镜→模糊→平均”命令，将此滤镜直接运用到图像，并将该图层的混合模式修改为“叠加”，效果如下左图所示。用鼠标右键单击选区，在弹出的快捷菜单中选择“选择反向”命令，效果如下右图所示。

3 Step 继续选择“滤镜→扭曲→海洋波纹”，在打开的“海洋波纹”对话框中设置“波纹大小”为“11”，“波纹幅度”为“7”，单击 确定 按钮，如下左图所示，应用此滤镜到图像，用海洋波纹滤镜制作海洋波纹图像案例操作完成，保存该文件，效果如下右图所示。

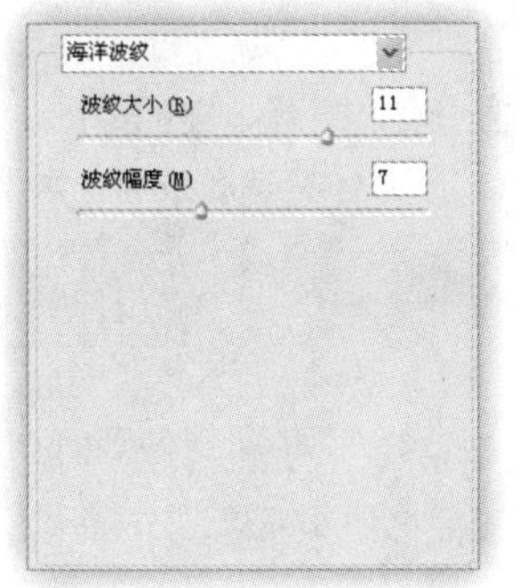

12.6.5 通过“挤压”和“球面化”滤镜制作变形的3D图像

本节主要学习“挤压”滤镜和“球面化”滤镜的相关知识，通过制作挤压变形的3D图像介绍滤镜的概念和参数的设置。在学习制作挤压变形的3D图像时，读者可以结合光盘中的视频轻松、直观地进行学习。

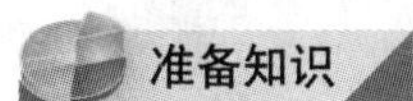

认识“挤压”和“球面化”滤镜

“挤压”滤镜是使图像的中心产生凸起或凹下的效果。“挤压”对话框中的“数量”选项是控制挤压的强度，正值为向内挤压，负值为向外挤压，范围是-100%～100%，如下图所示。

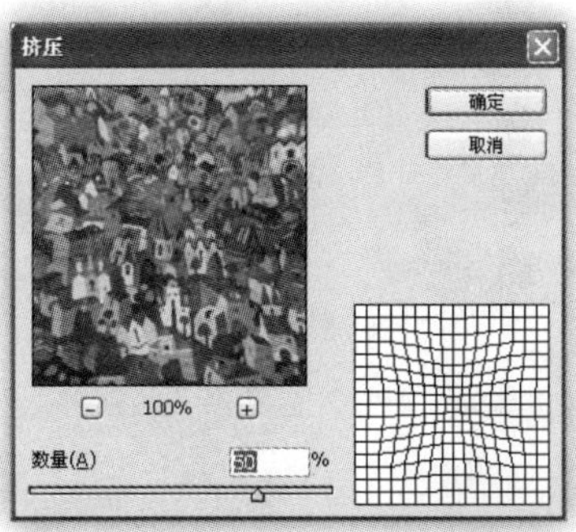

“球面化”滤镜是通过将选区折成球形、扭曲图像及伸展图像以适合选中的曲线，使对象具有3D效果。“球面化”对话框中的“数量”选项是控制图像变形的强度，正值产生凸出效果，负值产生凹陷效果，范围是-100%～100%。“模式”选项是设置图形变形的方式。提供了“正常”、“水平优先”、“垂直优先”3个选项，如下图所示。

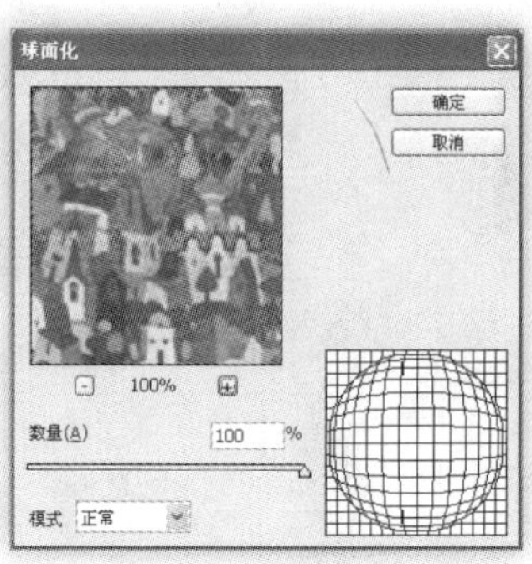

“挤压”滤镜和“球面化”滤镜的效果较类似，都能制造出具有立体效果的图像。“挤压”滤镜通常用于制作由人为因素造成的变形效果；“球面化”滤镜通常用于制作具有规范的立体效果。

案例名称：制作挤压变形的3D图像

素材路径：\素材\第12章\挤压变形的3d图像.jpg

效果路径：\效果\第12章\挤压变形的3d图像.psd

视频链接：Video\视频教程\滤镜的特殊效果（一）\制作挤压变形的3D图像

1 Step 打开“挤压变形的 3d 图像 .jpg”图像文件，如下左图所示，选择“滤镜→扭曲→挤压”命令，在打开的对话框中设置数量为“-68”，单击 确定 按钮，应用此滤镜到图像，效果如下右图所示。

2 Step 继续选择“滤镜→扭曲→球面化”命令，在打开的对话框中设置数量为“100%”，设置模式为“正常”，单击 确定 按钮，效果如下图所示。用挤压和球面化滤镜为制作挤压的变形的 3D 图像案例操作完成，保存该文件。

技巧提示

在使用球面化滤镜时，可适当将数量的值调大一些，这样效果会更明显。

12.6.6 通过“切变”和“旋转扭曲”滤镜制作怪异镜面效果

学习目标

本节主要学习“切变”与“旋转扭曲”滤镜的相关知识，通过制作怪异镜面效果的案例介绍它们的基本概念和参数设置。在学习制作怪异镜面效果的案例时，读者可以结合光盘中的视频轻松、直观地进行学习。

准备知识

认识“切变”和“旋转扭曲”滤镜

“切变”滤镜是指沿一条曲线的曲率来扭曲图像制作出的效果。“切变”对话框中提供了曲线的编辑窗口，可以通过单击并拖动鼠标的操作来改变曲线，从而设置图像的扭曲方式。“未定义区域”是设置切变后图像空白区域的效果。“折回”选项是将图像左边切变出图像边界的像素显示于图像右边的空白区域。“重复边缘像素”选项是将图像中因为切变变形超出图像的部分分布到图像的边界上，如下图所示。

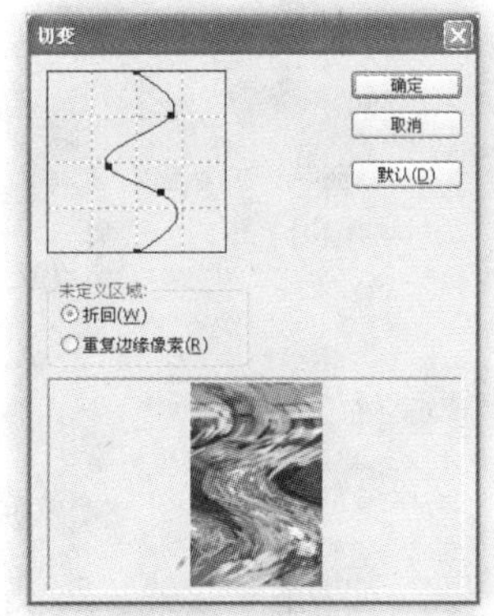

“旋转扭曲”滤镜是按照固定方式旋转图像像素的。选择“滤镜→扭曲→旋转扭曲”命令，打开“旋转扭曲”对话框。在对话框中设置“角度”能得到相应的旋转效果。“角度”选项的数值范围是-999度～999度，如下图所示。

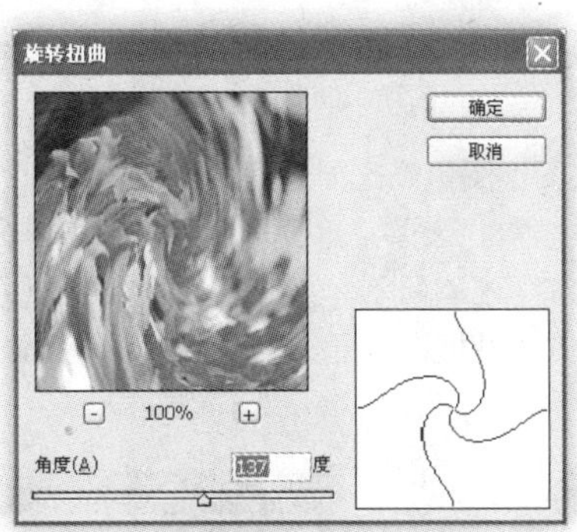

案例名称：制作怪异镜面效果

素材路径：\素材\第12章\怪异镜面效果.jpg

效果路径：\效果\第12章\怪异镜面效果.psd

视频链接：Video\视频教程\滤镜的特殊效果（一）\制作怪异镜面效果

Step 1 打开“怪异镜面效果 .jpg”图像文件，如下左图所示，选择“滤镜→扭曲→切变”命令，在弹出的对话框中设置“未定义区域”为“折回”，单击 确定 按钮，效果如下右图所示。

Step 2 继续选择“滤镜→扭曲→旋转扭曲”命令，在弹出的对话框中设置“角度”为“36 度”，单击 确定 按钮，效果如下图所示。用切变和旋转扭曲滤镜制作怪异镜面效果案例操作完成，保存该文件。

技巧提示

在制作此案例时，将切变和旋转扭曲滤镜同时使用，可以得到更好的效果。

12.6.7 通过“置换”滤镜制作置换图像

学习目标

本节主要学习“置换”滤镜的相关知识，并通过置换图像的案例来介绍“置换”滤镜的使用方法。在学习制作置换图像时，读者可以结合光盘中的视频轻松、直观地进行学习。

准备知识

认识“置换”滤镜

“置换”滤镜是使用名为置换图的图像确定如何扭曲选区，可以产生弯曲、碎裂的图像效果，滤镜会根据位移图上的颜色值移动图像像素。选择“滤镜→扭曲→置换”命令，打开“置换”对话框。对话框中提供了扭曲图像的各种参数，如下左图所示。完成设置后，单击 确定 按钮，将打开“选择一个置换图”对话框，如下右图所示。在对话框中选择一个图像文件作为置换图，然后单击 打开(O) 按钮，完成效果的制作。

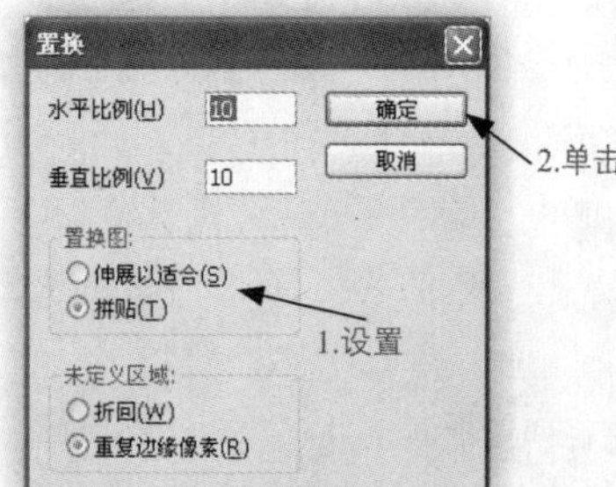

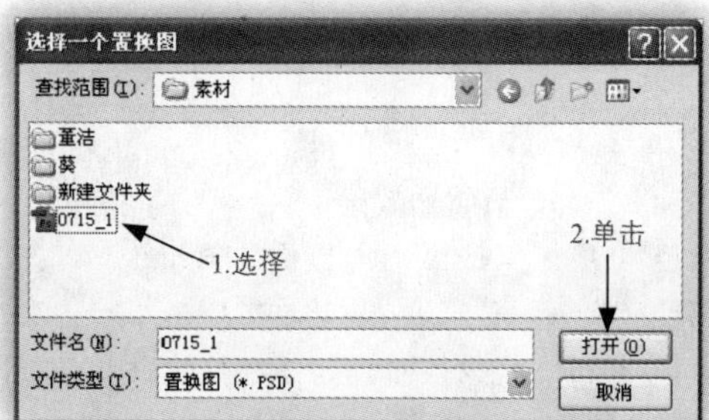

"置换"对话框中的选项功能如下。

- 水平比例：滤镜根据位移图的颜色值将图像的像素在水平方向上移动多少。
- 垂直比例：滤镜根据位移图的颜色值将图像的像素在垂直方向上移动多少。
- 伸展以适合：为变换位移图的大小以匹配图像的尺寸。
- 拼贴：将位移图重复覆盖在图像上。
- 折回：将图像中未变形的部分反卷到图像的对边上。
- 重复边缘像素：将图像中未变形的部分分布到图像的边界上。

案例名称：制作置换图像
素材路径：\素材\第12章\置换图像.jpg
效果路径：\效果\第12章\置换图像.psd
视频链接：Video\视频教程\滤镜的特殊效果（一）\制作置换图像

1 Step 打开"置换图像.jpg"图像文件，如下左图所示，选择"滤镜→模糊→置换"命令，设置"水平比例"和"垂直比例"都为"20"，并设置"置换图"为"拼贴"，"未定义区域"为"重复边缘像素"，单击 确定 按钮，效果如下右图所示。

2 Step 在打开的"选择一个置换图"对话框中选择一个PSD文件，单击 打开(O) 按钮，置换滤镜制作置换图像案例操作完成，保存该文件。

12.7 通过3个案例掌握"锐化"滤镜组的使用方法

Photoshop CS4中的"锐化"滤镜组是通过增加相邻像素的对比度来聚焦模糊的图像，得到更加清晰的图像效果。"锐化"滤镜组包括"锐化"滤镜、"进一步锐化"滤镜、"USM锐化"滤镜、"锐化边缘"滤镜、"智能锐化"滤镜等多种滤镜，我们将在后面一一讲解。

12.7.1 通过"USM锐化"和"锐化边缘"滤镜制作个性图像

学习目标

本节主要学习"USM锐化"滤镜和"锐化边缘"滤镜的相关知识，以及面板参数设置的相关知识，通过制作风格显著的图像介绍其使用方法。在学习制作风格显著的图像时，读者可以结合光盘中的视频轻松、直观地进行学习。

准备知识

认识“USM锐化”滤镜

对于专业色彩校正，可使用“USM锐化”滤镜调整边缘细节的对比度，该滤镜并在边缘的每侧生成一条亮线和一条暗线。此过程将使边缘突出，造成图像更加锐化的错觉，如下图所示。

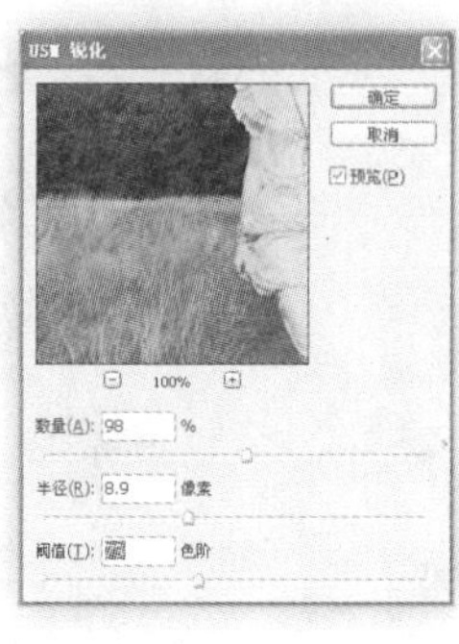

“USM锐化”对话框中的选项功能如下。

- 数量：控制滤镜中锐化效果的强度。
- 半径：指定图像被锐化的半径。
- 阈值：指定相邻像素之间的比较值。

认识“锐化边缘”滤镜

“锐化边缘”滤镜是指查找图像中颜色发生显著变化的区域，然后将其锐化。该滤镜只锐化图像的边缘，同时保留总体的平滑度。打开图像后，选择“滤镜→锐化→边缘锐化”命令，图像立即得到锐化效果。如果效果不够，可以按“Ctrl+F”组合键，重复应用“边缘锐化”滤镜，如下图所示。

案例名称：制作风格显著的图像
素材路径：\素材\第12章\风格显著的图像.jpg
效果路径：\效果\第12章\风格显著的图像.psd
视频链接：Video\视频教程\滤镜的特殊效果（一）\制作风格显著的图像

打开“风格显著的图像.jpg”图像文件，选择“滤镜→锐化→USM锐化”命令，在打开的对话框中设置“数量”为“100%”，“半径”为“8.4”像素，阈值为“29色阶”，单击确定按钮，如下图所示。继续执行“滤镜→锐化→锐化边缘”命令，案例操作完成，保存该文件。

12.7.2 通过“锐化”和“进一步锐化”滤镜锐化图像

学习目标

本节主要学习“锐化”和“进一步锐化”滤镜的相关知识，通过锐化图像介绍其使用方法及面板参数设置的相关知识。在学习锐化图像时，读者可以结合光盘中的视频轻松、直观地进行学习。

准备知识

认识“锐化”滤镜和“进一步锐化”滤镜

“锐化”滤镜是指聚焦选区并提高其清晰度，“进一步锐化”滤镜比“锐化”滤镜应用更强的锐化效果。

案例名称：锐化图像
素材路径：\素材\第12章\锐化图像.jpg
效果路径：\效果\第12章\锐化图像.jpg
视频链接：Video\视频教程\滤镜的特殊效果（一）\锐化图像

Step 1 打开“锐化图像.jpg”图像，选择“图像→调整→色阶”命令，在打开的对话框中设置“输入色阶”值为（17，1.00，242），单击 确定 按钮，如下左图所示，效果如下右图所示。

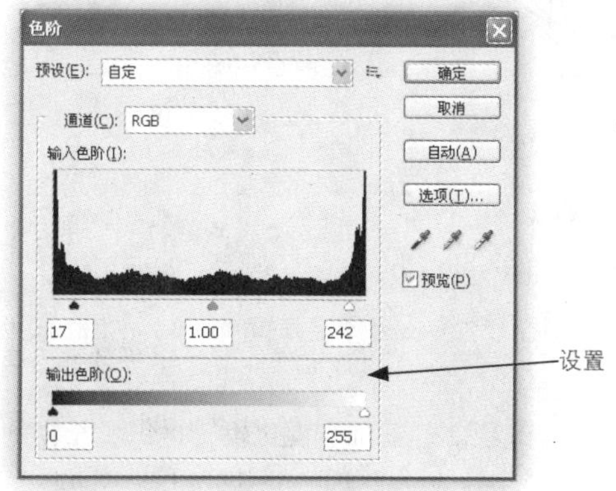

Step 2 继续选择“图像→调整→曲线”命令，在打开的对话框中设置“输出”、“输入”值分别为“153”、“118”，单击 确定 按钮，如下左图所示，效果如下右图所示。

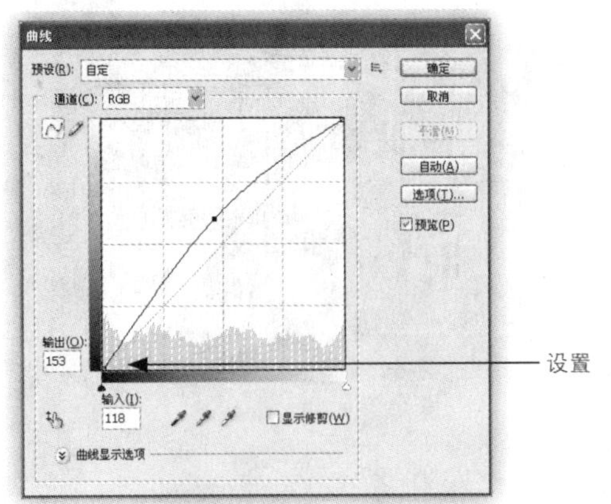

3 Step 选择“滤镜→锐化→锐化”命令，图像变得更加清晰。再继续选择“滤镜→锐化→进一步锐化”命令。直接应用两种滤镜到图像，如下图所示。用锐化滤镜和进一步锐化滤镜制作锐化图像案例操作完成，保存该文件。

12.7.3 通过“智能锐化”滤镜突出图像重点景物

学习目标

本节主要学习使用“智能锐化”滤镜的相关知识，通过突出图像重点景物介绍滤镜的参数设置及使用方法，在学习突出图像重点景物时，读者可以结合光盘中的视频轻松、直观地进行学习。

准备知识

认识智能锐化滤镜

“智能锐化”滤镜是最高级的“锐化”滤镜。它可以通过固定的锐化算法对图像进行整体锐化，也可以分别设置阴影和高光的锐化量，更加细致地控制图像的锐化效果。选择“滤镜→锐化→智能锐化”命令，打开“智能锐化”对话框。

对话框中首先设置了“基础”和“高级”两种锐化模式选项。“基础”锐化模式提供了基本的锐化选项，对图像整体锐化的控制，如下左图所示；“高级”锐化模式，增加了“阴影”和“高光”选项卡，分别调整“阴影”和“高光”的锐化效果，如下右图所示。

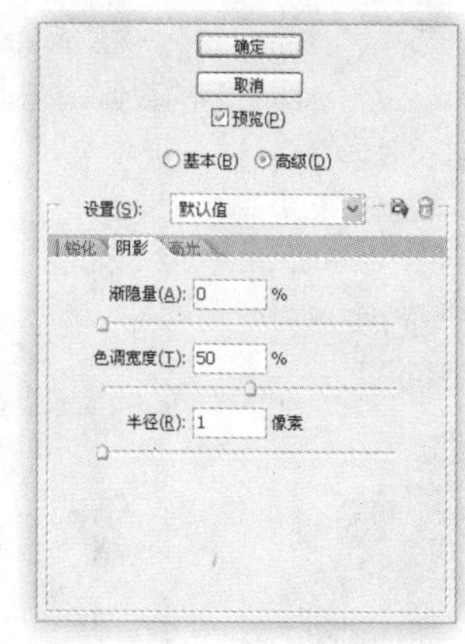

“基本”锐化模式下的“智能锐化”选项参数如下。

- 数量：设置锐化量。较大的值将会增强边缘像素之间的对比度，从而看起来更加锐利。
- 半径：决定边缘像素周围受锐化影响的像素数量。半径值越大，受影响的边缘就越宽，锐化的效果也就越明显。
- 移去：提供了“高斯模糊”、“镜头模糊”、“动感模糊”3个选项。针对设置这些滤镜的图像，该选项可以直接将指定的滤镜效果移除。当选择“动感模糊”选项时，其下的“角度”选项被激活。
- 更加精确：勾选该复选框后，能得到精确的锐化效果，但是会增加运行滤镜的时间。

“高级”锐化模式，在保留“基本”锐化选项的同时，增加了“阴影”和“高光”选项卡。单击“阴影”或“高光”选项卡，能切换到相应的锐化选项。

- 渐隐量：用于降低对“高光”或“阴影”的锐化效果，数值在0%～100%之间。数值越大，减少的锐化量越多。
- 色调宽度： 控制“阴影”或“高光”中色调的修改范围。较小的值会限制只对较暗区域进行“阴影”校正的调整，并只对较亮区域进行“高光”校正的调整。
- 半径：控制每个像素周围区域的大小，该大小用于决定像素是在阴影中还是在高光中。

案例名称：突出图像重点景物
素材路径：\素材\第12章\突出图像重点景物.jpg
效果路径：\效果\第12章\突出图像重点景物.psd
视频链接：Video\视频教程\滤镜的特殊效果（一）\突出图像重点景物

Step 1 打开“突出图像重点景物.jpg”图像文件，如下左图所示，选择工具箱中的快速选择工具，在图像中将整个人物选择出来，如下右图所示。

2 Step 选择“滤镜→锐化→智能锐化”命令，在打开的“智能锐化”对话框中选择“高级”单选按钮，设置如下图所示的数值，单击 确定 按钮。用智能锐化滤镜制作突出图像重点景物案例操作完成，保存该文件。

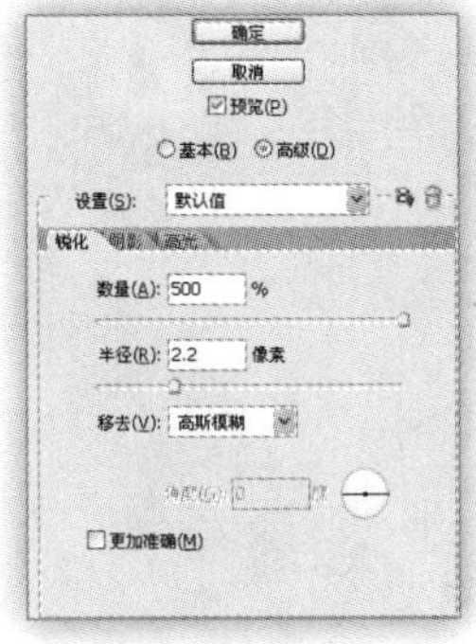

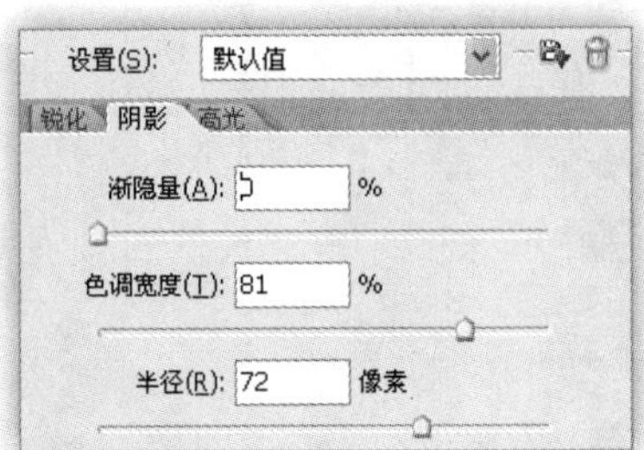

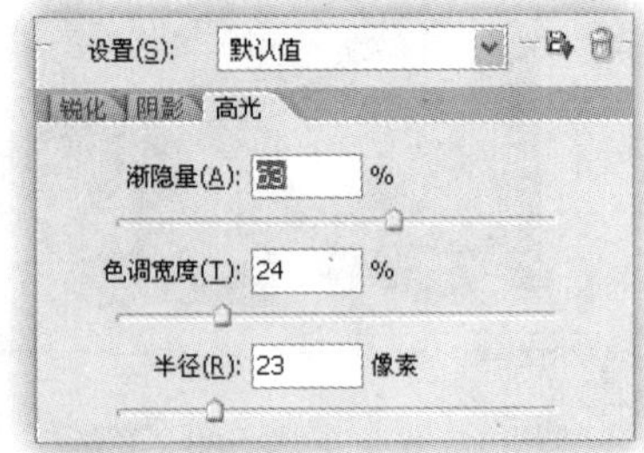

12.8 自我提高

学习完本章后，读者要掌握滤镜的使用，包括“风格化”滤镜组、“画笔描边”滤镜组、“模糊”滤镜组、“扭曲”滤镜组、“锐化”滤镜组。下面通过实例操作来巩固本章所介绍的知识，并对知识进行延伸扩展。

提高一 制作动感猫咪玩耍图像（\效果\第12章\制作动感猫咪玩耍图.psd）

① 打开素材文件中的“动感猫咪玩耍图.jpg”图像文件（\素材\第12章\动感猫咪玩耍图.jpg），使用“动感模糊”滤镜，在对话框中设置“角度”为“65度”。

② 选择“滤镜→模糊→径向模糊”命令，在打开的对话框中选择“缩放”模糊方法，并设置参数。

③ 选择“滤镜→锐化→USM锐化”命令，在打开的对话框中设置参数，适当锐化图像。

④ 制作完毕后，保存文档。

提高二　制作下雨的池塘（\效果\第12章\下雨的池塘.psd）

① 打开素材文件中的“下雨的池塘.jpg”图像文件（\素材\第12章\下雨的池塘.jpg）。

② 使用快速选择工具将池塘创建为选区，选择“滤镜→扭曲→波纹”命令，在打开的对话框中设置参数，应用滤镜。

③ 继续选择“滤镜→扭曲→水波”命令，对选区图像应用滤镜。

④ 选择“滤镜→画笔描边→喷溅”命令，以及“滤镜→模糊→动感模糊”命令，对选区图像应用滤镜。

⑤ 制作完毕后，保存文档。

Chapter 13

第 13 章 滤镜的特殊效果（二）

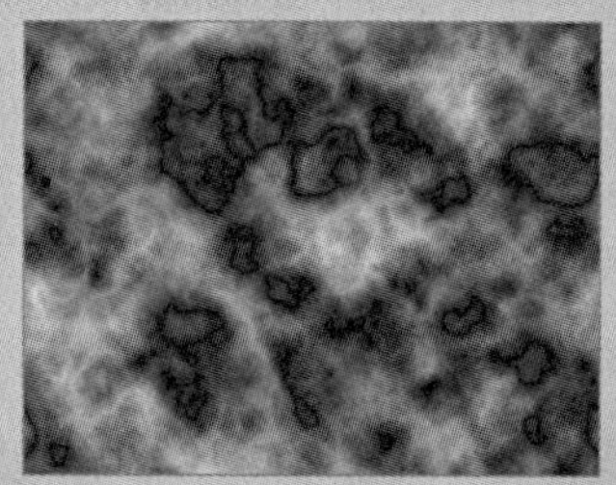

Photoshop CS4中滤镜主要是用来实现图像的各种特殊效果，功能强大，可以清除和修饰照片，能够为你的图像提供素描或印象派绘画外观的特殊艺术效果，还可以使用扭曲和光照效果创建独特的变换。在前面一章中，我们已经介绍了一些滤镜组的使用，在本章中我们将继续介绍其他滤镜特殊效果的制作。

13.1 通过"视频"滤镜组工具平滑视频图像中的隔行线

学习目标

本节主要学习"视频"滤镜组的相关知识，通过平滑视频图像中的隔行线的案例介绍它们的基本概念和参数设置。在学习平滑视频图像中的隔行线的案例时，读者可以结合光盘中的视频轻松、直观地进行学习。

准备知识

认识"NTSC颜色"滤镜

"NTSC颜色"滤镜是通过将图像的色域缩小，控制在视频可接受的范围内，让图像可以在视频媒介中正常显示和播放。可以解决当使用NTSC方式向电视机输出图像时色域变窄的问题，实际是将色彩表现范围缩小，将某些饱和度过多的图像转换成近似的图像，去减低饱和度。

"NTSC颜色"滤镜对于处理准备发布于网络和电视媒介十分有效。需要注意的是，"视频"滤镜组只能用于RGB颜色模式的图像，不能用于灰度、CMYK和Lab模式的图像。

认识"逐行"滤镜

通过去掉用于视频输出时消除混杂信号的干扰，由于视频图像中的奇数或偶数交错行，使用"逐行"滤镜，使在视频上捕捉的运动图像变得平滑。可以选择"复制"或"插值"来替换去掉的行。此滤镜可以使图像平滑、清晰，如下图所示。

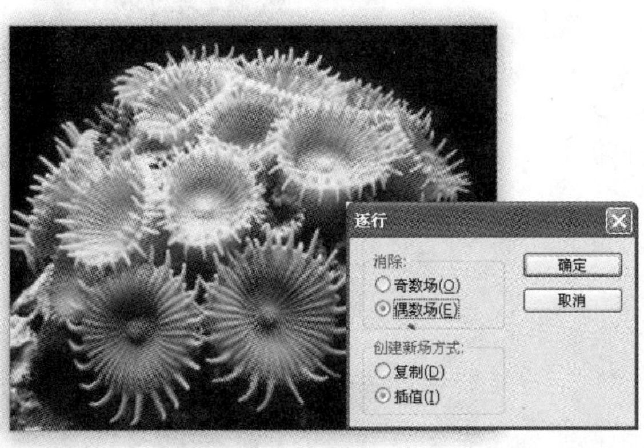

案例名称：平滑视频图像中的隔行线
素材路径：\素材\第13章\视频图像中的隔行线.jpg
效果路径：\效果\第13章\平滑视频图像中的隔行线.psd
视频链接：Video\视频教程\滤镜的特殊效果（二）\平滑视频图像中的隔行线

Step 1 打开"视频图像中的隔行线.jpg"图像文件，如下左图所示，选择"滤镜→视频→NTSC颜色滤镜"命令，滤镜直接运用在图像上，如下右图所示。

2 Step 继续选择“滤镜→视频→逐行”命令，在打开的“逐行”对话框中选择“偶数场”和“复制”单选按钮。完成后单击 确定 按钮，如下左图所示，图像中的隔行线消失，如下右图所示。用视频滤镜组平滑视频图像中的隔行线案例操作完成，保存该图片。

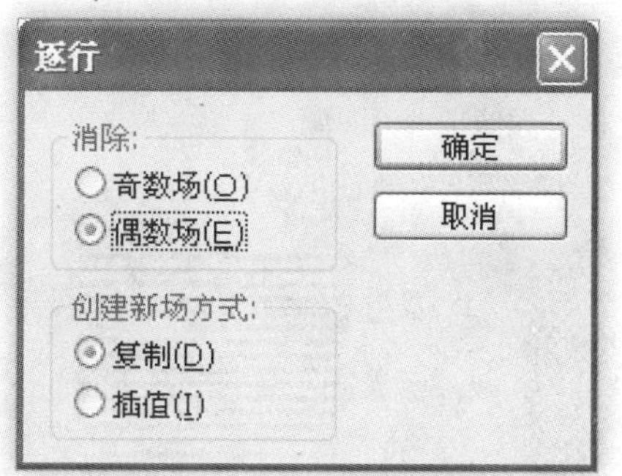

13.2 通过8个案例掌握“素描”滤镜组的使用方法

在Photoshop CS4中，“素描”滤镜组用于将图像制作为各种丰富的素描效果，包括半调图案、绘图笔、撕边、影印等滤镜。大部分“素描”滤镜在重绘图像时会使用当前设置的前景色和背景色。

 13.2.1 通过“半调图案”滤镜制作网点图像效果

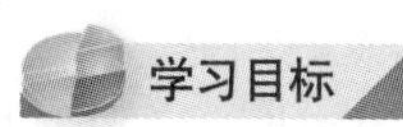

学习目标

本节主要学习使用“半调图案”滤镜的相关知识，通过制作网点图像效果来介绍它的基本知识与参数设置，在学习用“半调图案”滤镜制作网点图像效果时，读者可以结合光盘中的视频轻松、直观地进行学习。

准备知识

认识“半调图案”滤镜

“半调图案”滤镜是在保持连续色调范围的同时，模拟半调颜色网屏的效果。选择“滤镜→素描→半调图案”命令，打开 “半调图案”对话框，如下图所示。

“半调图案”滤镜的选项功能如下。

- 大小：用于设置网频的大小，数值在1~12之间。数值越大，图像越粗糙。
- 对比度：可以调节图像的对比度，数值在1~50之间。数值越大，图像对比越强烈。
- 图案类型：选择网频图案。包括圆圈，网点和直线3种类型，如下图所示。

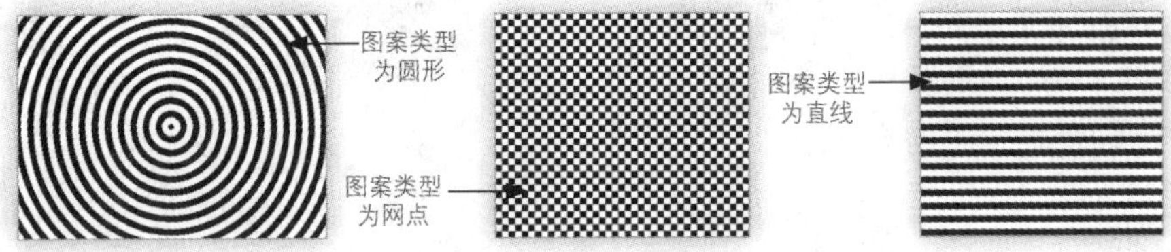

案例名称：制作网点图像效果
素材路径：\素材\第13章\网点图像效果.jpg
效果路径：\效果\第13章\网点图像效果.psd
视频链接：Video\视频教程\滤镜的特殊效果（二）\网点图像效果

Step 1 打开素材文件“网点图像效果 .jpg”，使用魔棒工具将图像中的白色背景选择为选区，如下左图所示。

Step 2 选择“滤镜→素描→半调图案”命令，在弹出的对话框中设置数值，对图形应用“半调图案”滤镜，如下右图所示。

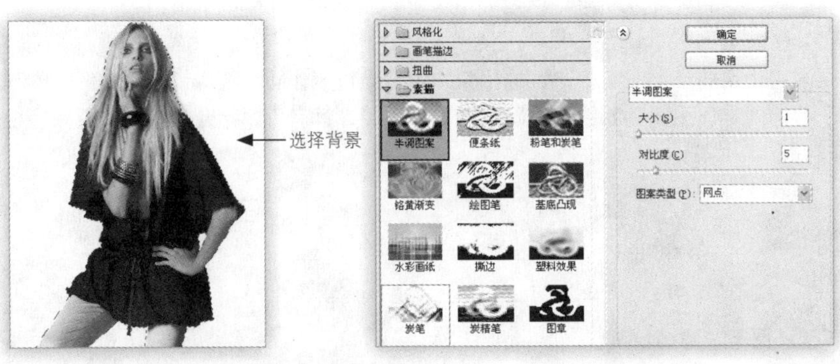

Step 3 单击对话框右下角的“新建效果图层”按钮，添加一个同样的“半调图像”滤镜效果。然后在图案类型中选择“圆形”，调整效果，完成后单击 确定 按钮，如下图所示。完成网点效果的制作，保存文件。

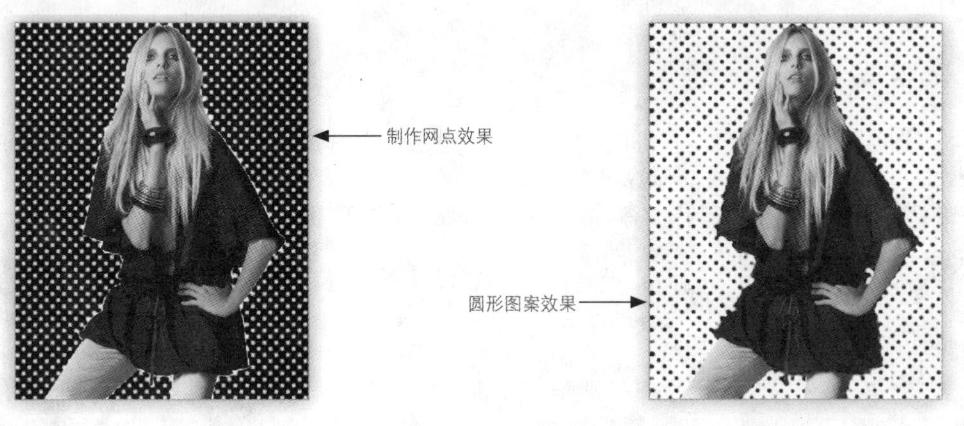

13.2.2 通过“便条纸”和“绘图笔”滤镜制作绘图笔效果

学习目标

本节主要学习“便条纸”和“绘图笔”滤镜的相关知识，同时通过制作绘图笔效果介绍它们的使用方法。在学习制作绘图笔效果时，读者可以结合光盘中的视频轻松、直观地进行学习。

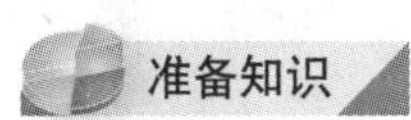

准备知识

认识“便条纸”滤镜

“便条纸”滤镜是用手工制作的纸张构建图像效果。此滤镜简化了图像，并结合了 “浮雕”和“颗粒”滤镜的效果，使效果更具质感和表现力。“便条纸”效果由阴影和高光两个区域组成，阴影区显示为纸张上层中的洞，颜色为前景色。

选择“滤镜→素描→便条纸”命令，在打开的对话框中提供了“便条纸”的选项，如下图所示。

设置后

“便条纸”滤镜的选项功能如下。

- 图像平衡：用于调节图像中凸出和凹陷所影响的范围。凸出部分用前景色填充，凹陷部分用背景色填充。
- 粒度：控制图像中添加颗粒的数量，数值越大，颗粒数量越多。
- 凸现：调节颗粒的凹凸效果，数值越大，凹凸效果越强。

认识“绘图笔”滤镜

“绘图笔”滤镜使用细的、线状的油墨对图像进行描边，以捕捉原图像中的细节。对扫描图像应用该滤镜效果尤其明显。“绘图笔”滤镜使用前景色作为油墨，并使用背景色作为纸张，以替换原图像中的颜色。选择“滤镜→素描→绘图笔”命令，在打开的对话框中提供了“绘图笔”的选项，如下图所示。

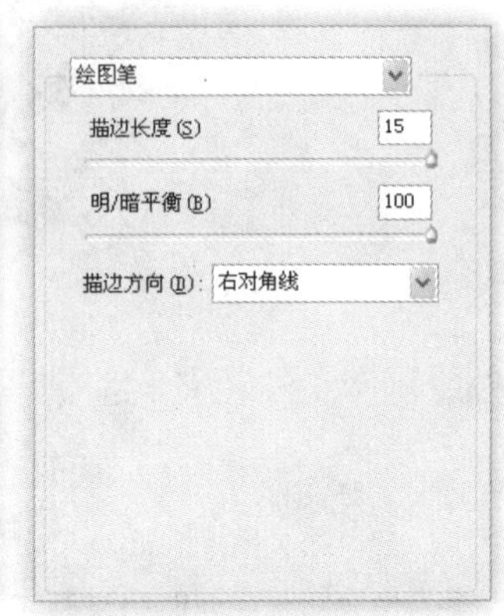

设置后

“绘图笔”滤镜的选项功能如下。

- 描边长度：决定线状油墨的长度，数值越大，图像越粗糙。
- 明/暗平衡：用于控制图像的对比度，数值越大，图像对比度越低。
- 描边方向：设置油墨线条的走向。在该下拉列表中选择固定的方向。

案例名称：制作绘图笔效果
素材路径：\素材\第13章\绘图笔效果.jpg
效果路径：\效果\第13章\绘图笔效果.psd
视频链接：Video\视频教程\滤镜的特殊效果（二）\绘图笔效果

1 Step 打开素材文件“绘图笔效果.jpg”，复制背景图层，使用魔棒工具选择女模特作为选区，如下左图所示。

2 Step 选择“滤镜→素描→绘图笔”命令，在弹出的对话框中设置数值，如下中图所示，对图形应用“绘图笔”滤镜，如下右图所示。

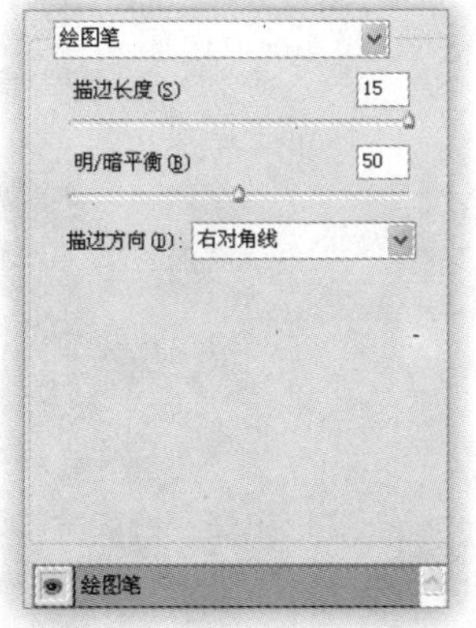

3 Step 单击对话框右下角的“新建效果图层”按钮，添加一个同样参数的“绘图笔”滤镜效果如下左图所示。完成后单击确定按钮，应用此滤镜效果到图像，如下右图所示。

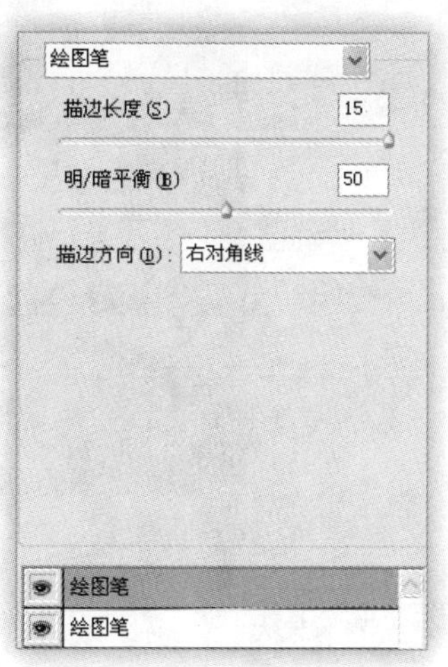

4 Step 按“Ctrl+Shift+I”组合键，反向选区。再选择“滤镜→素描→便条纸”命令，在弹出的对话框中设置数值，如下左图所示，对图形应用“便条纸”滤镜，效果如下图所示。用“便条纸”和“绘画笔”滤镜制作绘图笔效果案例完成，保存该图片。

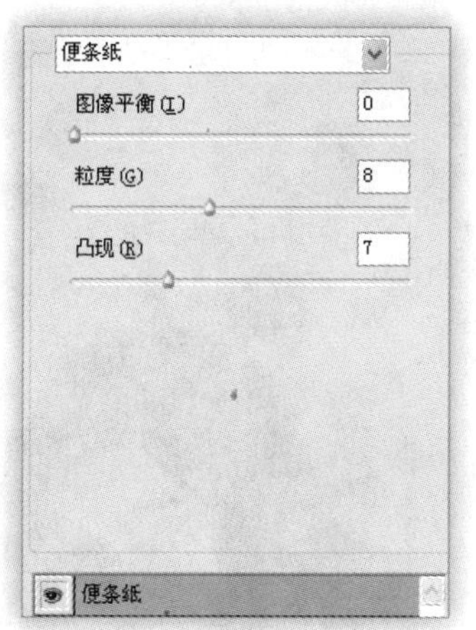

13.2.3 通过“粉笔和炭笔”滤镜制作单色图像

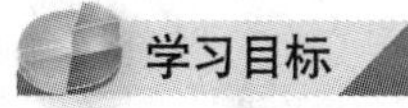

学习目标

本节主要学习“粉笔和炭笔”滤镜的使用方法，并讲解“粉笔和炭笔”滤镜对话框中的参数设置。在学习制作单色图像时，读者可以结合光盘中的视频轻松、直观地进行学习。

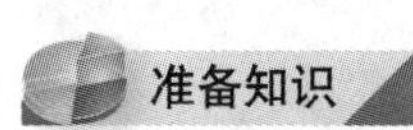

准备知识

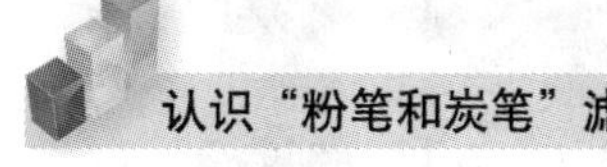

认识“粉笔和炭笔”滤镜

“粉笔和炭笔”滤镜重绘图像中的高光和中间调。它使用粗糙粉笔绘制纯中间调的灰色背景，阴影区域用黑色对角炭笔线条替换。炭笔用前景色绘制，粉笔用背景色绘制。选择“滤镜→素描→粉笔和炭笔”命令，在打开的对话框中提供了“粉笔和炭笔”选项，如下图所示。

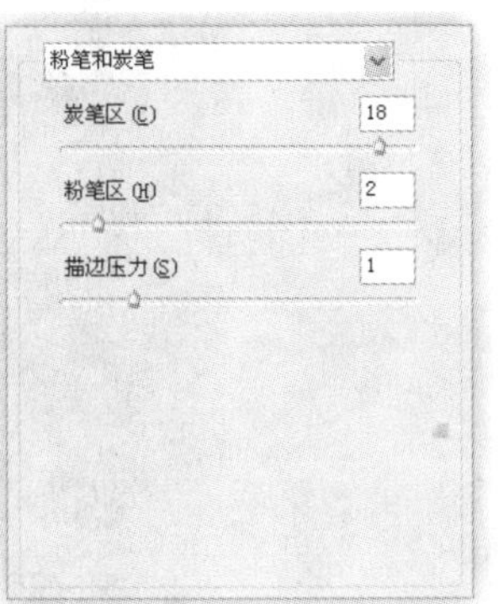

"粉笔和炭笔"滤镜的选项功能如下。

- 炭笔区：控制炭笔区的勾画范围。数值越大，炭笔区的勾画范围越大。
- 粉笔区：控制粉笔区的勾画范围。数值越大，粉笔区的勾画范围越大。
- 描边压力：控制图像勾画的对比度。数值越大，图像对比度越高。

案例名称：制作单色图像
素材路径：\素材\第13章\单色图像.jpg
效果路径：\效果\第13章\制作单色图像.psd
视频链接：Video\视频教程\滤镜的特殊效果（二）\制作单色图像

Step 1　打开素材文件"单色图像.jpg"，选择"滤镜→素描→粉笔和炭笔"命令，在弹出的对话框中设置数值，对图形应用"粉笔和炭笔"滤镜，单击 确定 按钮，如下图所示。

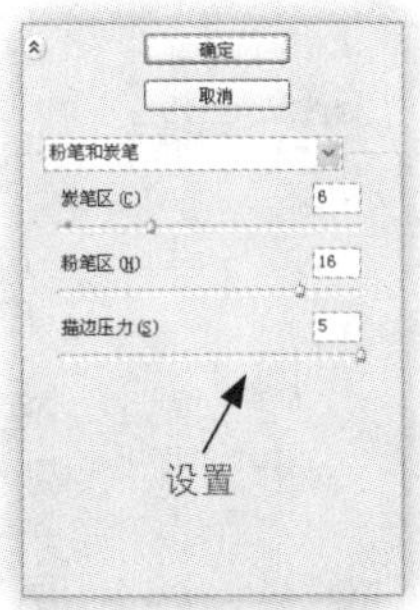

Step 2　选择"图像→调整→渐变映射"命令，在打开的"渐变映射"对话框中单击"灰度映射所用的渐变"颜色渐变条，如下左图所示，打开"渐变编辑器"对话框，如下中图所示。

Step 3　在对话框中设置渐变色左端的色标为红色（R:203,G:6,B:6），设置渐变色。完成后单击 确定 按钮。再单击"渐变映射"对话框中的 确定 按钮，将命令应用于图像，效果如下右图所示。通过"粉笔盒炭笔"滤镜制作单色图像案例完成，保存该图片。

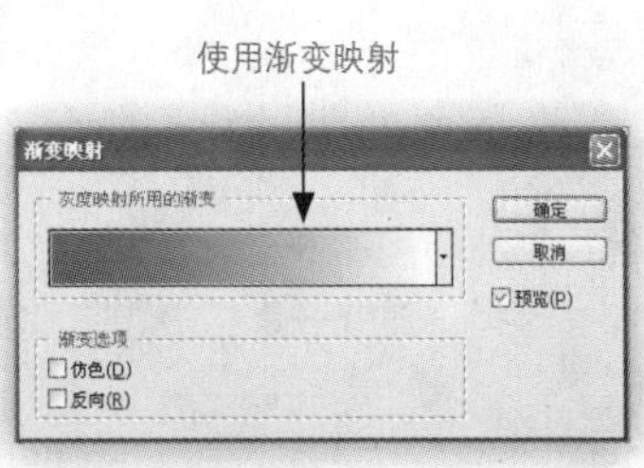

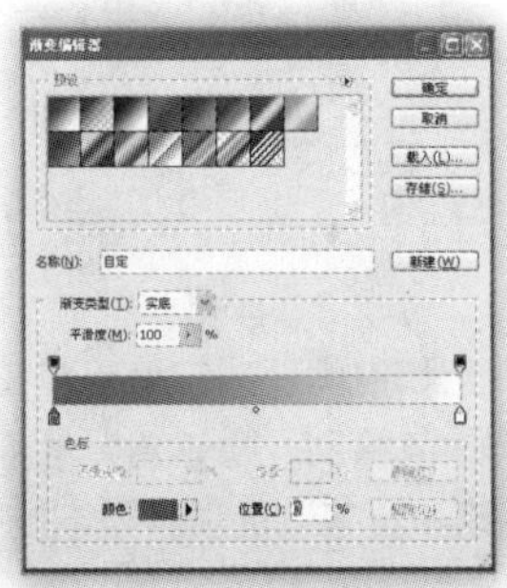

13.2.4 通过“铬黄渐变”滤镜制作铬黄图像

学习目标

本节主要学习“铬黄渐变”滤镜的相关知识，在学习介绍“铬黄渐变”滤镜的相关知识的同时通过制作铬黄图像的案例来介绍它的使用方法。在学习制作铬黄图像时，读者可以结合光盘中的视频轻松、直观地进行学习。

准备知识

认识“铬黄渐变”滤镜

“铬黄渐变”滤镜是将图像渲染，使它具有擦亮的铬黄表面。高光在反射表面上是高点，阴影是低点。应用此滤镜后，通常会使用“色阶”命令增加图像的对比度。选择“滤镜→素描→铬黄渐变”命令，在打开的对话框中提供了“铬黄渐变”选项。

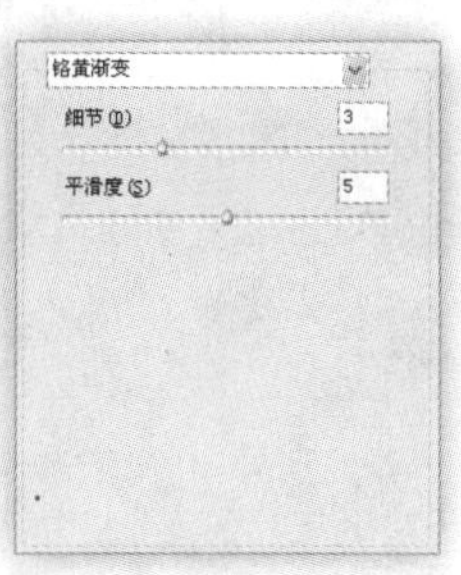

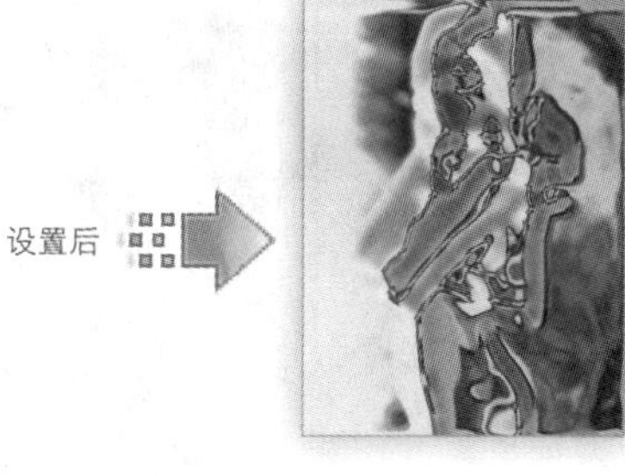

“铬黄渐变”滤镜的选项功能如下。

- 细节：控制图像细节表现的程度。数值越大，保留的图像细节越多。
- 平滑度：控制图像的平滑度。数值越大，图像越平滑，保留的细节越少。

案例名称：制作铬黄图像
素材路径：\素材\第13章\无
效果路径：\效果\第13章\制作铬黄图像.psd
视频链接：Video\视频教程\滤镜的特殊效果（二）\制作铬黄图像

Step 1 选择“文件→新建”命令，在打开的“新建”对话框中设置其宽度和高度为525×500像素，其他参数保持默认，单击 确定 按钮。

Step 2 在工具箱中选择渐变工具，设置前景色和背景色分别为“黑色”和“白色”，在打开的渐变对话框中选择“前景色到背景色渐变”，完成后单击 确定 按钮，如下图所示。完成后复制一个背景图层，如下图所示。

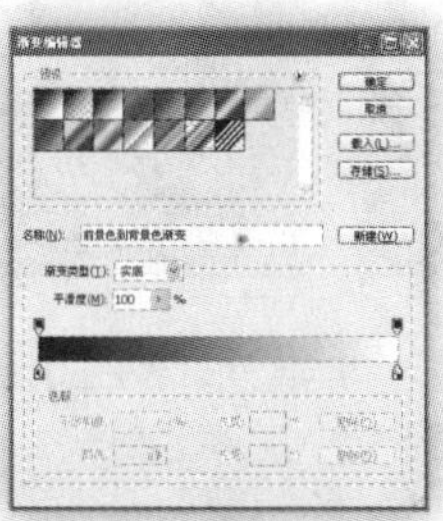

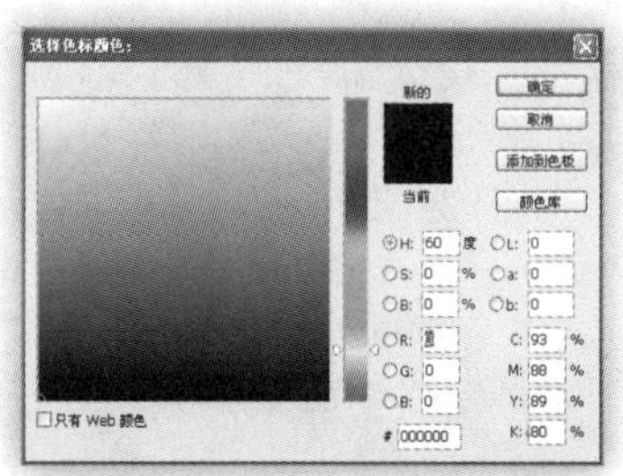

3 Step 选择“滤镜→扭曲→波浪”命令，在弹出的对话框中设置数值，单击[确定]按钮，对图形应用“波浪”滤镜，如下图所示。

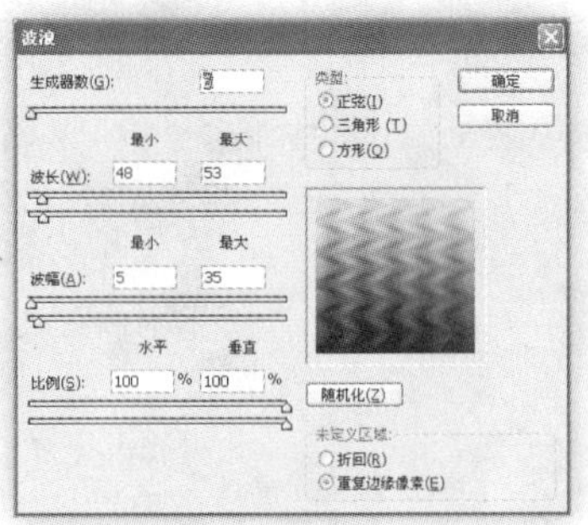

4 Step 选择“滤镜→扭曲→极坐标”命令，在弹出的对话框中设置数值，单击[确定]按钮，对图形应用“极坐标”滤镜，如下图所示。

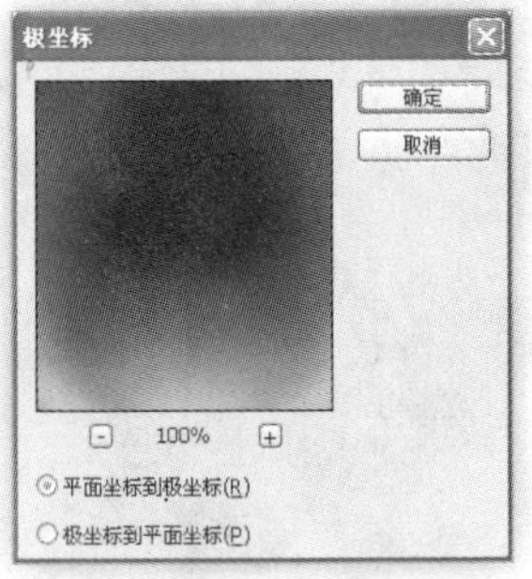

5 Step 选择“滤镜→素描→铬黄”命令，在滤镜类别中单击“铬黄”扩展按钮，在出现的滤镜中单击“铬黄”滤镜缩览图。出现“铬黄”滤镜选项。在其中设置数值，单击[确定]按钮，对图形应用“铬黄”滤镜，如下图所示。

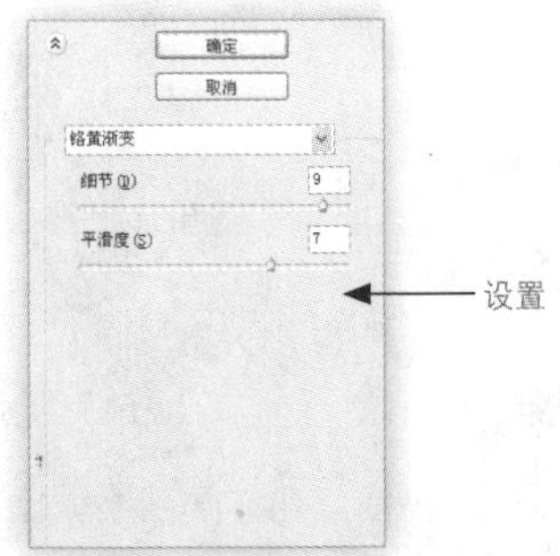

6 Step 选择“滤镜→锐化→锐化”命令，再选择“滤镜→锐化→进一步锐化”命令，直接应用此滤镜到图像，对图像进行锐化，得到花瓣状的图形，如右图所示。

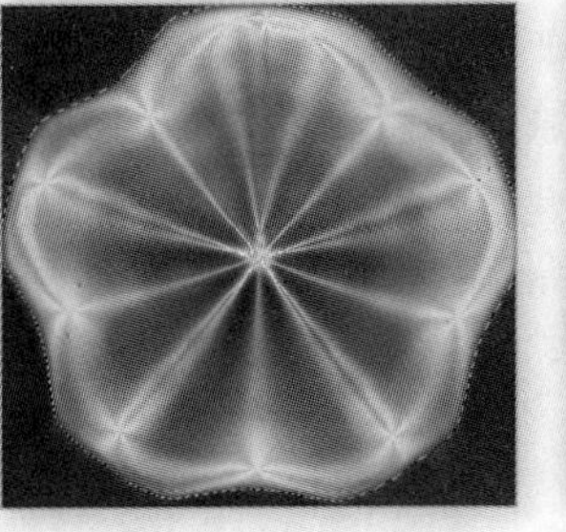

7 Step 使用魔棒工具选择花瓣图形作为选区，如右图所示，选择“图像→调整→渐变映射”，打开的“渐变映射”对话框，单击灰度映射所用的渐变“颜色渐变条”，打开“渐变编辑器”对话框。在“预设”栏中选择“透明彩虹渐变”类型，再单击[确定]按钮，应用此效果，如下右图所示。完成后取消选区。完成铬黄图像案例，保存该图片。

13.2.5 通过“基底凸现”和“塑料效果”滤镜制作细腻浮雕

学习目标

本节主要学习“基底凸现”与“塑料效果”滤镜的相关知识，并通过制作细腻的浮雕效果案例来介绍它们的使用方法。在学习制作细腻的浮雕效果时，读者可以结合光盘中的视频轻松、直观地进行学习。

准备知识

认识“基底凸现”滤镜

“基底凸现”滤镜是将图像变换，使之呈现浮雕的雕刻状和突出光照下变化各异的表面。图像的暗区呈现前景色，而浅色使用背景色。选择“滤镜→素描→基底凸现”命令，在打开的对话框中提供了“基底凸现”的选项，如下图所示。

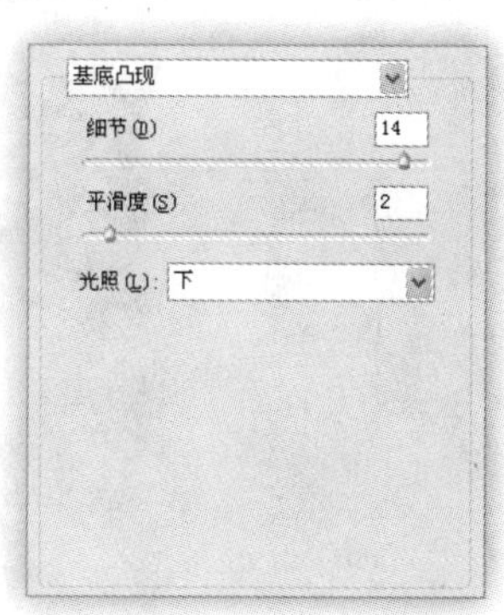

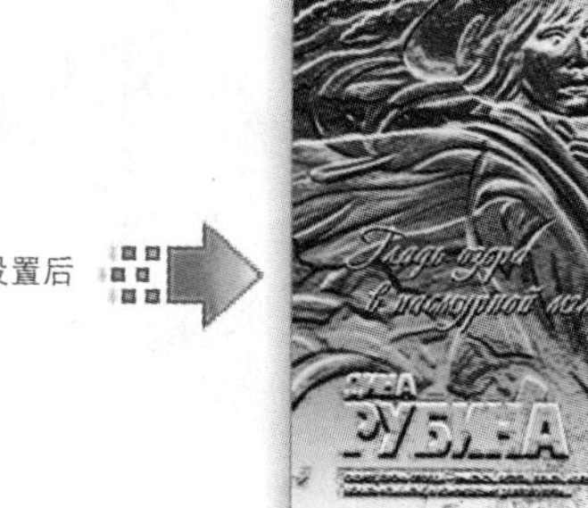

“基底凸现”滤镜的选项功能如下。

- 细节：控制细节表现的程度。数值越大，表现的细节越丰富。
- 平滑度：控制图像的平滑度。数值越大，效果越平滑。
- 光照：可以选择光照射的方向。在该下拉列表中选择方向。

认识“塑料效果”滤镜

“塑料效果”滤镜是按3D塑料效果塑造图像的，然后使用前景色与背景色为结果图像着色。暗区凸起，亮区凹陷。选择“滤镜→素描→塑料效果”命令，在打开的对话框中提供了“塑料效果”的选项，如下图所示。

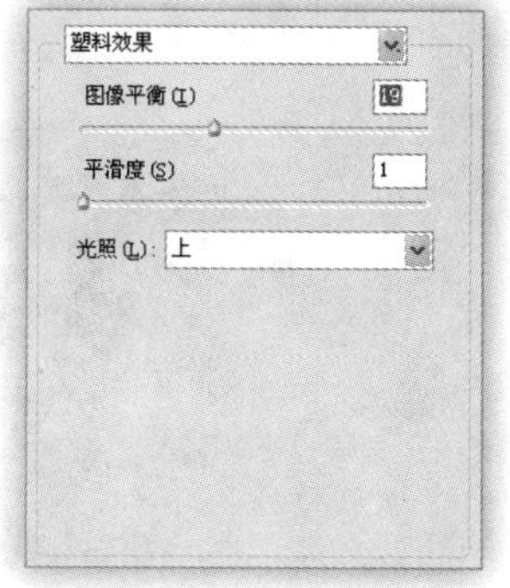

"塑料效果"滤镜的选项功能如下。

- 图像平衡：控制前景色和背景色的平衡。
- 平滑度：控制图像边缘的平滑程度。
- 光照：确定图像的受光方向。在该下拉列表中选择方向。

案例名称：制作细腻浮雕效果
素材路径：\素材\第13章\细腻浮雕效果.jpg
效果路径：\效果\第13章\制作细腻浮雕效果.psd
视频链接：Video\视频教程\滤镜的特殊效果（二）\制作细腻浮雕效果

Step 1 打开"细腻浮雕效果.jpg"图像文件，如下左图所示，选择"滤镜→素描→基底凸现"命令，打开"滤镜库"对话窗口。在滤镜类别中单击"素描"扩展按钮，在出现的滤镜中单击"基底凸现"滤镜缩览图，出现"基底凸现"滤镜选项。在其中设置数值，如下中图所示，对图形应用"基底凸现"滤镜，如下右图所示。

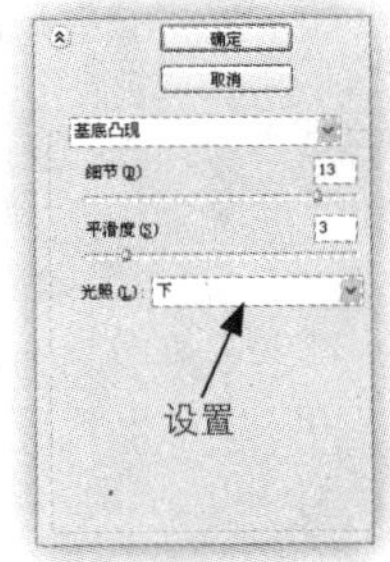

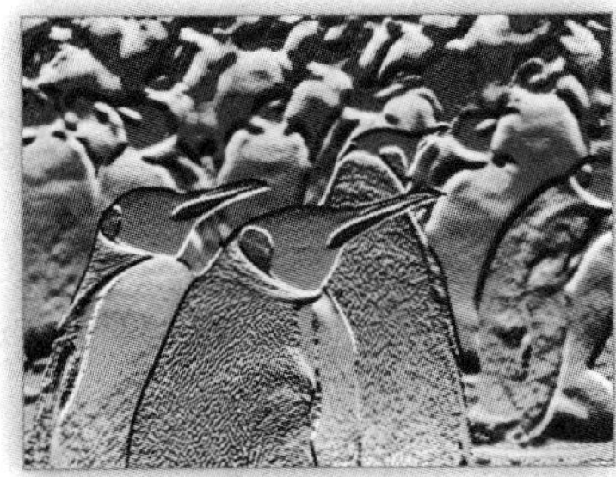

Step 2 单击对话框右下角的"新建效果图层"按钮，新建一个滤镜效果图层。然后在滤镜类别中单击"素描"扩展按钮，在出现的滤镜中选择"塑料效果"滤镜缩览图，出现相应的选项，设置参数，如下左图所示，完成后单击 确定 按钮，效果如下右图所示。

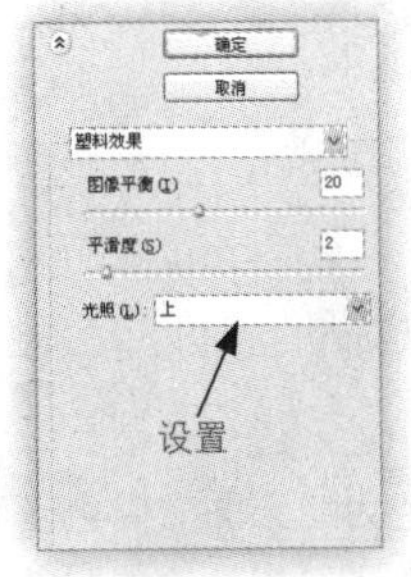

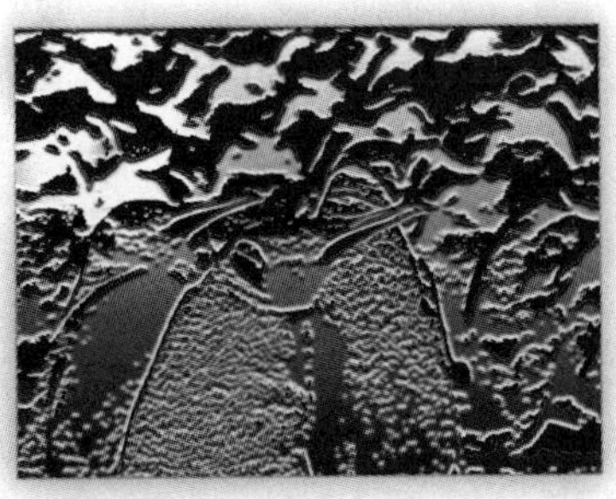

Step 3 选择"选择→调整→曲线"命令，在打开的"曲线"对话框中设置"输入"为"99"，"输出"为"156"，将整个图像调亮一点，如下左图所示，完成后单击 确定 按钮，效果如下左图所示。

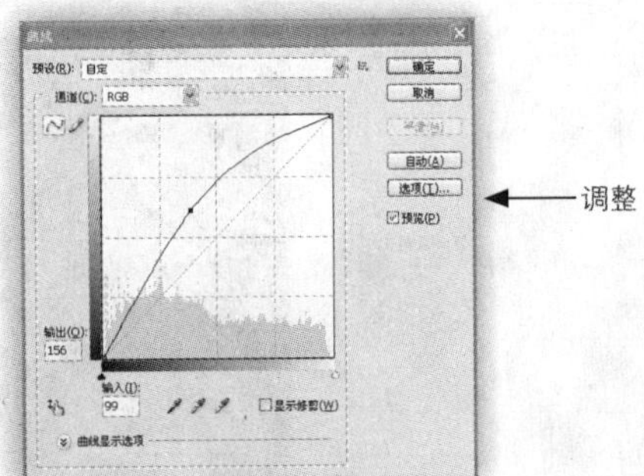

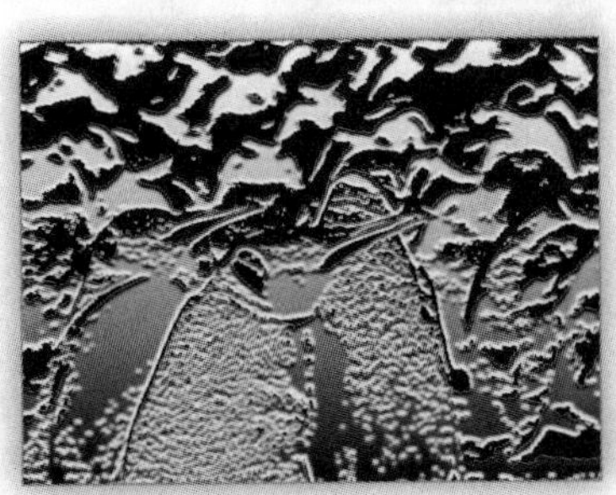

13.2.6 通过“水彩画纸”滤镜制作水彩画

学习目标

本节主要学习“水彩画纸”滤镜的相关知识，在学习介绍“水彩画纸”滤镜的相关知识的同时通过模仿曝光过度的照片效果的案例来介绍它的使用方法。在学习制作水彩画效果时，读者可以结合光盘中的视频、直观地进行学习。

准备知识

认识“水彩画纸”滤镜

“水彩画纸”滤镜是利用有污点的、像画在潮湿的纤维纸上进行涂抹，使颜色流动并混合。选择“滤镜→素描→水彩画纸”命令，在打开的对话框中提供了“水彩画纸”的选项，如下图所示。

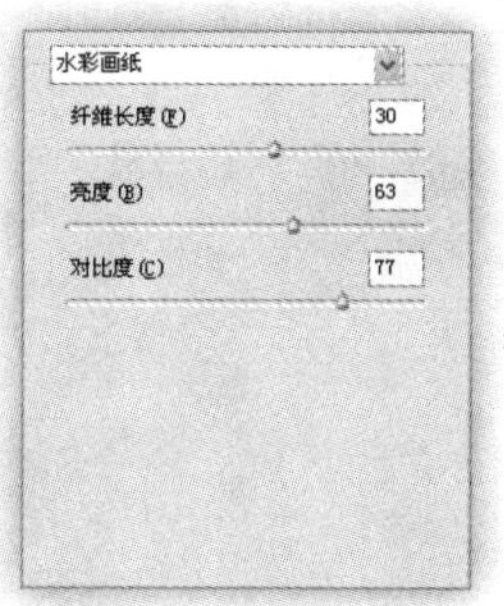

设置后

水彩画滤镜的选项功能如下。

- 纤维长度：为勾画线条的尺寸
- 亮度：控制图像的亮度
- 对比度：控制图像的对比度

案例名称：曝光过度的照片效果
素材路径：\素材\第13章\曝光过度效果.jpg
效果路径：\效果\第13章\曝光过度的照片效果.psd
视频链接：Video\视频教程\滤镜的特殊效果（二）\曝光过度的照片效果

1 Step 打开“曝光过度效果 .jpg”图像文件，如下左图所示，选择“滤镜→素描→水彩画纸”命令，在打开的对话框中设置数值，如下中图所示，对图形应用“水彩画纸”滤镜，效果如下右图所示。

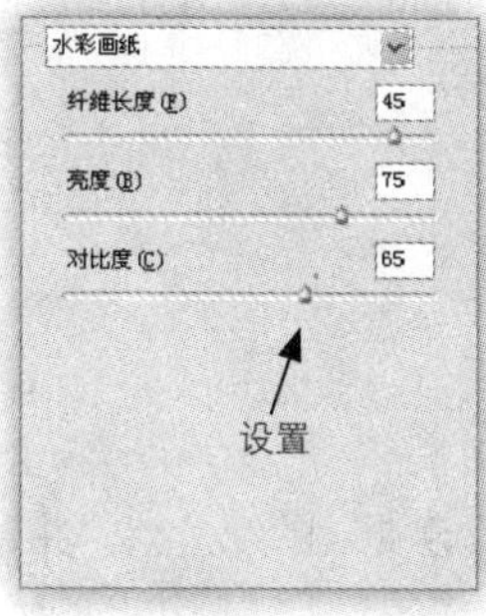

2 Step 单击对话框右下角的“新建效果图层”按钮，在“扭曲”滤镜中添加“扩散亮光”效果，设置扩散亮光效果的“粒度”为“2”，“发光量”为“5”，“清除数量”为“17”，如下左图所示，对图形应用“扩散亮光”滤镜，效果如下右图所示。

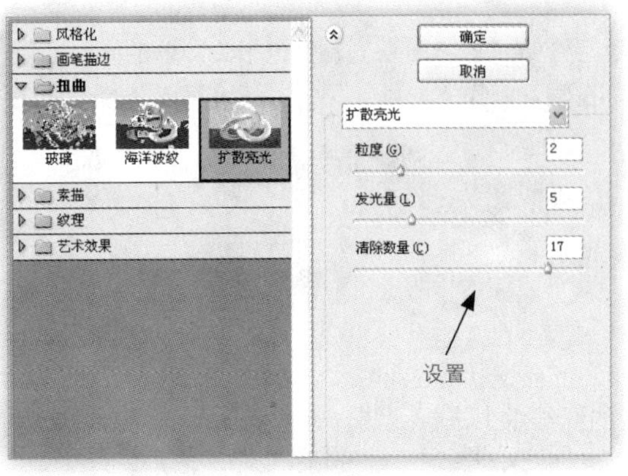

3 Step 再单击对话框右下角的“新建效果图层”按钮，新建一个滤镜效果图层。然后在滤镜类别中单击“画笔描边”扩展按钮，在出现的滤镜中选择“成角的线条”滤镜缩览图，出现相应的选项，然后设置参数，如下左图所示，完成后单击 确定 按钮，效果如下右图所示。完成制作窗外人像的案例，保存图片。

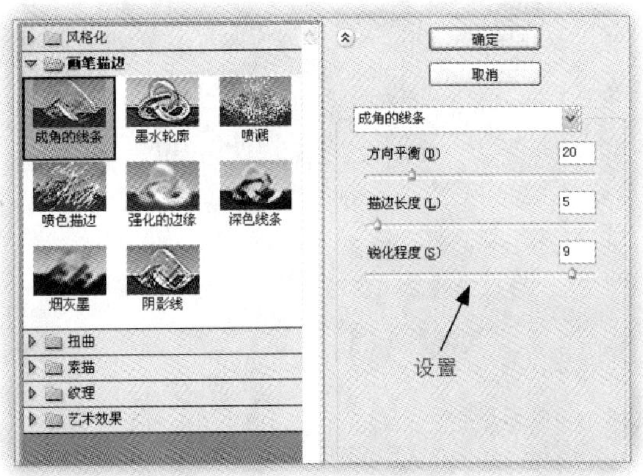

13.2.7 通过“撕边”、“图章”、“网状”等滤镜制作个性图像

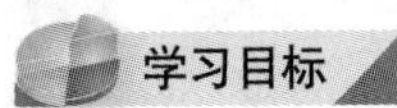

学习目标

本节主要学习“撕边”、“图章”、“网状”、“影印”滤镜的相关知识，并通过制作个性图像案例来介绍它们的使用方法。在学习制作个性图像效果时，读者可以结合光盘中的视频轻松、直观地进行学习。

准备知识

认识“撕边”滤镜和“图章”滤镜

“撕边”滤镜是指重建图像，使之呈现撕破的纸片状，并用前景色和背景色对图像着色。选择“滤镜→素描→撕边”命令，在打开的对话框中提供了“撕边”的选项，如下图所示。

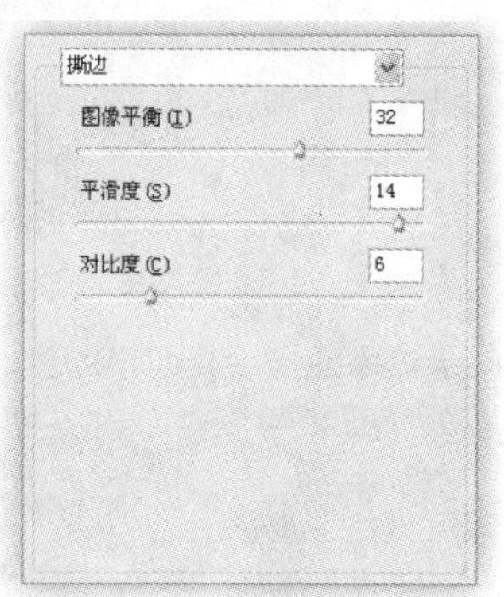

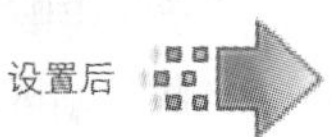

“撕边”滤镜的选项功能如下。

- 图像平衡：控制前景色和背景色的平衡。
- 平滑度：控制图像边缘的平滑程度。
- 对比度：用于调节结果图像的对比度。

“图章”滤镜是将图像简化，使之呈现图章盖印的效果，此滤镜用于黑白图像时效果最佳。选择“滤镜→素描→图章”命令，在打的对话框中提供了“图章”选项，如下图所示。

“图章”滤镜的功能如下。

- 明/暗平衡：调节图像的对比度。
- 平滑度：控制图像边缘的平滑程度。

认识“网状”滤镜和“影印”滤镜

“网状”滤镜模拟胶片乳胶的可控收缩和扭曲来创建图像，使图像的暗调区域结块，高光区域好像被轻微颗粒化。选择“滤镜→素描→网状”命令，在打开的对话框中提供了“网状”的选项，如下图所示。

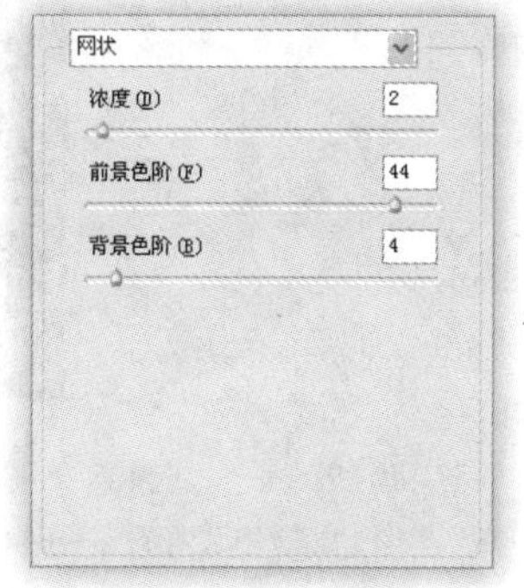

“网状”滤镜的选项功能如下。

- 浓度：控制颗粒的密度。
- 前景色阶：控制暗调区的色阶范围。
- 背景色阶：控制高光区的色阶范围。

“影印”滤镜模拟影印图像效果，暗区趋向于边缘的描绘，而中间色调为纯白或纯黑色。选择“滤镜→素描→影印”命令，在打开的对话框中提供了“影印”的选项，如下图所示。

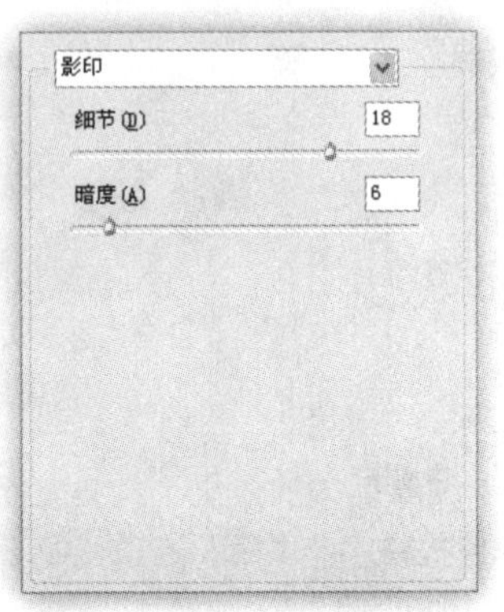

设置后

“影印”滤镜的选项功能如下。

- 细节：控制图像细节部分的程度。
- 暗度：控制图像的整体明暗程度，数值越大，图像越暗，黑白对比越弱；数值越大，图像黑白对比越强烈。

案例名称：制作个性图像
素材路径：\素材\第13章\个性图像.jpg
效果路径：\效果\第13章\制作个性图像.psd
视频链接：Video\视频教程\滤镜的特殊效果（二）\制作个性图像

1 Step 打开“个性图像.jpg”图像文件，复制背景图层，如下左图所示。

2 Step 选择“滤镜→素描→撕边”命令，在弹出的对话框中设置数值，如下中图所示，对图形应用“撕边”滤镜，效果如下右图所示。

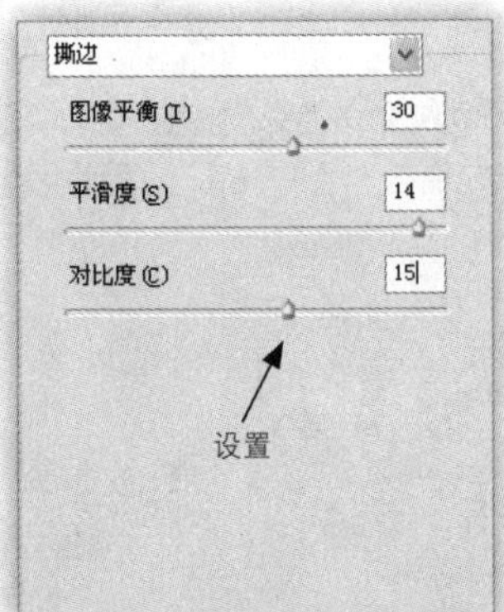

3 Step 单击对话框右下角的“新建效果图层”按钮，新建一个滤镜效果图层。然后在滤镜类别中选择“素描”扩展按钮，在出现的滤镜中单击“图章”滤镜缩览图，出现相应的选项，然后设置参数，如

下左图所示，对图形应用“图章”滤镜效果如下右图所示。

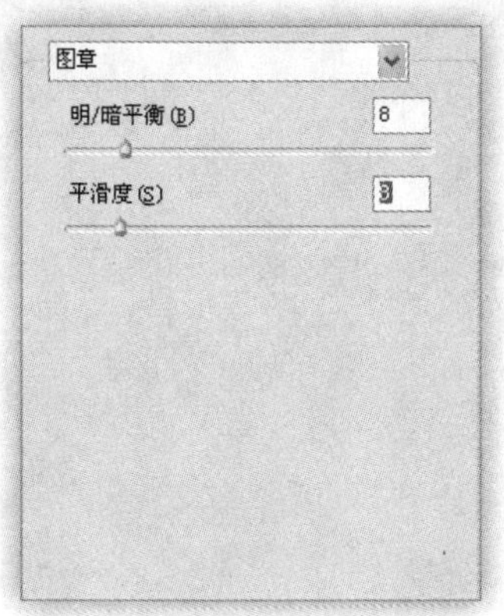

4 Step 再单击对话框右下角的“新建效果图层”按钮，新建一个滤镜效果图层。然后在滤镜类别中单击“素描”扩展按钮，在出现的滤镜中选择“影印”滤镜缩览图，出现相应的选项，然后设置参数，如下左图所示，对图形应用“影印”滤镜，效果如下右图所示。

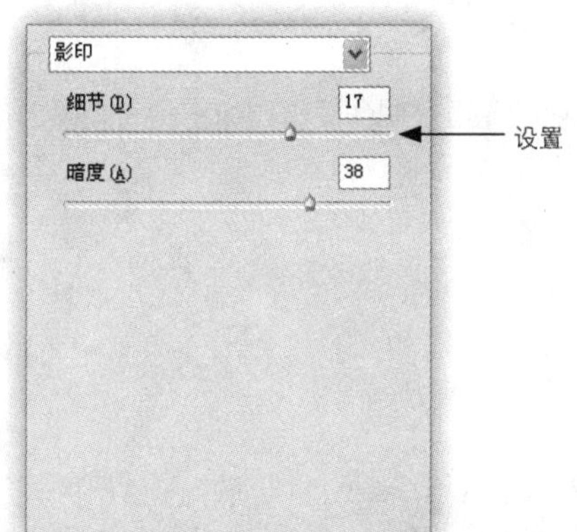

5 Step 再次单击对话框右下角的“新建效果图层”按钮，新建一个滤镜效果图层。然后在滤镜类别中单击“素描”扩展按钮，在出现的滤镜中单击“网状”滤镜缩览图，出现相应的选项，然后设置参数，如下左图所示，对图形应用“网状”滤镜，效果如下右图所示。

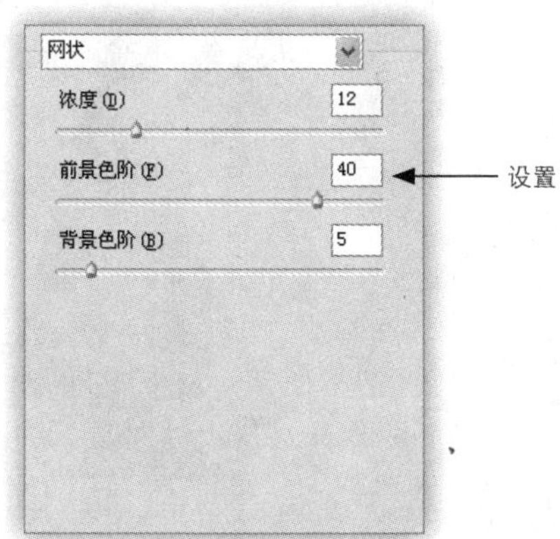

6 Step 添加最后一个滤镜图层，单击对话框右下角的“新建效果图层”按钮，新建一个滤镜效果图层。然后在滤镜类别中选择“扭曲”扩展按钮，在出现的滤镜中单击“扩散亮光”滤镜缩览图，出现相应的选项，然后设置参数，如下左图所示，单击 确定 按钮，效果如下右图所示。用撕边、图章等滤镜制作个性图像案例操作完成，保存该文件。

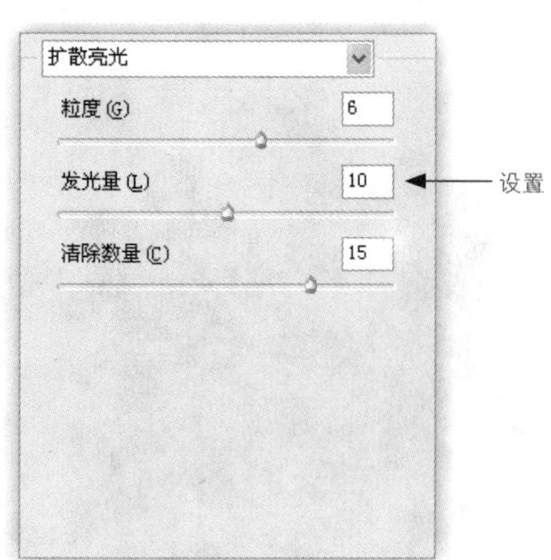

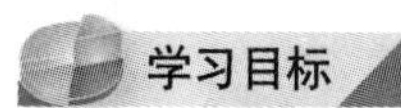

13.2.8 通过“炭笔”和“炭精笔”滤镜制作手绘图像

学习目标

本节主要学习“炭笔”和“炭精笔”滤镜的相关知识，并通过制作手绘图像案例来介绍它们的使用方法。在学习制作手绘图像效果时，读者可以结合光盘中的视频轻松、直观地进行学习。

准备知识

认识“炭笔”滤镜

“炭笔”滤镜是指产生色调分离的涂抹效果。主要边缘以粗线条绘制，而中间色调用对角描边进行素描。炭笔是前景色，背景是纸张颜色。选择“滤镜→素描→炭笔”命令，在弹出的对话框中提供了“炭笔”的选项，如下图所示。

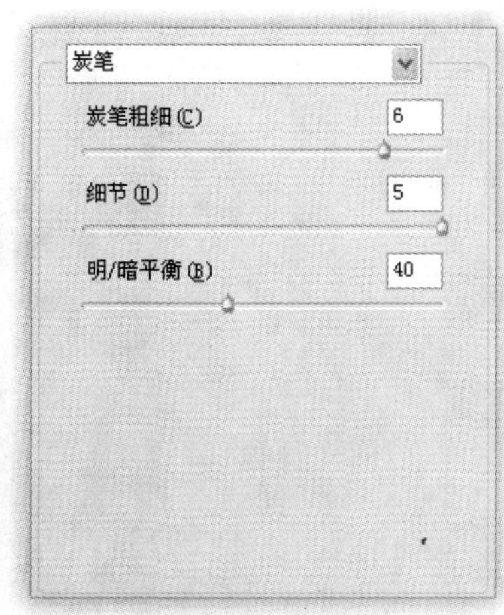

“炭笔”滤镜的选项功能如下。

- 炭笔粗细：调节炭笔笔触的大小。
- 细节：控制勾画的细节范围。
- 明/暗平衡：调节图像的对比度。

认识“炭精笔”滤镜

“炭精笔”滤镜在图像上模拟浓黑和纯白的炭精笔纹理，在暗区使用前景色，在亮区使用背景色。为了获得更逼真的效果，可以在应用滤镜之前将前景色改为一种常用的“炭精笔”颜色（黑色、深褐色或血红色）。要想获得减弱的效果，请将背景色改为白色，在白色背景中添加一些前景色，然后应用滤镜。

选择“滤镜→素描→炭精笔”命令，在弹出的对话框中提供了“炭精笔”的选项，如下图所示。

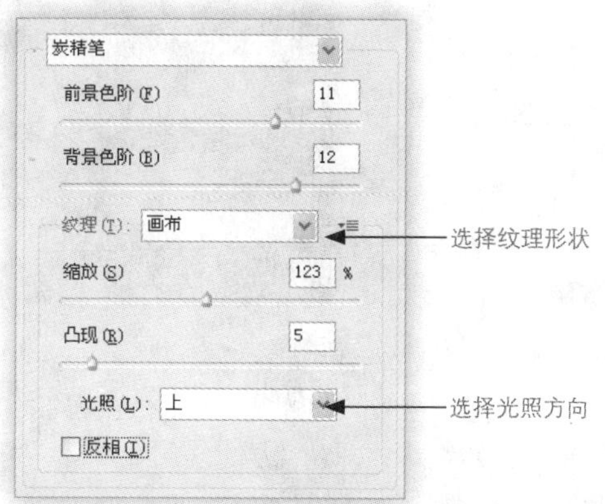

“炭精笔”滤镜的选项功能如下。

- 前景色阶：调节前景色的作用强度。
- 背景色阶：调节背景色的作用强度。我们可以选择一种纹理，通过缩放和凸现滑块对其进行调节，但只有在凸现值大于零时纹理才会产生效果。
- 光照：指定光源照射的方向。
- 反相：可以使图像的亮色和暗色进行反转。

案例名称：制作手绘图像
素材路径：\素材\第13章\手绘图像.jpg
效果路径：\效果\第13章\制作手绘图像.psd
视频链接：Video\视频教程滤镜的特殊效果（二）\制作手绘图像

Step 1 打开“手绘图像.jpg”图像文件，复制背景图层，如下左图所示。

Step 2 选择“滤镜→素描→炭笔”命令，在弹出的对话框中设置数值，如下中图所示，对图形应用“炭笔”滤镜，效果如下右图所示。

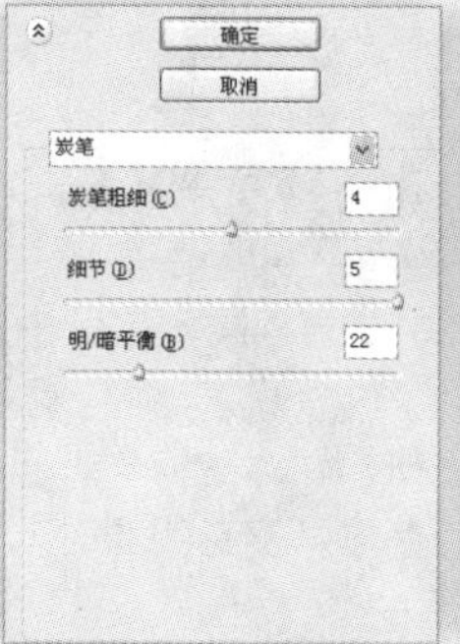

3 Step 单击对话框右下角的“新建效果图层”按钮，新建一个滤镜效果图层。然后在滤镜类别中单击“素描”扩展按钮，在出现的滤镜中选择“炭精笔”滤镜缩览图，出现相应的选项，然后设置参数，如下左图所示，完成后单击 确定 按钮，效果如下右图所示。

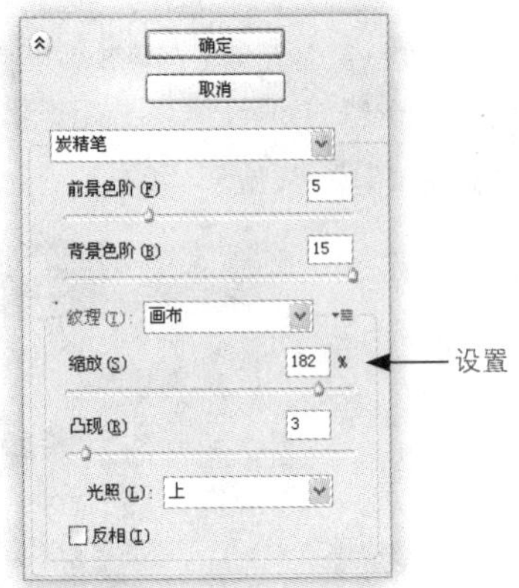

4 Step 选择“图像→调整→曲线”命令，打开“曲线”对话框，将图像稍稍调亮一点，设置“输入”为“122”，“输出”为“143”，单击 确定 按钮，如下左图所示，效果如下右图所示。用炭笔和炭精笔滤镜制作手绘图像案例操作完成，保存该文件。

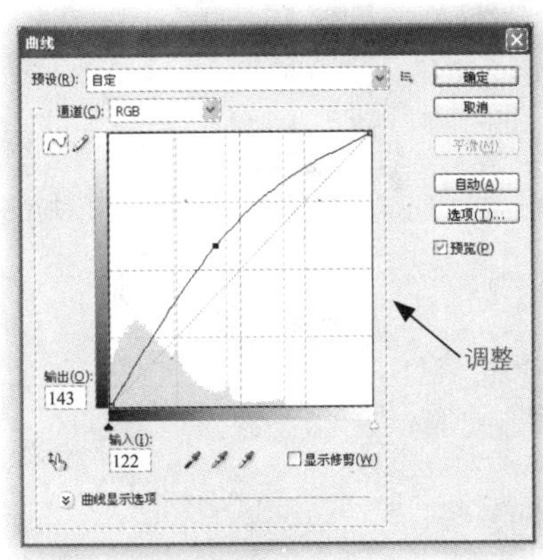

13.3 通过3个案例掌握“纹理”滤镜组的使用方法

在滤镜中，“纹理”滤镜为图像创造各种纹理材质的感觉，模拟具有深度感或物质感的外观，或者添加一种器质外观的效果。“纹理”滤镜组包括“龟裂缝”滤镜、“颗粒”滤镜、“马赛克拼贴”滤镜、“拼缀图”滤镜、“染色玻璃”滤镜、“纹理化”滤镜等多种滤镜，我们将在后面一一讲解。

13.3.1 通过“龟裂缝”和“马赛克拼贴”滤镜制作马赛克图

学习目标

本节主要学习“龟裂缝”和“马赛克拼贴”滤镜的相关知识，以及面板参数设置的相关知识，通过制作马赛克图像介绍其使用方法。在学习制作马赛克图像时，读者可以结合光盘中的视频轻松、直观地进行学习。

准备知识

认识“龟裂缝”滤镜和“马赛克拼贴”滤镜

“龟裂缝”滤镜将图像绘制在一个高凸现的石膏表面上，以沿着图像等高线生成精细的网状裂缝。使用此滤镜可以对包含多种颜色值或灰度值的图像创建浮雕效果。选择“滤镜→纹理→龟裂缝”命令，在弹出的对话框中提供了“龟裂缝”的选项，如下图所示。

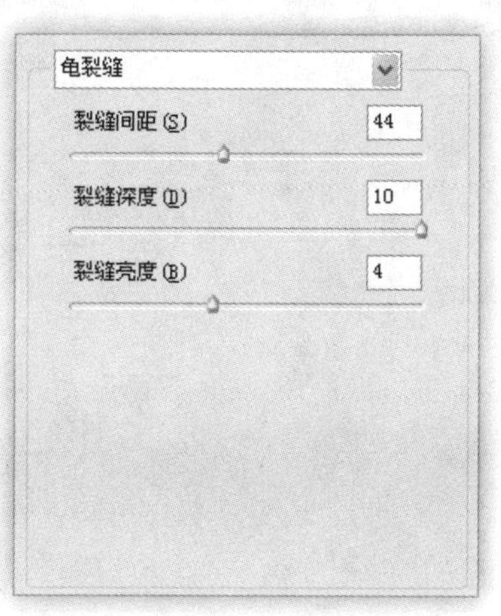

设置后

“龟裂缝”滤镜的选项功能如下。

- 裂缝间距：调节纹理的凹陷部分的尺寸。
- 裂缝深度：调节凹陷部分的深度。
- 裂缝亮度：通过改变纹理图像的对比度来影响浮雕的效果。

“马赛克拼贴”滤镜渲染图像，使它看起来是由小的碎片或拼贴组成，在拼贴之间灌浆。选择“滤镜→纹理→马赛克拼贴”命令，在打开的对话框中提供了“马赛克拼贴”的选项，如下图所示。

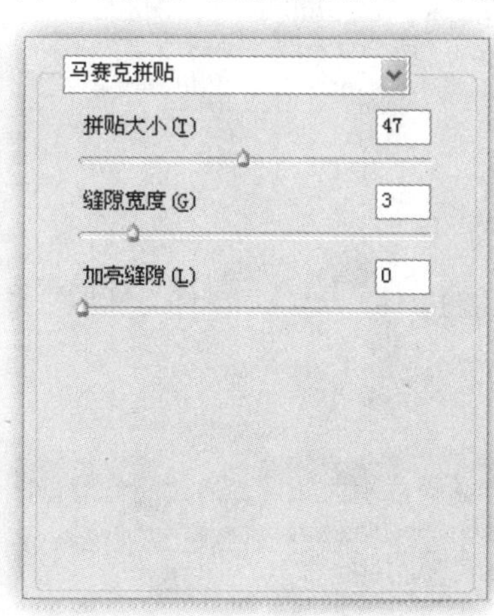

“马赛克拼贴”滤镜的各选项功能如下：

- 拼贴大小：调整拼贴块的尺寸。
- 缝隙宽度：调整缝隙的宽度。
- 加亮缝隙：对缝隙的亮度进行调整,从而起到在视觉上改变了缝隙深度的效果。

案例名称：制作马赛克图像
素材路径：\素材\第13章\马赛克图像.jpg
效果路径：\效果\第13章\制作马赛克图像.psd
视频链接：Video\视频教程\滤镜的特殊效果（二）\制作马赛克图像

1 Step 打开“马赛克图像.jpg”图像文件，复制背景图层。

2 Step 选择“滤镜→纹理→龟裂缝”命令，在弹出的对话框中设置数值，如下左图所示，对图形应用“龟裂缝”滤镜，效果如下右图所示。

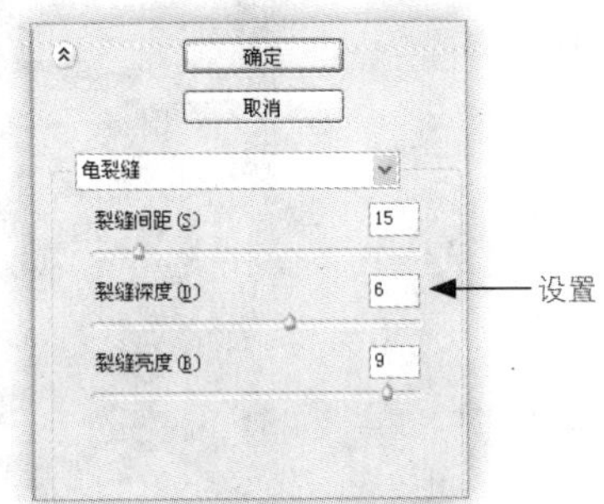

3 Step 单击对话框右下角的“新建效果图层”按钮，新建一个滤镜效果图层。然后在滤镜类别中单击“纹理”扩展按钮，在出现的滤镜中选择“马赛克拼贴”滤镜缩览图，出现相应的选项，然后设置参数，如下左图所示，完成后单击 确定 按钮，效果如下右图所示。用龟裂缝和马赛克拼贴滤镜制作马赛克图像案例完成，保存图片。

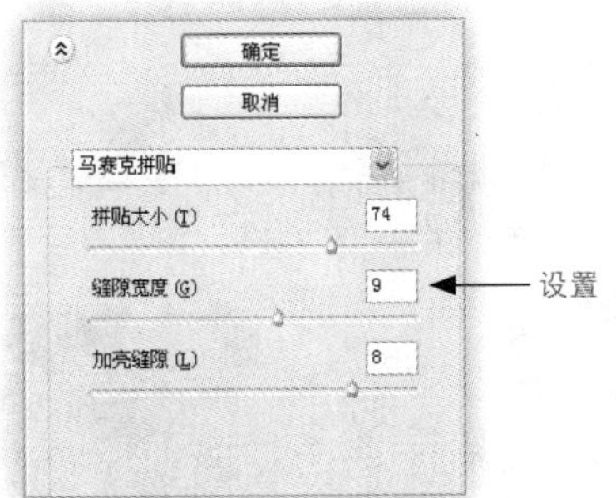

13.3.2 通过“颗粒”和“纹理化”滤镜制作磨砂图像

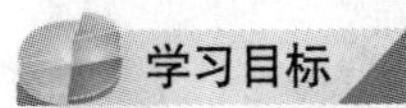

学习目标

本节主要学习“颗粒”与“纹理化”滤镜的相关知识，通过制作磨砂图像效果介绍颗粒与纹理化滤镜。在学习制作磨砂图像时，读者可以结合光盘中的视频轻松、直观地进行学习。

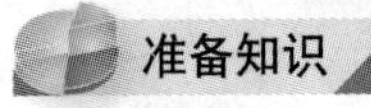

准备知识

认识“颗粒”滤镜

“颗粒”滤镜通过模拟以下不同种类的颗粒在图像中添加纹理：常规、软化、喷洒、结块、强反差、扩大、点刻、水平、垂直和斑点（可从“颗粒类型”下拉列表中进行选择）。选择“滤镜→纹理→颗粒”命令，在弹出的对话框中提供了“颗粒”的选项，如下图所示。

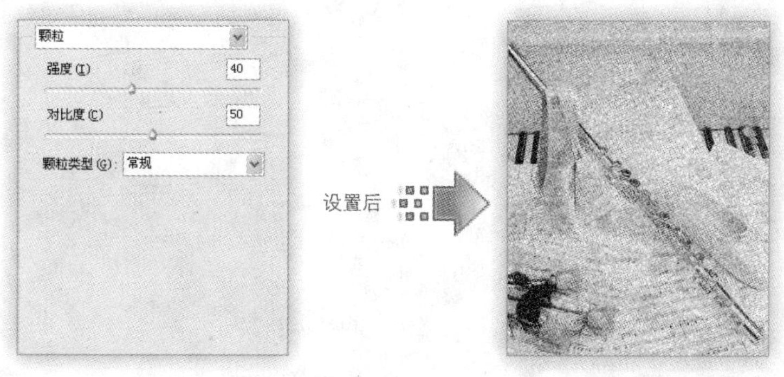

“颗粒”滤镜的选项功能如下。

- 强度：调节纹理的强度。
- 对比度：调节结果图像的对比度。
- 颗粒类型：共10种不同的颗粒类型，包括常规、柔和、喷洒、结块、强反差、扩大、点刻、水平、垂直、斑点颗粒。

认识“纹理化”滤镜

“纹理化”滤镜将选择或创建的纹理应用于图像上。选择“滤镜→纹理→纹理化”命令，在弹出的对话框中提供了“纹理化”的选项，如下图所示。

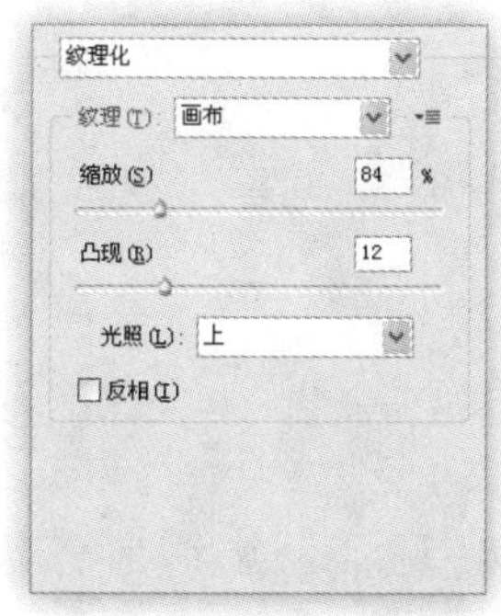

“纹理化”滤镜的选项功能如下。

- 纹理：可以从砖形，粗麻布,画布和砂岩中选择一种纹理,也可以载入其他的纹理。
- 缩放：改变纹理的尺寸。
- 凸现：调整纹理图像的深度。
- 光照：调整图像的光源方向。
- 反相：反转纹理表面的亮色和暗色。

案例名称：制作磨砂效果
素材路径：\素材\第13章\磨砂效果.jpg
效果路径：\效果\第13章\制作磨砂效果.psd
视频链接：Video\视频教程\滤镜的特殊效果（二）\制作磨砂效果

1 Step 打开素材文件“磨砂效果.jpg”，复制背景图层，如下左图所示。

2 Step 选择“滤镜→纹理→颗粒”命令，在弹出的对话框中设置数值，如下中图所示，对图形应用“颗粒”滤镜，效果如下右图所示。

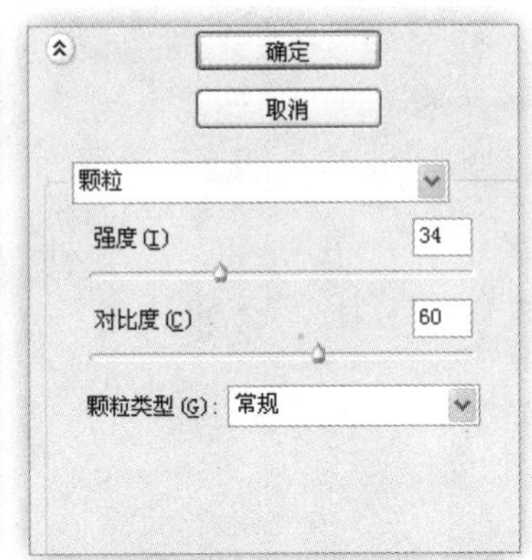

3 Step 单击对话框右下角的“新建效果图层”按钮，继续在“纹理”滤镜中添加“纹理化”效果，设置滤镜的“缩放”为100%，“凸现”为4，光照方向为“上”，如下左图所示，单击确定按钮，效果如下右图所示。完成制作磨砂案例，保存图片。

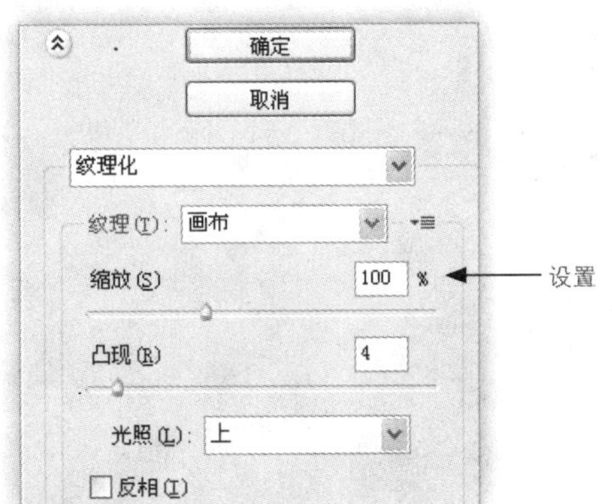

13.3.3 通过“拼缀图”和“染色玻璃”滤镜制作玻璃效果

学习目标

本节主要学习“拼缀图”与“染色玻璃”滤镜的相关知识，通过制作染色玻璃效果介绍滤镜的参数设置及使用方法，在学习制作染色玻璃效果时，读者可以结合光盘中的视频轻松、直观地进行学习。

准备知识

认识“拼缀图”滤镜和“染色玻璃”滤镜

“拼缀图”滤镜将图像分解为用图像中该区域的主色填充的正方形。此滤镜随机减小或增大拼贴的深度，以模拟高光和阴影。选择“滤镜→纹理→拼缀图”命令，在弹出的对话框中提供了“拼缀图”的选项，如下图所示。

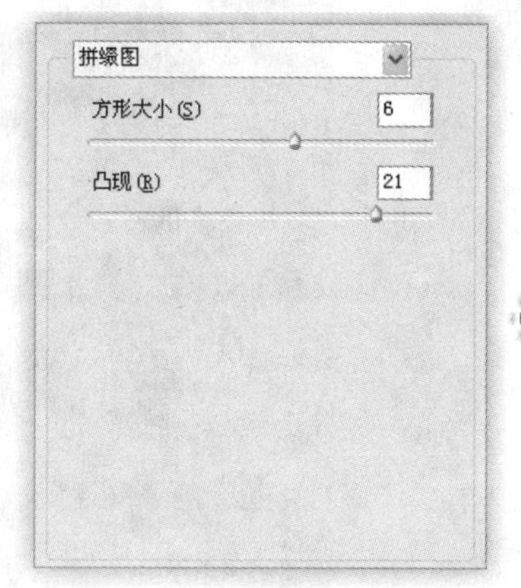

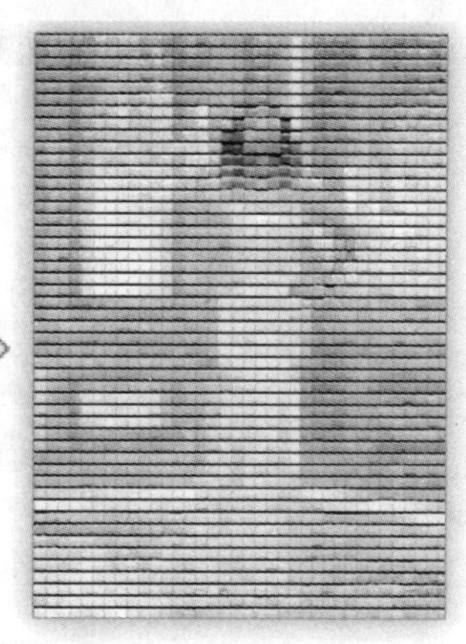

"拼缀图"滤镜的选项功能如下。

- 平方大小：设置方型图块的大小。
- 凸现：调整图块的凸出的效果。

"染色玻璃"滤镜将图像重新绘制为用前景色勾勒的单色的相邻单元格。选择"滤镜→纹理→染色玻璃"命令，在弹出的对话框中提供了"染色玻璃"的选项，如下图所示。

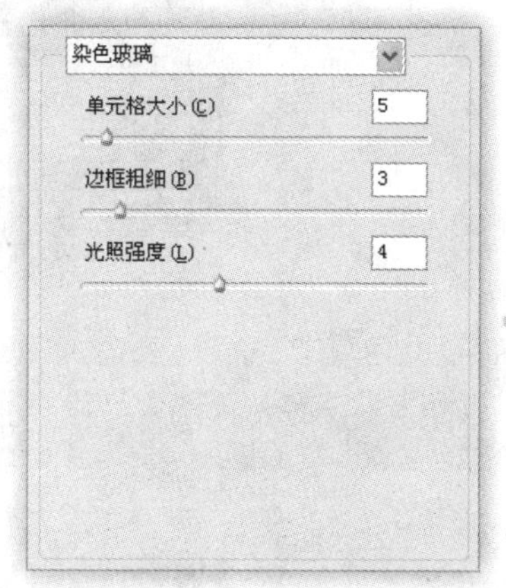

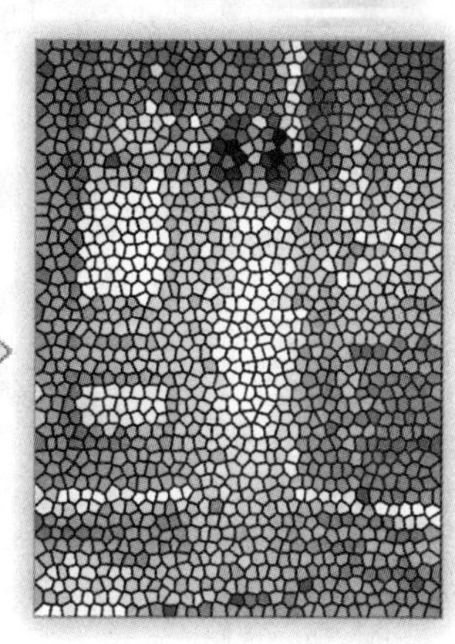

"染色玻璃"滤镜的选项功能如下。

- 单元格大小：调整单元格的尺寸。
- 边框粗细：调整边框的尺寸。
- 光照强度：调整由图像中心向周围衰减的光源亮度。

案例名称：制作染色玻璃图像
素材路径：\素材\第13章\无
效果路径：\效果\第13章\染色玻璃图像.psd
视频链接：Video\视频教程\滤镜的特殊效果（二）\制作染色玻璃图像

Step 1 新建一个文件，在工具箱中选择渐变工具，然后在工具属性栏中单击渐变色带，在打开的"渐变编辑器"对话框中设置渐变类型为"透明彩虹渐变"，完成后单击确定按钮，如下左图所示。在画面中沿对角的方向拖动鼠标，绘制出如下右图所示的渐变效果。

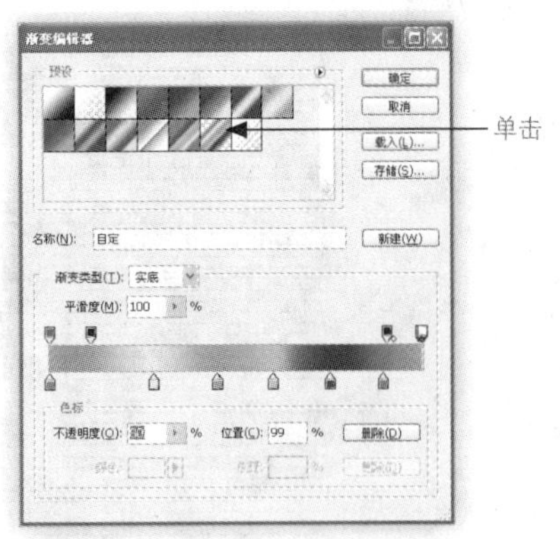

2 Step 选择“滤镜→纹理→拼缀图”命令，在弹出的对话框中设置数值，如下左图所示，对图形应用“拼缀图”滤镜，效果如下右图所示。

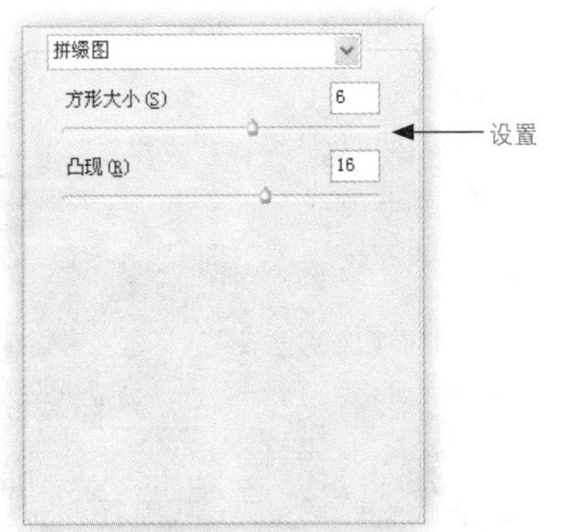

3 Step 单击对话框右下角的“新建效果图层”按钮，新建一个滤镜效果图层。然后在滤镜类别中单击“纹理”扩展按钮，在出现的滤镜中选择“染色玻璃”滤镜缩览图，出现相应的选项，然后设置参数，如下左图所示，完成后单击 确定 按钮，效果如下右图所示。用拼缀图和染色玻璃滤镜制作染色玻璃效果案例完成，保存图片。

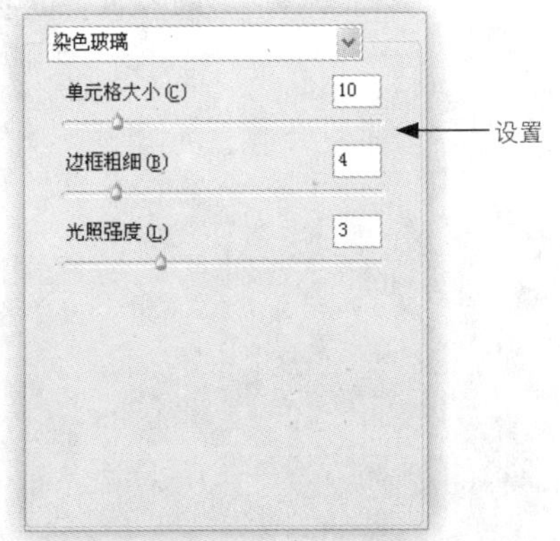

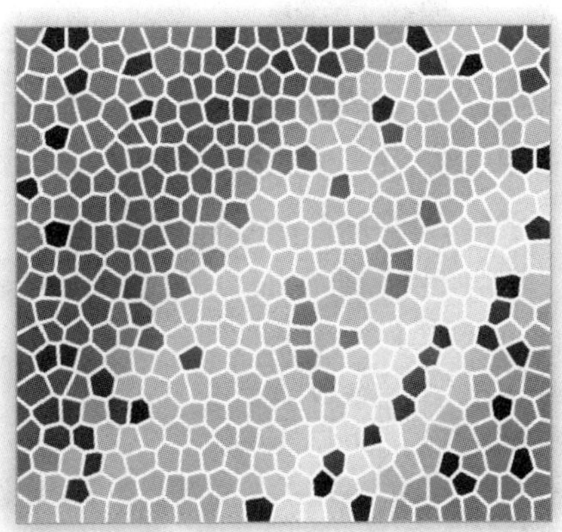

13.4 通过4个案例掌握“像素化”滤镜组的使用方法

在Photoshop CS4中，“像素化”滤镜通过使单元格中颜色值相近的像素结成块来清晰地定义一个选区。“像素化”滤镜组包括“彩块化”、“彩色半调”、“点状化”、“晶格化”、“马赛克”、“碎片”、“铜版雕刻”多种滤镜，我们将在后面一一讲解。

13.4.1 通过“彩块化”滤镜制作抽象画

学习目标

本节主要学习“彩块化”滤镜的相关知识，通过制作抽象画的案例介绍表面模糊滤镜的基本操作。在学习使图像表面更光滑的案例时，读者可以结合光盘中的视频轻松、直观地进行学习。

准备知识

认识“彩块化”滤镜

“彩块化”滤镜使纯色或相近颜色的像素结成相近颜色的像素块。可以使用此滤镜使扫描的图像看起来像手绘图像，或使现实主义图像类似抽象派绘画，如下图所示。

案例名称：制造抽象画
素材路径：\素材\第13章\抽象画.jpg
效果路径：\效果\第13章\制作抽象画.psd
视频链接：Video\视频教程\滤镜的特殊效果（二）\制作抽象画

1 Step 打开“抽象画 .jpg”图像文件，如下左图所示，选择“滤镜→像素化→彩块化”命令，直接对图形应用“彩块化”滤镜，如下右图所示。

2 Step 选择“滤镜→锐化→锐化”命令，锐化图像，直接应用滤镜到图像。

3 Step 然后选择“滤镜→画笔描边→成角的线条”命令，在弹出的对话框中设置数值，对图形应用“成角的线条”滤镜，单击 确定 按钮，如下图所示。用彩块化滤镜制作抽象画案例完成，保存图片。

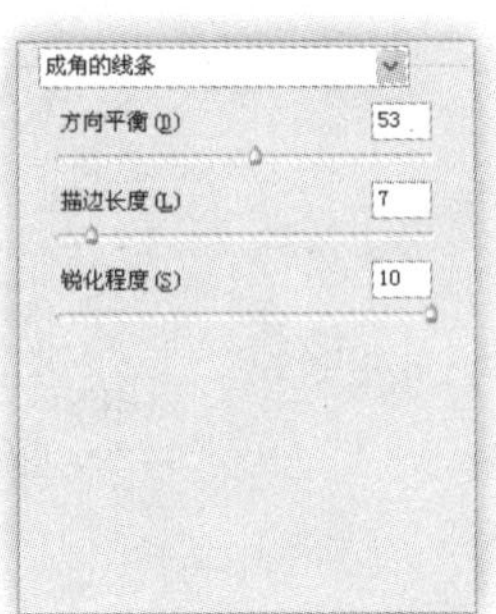

13.4.2 通过“彩色半调”和“点状化”滤镜制作大网点图像

学习目标

本节主要学习“彩色半调”和“点状化”滤镜的相关知识，并通过制作大网点提醒效果的案例来介绍它们的使用方法。在学习制作大网点图像效果时，读者可以结合光盘中的视频轻松、直观地进行学习。

准备知识

认识“彩色半调”滤镜和“点状化”滤镜

“彩色半调”滤镜模拟在图像的每个通道上使用半调网屏的效果，将一个通道分解为若干个矩形，然后用圆形替换掉矩形，圆形的大小与矩形的亮度成正比，如下图所示。

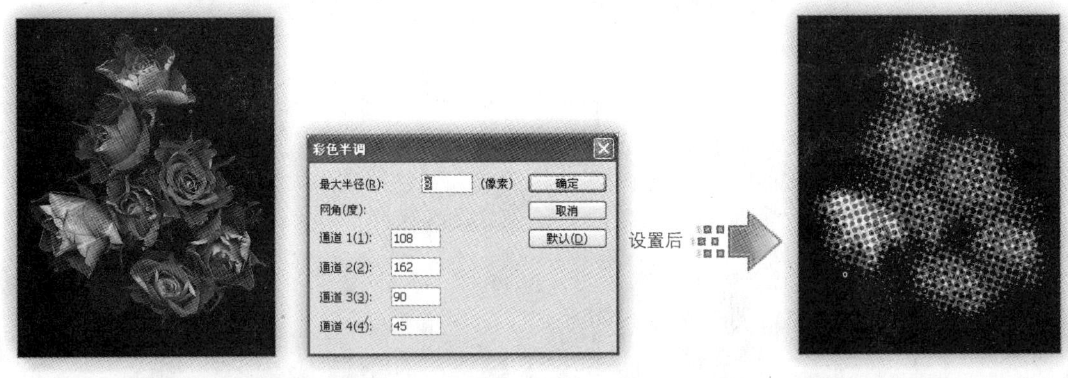

“彩色半调”对话框中的各选项功能如下。

- 最大半径：设置半调网屏的最大半径。
- 对于灰度图像：只使用通道1。
- 对于RGB图像：使用1、2和3通道，分别对应红色、绿色和蓝色通道。
- 对于CMYK图像：使用所有4个通道，对应青色、洋红、黄色和黑色通道。

“点状化”滤镜将图像分解为随机分布的网点，模拟点状绘画的效果。使用背景色填充网点之间的空白区域。对话框中的“单元格大小”是指调整单元格的尺寸，不要设置的过大，否则图像将变得面目全非，范围是3~300，如下图所示。

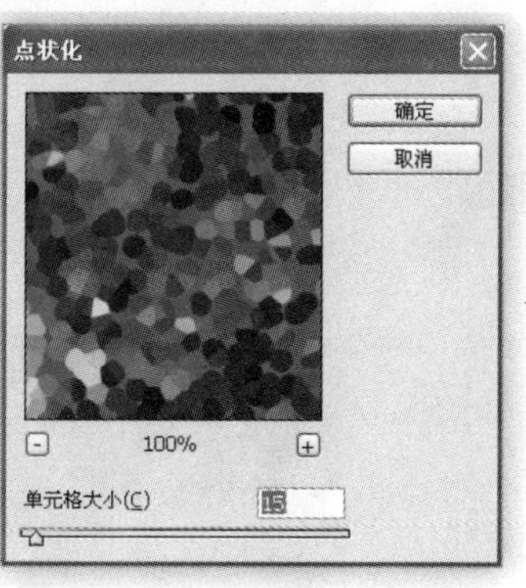

设置后

案例名称：制作大网点图像效果
素材路径：制作大网点图像效果
效果路径：\效果\第13章\制作大网点图像.psd
视频链接：Video\视频教程\滤镜的特殊效果（二）\制作网点图像效果

1 Step 新建一个 530 像素 ×400 像素，颜色模式为“灰度”，其他参数默认的图像文件。

2 Step 选择“滤镜→像素化→彩色半调”命令，在打开的“彩色半调”对话框中设置数值，对图形应用“彩色半调”滤镜，单击确定按钮，如下左图所示。

3 Step 选择“滤镜→像素化→点状化”命令，在打开的“点状化”对话框中设置数值，如下中图所示，对图形应用“点状化”滤镜，单击确定按钮，效果如下右图所示。

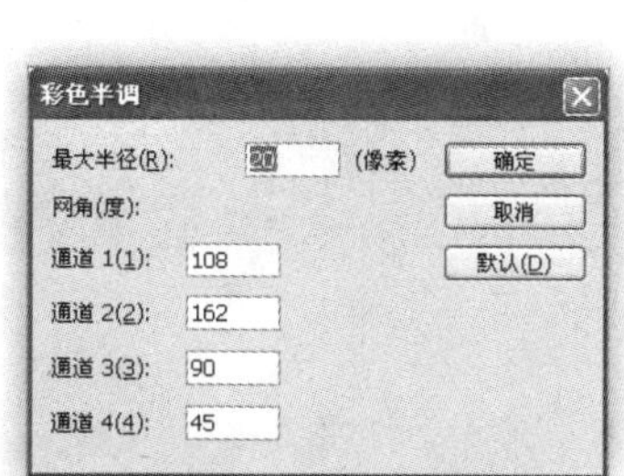

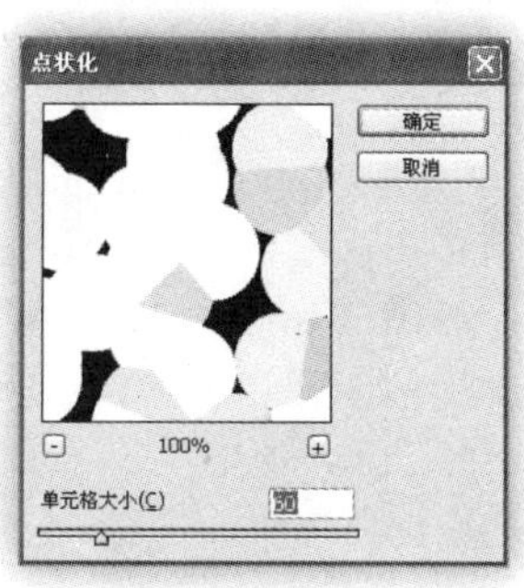

4 Step 打开素材文件“模特.jpg”，使用魔棒工具将图像中的模特创建为选区。将选区内的图像复制粘贴到网点背景图像中，按“Ctrl+T”组合键将模特缩小，移动到合适的位置，如下图所示。

5 Step 双击模特所在图层，在弹出的“图层样式”对话框中勾选“外发光”复选框，并设置“扩散”为“8%”，“大小”为“59 像素”，“范围”为“50”，“抖动”为“23%”，单击确定按钮，如下左图所示，

对图形应用“外发光”效果，如下右图所示。用彩色半调和点状化滤镜制作网点图像效果案例操作完成，保存该文件。

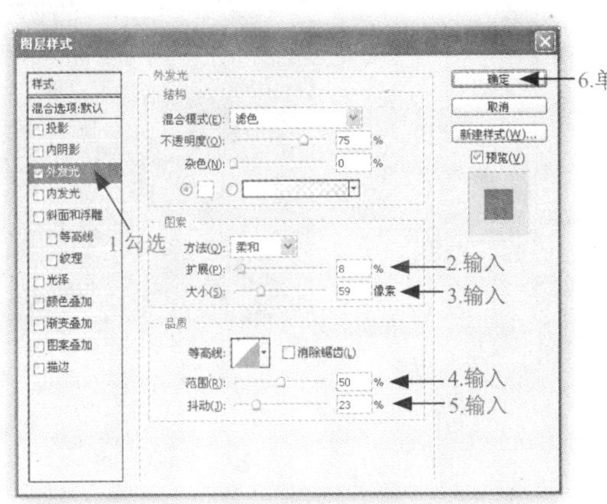

13.4.3 通过“晶格化”和“马赛克”滤镜制作模糊马赛克图像

学习目标

本节主要学习“晶格化”和“马赛克”滤镜的相关知识，通过制作模糊马赛克图像介绍它们的使用方法，在学习制作模糊马赛克图像时，读者可以结合光盘中的视频轻松、直观地进行学习。

准备知识

认识“晶格化”滤镜和“马赛克”滤镜

“晶格化”滤镜使用多边形纯色结块重新绘制图像。“马赛克”滤镜是指形成马赛克效果，将像素结为方形块。“晶格化”对话框中“单元格大小”是指调整结块单元格的尺寸，不要设置的过大，否则图像将变得面目全非，范围是3~300，如下图所示。

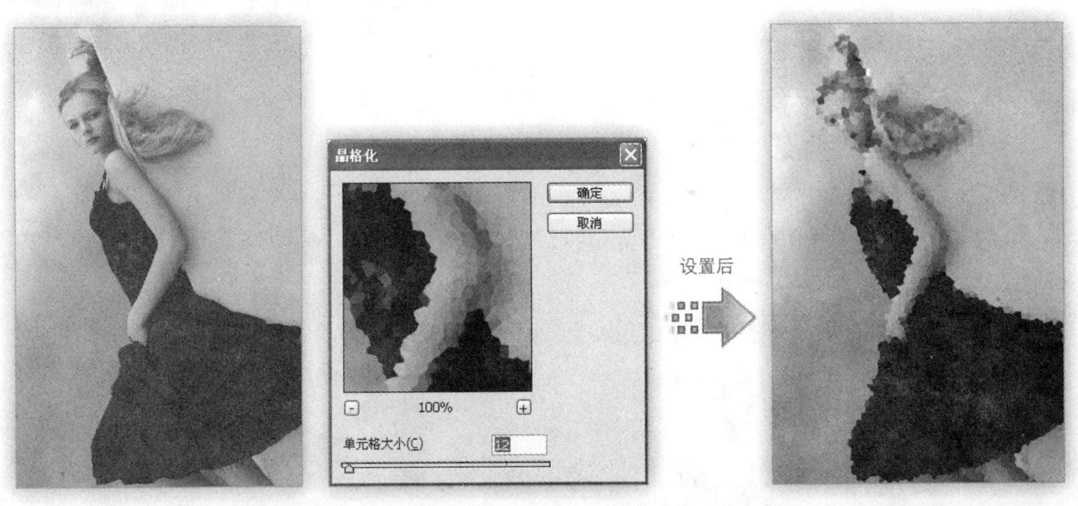

“马赛克”滤镜可以将图像分解成许多规则排列的小方块，其原理是把一个单元内的像素的颜色统一产生马赛克效果。“马赛克”对话框中的“单元格大小”用来调整色块的尺寸，如下图所示。

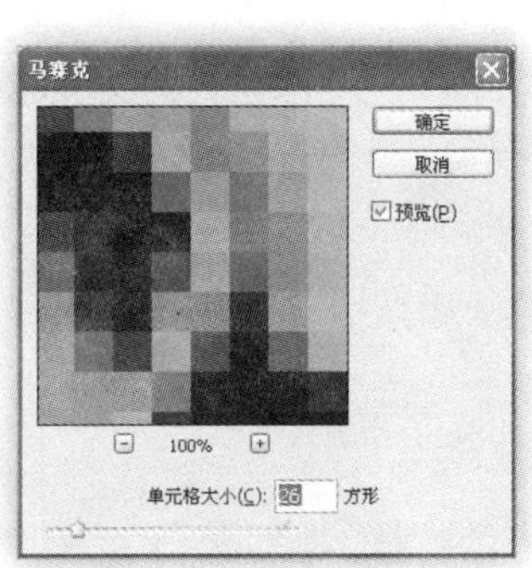

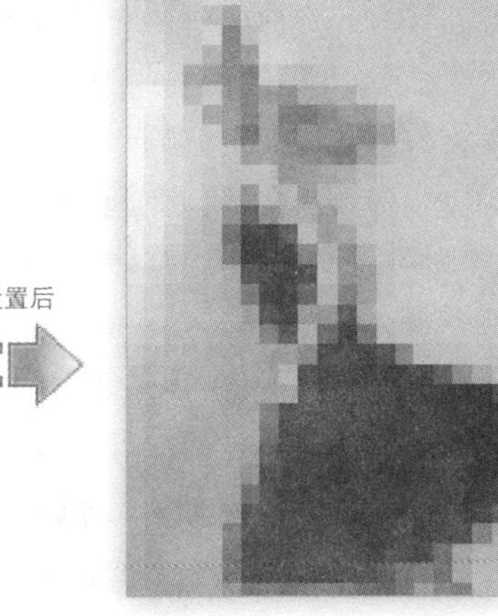

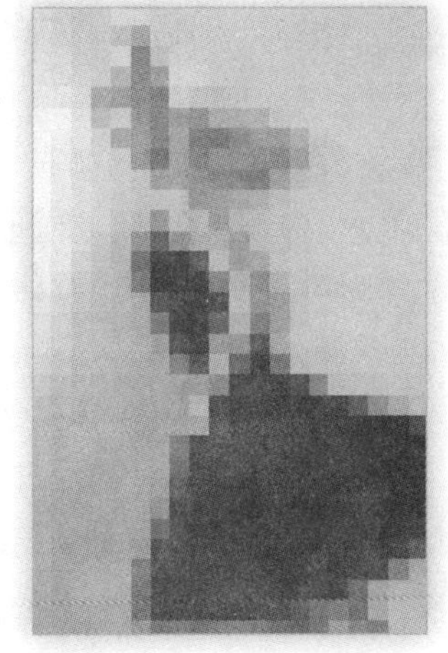

案例名称：制作模糊马赛克图像

素材路径：\素材\第13章\模糊马赛克.jpg

效果路径：\效果\第13章\制作模糊马赛克图像.psd

视频链接：Video\视频教程\滤镜的特殊效果（二）\制作模糊马赛克图像

Step 1 打开“模糊马赛克 .jpg”图像文件，复制背景图像。

Step 2 选择“滤镜→像素化→晶格化”命令，在打开的“晶格化”对话框中设置数值，对图形应用“晶格化”滤镜，单击 确定 按钮，如下图所示。

Step 3 选择“滤镜→像素化→马赛克”命令，在打开的“马赛克”对话框中设置数值，对图形应用“马赛克”滤镜，单击 确定 按钮，如下图所示。用晶格化和马赛克滤镜制作马赛克图像案例操作完成，保存该文件。

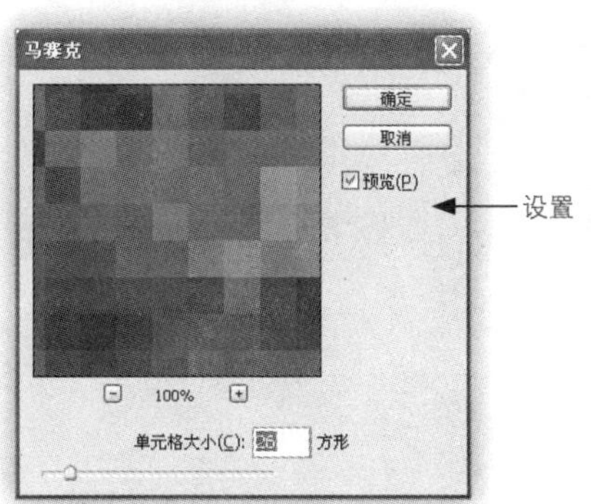

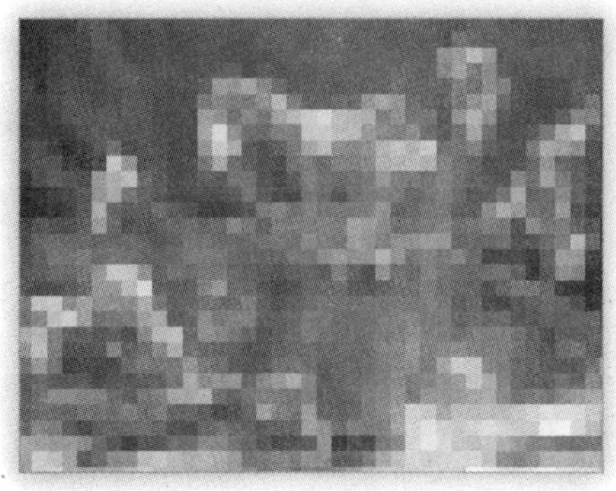

13.4.4 通过“碎片”和“铜版雕刻”滤镜制作铜板碎片效果

学习目标

本节主要学习“碎片”和“铜版雕刻”滤镜的相关知识，通过制作铜板碎片效果介绍它们的使用方法，在学习制作铜板碎片效果时，读者可以结合光盘中的视频轻松、直观地进行学习。

准备知识

认识“碎片”滤镜和“铜版雕刻”滤镜

“碎片”滤镜将图像创建为4个相互偏移的副本，再进行水平移动，产生一种类似相机不聚焦的重影效果，此滤镜直接应用于图像，不设对话框，如下图所示。

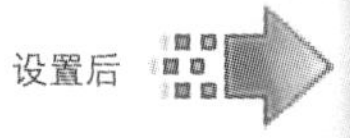

“铜版雕刻”滤镜使用黑白或颜色完全饱和的网点图案重新绘制图像。铜版雕刻滤镜对话框中的类型有10种，分别为精细点、中等点、粒状点、粗网点、短线、中长直线、长线、短描边、中长描边和长边，如下图所示。

案例名称：制作铜板碎片图像
素材路径：\素材\第13章\铜板碎片图像.jpg
效果路径：\效果\第13章\铜板碎片图像.psd
视频链接：Video\视频教程\滤镜的特殊效果（二）\制作铜板碎片图像

1 Step 打开“铜板碎片图像 .jpg”图像文件，复制背景图层，如下左图所示。

2 Step 选择“滤镜→像素化→碎片”命令，对图形直接应用“碎片”滤镜，效果如下右图所示。

3 Step 继续选择“滤镜→像素化→铜版雕刻”命令，在打开的“铜版雕刻”对话框中设置数值，如下左图所示，对图形应用铜版雕刻滤镜，单击 确定 按钮，效果如下右图所示。用碎片和铜版雕刻滤镜制作铜板碎片图像案例完成，保存该图片。

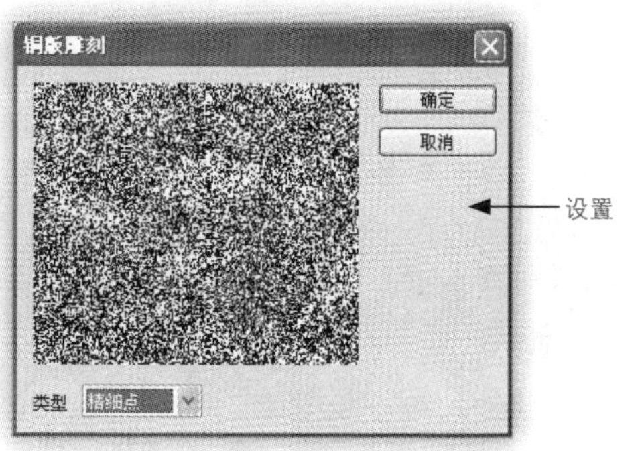

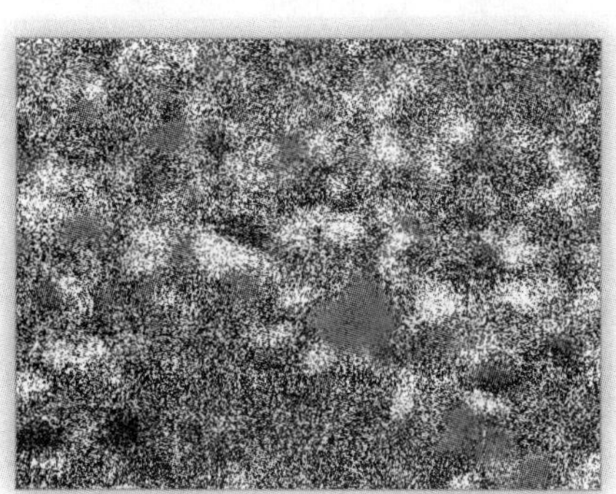

13.5 通过3个案例掌握“渲染”滤镜组的使用方法

在滤镜中 “渲染”滤镜在图像中创建 3D 形状、云彩图案、折射图案和模拟的光反射。也可在 3D 空间中操纵对象，创建 3D 对象（立方体、球面和圆柱），并从灰度文件创建纹理填充以产生类似 3D 的光照效果。“渲染”滤镜组包括“分层云彩”、“光照效果”、“镜头光晕”、“纤维”、“云彩”多种滤镜，我们将在后面一一讲解。

13.5.1 通过“云彩”和“分层云彩”滤镜制作火焰效果图像

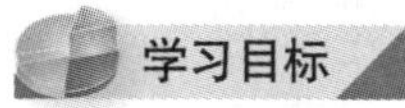

学习目标

本节主要学习“云彩”和“分层云彩”滤镜的相关知识，通过制作火焰效果图像介绍它们的基本操作。在学习制作火焰效果图像时，读者可以结合光盘中的视频轻松、直观地进行学习。

准备知识

认识“云彩”滤镜和“分层云彩”滤镜

“云彩”滤镜用介于前景色与背景色之间的随机值，生成柔和的云彩图案。要生成色彩较为分明的云彩图案，按住“Alt”键，可以生成色彩较为分明的云彩图案，如下图所示。

“分层云彩”使用随机生成的介于前景色与背景色之间的值，生成云彩图案。第一次选取此滤镜时，图像的某些部分被反相为云彩图案。应用此滤镜几次之后，会创建出与大理石的纹理相似的凸缘与叶脉图案，如下图所示。

案例名称：制作火焰效果图像
素材路径：\素材\第13章\无
效果路径：\效果\第13章\制作火焰效果.psd
视频链接：Video\视频教程\滤镜的特殊效果（二）\制作火焰效果图像

1 Step 新建一个 530 像素 ×400 像素，颜色模式为“RGB”，其他参数默认的图像文件。

2 Step 选择“滤镜→渲染→云彩”命令，对图像直接应用“云彩”滤镜，如下左图所示。

3 Step 继续选择“滤镜→渲染→分层云彩”命令，将“分层云彩”滤镜应用到图像中，并按“Ctrl+F”组合键加深云彩的效果，如下右图所示。

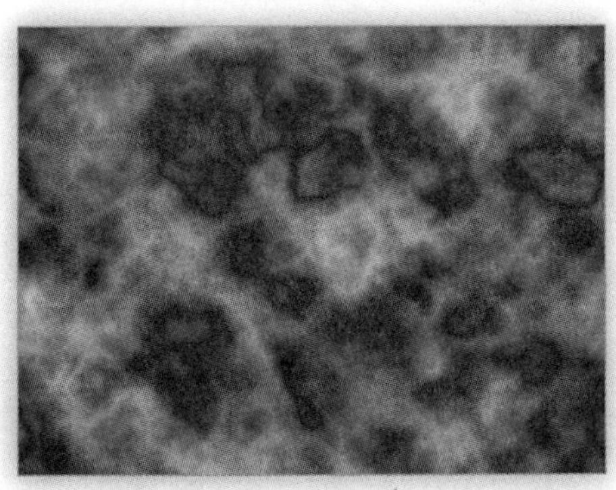

4 Step 按“Ctrl+J”组合键复制背景图层，在复制的背景图层上继续选择“图像→调整→色彩平衡”命令，在打开的“色彩平衡”对话框中设置“色阶”值为（+94,0,0），选择“中间调”单击按钮，勾选“保持明度”复选框，单击[确定]按钮，如下左图所示，效果如下右图所示。

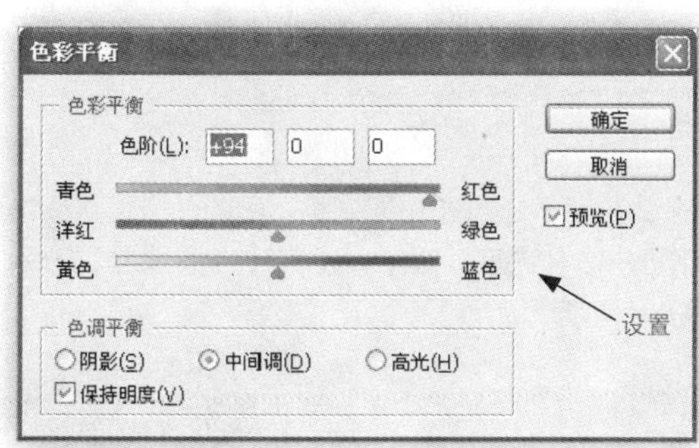

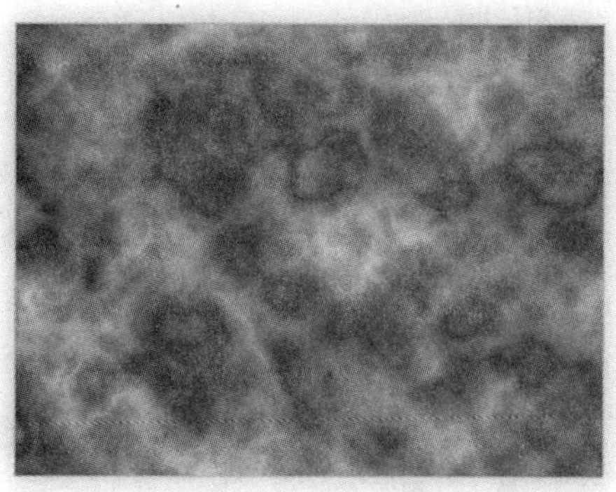

5 Step 继续选择“图像→调整→色彩平衡”命令，在打开的“色彩平衡”对话框中设置“色阶”为（+100,+35,-100），选择“中间调”单选按钮，勾选“保持明度”复选框，单击[确定]按钮，如下左图所示，效果如下右图所示。

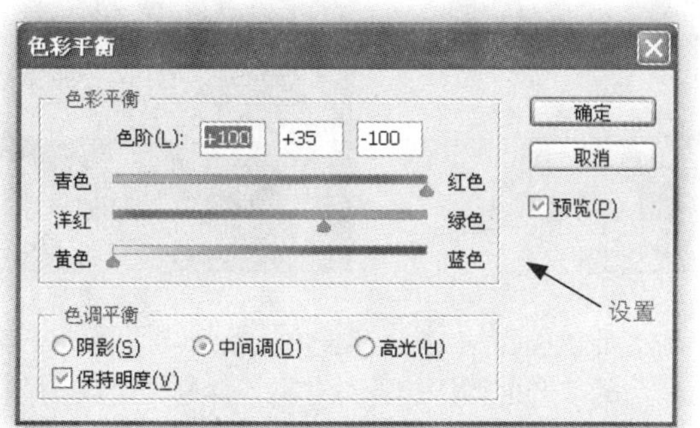

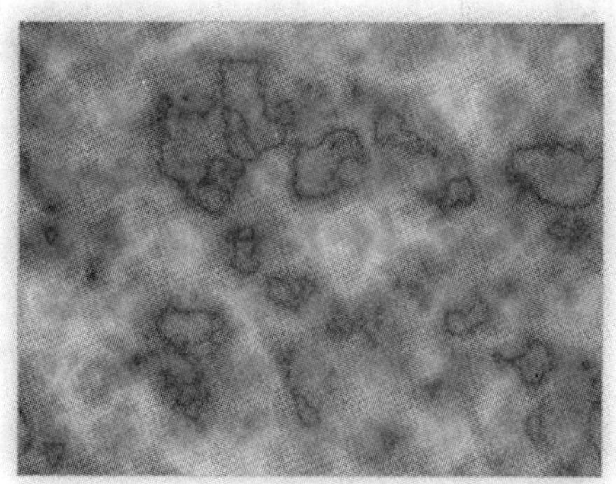

6 Step 再次选择“图像→调整→色彩平衡”命令，在打开的“色彩平衡”对话框中设置“色阶”为（+6,0,-64），选择“高光”单选按钮，勾选“保持明度”复选框，单击[确定]按钮，如下左图所示。用云彩滤镜和分层云彩滤镜制作火焰效果案例完成，保存该图片，效果如下右图所示。

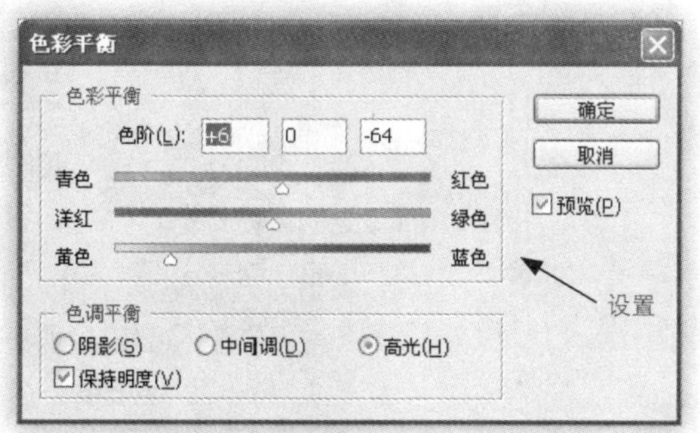

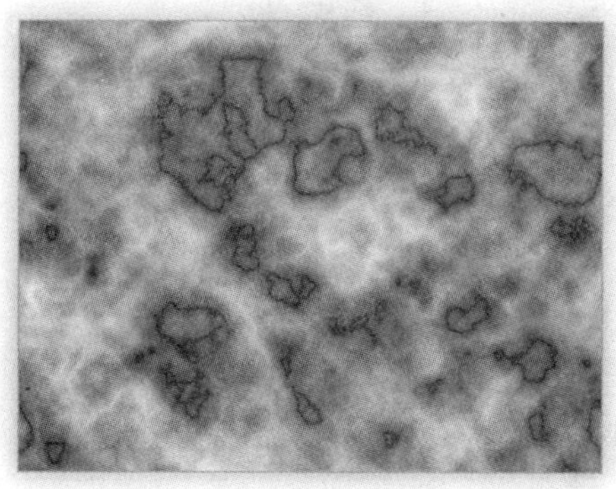

13.5.2 通过“镜头光晕”和“光照效果”滤镜制作午后的街道

学习目标

本节主要学习“镜头光晕”和“光照效果”滤镜的相关知识，通过制作夏日午后的街道案例介绍

"镜头光晕"和"光照效果"滤镜的基本操作。在学习制作夏日午后的街道的案例时，读者可以结合光盘中的视频轻松、直观地进行学习。

准备知识

认识"镜头光晕"滤镜和"光照效果"滤镜

"镜头光晕"滤镜模拟亮光照射到相机镜头所产生的折射。通过单击图像缩览图的任一位置或拖动其十字线，指定光晕中心的位置。在"镜头光晕"对话框中有"亮度"选项，还有4种镜头类型，分别是50-300毫米变焦、35毫米聚焦、105毫米聚焦、电影镜头，如下图所示。

"光照效果"滤镜可以改变 17 种光照样式、3 种光照类型和 4 套光照属性，在 RGB 图像上产生无数种光照效果。还可以使用灰度文件的纹理（称为凹凸图）产生类似 3D 的效果，并存储你自己的样式以在其他图像中使用，如下图所示。

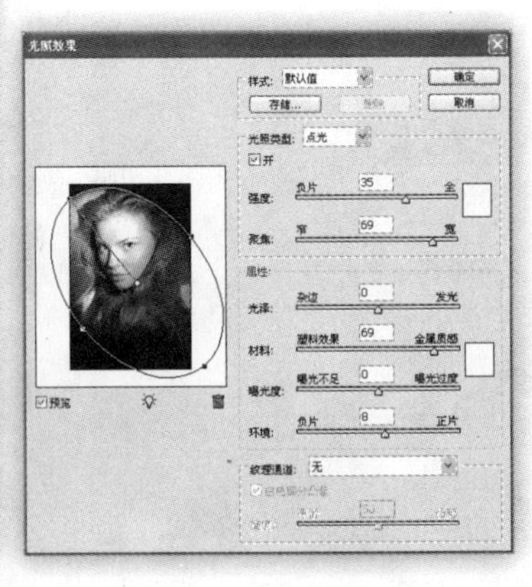

"光照效果"对话框中的各选项功能如下。

- 样式：滤镜自带了17种灯光布置的样式，我们可以直接调用，而且还可以将自己的设置参数存储为样式，以备日后调用。
- 灯光类型：包括了3种类型，分别是点光、平行光和全光源。
  - 点光：当光源的照射范围框为椭圆形时为斜射状态，投射下椭圆形的光圈；当光源的照射范围框为圆形时为直射状态，效果与全光源相同。

➢ 平行光：均匀地照射整个图像，此类型灯光无聚焦选项。

➢ 全光源：光源为直射状态，投射下圆形光圈。

- 强度：调节灯光的亮度，若为负值则产生吸光效果。
- 聚焦：调节灯光的衰减范围。
- 属性：每种灯光都有光泽、材料、曝光度和环境4种属性。通过单击对话框右侧的两个色块可以设置光照颜色和环境色。
- 纹理通道：选择要建立凹凸效果的通道。
- 白色部分凸出：默认为勾选状态，若取消勾选此复选框，则凸出的将是通道中的黑色部分。
- 高度：控制纹理的凹凸程度。

案例名称：制作夏日午后的街道
素材路径：\素材\第13章\夏日午后的街道.jpg
效果路径：\效果\第13章\制作夏日午后的街道.psd
视频链接：Video\视频教程\滤镜的特殊效果（二）\制作夏日午后的街道

Step 1 打开素材文件“夏日午后的街道.jpg”，复制背景图层。

Step 2 选择“图像→调整→色阶”命令，在打开的“色阶”对话框中设置“输入色阶”值为（0，1，204），其他参数为默认状态，将图像调亮色一些，单击 确定 按钮，如下图所示。

Step 3 选择“图像→调整→色彩平衡”命令，在打开的“色彩命令”对话框中设置“色阶”值为（7，18，-67），设置“色调平衡”为“中间调”，并勾选“保持明度”复选框，如下左图所示，单击 确定 按钮，效果如下右图所示。

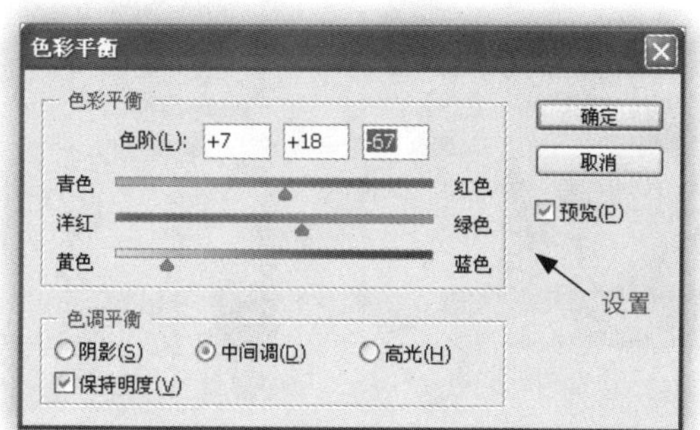

Step 4 选择“滤镜→渲染→光照效果”命令，在打开的“光照效果”对话框中调整各项参数，如下左图所示，单击 确定 按钮，对图像应用“光照效果”滤镜，效果如下右图所示。

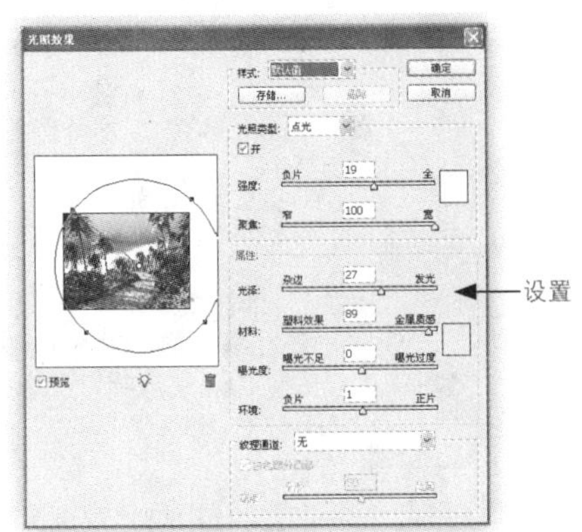

5 Step 继续选择“滤镜→渲染→镜头光晕”命令，调整好镜头光晕的位置，在“镜头光晕”对话框中设置“亮度”为“162%”，选择“50-300 毫米变焦”单选按钮，其他参数为默认值，单击 确定 按钮，如下左图所示，对图像应用“镜头光晕”滤镜，效果如下右图所示。用镜头光晕和光照效果滤镜制作夏日午后的街道案例完成，保存该图片。

13.5.3 通过“纤维”滤镜为图像添加编织纤维纹理

学习目标

本节主要学习“纤维”滤镜的相关知识，并通过为图像添加编织纤维纹理的案例来介绍“纤维”滤镜的使用方法。在学习为图像添加编织纤维纹理时，读者可以结合光盘中的视频轻松、直观地进行学习。

准备知识

认识“纤维”滤镜

“纤维”滤镜使用前景色和背景色创建编织纤维的外观。当应用“纤维”滤镜时，现用图层上的图像数据会被替换，如右图所示。

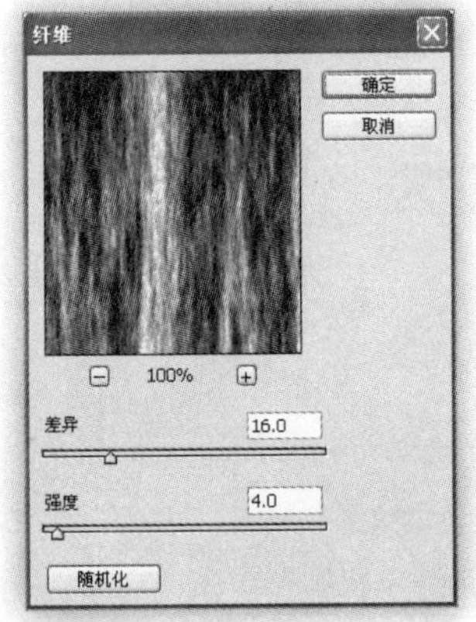

知识链接

单击对话框中的“随机化”按钮，可更改图案的外观，可多次单击该按钮，直到看到你喜欢的图案。

"纤维"对话框中的各选项功能如下。

- 差异：控制颜色的变化方式（较低的值会产生较长的颜色条纹；较高的值会产生非常短且颜色分布变化更大的纤维。
- 强度：控制每根纤维的外观。低设置会产生松散的织物，而高设置会产生短的绳状纤维。

案例名称：添加编织纤维纹理
素材路径：\素材\第13章\无
效果路径：\效果\第13章\添加编织纤维纹理.psd
视频链接：Video\视频教程\滤镜的特殊效果（二）\添加编织纤维纹理

1 Step 新建一个530像素×400像素，颜色模式为"RGB"模式，其他参数默认的图像文件。

2 Step 设置前景色为黄色（R:162,G:121,B:18），背景色为深褐色（R:97,G:69,B:16），选择"滤镜→渲染→纤维"命令，在打开的"纤维"对话框中设置"差异"为"36"，"强度"为"27"，如下左图所示，单击 确定 按钮，将"纤维"滤镜应用到图像中，效果如下右图所示。

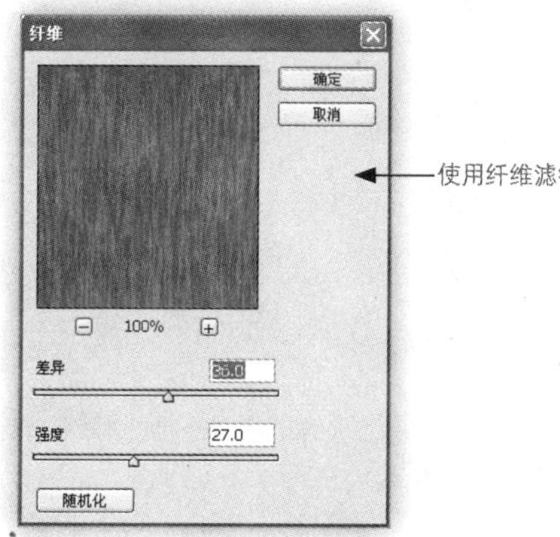

3 Step 选择"选择→色彩范围"命令，选择图像中暗色的部分，为图像添加阴影效果，在打开的"色彩范围"对话框中参数设置如下左图所示，单击 确定 按钮，效果如下中图所示。

4 Step 在图像中单击鼠标右键，在弹出的快捷菜单中选择"通过拷贝的图层"命令，新创建一个选区所在图像的图层，如下右图所示。

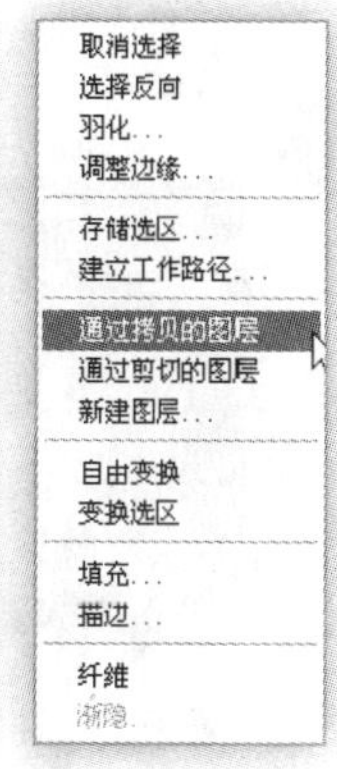

5 Step 在图层面板中双击该图层，在打开"图层样式"对话框中勾选"投影"复选框，并设置各项参数如下左图所示，单击 确定 按钮，效果如下右图所示。用纤维滤镜为图像添加编织纤维纹理案例完成，保存图片。

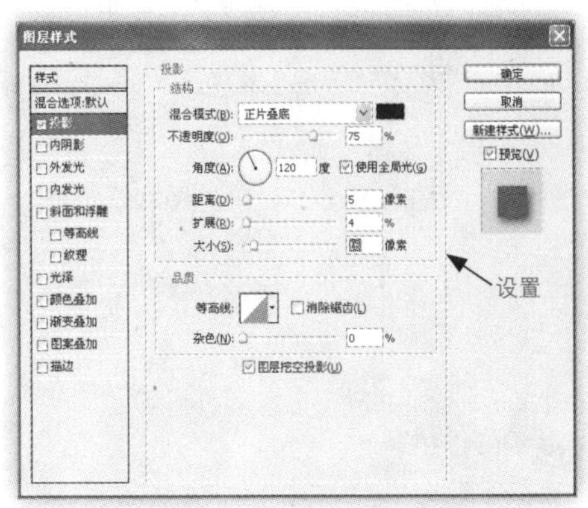

13.6 通过7个案例掌握“艺术效果”滤镜组的使用方法

“艺术效果”滤镜组中的各种滤镜模仿自然或传统介质效果，可以帮助为美术或商业项目制作绘画效果或艺术效果。“艺术效果”滤镜组包括壁画、彩色铅笔、粗糙蜡笔、底纹效果、调色刀、干画笔、海报边缘等多种滤镜，我们将在后面一一讲解。

13.6.1 通过“壁画”和“干画笔”滤镜制作干画笔图像

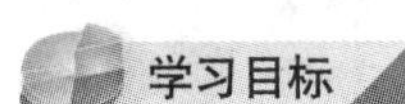

学习目标

本节主要学习“壁画”与“干画笔”滤镜的相关知识，并通过制作干画笔图像的案例来介绍它们的使用方法。在学习制作干画笔图像时，读者可以结合光盘中的视频轻松、直观地进行学习。

准备知识

认识“壁画”滤镜和“干画笔”滤镜

“壁画”滤镜使用短而圆、粗略涂抹的小块颜料，以一种粗糙的风格绘制图像。选择“滤镜→艺术效果→壁画”命令，在弹出的对话框中提供了“壁画”的选项。

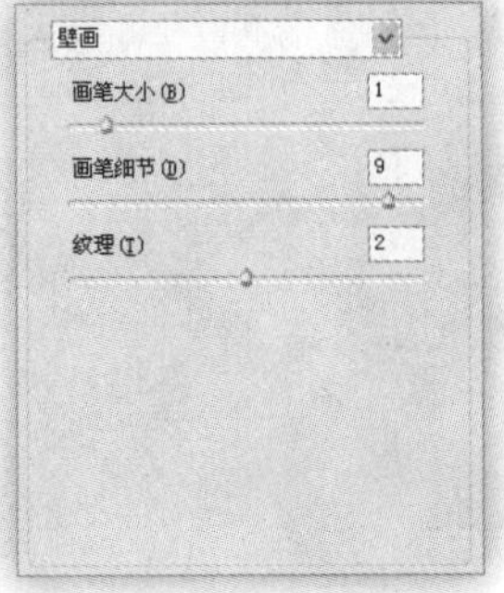

“壁画”滤镜的选项功能如下。

- 画笔大小：调节颜料的大小。

- 画笔细节：控制绘制图像的细节程度。
- 纹理：控制纹理的对比度。

“干画笔”滤镜使用干画笔技术（介于油彩和水彩之间）绘制图像边缘。此滤镜通过将图像的颜色范围降到普通颜色范围来简化图像。选择“滤镜→艺术效果→干画笔”命令，在弹出的对话框中提供了“干画笔”的选项，如下图所示。

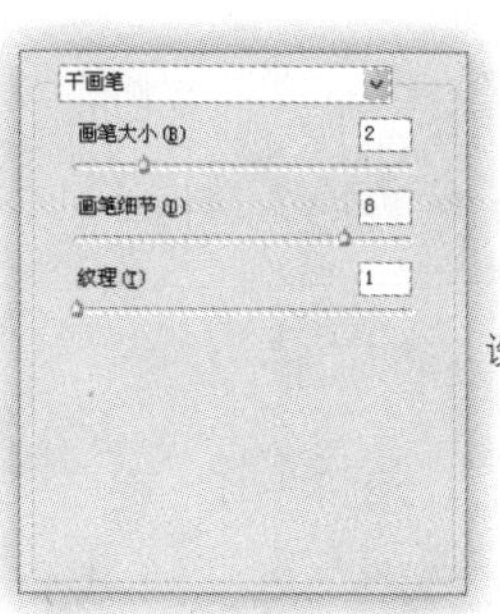

设置后

“干画笔”滤镜的选项功能如下。

- 画笔大小：调节笔触的大小。
- 画笔细节：调节画笔的对比度。
- 纹理：调节结果图像的对比度。

案例名称：制作干画笔图像
素材路径：\素材\第13章\干画笔图像.jpg
效果路径：\效果\第13章\制作干画笔效果.psd
视频链接：Video\视频教程\滤镜的特殊效果（二）\制作干画笔图像

Step 1 打开“干画笔图像.jpg”图像文件，选择“滤镜→艺术效果→干画笔”命令，在弹出的对话框中设置数值，对图形应用“干画笔”滤镜，如下图所示。

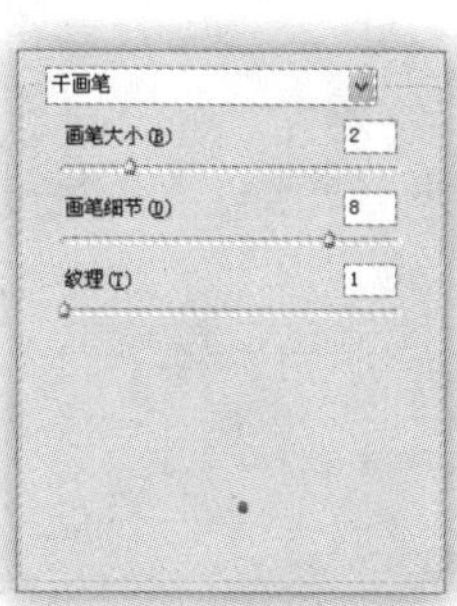

Step 2 单击对话框右下角的“新建效果图层”，继续在“艺术效果”滤镜中再次选择“干画笔”，参数设置“画笔大小”为“5”，“画笔细节”为“9”，“纹理”为“3”。

Step 3 继续单击对话框右下角的“新建效果图层”，在“扭曲”滤镜组中选择“扩散亮光”，设置“粒度”为“3”，“发光量”为“4”，“清除”数量为“14”，单击“确定”按钮。将滤镜应用到图像上，如下图所示。

4 Step 复制背景图层，选择“滤镜→艺术效果→壁画”命令，在弹出的对话框中设置数值，对图形应用“壁画”滤镜，单击 确定 按钮，如下图所示。

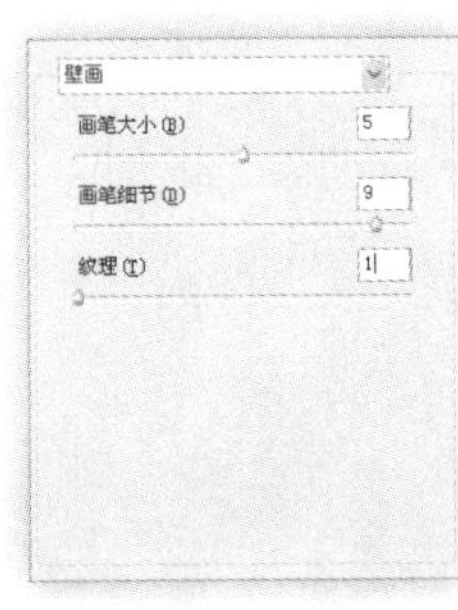

5 Step 最后设置复制图层的混合模式为“叠加”，用壁画和干画笔滤镜制作干画笔效果案例完成，保存图片。

13.6.2 通过“彩色铅笔”、“粗糙蜡笔”滤镜和动画帧制作动态图像

学习目标

本节主要学习“彩色铅笔”和“粗糙蜡笔”滤镜的相关知识，以及面板参数设置的相关知识，通过调整图像介绍其使用方法。在学习调整图像时，读者可以结合光盘中的视频轻松、直观地进行学习。

准备知识

认识“彩色铅笔”滤镜和“粗糙蜡笔”滤镜

“彩色铅笔”滤镜使用彩色铅笔在纯色背景上绘制图像。保留边缘，外观呈粗糙阴影线；纯色背景色透过比较平滑的区域显示出来，如下图所示。

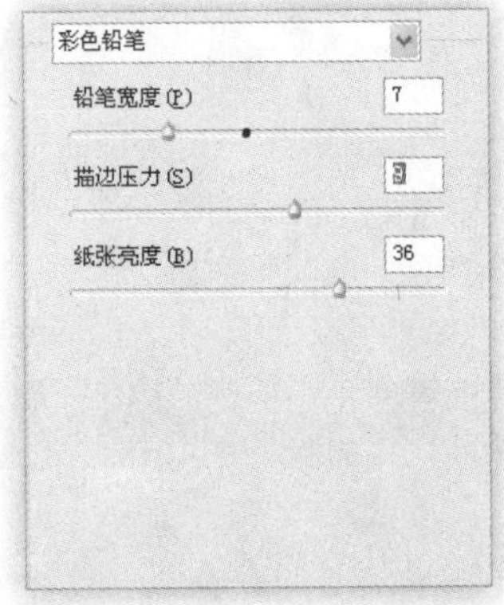

“彩色铅笔”滤镜的选项功能如下。

- 铅笔宽度：调节铅笔笔触的宽度。
- 描边压力：调节铅笔笔触绘制的对比度。
- 纸张亮度：调节笔触绘制区域的亮度。

“粗糙蜡笔”在带纹理的背景上应用粉笔描边。在亮色区域，粉笔看上去很厚，几乎看不见纹理；在深色区域，粉笔似乎被擦去了，使纹理显露出来，如下图所示。

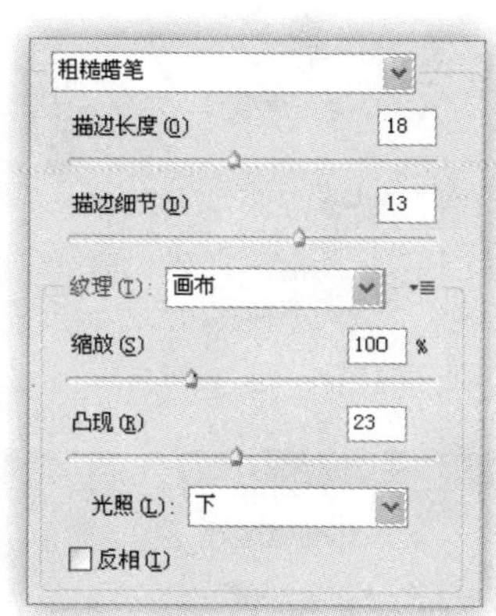

“粗糙蜡笔”滤镜的选项功能如下。

- 线条长度：调节勾画线条的长度。
- 线条细节：调节勾画线条的对比度。
- 纹理：可以选择砖形、画布、粗麻布和砂岩纹理或是载入其他的纹理。
- 缩放：控制纹理的缩放比例。
- 凸现：调节纹理的凸起效果。
- 光照：选择光源的照射方向。
- 反相：反转纹理表面的亮色和暗色。

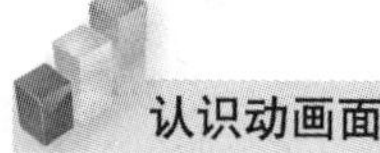

认识动画面板

动画是在一段时间内显示的一系列图像或帧。每一帧较前一帧都有轻微的变化，当连续、快速地显示这些帧时就会产生运动或其他变化的错觉。

选择“窗口→动画”命令，打开动画面板并以帧模式出现，显示动画中的每个帧的缩览图。使用面板底部的工具可浏览各个帧，设置循环选项，添加和删除帧及预览动画等。

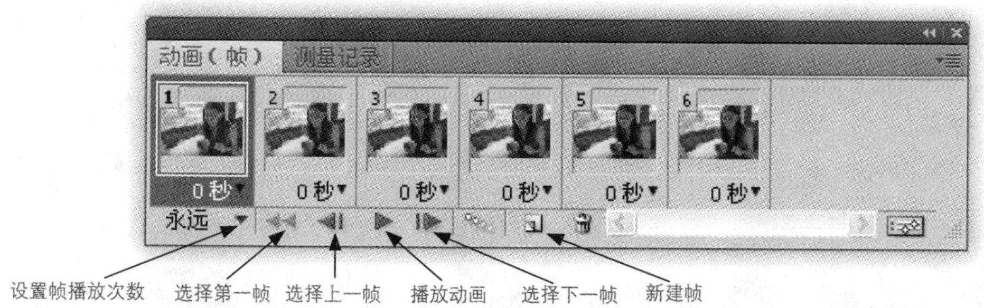

在帧模式中，动画面板包含下列控件。

- 循环选项：设置动画在作为动画 GIF 文件导出时的播放次数。
- 帧延迟时间：设置帧在回放过程中的持续时间。
- 过渡动画帧 ：在两个现有帧之间添加一系列帧，通过插值方法（改变）使新帧之间的图层属性均匀。
- 复制选定的帧 ：通过复制动画面板中的选定帧以向动画添加帧。
- 转换为时间轴动画 ：用于将图层属性表示为动画的关键帧将帧动画转换为时间轴动画。

制作动态gif图像

使用帧面板制作动态GIF图像，首先打开图像文件，然后选择“窗口→动画”命令，在动画面板中单击“新建帧”按钮，新建动画帧，并在对应的图层面板上打开与每一帧相应的图像，可以在每一帧的右下角设置该帧的延长时间，单击“播放”按钮预览动态效果。选择“文件→存储为Web和设备所用格式”命令，在弹出的对话框单击 存储 按钮保存动态图片。

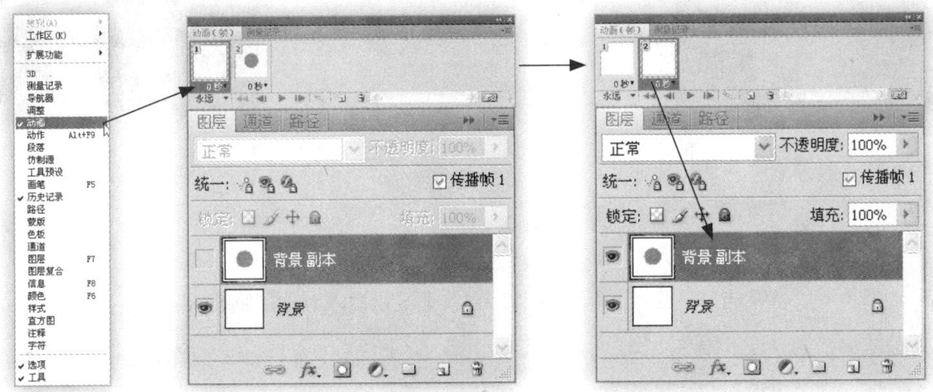

案例名称：制作动态图像
素材路径：\素材\第13章\制作动态图像.jpg
效果路径：\效果\第13章\制作动态图像.psd
视频链接：Video\视频教程\滤镜的特殊效果（二）\制作动态图像

1 Step 打开“制作动态图像.jpg”图像文件，复制背景图层。

2 Step 选择“滤镜→艺术效果→彩色铅笔”命令，在弹出的对话框中设置数值，对图形应用“彩色铅笔”滤镜，单击 确定 按钮，如下图所示。

3 Step　再复制背景图层，选择“滤镜→艺术效果→粗糙蜡笔”命令，在弹出的对话框中设置数值，对图形应用“粗糙蜡笔”滤镜，单击 确定 按钮，如下图所示。

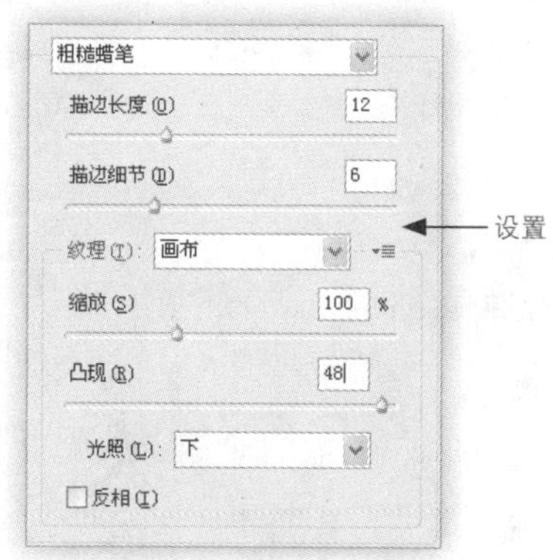

4 Step　在选择“窗口→动画”命令，打开动画面板。先依次单击“新建帧”按钮，新建3个动画帧，如下左图所示。

5 Step　选择第一帧，并且在对应图层面板中只显示背景图层，其他图层单击“图层可视性按钮”关闭其可见性，如下右图所示。

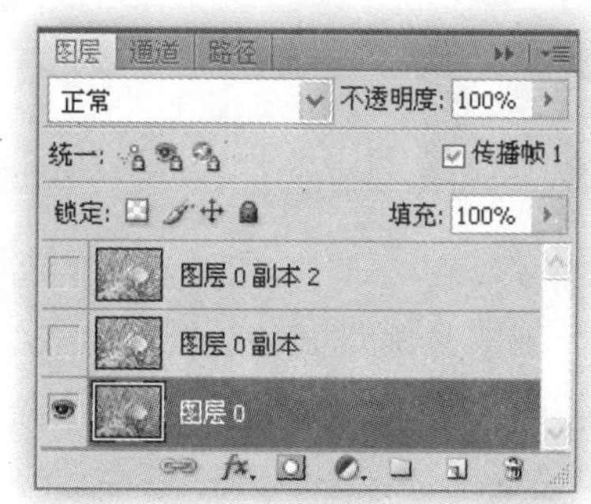

6 Step　在动画面板中选择第二帧，并且在对应图层面板中只显示使用彩色铅笔滤镜效果图层，其他图层单击“图层可视性按钮”关闭其可见性。按照同样的方法，第三帧显示背景图层，第四帧显示粗糙蜡笔滤镜效果，如下图所示。

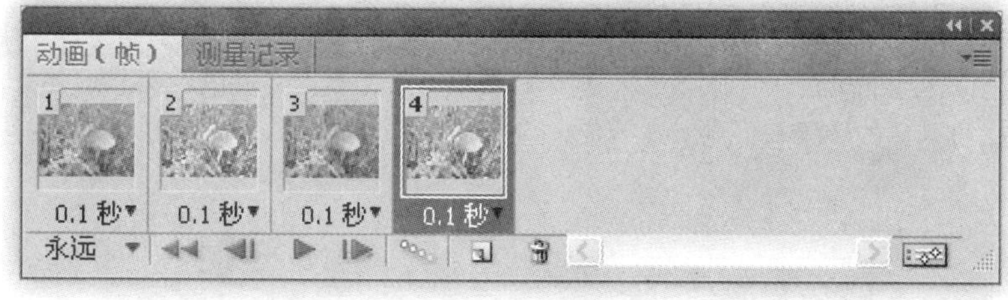

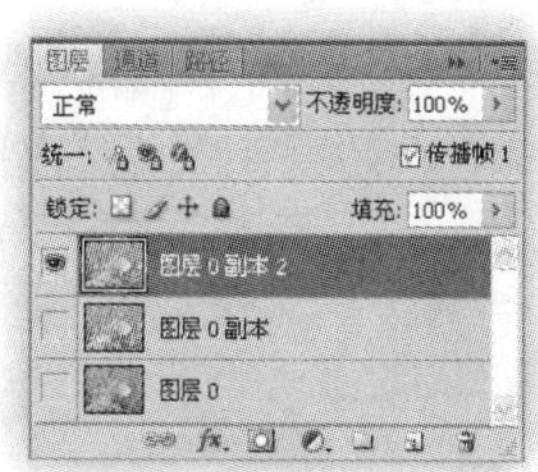

7 Step　设置好动画帧和图层显示后，在动画帧面板中并设置每帧的延长时间为0.1秒。用“彩色铅笔”和“粗糙蜡笔”滤镜及动画帧制作动态效果案例完成。选择“文件→存储为Web和设备所用格式”命令，在打开的对话框中单击 存储 按钮，保存动态图片。

13.6.3 通过“底纹效果”和“胶片颗粒”滤镜为图像添加底纹

学习目标

本节主要学习使用“底纹效果”和“胶片颗粒”滤镜的相关知识，通过为图像添加底纹效果来介绍它们的基本知识与参数设置，在学习为图像添加底纹效果时，读者可以结合光盘中的视频轻松、直观地进行学习。

准备知识

认识“底纹效果”滤镜和“胶片颗粒”滤镜

“底纹”滤镜在带纹理的背景上绘制图像，然后将最终图像绘制在该图像上，如下图所示。

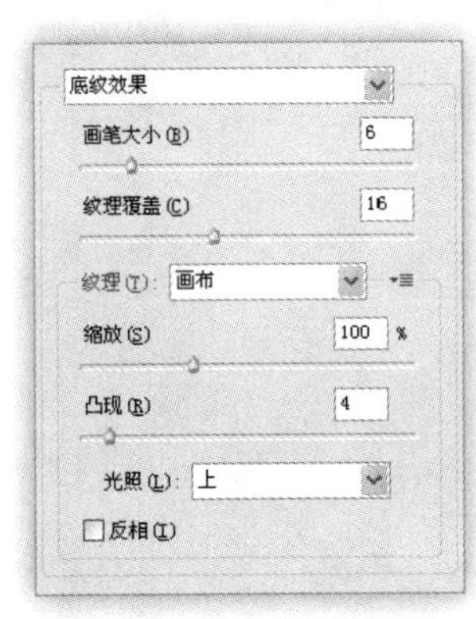

“底纹效果”滤镜的选项功能如下。

- 画笔大小：控制结果图像的亮度。
- 纹理覆盖：控制纹理与图像融合的强度。
- 纹理：可以选择砖形、画布、粗麻布和砂岩纹理或是载入其他的纹理。
- 缩放：控制纹理的缩放比例。
- 凸现：调节纹理的凸起效果。
- 光照方向：选择光源的照射方向。
- 反相：反转纹理表面的亮色和暗色。

“胶片颗粒”滤镜将平滑图案应用于阴影和中间色调。将一种更平滑、饱合度更高的图案添加到亮区中。在消除混合的条纹和将各种来源的图素在视觉上进行统一时，此滤镜非常有用，如下图所示。

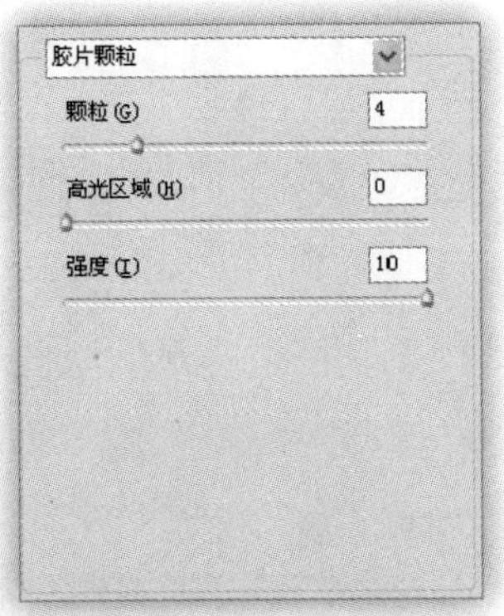

"胶片颗粒"滤镜的选项功能如下。

- 颗粒：控制颗粒的数量。
- 高光区域：控制高光的区域范围。
- 强度：控制图像的对比度。

案例名称：为图像添加底纹效果
素材路径：\素材\第13章\底纹效果.jpg
效果路径：\效果\第13章\为图像添加底纹效果.psd
视频链接：Video\视频教程\滤镜的特殊效果（二）\为图像添加底纹效果

1 Step 打开"底纹效果.jpg"图像文件，复制背景图层。

2 Step 选择"滤镜→艺术效果→胶片颗粒"，在弹出的对话框中设置数值，对图形应用"胶片颗粒"滤镜，单击确定按钮，如下图所示。

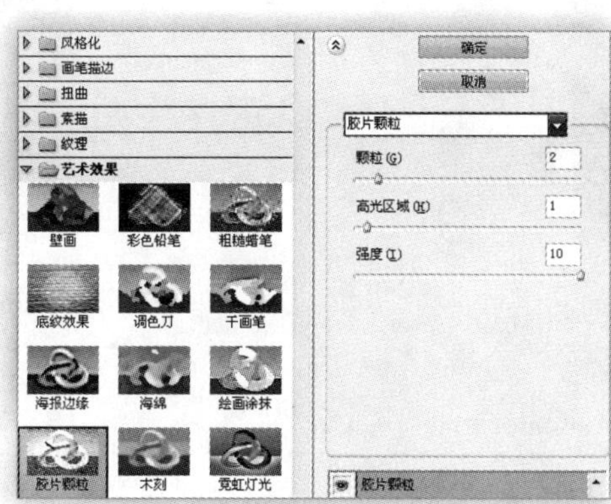

3 Step 使用魔棒工具将灰黑色背景创建为选区，选择"滤镜→艺术效果→底纹效果"命令，在弹出的对话框中设置数值，对图形应用"底纹效果"滤镜，单击确定按钮。如下图所示，用底纹效果和胶片颗粒为图像添加底纹效果案例完成，保存该图片。

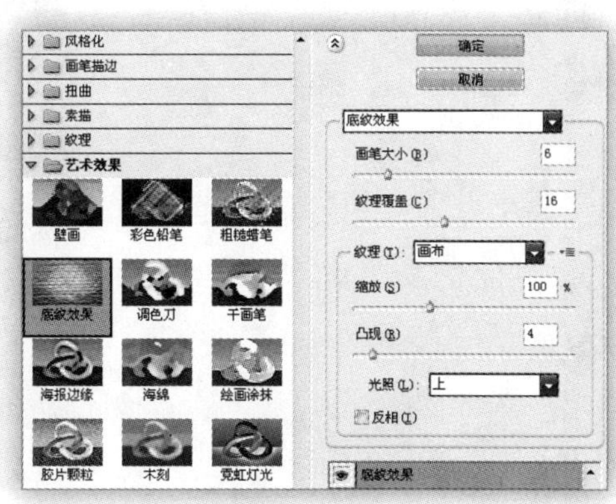

13.6.4 通过"调色刀"和"木刻"滤镜制作木刻效果

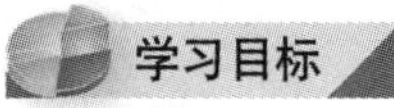

学习目标

本节主要学习"调色刀"和"木刻"滤镜的相关知识，通过制作木刻效果介绍其使用方法及面板参数设置的相关知识。在学习制作木刻效果时，读者可以结合光盘中的视频轻松、直观地进行学习。

准备知识

认识“调色刀”滤镜和“木刻”滤镜

“调色刀”滤镜减少图像中的细节以生成很淡的画布效果，可以显示出下面的纹理，如下图所示。

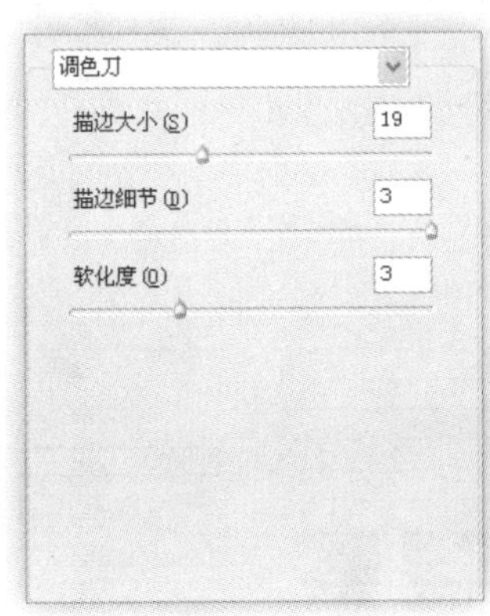

“调色刀”滤镜的选项功能如下。

- 描边大小：调节色块的大小。
- 线条细节：控制线条刻画的强度。
- 软化度：淡化色彩间的边界。

“木刻”滤镜使图像看上去好像是由从彩纸上剪下的边缘粗糙的剪纸片组成的。高对比度的图像看起来呈剪影状，而彩色图像看上去是由几层彩纸组成的，如下图所示。

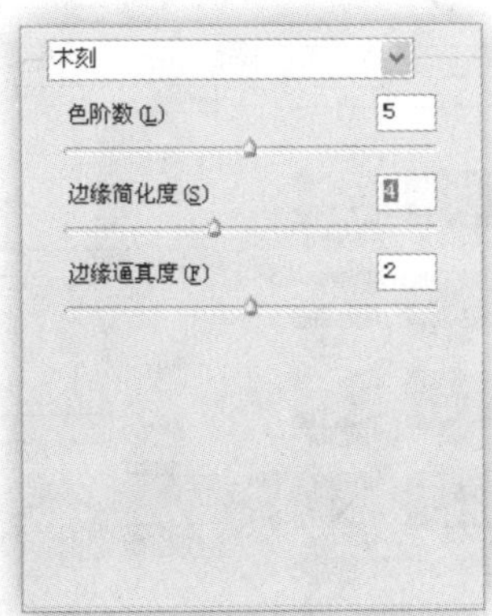

“木刻”滤镜的选项功能如下。

- 色阶数：调节色阶数值。
- 边缘简化度：调节边缘的简化强度。
- 边缘逼真度：调节图像边缘的逼真程度。

案例名称：制作木刻效果
素材路径：\素材\第13章\木刻效果.jpg
效果路径：\效果\第13章\制作木刻效果.psd
视频链接：Video\视频教程\滤镜的特殊效果（二）\制作木刻效果

1 Step 打开“木刻效果 .jpg”图像，选择“滤镜→模糊→表面模糊”命令，在打开的“表面模糊”对话框中设置“半径”为“6 像素”，“阈值”为“36 色阶”，单击 确定 按钮，应用此滤镜到图像上，如下图所示。

2 Step 复制背景图层，选择“滤镜→艺术效果→调色刀”命令，在弹出的对话框中设置数值，对图形应用“调色刀”滤镜，单击 确定 按钮，如下图所示。

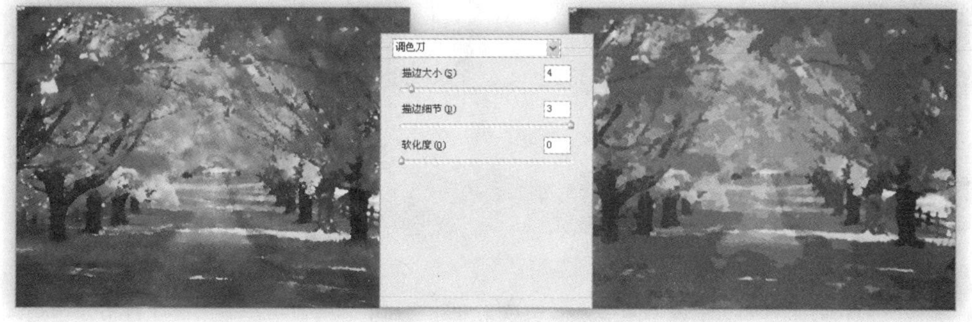

3 Step 单击对话框右下角的“新建效果图层”按钮，继续在“艺术效果”滤镜中选择“木刻”，设置“色阶数”为“8”，“边缘简化度”为“1”，“边缘逼真度”为“3”。

4 Step 继续单击对话框右下角的“新建效果图层”按钮，新建一个滤镜效果图层。然后在滤镜类别中单击“纹理”扩展按钮，在出现的滤镜中选择“纹理化”滤镜缩览图，出现相应的选项，然后设置参数，如下左图所示，完成后单击 确定 按钮，效果如下右图所示。用调色刀滤镜和木刻滤镜制作木刻效果案例完成，保存该图片。

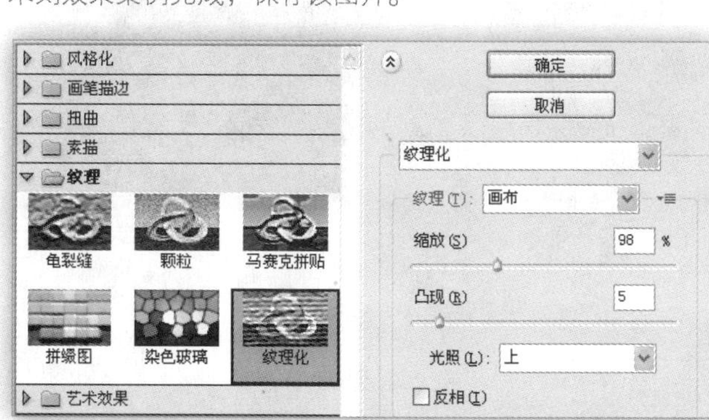

 13.6.5 通过“海报边缘”和“水彩”滤镜制作水彩画效果

 学习目标

本节主要学习使用“海报边缘”滤镜和“水彩”滤镜的相关知识，通过制作水彩画效果介绍滤镜的参数设置及使用方法，在学习制作水彩画效果时，读者可以结合光盘中的视频轻松、直观地进行学习。

 准备知识

 认识“海报边缘”滤镜和“水彩”滤镜

“海报边缘”滤镜是根据设置的海报化选项减少图像中的颜色数量，并查找图像的边缘，在边缘上绘制黑色线条。大而宽的区域有简单的阴影，而细小的深色细节遍布图像，如下图所示。

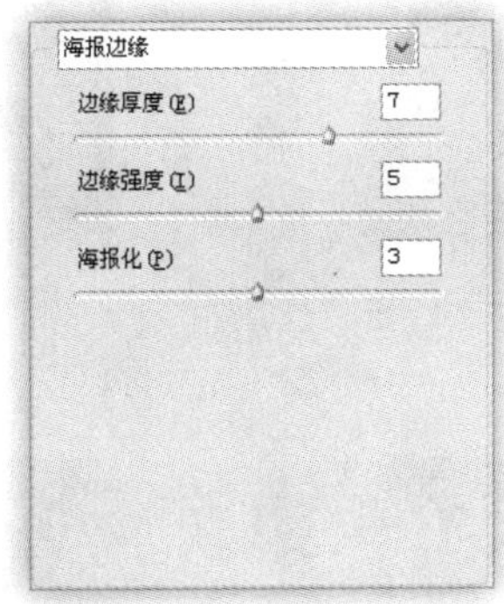

“海报边缘”滤镜的各选项功能如下。

- 边缘厚度：调节边缘绘制的柔和度。
- 边缘强度：调节边缘绘制的对比度。
- 海报化：控制图像的颜色数量。

“水彩”滤镜以水彩的风格绘制图像，使用蘸了水和颜料的中号画笔绘制以简化细节。当边缘有显著的色调变化时，此滤镜会使颜色更饱满，如下图所示。

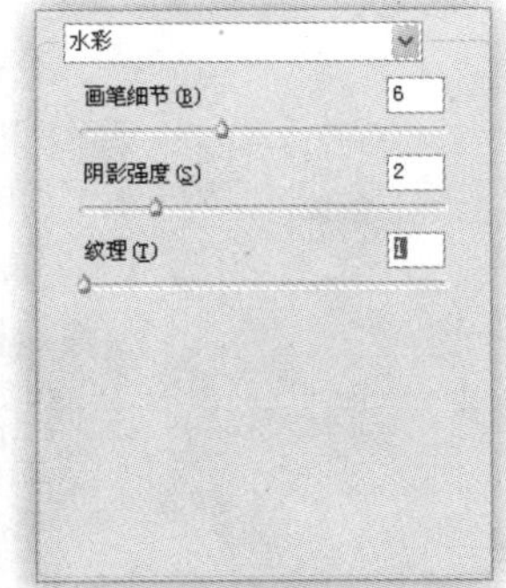

“水彩”滤镜的各选项功能如下。

- 画笔细节：设置笔刷的细腻程度。
- 阴影强度：设置阴影强度。
- 纹理：控制纹理图像的对比度。

案例名称：制作水彩画效果
素材路径：\素材\第13章\水彩画效果.jpg
效果路径：\效果\第13章\制作水彩画效果.psd
视频链接：Video\视频教程\滤镜的特殊效果（二）\制作水彩画效果

1 Step 打开“水彩画效果.jpg”图像文件，选择“滤镜→艺术效果→海报边缘”命令，在弹出的对话框中设置数值，对图形应用“海报边缘”滤镜，如下图所示。

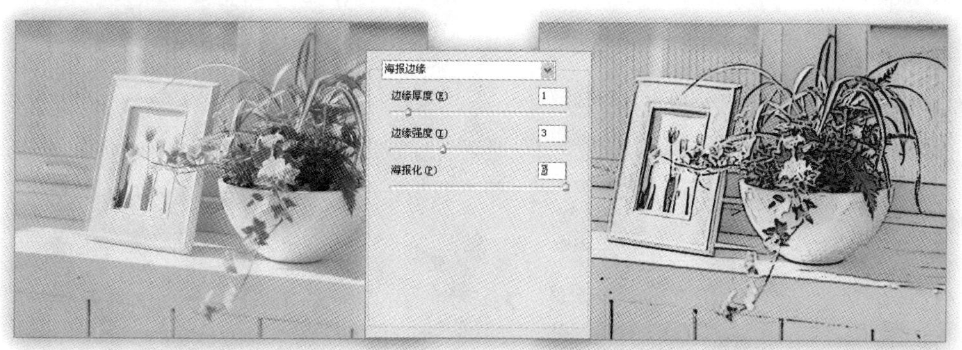

2 Step 单击对话框右下角的“新建效果图层”按钮，新建一个滤镜效果图层。然后在滤镜类别中单击“艺术效果”扩展按钮，在出现的滤镜中选择“水彩”滤镜缩览图，出现相应的选项，然后设置参数，如下左图所示，完成后单击确定按钮，效果如下右图所示。

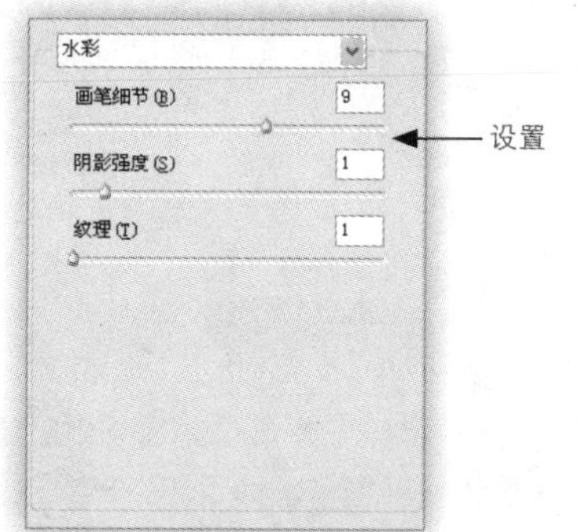

3 Step 单击对话框右下角的“新建效果图层”按钮，新建一个滤镜效果图层。然后在滤镜类别中单击“扭曲”扩展按钮，在出现的滤镜中选择“扩散亮光”滤镜缩览图，出现相应的选项，然后设置参数，完成后单击确定按钮，继续在“扭曲”滤镜中选择“扩散亮光”，设置“粒度”为“5”，“发光亮”为“5”，“清除数量”为“15”，单击确定按钮，如下左图所示，将此滤镜应用图像中，效果如下右图所示。用海报边缘滤镜和水彩滤镜制作水彩画效果案例完成，保存该图片。

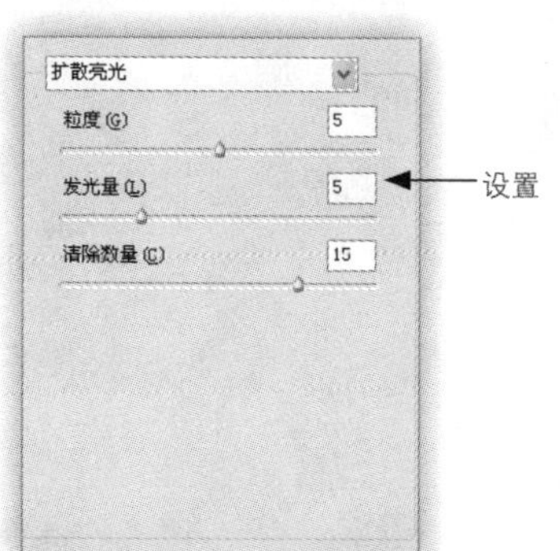

13.6.6 通过“海绵”和“霓虹灯光”滤镜为图像添加霓虹灯效果

学习目标

本节主要学习使用“海绵”和“霓虹灯光”滤镜的相关知识，通过为图像添加霓虹灯效果介绍它们的使用方法，在学习为图像添加霓虹灯效果时，读者可以结合光盘中的视频轻松、直观地进行学习。

准备知识

认识“海绵”滤镜和“霓虹灯光”滤镜

“海绵”滤镜使用颜色对比强烈、纹理较重的区域创建图像，以模拟海绵绘画的效果，如下图所示。

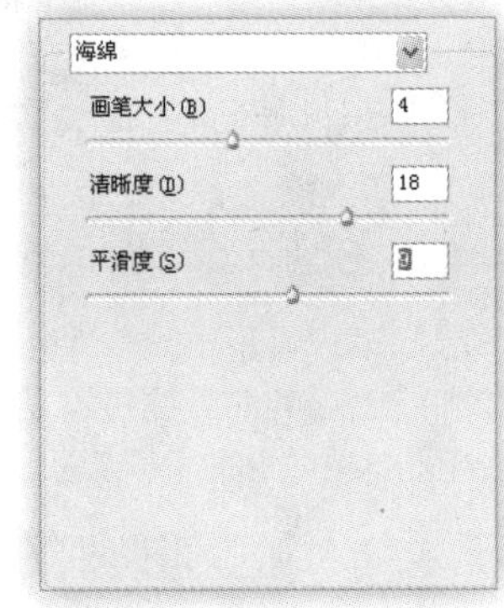

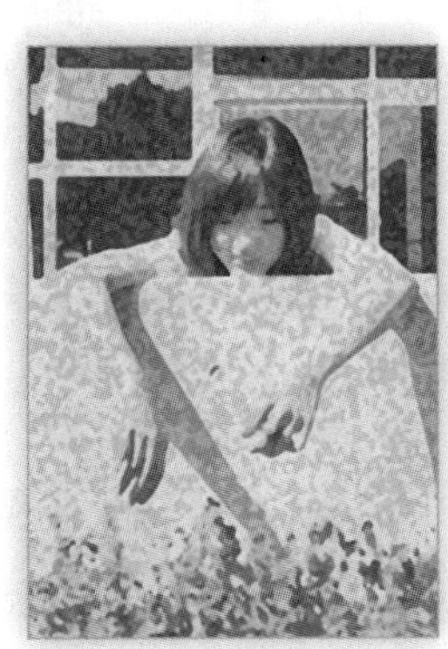

“海绵”滤镜的选项功能如下。

- 画笔大小：调节色块的大小。
- 定义：调节图像的对比度。
- 平滑度：控制色彩之间的融合度。

“霓虹灯光”滤镜将各种类型的灯光添加到图像中的对象上。此滤镜用于在柔化图像外观时给图像着色。要选择一种发光颜色，请单击发光颜色色块，并从拾色器中选择一种颜色，如下图所示。

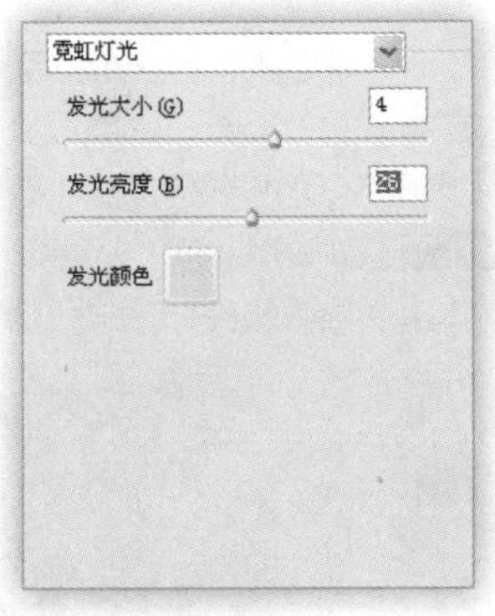

“霓虹灯光”滤镜的选项功能如下。

- 发光大小：正值为照亮图像，负值将图像变暗。
- 发光亮度：控制亮度数值。
- 发光颜色：设置发光的颜色。

案例名称：为图像添加霓虹灯光效果
素材路径：\素材\第13章\霓虹灯光效果.jpg
效果路径：\效果\第13章\为图像添加霓虹灯光效果.psd
视频链接：Video\视频教程\滤镜的特殊效果（二）\为图像添加霓虹灯光效果

1 Step 打开“霓虹灯光效果 .jpg”图像文件，选择“滤镜→艺术效果→霓虹灯光”命令，在打开的“霓虹灯光”对话框中设置“发光大小”为 6，“发光亮度”为 16，发光颜色为■，其 RGB 值为（R:15,B:25,C:229），单击 确定 按钮，应用此滤镜效果，如下图所示。

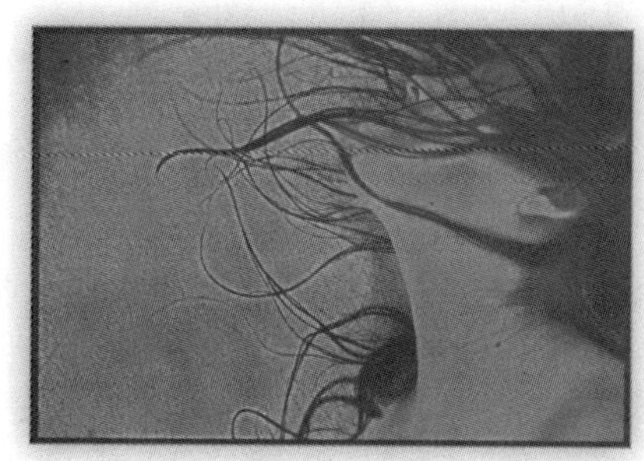

2 Step 复制图层，继续选择“滤镜→霓虹灯光”命令，参数不变，修改发光颜色为红色■（R:240,G:12,B:12），单击 确定 按钮，将该图层混合模式修改为“滤色”，应用此滤镜效果到图像，如下左图所示。

3 Step 再次复制上一步操作的图层，继续选择“滤镜→霓虹灯光”命令，参数不变，修改发光颜色为黄色■（R:251,G:237,B:5），将单击 确定 按钮，该图层混合模式修改为“叠加”，应用此滤镜效果到图像，如下右图所示。

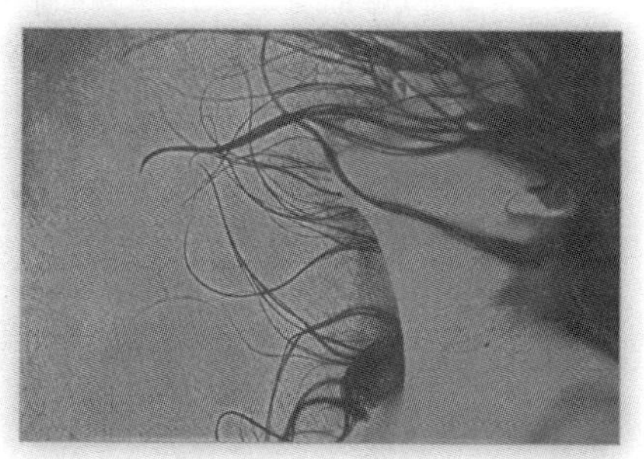

4 Step 新建一个图层，在工具箱中选择矩形选框工具[ ]，绘制出和图像同样大小的选区，并填充为白色。选择“滤镜→艺术效果→海绵”命令，在弹出的对话框中设置数值，对图形应用“海绵”滤镜。

5 Step 单击对话框右下角的“新建效果图层”，继续在“艺术效果”滤镜中选择“底纹效果”，设置“画笔大小”为“6”，“纹理覆盖”为“16”，单击 确定 按钮，将两次滤镜效果应用于选区。用海绵滤镜和霓虹灯效果滤镜案例操作完成，保存该图片。

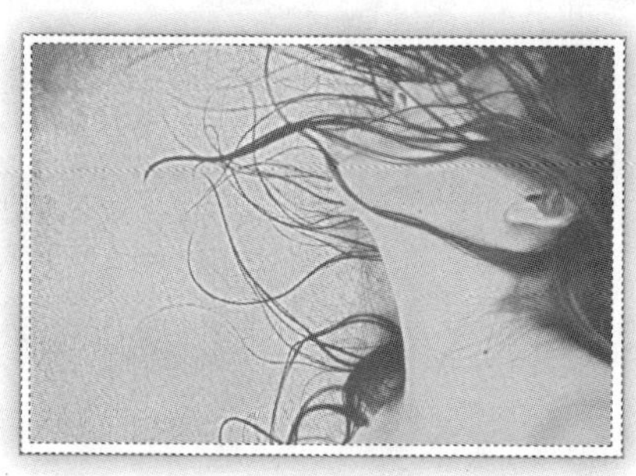

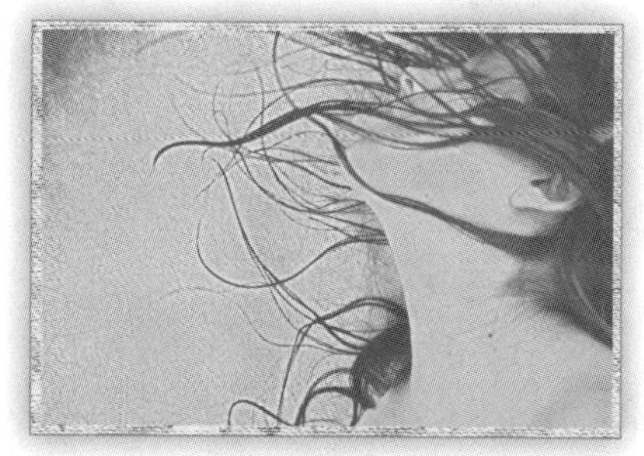

13.6.7 “绘画涂抹”、“塑料包装”和“涂抹棒”滤镜添加艺术效果

学习目标

本节主要学习“绘画涂抹”、“塑料包装”、“涂抹棒”滤镜的相关知识，通过为图像添加艺术效果介绍滤镜的概念和滤镜参数设置，在学习为图像添加艺术效果时，读者可以结合光盘中的视频轻松、直观地进行学习。

准备知识

认识“绘画涂抹”滤镜、“塑料包装”滤镜和“涂抹棒”滤镜

“绘画涂抹”滤镜可以选取各种大小（从1～50）和类型的画笔来创建绘画效果。画笔类型包括简单、未处理光照、暗光、宽锐化、宽模糊和火花，如下图所示。

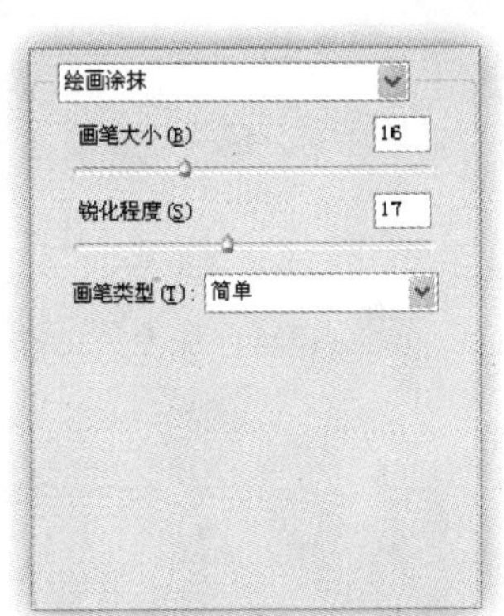

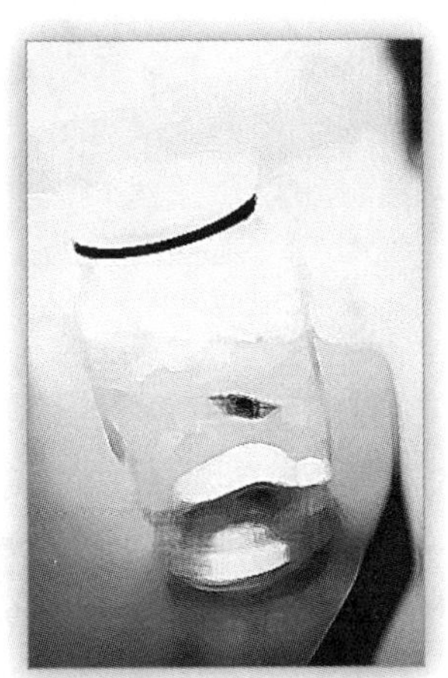

“绘画涂抹”滤镜的选项功能如下。

- 画笔大小：调节笔触的大小。
- 锐化程度：控制图像的锐化值。
- 画笔类型：共有简单、未处理光照、未处理深色、宽锐化、宽模糊和火花涂抹方式。

“塑料包装”滤镜给图像涂上一层光亮的塑料，以强调表面细节，如下图所示。

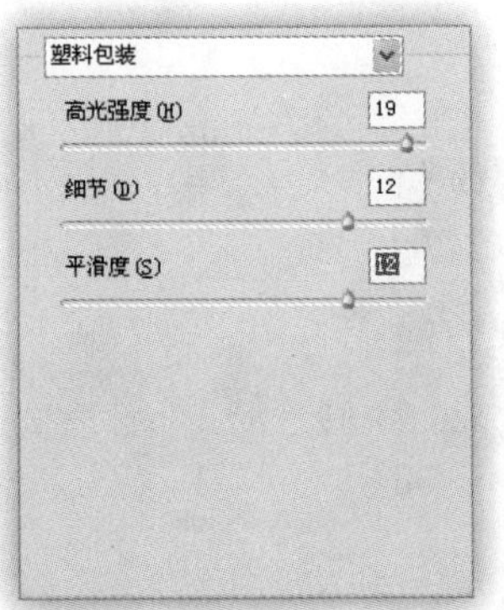

"塑料包装"滤镜的选项功能如下。

- 高光强度：调节高光的强度。
- 细节：调节绘制图像细节的程度。
- 平滑度：控制发光塑料的柔和度。

"涂抹棒"滤镜使用短的对角描边涂抹暗区以柔化图像，如果亮区变得更亮，可能失去细节，如下图所示。

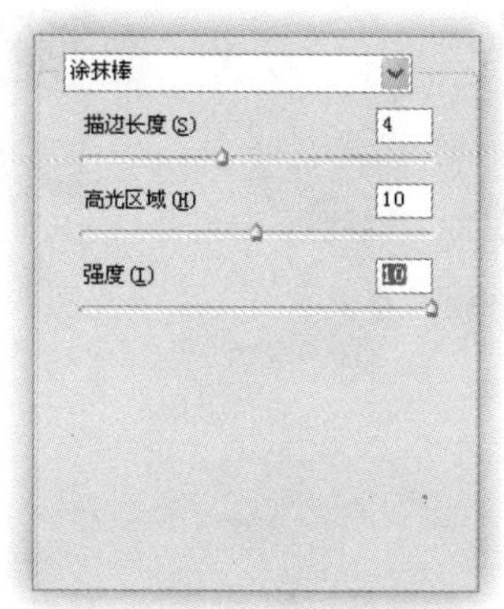

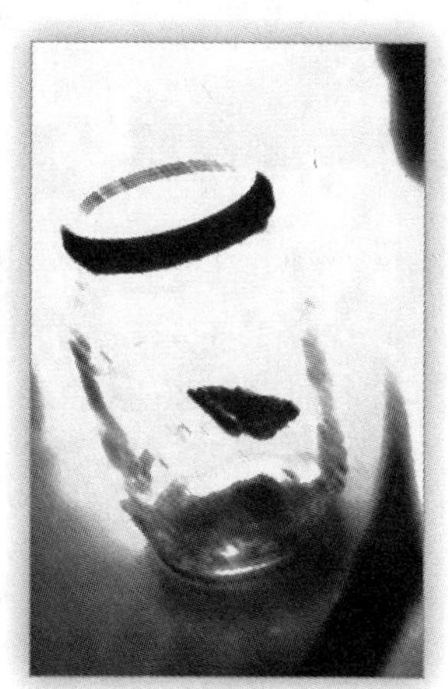

"涂抹棒"滤镜的选项功能如下。

- 线条长度：控制笔触的大小。
- 高光区域：改变图像的对比度。
- 强度：控制结果图像的对比度。

案例名称：为图像添加艺术效果
素材路径：\素材\第13章\艺术效果.jpg
效果路径：\效果\第13章\制作艺术效果.psd
视频链接：Video\视频教程\滤镜的特殊效果（二）\制作艺术效果

Step 1 打开"艺术效果.jpg"图像文件，在工具箱中选择快速选择工具，将图像中的泡沫创建为选区，并按"Ctrl+J"组合键复制选区内的图像到一个新的图层，如下图所示。

Step 2 选择"滤镜→艺术效果→塑料包装"，在打开的"塑料包装"对话框中设置"高光强度"为"20"，"细节"为"12"，"平滑度"为"15"，如下左图所示，单击确定按钮，应用滤镜到图像，效果如下右图所示。

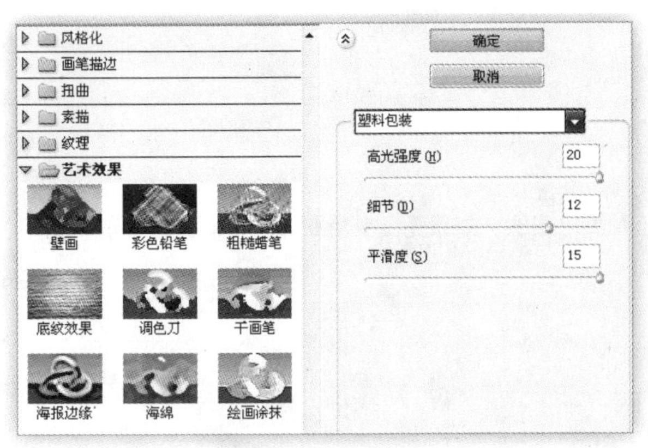

3 Step 选择“图像→调整→渐变映射”命令，打开“渐变映射”对话框，如下左图所示，单击“灰度映射所用的渐变”渐变条，弹出“渐变编辑器”对话框，选择渐变类型为“透明彩虹渐变”，单击 确定 按钮。将该层的图层混合模式修改为“柔光”，减低不透明度为70%，如下中图所示。

4 Step 选择“选择→载入选区”命令，并在图像中单击鼠标右键，在弹出的快捷菜单中选择“选择反向”命令，将除泡沫外的背景图像选择出来，并按“Ctrl+J”组合键复制被选择背景图像到一个新的图层，如下右图所示。

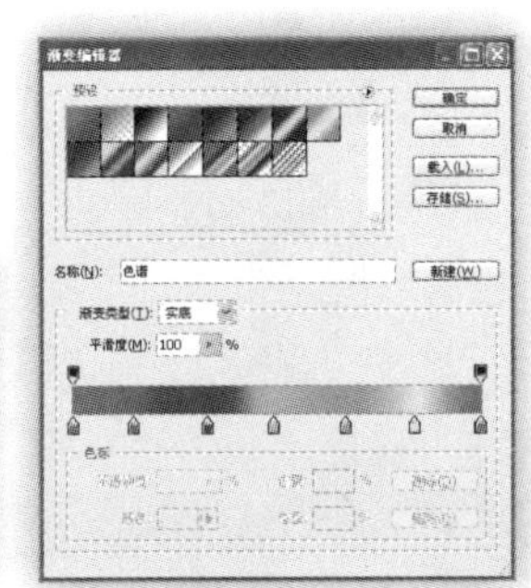

5 Step 选择“滤镜→艺术效果→绘画涂抹”命令，在弹出的对话框中设置数值，如下左图所示，对图形应用“绘画涂抹”滤镜，单击 确定 按钮，效果如下右图所示。

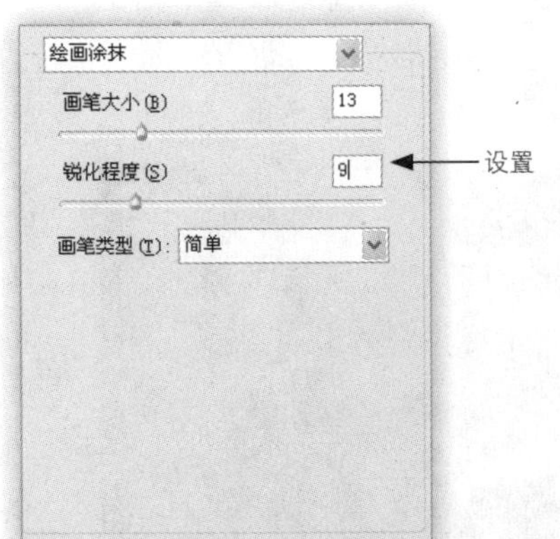

6 Step 单击对话框右下角的“新建效果图层”按钮，新建一个滤镜效果图层。然后在滤镜类别中单击“艺术效果”扩展按钮，在出现的滤镜中选择“涂抹棒”滤镜缩览图，出现相应的选项，然后设置参数，完成后单击 确定 按钮。继续在此滤镜中为图像添加“涂抹棒”效果，设置“描边长度”为“6”，“高光区域”为“1”，“强度”为“10”，如下左图所示应用滤镜到图像上，效果如下右图所示。

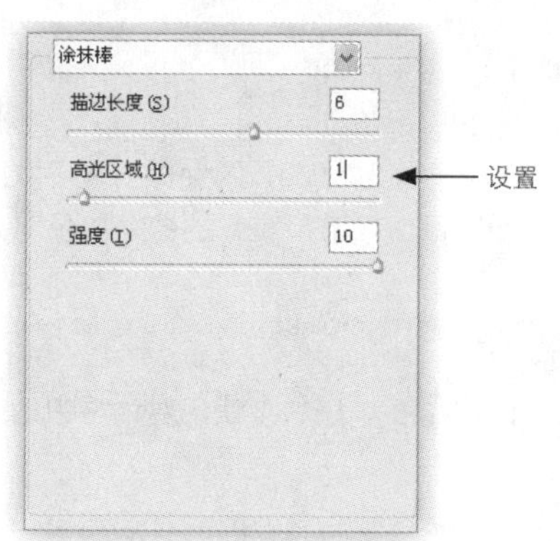

13.7 通过3个案例掌握“杂色”滤镜组的使用方法

在Photoshop CS4中，“杂色”滤镜添加、移去杂色或带有随机分布色阶的像素。这有助于将选区混合到周围的像素中，“杂色”滤镜可创建与众不同的纹理或移去有问题的区域，如灰尘和划痕。“杂色”滤镜包括减少杂色、蒙尘与划痕、去斑、添加杂色、中间值滤镜，我们将在后面一一讲解。

 13.7.1 通过“减少杂色”滤镜减少图像中的噪点

学习目标

本节主要学习“减少杂色”滤镜的相关知识，通过减少图像中的噪点来介绍“减少杂色”滤镜的基本知识与参数设置，在学习减少图像中的噪点时，读者可以结合光盘中的视频轻松、直观地进行学习。

准备知识

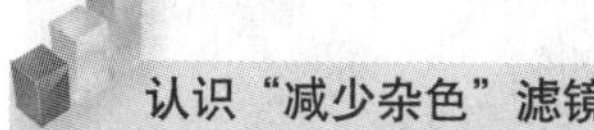

认识“减少杂色”滤镜

“减少杂色”滤镜在基于影响整个图像或各个通道的用户设置保留边缘的同时减少杂色。图像杂色可能会以如下两种形式出现：明亮度（灰度）杂色（这些杂色使图像看起来斑斑点点）及颜色杂色（这些杂色通常看起来像是图像中的彩色伪像），如下图所示。

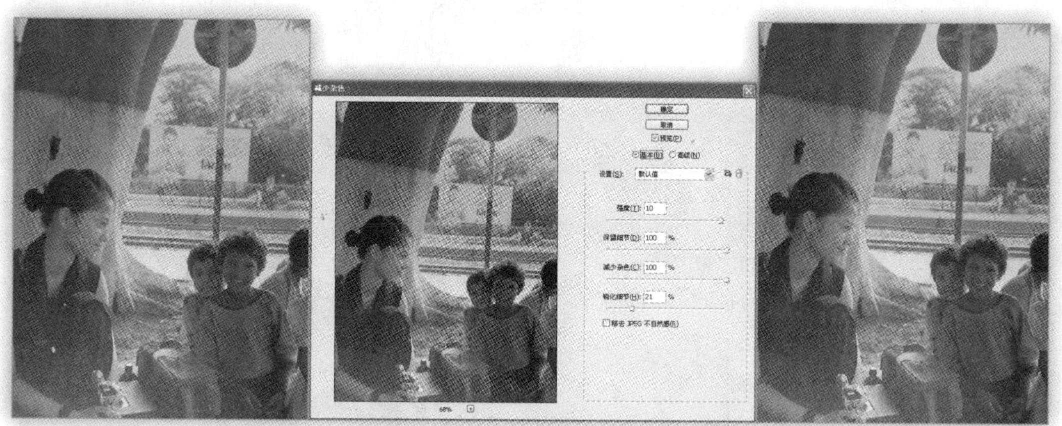

“减少杂色”对话框中的各选项功能如下。

- 强度：控制应用于所有图像通道的明亮度杂色减少量。
- 保留细节：保留边缘和图像细节（如头发或纹理对象）。如果值为 100，则会保留大多数图像细节，但会将明亮度杂色减到最少。平衡设置“强度”和“保留细节”控件的值，以便对杂色减少操作进行微调。
- 减少杂色：移去随机的颜色像素。值越大，减少的颜色杂色越多。
- 锐化细节：对图像进行锐化。移去杂色将会降低图像的锐化程度。稍后可使用对话框中的锐化控件或其他某个 Photoshop 锐化滤镜来恢复锐化程度。
- 移去 JPEG 不自然感：移去由于使用低 JPEG 品质设置存储图像而导致的斑驳的图像伪像和光晕。

案例名称：减少图像中的噪点
素材路径：\素材\第13章\减少噪点.jpg
效果路径：\效果\第13章\减少图像中的噪点.psd
视频链接：Video\视频教程\滤镜的特殊效果（二）\减少图像中的噪点

1 Step 打开“减少噪点.jpg”图像文件，复制背景图层。

2 Step 选择“滤镜→杂色→减少杂色”命令，在打开的“减少杂色”对话框中设置“强度”为“7”，“保留细节”为“100%”，“减少杂色”为“50%”，“锐化细节”为“45%”，并勾选“除去 JPEG 不自然感”复选框，单击 确定 按钮，应用滤镜效果，如下图所示。

3 Step 选择“图像→调整→曲线”命令，在打开的“曲线”对话框中设置“输出”值为“147”，“输入”值为“120”，如下左图所示，单击 确定 按钮，效果如下右图所示。用减少杂色滤镜减少图像中的噪点案例完成，保存该图片。

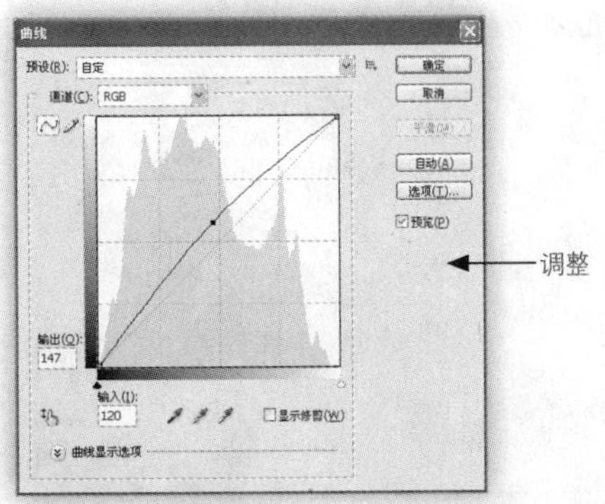

13.7.2 用“蒙尘与划痕”、“中间值”和“去斑”滤镜减少杂色

本节主要学习“蒙尘与划痕”滤镜、“中间值”滤镜、“去斑”滤镜的相关知识，通过减少图像中的杂色来介绍它们的基本知识与参数设置，在学习减少图像中的杂色时，读者可以结合光盘中的视频轻松、直观地进行学习。

准备知识

认识“蒙尘与划痕”、“中间值”、“去斑”滤镜

“蒙尘与划痕”滤镜通过更改相异的像素减少杂色。其中，“半径”是指控制捕捉相异像素的范围；“阈值”是指用于确定像素的差异究竟达到多少时才被消除，如下图所示。

“中间值”滤镜通过混合选区中像素的亮度来减少图像的杂色。此滤镜在消除或减少图像的动感效果时非常有用。其中，“半径”是指此滤镜将用规定半径内像素的平均亮度值来取代半径中心像素的亮度值，如下图所示。

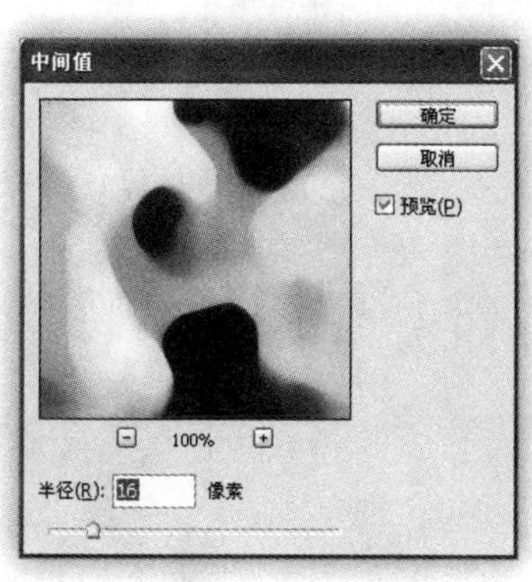

“去斑”滤镜检测图像的边缘（发生显著颜色变化的区域）并模糊除那些边缘外的所有选区。该模糊操作会移去杂色，同时保留细节，如下图所示。

案例名称：减少图像中的杂色

素材路径：\素材\第13章\减少杂色.jpg

效果路径：\效果\第13章\减少图像中的杂色.psd

视频链接：Video\视频教程\滤镜的特殊效果（二）\减少图像中的杂色

1 Step 打开“减少杂色.jpg”图像文件，复制背景图层。

2 Step 选择“图像→调整→曲线”命令，在打开的“曲线”对话框中设置“输出”为“153”，“输入”为“114”，单击 确定 按钮，如下图所示。

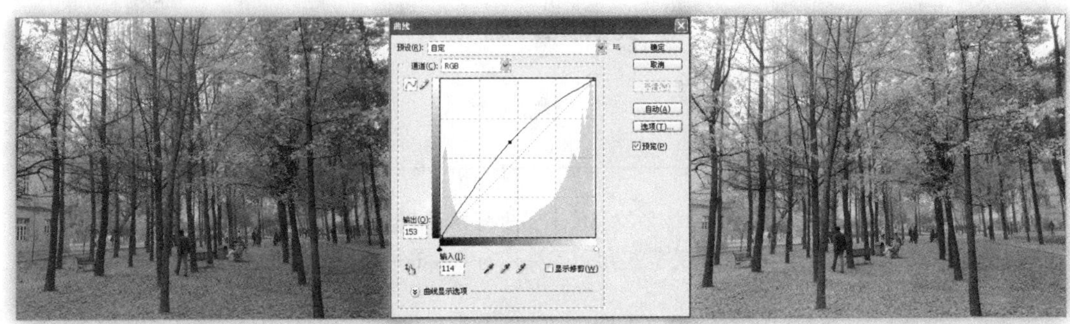

3 Step 选择“滤镜→杂色→蒙尘与划痕”命令，在打开的“蒙尘与划痕”对话框中设置“半径”为“5像素”，“阈值”为“75色阶”，如下左图所示，单击 确定 按钮，效果如下右图所示。选择“滤镜→杂色→去斑”命令，直接将此滤镜应用至图像。

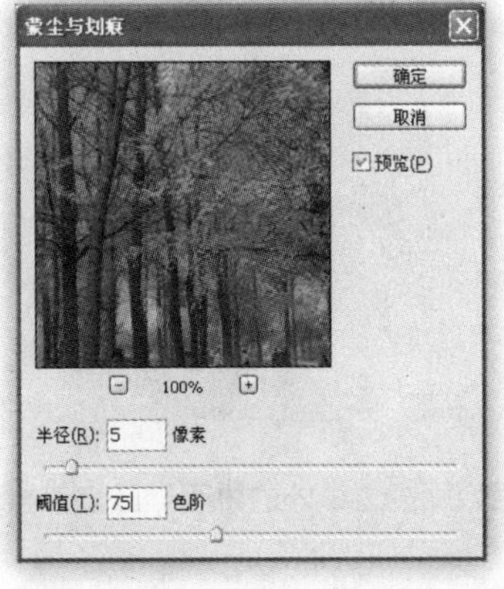

4 Step 继续选择“滤镜→杂色→中间值”命令，在打开的“中间值”对话框中设置“半径”为“1 像素”，如下左图所示，单击 确定 按钮，效果如下右图所示。用“蒙尘与划痕”滤镜和“中间值”滤镜减少图像中的杂色案例完成，保存该图片。

13.7.3 通过“添加杂色”滤镜制作雨中图像

学习目标

本节主要学习“添加杂色”滤镜的相关知识，通过制作雨中图像来介绍它的基本知识与参数设置，在学习制作雨中图像时，读者可以结合光盘中的视频轻松、直观地进行学习。

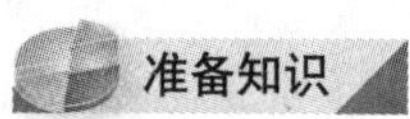

准备知识

认识“添加杂色”滤镜

“添加杂色”滤镜将随机像素应用于图像，模拟在高速胶片上拍照的效果。也可以使用添加杂色滤镜来减少羽化选区或渐进填充中的条纹，或使经过重大修饰的区域看起来更真实。杂色分布包括“平均分布”和“高斯分布”，如下图所示。

“添加杂色”对话框中的各选项功能如下。

- 数量：控制添加杂色的百分比。
- 平均分布：使用随机分布产生杂色。
- 高斯分布：根据高斯钟形曲线进行分布，产生的杂色效果更明显。
- 单色：勾选此复选框，添加的杂色将只影响图像的色调，而不会改变图像的颜色。

案例名称：制作雨中的图像
素材路径：\素材\第13章\雨中图像.jpg
效果路径：\效果\第13章\制作雨中图像.psd
视频链接：Video\视频教程\滤镜的特殊效果（二）\制作雨中的图像

1 Step 打开“雨中图像.jpg”图像文件，复制背景图层，选择“滤镜→杂色→添加杂色”命令，在打开的“添加杂色”对话框中设置“数量”为“35%”，“分布”类型为“平均分布”，并勾选“单色”复选框，单击 确定 按钮，如下图所示。

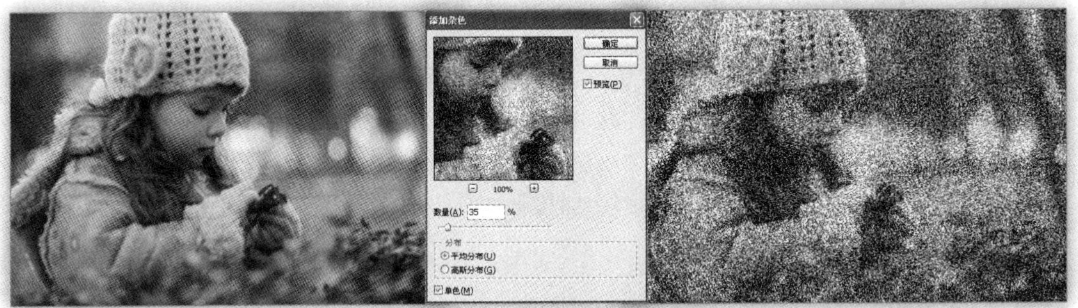

2 Step 继续选择“滤镜→模糊→动感模糊”命令，在打开的“动感模糊”对话框中设置“角度”为“65度”，“距离”为“12像素”，单击 确定 按钮，如下图所示。并将此图层的混合模式修改为“变亮”。用“添加杂色”滤镜制作雨中的图像案例完成，保存该图片。

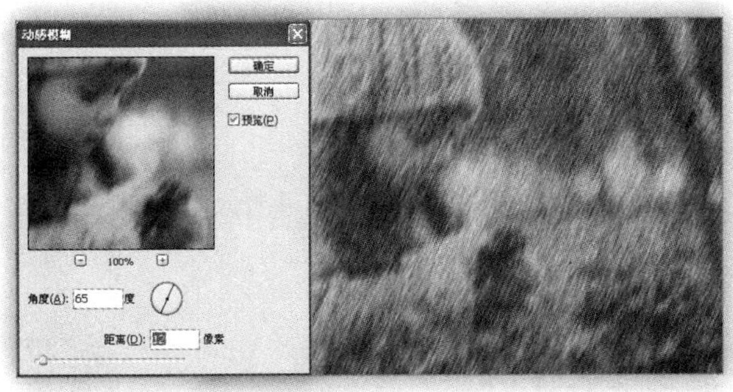

13.8 通过3个案例掌握“其他”滤镜组的使用方法

在Photoshop CS4中，“其他”滤镜组中的滤镜允许你创建自己的滤镜、使用滤镜修改蒙版、在图像中使选区发生位移和快速调整颜色。“其他”滤镜组包括高反差保留、位移、自定、最大值、最小值滤镜，我们将在后面一一讲解。

13.8.1 通过“高反差保留”滤镜和“动作命令”强化图像边缘

学习目标

本节主要学习“高反差保留”滤镜的相关知识，通过强化图像边缘效果来介绍它的基本知识与参数设置，在学习强化图像边缘效果时，读者可以结合光盘中的视频轻松、直观地进行学习。

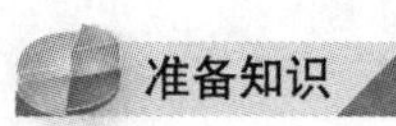

准备知识

认识“高反差保留”滤镜

“高反差保留”滤镜在有强烈颜色转变发生的地方按指定的半径保留边缘细节，并且不显示图像的其余部分。此滤镜移去图像中的低频细节，与“高斯模糊”滤镜的效果恰好相反。此滤镜对于从扫描图像中取出的艺术线条和大的黑白区域非常有用。滤镜对话框中“半径”控制过渡边界的大小，如下图所示。

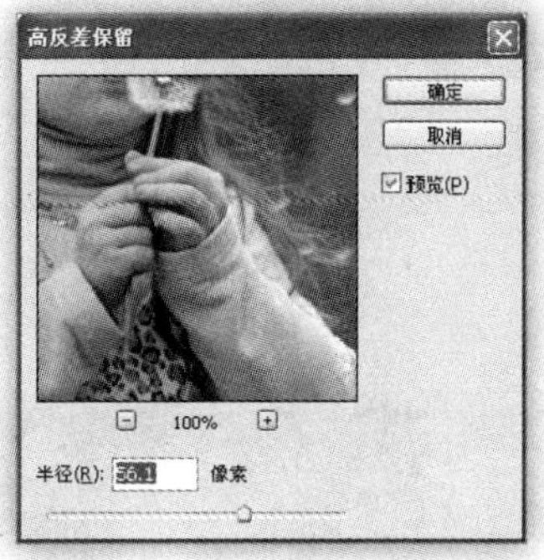

认识“动作命令”及“动作面板”

“动作”是指在单个文件或一批文件上选择的一系列任务，如菜单命令、面板选项、工具动作等。例如，可以创建这样一个动作：首先更改图像大小，对图像应用效果，然后按照所需格式存储文件。

“动作”可以包含相应步骤，使你可以选择无法记录的任务。动作也可以包含模态控制，使你可以在播放动作时在对话框中输入值。在 Photoshop 中，动作是快捷批处理的基础，而快捷批处理是一些小的应用程序，可以自动处理拖动到其图标上的所有文件。

选择“窗口→动作”命令打开动作面板，可以开始记录、播放、编辑和删除各个动作，如下图所示。

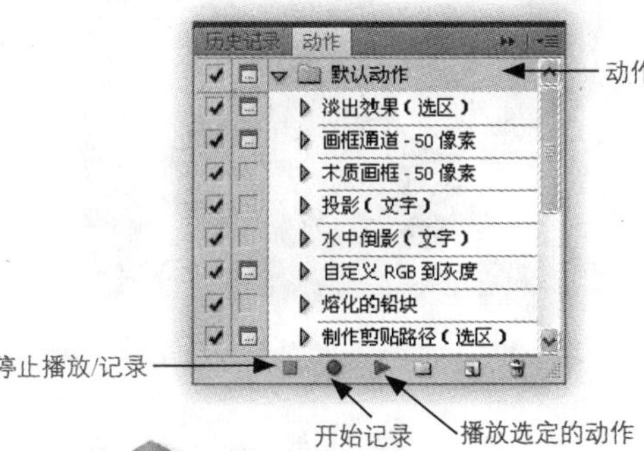

此面板还可以用来存储和载入动作文件。

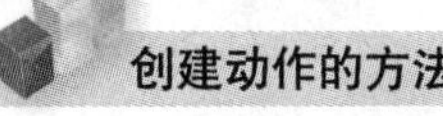

创建动作的方法

创建新动作时，您所用的命令和工具都将添加到动作中，直到停止记录。

- 打开文件。
- 在动作面板中，单击“创建新动作”按钮，或从动作面板的菜单中选择“新建动作”。输入一个动作名称，选择一个动作集，然后设置附加选项。
- 单击“开始记录”。动作面板中的“开始记录”按钮变为红色（重要说明：记录“存储为”命令时，不要更改文件名）。

- 选择要记录的操作和命令（并不是动作中的所有任务都可以直接记录，不过，可以用动作面板的菜单中的命令插入大多数无法记录的任务）。
- 若要停止记录，请单击“停止播放/记录”按钮，或从动作面板的菜单中选择“停止记录”（在 Photoshop 中，你还可以按“Esc”键停止）。

案例名称：强化图像边缘效果
素材路径：\素材\第13章\边缘效果\
效果路径：\效果\第13章\强化图像边缘效果.psd
视频链接：Video\视频教程\滤镜的特殊效果（二）\强化图像边缘效果

Step 1 打开“背景 .jpg”图像文件，选择“窗口→动作”命令，在打开的动作面板中，单击“创建新动作”按钮，在打开的“新建动画”对话框中输入“名称”为“边缘效果”，其他选项为默认，单击 确定 按钮，新建动作。单击“开始记录”按钮，当按钮变成红色，则表示已经开始记录动作，如下图所示。

Step 2 复制背景图层，选择“滤镜→其他→高反差保留”命令，在打开的“高反差保留”对话框中设置“半径”为“97.4% 像素”，单击 确定 按钮，将滤镜应用至图像。并将此图层混合模式修改为“强光”，如下图所示。在动作面板中单击“停止记录”。

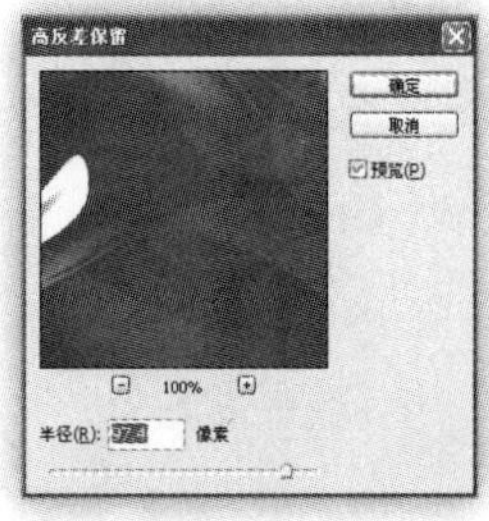

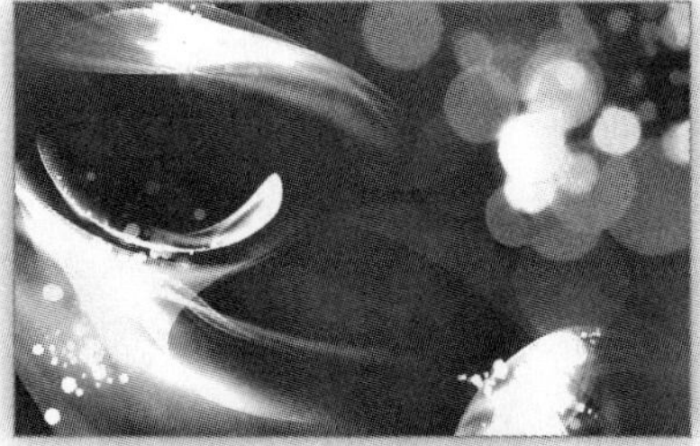

Step 3 打开“模特 1.jpg”图像文件，在工具箱中选择快速选择工具，将模特创建为选区。单击移动工具，将选区图像移动到背景图像中，调整合适的大小及位置。选中动作面板记录完成的“边缘效果”，并单击“播放选定的按钮”，将“边缘效果”应用于该图像，如下图所示。用“高反差保留”滤镜和“动作命令”强化图像边缘效果案例完成，保存该图片。

13.8.2 通过“位移”和“自定”滤镜制作个性图像

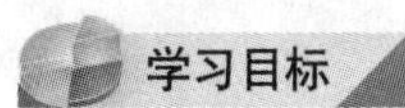

学习目标

本节主要学习使用“位移”和“自定”滤镜的相关知识，通过制作个性图像介绍滤镜的应用和参数的设置。在学习制作个性图像时，读者可以结合光盘中的视频轻松、直观地进行学习。

准备知识

认识“位移”和“自定”滤镜

“位移”滤镜将选区移动指定的水平量或垂直量，而选区的原位置变成空白区域。你可以用当前背景色、图像的另一部分填充这块区域，或者如果选区靠近图像边缘，也可以使用所选择的填充内容进行填充，如下图所示。

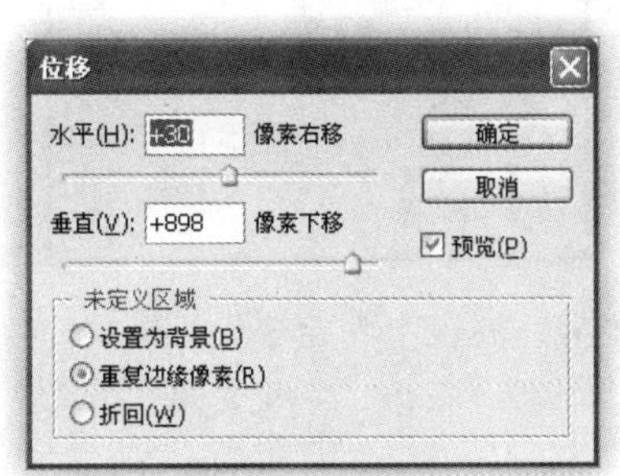

“位移”对话框中的各选项功能如下。

- 水平：控制水平向右移动的距离。
- 垂直：控制垂直向下移动的距离。

“自定”滤镜使你可以设计自己的滤镜效果。使用“自定”滤镜，根据预定义的数学运算（称为卷积），可以更改图像中每个像素的亮度值，根据周围的像素值为每个像素重新指定一个值，此操作与通道的加、减计算类似，如下图所示。

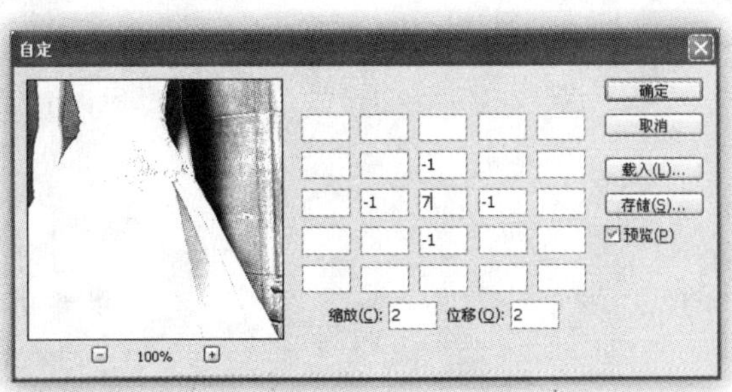

“自定”对话框中的各选项功能如下。

- 中心的文本框里的数字控制当前像素的亮度增加的倍数。
- 缩放：为亮度值总和的除数。
- 位移：为将要加到缩放计算结果上的数值。

案例名称：制作个性图像
素材路径：\素材\第13章\个性图像\
效果路径：\效果\第13章\制作个性图像效果.psd
视频链接：Video\视频教程\滤镜的特殊效果（二）\制作个性图像

1 Step 打开素材文件“模特 3.jpg”，解锁背景图层，并复制背景图层。

2 Step 选择“滤镜→其他→位移”，在打开的“位移”对话框中设置“水平”为“+30 像素右移”，“垂直”为“+898 像素下移”，“未定义区域”为“重复边缘像素”，单击 确定 按钮，将滤镜应用至图像。将该图层混合模式修改为“强光”，“不透明度”改为 34%，如下图所示。

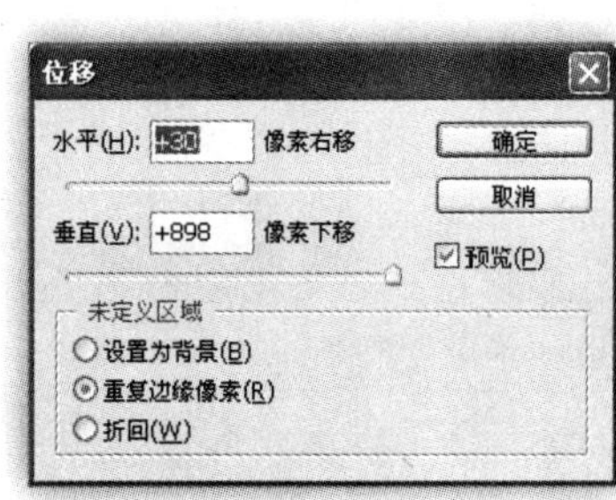

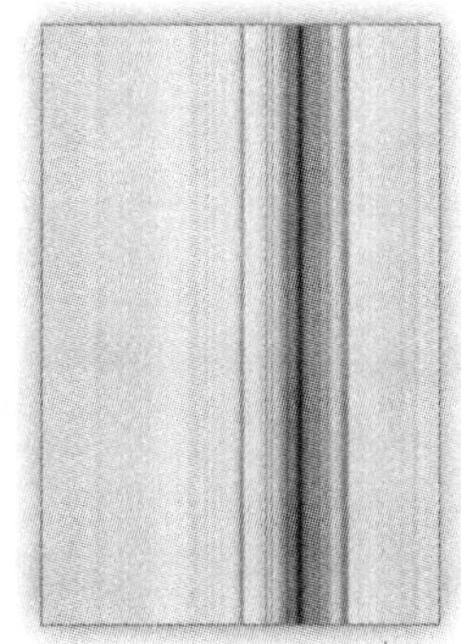

3 Step 选择背景图层，选择“滤镜→纹理→颗粒”命令，在打开的“颗粒”对话框中设置颗粒“强度”为“20”，对比度为“50”，“颗粒类型”为“柔和”，如下左图所示，效果如下右图所示。

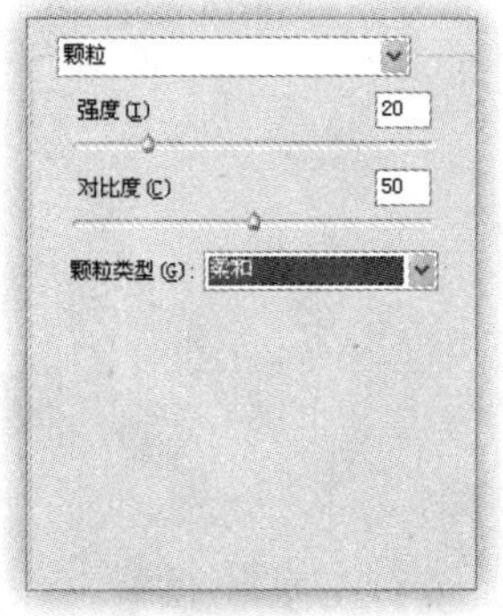

4 Step 单击对话框右下角的“新建效果图层”，继续在扭曲滤镜中选择“扩散亮光”命令，设置“粒度”为“3”，“发光量”为“4”，“清除数量”为“17”，如下左图所示，单击 确定 按钮，效果如下右图所示。

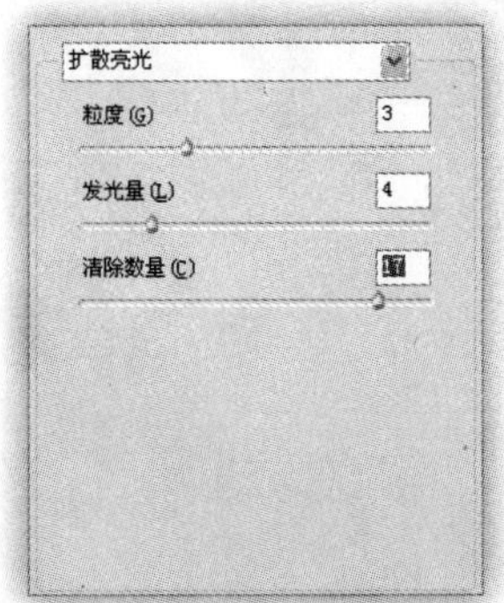

5 Step 选择“选择→调整→色彩平衡”命令，在打开的“色彩平衡”对话框中设置色阶为（+15,+9,－84），选择“中间调”单选按钮，单击 确定 按钮，如下左图所示，应用此效果，调图像颜色，效果如下右图所示。

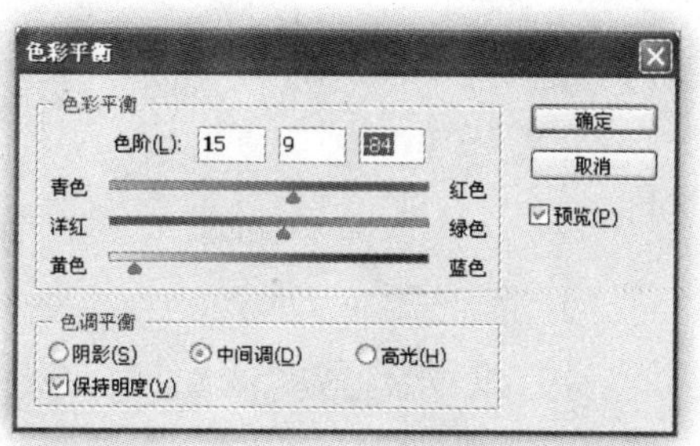

6 Step 继续选择“选择→调整→色阶”命令，在打开的“色阶”对话框中设置“输入色阶”为（0,1.00,238），单击 确定 按钮，如下左图所示，应用此效果增加图像色彩对比，如下右图所示。

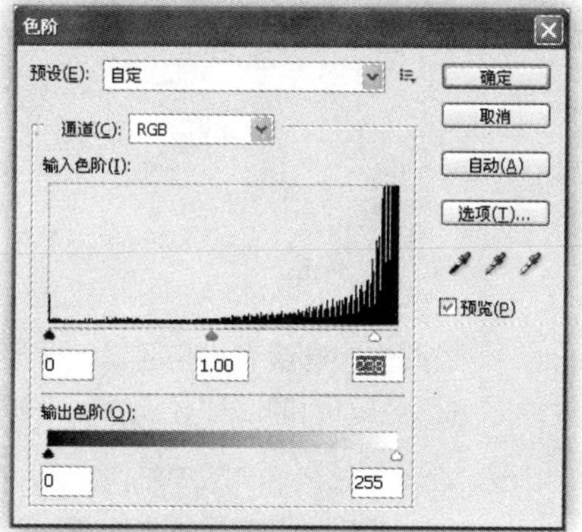

7 Step 选择使用位移效果的图层，按“Ctrl+J”组合键复制该图层，并将图像方向调整为水平方向，混合模式为“正常”，不透明度为“33%”。继续复制一个此图层，放在图像上方的位置，如下图所示。

8 Step 打开素材文件“花纹 .jpg”，选择工具箱中的魔棒工具，将图像中的矢量花纹创建选区，使用移动工具将花纹移动到模特图像中，调整合适的大小及方位，修改图层混合模式为“亮光”，如下图所示。用“位移”和“自定”滤镜制作个性图像案例完成，保存该图片。

13.8.3 通过“最大值”和“最小值”滤镜更改图像亮度值

学习目标

本节主要学习“最大值”和“最小值”滤镜的相关知识，通过更改图像亮度值介绍滤镜的参数设置及使用方法，在学习更改图像亮度值时，读者可以结合光盘中的视频轻松、直观地进行学习。

准备知识

认识“最大值”和“最小值”滤镜

“最大值”和“最小值”滤镜对于修改蒙版非常有用。“最大值”滤镜有应用阻塞的效果,展开白色区域和阻塞黑色区域。“最小值”滤镜有应用伸展的效果,展开黑色区域和收缩白色区域。其中，“半径”用于设定图像的亮区和暗区的边界半径，如下图所示。

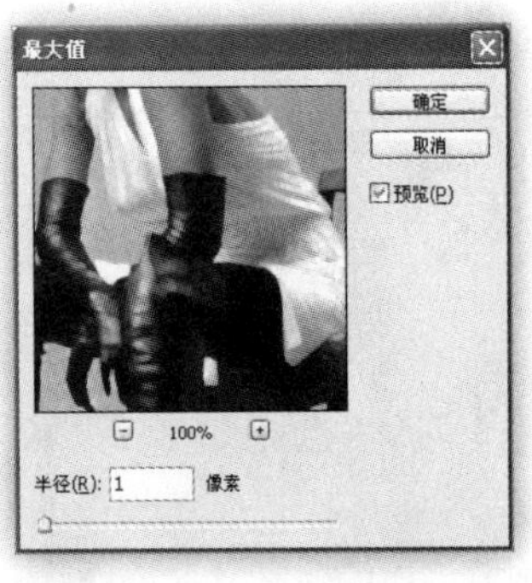

案例名称：制作波纹效果

素材路径：\素材\第13章\图像亮度值.jpg

效果路径：\效果\第13章\制作波纹效果.psd

视频链接：Video\视频教程\滤镜的特殊效果（二）\制作波纹效果

Step 1　打开“图像亮度值.jpg”图像文件，复制背景图层，选择“滤镜→其他→最大值”命令，在打开的“最大值”对话框中设置“半径”为“9像素”，单击 确定 按钮，应用滤镜到图像。然后在图层面板中设置图层混合模式为“柔光”，如下图所示。

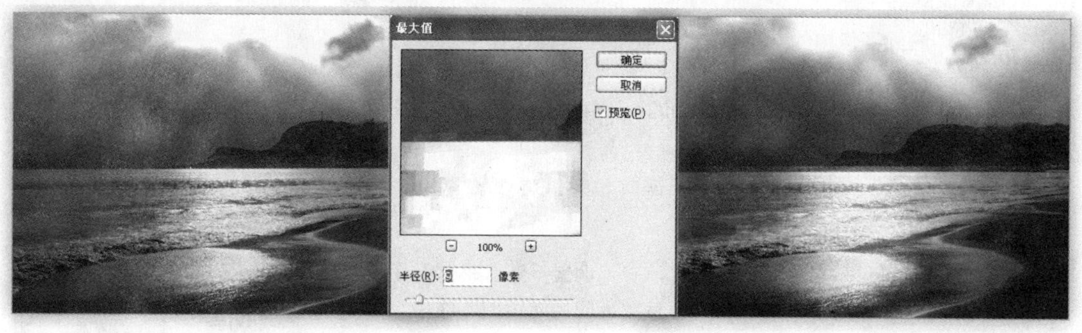

2 Step 继续复制图层，选择“滤镜→其他→最小值”命令，在打开的“最小值”对话框中设置“半径”为“5像素”，单击 确定 按钮，应用滤镜至图像。然后在图层面板中设置图层混合模式为“柔光”，如下图所示。用“最大值”和“最小值”滤镜更改图像亮度案例完成，保存该图片。

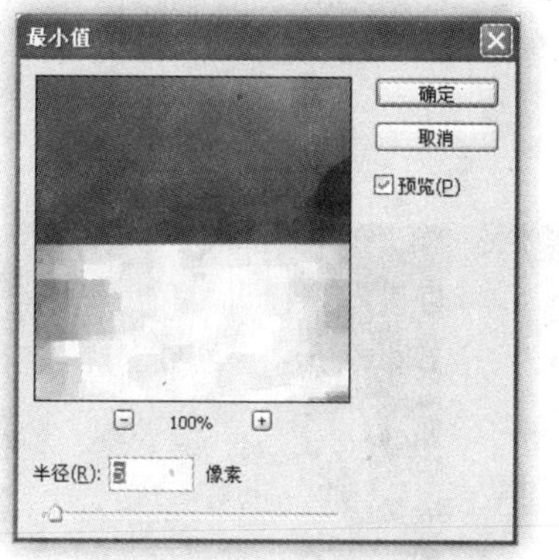

13.9 自我提高

学习完本章后，读者要掌握滤镜的使用，包括视频滤镜组、素描滤镜组、纹理滤镜组、像素化滤镜组、渲染滤镜组、艺术效果滤镜组、杂色滤镜组。下面通过实例操作来巩固本章所介绍的知识，并对知识进行延伸扩展。

提高一 为图像添加艺术效果（\效果\第13章\为图像添加艺术效果.psd）

① 打开素材文件中的“添加艺术效果.jpg”图像文件（\素材\第13章\添加艺术效果.jpg），对其应用“喷色描边”滤镜和“喷溅”滤镜。

② 打开“添加艺术效果1.jpg”图像文件（\素材\第13章\添加艺术效果1.jpg），移动到背景图像中，执行两次绘画涂抹滤镜。

③ 新建图层，选择“画笔”工具，调整画笔抖动及数量。

④ 使用钢笔工具绘制路径，并应用于图像中。并设置图层混合模式中的“外发光”。制作完毕后，保存文档。

提高二 去除图像中的杂色（\效果\第13章\去除图像中的杂色.psd）

① 打开素材文件中的“去除杂色.jpg”图像文件（\素材\第13章\去除杂色.jpg）。

② 选择“滤镜→杂色→去斑”，调整参数，将滤镜直接应用到图像。

③ 选择“滤镜→杂色→减少杂色”命令，调整参数。继续在杂色滤镜中选择“中间值”滤镜，调整参数，应用滤镜到图像中。

④ 制作完毕后，保存文档。

提高三 制作杂色拼贴效果（\效果\第13章\制作杂色拼贴效果.psd）

① 打开素材文件中的“杂色拼贴效果素材.jpg”图像文件（素材\第13章\杂色拼贴效果素材.jpg）。

② 复制背景图层，然后对“背景副本”图层应用“海报边缘”滤镜。

③ 继续对“背景副本”图层应用“水彩画纸”滤镜。然后设置“背景副本”图层的混合模式为“强光”。

④ 制作完毕后，保存文档。

深入精通篇

本篇在第一、二篇的基础上，为读者介绍Photoshop CS4在特效制作、广告宣传、插画设计、包装设计和网页制作等领域的具体应用，从而使读者深入学习Photoshop CS4软件在实际案例中的应用。

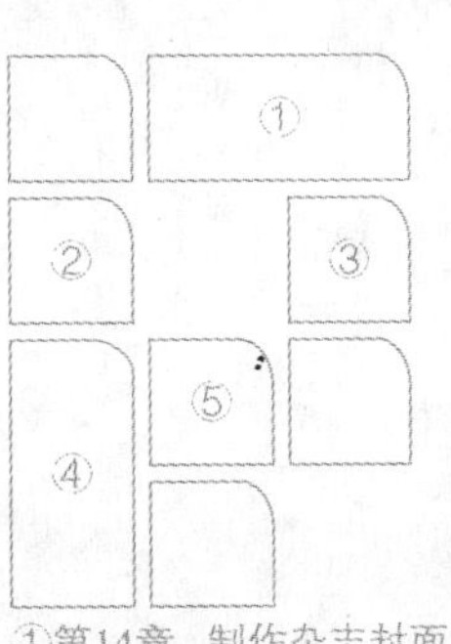

①第14章　制作杂志封面
②第15章　珠宝DM单设计
③第16章　俱乐部POP海报设计
④第17章　威士忌包装设计
⑤第18章　儿童网页设计

Chapter 14

第 14 章 制作杂志封面

随着时代的发展，数码相机进入了千家万户。运用Photoshop对数码照片进行修饰成为人们经常用到的方法，本章通过将一张普通的人物照片制作为杂志封面，为读者提供了一个修饰数码照片的方向，也使读者对修饰照片有了更深的认识。

14.1 使用Photoshop处理照片的优越性

随着时代的发展，各种各样的数码相机产品逐渐进入了我们的生活，数码相机已成为广泛使用的摄影工具。与传统的胶片摄影相比，数码摄影最大的优点在于操作简单、易学易会，然而我们会发现对于大多数非专业人士来说，拍摄的照片仍会有一些缺陷，有时候是由于拍摄方法不恰当，有时候是由于拍摄对象本身存在缺陷。对于这些有瑕疵的照片，我们可以通过技术处理进行弥补。完善照片后，还可以对其进行个性化的数码加工，为照片添加各种意境。这充分显示出由传统暗房工艺向数码后期技术过渡的趋势，所以越来越多的摄影爱好者不仅在摄影技术上进行学习研究，同时也在使用处理软件对数码摄影作品进行后期处理上狠下功夫。通过娴熟的摄影技术和良好的后期处理技术，我们可以获得更加完美的照片。

自从Adobe公司推出Photoshop以来，其无与伦比的强大功能已成为专业图像编辑的标准，是我们处理照片的首选软件。多年的发展和完善使其广泛运用于多种专业数字图像领域。运用Photoshop的强大功能对数码照片进行后期处理，可以方便快捷地修复有瑕疵和缺陷的照片，调整照片的色调，修复人物的各种缺陷，将原本有缺陷的照片调整为精美的摄影作品，并可以将处理好的照片用于多种领域。所以，越来越多的摄影爱好者选择Photoshop对数码照片进行后期处理。

14.2 常见修饰照片的方法步骤

使用Photoshop修饰数码照片时，要首先仔细观察需要处理的照片，对照片的缺陷和需要进行修饰的方法要胸有成竹，然后按照一定的方法步骤进行处理，不能不分先后没有章法地想到哪里做到哪里，那样可能会导致处理的照片效果不够好或是有的有缺陷的地方被忽略，而工作效率会比较低，下面就为大家介绍常见修饰照片的方法步骤。

首先对照片进行调色，可以通过调整色阶、曲线、曝光度、色彩平衡等调整照片的亮度、色调和颜色，纠正照片原本存在的曝光过度、曝光不足、偏色等缺陷，使照片有个基本的正确色调以便进行后面的操作。

下面对照片进行清理，首先观察照片上是否有划痕、噪点等，如果是人物照片，还要观察人物的皮肤是否有斑点、衣服上是否有污点、背景上是否有多余的人或物、人物与背景的关系是否和谐等。然后使用修复工具、仿制图章工具等对照片进行清理，如下图所示。

再对照片进行细节处理，包括对人物高矮胖瘦的改变、对五官的细致刻画，如改变人物脸型、鼻子高低、眼睛的大小等，可以修改唇形唇色，改变人物头发、眼珠的颜色，去除人物的黑眼圈和皱纹，还可以为人物上妆，添加眼影、睫毛、纹身等，如果有需要还可以对人物进行抠图处理，如下图所示。

在经过以上调整后可能会发现照片的色调、亮度等有了些许改变，这时再对图像进行一些调色处理，也可以根据需要将其处理为黑白或双色调等效果，还可以对照片进行适当的锐化处理，使其更加清晰、硬朗，如下图所示。

14.3 照片修饰的应用领域

需要运用的照片修饰的领域有很多，除了非专业人士用于处理自己拍摄的照片外，各个专业影楼也会对照片进行后期修饰处理，在各种平面广告中也会用到照片修饰，并将修饰后的照片用于需要的广告中，在制作网页时也会用到修饰照片的技法，还有制作各种DM单、杂志封面、CD封面、海报设计及包装设计时，都可能需要对照片进行修饰，所以照片修饰的应用领域是非常广泛的，如下图所示。

14.4 制作杂志封面

本例是将一张普通的人物照片制作为杂志封面。某杂志社需要出版一期面向海外读者的特别杂志，要求选择的原始人物照片要具有一定的艺术气息，在色调的要求上也选择饱和度较低的色调，使此杂志封面在众多杂志中显得独特高雅、富有艺术气息。

将人物制作为牵线人偶效果，使其感觉非常与众不同，如下左图所示。制作完成的封面可以将其贴于杂志上，看到成品杂志的效果，如下右图所示（\效果\第14章\杂志封面.psd）。

杂志封面以人物为主，结合文字的输入突出人物的艺术性，色调为低饱和度的青紫色调，非常符合杂志的风格和受众的喜好，如下图所示。

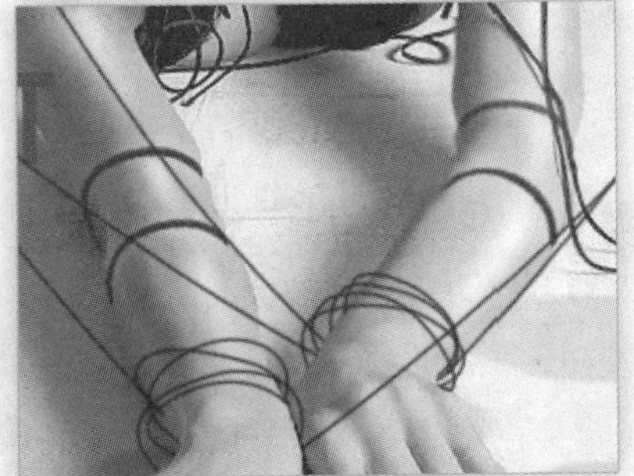

本例的制作从照片调色开始，将其调整到正常色调后对人物进行修饰，重点在于如何将人物制作成人偶效果，在制作时需要仔细刻画。

14.4.1 调整色调

打开素材图片后，运用“色彩平衡”、“曝光度”等命令对其进行调整，使原本较暗且偏色的照片变得明亮且色彩丰富。

1 Step 选择“文件→打开”命令，打开“人物01.jpg”素材文件（素材\第14章\人物01.jpg），将“背景”图层拖曳至“创建新图层”按钮上进行复制，得到“背景副本”图层，如下图所示。

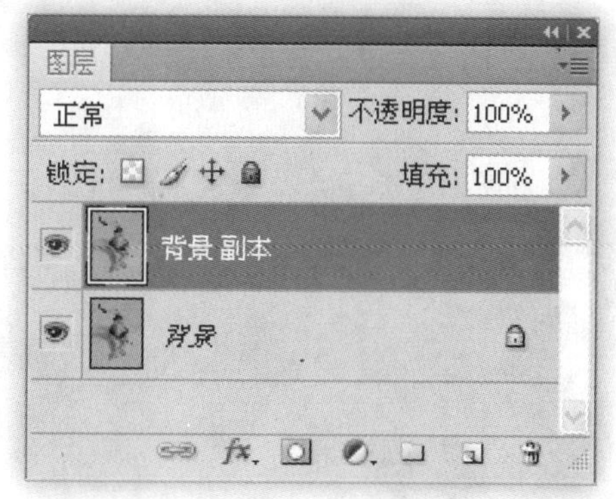

2 Step 单击“创建新的填充或调整图层”按钮，在弹出的菜单中选择“色彩平衡”命令，然后在打开的调整面板中设置相应的参数,适当改变图像的色调。运用同样的方法再次创建一个“色彩平衡”调整图层，将图像改为紫色色调，如下图所示。

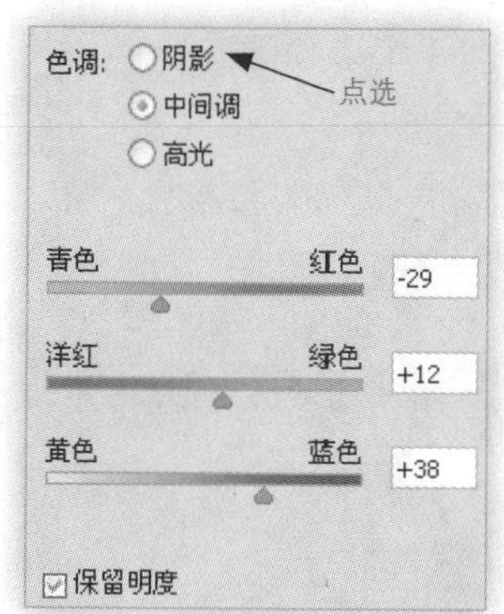

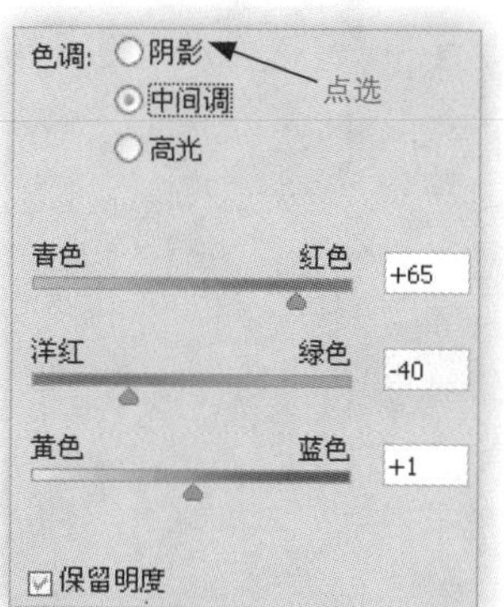

3 Step 单击“创建新的填充或调整图层”按钮，在弹出的菜单中选择“曝光度”命令，在打开的调整面板中设置参数。创建一个调整图层，变亮图片，如下图所示。

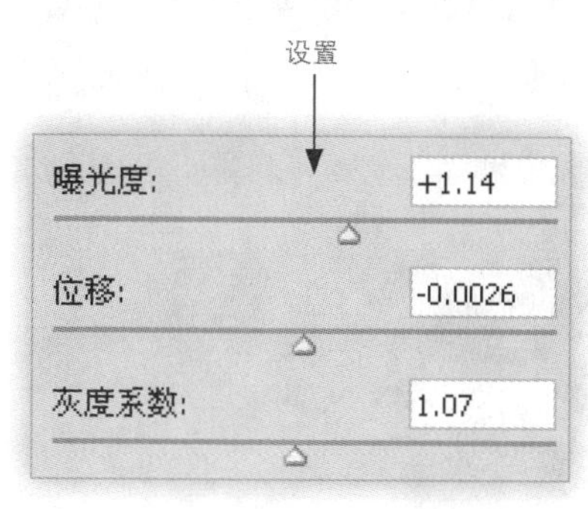

4 Step 单击“创建新的填充或调整图层”按钮，在弹出的菜单中选择“可选颜色”命令，在调整面板中分别选择“黄色”、“绿色”和“青色”选项，并分别设置相应的参数，如下图所示。

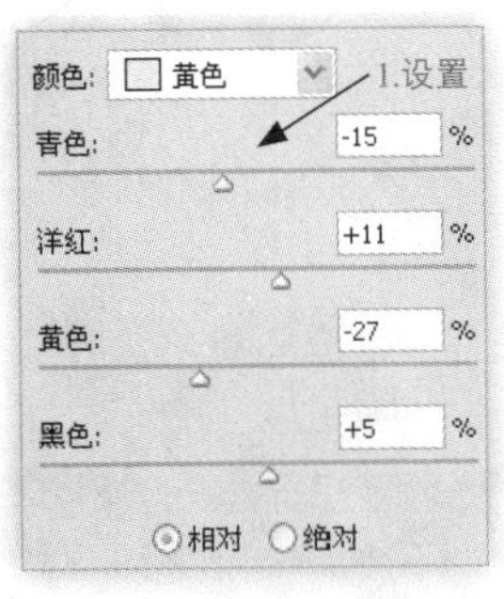

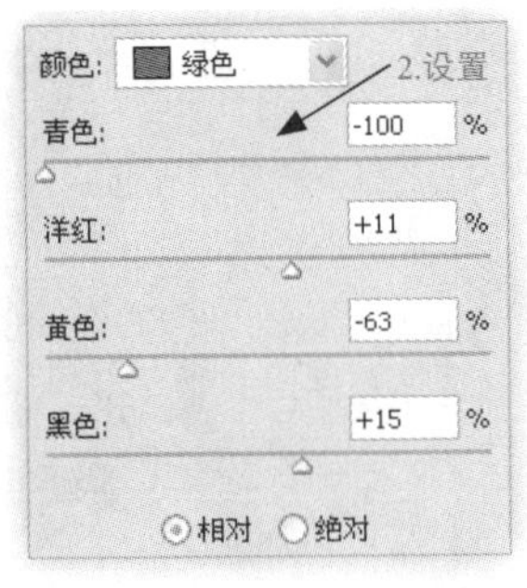

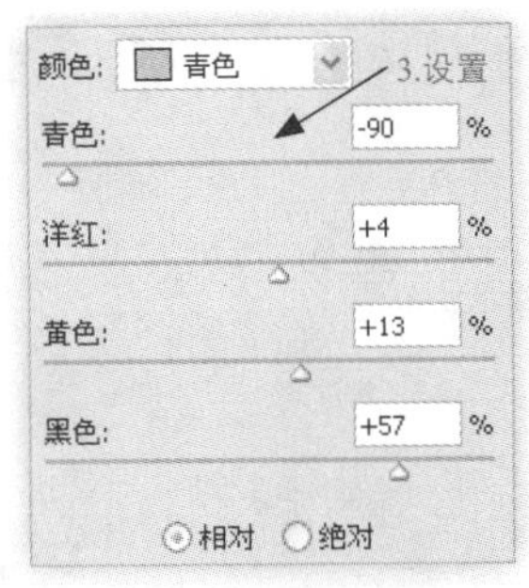

5 Step 完成以上“可选颜色”的调整后可以看到图像色调更加统一。单击“创建新的填充或调整图层”按钮，在弹出的菜单中选择“照片滤镜”命令，然后在调整面板中设置相应的参数，使图像色调更丰富，如下图所示。

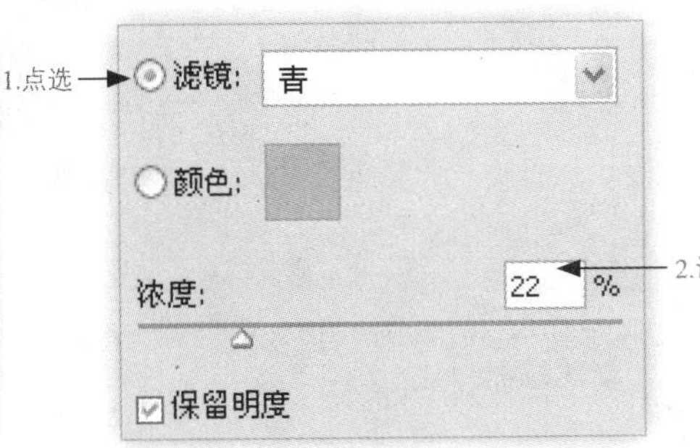

14.4.2 制作人偶效果

为照片调整好后，结合钢笔工具、画笔工具等，将人物制作为人偶效果，使图像更具艺术效果。

1 Step 按“Ctrl+Shift+Alt+E”组合键盖印图层，生成“图层 1”。选择修补工具，在人物脸上的斑点处拖曳鼠标，创建选区。然后将其拖曳至皮肤光滑处，修饰人物的皮肤，如下图所示。

2 Step 新建“图层 2”，选择钢笔工具，在人物的手肘部分绘制一条弧形路径。再选择画笔工具，在工具选项栏上设置“画笔”为“尖角 4 像素”。然后在路径面板中单击“用画笔描边路径”按钮，对路径进行描边，如下图所示。

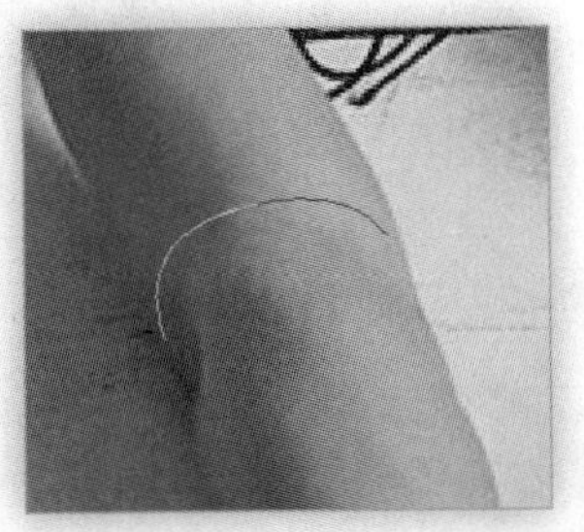
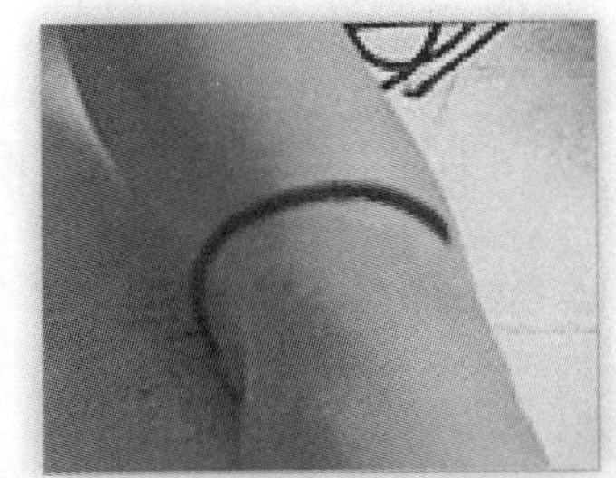

3 Step 复制一个“图层 2”为“图层 2 副本”，然后按“Ctrl+T”组合键，出现变换编辑框。按住“Ctrl”键拖曳节点，对图像进行适当调整。运用同样的方法复制多个“图层 2 副本”，并分别放置于人物的手肘和膝盖处，如下图所示。

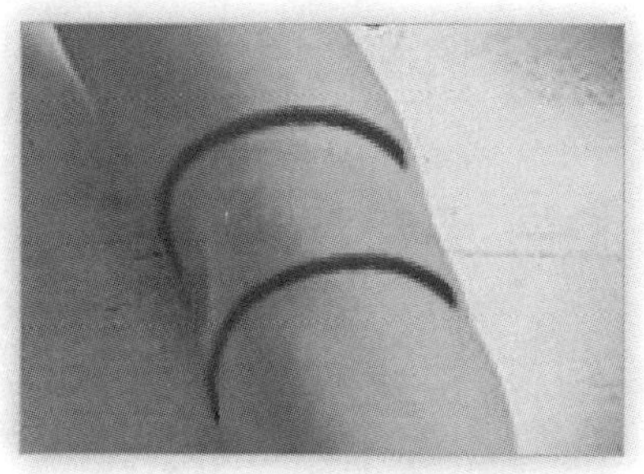

4 Step 复制一个“图层 1”为“图层 1 副本”，然后选择“滤镜→液化”命令，在打开的“液化”对话框中对人物的手臂处和膝盖处进行适当液化处理，在黑色线条两端的皮肤处向内拖曳鼠标，使皮肤边缘与黑色线条两边配合，呈现出捆绑效果，如下图所示。

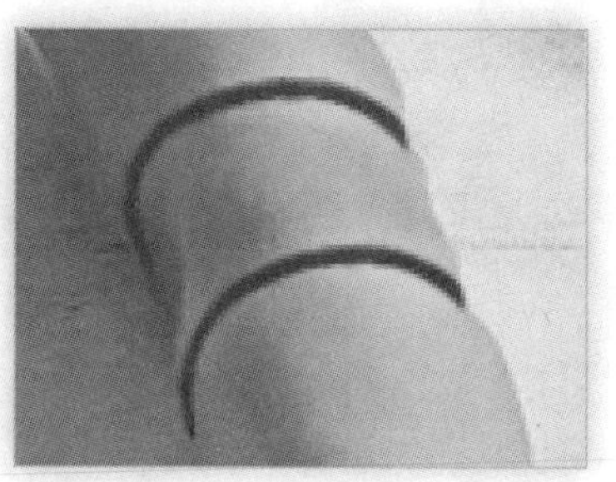

5 Step 新建“图层 3”，选择套索工具，在工具选项栏上设置“羽化”为“10 像素”，然后在人物手臂上拖曳鼠标创建羽化选区。设置前景色为白色，按“Alt+Delete”组合键将选区内的图像填充为白色，然后设置图层混合模式为“点光”，为人物上臂添加高光效果，如下图所示。

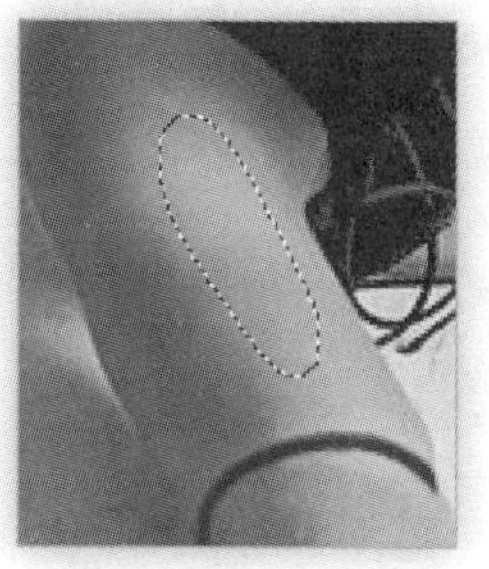
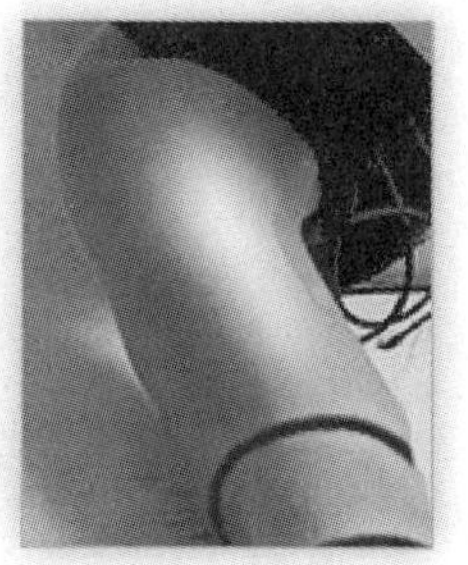
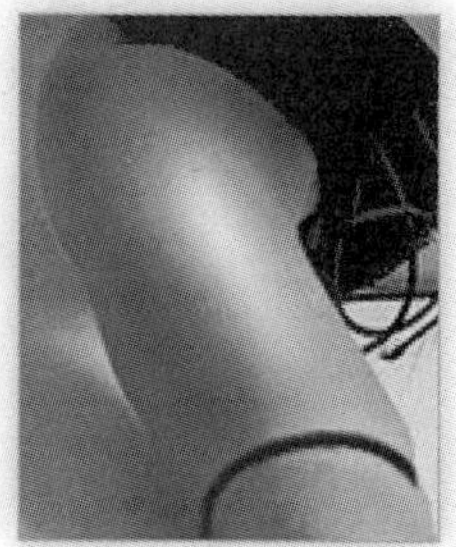

6 Step 复制“图层 3”为“图层 3 副本”，按“Ctrl+T”组合键适当缩小图像并将其放置在人物手肘处，使用同样的方法再复制一个“图层 3 副本 2”，再按“Ctrl+T”组合键适当调整图像并放置在人物前臂处，为人物右手臂添加高光效果，如下图所示。

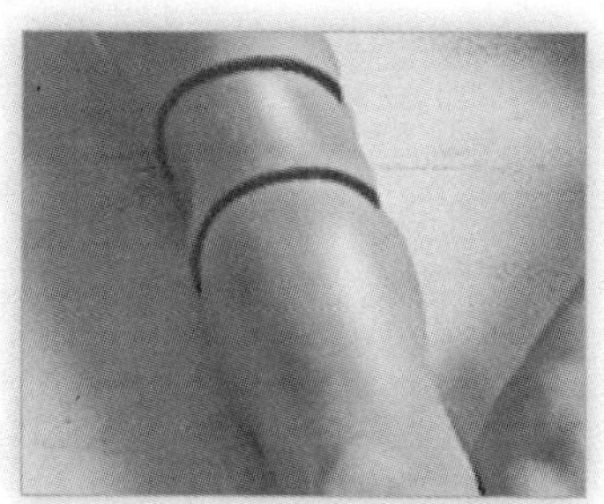
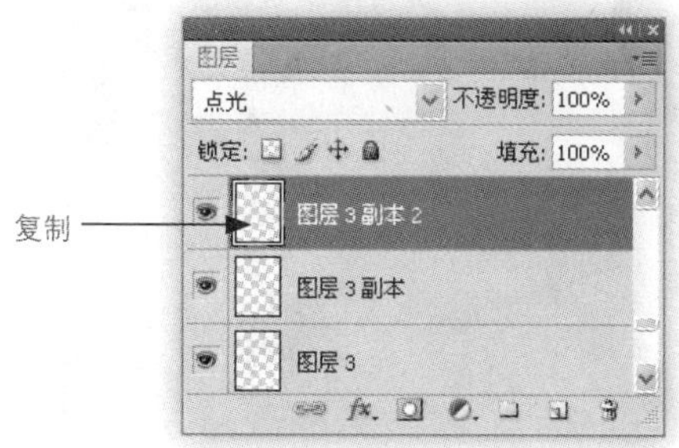

技巧提示

在调整此处高光时，可以按“Ctrl+T”组合键后，在出现的变换编辑框中单击鼠标右键，在弹出的快捷菜单中选择“变形”命令，便于细致调整高光效果。

7 Step 复制“图层 3”为“图层 3 副本 3”，按“Ctrl+T”组合键适当缩小图像并将其放置在人物左臂处，然后更改图层混合模式为“滤色”，如下左图所示。

8 Step 单击“添加图层蒙版”按钮，为“图层 3 副本 3”添加一个图层蒙版。设置前景色为黑色，选择画笔工具，设置“画笔”为“尖角 2 像素”，在图层蒙版中进行绘制，隐藏部分图像，如下右图所示。

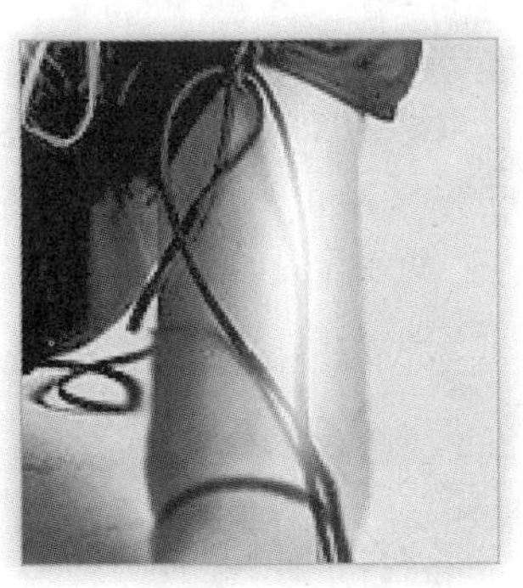

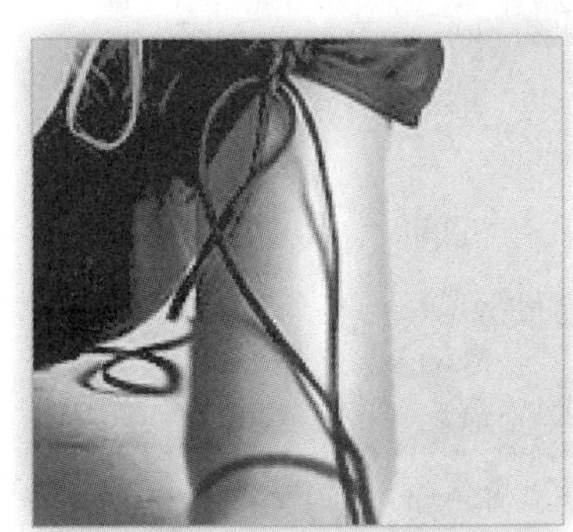

9 Step 使用同样的方法再复制一个“图层 3 副本 4”，按“Ctrl+T”组合键适当缩小图像并将其放置在人物手肘处，并使用画笔工具在图层蒙版中进行绘制，隐藏不需要的部分，如下左图所示。

10 Step 复制一个“图层 3 副本 5”，适当调整其大小、位置，并取消图层蒙版，放置在人物的前臂处，如下右图所示。

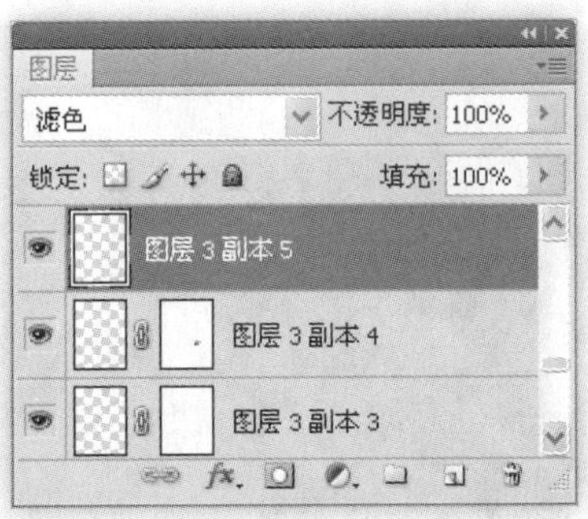

11 Step 新建“图层 4”，选择套索工具，在工具选项栏上设置“羽化”为“10 像素”，然后在人物小腿上拖曳鼠标创建羽化选区，再设置前景色为白色，按“Alt+Delete”组合键将选区内的图像填充为白色。然后设置图层混合模式为“强光”，“不透明度”为“84%”，为人物小腿添加高光效果，如下图所示。

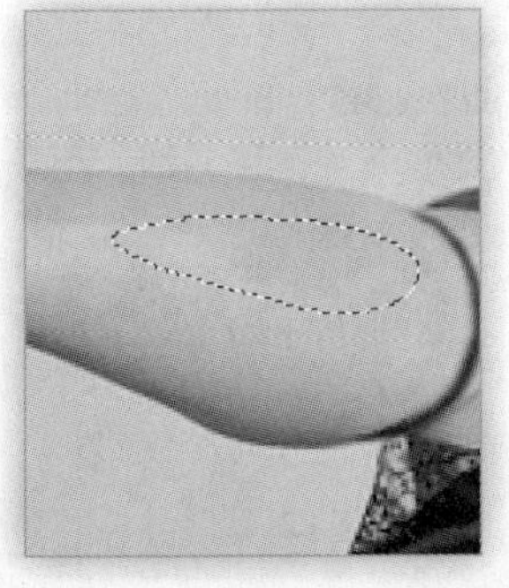

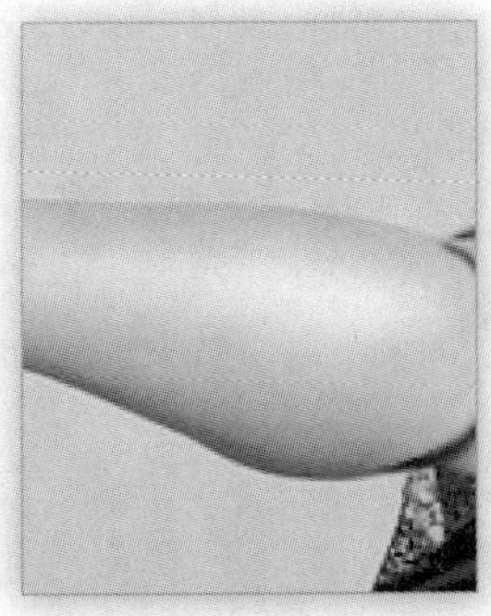

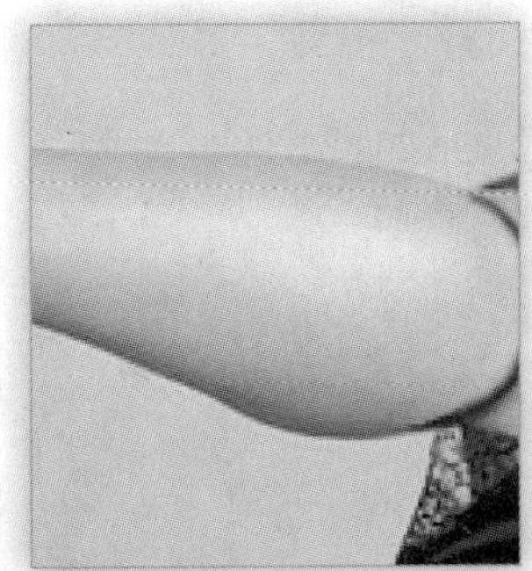

12 Step 新建“图层 5”，并将其拖曳至顶层。选择钢笔工具，在人物左手手腕处绘制缠绕状路径。然后选择画笔工具，在工具选项栏上设置“画笔”为“尖角 2 像素”，设置前景色为黑色，然后切换到路径面板，单击“用画笔描边路径”按钮描边路径，如下图所示。

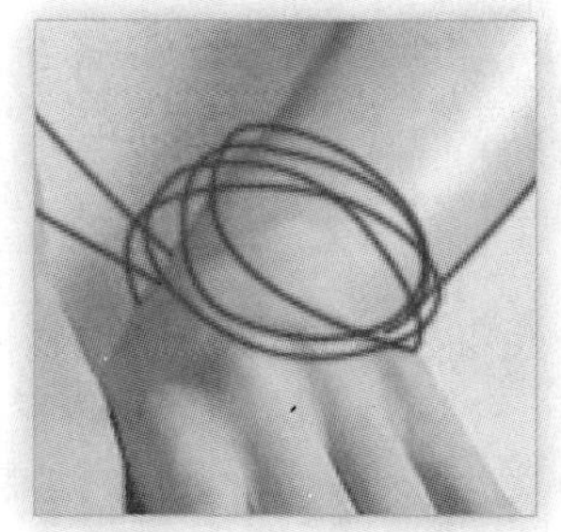

按住“Alt”键单击“用画笔描边路径”按钮，会打开“描边路径”对话框，在此对话框中可以选择画笔、铅笔等不同的方式进行描边。

13 Step 单击“添加图层蒙版”按钮，为“图层 5”添加一个图层蒙版，然后选择画笔工具，设置“画笔”为“尖角 20 像素”，在图层蒙版中进行绘制，隐藏手腕上的部分黑色线条图像，使用同样的方法再新建“图层 6”和“图层 7”，分别制作人物左手和脚部的黑色线条图像，如下图所示。

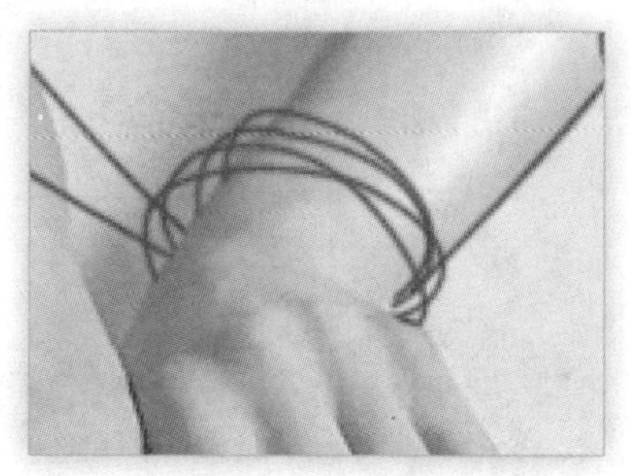

14.4.3 添加背景效果

将人物制作为人偶效果后，结合画笔工具、渐变工具和模糊滤镜等为图像添加背景效果。

1 Step 选择“图层 2 副本 5”图层，单击“创建新的填充或调整图层”按钮，在弹出的菜单中选择“黑白”命令，然后在打开的调整面板中勾选“色调”复选框，并进行相应设置，调整照片的整体色调，如下图所示。

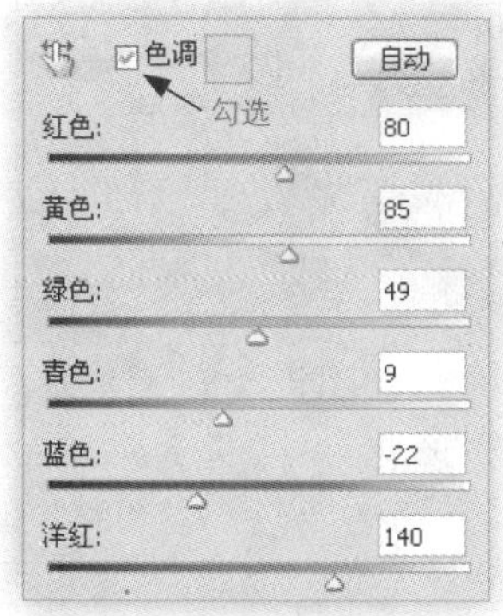

2 Step 选择“黑白 1”调整图层的图层蒙版缩览图，设置前景色为黑色，选择画笔工具，在工具选项栏上设置“画笔”为“尖角 40 像素”，“不透明度”为“20%”，然后在人物的头部、手臂和小腿处进行涂抹，稍微显示出一些人物的色彩，如下图所示。

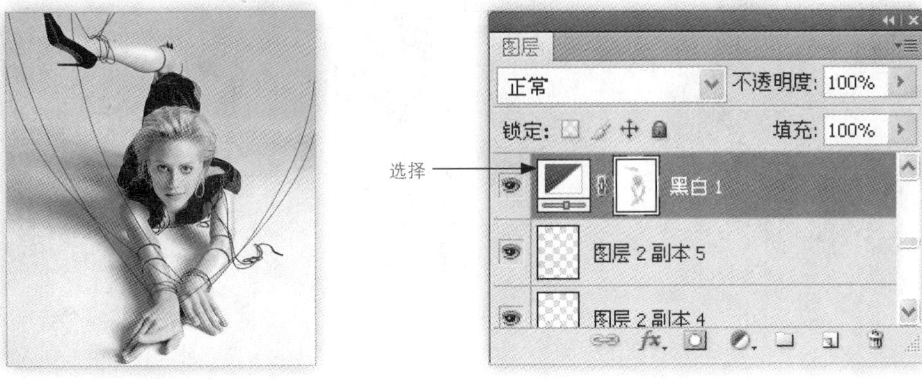

3 Step 选择画笔工具，在工具选项栏上单击“画笔”下拉按钮，在弹出的下拉列表中单击快捷箭头，然后在弹出的列表中选择“载入画笔”选项。打开“载入”对话框。在对话框中选择“点状画笔”笔刷（\素材\第 14 章\点状画笔 .abr），单击 载入(L) 按钮。然后选择载入的画笔，如下图所示。

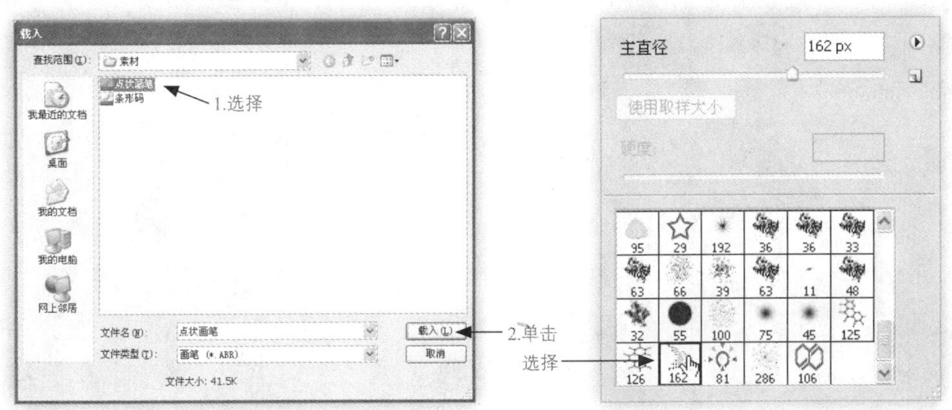

4 Step 新建“图层 8”，设置前景色为蓝色（R:172,G:179,B:203）。在画面下方单击鼠标绘制点状图像。按“Ctrl+T”组合键，在出现的变换编辑框中单击鼠标右键，在弹出的快捷菜单中选择“水平翻转”命令，然后适当放大图像，并将其放置在画面下方，如下图所示。

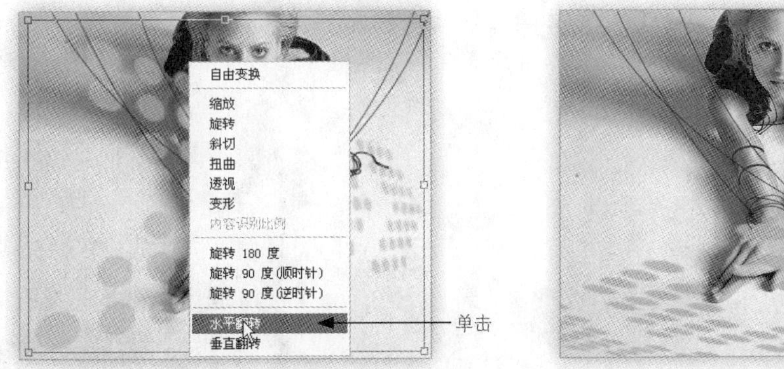

5 Step 单击“添加图层蒙版”按钮，为“图层 8”添加一个图层蒙版，选择画笔工具，设置“画笔”为“尖角 25 像素”，在图层蒙版中进行绘制，隐藏人物手上的点状图像，然后设置此图层的图层混合模式为“线性加深”，“不透明度”为“42%”，如下图所示。

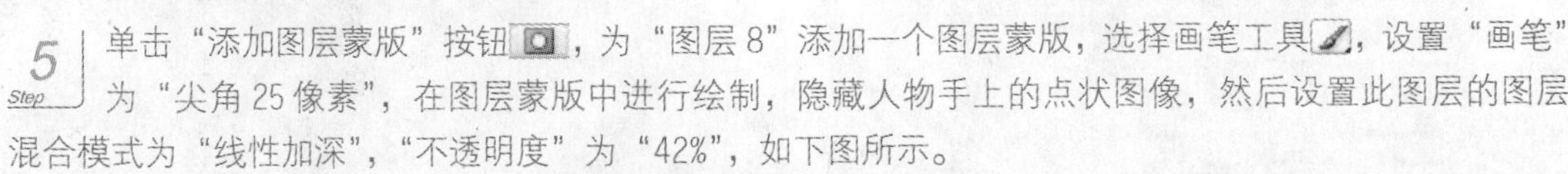

6 Step 新建“图层 9”，选择渐变工具，在工具选项栏上单击渐变颜色条，在打开的“渐变编辑器”对话框中选择“色谱”渐变样式，然后单击 确定 按钮，在图像上从左上角向右下角拖曳鼠标，进行线性渐变填充，如下图所示。

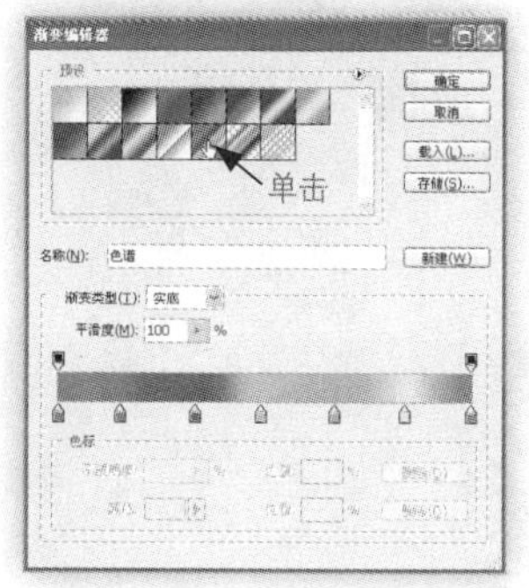

7 Step 设置“图层 9”的图层混合模式为“叠加”，“不透明度”为“12%”。然后单击“添加图层蒙版”按钮，为“图层 9”添加一个图层蒙版，选择画笔工具，设置“画笔”为“柔角 200 像素”，在人物和部分背景处进行绘制，隐藏部分渐变效果，如下图所示。

8 Step 选择“滤镜→模糊→高斯模糊”命令，在打开的“高斯模糊”对话框中设置“半径”为“30.8 像素”，如下左图所示，完成后单击 确定 按钮，对渐变背景进行适当模糊，如下右图所示。

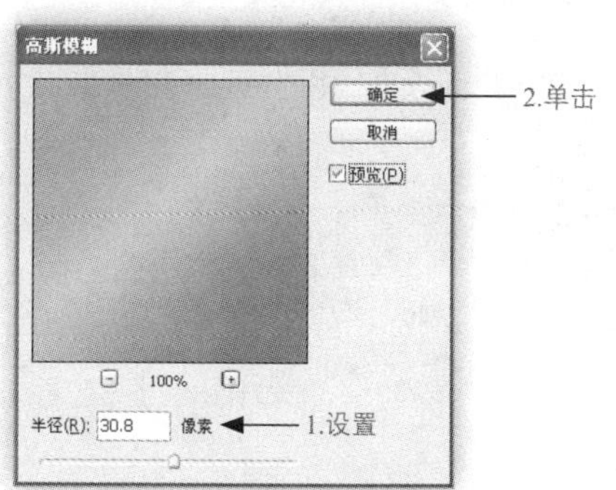

技巧提示

在进行“高斯模糊”后，如果觉得模糊效果还不够，可以按“Ctrl+F”组合键重复“高斯模糊”效果，使渐变背景融合效果更好。

9 Step 选择“滤镜→杂色→添加杂色”命令，在打开的“添加杂色”对话框中设置“数量”为“30.68%”，再选择“平均分布”单选按钮，完成后单击 确定 按钮，如下左图所示，为渐变背景添加杂色效果，如下右图所示。

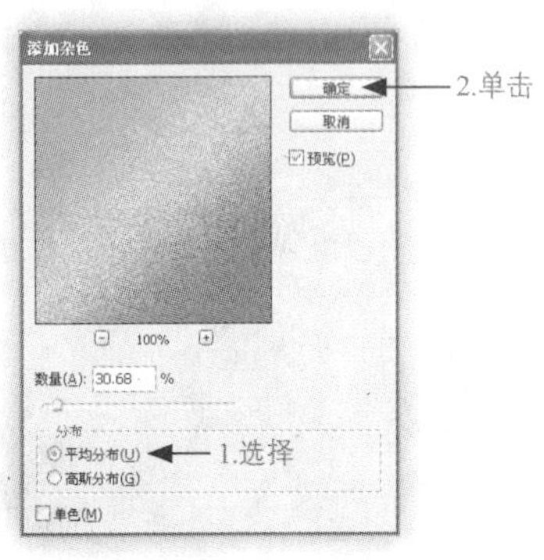

14.4.4 添加文字

完成背景的制作后，结合横排文字工具T和画笔工具等为照片添加需要的文字，制作出杂志封面效果。

1 Step 选择横排文字工具T，在工具选项栏上单击“切换字符面板”按钮，在打开的字符面板中设置文字的字体、大小和颜色等，然后在画面上方进行单击，输入相应的文字，如下图所示。

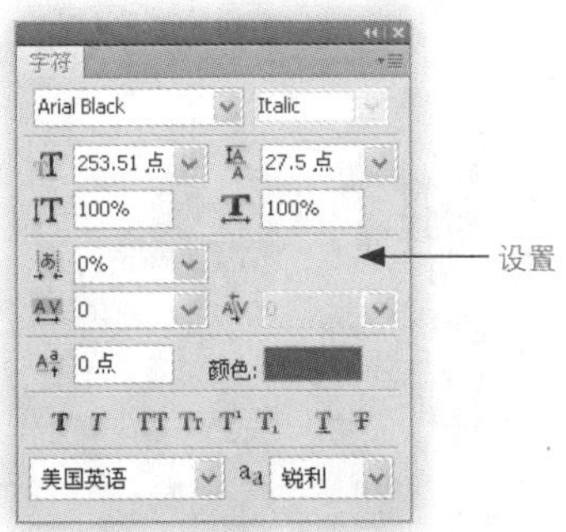

2 Step 单击“添加图层蒙版”按钮，为文字图层添加一个图层蒙版。选择画笔工具，设置“画笔”为“尖角 20 像素”，在人物腿部处进行涂抹，显示背遮挡的部分图像。

3 Step 使用横排文字工具[T]在画面左上角单击，当出现光标闪烁后输入文字“OUR BIGGEST ISSUE EVER!”，接着将文字全部选中，按“Ctrl+T”组合键，在打开的“字符”面板中设置字体为“创艺繁综艺”，字号为“22.9点”，行间距为“22.9点”，文字颜色为蓝色（R:16,G:28,B:141），然后按“Ctrl+Enter”组合键，将文字属性应用到当前文字中，如下图所示。

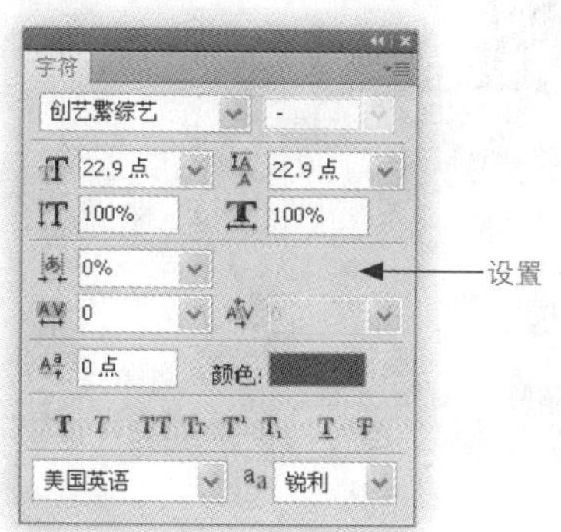

4 Step 在上一步输入文字的下方继续输入一段文字，并在字符面板中设置字体为“创艺繁综艺”，字号为“39.18点”，行间距为“30.59点”，如下左图所示。

5 Step 在将文字全部选中的情况下，按“Ctrl+M”组合键，在打开的段落面板中单击“右对齐”按钮[≡]，如下中图所示，调整文字位置，应用到当前文字中，如下右图所示。

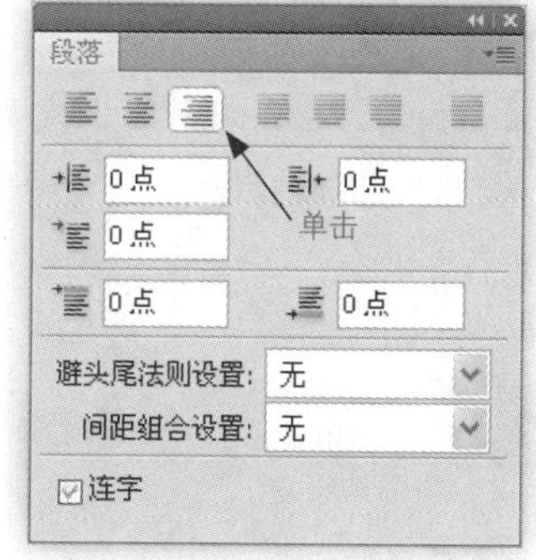

技巧提示

在图像中添加文字时，其默认的文字属性为上一次设置的文字属性。因此为了提高工作效率，最好连续输入相同属性的文字，这样可以避免反复设置参数的情况。

6 Step 最后按照相同的方法，在书籍封面中添加其他的所有文字，并设置适当的字号、字体和文字颜色等文字属性，在图层面板中生成多个文字图层，如下图所示。

7 Step 在“图层 9”上新建“图层 10”，设置前景色为黑色，选择矩形选框工具，在工具选项栏上单击“添加到选区”按钮，然后在画面左下角和右边分别拖曳鼠标，创建 3 个矩形选区，按“Alt+Delete”组合键填充选区为黑色，如下图所示。

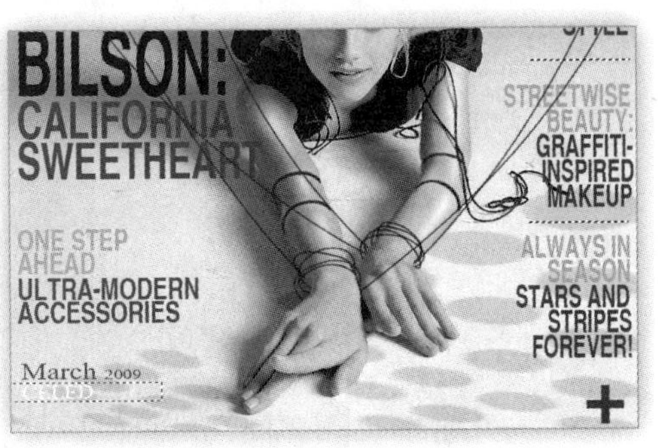

8 Step 选择画笔工具，在工具选项栏上单击“画笔”下拉按钮，在弹出的下拉列表中单击快捷箭头，然后在弹出的拉列表中选择“载入画笔”选项。在打开的“载入”对话框中选择“条形码”笔刷(\素材\第 14 章\条形码 .abr)，单击载入(L)按钮。然后选择载入的画笔，如下左图所示。

9 Step 新建“图层 11”，设置前景色为黑色，选择刚才载入的画笔在画面左下角单击，绘制条形码。然后选择矩形选框工具，在条形码的上半部分建立选区，再按“Ctrl+T”组合键向上拖曳鼠标，拉伸图像，并按“Ctrl+D”取消选区，完成整个作品的制作，如下图所示。

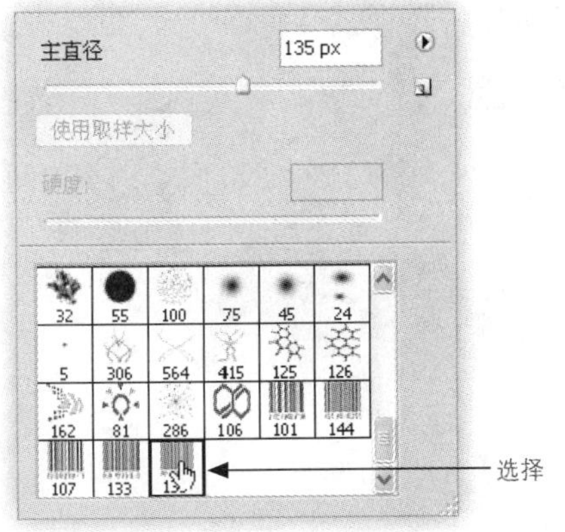

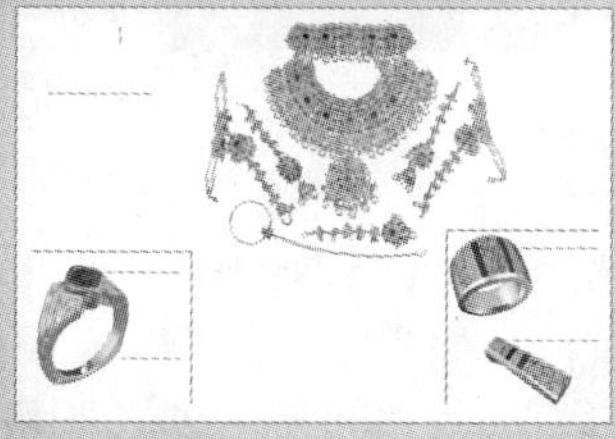

Chapter 15

第 15 章

珠宝DM单设计

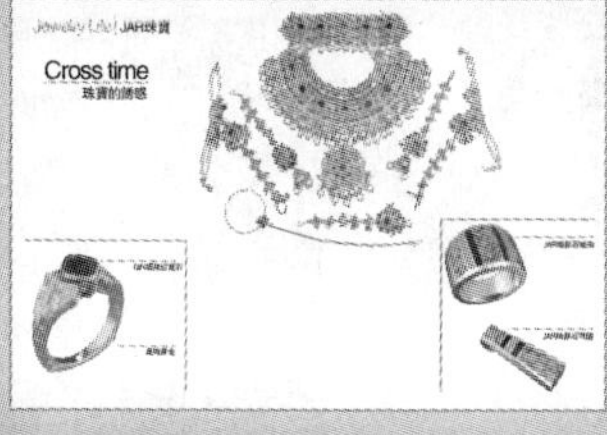

DM单又称直邮广告，英文为Direct Mail Advertising，DM单的形式多种多样，一般可分为说明书、小册子、明信片、宣传单和名片等形式。在本章节中，将对珠宝宣传DM单的相关知识和制作方法进行介绍。

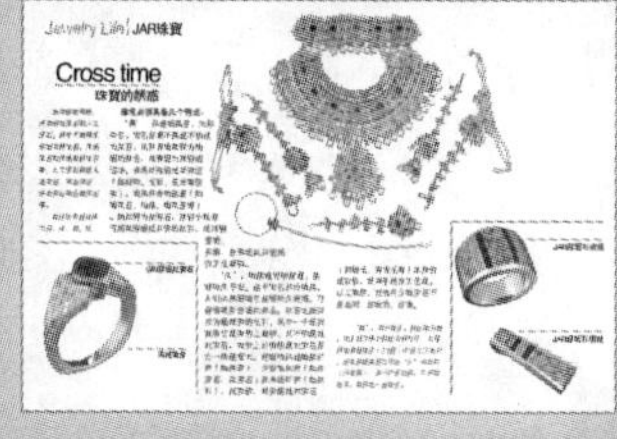

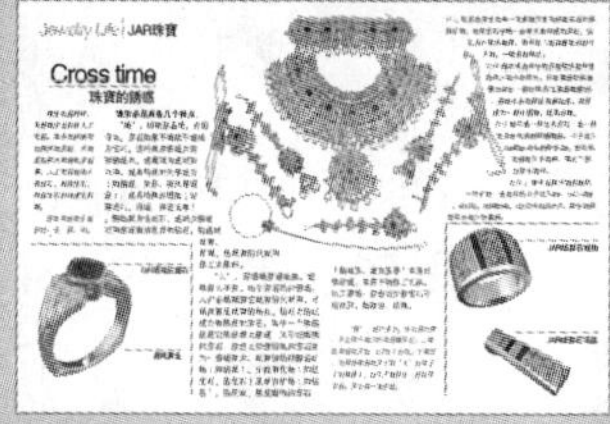

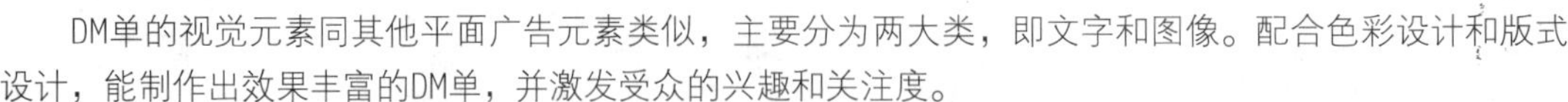

15.1 常见的珠宝DM单类型

DM单的视觉元素同其他平面广告元素类似，主要分为两大类，即文字和图像。配合色彩设计和版式设计，能制作出效果丰富的DM单，并激发受众的兴趣和关注度。

常见的珠宝DM单有6种类型，分别是珠宝商品目录、珠宝销售函件、珠宝说明书、珠宝小册子、珠宝明信片和珠宝传单，不同的DM单类型有各自不同的设计要求。

15.1.1 珠宝商品目录

珠宝商品目录主要是通过将珠宝的图片、售价、种类、材质等商品信息添加到印刷品中，让受众能够十分清晰地了解该珠宝商家销售的各项商品信息，便于受众产生进一步的购买计划。这类DM单主要通过派发的方式传递到受众手中，如右图所示。

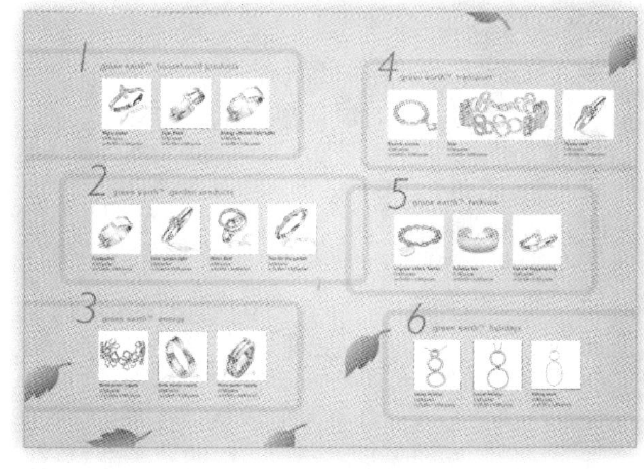

15.1.2 珠宝销售函件

珠宝销售函件同其他DM单的投递方式有所不同，主要通过电子投递和邮政投递的方式。这种DM单能够使商家有针对性地选择受众群体，换句话说，商家可以对广告活动进行自我控制，选择受众对象，如下图所示。

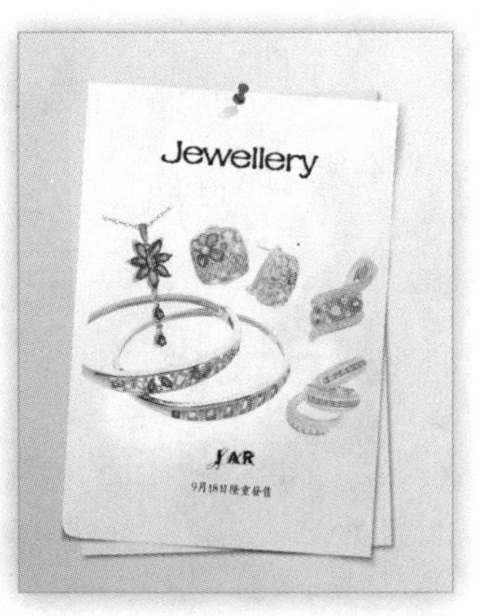

15.1.3 珠宝说明书

珠宝说明书同之前的珠宝商品目录有所不同，珠宝商品目录会将商家需要向受众宣传的所有商品的大致信息都以目录的形式表现在珠宝商品目录DM单中，而珠宝说明书则是将一个珠宝或者是一个系列的珠宝进行详细说明的DM单。其中可以包括的内容很多，只要是同该珠宝有关联的内容都可以表现在珠宝说明书中，例如珠宝材料的来历、鉴别方法、佩戴要求、保养方法等。

这类DM单适合已经有一定知名度的珠宝品牌，主要作用是对该品牌的新产品进行宣传作用。而如果不具备知名度的珠宝品牌，建议需要推广品牌的珠宝商使用珠宝商品目录来对品牌进行推广，如下图所示。

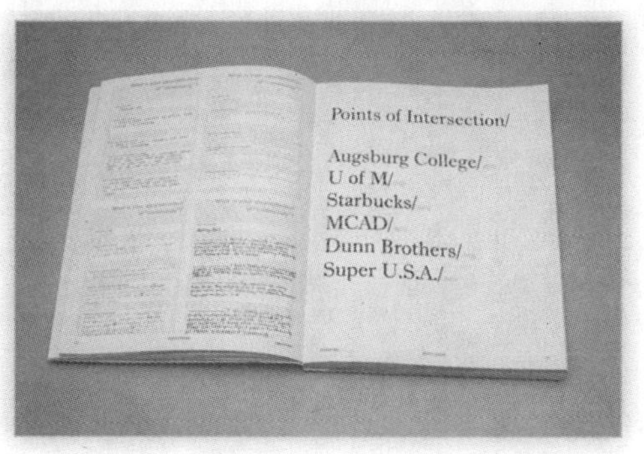

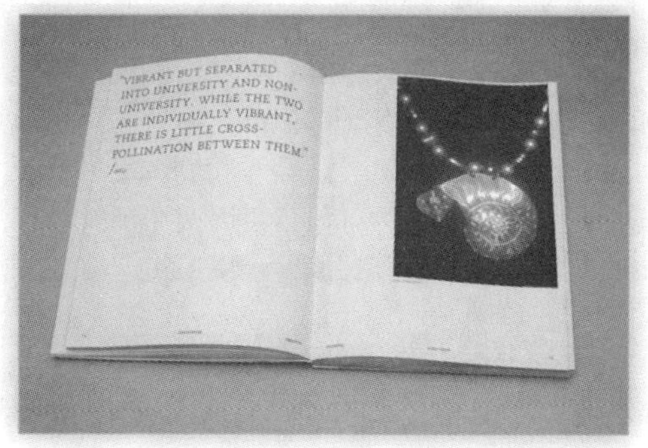

15.1.4 珠宝小册子

珠宝小册子可以满足珠宝商长期进行广告宣传的需要。小册子像一本小书一样，其中可以包括丰富的内容。

一般的小册子以周、双周、半月或月的时间来印刷。可以以周期性地向受众传达珠宝商最近的情况，如新推出的新珠宝品种等，如下图所示。

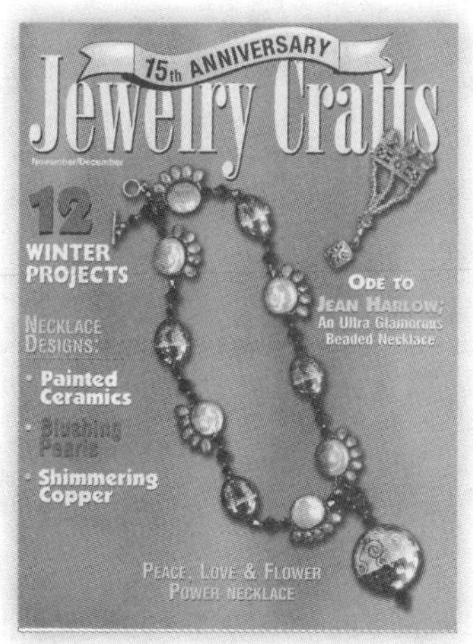

15.1.5 珠宝明信片

明信片，又称卡片。是形象宣传的一种有效方式。明信片主要以具有整体性的画面为主，通过形象传达出珠宝的品质和品牌的定位。通常不会有太多文字，只添加对画面意境具有提示性的精炼语句即可。另外，珠宝明信片可以通过邮递进行广告宣传，有效扩大受众面，如下图所示。

15.1.6 珠宝宣传单

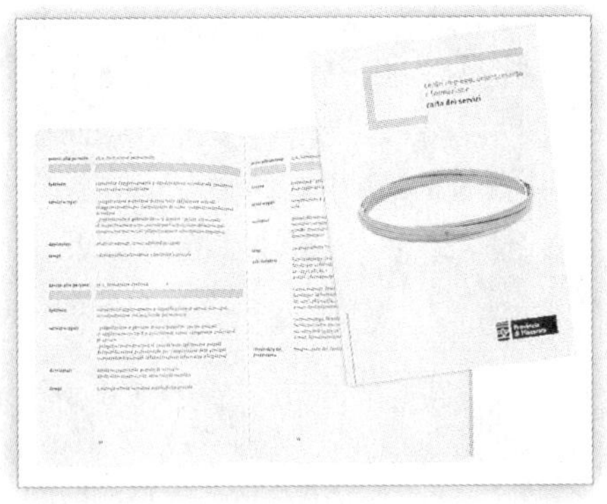

珠宝宣传单是所有DM单中成本最低的，由单页纸所构成，通常在街道或闹市上派发。这类DM单可扩大受众人群，形成一定的市场影响力，而且可以避免同类产品的直接竞争，并能够较为生动详细的表达产品信息，如右图所示。

15.2 DM单的广告功能

DM单在各种媒介中有其独特的功能，若对其进行精心设计，往往可以取得相当好的效果，其特点主要有以下几点：

- 具有针对性，由于广告主可以通过调查，选择不同的受众人群，因此可以控制广告活动的对象。
- 由于DM单可针对个人或单位，能使人产生亲切感。
- 在通过邮政服务传递DM单时，可以不受时间和地域的限制，也可以比较生动地详细表达产品信息内容。
- 制作简单，费用便宜，准确性高。
- 不会直接引起同类产品的竞争。

15.3 如何制作珠宝DM单

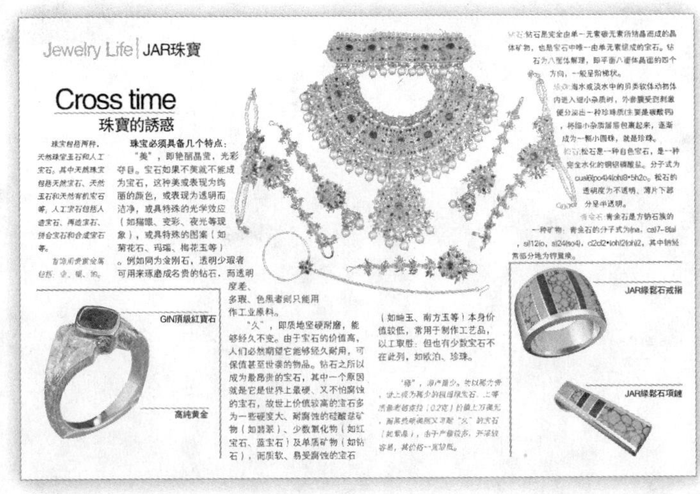

本实例制作的是一个珠宝DM单。根据上文的分类，本实例属于珠宝说明书类型的DM单。广告主创立了一个珠宝新品牌，为了增强品牌效应，在制作过程中，需要突出珠宝的尊贵感，让珠宝自身的品质直接吸引受众的眼球。在内容选择上，首先可对珠宝的专业知识进行介绍，再介绍本品牌珠宝，引导一种信任的心理暗示。

在该珠宝DM单中，应用图文混排的方式，将文字和图像有机地结合起来，如右图所示（\效果\第15章\珠宝宣传DM单.psd）。

为了能够对页面效果进行控制，通常的做法是将不同的部分以线条或图像划分开来，再将图像添加到页面中，确定好图像大小，如下左图所示。

然后添加文字，根据版式的情况，适当调整文字的属性，可以让整个版式中的图文搭配协调，如下右图所示。

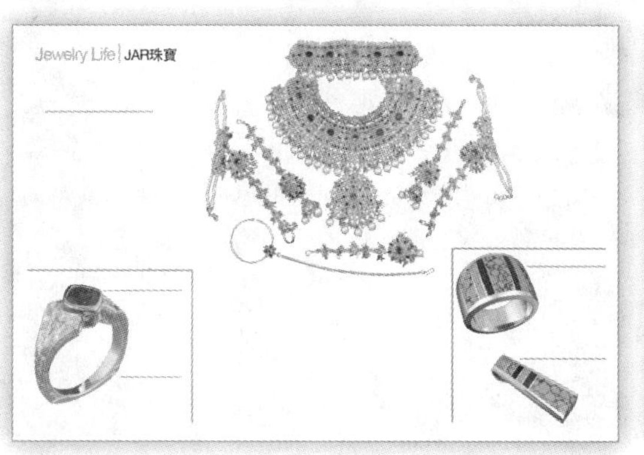

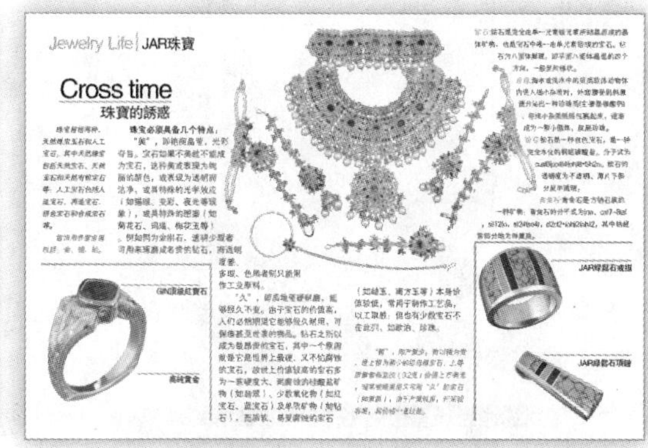

15.3.1 版式划分

在制作珠宝DM单之初，要先确定版式的图文分布效果，按照分布添加文字和图像能使版面紧凑。

1 Step 按"Ctrl+N"组合键，打开"新建"对话框，设置宽度为"15 厘米"，高度为"10 厘米"，分辨率为"300 像素 / 英寸"，单击 确定 按钮，新建空白文件，如下图所示。

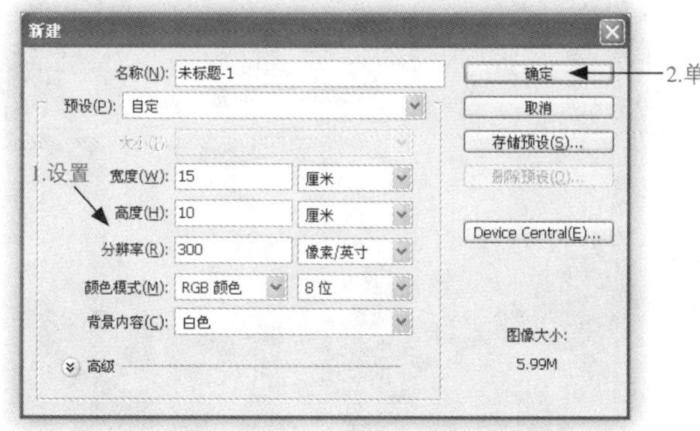

2 Step 按"Shift+Ctrl+Alt+N"组合键，新建"图层 1"。双击工具箱下方的前景色图标，打开"拾色器（前景色）"对话框，设置颜色为灰色（R:137,G:137,B:37），单击 确定 按钮，确定前景色，如下图所示。

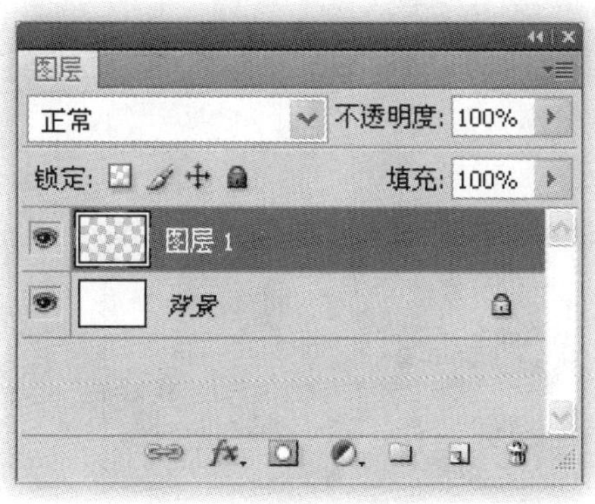

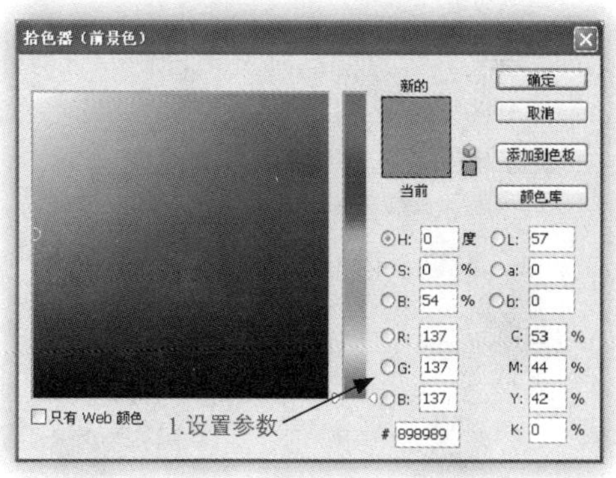

3 Step 选择铅笔工具，在工具选项栏中设置画笔大小为"4"，模式为"正常"，不透明度为"100%"，在页面右下角位置通过单击和拖曳，绘制两条直线，如下图所示。

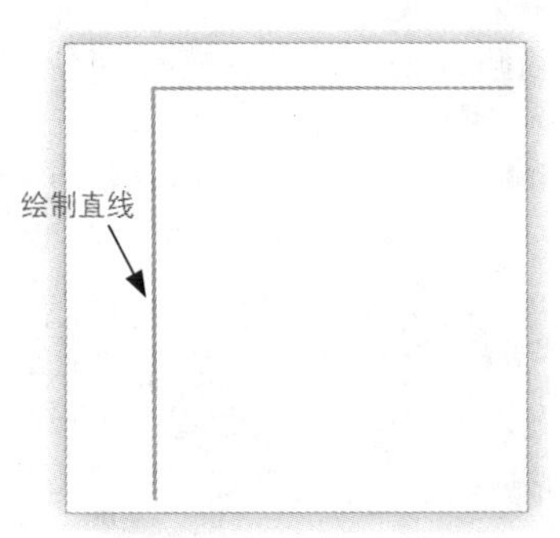

技巧提示

要使用铅笔工具绘制直线，可以先通过单击确定直线起点，然后按住“Shift”键不放，在垂直或水平方向拖曳，可绘制出垂直或水平直线。

4 Step 再次按“Shift+Ctrl+Alt+N”组合键，新建“图层 2”，运用同样的方法，在图像左下角位置绘制两条直线，如下图所示。

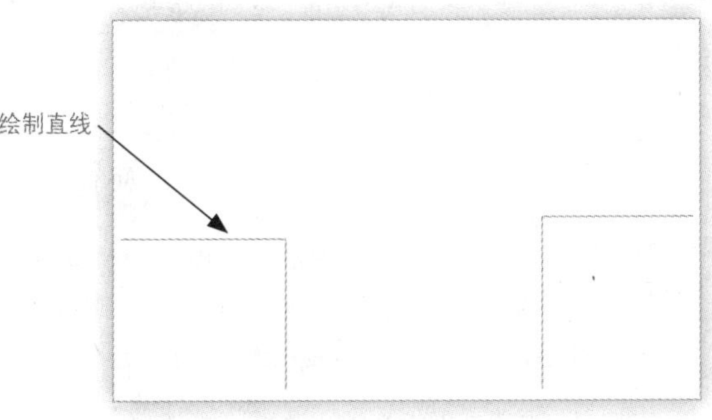

5 Step 打开“01.png”素材文件（\素材\第 15 章\01.png），选择移动工具，将 01.png 文件中的图像直接拖曳到“珠宝宣传 DM 单”图像文件中，生成“图层 3”，如下左图所示。

6 Step 按“Ctrl+T”组合键，通过拖曳图像四周节点，将其适当缩小，并调整到页面中部上方位置，如下右图所示。

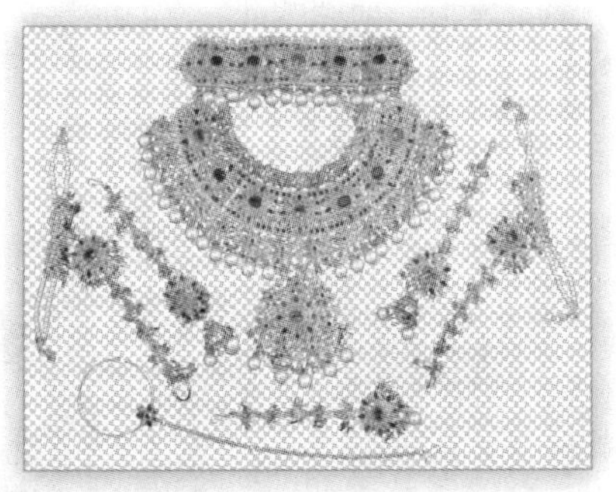

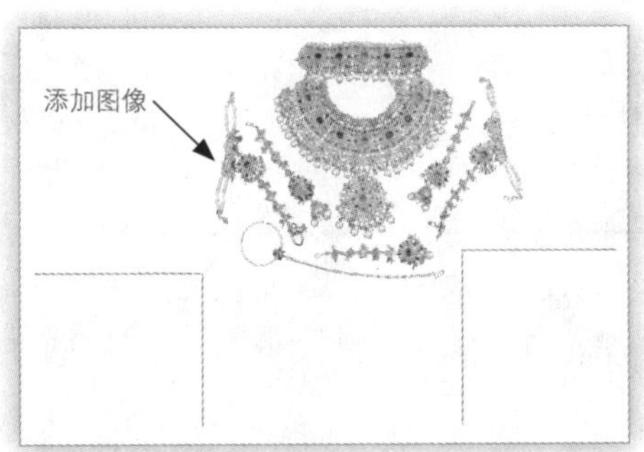

7 Step 运用同样的方法，打开“02.png”素材文件（\素材\第 15 章\02.png）和“03.png”素材文件（\素材\第 15 章\03.png），分别将其拖曳到“珠宝宣传 DM 单”图像中，并移至左下角和右下角，同时生成“图层 4”和“图层 5”，如下图所示。

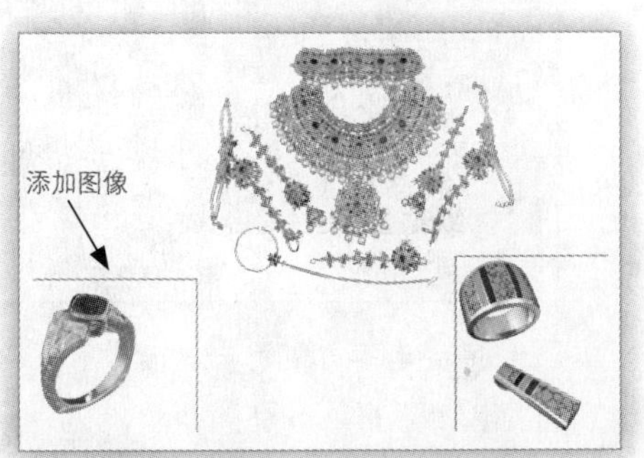

8 Step 选择横排文字工具[T]，在页面左上角位置单击，当出现光标闪烁后，输入文字“Jewelry Life”，按“Ctrl+Enter”组合键，确定文字输入，如下左图所示。

9 Step 将文字全部选中，按“Ctrl+T”组合键，在打开的字符面板中设置文字的参数，并设置文字的颜色为黄色（R:206,G:158,B:30），如下中图所示，完成后按“Ctrl+Enter”组合键，确定文字属性调整，如下右图所示。

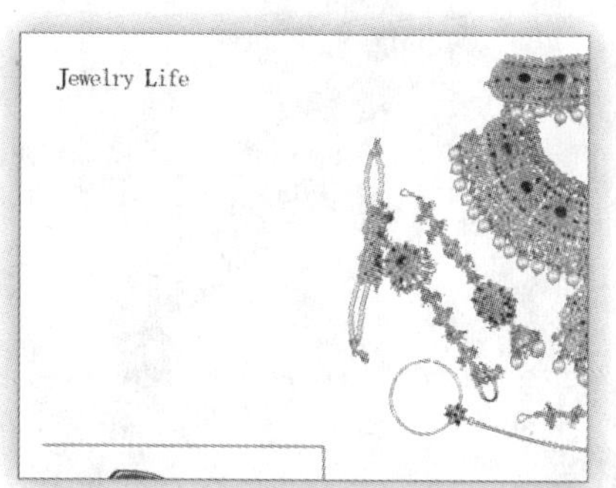

10 Step 按“Shift+Ctrl+Alt+N”组合键，生成“图层6”，设置前景色为粉红（R:217,G:173,B:181），选择铅笔工具[✎]，在文字右边位置绘制一条垂直直线，如下图所示。

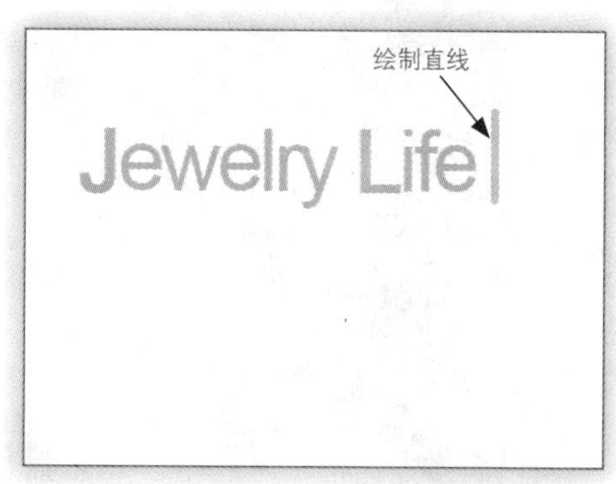

11 Step 选择横排文字工具[T]，在垂直直线的右边位置单击，并输入文字“JAR珠宝”。将文字全部选中后，在“字符”面板中，设置相应的文字属性，完成后按“Ctrl+Enter”组合键，确定文字输入，如下图所示。

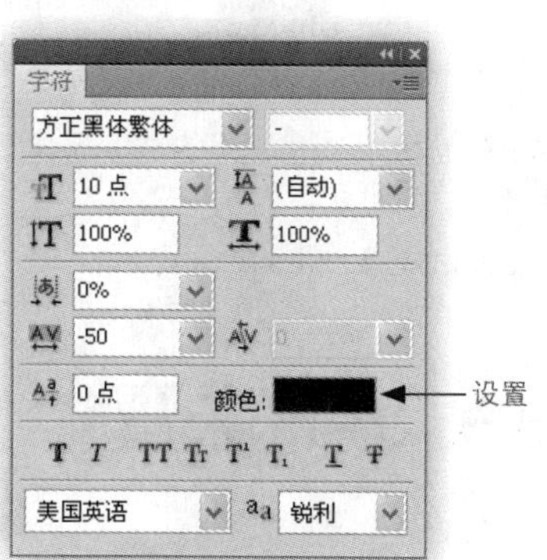

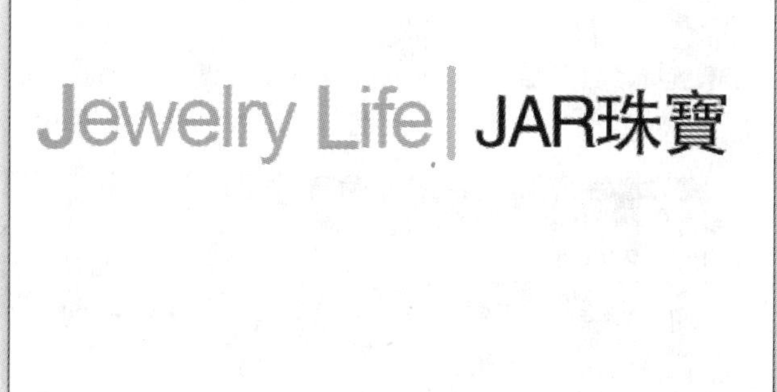

15.3.2 添加文字

在珠宝宣传DM单中，除了图像外，另一个重要的元素是文字。通过文字的排列和分布，能够让受众更容易领悟到珠宝商想要表达的中心思想，下面部分介绍DM单中文字的添加操作。

1 Step 按“Shift+Ctrl+Alt+N”组合键，新建“图层 7”。设置前景色为黄色（R:206,G:158,B:30），选择铅笔工具，在工具选项栏中设置画笔大小为“3”，模式为“正常”，不透明度为“100％”，分别在图像左下方和右下方的珠宝旁边绘制两条线，如下图所示。

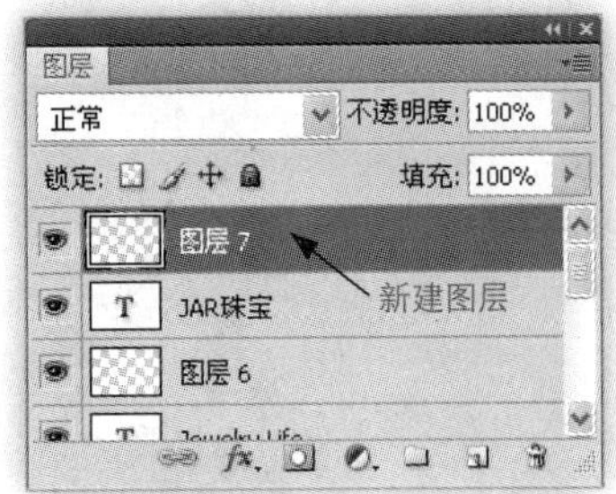

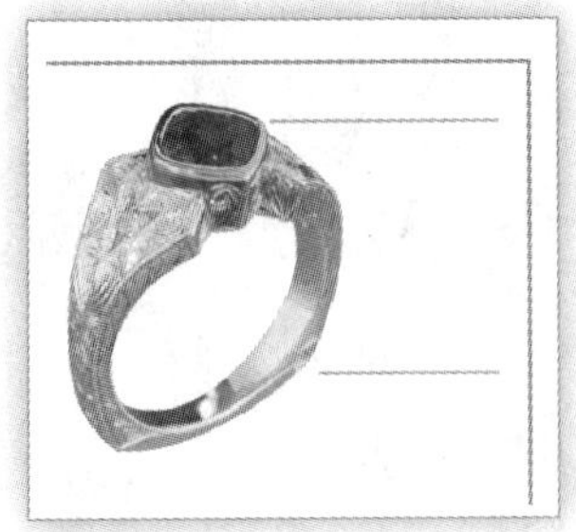

技巧提示

如果要绘制出具有一定倾斜度的直线，可以先单击一点，确定直线起点，然后按住“Shift”键不放，单击终点位置，Photoshop 系统即可自动将两点连接起来。

2 Step 单击横排文字工具，在水平直线下方分别输入文字“GIN 顶级红宝石”、“高纯黄金”、“JAR 绿松石戒指”和“JAR 绿松石项链”，将其分别选中后，设置适当的文字属性，完成后按“Ctrl+Enter”组合键，确定输入文字，如下图所示。

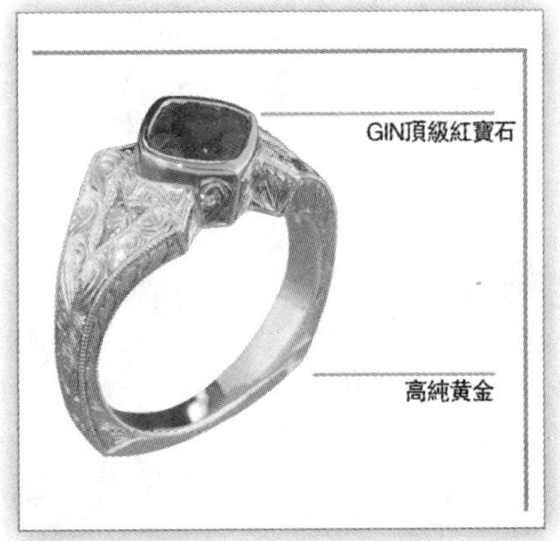

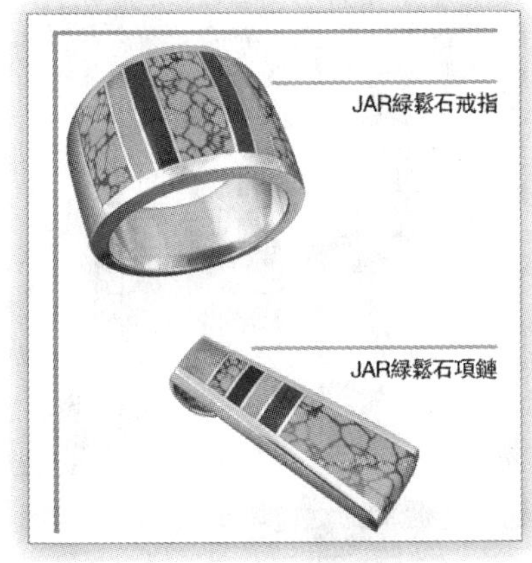

3 Step 选择横排文字工具，在页面左上角输入文字“Cross time”，在字符面板中设置适当的文字属性，完成后按“Ctrl+Enter”组合键，确定文字属性更改，如下图所示。

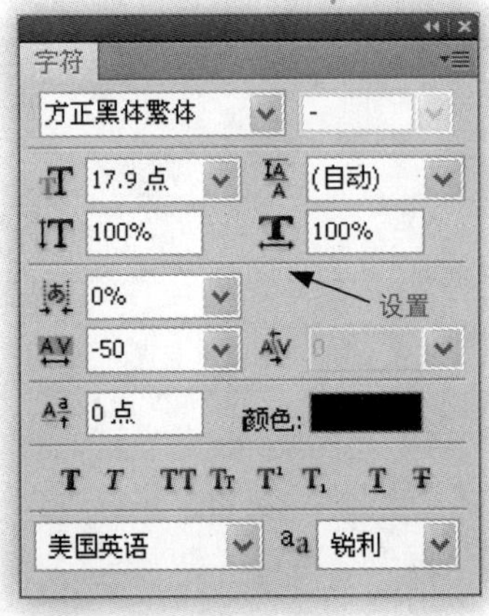

Jewelry Life | JAR珠寶

Cross time

4 Step 按“Shift+Ctrl+Alt+N”组合键，新建“图层 8”，设置前景色为黄色（R:206,G:158,B:30），选择铅笔工具，在刚才所添加的主题文字下方绘制一个水平直线，如下图所示。

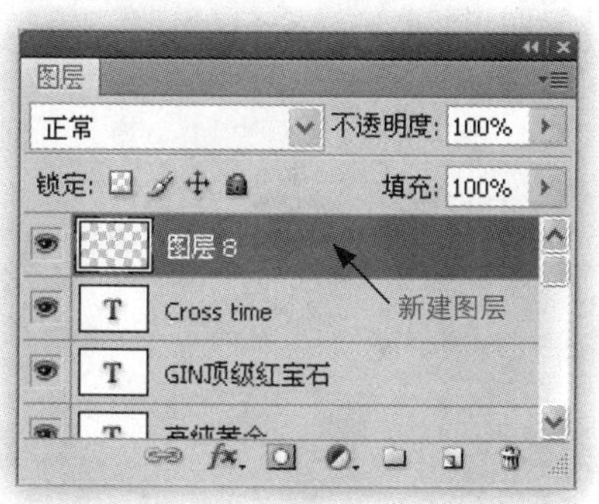

Jewelry Life | JAR珠寶

Cross time

5 Step 选择横排文字工具，在页面左上角水平直线下输入文字“珠宝的诱惑”，在字符面板中设置适当的文字属性，完成后按“Ctrl+Enter”组合键，确定文字属性更改，如下图所示。

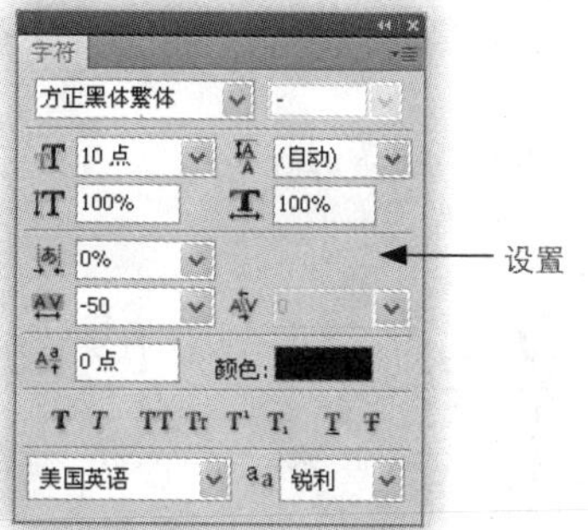

Jewelry Life | JAR珠寶

Cross time

珠寶的誘惑

6 Step 选择横排文字工具，在页面左上方拖动鼠标，创建文本框。打开“04.txt”素材文件（\素材\第15章\04.txt），选中第一部分文字，复制、粘贴到文本框中，如下图所示。

7 Step 将段落文字全部选中，在字符面板中设置适当的文字属性，完成后按“Ctrl+Enter”组合键，确定文字输入，如下图所示。

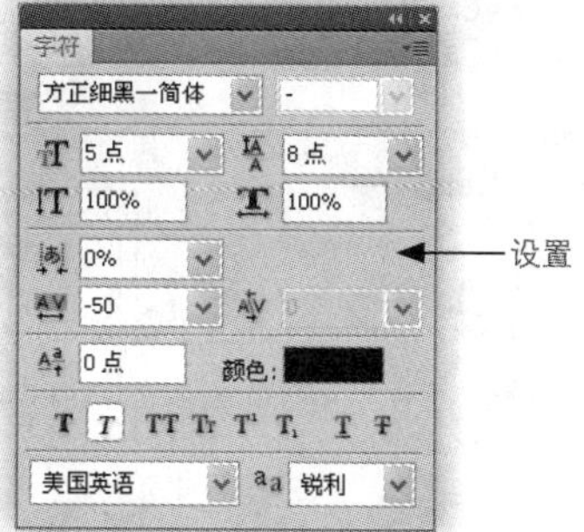

8 Step 将当前文字中的最后一段文字选中，并设置前景色为红色（R:230,G:0,B:18），将该颜色应用到当前文字中，如下左图所示。

9 Step 选择钢笔工具，在页面左边通过单击和拖曳，绘制一个封闭路径，如下右图所示。

技巧提示

在使用钢笔工具绘制路径时，若需要绘制垂直或水平路径，操作方法和铅笔工具类似，即按住“Shift”键不放，向水平或垂直位置拖曳鼠标，就能绘制出需要的水平或垂直直线。

10 Step 选择横排文字工具，在封闭路径中单击，出现光标闪烁后，在“04.txt”素材文件（\素材\第15章\04.txt）中，将第二部分文字选中，并复制、粘贴到封闭路径中。

11 Step 将文字全部选中，在字符面板中设置适当的文字属性，完成后按“Ctrl+Enter”组合键，确定文字属性改变，如下图所示。

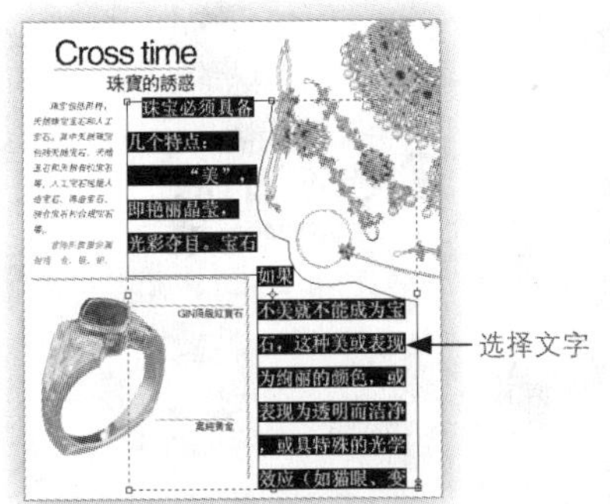

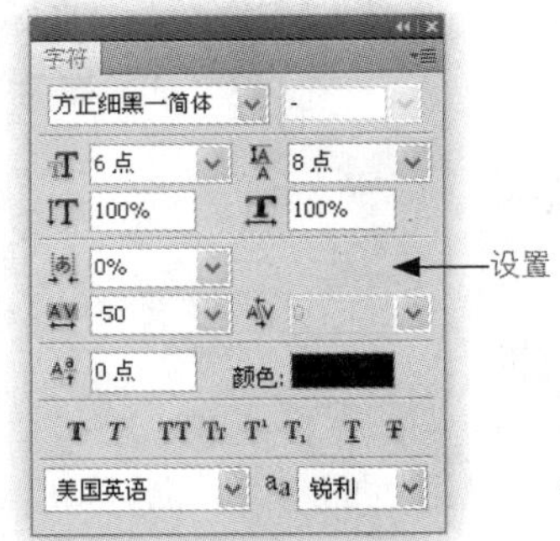

12 Step 选择将第一行文字选中，在字符面板中单击“仿粗体”按钮，加粗文字如下左图所示。

13 Step 选择钢笔工具，在页面右边通过单击和拖曳，绘制一个封闭路径，并使两个封闭路径之间具有一定的间隔，如下右图所示。

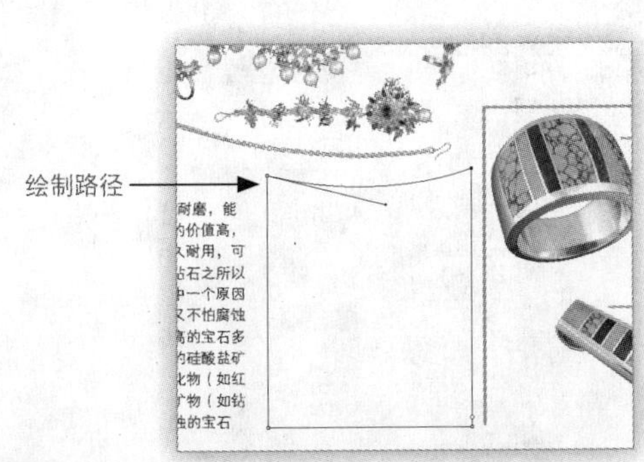

14 Step 选择横排文字工具[T]，在封闭路径中单击，然后将“04.txt”素材文件（\素材\第15章\04.txt）中，将第三部分文字选中，复制、粘贴到封闭路径中。

15 Step 将刚才所复制的文字全部选中，在字符面板中设置相应的文字属性，完成后按“Ctrl+Enter”组合键，确定文字属性的应用，如下图所示。

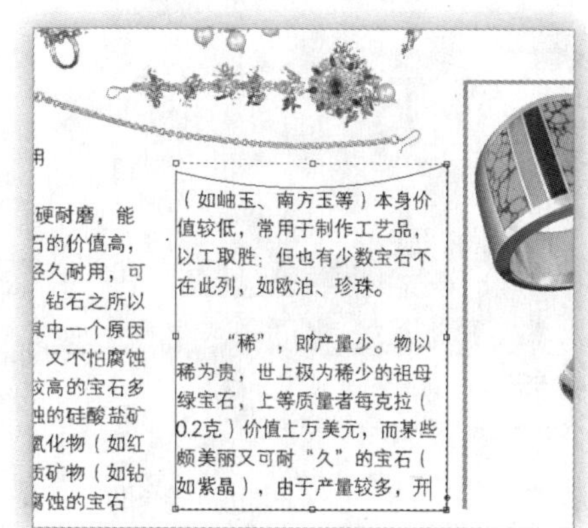

16 Step 将后一段文字选中，在字符面板中设置相应的文字属性，然后按“Ctrl+Enter”组合键，确定文字属性的设置，设置其文字颜色为红色（R:230,G:0,B:18），如下图所示。

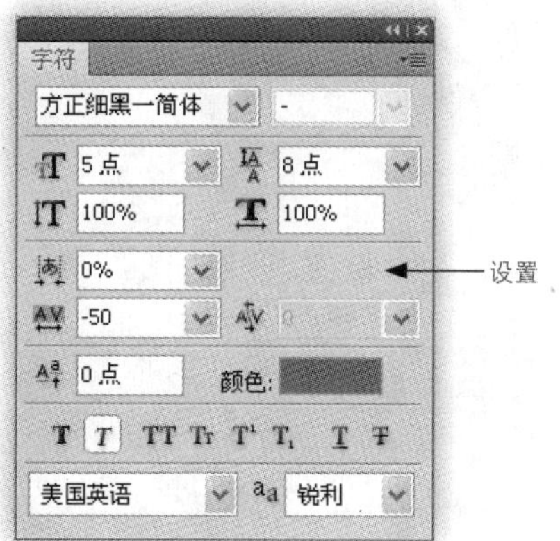

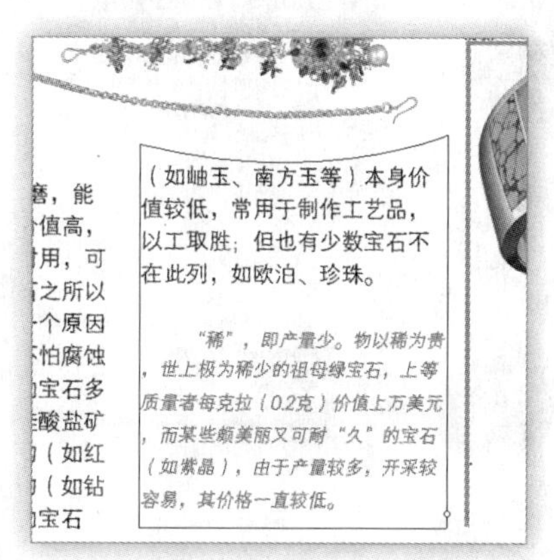

17 Step 选择钢笔工具[♁]，在页面的左上方通过单击和拖曳，绘制出添加文本的封闭路径，如下左图所示。

18 Step 在文件“04.txt”中选中最后部分文字，按“Ctrl+C”组合键，将文字复制。切换到原图像中，选择横排文字工具[T]，再单击绘制的封闭路径，当出现光标闪烁后，按“Ctrl+V”组合键，将复制的文字粘贴到当前封闭路径中，如下右图所示。

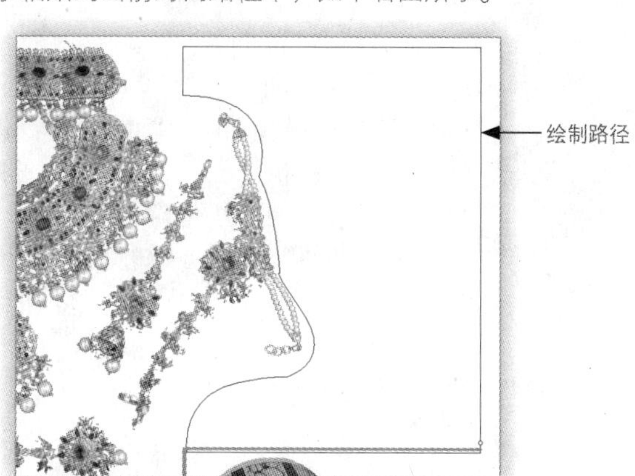

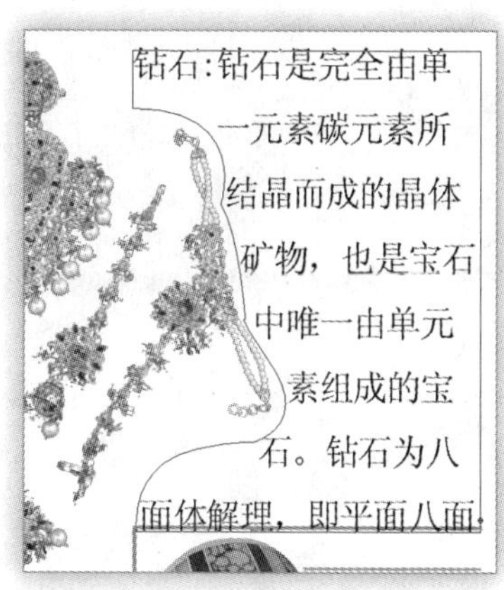

19 Step 将文字全部选中，在字符面板中设置适当的文字属性，完成后按“Ctrl+Enter”组合键，确定文字属性的设置，如下图所示。

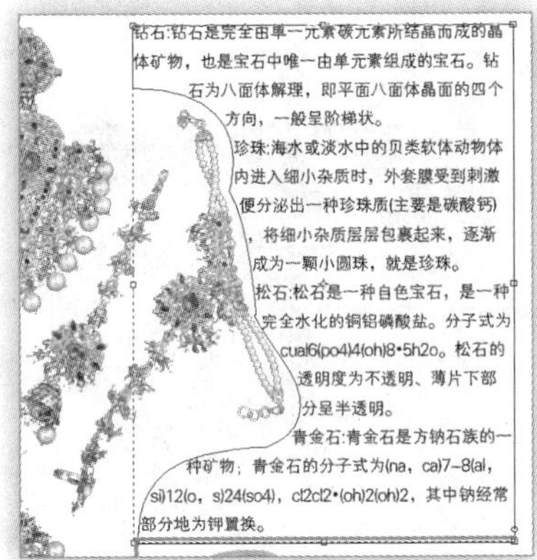

20 Step 将每一段的前两个字选中，并设置其文字颜色为黄色（R:206,G:158,B:30），然后在字符面板中单击“仿粗体”按钮T，将其应用到段首文字中，至此，完成整个作品的制作，如下图所示。

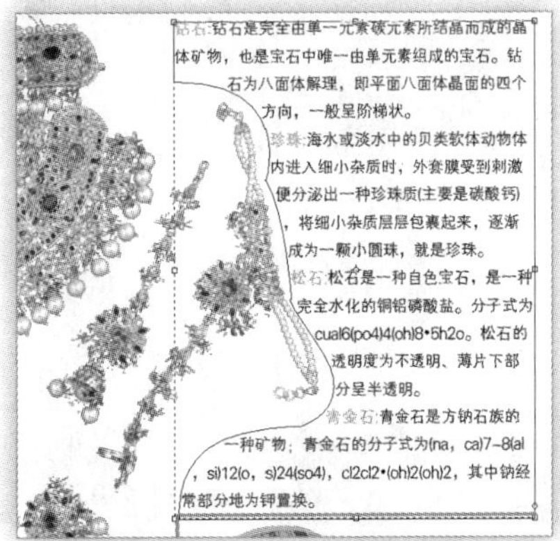

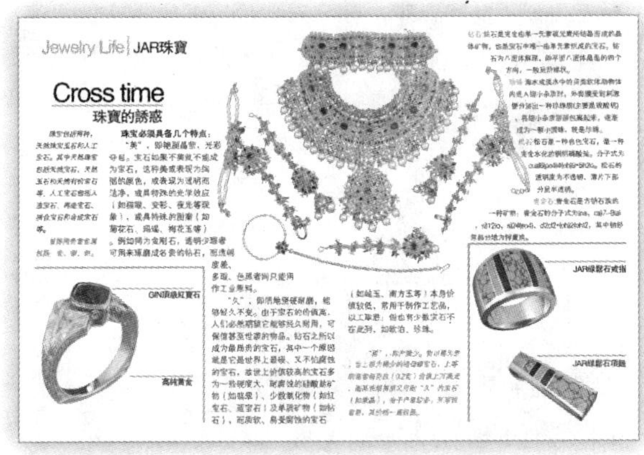

Chapter 16

第 16 章 俱乐部POP海报设计

POP海报通常会粘贴在人流量大的公共场所，其作用是吸引消费者，刺激其购买欲。另外，有的企业也会通过POP海报树立企业形象，提高其知名度，从而保持与消费者的良好关系。

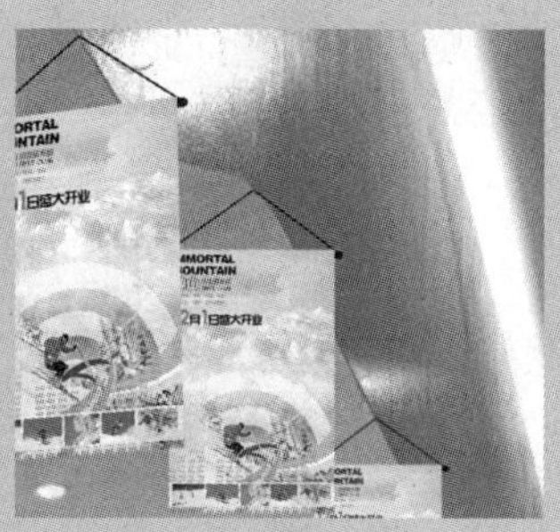

16.1 常见的POP广告类型

POP广告的英文全称为Point Of Purchase Advertising，是指各种形式的直接促销广告，一般布置在各个零售店的店内及店门口等人流量大的位置。POP广告是一种新兴的广告形式。

在现在市面上，有很多POP广告，其种类也很多，根据不同的设计角度，可以按照3种方式对其进行分类，分别是按照时间分类、按照展示方式来分类及按照不同材料来分类。

16.1.1 按时间分类POP广告

POP广告在使用过程中，通常都有时间性和周期性，因此可以按照不同的时间周期来对POP广告进行分类。

按照时间周期可以将POP广告分为3类，分别是长期POP广告、中期POP广告和短期POP广告。

- 长期POP广告是使用周期在一个季度以上的POP广告类型，包括招牌POP广告、柜台POP广告、企业形象POP广告，如下图所示。

- 中期POP广告的使用周期通常在一个季度左右，在使用材料和投入价格上，可以根据长期POP广告的档次，适当调整，如下图所示。

- 短期POP广告是指使用周期在一个季度以内的POP广告类型，例如柜台POP展示卡、展示架及商店的大减价、大甩卖招牌等。此类POP广告通常投资较少，但也应做到与商品的品味相符，如下图所示。

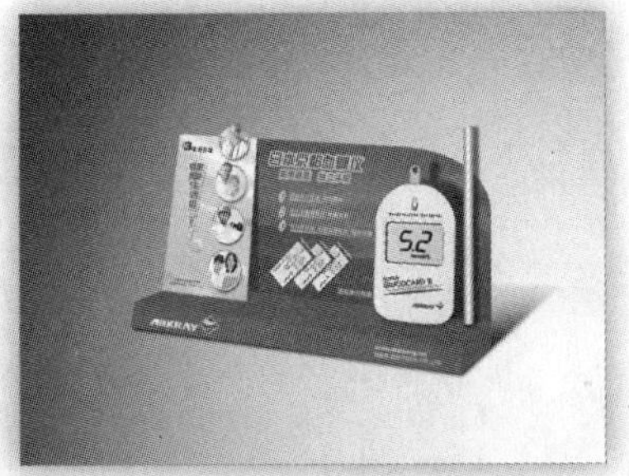

16.1.2 按展示方式分类POP广告

POP广告除了在使用周期上有所区别外，另一个特点就是其展示方式也不一样，这对POP广告的设计有很大的影响。按照其不同的展示方式可以将POP广告分为柜台展示POP广告、天花板POP广告、壁面POP广告、柜台POP广告和地面立式POP广告。根据POP广告不同的展示方式，其材料选择、展示和造型等方面都会有很大的差别，这对于POP广告设计本身来说是非常重要的，如下图所示。

16.1.3 按不同材料分类POP广告

POP广告所使用的材料种类很多，根据其产品不同的档次，可以分为高、中、低档。一般常用的材料主要有金属、木材、塑料、布料、仿皮和纸张等。其中的高档材料多为金属、真皮等。中档材料主要有塑料、布料、人工仿皮等。纸张一般为低档材料，但也有制作工艺较高的高档纸质POP广告，如下图所示。

16.2 POP广告的作用

在当今强调广告效应的社会，POP广告以其特有的广告作用和优势吸引着广大商家，POP广告的功能主要有5点，分别是新产品推广告知功能、引起消费者的购买欲、营造销售气氛、取代售货员、提升企业形象。

- 新产品推广告知功能：大部分的POP广告都属于新产品的告知广告，在新产品出售之前或之初，配合各种宣传媒体进行大力宣传，在商场等销售场所使用POP广告进行促销活动，可以吸引消费者的视线，刺激其购买欲望，如下图所示。

- 引起消费者的购买欲：将POP广告设置为购物现场展示，可以配合其他的媒体唤起消费者的潜在意识，将其和其他广告相结合，使消费者重新记起商品，从而促成购买行为，如下图所示。

- 营造销售气氛：使用POP广告中强烈的色彩、吸引人的图案、突出的造型、幽默的动作等元素营造出强烈的销售气氛，吸引消费者，促使消费者进行购买，如下图所示。

- 取代售货员：POP广告有“无声的售货员”的美称，POP广告经常被放置在超市中，超市的主要购买方式是自选。因此当消费者面对诸多的商品无从下手时，摆放在商品周围的引人注目的POP广告就可以起到吸引消费者，使其产生购买冲动的作用，如下图所示。

- 提升企业形象：企业不仅需要提高产品的知名度，而且需要重视企业的形象宣传，POP广告同其他广告方式一样，在销售环境中可以起到树立和提升企业形象的作用，进而保持与消费者的良好关系，如下图所示。

16.3 POP广告的设计要点

为了使POP广告在设计中达到最好的宣传效果，需要注意几点：简洁明快突出主题、营造现场销售气氛、简洁鲜明的色彩和艺术性的表现方式。

- 简洁明快突出主题：在设计POP广告时，内容应简洁、清晰，使消费者容易理解，整个广告中的文字清晰，容易辨认，使消费者能够在短时间内了解广告的所有内容，如下图所示。

- 营造现场销售气氛：由于一些POP广告具有很强的实效性，并且占有一定的空间，这就需要设计者在设计时要充分考虑到环境因素，发挥POP广告宣传对商品的展示作用，如下图所示。

- 简洁鲜明的色彩：在POP广告的色彩设计上应该明快醒目，尽量简洁突出，在色彩运用上需要做到主次分明，字体和字形要突出、鲜明，视觉上舒适清晰，各种文字的位置要安排合理，同时POP本身的体积不能过大，如下图所示。

- 艺术性的表现方式：在设计形式和作品款式方面要新颖时髦，具有灵活性与可塑性，POP广告的图形创意设计应该美观、生动，可采用摄影、绘画等表现手段，如下图所示。

16.4 如何制作滑雪俱乐部POP海报

本实例制作的是一个滑雪俱乐部POP海报，客户要求将海报以悬挂式POP广告的方式进行展示，那么在经过店门口或进入到店内才能够注意到该海报，因此这样的POP广告具有很强的针对性。当然，在客户制作该POP海报广告之前，商家已经使用其他媒介进行了大量宣传活动，因此该POP广告的主要作用也只是为了能够提醒消费者，结合其他的宣传方式，才能使该海拔广告达到最好的效果。

该POP海报广告主要使用的颜色是淡雅的蓝色和白色，呼应出雪山的纯洁、神秘。结合图片和文字的搭配，使受众能够很清晰地明白该广告需要表达的中心思想。画面中虚实结合的方式也是吸引人眼球的一个亮点，如下图所示（\效果\第19章\滑雪俱乐部POP海报.psd）。

在POP海报广告中将图片和矢量图形相结合使用可以使画面产生一种虚实结合的图像效果，使图像更加生动、有趣，从而吸引受众注意，如下左图所示。

将文字统一放置在画面中的特定位置，这是版式设计中最常用的排版方式之一。这种版式的优点在于使画面存在大量留白，让图像版式简洁、自然，且疏密结合，不会产生拥挤感，如下右图所示。

16.4.1 制作背景主题对象

制作滑雪俱乐部POP海报广告，最先考虑的应该是画面的背景颜色和背景图像，包括颜色的搭配方式、背景的图像效果和颜色的排列方式。

1 Step 按“Ctrl+N”组合键，打开“新建”对话框，设置宽度为“10 厘米”，高度为“15 厘米”，分辨率为“300 像素 / 英寸”，单击 确定 按钮，新建空白文件，如下图所示。

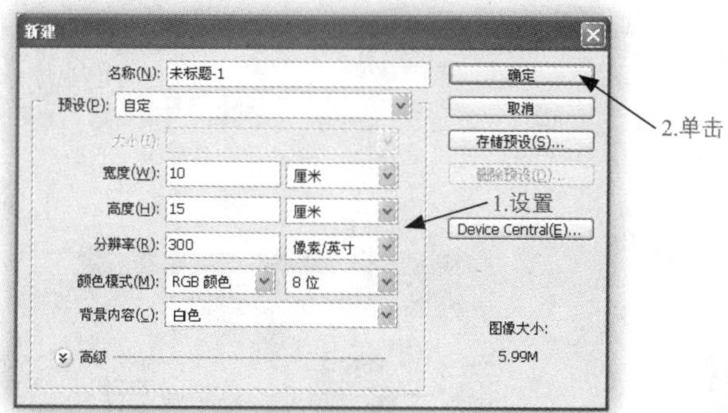

2 Step 按“Ctrl+R”组合键，显示出标尺，从标尺垂直标尺处拖曳出垂直参考线到 9.8 厘米处，然后再拖曳出第二条垂直参考线到 0.4 厘米处，按照同样的方法，在水平标尺处拖曳出第一条水平参考线到 14.8 厘米处，再次从水平标尺处拖曳出第二条水平参考线到 0.4 厘米处，标识出版心位置，如下左图所示。

3 Step 打开素材文件“01.jpg”（\素材\第 19 章\01.jpg），显示在窗口中，如下右图所示。

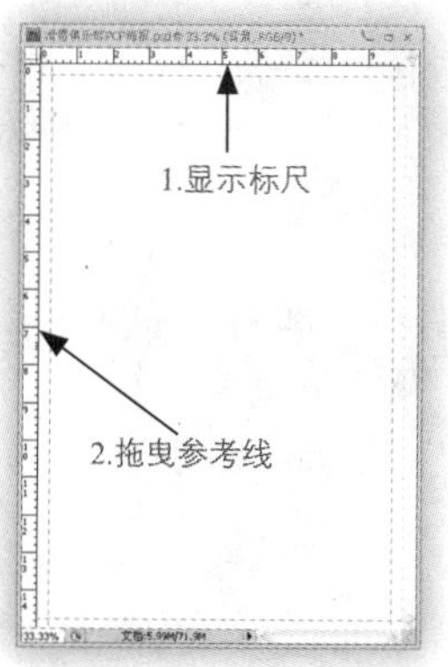

4 Step 选择移动工具，将“01.jpg”文件中的图像直接拖曳到“滑雪俱乐部POP海报”图像文件中，生成“图层1”，然后将其移动到页面下方位置，如下图所示。

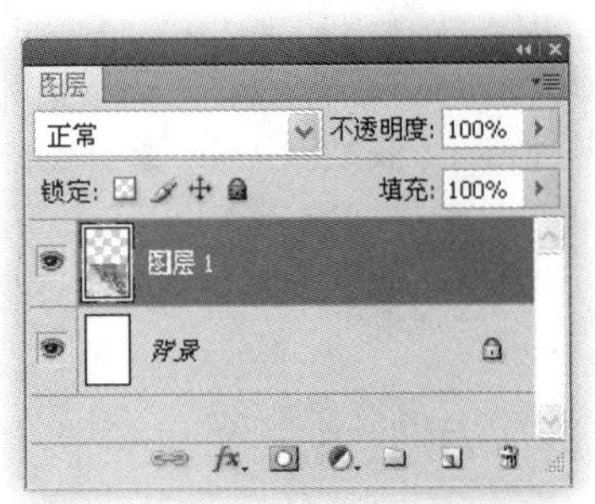

5 Step 选择图层1，单击“图层”面板中的“添加图层蒙版”按钮，添加图层蒙版。选择渐变工具，设置从黑色到白色的渐变颜色，从上到下拖曳鼠标，将渐变效果应用到蒙版中，形成图像上部模糊效果，如下图所示。

6 Step 选择自定形状工具，在工具选项栏中的“形状”下拉列表中选择“靶标2”形状，接着在图像中拖动鼠标绘制图形，在图层面板中将同时生成“形状1”图层，并设置其不透明度为“46%”，如下图所示。

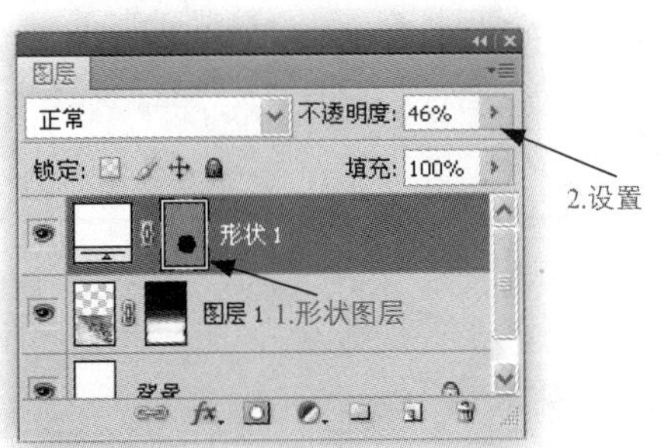

7 Step 按“Ctrl+T”组合键，出现控制手柄。拖动控制手柄四角的节点，等比例放大形状。完成后将其移至页面下方。

8 Step 单击图层面板下方的“添加图层蒙版”按钮，给“形状1”图层添加图层蒙版。设置前景色为“白色”，选择橡皮擦工具，将图像下方多余的形状颜色擦除。

技巧提示

要等比例放大或缩小路径，操作方法和等比例放大或缩小其他对象相同，按“Ctrl+T”组合键，显示出控制手柄后，按住“Shift”键不放，拖曳四周节点，即可等比例放大或缩小对象。

9 Step 单击路径面板中的空白处，即可将路径隐藏，使其只显示出图像部分，如下图所示。

10 Step 选择“图层 1”，按“Ctrl+J”组合键，复制图层 1 并生成“图层 1 副本”，通过拖曳将其放置到最上层，如下左图所示。

11 Step 按住“Ctrl”键的同时单击“图层 1 副本”的图层蒙版，载入选区，选择“图层 1 副本”，按“Shift+Ctrl+I”组合键，反向选区，再按“Delete”键删除选区内的图像，最后拖曳“图层 1 副本”的图层蒙版到“删除图层”按钮上，将其删除，如下右图所示。

12 Step 选择“图层 1 副本”，再选择“图像→调整→去色”命令，或按“Shift+Ctrl+U”组合键，将图像去色，如下图所示。

13 Step 选择“滤镜→画笔描边→强化的边缘”命令，打开“强化的边缘”对话框，设置边缘宽度为“1”，边缘亮度为“41”，平滑度为“8”，完成后单击 确定 按钮，应用滤镜效果到图像中，如下右图所示。

14 Step 在图层面板中设置“图层 1 副本”的图层混合模式为“明度”，不透明度为“70%”。调整图层的混合效果，如下图所示。

16.4.2 制作背景细节

现在将背景图像的大部分元素和图像制作完成了，下面来添加细节对象，包括作为陪衬的背景云朵和一些装饰元素。

1 Step 打开“02.jpg”素材文件（\素材\第19章\02.jpg），选择移动工具，将“02.jpg”文件中的图像直接拖曳到“滑雪俱乐部POP海报”图像中，生成“图层2”，如下图所示。

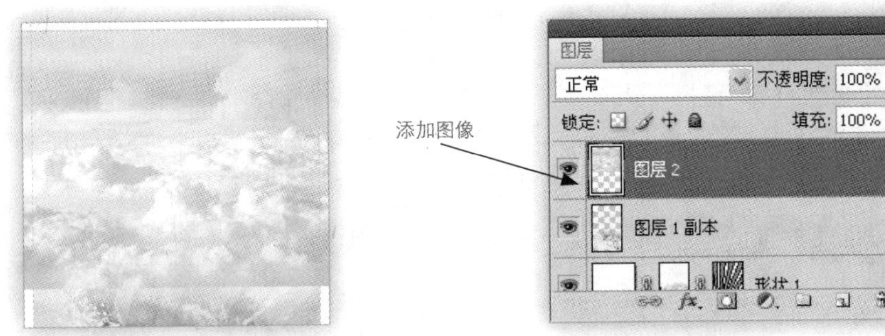

2 Step 选择“图层2”，单击图层面板下方的“添加图层蒙版”按钮，添加图层蒙版。选择渐变工具，设置从黑色到白色的渐变颜色，从下到上拖曳鼠标，将渐变效果应用到蒙版中，形成图像下部模糊效果，如下图所示。

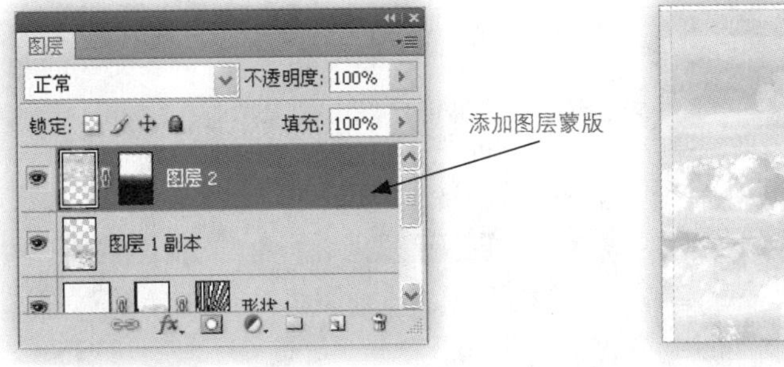

技巧提示

在拼接两张图像时，若只是需要将这两张图像的边缘柔和地拼接在一起的话，则可以通过添加两张图像的不同渐变蒙版，从而使其交接处颜色柔和，自然融合到一起。

3 Step 按“Shift+Ctrl+Alt+N”组合键，新建“图层3”，按“D”键设置前景色和背景色为默认状态，再按“Ctrl+Delete”组合键，将当前图层填充为白色。

4 Step 选择“滤镜→素描→半调图案”命令，打开“半调图案”对话框，设置大小为“1”，对比度为“0”，图案类型为“直线”，完成设置后单击 确定 按钮，应用滤镜效果到图像中，如下图所示。

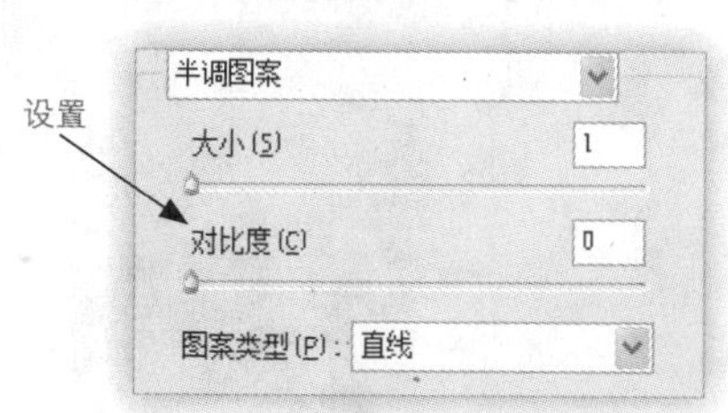

5 Step 设置“图层 3”的图层混合模式为“柔光”，不透明度为“60％”，调整图层的混合效果，如下图所示。

运用“半调图案”滤镜和图层混合模式，可制作出类似电视机屏幕上产生的横条电波线效果，使画面更具有质感。

6 Step 使用相同的方法，单击图层面板下方的“添加图层蒙版”按钮，添加图层蒙版。选择渐变工具，设置从白色到黑色的渐变颜色，从上到下拖曳鼠标，将渐变效果应用到蒙版中，形成图像下部模糊效果，如下图所示。

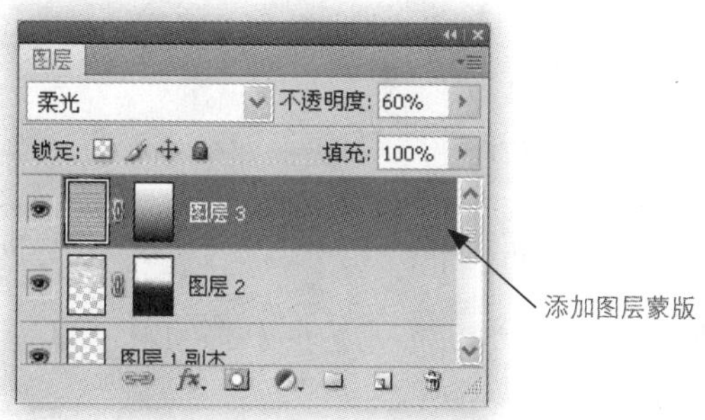

7 Step 按“Ctrl+O”组合键，打开“01.jpg”素材文件（\素材\第 19 章\01.jpg），将“01.jpg”文件中的图像直接拖曳到“滑雪俱乐部 POP 海报”图像文件下方位置，生成“图层 4”，如下图所示。

8 Step 单击图层面板下方的"添加图层蒙版"按钮，添加一个图层蒙版。设置前景色为"黑色"，按"Alt+Delete"组合键，将黑色填充到图层蒙版中，选择橡皮擦工具，设置前景色为"白色"，使其显示出人物的部分图像，如下图所示。

9 Step 在图层面板中双击"图层 4"，打开"图层样式"对话框。勾选对话框左边的"描边"复选框，切换到相应选项组中，设置大小为"4 像素"，位置为"外部"，颜色为"白色"，完成后单击 确定 按钮，应用图层样式到当前图像中，如下图所示。

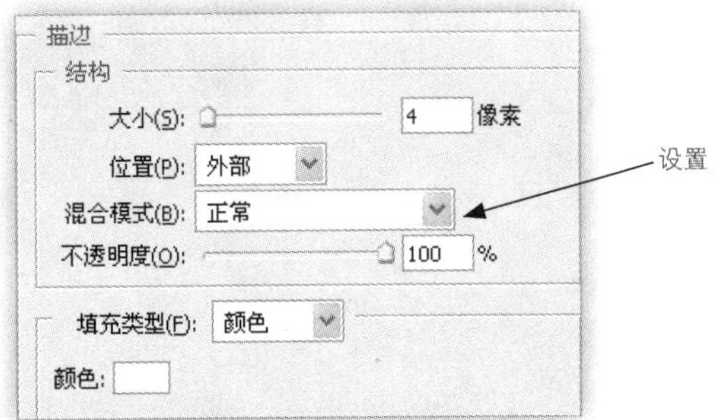

10 Step 选择自定形状工具，在工具选项栏中的"形状"下拉列表中选择"靶心"形状，接着在图像中拖动鼠标绘制图形，在图层面板中将同时生成"形状 2"图层，如下图所示。

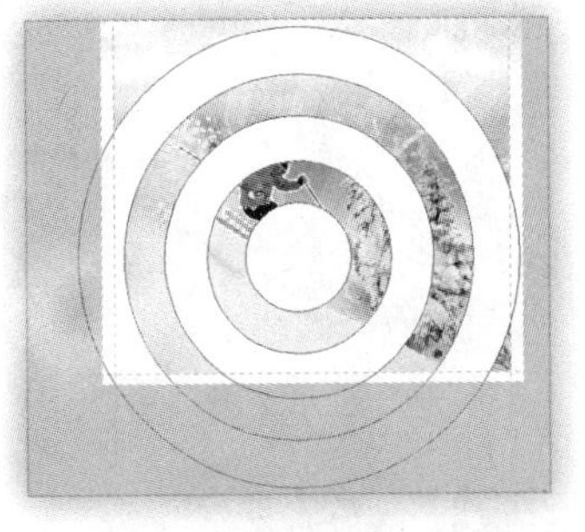

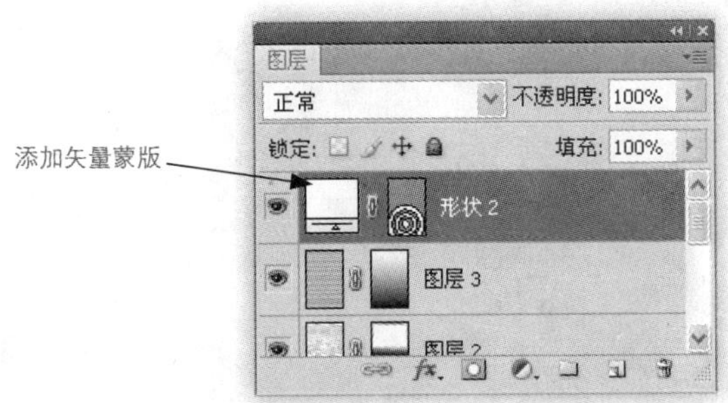

11 Step 选择"形状 2"图层，单击"添加图层蒙版"按钮，添加图层蒙版，选择橡皮擦工具，将靶心下方雪山的部分擦除，并设置不透明度为"80％"，如下图所示。

12 Step 在图层面板中将“图层 4”拖曳到最上层位置，使人物位于“靶心”形状上层，完全显示出来，如下图所示。

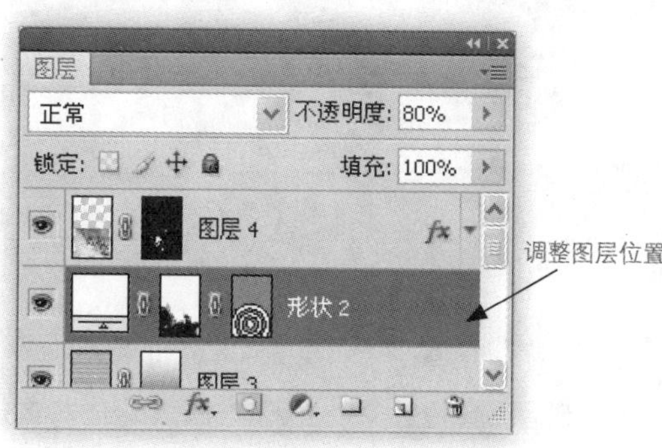

16.4.3 制作矢量图形

在上面的内容中，将海报中的背景部分制作完成了，现在的海报已经有了基本的雏形，接下来需要添加一些矢量图形，使画面效果更丰富，并具有动感。

1 Step 选择钢笔工具，在页面右下角位置绘制一个封闭路径，按“Ctrl+Enter”组合键，将路径转换为选区，如下图所示。

2 Step 按“Shift+Ctrl+Alt+N”组合键，新建“图层 5”。将新建图层调整到“图层 4”下方，设置前景色为浅黄色（R:254,G:228,B:193），按“Alt+Delete”组合键，将前景色填充到当前选区中，按“Ctrl+D”组合键，取消选区，如下图所示。

3 Step 使用相同的方法，选择钢笔工具，在页面左下角位置分别绘制出其他彩条的封闭路径，将其分别转换为选区后，填充不同的颜色，生成“图层 6”至“图层 9”，如下图所示。

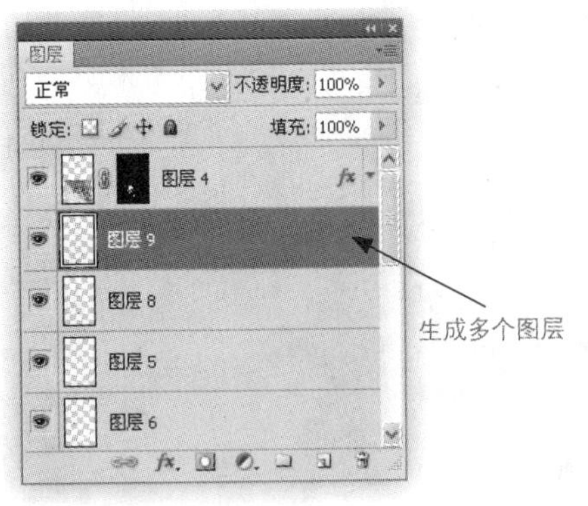

4 Step 最后再次按照相同的方法，选择钢笔工具，在图像右下角位置分别绘制出封闭路径，将其分别转换为选区后，填充相应颜色，取消选区制作出彩条矢量图形，生成“图层 10”和“图层 11”，如下图所示。

5 Step 选择矩形工具，在工具选项栏中单击“添加到路径区域”按钮，在图像下方位置绘制出若干个排列整齐的矩形，如下图所示。

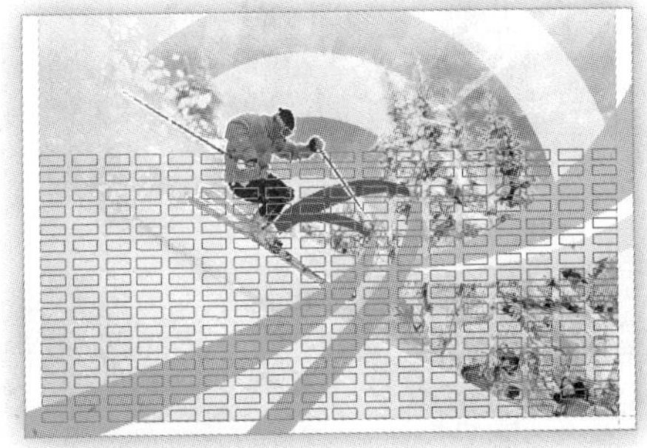

6 Step 按“Ctrl+Enter”组合键，将路径转换为选区，按“Shift+Ctrl+Alt+N”组合键，新建“图层 12”。选择渐变工具，在工具选项栏中单击渐变色块，打开“渐变编辑器”对话框，选择“前景色到透明渐变”色块，并设置渐变色的参数从左到右依次为深蓝色（R:43,G:96,B:158）、浅蓝色（R:116,G:150,B:190）。将渐变应用到选区中，按“Ctrl+D”组合键，取消选区，如下图所示。

技巧提示

要绘制整齐排列的对象时，可以先绘制出一行或一排对象后，然后将其全部选中，按住“Alt”键不放，拖曳鼠标，即可复制选中的对象，包括其间距和大小，完全和被复制对象相同。使用这种方法，可以快速绘制出需要的形状群。

7 Step 单击图层面板中的“添加图层蒙版”按钮，添加图层蒙版。选中图层蒙版，单击矩形选框工具，将部分矩形图像框选，再按 Delete 键在蒙版中填充选区为背景色，遮盖矩形图像。按照同样方法，继续绘制并填充矩形，最后设置该图层的不透明度为“40％”，如下图所示。

8 Step 按“Shift+Ctrl+Alt+N”组合键，新建“图层 13”。选择矩形选框工具，在页面底部创建矩形选区，并填充为“白色”。按“Ctrl+D”组合键取消选区，然后设置“图层 13”的不透明度为“80％”，混合效果，如下图所示。

9 Step 打开“03.jpg”～“07.jpg”素材文件（\素材\第 19 章\03.jpg～07.jpg），分别将这些图像文件依次拖曳到滑雪俱乐部 POP 海报图像文件下方位置，生成“图层 14”～“图层 18”，如下左图所示。

10 Step 依次将添加到海报中的图像调整到页面正下方位置，并排列成一行，使其看起来更整齐，如下右图所示。

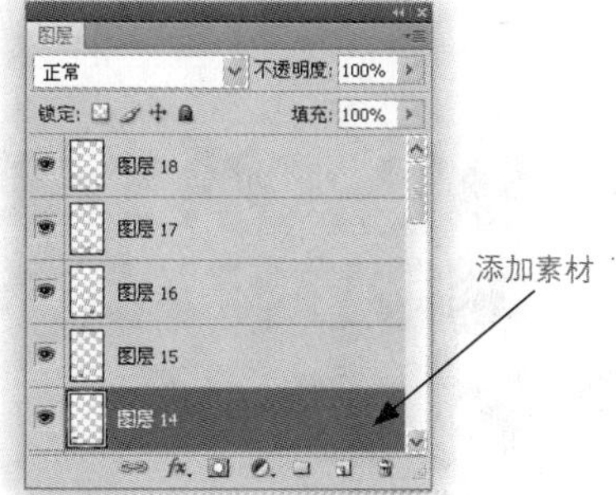

技巧提示

要整齐排列照片或形状，可以在 Photoshop 中使用参考线来达到该目的。首先需要显示出标尺，然后在标尺处拖曳出垂直或水平参考线，作为对齐对象的标准，通常两条参考线可以达到较好的效果。

16.4.4 添加文字

在海报中，除了图像和图形外，另外一个重要的部分就是文字，使用文字，可以使受众能够轻易地了解该海报所要表达的内容和中心思想。

Step 1 选择横排文字工具T，在图像左上角位置单击，并输入文字"IMMORTAL MOUNTAIN"，将文字排列呈两排，生成相应文字图层，如下图所示。

Step 2 将文字全部选中，按"Ctrl+T"组合键，打开字符面板，设置字体为"方正琥珀简体"，字号为"18号"，行间距为"18点"，字间距为"-50"，即可将文字属性应用到相应的选中文字中，如下图所示。

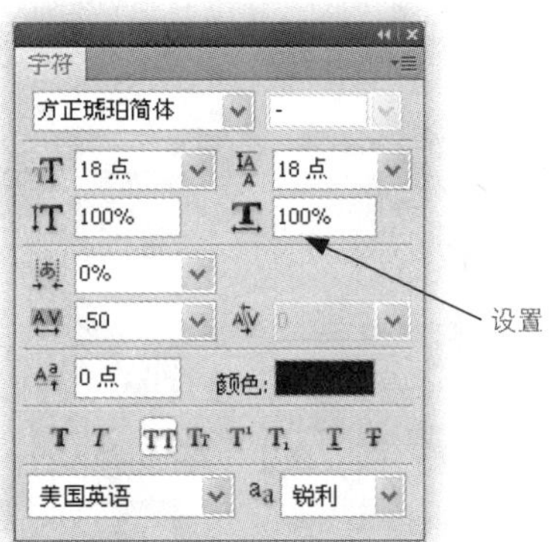

Step 3 运用同样的方法，在刚才文字下方位置输入文字"神山"，并设置相应的文字属性，如下图所示。

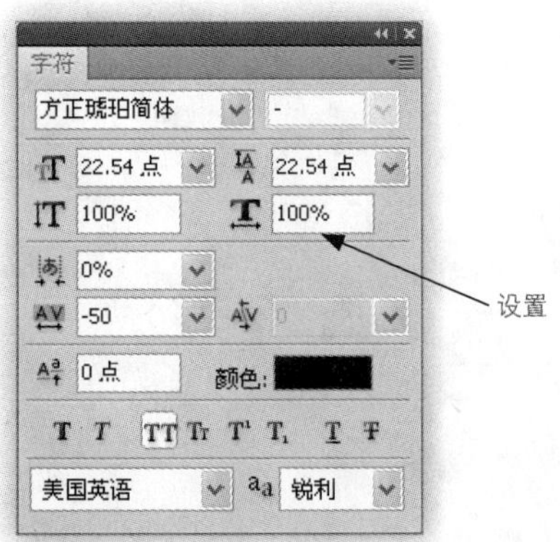

Step 4 在图层面板中用鼠标右键单击"神山"文字图层，在弹出的快捷菜单中选择"混合选项"命令，打开"图层样式"对话框。在对话框中勾选"描边"复选项，切换到相应选项组中，设置适当的参数，完成后单击 确定 按钮，应用图层样式，如下图所示。

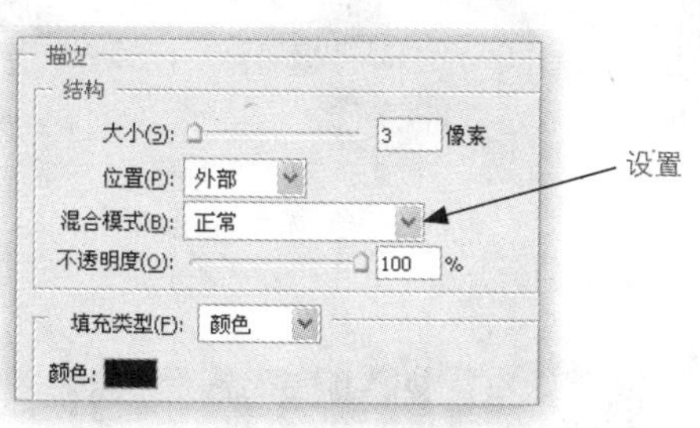

5 Step 使用横排文字工具T，在“神山”文字的右下角位置单击，当出现光标闪烁后，输入文字“SKEE CLUB”，在字符面板中设置字体为“Arial”，字号为“8.79点”，行间距为“8.79点”，字体颜色为“黑色”，完成设置后按“Ctrl+Enter”组合键，完成文字属性的设置，如下图所示。

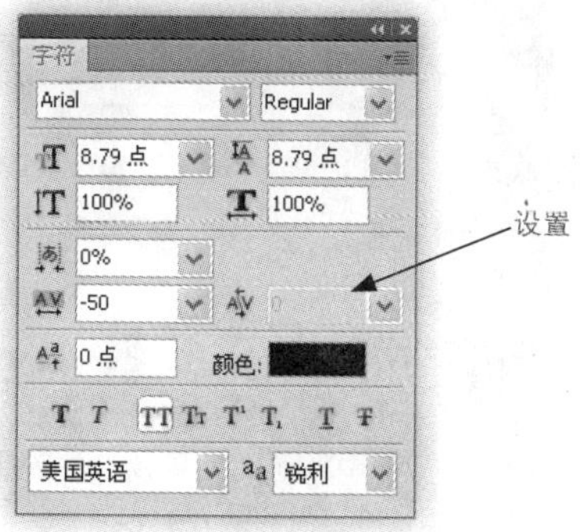

6 Step 按照相同的方法，使用横排文字工具T，在刚才所添加的文字的上方位置单击，当出现光标闪烁后，输入文字“滑雪俱乐部”，在字符面板中设置字体为“方正琥珀简体”，字号为“9.93点”，行间距为“9.93点”，字体颜色为黄色（R:180,G:108,B:13），完成设置后按“Ctrl+Enter”组合键，完成文字属性的设置，如下图所示。

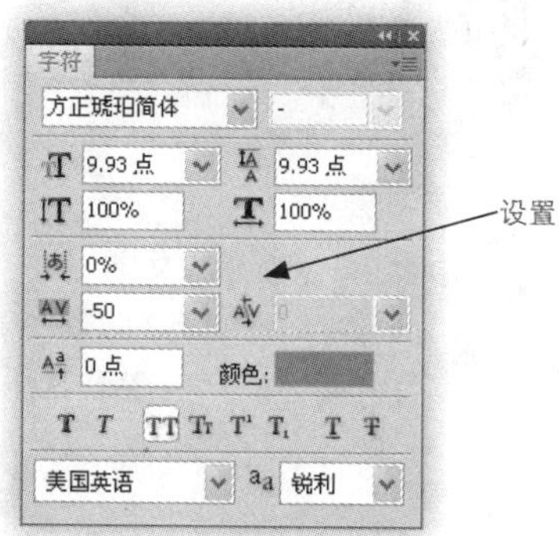

7 Step 将前景色设置为黄色（R:180,G:108,B:13），选择自定形状工具，在其工具选项栏中的“形状”下拉列表中选择“箭头6”形状，在文字的左下方位置绘制出图形，在图层面板中将同时生成“形状3”图层，如下图所示。

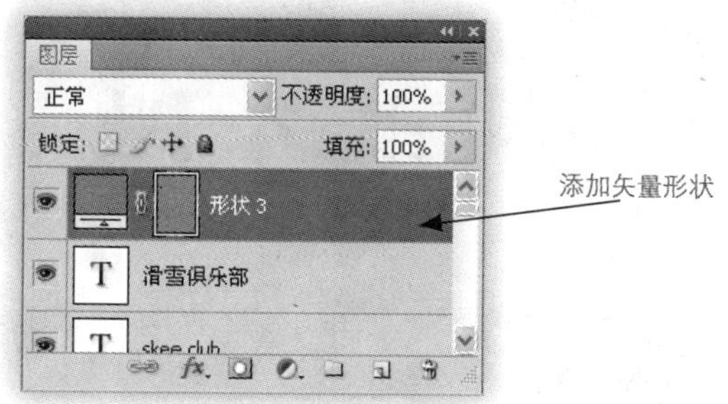

8 Step 使用横排文字工具T，在刚才所添加的形状右边位置单击，当出现光标闪烁后，输入文字“TEL：500-28978897”，在字符面板中设置字体为“黑体”，字号为“8.2 点”，行间距为“8.2 点”，字体颜色为黄色（R:180,G:108,B:13），完成设置后按“Ctrl+Enter”组合键，完成文字属性的设置，如下图所示。

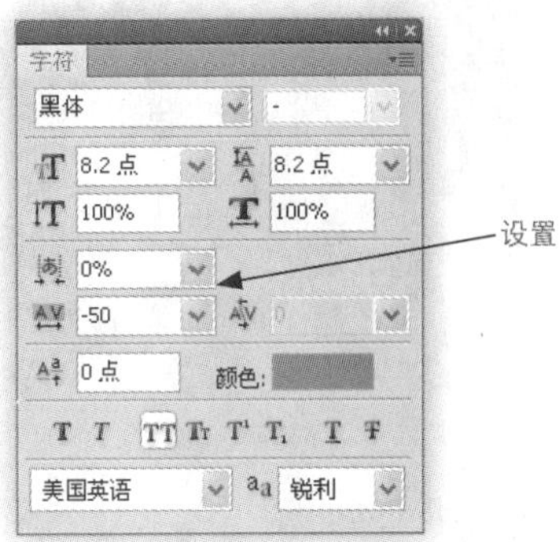

9 Step 单击“形状 3”图层，使其成为当前图层，将其直接拖曳到图层面板的下方“创建新图层”按钮，即可复制该图层，生成“形状 3 副本”图层，将复制对象直接拖曳到上方位置，如下左图所示。

10 Step 使用横排文字工具T，在刚才所复制的形状右边位置单击，当出现光标闪烁后，输入文字“滑雪、旅游、住宿、会议”，在字符面板中设置字体为“黑体”，字号为“8.2 点”，行间距为“8.2 点”，字体颜色为黄色（R:180,G:108,B:13），完成设置后按“Ctrl+Enter”组合键，完成文字属性的设置，如下右图所示。

11 Step 使用横排文字工具T，在所有文字的下方位置单击，当出现光标闪烁后，输入文字“12 月 1 日盛大开业”，在字符面板中设置字体为“汉真广标”，字号为“17.89 点”，行间距为“17.89 点”，字体颜色为“黑色”，完成设置后按“Ctrl+Enter”组合键，完成文字属性的设置，如下图所示。

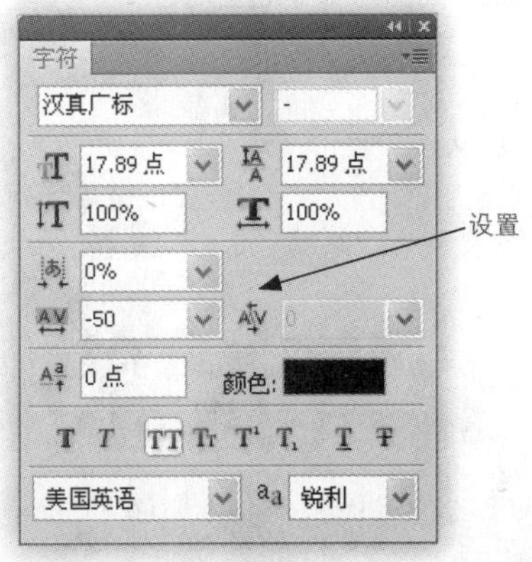

12 Step 将文字“12”单独选中，在字符面板中设置字号为“30 点”，颜色为黄色（R:180,G:108,B:13），并单击“仿粗体”按钮T，完成设置后按“Ctrl+Enter”组合键，完成文字属性的设置。

13 Step 按照同样的方法，将文字“1”单独选中，在字符面板中设置字号为“30点”，颜色为黄色（R:180,G:108,B:13），并选中“仿粗体”按钮T，完成设置后按“Ctrl+Enter”组合键，完成文字属性的设置，如下左图所示，至此，完成滑雪俱乐部POP海报的制作，效果如下右图所示。

16.5 滑雪俱乐部POP广告展示

当制作完成了滑雪俱乐部POP广告后，接着需要将其进行展示，通过展示图可预览到POP海报在实际场景中的展示效果。

1 Step 按住“Shift”键不放，单击除背景图层外的最下层图层和最上层图层，即可将除背景图层外的其他图层同时选中，按“Shift+Ctrl+Alt+E”组合键，将所有图层盖印到一个图层中，生成“图层19”，如下图所示。

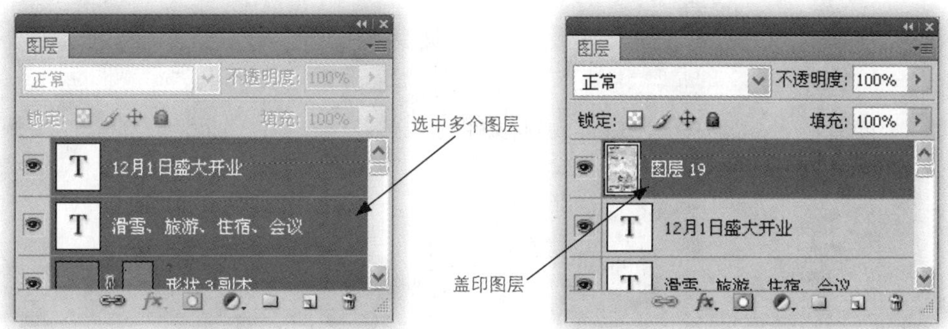

技巧提示

盖印图层，是在不改变当前图层的位置和显示效果的情况下，将其全部合并到一个新的图层上。在实际操作中，常常运用盖印图层的方式来简化操作，提高工作效率。

2 Step 选择矩形选框工具，依照参考线的标识效果进行拖曳，即可建一个矩形选区。然后按“Shift+Ctrl+I”组合键，将选区反向，如下图所示。

3 Step 按"Delete"键，将选区中对象删除。然后单击图层前的可视化图标，将其隐藏，使除盖印图层和背景图层外的图层不可见，如下图所示。

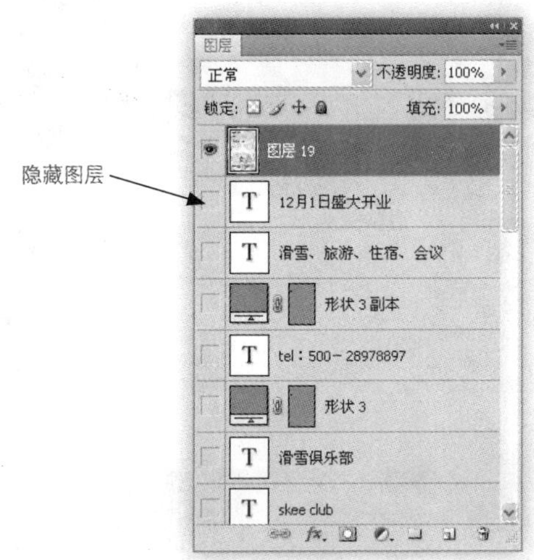

4 Step 按"Ctrl+O"组合键，打开"08.jpg"素材文件（\素材\第19章\08.jpg），选择移动工具，将盖印图层直接拖曳到素材文件中，生成"图层1"，如下图所示。

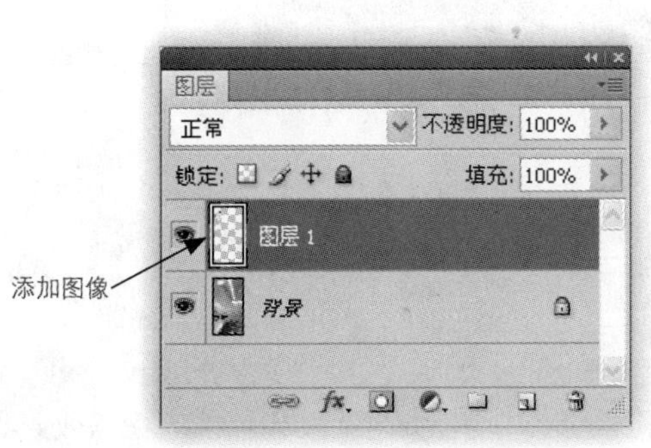

5 Step 按"Shift+Ctrl+Alt+N"组合键，新建"图层2"，通过拖曳，将"图层2"直接拖曳到"图层1"的下层位置，如下左图所示。

6 Step 选择铅笔工具，设置前景色为"黑色"，在其工具选项栏中设置适当的笔触大小，在"图层2"中绘制出悬挂式支架，如下右图所示。

7 Step 将“图层 1”和“图层 2”同时选中，按“Ctrl+E”组合键，合并为一个图层。然后将展旗拖曳到素材中天花板处，使其产生悬挂效果，如下图所示。

8 Step 将“图层 1”直接拖曳到“创建新图层”按钮上，将其复制，生成“图层 1 副本”，然后将复制图层调整到“图层 1”的下方。调整展旗位置到上层展旗的下部，并将其适当缩小，使其产生倾斜感，如下图所示。

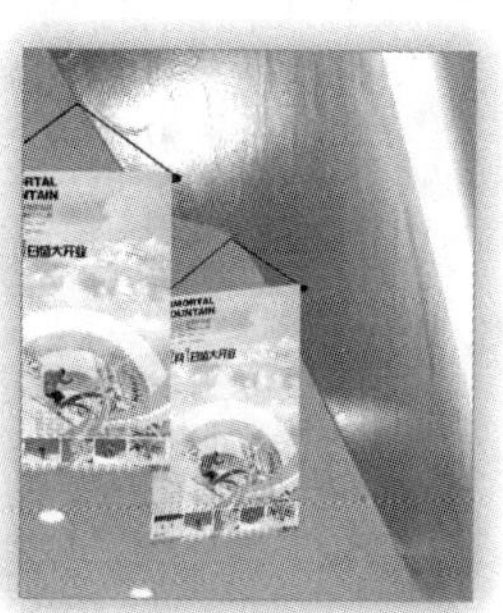

9 Step 运用同样的方法，复制多个展旗，并调整大小和位置，形成排列效果。滑雪俱乐部 POP 广告展示制作完成，如下图所示。

Chapter 17

第 17 章 威士忌包装设计

包装是一个产品推出时，受众最先注意到的部分，因此它具有相当重要的地位。现代的包装所承担的任务已经超越了之前的保护产品的功能，更具有了保护、宣传和促销等作用。

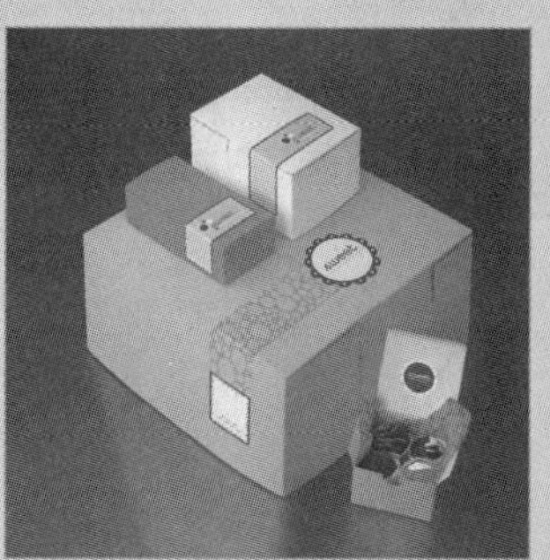

17.1 常见的包装设计

在包装发展中，由于不同的用途和使用方式，出现了很多包装类型。一般制作包装的人会将包装按照材料的不同进行分类。此外，也可以将包装按照被包装的物品性质来区分，还有一种方式，是将包装按照货物体积大小、集中分散的输送方式进行区分。虽然包装的分类方式多种多样，但是实际上，常见的包装材料还是以塑料、纸张和金属为主。

17.1.1 包装材料

常见的包装材料有塑料包装、玻璃包装、木制包装、金属包装等，根据其不同的产品特点选择包装材料，能够起到保护商品的目的。通常塑料包装成本较低，而金属、木制和玻璃包装等材料成本较高，有的需要回收包装，如下图所示。

17.1.2 包装的生产目的

将包装按生产目的分类，可以将包装分为工业包装和商业包装两大类，工业包装也被称为运输包装，以运输、存储和保护商品为主要目的，其研究涉及的范围包括物理、数学、机械工程、化学工程和包装工程学等。但是现在的工业商品包装因售卖形式的变化，有时候在一些批零售市场也将其摆在店面或货摊前，为了广告宣传的需要，外包装在运输过程中，也会非常引人注目，如下图所示。

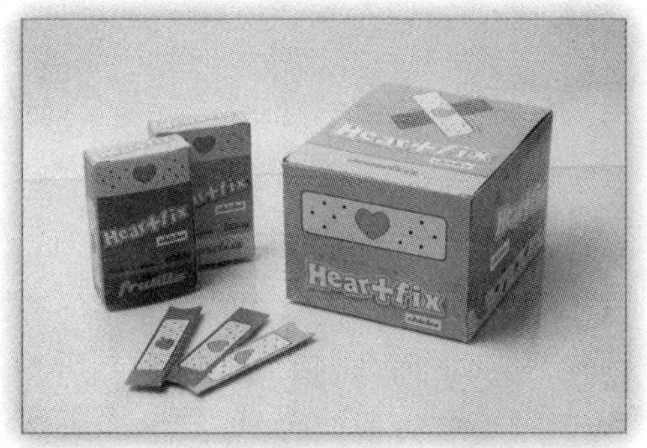

17.1.3 包装的包装形态

根据包装的形态不同，也可以按照这种方法来分类产品，通常可以将包装形态分为盒、袋、箱、包、瓶等。

包装形态为盒的包装，主要用来包装固体产品，可以保护产品基本不受损伤，通常使用的材料是纸、塑料等。包装形态为袋的包装，可以用来包装固体或液体产品，相比于盒的包装形态，袋包装形态可以保护产品的质量或气味不会流失。包装形态为箱的包装，主要用来包装易碎产品或大件产品，通常材料为硬质纸、泡沫、木质、金属等，该包装形态可以最大程度保护易碎品的完整性。包装产品为瓶的包装，主要用来包装液体或气体的产品，通常使用的包装材料是玻璃、金属、塑料等，可以保护产品不会流失，如下图所示。

17.2 包装设计的注意事项

在设计包装之前，首先需要考虑的是包装需要表现的特点，以及包装在运输过程中会遇到的情况。在设计中，要尽量做到实用且美观，使包装最大程度保护产品的完整性。

包装在设计时需要做到具有容纳性、携带性、分配性、保护性、视觉传达性、展示性、促销性、复用性、后处理性等。随着市场的发展和需求，包装需要拥有两大要求，第一点是保护产品安全完好，将其运送到消费者手中，另一点是传达产品的内容及性质。

为了使产品畅销，包装设计者首先需要注意的是包装上信息传达的完整性，这也是最基本的要求。其次需要注意的是如何使信息传达更具有效性，例如让商品外露，更直接地面对消费者。再次美观是另一个需要注意的包装设计要点，这是产品销售的利器，让消费者感到包装对生活的改善和提高。最后一个需要注重的要求是包装的社会化问题，包装被弃后的处理问题，应该禁止不便回收的包装材料进入市场，如下图所示。

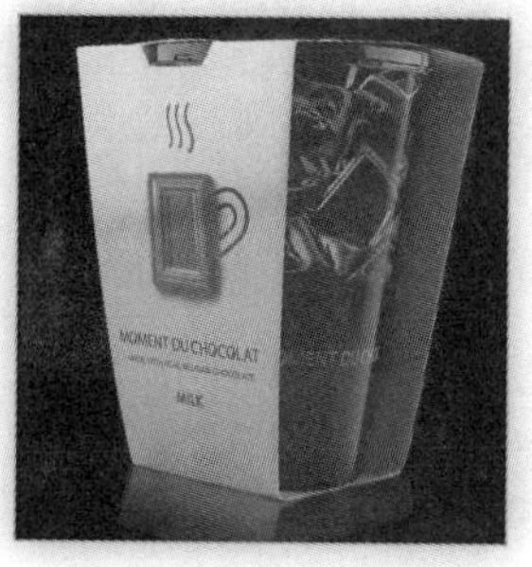

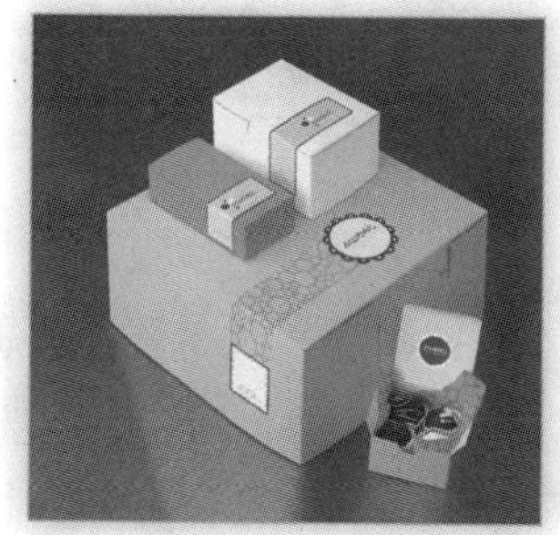

17.3 如何制作威士忌包装

本实例制作的是威士忌包装，客户要求设计的威士忌包装的瓶身具有流线型效果，方便消费者手握。另外，需要在威士忌瓶上标识出该产品的商标，使消费者能够记住该产品的标识，从而提高品牌知名度。

在该威士忌包装中，主体使用绿色瓶身，流线型酒瓶轮廓，使人感觉产品效果浑然天成，瓶贴使用和瓶身颜色相差较大的白色，能够最大程度突出产品标志，从而引起消费者的注意，如下图所示（\效果\第17章\威士忌包装.psd）。

为了达到客户需要的酒瓶样式，在设计时，使用了具有流线型的瓶子类型，设计的酒瓶形状轮廓同大多数的酒瓶相似，但在细节上做了修改，使消费者更容易接受它，并且能够一眼认出其与其他品牌的不同，如下左图所示。

在瓶盖处的设计中，为了配合统一的规格和设计风格，采用了大众化的瓶盖设计，如下中图所示。

在标贴和瓶身标制的设计中，严格遵守了客户的要求，在瓶帖和瓶身处都有清晰的标志显示，即使是瓶贴掉落后，依然能分辨出瓶身属于的品牌，如下右图所示。

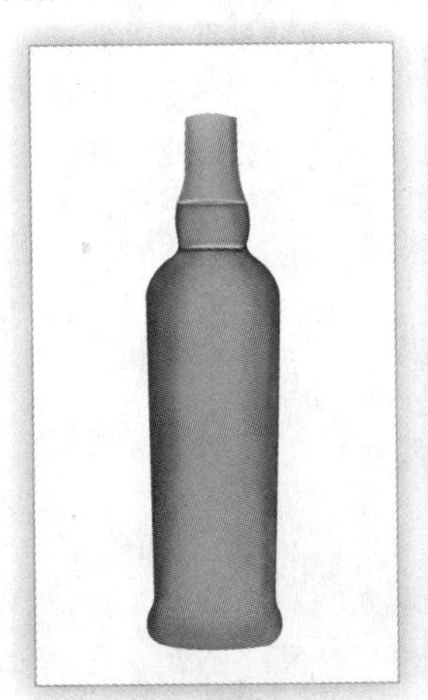

17.3.1 制作瓶身

在制作酒瓶包装之前，首先需要先将其主体形状、颜色等效果制作完成，这部分内容也是包装设计中较重要的一个部分，因为主体效果将直接影响到包装的外形效果。

Step 1 按“Ctrl+N”组合键，打开“新建”对话框，设置宽度为“10厘米”，高度为“17厘米”，分辨率为“300像素/英寸”，单击 确定 按钮，新建空白文件，如下图所示。

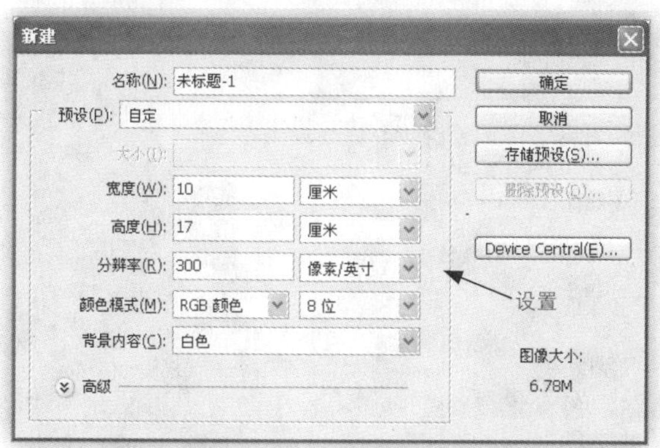

2 Step 按"Shift+Ctrl+Alt+N"组合键，新建"图层 1"，选择钢笔工具，在页面正中位置绘制出威士忌瓶的轮廓封闭路径，如下图所示。

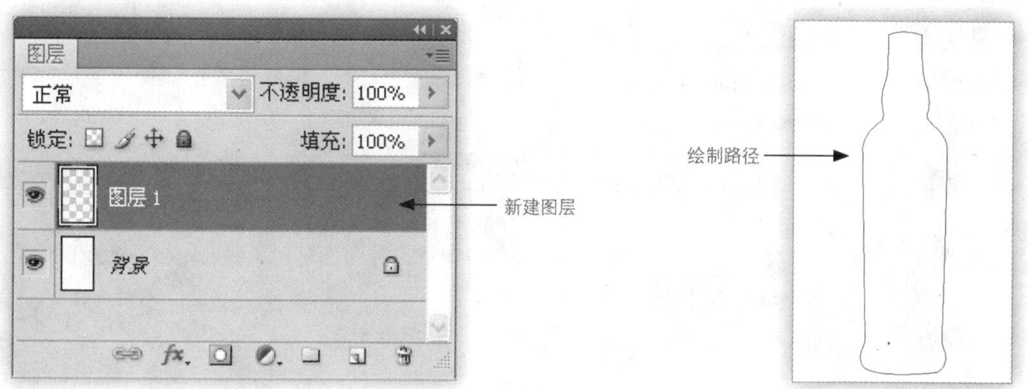

技巧提示

使用钢笔工具绘制酒瓶外轮廓时，按住"Alt"键不放，可以将钢笔工具暂时转换为转换点工具，按住"Ctrl"键不放，可以将钢笔工具暂时转换为直接选择工具，方便对路径进行绘制和调整。

3 Step 设置前景色为绿色（R:128,G:198,B:100），按"Ctrl+Enter"组合键，将路径转换为选区，按"Alt+Delete"组合键，将前景色填充到选区中，如下左图所示。

4 Step 选择钢笔工具，绘制出威士忌部分封闭路径，如下中图所示。完成后按"Shift+Ctrl+Alt+N"组合键，新建"图层 2"，如下右图所示。

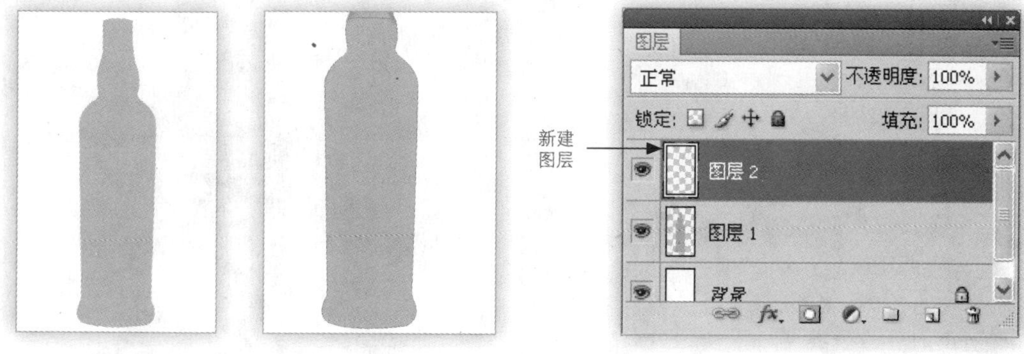

5 Step 按"Ctrl+Enter"组合键，将路径转换为选区，设置前景色为黄绿色（R:145,G:172,B:0），接着按Alt+Delete组合键，将前景色填充到选区中，如下左图所示。

6 Step 选择“图层 1”，接着单击加深工具，在当前图层最上方的瓶口处涂抹，使其颜色变暗，如下右图所示。

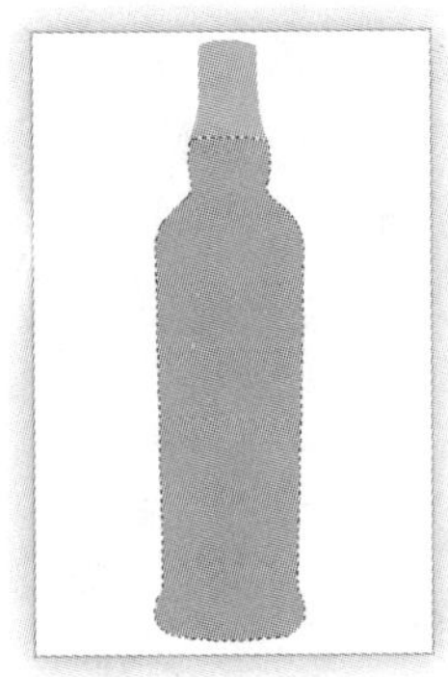
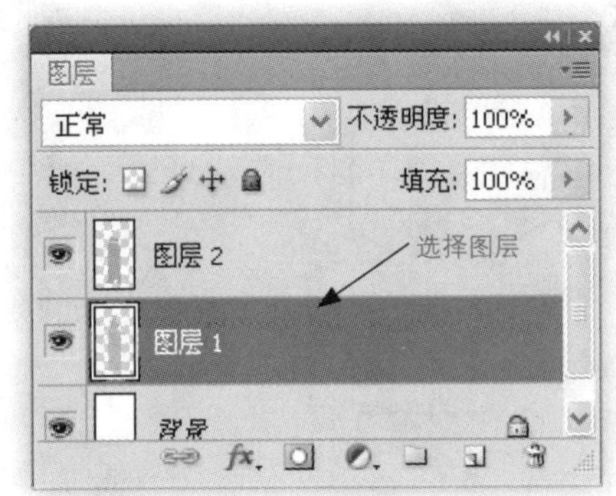

在制作瓶身的时候，经常需要表现出高光和暗部的效果，使用加深和减淡工具是最基本的做法，但是需要在工具选项栏中设置适当的范围和曝光度参数，然后在图像中涂抹，使其产生阴暗层次感。

7 Step 单击“图层 2”，接着选择加深工具，在酒瓶的下方瓶身边缘位置涂抹，使其颜色加深，增加立体感，如下左图所示。

8 Step 选择减淡工具，在“图层 2”对象的最上方位置涂抹，减淡图层对象颜色，接着选择模糊工具，在颜色边缘过度处涂抹，使其颜色过度自然，如下右图所示。

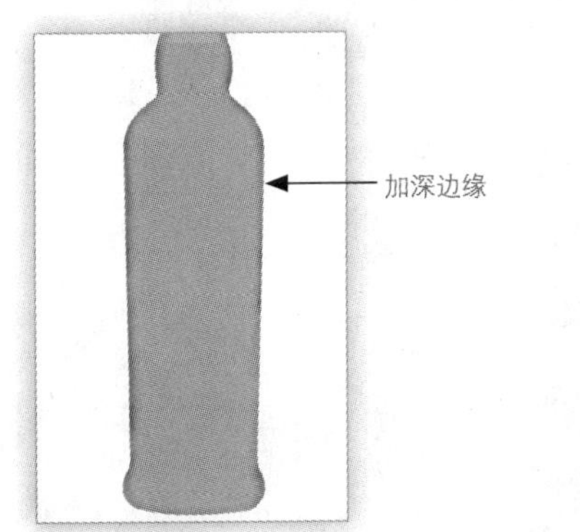

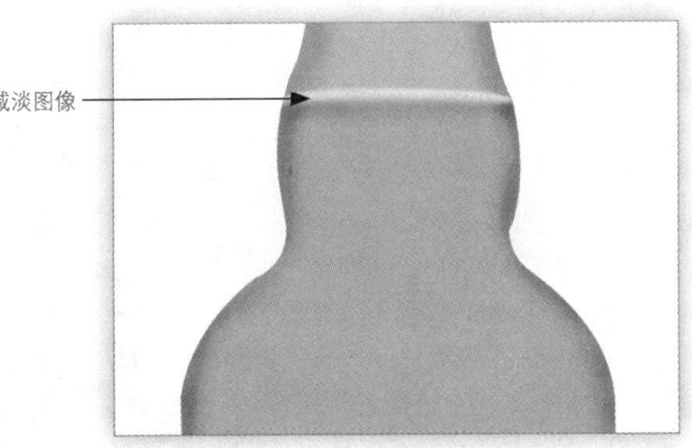

9 Step 按“Shift+Ctrl+Alt+N”组合键，新建“图层 3”，选择画笔工具，设置前景色为黑色，在威士忌酒瓶的液体上部位置涂抹，绘制阴影图像，使其具有立体感。然后选择模糊工具，在颜色边缘涂抹，使其颜色过度自然，如下图所示。

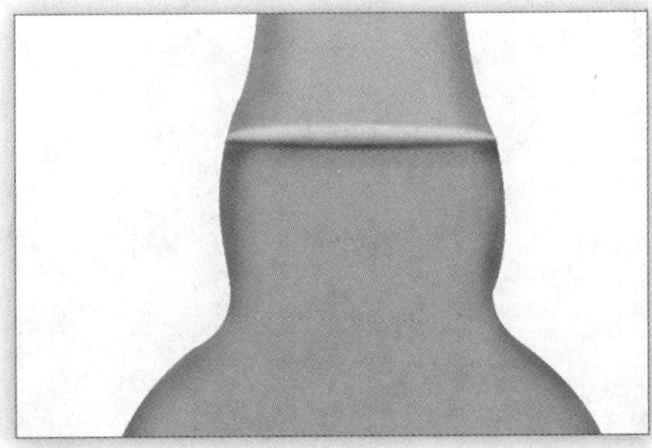

10 Step 运用同样的方法，新建“图层 4”，设置前景色为“浅绿色”（R:116,G:158,B:93），在威士忌酒面上部通过涂抹添加立体效果，并将其边缘模糊，如下图所示。

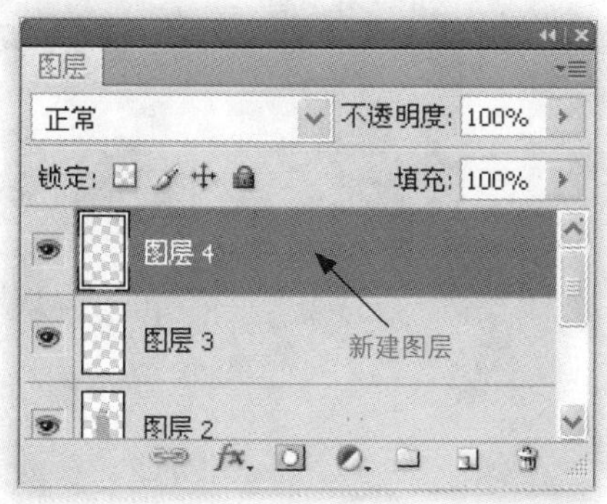

技巧提示

将色块的边缘模糊处理，并进行深浅变化的添加，可以使每个添加到瓶身的颜色都和周围颜色相融合，有助于使酒瓶颜色过度自然。

11 Step 选择钢笔工具，在酒瓶中部绘制出封闭路径，接着按“Shif+Ctrl+Alt+N”组合键，新建“图层 5”，如下图所示。

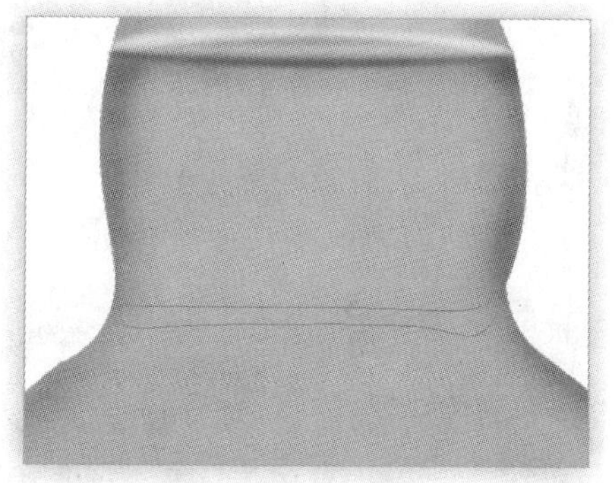

12 Step 设置前景色为黑色（R:2,G:18,B:10），按“Ctrl+Enter”组合键，将路径转换为选区，接着按“Alt+Delete”组合键，将前景色填充到当前选区中，最后按“Ctrl+D”组合键，取消选区，如下左图所示。

13 Step 单击模糊工具，在阴影边缘涂抹，使其颜色过度自然，然后选择减淡工具，减淡适合区域颜色，如下右图所示。

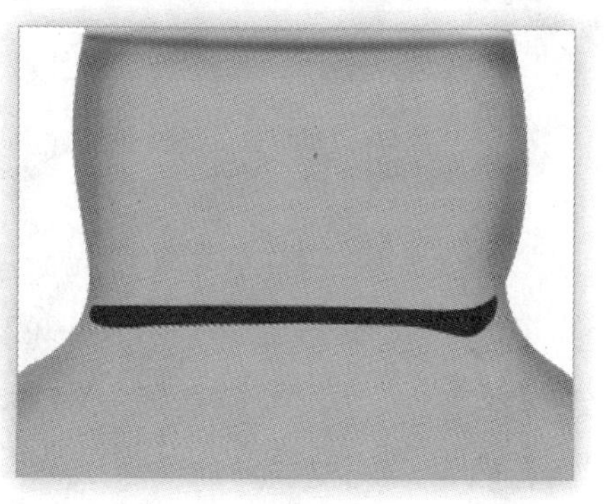

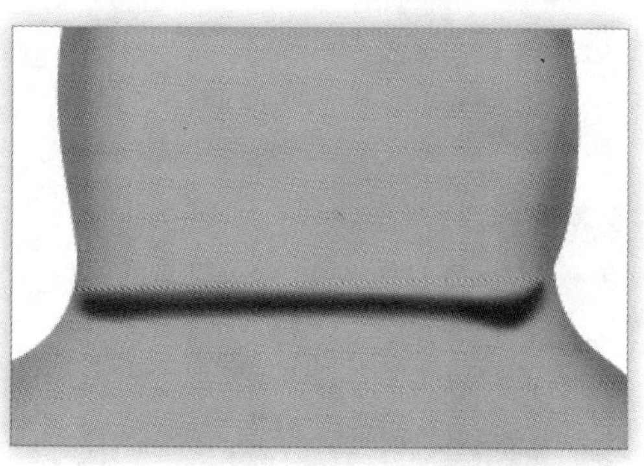

14 Step 单击“图层 2”，然后选择减淡工具，在酒瓶上部高光区域涂抹，使其产生高光效果，如下图所示。

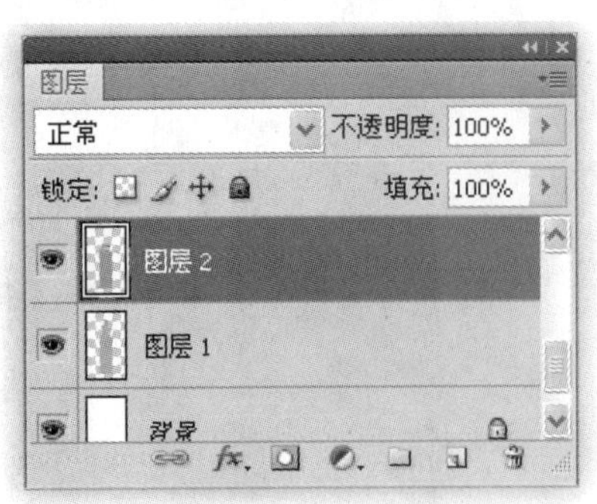

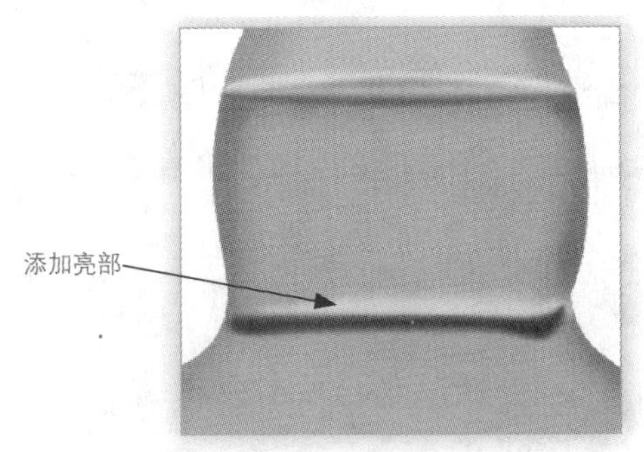

15 Step 按住“Shift”键不放，将除背景图层外的其他图层全部选中，按“Ctrl+Alt+E”组合键，将当前图层合并到新图层中，生成“图层 5（合并）”，如下图所示。

16 Step 选择加深工具，在酒瓶的边缘由外向内涂抹，并使起产生外深内浅的颜色效果，令酒瓶产生立体感，如下图所示。

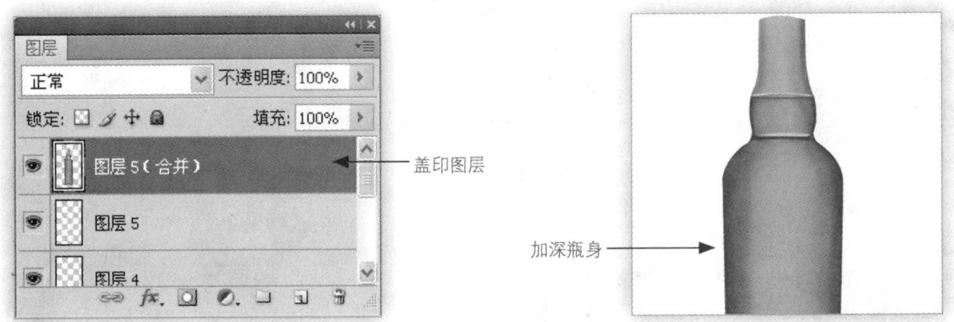

17 Step 选择钢笔工具，沿着酒瓶边缘绘制出一条路径，作为瓶身的暗部线条。按“Shift+Ctrl+Alt+N”组合键，新建“图层 6”，如下图所示。

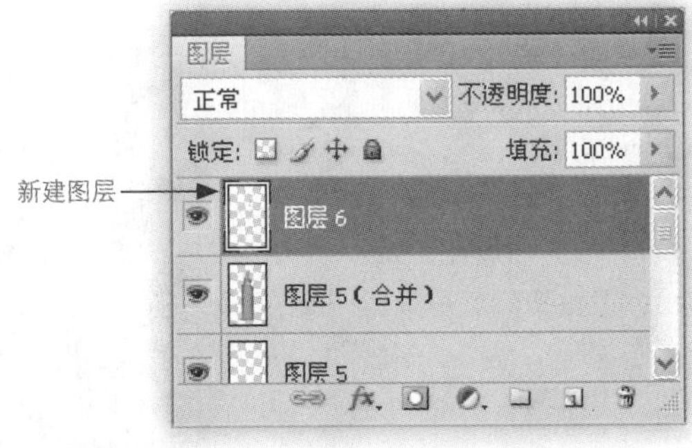

18 Step 设置前景色为黑色（R:14,G:17,B:0），选择画笔工具，设置适当的笔触大小。然后单击路径面板中的“用画笔描边路径”按钮，描边路径，如下图所示。

技巧提示

把瓶体边缘加深，可以让瓶身边缘和周围环境颜色区分开来，从而增加瓶身的立体感。

17.3.2 制作瓶身细节

在制作完成瓶身效果后，需要对其细节造型进行制作，包括瓶盖、瓶贴等，使威士忌瓶的造型更加丰满。

1 Step 选择钢笔工具，在瓶身上部绘制出瓶盖的轮廓，按“Shift+Ctrl+Alt+N”组合键，新建“图层 7”，如下图所示。

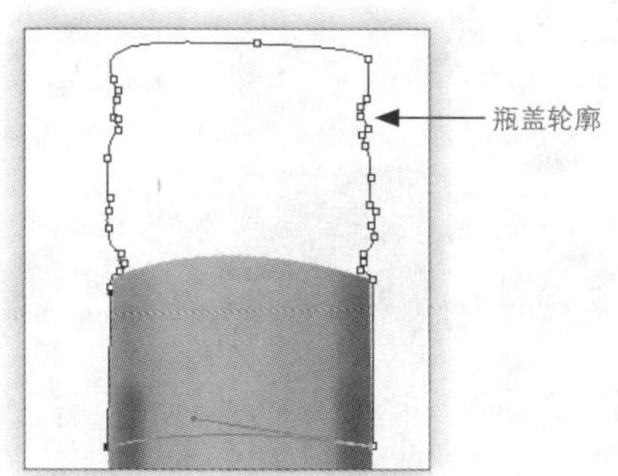

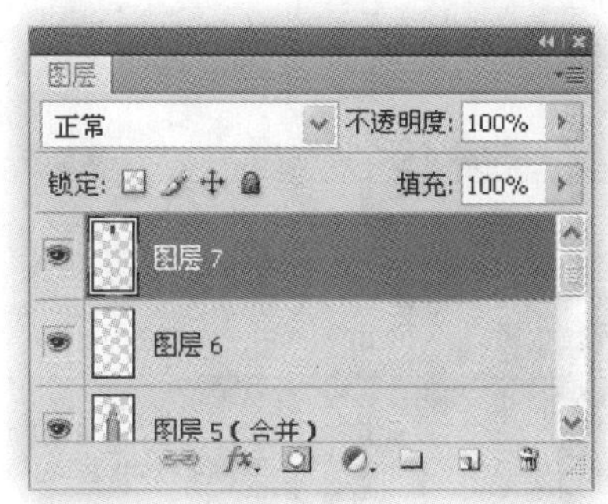

2 Step 按“Ctrl+Enter”组合键，将路径转换为选区，如下左图所示。

3 Step 选择渐变工具，在工具选项栏中单击渐变色块，在打开的“渐变编辑器”对话框中设置渐变色从左到右为 3％：暗灰色（R:27,G:36,B:3），17％：蓝黑色（R:42,G:50,B:53），20％：深蓝色（R:50,G:55,B:59），44％：黑色（R:6,G:11,B:14），77％：暗蓝色（R:57,G:70,B:79），100％：暗灰色（R:19,G:29,B:31）。然后在工具选项栏中单击“线性渐变”按钮，在页面中从左向右拖曳，应用渐变效果。最后按“Ctrl+D”组合键，取消选区，如下右图所示。

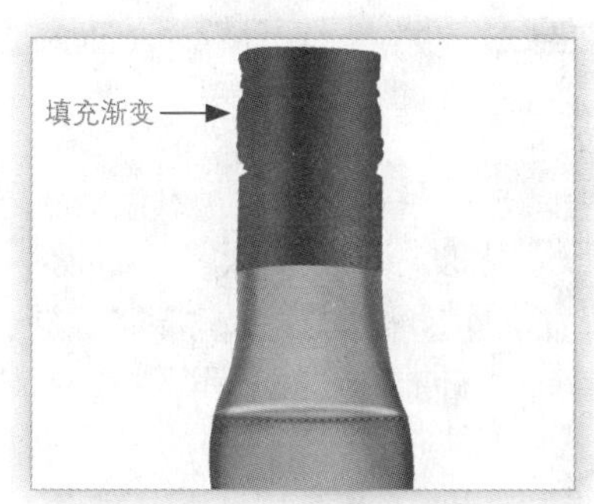

4 Step 选择加深工具，在工具选项栏中设置范围为“中间调”，曝光度为“82%”，并勾选“保护色调”复选框，设置适当的笔触大小，在瓶盖上通过涂抹，表现出瓶盖上的暗部效果，如下左图所示。

5 Step 按照相同的方法，选择减淡工具，在工具选项栏中设置范围为“中间调”，曝光度为“100%”，并勾选“保护色调”复选框，设置适当的笔触大小，在瓶盖上通过涂抹，表现出瓶盖上的高光效果，如下右图所示。

技巧提示

在需要以明暗效果来表现对象的质感时，最简单的方法是直接使用加深工具和减淡工具，设置适当的范围和曝光度，在对象上将明暗效果表现出来。

6 Step 按“Shift+Ctrl+Alt+N”组合键，新建“图层 8”，设置前景色为“白色”，接着选择画笔工具，在工具选项栏中设置适当的不透明度和填充参数，在瓶盖处涂抹，添加光线照射到的高光部分颜色，如下图所示。

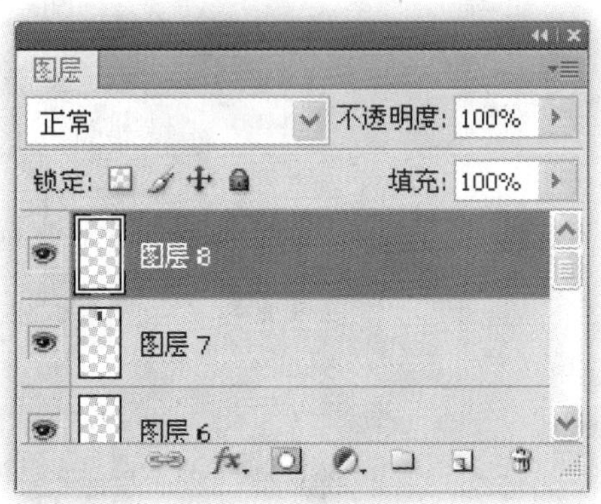

7 Step 按“Shift+Ctrl+Alt+N”组合键，新建“图层 9”。 选择画笔工具，在工具选项栏中设置较大的画笔直径。然后在瓶身和瓶盖左边位置涂抹，添加稍浅的高光部分颜色，最后在图层面板中设置“图层 9”的不透明度为“75%”，如下图所示。

8 Step 按“Shift+Ctrl+Alt+N”组合键，新建“图层 10”。接着选择钢笔工具，在瓶盖位置处绘制出瓶盖顶部的封闭路径，如下图所示。

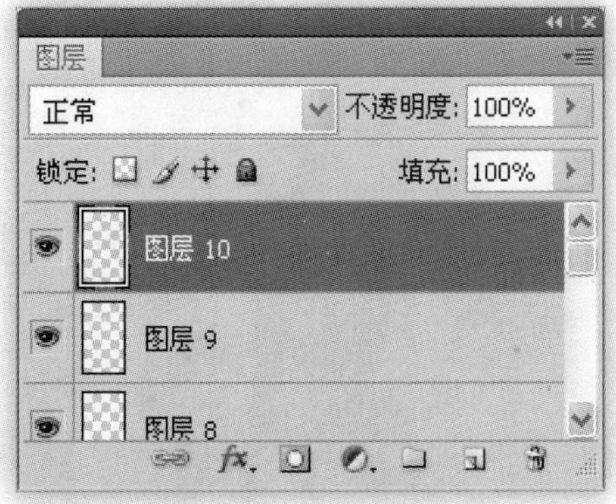

9 Step 按"Ctrl+Enter"组合键，将路径转换为选区，并将其填充为白色，如下左图所示。

10 Step 在瓶盖顶部位置使用画笔工具，在瓶盖顶部涂抹，添加瓶盖暗部效果，按"Ctrl+D"组合键，取消选区，如下右图所示。

11 Step 将除背景图层外的其他图层全部选中，按"Ctrl+Alt+E"组合键，将选中的所有图层合并到新图层中，生成"图层10（合并）"，如下左图所示。

12 Step 单击钢笔工具，在瓶底部位置绘制出一个封闭路径，如下右图所示。

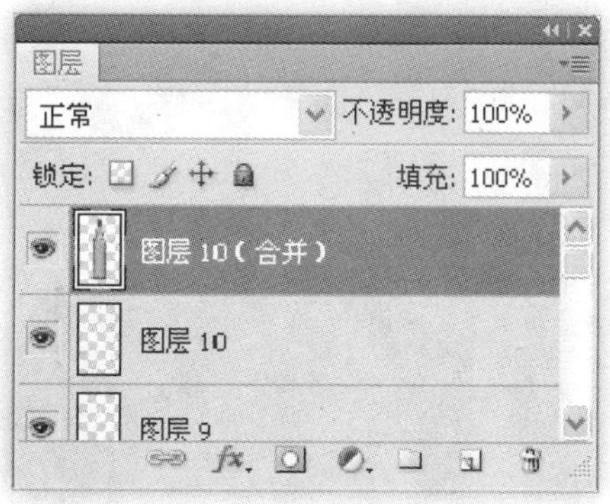

13 Step 按"Shift+Ctrl+Alt+N"组合键，新建"图层11"。按"Ctrl+Enter"组合键，将路径转换为选区，并填充颜色为深绿色（R:24,G:53,B:3），最后按"Ctrl+D"组合键，取消选区，如下图所示。

14 Step 选择模糊工具，在工具选项栏中设置模式为"正常"，强度为"100%"，然后在刚才所填充的瓶底绿色区域边缘涂抹，使其边缘模糊，如下左图所示。

15 Step 选择加深工具，在工具选项栏中设置范围为"中间调"，曝光度为"44%"，并勾选"保护色调"复选框，接着使用适当的笔触大小，在瓶底的暗部区域涂抹，增加瓶底的深色效果，如下右图所示。

16 Step 选择减淡工具，在工具选项栏中设置范围为“中间调”，曝光度为“46%”，并勾选“保护色调”复选框，接着使用适当的笔触大小，在瓶底的亮部区域涂抹，增加瓶底的浅色效果，如下图所示。

技巧提示

多次使用加深、减淡工具，可以模拟出玻璃瓶中较厚区域的玻璃浑浊颜色效果。

17 Step 设置“图层 11”的图层混合模式为“叠加”，将当前图层颜色同下层图层颜色混合起来，使玻璃瓶底部颜色过度自然，如下图所示。

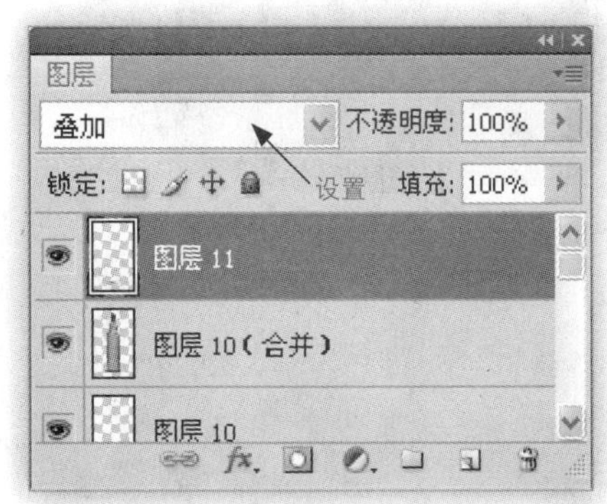

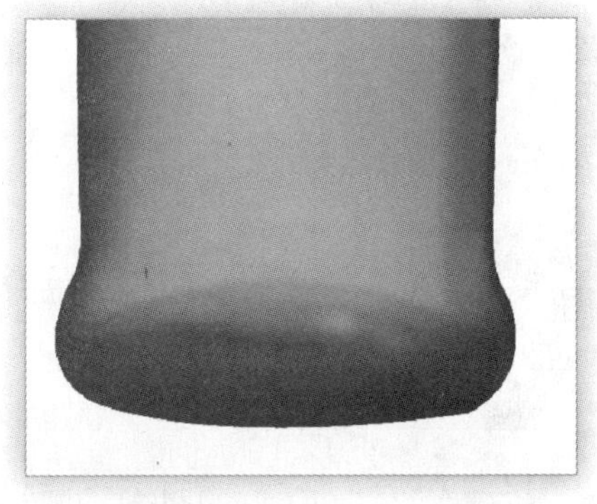

18 Step 按“Shift+Ctrl+Alt+N”组合键，新建“图层 12”。设置前景色为白色，选择画笔工具，在瓶底位置涂抹，使其产生混浊感，设置该图层的不透明度为“10％”，如下图所示。

19 Step 选择横排文字工具[T]，在酒瓶正中位置单击，出现光标闪烁后，输入字母“R”，生成文字图层，如下图所示。

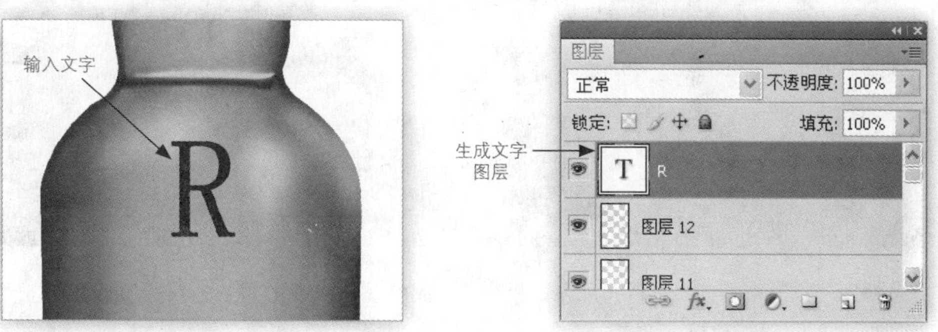

20 Step 将文字全部选中，按“Ctrl+T”组合键，打开字符面板，设置字体为“ChopinScript”，字号为“44.66点”，行间距为“44.66点”，完成设置后按“Ctrl+Enter”组合键，确定文字属性设置，如下图所示。

21 Step 在文字图层上单击鼠标右键，在弹出的快捷菜单中选择“混合选项”命令，打开“图层样式”对话框，勾选“斜面和浮雕”复选框，切换到相应选项组中，设置样式为“内斜面”，方法为“平滑”，深度为“521 %”，大小为“4 像素”，软化为“0 像素”，高度为“79 度”，完成设置后单击[确定]按钮，应用图层样式到当前图层中，然后设置该文字图层的填充为“0 %”，如下图所示。

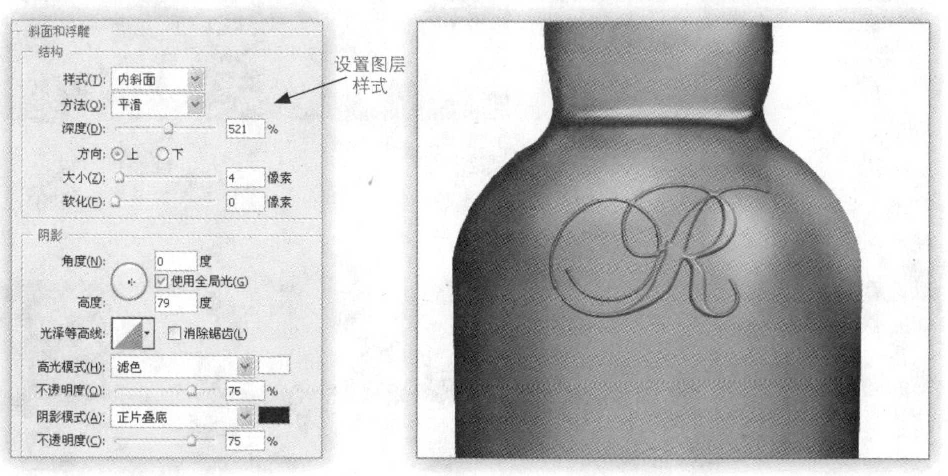

22 Step 使当前图层为文字图层，选择“图层→栅格化→文字”命令，将文字图层栅格化为普通图层，选择“编辑→变换→变形”命令，显示出变形网格，通过拖曳调整变形效果，按“Enter”键，确定变形，如下图所示。

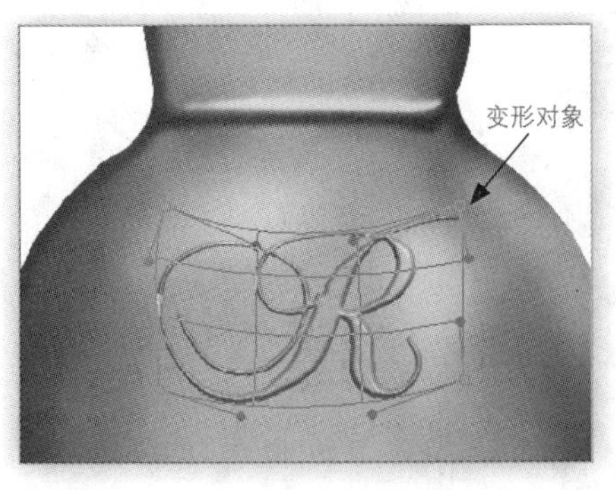

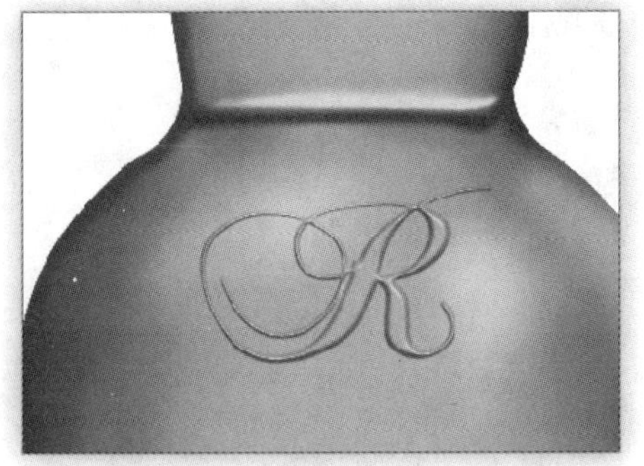

23 Step 在酒瓶底部位置输入文字“1871”，按“Shift+Ctrl+Alt+N”组合键，新建“图层 13”，在文字下方绘制出水平直线，如下图所示。

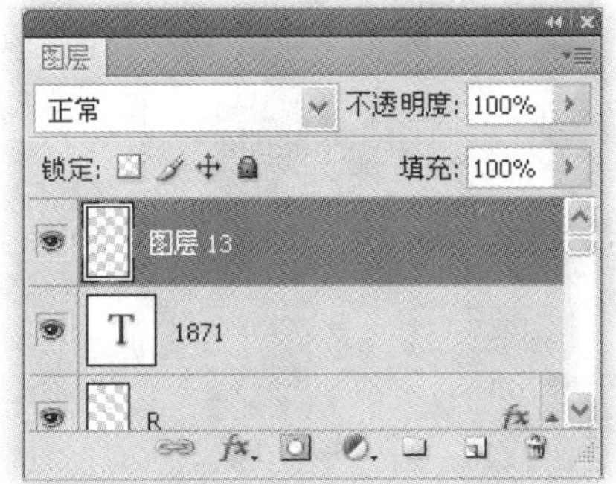

24 Step 按照相同的方法，在文字和直线图层中设置相同的图层样式，并设置这两图层的填充为“0％”，如下图所示。

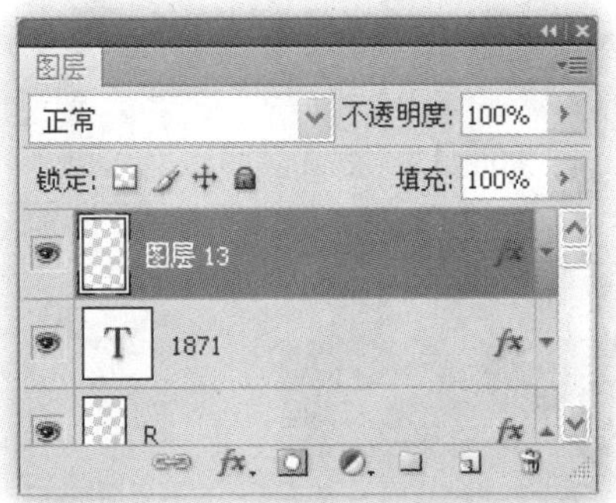

25 Step 按住“Shift”键不放，将文字图层和“图层 13”同时选中，按“Ctrl+Alt+E”组合键，将两图层合并为一个图层，生成“图层 13”，选择“编辑→变换→变形”命令，显示出变形网格，通过拖曳调整变形效果，按“Enter”键，确定变形，如下图所示。

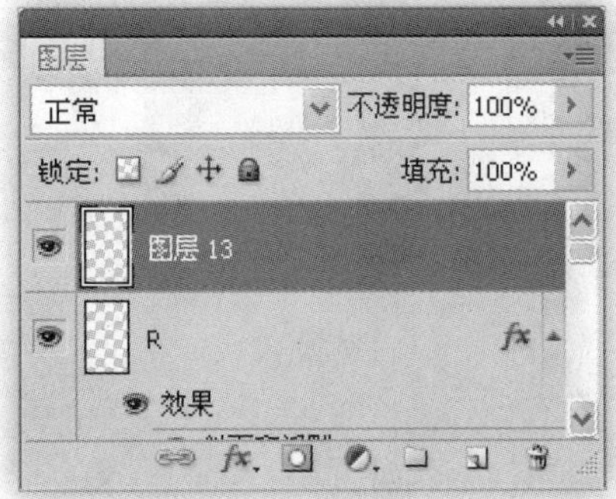

26 Step 打开“01.png”素材文件（\素材\第17章\01.png），选择移动工具，将“01.png”文件中的图像直接拖曳到“威士忌包装设计”图像文件中，生成“图层14”，如下图所示。

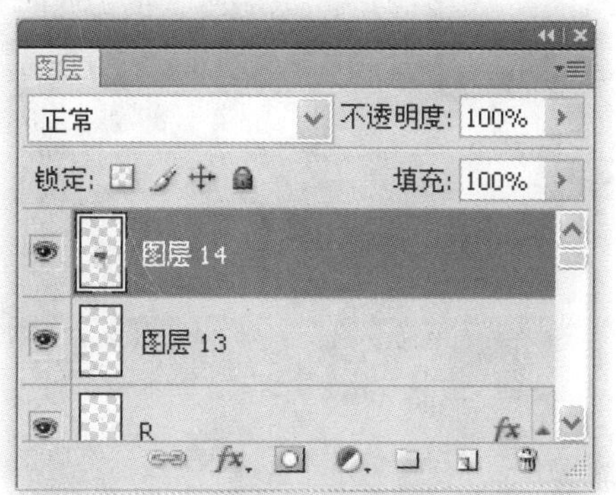

27 Step 双击“图层14”，打开“图层样式”对话框，勾选“斜面和浮雕”复选框，切换到相应选项组中，设置样式为“枕状浮雕”，方法为“平滑”，深度为“103%”，大小为“8像素”，角度为“34度”，高度为“69”，完成设置后单击 确定 按钮，应用图层样式到当前图层对象中，如下图所示。

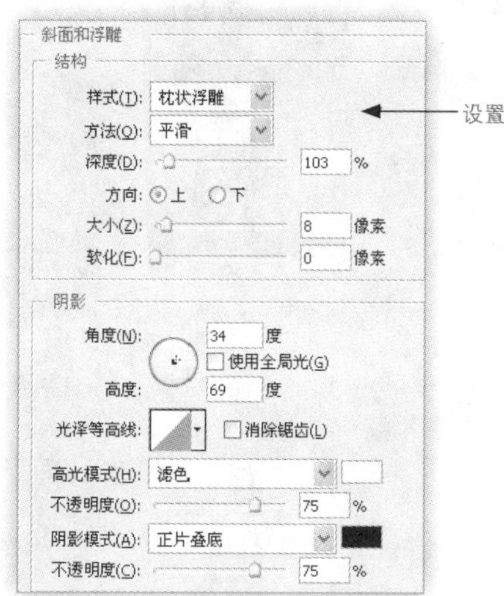

28 Step 将标志字母对象的“R图层”选中，按“Ctrl+J”组合键，将其复制，生成“R 图层副本”，再将其重命名为“图层15”，填充调整到“100%”，并将其调整到瓶贴的最上方位置，如下图所示。

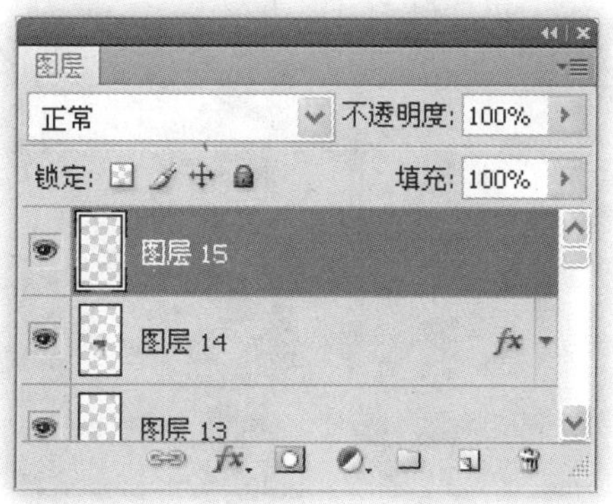

29 Step 按“Shift+Ctrl+Alt+N”组合键，新建“图层16”，选择钢笔工具，在瓶贴上方位置绘制出路径弧线，设置前景色为浅绿色（R:131,G:155,B:0），在路径面板中单击“用画笔描边路径”按钮 ，使路径填充颜色，如下图所示。

30 Step 按照相同的方法，在瓶身底部位置绘制出一个弧线路径，并描边为浅绿色（R:147,G:177,B:5），使瓶身具有玻璃的凹凸感，如下图所示。

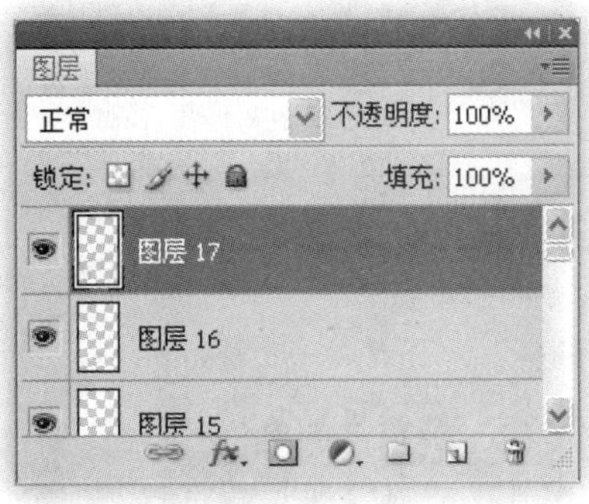

17.4 威士忌酒包装设计展示

完成了酒瓶包装的设计后，将其放置到一定的场景中，对其设计效果进行展示，可以直观地看到产品包装设计后的效果。

1 Step 按"Shift"键不放，将除背景图层外的其他图层全部选中，按"Ctrl+Alt+E"组合键，将当前图层合并到一个新图层中，生成"图层 17（合并）"。

2 Step 打开"02.jpg"素材文件（\素材\第 17 章\02.jpg），选择移动工具，将"图层 17（合并）"直接拖曳到素材"02.jpg"文件中，并调整其适当的位置和大小，如下图所示。

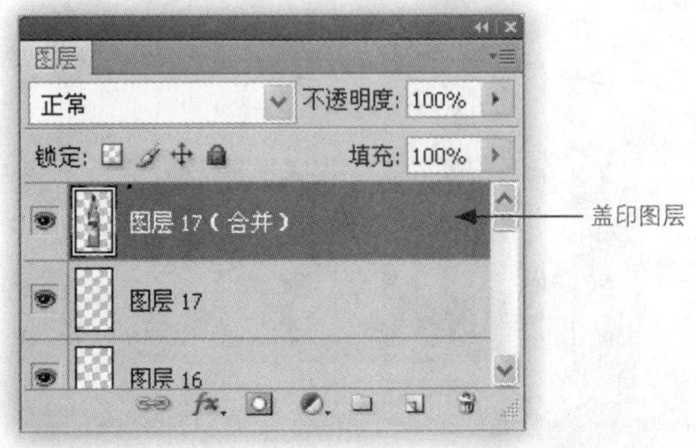

3 Step 按"Ctrl+J"组合键，将"图层 17（合并）"复制并生成"图层 17（合并）副本"，调整复制图层的位置和旋转效果，将其图层调整到背景图层上层位置，使其成为投影效果，如下图所示。

4 Step 为“图层 17（合并）副本”添加图层蒙版，并擦除部分投影图像，使投影产生模糊感，显得更自然，如下图所示。

5 Step 按“Ctrl”键的同时单击“图层 17(合并)”，将该图层的图像创建为选区。单击背景图层，再按“Ctrl+J”组合键，将选区中对象复制到新图层中，生成“图层 1”。将该图层调整到最上层位置，最后设置“图层 1”的不透明度为“15%”，如下图所示。

6 Step 单击图层面板中的“添加图层蒙版”按钮，添加图层蒙版。然后在蒙版中并将酒瓶边缘和瓶盖部分擦除，使其边缘更清晰，如下图所示。

7 Step 新建“图层 2”，将其放置在背景图层的上层位置，设置前景色为浅蓝色（R:84,G:124,B:160），选择画笔工具，在投影位置涂抹，添加投影，威士忌包装设计制作完成，如下图所示。

第 18 章 儿童网页设计

随着时代的发展，网页设计伴随着网络的快速发展而迅速兴起。作为网络的交互平台，网站伴随人们使用网络的频繁而变得更为重要。通过本章的学习，读者可以掌握网页设计的相关知识，学习制作网页的方法。

18.1 网页的功能

网站在信息生活中占据着十分重要的位置。由于信息量大、更新快捷，网站是现代人必不可少的一个交互平台。其主要功能是建立一种将信息传达给消费者的形式。下面根据使用人群的不同，介绍网页的几种基本功能。

对于大公司来说，网页可以作为脱销产品、发布新产品的技术支持，使客户和公司的联系更加方便快捷。甚至可以直接在网上进行销售，以降低销售成本，还可以在网上进行人才招聘等活动。对于大公司来说，发布一个网页的作用，比招聘上千个技术、销售人员的作用还大，如下图所示。

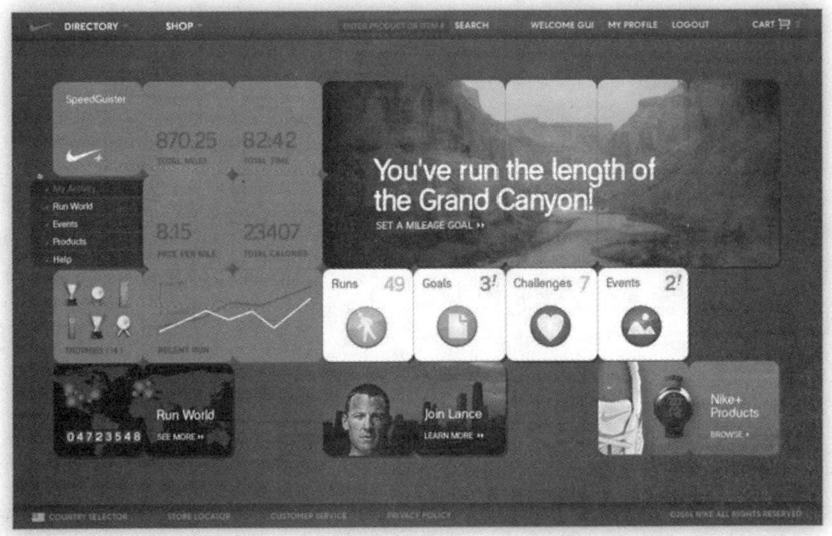

对于小公司来说，可以在网站上为公司和产品做宣传，使更多人能了解和认识公司和产品，不受时间、地域的限制。这也是网页广告非常大的优点，有“永不落幕的交易会”的美称，如下图所示。

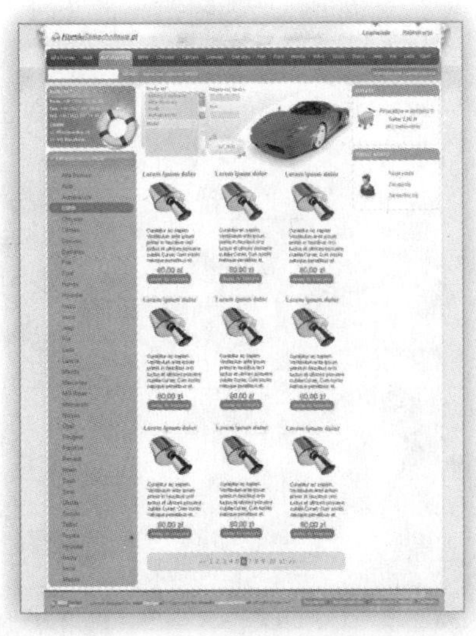

对于政府机构来说，使用网页可以提升政府形象，通过网上办事可以提高工作效率并提高政府办事透明度，增强社会对政府的监督及政策、法规的发布说明等优点。

对于教育部门来说，使用网页可以进行远程教育、网上报名、网上考试、网上辅导等，对提高整个国民素质水平有很大的帮助，还可以节省很多教育经费。

对于个人来说，可以通过网页介绍自己，发表自己的文章和作品，可以在网上了解新闻，进行求学、购物、交友、游戏等活动，如下图所示。

18.2 网页设计的标准

从网络发展来看，网页设计受到客观技术的限制，经历了从低级到高级的发展过程。早期由于受到传输带宽的限制，只能选择占据空间很小的数字和字母进行传输，随着技术的发展，才渐渐有了图片、声音及动画等效果。由此看来功能的实用性是网页设计最重要的标准，是在进行网页设计时首先需要考虑到的因素。必须考虑使用者如何从网页中得到功能、如何更好地得到功能。下面我们就来介绍网页设计的标准。

- 简洁实用：这是网页设计中非常重要的标准。在网络特殊环境下，尽量以最高效的方式使用户得到需要的信息，所以要去掉所有的冗余的东西，使整个网页看上去简洁明了、实用性高。
- 整体性好：整体性对于一个网站是十分重要的，不论使内容和设计风格都要围绕一个主题进行设计策划，才能使用户对网站映像深刻。
- 使用方便：设计网页时需要考虑到用户使用时是否方便操作是否简单快捷，网页做得适合使用。如果这些要求都满足了，那么这一定是一个成功的网页设计。
- 形象突出：一个受众审美偏好的网页能够使网站的形象得到最大限度的提升，从而使用户对网站的记忆度得到提升。设计时注意合理布局，既符合美的形式，又主次分明，突出重点进行排版。运用协调色进行搭配，达到雅俗共赏的效果。
- 交互式强：发挥网络的优势，使每个用户都真正地参与到其中来，使用户和网页间的互动性强，这样的设计才能算成功的设计，如下图所示。

18.3 网页设计中的色彩

色彩是人视觉最敏感的元素。在网页设计中，色彩也起着十分重要的作用。一个好的网页设计作品，其色彩、文字、图形间的关系一定是非常协调的。这样才能产生1加1大于2的效果。

网页制作用彩色还是非彩色好呢？根据专业的研究机构研究表明：彩色的记忆效果是黑白的3.5倍。也就是说，在一般情况下，彩色页面较完全黑白页面更加吸引人，如下图所示。

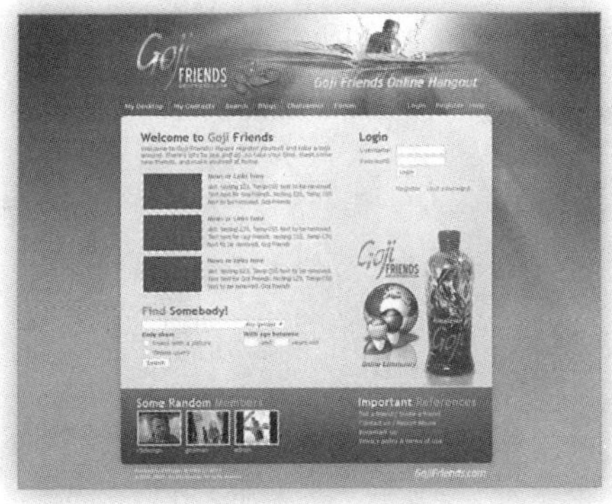

网页的色彩处理得好，可以达到锦上添花、事半功倍的效果。其应用原则应该是“总体协调，局部对比”，也就是说整个网页的色彩效果应该是和谐的，而在局部的、小范围的地方可以使用一些强烈色彩的对比，如下图所示。

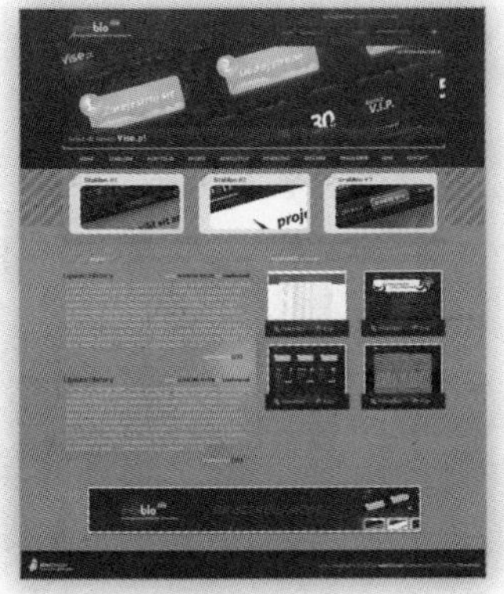

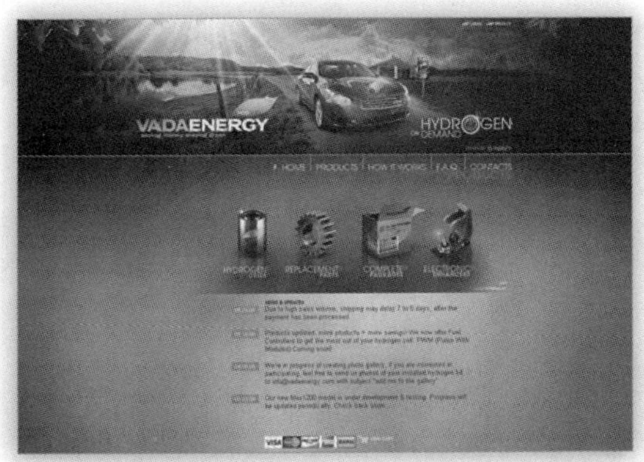

那么怎样搭配颜色才能让网页更加绚丽多彩又和谐统一呢？我们常常遇到背景颜色和字体颜色的搭配问题：需要达到既不显得呆板，又不至于过于亮丽而造成刺激过强的视觉效果。

通常的做法是考虑网页底色即背景色的深浅。如果使用的底色深，那么文字的颜色就要浅，以深色的背景衬托浅色的文字或图片；反之，如果使用较浅的底色，那么文字的颜色就要深些，以浅色的背景衬托深色的内容文字或图片。这种深浅的变化在色彩学中称为"明度变化"。如果底色是黑的，而文字也选用了较深的色彩，由于色彩的明度比较接近，读者在阅览时，眼睛就会感觉很吃力，而影响阅读效果。当然，色彩的明度也不能变化太大，否则屏幕上的亮度反差太强，同样也会使读者眼睛的感觉很吃力，如下图所示。

在网页设计中也要考虑色彩的象征意义。颜色的配置，可以更加贴近需要传达的信息，这需要设计者能熟练地驾驭颜色。

暗色调的画面给人沉着、稳重、深沉的感觉，亮色调的画面给人清爽、纯洁的感觉。色彩明度的强烈对比，会给人清晰、激烈的刺激感。中性色与低明度的对比，给人模糊、朦胧、深奥的感觉，如草绿中间是浅灰。纯色结合高明度的对比，给人跳跃舞动的感觉，如黄色与白色。纯色结合低明度的对比，给人轻柔、欢快的感快，如浅蓝色与白色。纯色结合暗色调，给人强硬，不可改变的感觉，如下图所示。

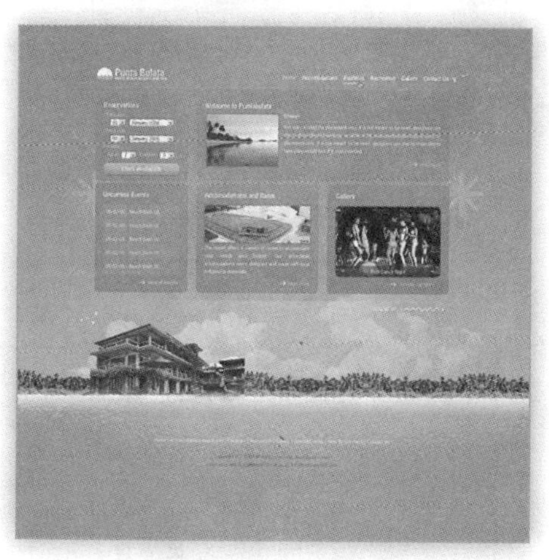

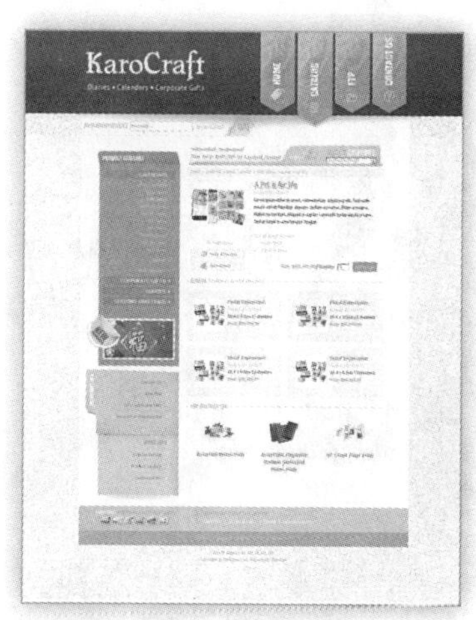

在色彩的运用上，可以根据网页内容的需要和自己的喜好，采用不同的主色调。不同的色彩具有不同的象征性，例如，嫩绿色、翠绿色、金黄色、灰褐色就可以分别象征着春、夏、秋、冬。色彩还具有明显的心理感觉，例如冷、暖的感觉；进、退的效果等。另外，色彩还有民族性，各个民族由于环境、文化、传统等因素的影响，对于色彩的喜好也存在着较大的差异。充分运用色彩的这些特性，可以使我们的网页具有深刻的艺术内涵，从而提升其文化品位，使整个设计显得更具有档次。

18.4 制作儿童网页

本例制作的是儿童网页，某网站需要新建一个专门介绍婴幼儿知识的网页，主要需要通过介绍各种婴幼儿的喂养、早教等知识，使妈妈和准妈妈们对养育孩子有个细致了解，还可以在网页中进行各种在线交流，使大家分享育儿经验。

此网页主要采用变异的水滴形状作为按钮，使用明度、纯度较高的颜色辅以可爱婴儿的照片，使人能感到一种温馨的气氛，如下图所示。（\效果\第21章\宝宝成长日记.psd）

在进行网页设计时使用的字体不宜过多，否则会让人产生杂乱的感觉，网页的标题可以使用一些较为复杂的处理方法使其更加醒目，而普通的文字则不宜加入复杂的元素，简单、清晰即可，如下图所示。

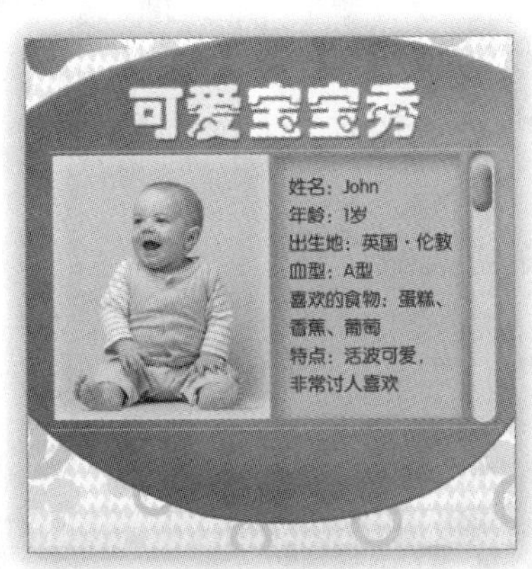

本例制作是以主题人物抠图开始，然后围绕人物制作多个变异水滴状按钮，并填充以不同的渐变色和底纹，然后填充背景并输入相应的文字，重点在于如何制作出变异形状美观的按钮，并使其在画面中排列具有美感。

 18.4.1 抠取人物

新建文件后，打开素材文件中的“宝宝01.jpg”图片，利用通道抠取图片中的人物，去除背景图像。

1 Step 选择“文件→新建”命令，在打开的“新建”对话框中设置文件“名称”为“宝宝成长日记”，设置“高度”为“20.93 厘米”，“宽度”为“12.46 厘米”，“分辨率”为“300 像素 / 英寸”，单击 确定 按钮，新建文件。再选择“文件→打开”命令，打开“宝宝 01.jpg”素材文件（素材\第 22 章\宝宝 01.jpg），将“背景”图层拖曳至“创建新图层”按钮上进行复制，得到“背景副本”图层，如下图所示。

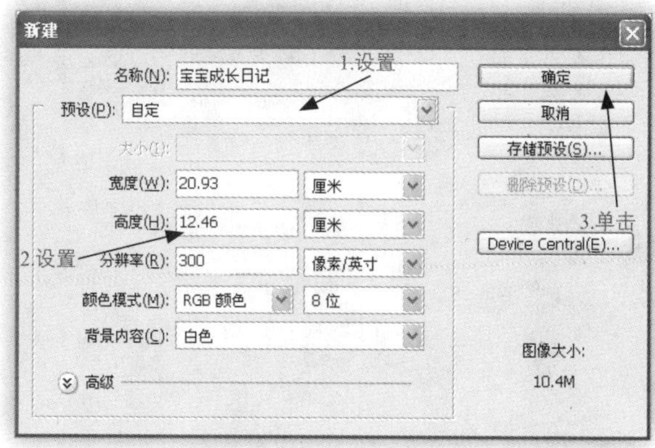

2 Step 在通道面板中，选择对比度最强烈的“蓝”通道，将其复制为“蓝副本”通道。再选择“图像→调整→色阶”命令，在打开的“色阶”对话框中设置参数，完成后单击 确定 按钮，使对比度更加强烈，如下图所示。

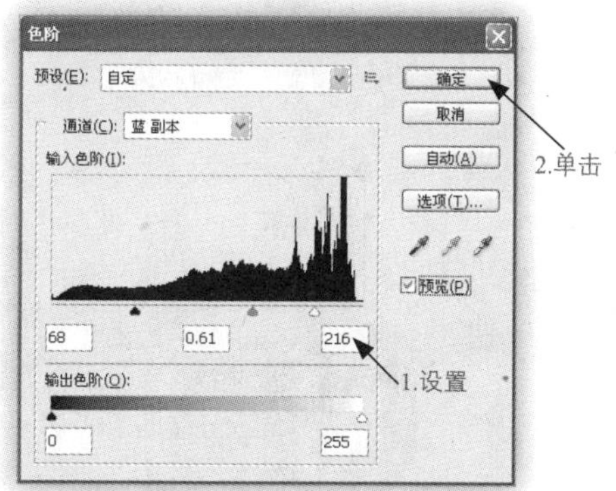

3 Step 设置前景色为黑色，再选择画笔工具，在工具选项栏上设置“画笔”为“尖角 30 像素”，然后在人物图像上进行涂抹，将其绘制为黑色。再设置前景色为白色，将背景图像绘制成白色，如下图所示。

4 Step 按住“Ctrl”键单击“蓝副本”通道缩览图，将白色的背景部分载入选区，再选择“选择→反向”命令，载入人物图像，再单击 RGB 通道显示图像。回到图层面板，按“Ctrl+J”组合键将选区内的图像复制到新图层中，自动生成“图层 1”，完成人物的抠取，如下图所示。

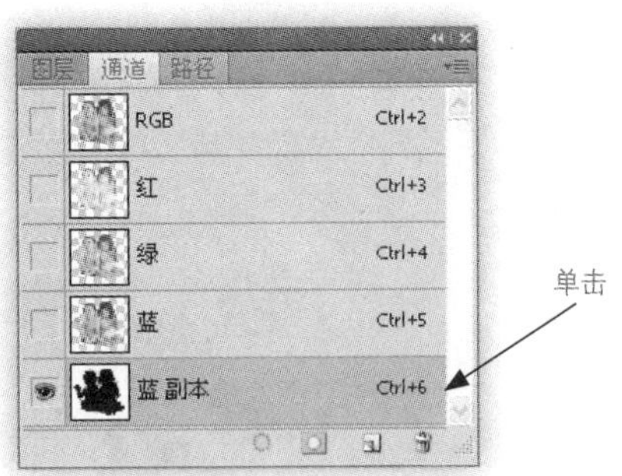

18.4.2 制作主体按钮

抠取人物图像后结合钢笔工具、渐变工具和图层样式等制作网页上变形水滴样式的主体按钮。

1 Step 选择移动工具，将“图层 1”拖曳至“宝宝成长日记”图像文件中，自动生成“图层 1”，按“Ctrl+T”组合键适当调整图像的大小，并将其放置再合适的位置，如下图所示。

2 Step 新建“图层 2”，将其拖曳至“图层 1”之下，设置前景色为黑色，选择画笔工具，设置“画笔”为“柔角 100 像素”，在人物下方进行适当涂抹，为人物添加阴影，如下图所示。

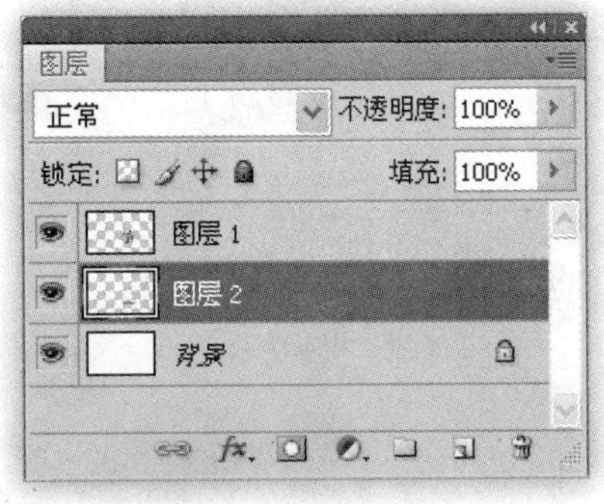

3 Step 新建“图层 3”，将其拖曳至“图层 1”之上，然后选择钢笔工具，在画面上绘制一个变形水滴的闭合路径，按“Ctrl+Enter”组合键将路径转换为选区，如下图所示。

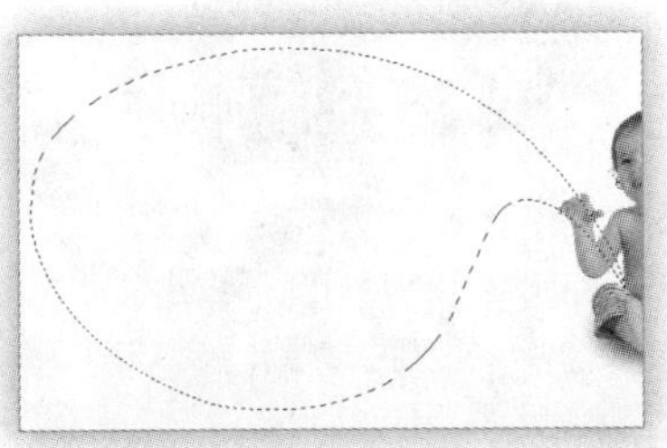

4 Step 选择渐变工具，在工具选项栏上单击渐变颜色条，在打开的“渐变编辑器”对话框中从左至右设置颜色为橙色（R:236,G:91,B:0）、橙黄色（R:251,G:189,B:30），完成后单击确定按钮，在选区内从左到右拖曳鼠标，对选区进行渐变填充，如下图所示。

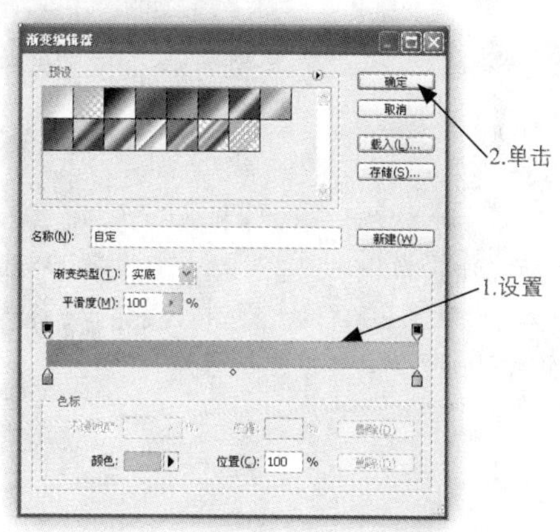

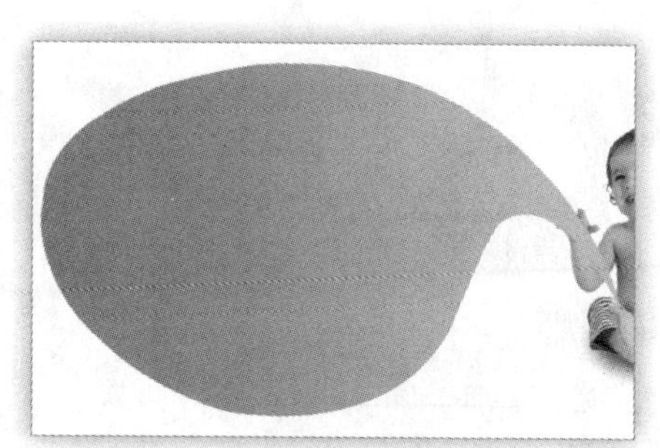

5 Step 选择加深工具，设置“画笔”为“柔角200像素”，“范围”为“中间调”，“曝光度”为40%，然后在按钮图像的边缘处进行涂抹，加深边缘处的图像，如下图所示。

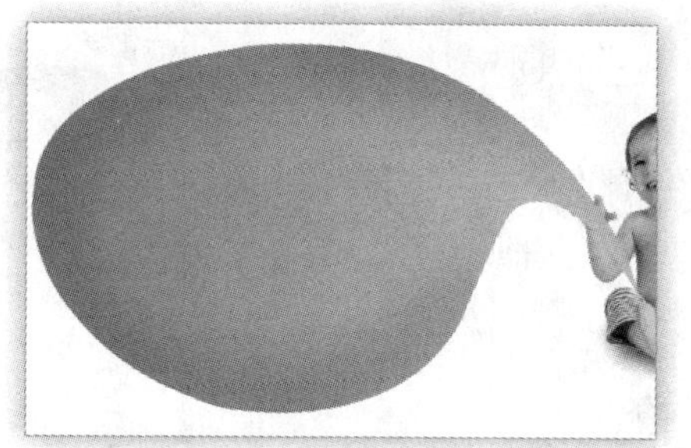

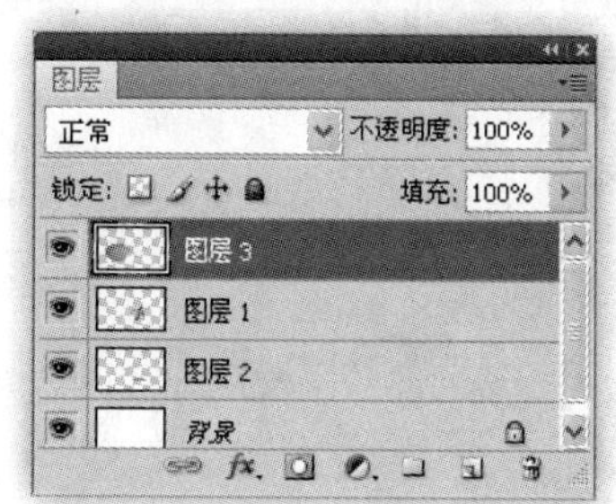

6 Step 双击“图层3”，在打开的“图层样式”对话框中勾选“斜面和浮雕”复选框，并设置相应的参数。完成后勾选“图案叠加”复选框，并进行各项设置，完成后单击确定按钮，添加效果，使其效果更为立体、丰富，如下图所示。

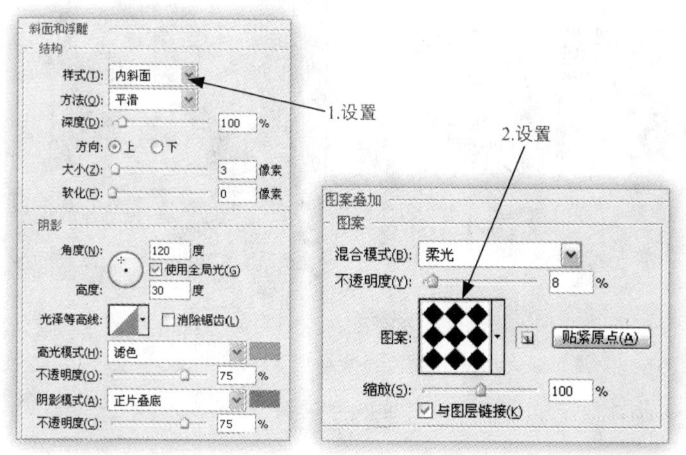

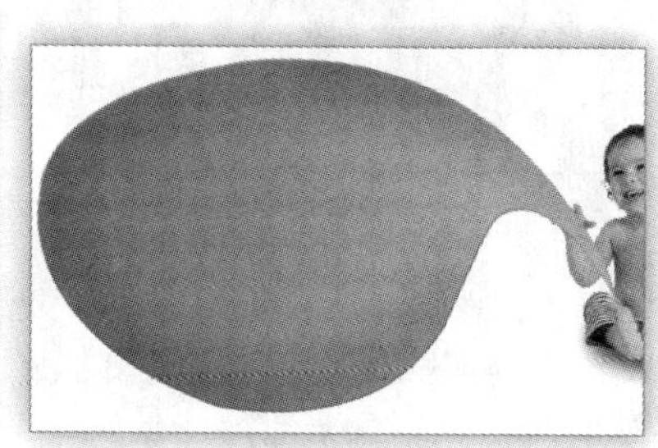

7 Step 新建“图层4”，使用钢笔工具在画面右下角绘制路径，并将其转换为选区。选择渐变工具，在工具选项栏上单击渐变颜色条，在打开的“渐变编辑器”对话框中从左至右设置颜色为淡黄色（R:255,G:228,B:146）、淡红色（R:244,G:72,B:47），完成后单击确定按钮，在选区内从左到右拖曳鼠标，对选区进行渐变填充，如下图所示。

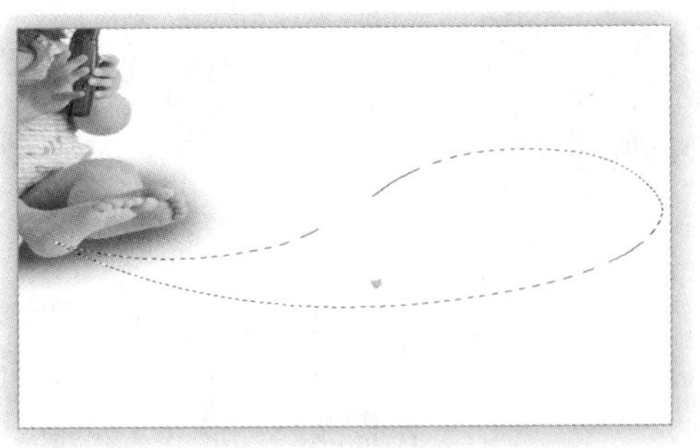

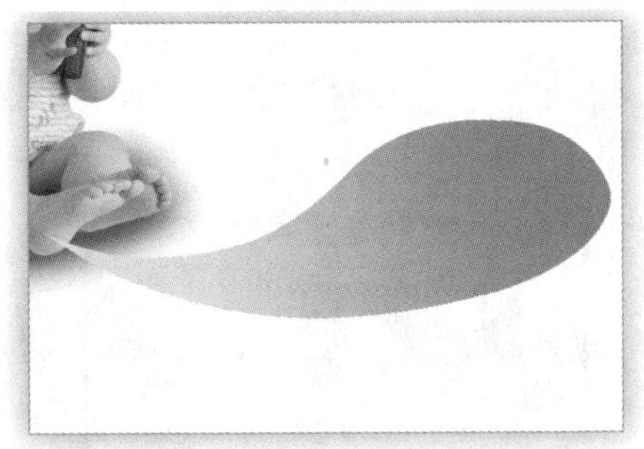

8 Step 双击“图层 4”，在打开的“图层样式”对话框中分别勾选“斜面和浮雕”和“图案叠加”复选框，并设置相应的参数。完成后单击 确定 按钮，为按钮添加图层样式，使其效果更为立体、丰富。再使用加深工具在按钮图像的边缘处进行涂抹，加深边缘处的图像，如下图所示。

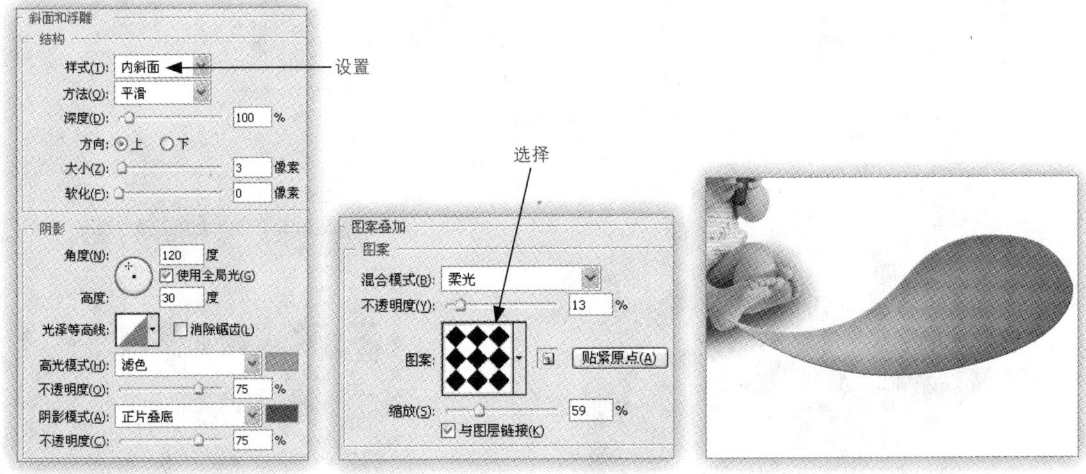

9 Step 分别新建“图层 5”和“图层 6”。运用同样的方法绘制两个类似效果的图形。然后调整图层顺序，如下图所示。

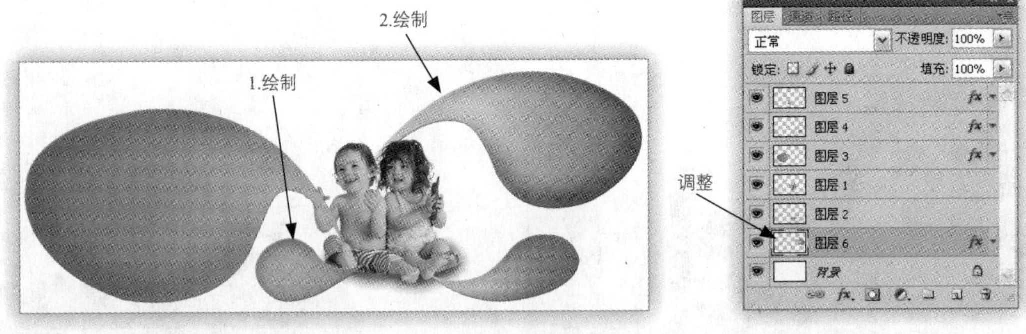

10 Step 新建“图层 7”，使用同样的方法制作一个渐变水滴状按钮。然后双击此图层，在打开的“图层样式”对话框中勾选“斜面和浮雕”复选框，设置“高光模式”颜色为紫红色（ R:235,G:124,B:255），再设置“阴影模式”颜色为“紫色”（ R:104,G:46,B:192），完成后单击 确定 按钮，为图像添加相应的图层样式，如下图所示。

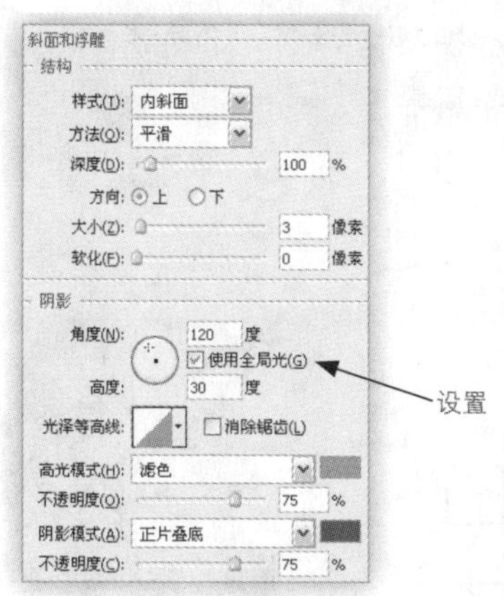

11 Step 复制“图层 7”为“图层 7 副本”，选择“滤镜→素描→半调图案”命令，在打开的“半调图案”对话框中设置相应的参数，完成后单击 确定 按钮，应用“半调图案”滤镜。最后设置“图层 7 副本”的图层混合模式为“叠加”，“不透明度”为 11%。

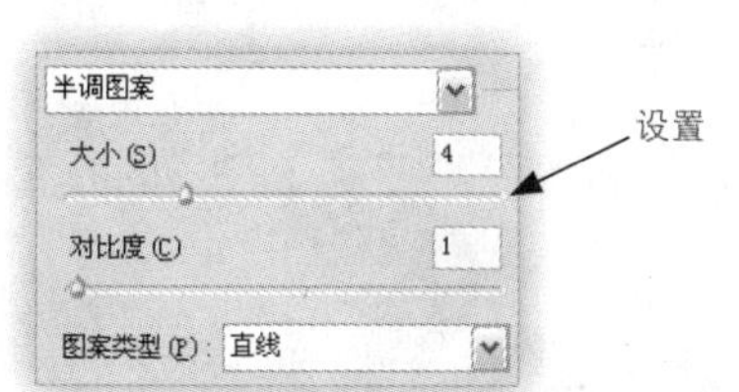

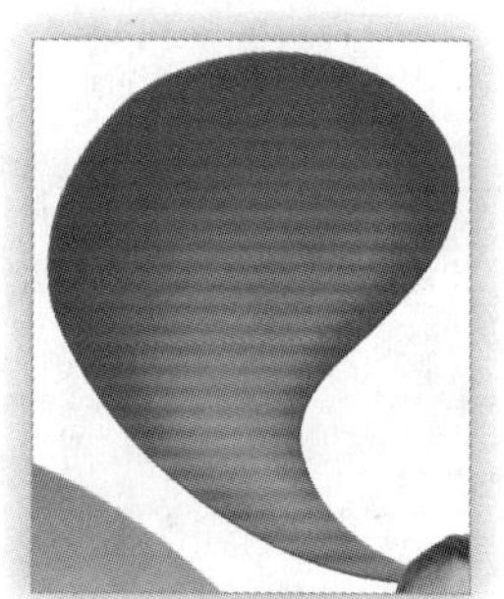

12 Step 新建“图层 8”，将其拖曳至“背景”图层之上，设置前景色为橘黄色（R:254,G:208,B:153），选择自定形状工具，在工具选项栏上单击“填充像素”按钮，然后选择“形状”为“圆形边框”，绘制大小不同的圆环图像，如下图所示。

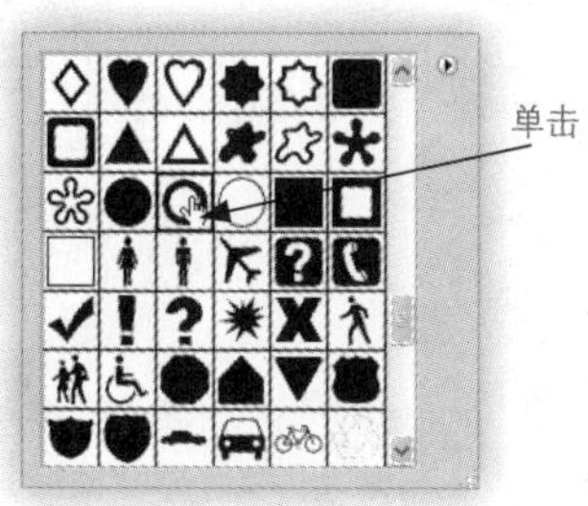

13 Step 新建“图层 9”，将其拖曳至顶层，然后设置前景色为黄色（R:236,G:222,B:107），在人物图像上绘制圆环图像，如下图所示。

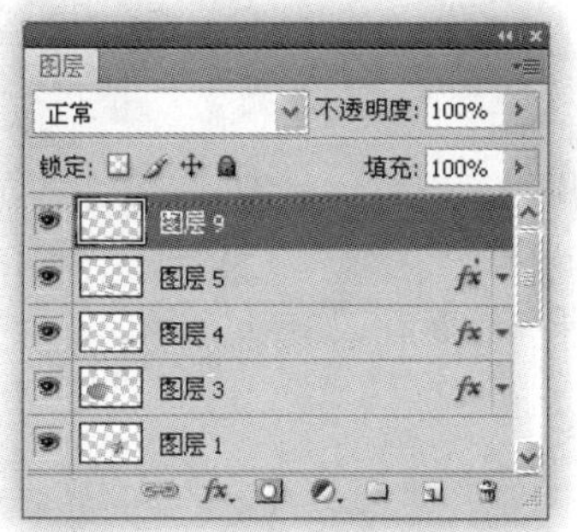

14 Step 新建“图层 10”，将其拖曳至“图层 9”之下，设置前景色为“黄色”（R:240,G:244,B:168）。选择画笔工具，在工具选项栏上设置“画笔”为“尖角 35 像素”，在人物上绘制大小不同的圆形图像，可以按键盘上的“[”和“]”键快速调整画笔大小，如下图所示。

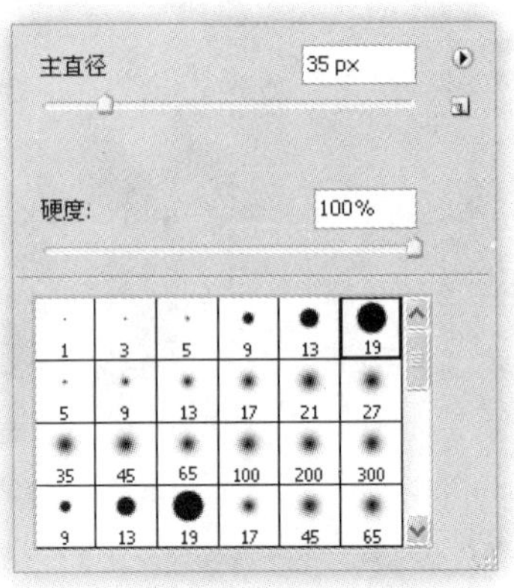

15 Step 新建“图层 11”，将其拖曳至“背景”图层之上，继续使用画笔工具在画面空白处绘制大小不同的圆形图像，如下图所示。

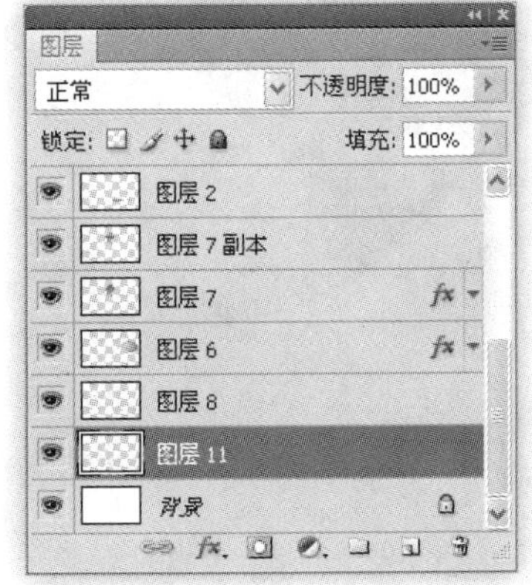

16 Step 新建“图层 12”并将其拖曳至顶层，选择钢笔工具，在画面上绘制路径，再按 Ctrl+Enter 组合键转换路径为选区，如下图所示。

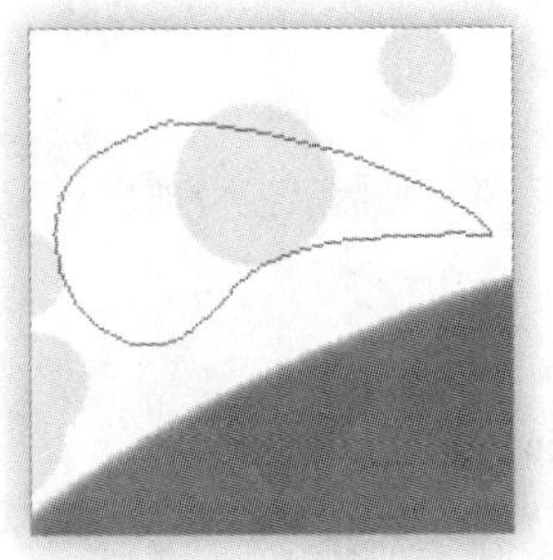
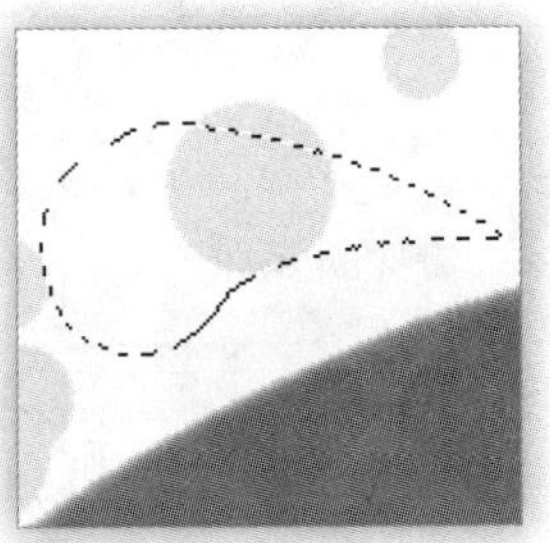

17 Step 选择渐变工具，单击渐变颜色条，在打开的“渐变编辑器”对话框中从左至右设置颜色为嫩红色（R:244,G:78,B:50）、淡黄色（R:253,G:216,B:137），完成后单击 确定 按钮，在选区内从左到右拖曳鼠标，对选区进行渐变填充，如下图所示。

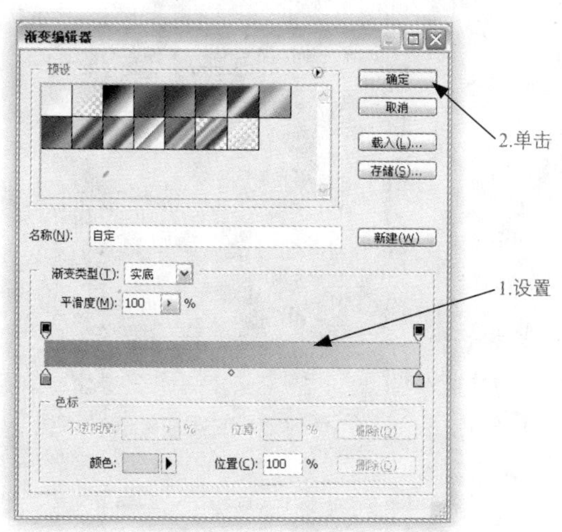

18 Step 复制“图层 12”为“图层 12 副本”，按“Ctrl+T”组合键适当缩小图像并将其放置在右边位置，然后按住“Ctrl”键单击“图层 12 副本”缩览图将其载入选区，如下图所示。

19 Step 运用同样的方法，设置渐变颜色为从左到右为褐色（R:92,G:54,B:14），棕色（R:218,G:159,B:95），在选区内进行渐变填充。完成后按“Ctrl+E”组合键合并这两个图层，并将其重命名为“图层 12”，如下图所示。

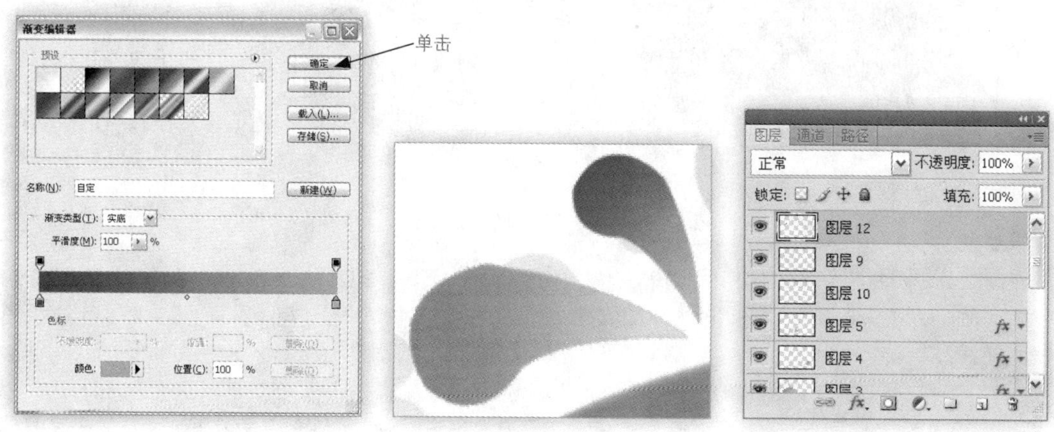

20 Step 复制“图层 12”为“图层 12 副本”，按“Ctrl+T”组合键适当缩小图像并将其放置在画面右下角位置，然后再复制“图层 12 副本”为“图层 12 副本 2”，同样调整其大小并放置在画面上方位置，如下图所示。

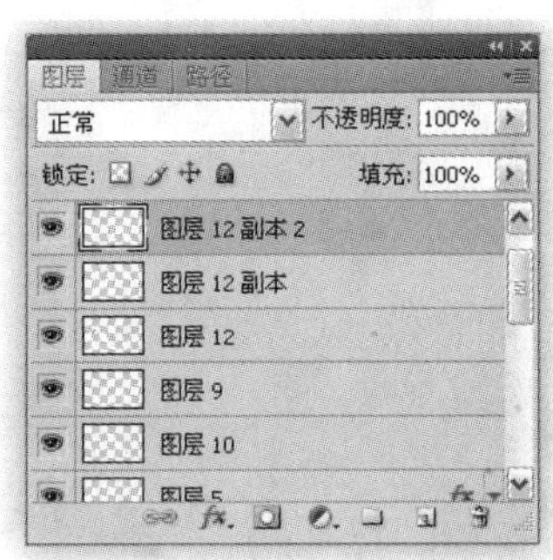

21 Step 按住 Ctrl 键的同时单击“图层 12 副本 2”缩览图，将其载入选区。单击“创建新的填充或调整图层”按钮，在弹出的菜单中选择“色相 / 饱和度”命令，在调整面板其中设置相应的参数，适当改变图像的颜色，如下图所示。

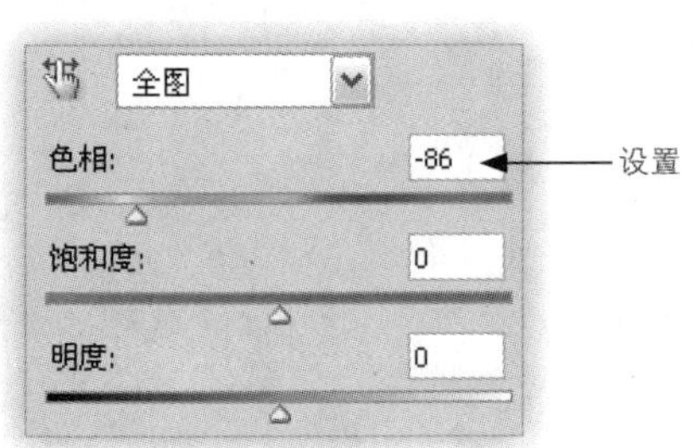

22 Step 新建“图层 13”，设置前景色为黄色（R:253,G:232,B:4）。选择画笔工具，并在工具选项栏中设置“画笔”为“尖角 1 像素”，然后在最大的橙色水滴状按钮图像上绘制两条直线，如下图所示。

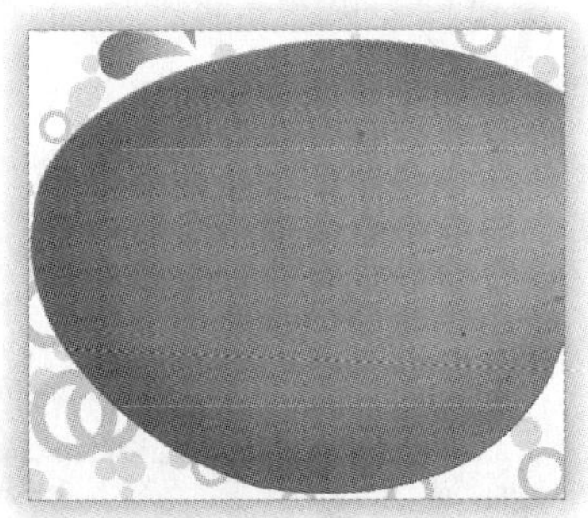

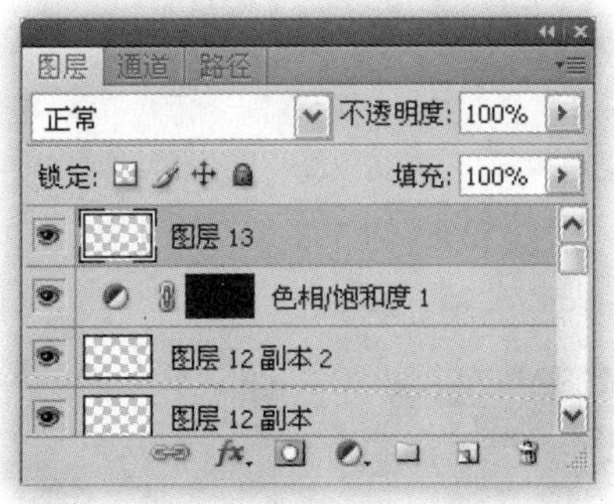

使用画笔工具绘制直线的方法有两种，一种是按住“Shift”键在画面上拖曳鼠标，可以绘制水平方向或垂直方向的直线，另一种是先在画面上单击一个点作为线段的起始点，再按住“Shift”在线段末端位置单击，则可以绘制任意角度的直线。

23 Step 新建“图层 14”，选择圆角矩形工具，在工具选项栏上设置“半径”为 100px，然后拖曳鼠标绘制圆角矩形。完成后双击此图层，在打开的“图层样式”对话框中分别勾选“投影”与“斜面和浮雕”复选框，然后分别设置相应的参数，为圆角矩形添加相应的图层样式，使其具有立体感，如下图所示。

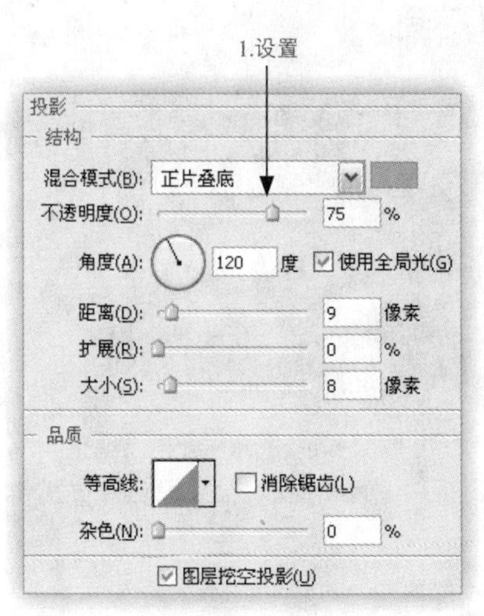

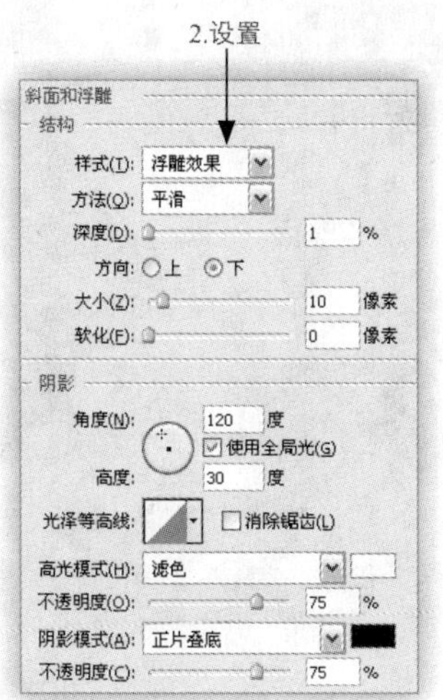

24 Step 新建“图层 15”，设置前景色为橘黄色（R:243,G:141,B:18），同样使用圆角矩形工具绘制一个小的圆角矩形，再为其添加“斜面和浮雕”图层样式，如下图所示。

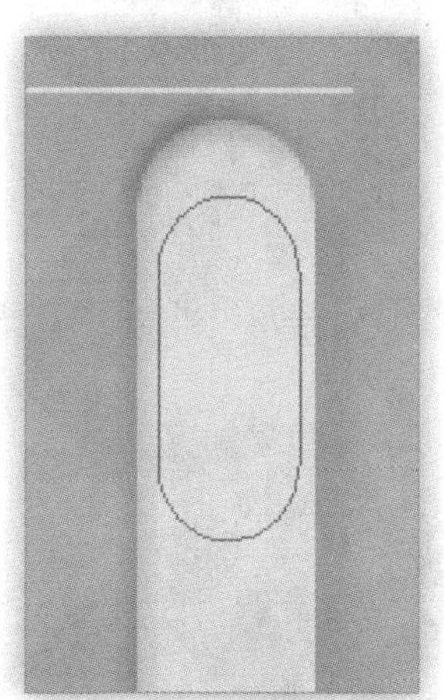

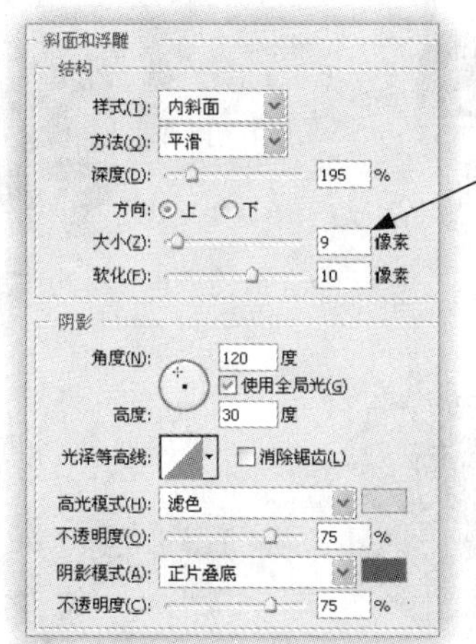

25 Step 新建“图层 16”，设置前景色为黄色（R:255,G:194,B:47），使用矩形工具在画面上绘制一个与圆角矩形类似高度的黄色矩形，再为其添加“内阴影”图层样式，如下图所示。

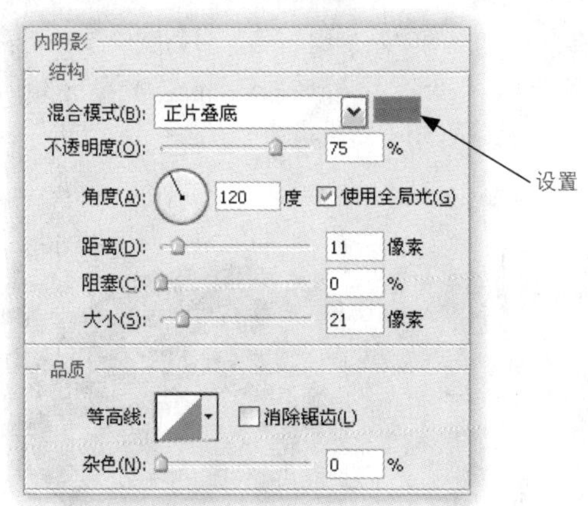

26 Step 选择“文件→打开”命令，打开“宝宝 02.jpg”素材文件（素材\第 22 章\宝宝 02.jpg），将其拖曳至“宝宝成长日记”图像文件中，自动生成“图层 17”。按“Ctrl+T”组合键适当调整图像的大小和位置，然后为此图层添加“内发光”图层样式，如下图所示。

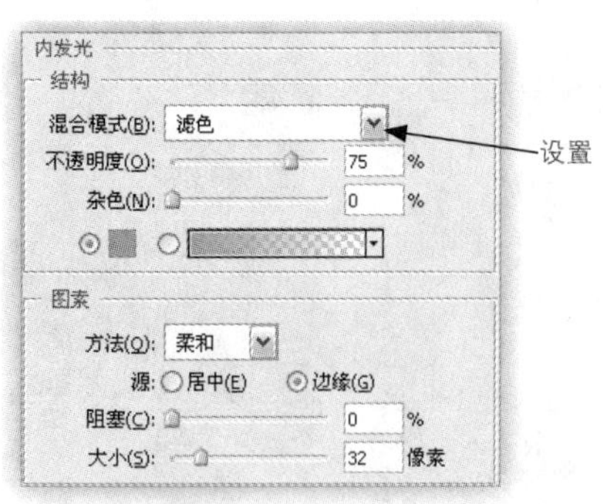

27 Step 按住“Ctrl”键的同时单击“图层 17”缩览图将其载入选区，再单击“创建新的填充或调整图层”按钮，在弹出的单中选择“色阶”命令，在打开的调整面板中设置相应的参数，适当调亮图像，如下图所示。

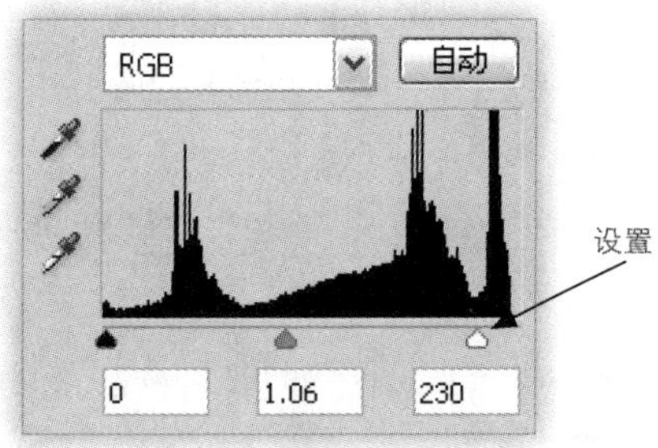

28 Step 新建“图层 18”，使用钢笔工具在画面右边的绿色水滴状按钮上绘制一个不规则闭合路径，再将其转换为选区，如下图所示。

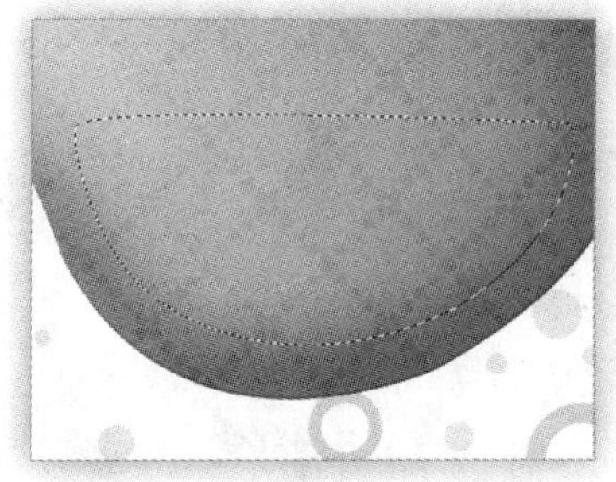

29 Step 选择渐变工具，在工具选项栏上单击渐变颜色条，在打开的“渐变编辑器”对话框中从左至右设置颜色为黄绿色（R:190,G:196,B:1）、橙黄色（R:228,G:175,B:17），完成后单击确定按钮，然后在选区内进行线性渐变填充，再为其添加“内阴影”图层样式，如下图所示。

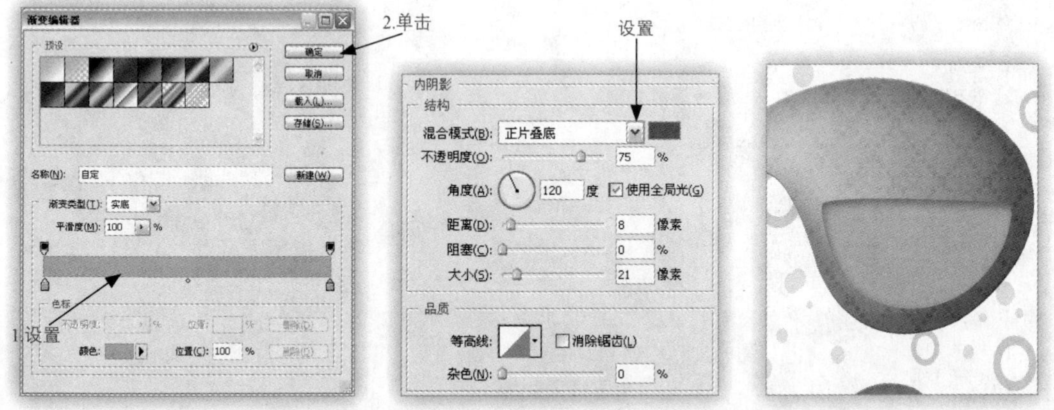

30 Step 选择"文件→打开"命令，打开"宝宝03.jpg"素材文件（素材\第22章\宝宝03.jpg），将其拖曳至"宝宝成长日记"图像文件中，自动生成"图层19"，按"Ctrl+T"组合键适当调整图像的大小和位置，将其放置在绿色水滴状按钮图像中，如下图所示。

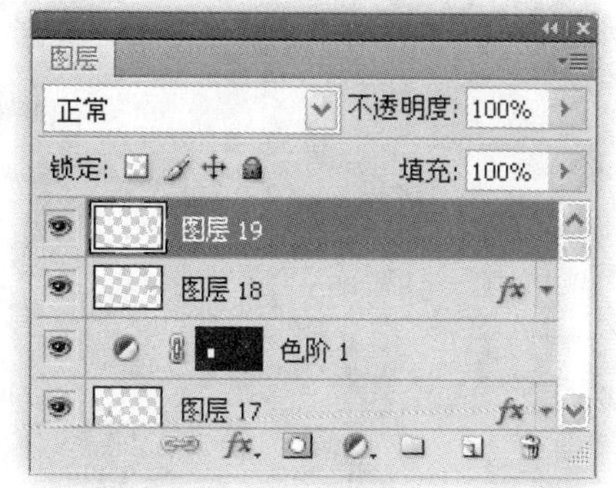

31 Step 用鼠标右键单击"图层19"，在弹出的快捷菜单中选择"创建剪贴蒙版"命令，将"图层18"创建为"图层19"的剪贴蒙版，如下图所示。

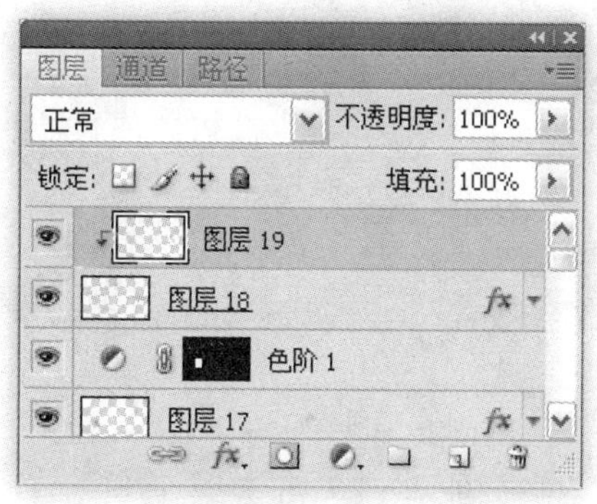

32 Step 新建"图层20"，使用钢笔工具在画面上方绘制一个闭合路径，再按"Ctrl+Enter"组合键将其转换为选区，如下图所示。

33 Step 选择渐变工具，在工具选项栏上单击渐变颜色条，在打开的"渐变编辑器"对话框中从左至右设置颜色为橙黄色（R:251,G:215,B:92）、黄绿色（R:190,G:197,B:2），完成后单击 确定 按钮，然后在选区内进行从上到下的线性渐变填充，完成后设置此图层的"不透明度"为"71%"，如下图所示。

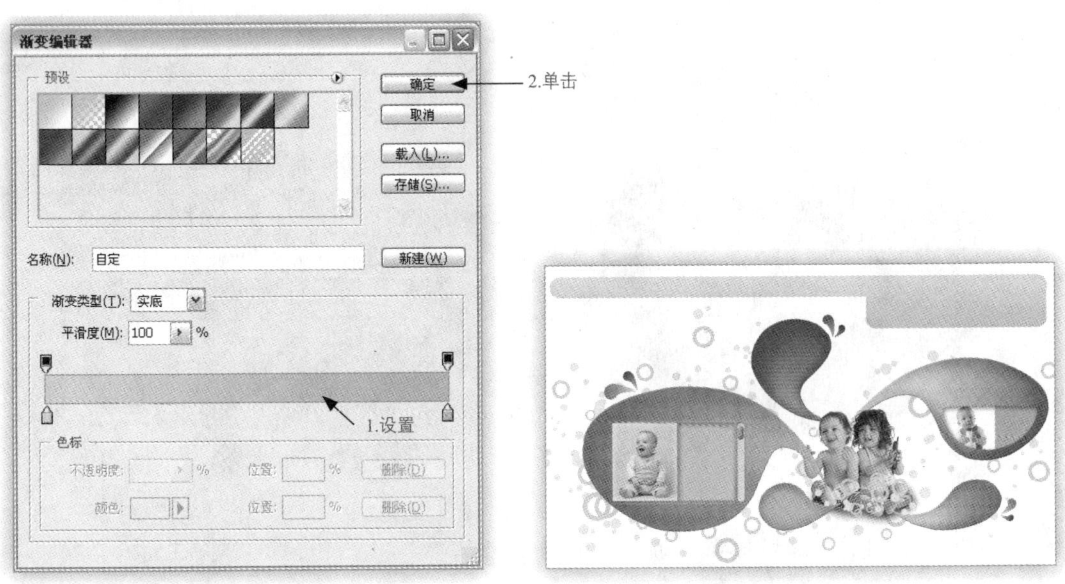

34 Step 双击“图层 20”，在打开的“图层样式”对话框中勾选“投影”复选框，并设置相应的参数，完成后单击 确定 按钮，为图像添加投影效果，如下图所示。

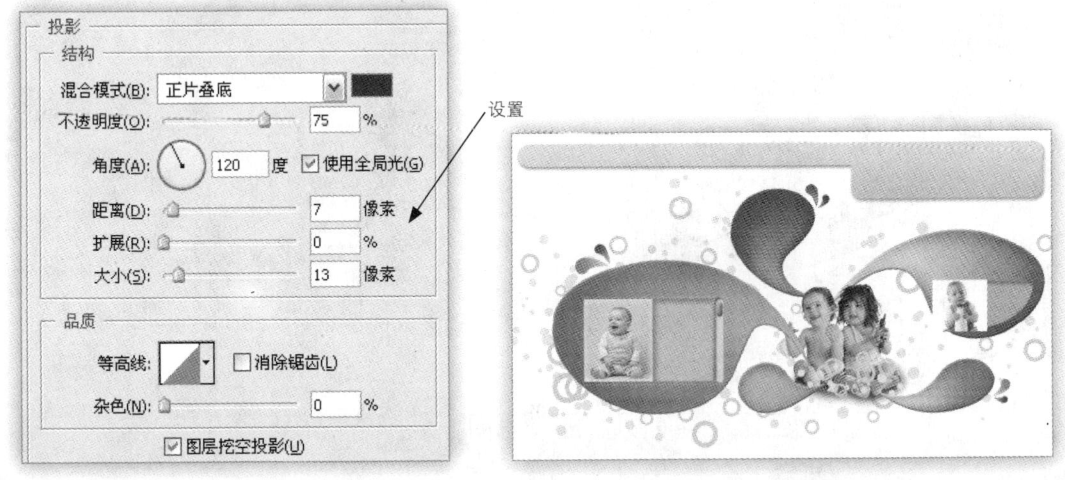

35 Step 完成后新建“图层 21”，使用圆角矩形工具在画面上绘制一个圆角矩形路径并将其转换为选区，然后在选区内填充白色到透明的渐变效果，如下图所示。

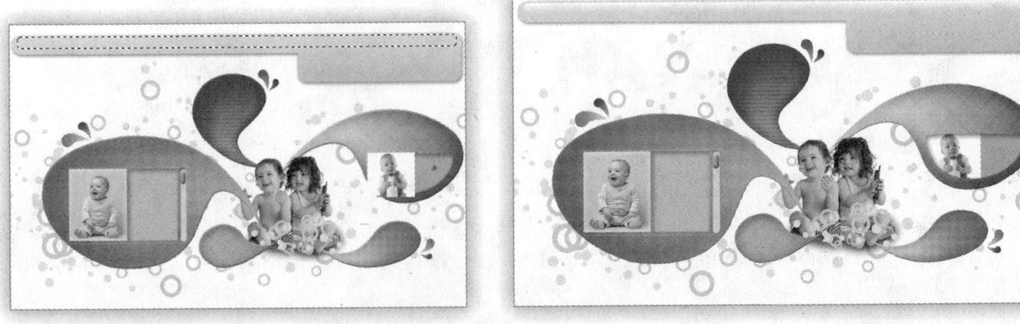

36 Step 新建“图层 22”，设置前景色为橙色（R:255,G:115,B:39）。使用钢笔工具在画面右上方绘制一个闭合路径并转换为选区，再按“Alt+Delete”组合键填充选区为前景色，如下图所示。

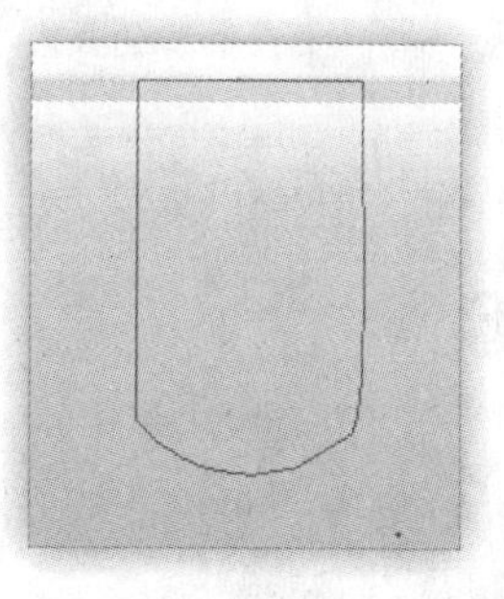
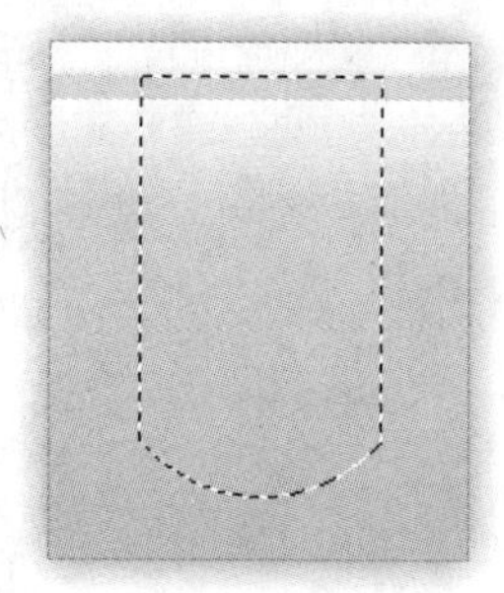

37 Step 双击此图层，在打开的“图层样式”对话框中分别勾选“投影”、“内发光”和“图案叠加”复选框并设置相应的参数，如下图所示。

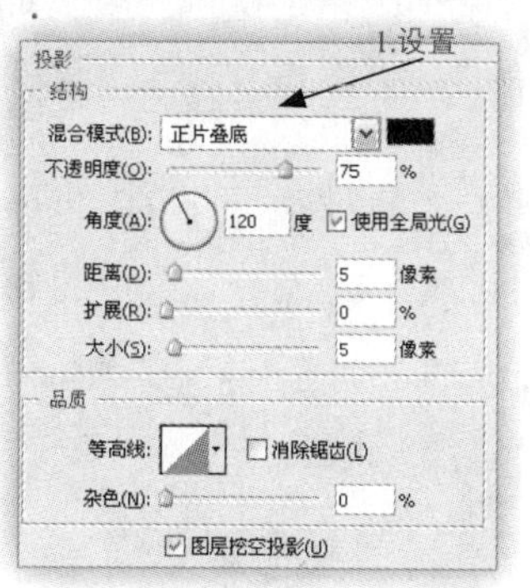

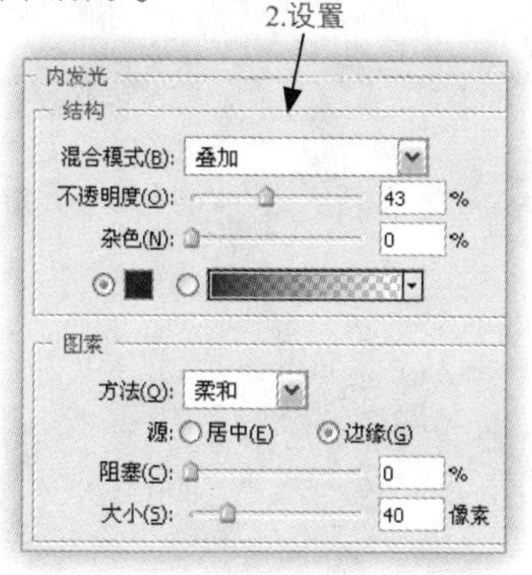

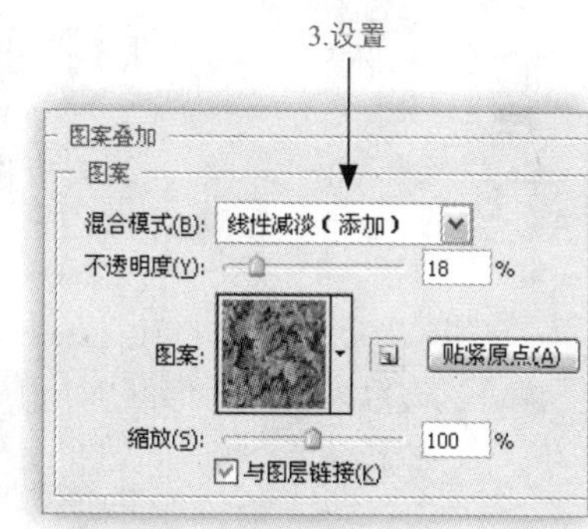

38 Step 连续复制 4 次“图层 22”，对副本图层分别按“Ctrl+T”组合键适当调整其长度和位置，排列于画面右上角位置，如下图所示。

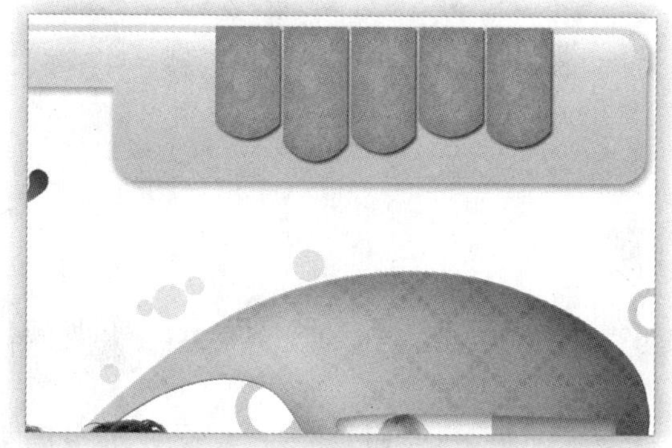

39 Step 新建“图层 23”并将其拖曳至“背景”图层之上。选择渐变工具，在工具选项栏上单击渐变颜色条，在打开的“渐变编辑器”对话框中从左至右设置颜色为淡青色（R:147,G:202,B:215）、白色（R:255,G:255,B:255），完成后单击 确定 按钮，再进行从下到上的线性渐变填充，如下图所示。

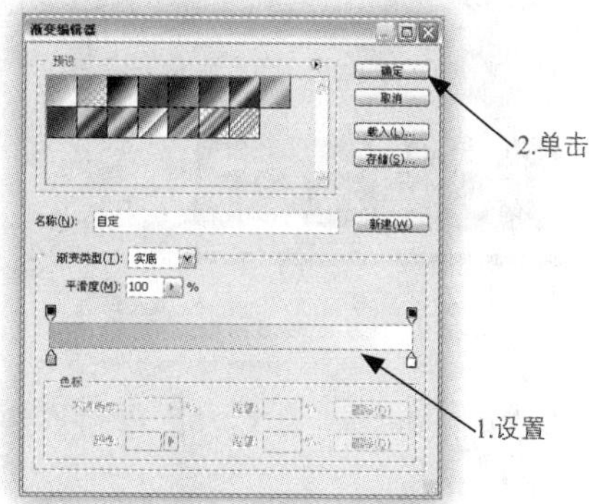

40 Step 双击“图层 23”，在打开的“图层样式”对话框中勾选“图案叠加”复选框，然后设置相应的参数，完成后单击 确定 按钮，为其添加相应的效果，如下图所示。

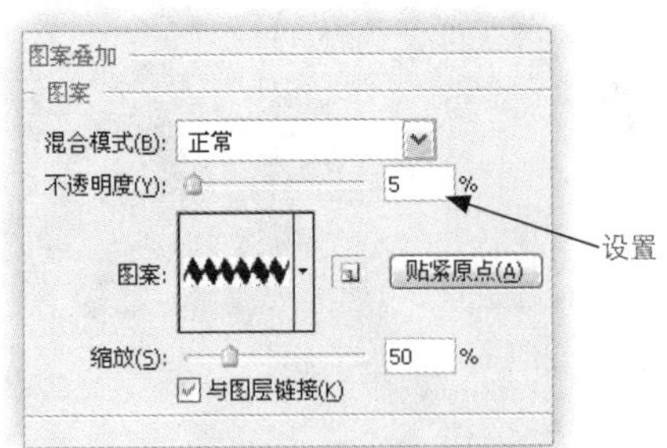

技巧提示

在进行“图案叠加”操作时除了利用系统默认的图案进行填充外，还可以自己绘制个性化的图案，将其定义为图案后用于填充画面，使画面效果更加丰富。

41 Step 新建“图层 24”并将其拖曳至顶层，然后设置前景色为灰色（R:75,G:75,B:75），使用矩形工具在画面右边位置绘制一个矩形图像，如下图所示。

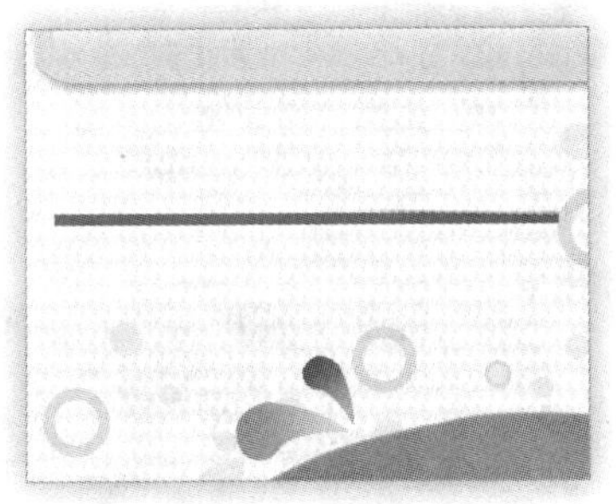

18.4.3 添加文字

制作完网页的主体按钮和背景后，使用文字工具为画面添加相应的文字，并为部分文字添加图层样式，使整个网页更加完整。

1 Step 选择横排文字工具T，在工具选项栏上单击“切换字符面板”按钮，在打开的字符面板中进行各项设置，然后在画面右边输入相应的文字，如下图所示。

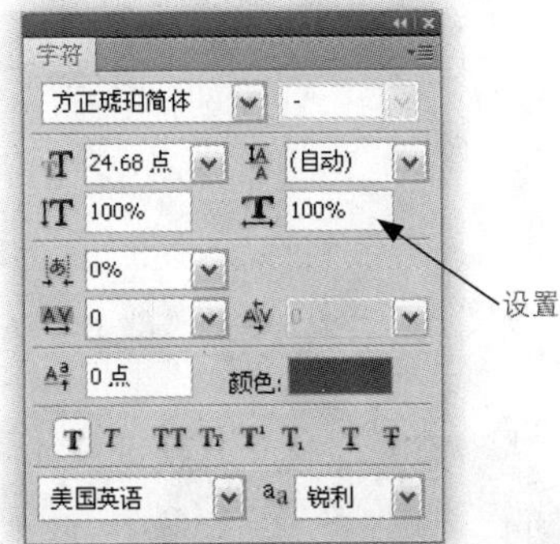

2 Step 双击文字图层，在打开的“图层样式”对话框中分别勾选“外发光”、“斜面和浮雕”和“渐变叠加”复选框并设置相应的参数，完成后单击 确定 按钮，如下图所示。

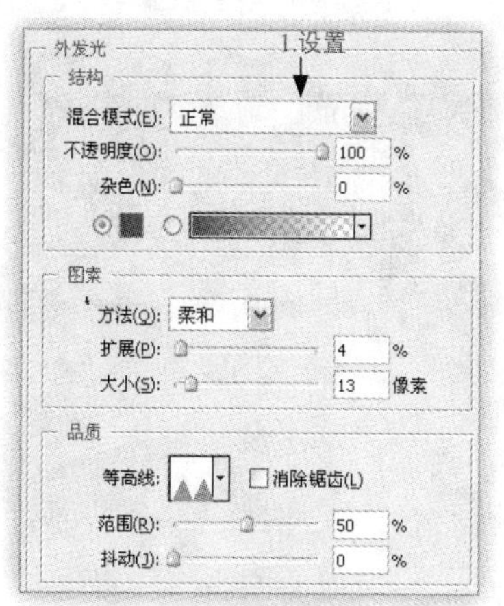

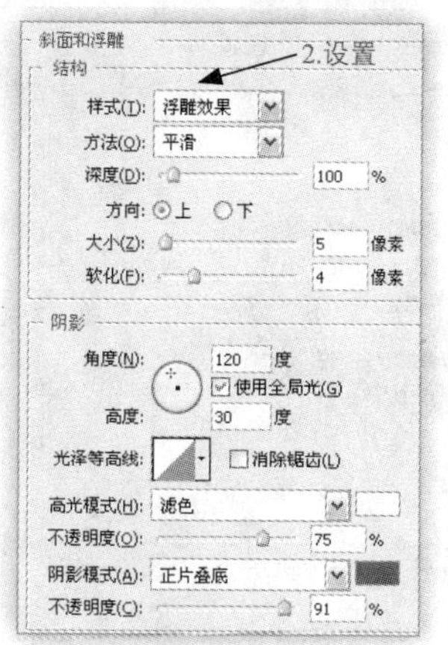

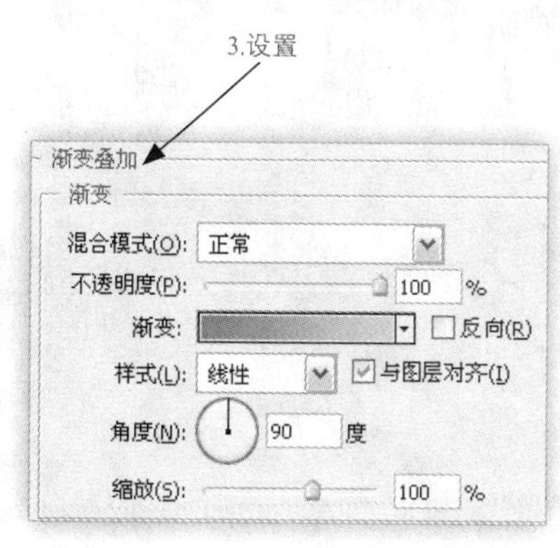

3 Step 选择横排文字工具[T]，在打开的字符面板中进行各项设置，然后在画面右边输入相应的英文，如下图所示。

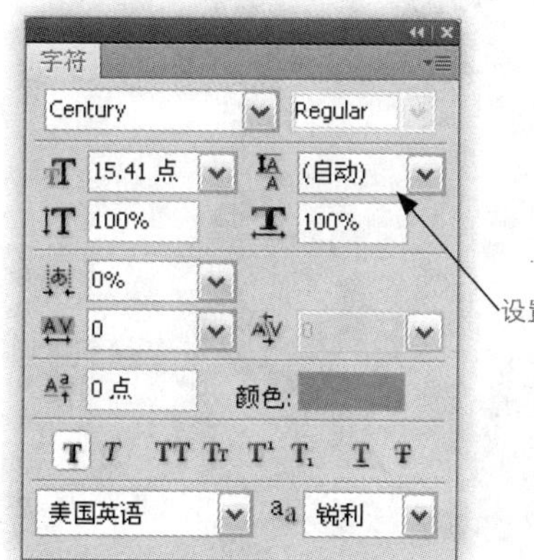

4 Step 选择横排文字工具[T]，在字符面板中进行各项设置，然后在画面右边最大的水滴状按钮图形上输入相应的文字，使用同样的方法在其他按钮图形上输入文字，并添加“斜面和浮雕”图层样式，如下图所示。

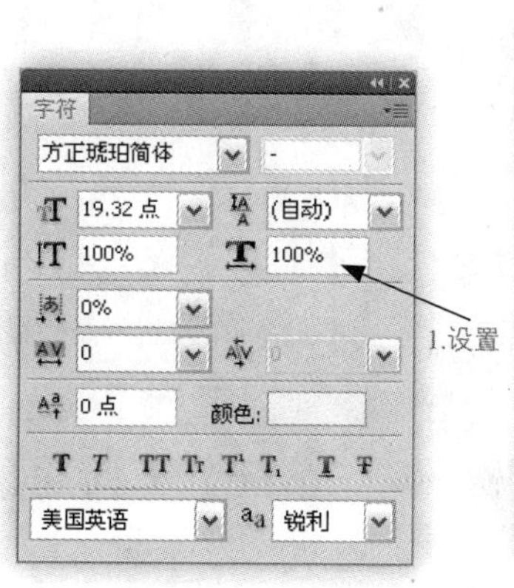

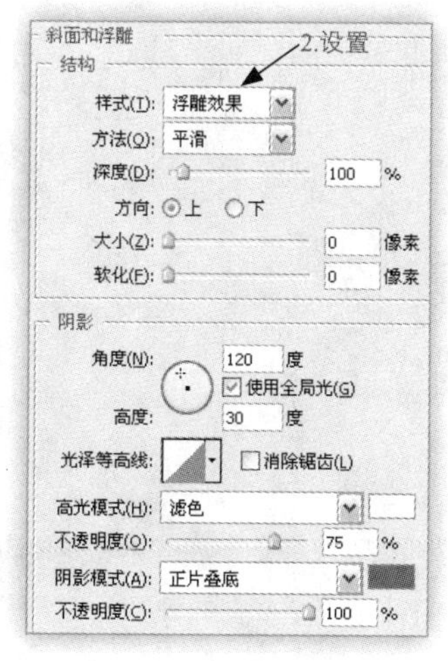

5 Step 继续在打开的字符面板中进行各项设置，然后在画面右上角输入相应的文字并添加“描边”图层样式，如下图所示。

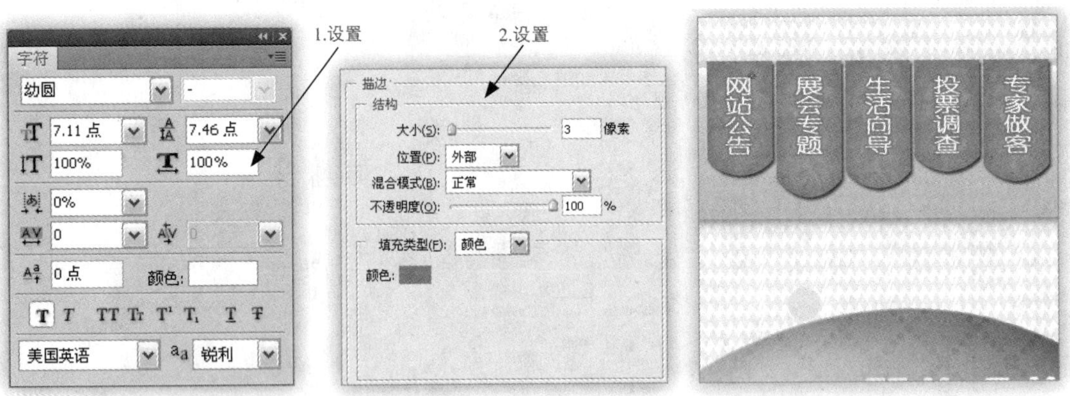

6 Step 使用同样的方法，继续使用横排文字工具[T]输入相应的文字，并适当调整其大小和位置，完成整个作品的制作，如下图所示。

举报电话：（010）88254396；（010）88258888

传　　真：（010）88254397

E-mail:　　dbqq@phei.com.cn

通信地址：北京市万寿路 173 信箱

电子工业出版社总编办公室

邮　　编：100036